PETER STAMM

DER LAUF DER DINGE

Gesammelte Erzählungen

FISCHER Taschenbuch

Erschienen bei FISCHER Taschenbuch
Frankfurt am Main, Mai 2016

© 2014 S. Fischer Verlag GmbH,
Hedderichstr. 114, D-60596 Frankfurt am Main
© Peter Stamm
Satz: Dörlemann Satz, Lemförde
Druck und Bindung: CPI books GmbH, Leck
Printed in Germany
ISBN 978-3-596-03117-7

Inhalt

Feuer

UNTER DEM KUHFALL, wo einst eine Kuh über die Nagelfluhfelsen gestürzt war und wo im Winter die schönsten Eiszapfen wuchsen, war die Höhle, bei der Sven und ich uns trafen. Es hieß, von dort habe früher ein Geheimgang bis zum Schloss geführt. Jetzt aber war die Höhle schon nach wenigen Metern verschüttet, und dort trafen wir uns. Wir zündeten Kerzen an und schnitzten Pfeifen und trockneten Buchenlaub, das wir nie zu rauchen wagten. Dort in der Nähe wohnte Herbert.

Die Mutter von Herbert gab uns selbstgemachtes Wassereis, weil wir mit ihrem Sohn spielten, obwohl die Familie katholisch war. Wir hatten kein Geld. Erst später, beim kantonalen Schützenfest, verdienten wir etwas als Zeiger. Da stellte die Gemeinde ein großes Festzelt auf neben dem Schützenhaus.

Beim Schützenhaus rauchte ich eines Nachts meine erste Zigarette, und nicht weit davon vergruben wir die Knochen und Tierkadaver, die wir im Wald manchmal fanden. Einmal brachte Sven den Kopf eines Hechts mit, der schon stank, und warf ihn ins Feuer. Beim Schützenhaus war Buchenwald, der viel heller war als der Wald beim Kuhfall, bei unserer Höhle. Buchenlicht, sagte mein Vater.

Damals waren wir frei im Wald und lachten über die Pfadfinder in ihren Uniformen, mit ihren Liedern. Wir sangen nicht. Wir kauten Sauerampfer und Harz und sammelten Bucheckern und Eicheln. Sven behauptete, er habe einmal eine Krähe getötet und gegessen, und ich glaubte ihm, weil er auch das Loch für seinen Ohrring selbst gemacht hatte, mit einem glühenden Nagel. Sein Vater war Deutscher, das schien damals alles zu erklären. Mein Vater war Buchhalter, der von Herbert Architekt.

Herbert ging jeden Samstag in die Jungschar, und am Mittwochnachmittag musste er in den Religionsunterricht. Am Abend baute er mit seinem Vater Modellflugzeuge mit winzigen Benzinmotoren. Manchmal, wenn Sven und ich spielten, trieb er sich in der Nähe herum, wartete stundenlang, bis er plötzlich auftauchte und sagte, kommt mit zu mir und ihr kriegt ein Eis.

Dann standen wir vor dem Haus seiner Eltern und aßen das Eis, und seine Mutter fragte uns, wie es in der Schule gehe, und Herbert schnitt hinter ihrem Rücken Grimassen, bis wir lachen mussten. Herbert hatte drei Schwestern.

Er zeigte mit uns beim Schützenfest. Sein Vater, sagte er, habe gewollt, dass er zeige, und auch, dass er in die Jungschar gehe. Der Vater war nicht beliebt im Dorf. Er war aus der Stadt gekommen und hatte die hässliche Kirche mitten im Dorf gebaut. Er trug beim Schießen eine Schießbrille und eine teure Lederjacke mit Polstern an den Ellbogen. Herbert sagte, sein Vater sei Scharfschütze im Militär, aber wir glaubten ihm nicht.

Ich hatte schon zweimal den Arm gebrochen, Sven sogar ein Bein beim Skifahren. Herbert hatte nur eine Narbe am Arm, und Sven sagte, die sei von einer Impfung.

Beim großen Schützenfest zeigte Herbert neben mir. Auf seiner Scheibe gab es nur Einer und Zweier, während mein Schütze einen Fünfer nach dem anderen schoss. Herbert hatte eine Feldflasche mit warmem Tee dabei, und ich sagte: »Traust du dich rauszuschauen, wer so schlecht auf deine Scheibe schießt.«

Es war natürlich ein Witz, das hätte er wissen müssen, wir waren viel zu weit weg. Aber wir waren ganz hinten im Stand, und

Herbert kletterte an der Seitenwand hoch und rief lachend herunter: »Ich sehe den Rauch der Gewehre.«

Dann fiel er herunter mit einem Loch im Kopf. Es gab eine große Aufregung, obwohl man nichts mehr machen konnte. Ich stand neben Herbert, und der Zeigerchef gab mir eine Ohrfeige und stieß mich weg. Er weinte. Später entschuldigte er sich dafür, was mir peinlich war.

Der Zeigerchef kam vor Gericht, weil er die Verantwortung trug, aber er musste nicht ins Gefängnis, und niemand im Dorf gab ihm die Schuld. Auch mir nicht. Ich hatte nichts gesagt. Ich wurde sogar besonders nett behandelt, weil ich dabei gewesen war und Herbert tot gesehen hatte.

Am Abend des nächsten Tages war die Preisverleihung und danach das Fest. Da rauchte ich meine erste Zigarette, und der Präsident des Schützenvereins gab mir Feuer und sagte: »Wenn der Architekt ein besserer Schütze wäre, hätte er die Scheibe in der Mitte getroffen und nicht seinem Sohn in den Kopf geschossen.«

Grace

ALS DER MANN FIEL, schien sein ganzer Körper sich zu entspannen. Seine Arme und Beine streckten sich langsam wie die Blätter einer sich öffnenden Blüte. Er schrie nicht. Dann hörte ich einen dumpfen Schlag, und er lag ausgestreckt im engen und schmutzigen Hinterhof des Empire Hotels.

Ich hatte am Fenster eine Zigarette geraucht, als ich den Mann zwei Stockwerke tiefer auf der Feuerleiter entdeckte. Er versuchte in ein Zimmer einzusteigen. Erst stellte er einen Fuß auf den schmalen Sims und griff mit einer Hand in den engen Spalt des Schiebefensters. Er versuchte es aufzuziehen, nahm die zweite Hand nach und trat schließlich auch mit dem anderen Fuß auf den Sims. Er fluchte leise und zerrte am morschen Fenster. Sein ganzer Körper ragte weit von der Fassade ab. Dann ließ er los und fiel.

Ich rannte hinunter zum Empfang und versuchte Bob, dem algerischen Portier, zu erklären, was geschehen war. Er sprach kaum Englisch, und es dauerte einige Zeit, bis er mich verstand und mit mir in den Hof kam, um nach dem Gestürzten zu sehen.

»Das ist Roberto«, sagte er, »er wohnt im zweiten Stock. Mit seiner Freundin Grace.«

Der Mann rührte sich nicht. Wir schoben einen Pullover unter seinen Kopf und riefen einen Krankenwagen. Einige Minuten später traten zwei Sanitäter mit einer Tragbahre in den Hinterhof. Sie zerschnitten Robertos Kleider und schälten sie von seinem schwammigen, bleichen Körper. Am Abend fragte ich Bob, was geschehen sei.

»Junkies«, sagte er, »sie wohnen schon seit Jahren hier.«

Er erzählte mir die ganze Geschichte, und ich verstand, dass Roberto Grace in der Nacht verprügelt hatte. Er war betrunken gewesen, und Bob hatte die Polizei gerufen. Die Polizisten hatten Roberto mitgenommen und über Nacht auf dem Revier behalten. Als Roberto am Morgen ins Empire kam, war er schon wieder betrunken. Grace war nicht da, aber Roberto ging nach oben, ohne den Schlüssel zu verlangen. Bob sagte, er habe ihn gerufen. Roberto habe nicht reagiert, er müsse gemeint haben, Grace sei im Zimmer, sie lasse ihn nicht rein. Und dann hatte er versucht, durchs Fenster zu steigen.

Bald nach Robertos Sturz zog ich in eine Gegend weiter im Norden Manhattans. Die Schaben in meinem Zimmer hatten mich vertrieben. Einige Wochen später kam ich an einem regnerischen Abend zufällig am Empire vorbei. Bob saß in seiner Loge und schaute sich im Fernsehen den Bericht über eine Gasexplosion in Harlem an. Er erkannte mich erst, als ich nach Roberto fragte. Dann schaltete er den Ton des Fernsehers aus und erzählte, Roberto sei mit einer Gehirnerschütterung und einigen Brüchen davongekommen. Auf dem Bildschirm erschien das verzerrte Gesicht einer schwarzen Frau.

»Schrecklich«, sagte Bob, »sieben Tote ... bumm!«

Eine Frau in einem schmutzigen T-Shirt und bunten Leggins trat neben mich. Sie war sehr dünn. Ihre schlecht geschminkten Augen waren wie dunkle Flecken auf dem bleichen Gesicht.

»Hi, Grace«, sagte Bob und reichte ihr einen Schlüssel. »Das ist der Mann, der Roberto gefunden hat.«

Zu mir sagte er: »Das ist Grace, Robertos Freundin.«

»Hi«, sagte Grace und lächelte. Ihre wenigen Zähne waren braun und sahen brüchig aus. »Danke für Ihre Hilfe.«

»Das war selbstverständlich«, sagte ich. »Wie geht es ihm?«

»In einer Woche kommt er aus dem Spital. Die Ärztin sagt, er hat Glück gehabt. Weil er betrunken war. Er war entspannt, als er gefallen ist. Hätte tot sein können.«

»Ist er versichert?«, fragte ich.

Sie zuckte mit den Achseln.

»Schrecklich«, sagte Bob und zeigte auf den Bildschirm. »Sieben Tote ... bumm!«

»Wo?«, fragte Grace.

»In Harlem«, sagte Bob, »Gas.«

Er schaltete den Ton des Fernsehers ein, und als ich ging, hörten die zwei gebannt dem Reporter zu, der mit bebender Stimme die schreckliche Verwüstung beschrieb.

Esperanza

SEIT DIE LANGSTRECKENFLUGZEUGE den Atlantik ohne Zwischenhalt überquerten, war die Inselgruppe mehr und mehr in Vergessenheit geraten, bis man ihren Namen nur noch in Verbindung mit einem subtropischen Hochdruckgebiet kannte, von dem das Wettergeschehen Westeuropas abhing.

In der Touristenunterkunft, einigen heruntergekommenen Bungalows in einem verwilderten Park, lebten außer mir nur ein paar magere Katzen. Meine Tage verliefen immer gleich. Ich las, machte wegen des ständig drohenden Regens nur kurze Spaziergänge und aß mittags und abends im einzigen Restaurant des Ortes. Der Kellner tat noch nach einer Woche so, als kennte er mich nicht. Niemand schien sich für mich zu interessieren außer Esperanza, das Zimmermädchen.

Esperanza war klein und zierlich, aber sie hatte einen entschlossenen Gesichtsausdruck und arbeitete so schnell, als habe sie ihr Leben lang nichts anderes getan. »Ich will dir dein Bett bereiten«, hatte sie gesagt, als sie am ersten Tag in meinem Bungalow erschienen war. Zehn Minuten später stand sie schon wieder an der Tür, räusperte sich und sagte: »Dieses Land ist ein Land mit Bergen und Tälern, das Wasser trinkt vom Regen des Himmels.« Bevor ich antworten konnte, war sie verschwunden.

Am nächsten Tag kam sie um dieselbe Zeit, machte mein Zimmer und sagte, als sie fertig war: »Auch ich möchte hinüber, möchte das schöne Land schauen.«

Jeden Morgen sagte Esperanza nur einen Satz und verschwand gleich darauf. Was sie von mir wollte, merkte ich erst, als sie sagte: »Und du erblickst nun unter den Gefangenen eine schöne Frau, wirst von Liebe zu ihr ergriffen und willst sie zum Weibe nehmen.«

Wieder verschwand sie, aber diesmal folgte ich ihr. Ich sah, wie sie draußen eine der verwilderten Katzen streichelte und dann in einem kleinen Anbau des Wirtschaftsgebäudes verschwand. Ohne anzuklopfen, trat ich ein. Esperanza stand im schummrigen Raum, in dem sie zu wohnen schien, und sagte: »Er küsse mich mit dem Kusse seines Mundes.«

Erst viel später, als Esperanza längst Deutsch sprach wie ihre Muttersprache, erzählte sie mir, was es mit jenen Sätzen auf sich gehabt hatte. Vor vielen Jahren hatte sie sich in einen deutschen Missionar verliebt, der in einem der Bungalows gewohnt hatte. Eines Tages war der junge Mann von einem Spaziergang nicht zurückgekehrt. In seinem Koffer fand Esperanza zwei Bücher, ein Wörterbuch und eine Bibel. Und weil sie die Hoffnung nie aufgab, dass er eines Tages wiederkehren würde, brachte sie sich an langen Abenden ein wenig Deutsch bei. Sie war in ihrer Lektüre kaum über das Buch Mose hinausgekommen, aber darin fand sie alles, was sie ihrem Geliebten sagen wollte. Oder einem anderen. Sie zeigte mir das Blatt mit den Sätzen, das sie aufbewahrt hatte als Beweis für unsere seltsame Liebe. Den letzten Satz hatte sie mir am Ende jenes langen Tages gesagt, an dem ich ihr Zimmer zum ersten Mal betrat: »Gewiss will ich mit dir gehen.«

Eine Geschichte ohne Bedeutung

DAS SCHIFF FUHR an einem der Piers an der West-Side. Als es ablegte, war es noch hell. Wir saßen zu fünft oder sechst an einem Blechtisch auf dem Oberdeck. Ein Freund hatte mich eingeladen, ich kannte niemanden außer ihm. Wir waren fast die einzigen Weißen auf dem Schiff. Der alte Dampfer fuhr langsam den Hudson River hinauf. Unten spielte schon die Musik, aber wir blieben sitzen, solange Manhattan noch zu sehen war.

»Yonkers«, sagte mein Freund, als es schon fast dunkel war. Dann ging ich mit einer der Frauen nach unten. Sie sagte, sie heiße Angela, sie stamme aus Trinidad, lebe seit einigen Jahren in New York, sie arbeite in einem Coffee Shop. Wir tanzten auf dem Mitteldeck des Schiffes zur viel zu lauten Musik einer Steel Band. Die Tänzer und Tänzerinnen standen so dicht, dass wir uns mit ihnen bewegen mussten. Der Rhythmus ging in Wellen durch die schwitzende Menge. Angela drängte sich nach vorn, wo es noch enger war und die Musik betäubend laut. Ich legte meine Hände auf ihre Schultern, um sie nicht zu verlieren. Sie stand vor mir und presste sich eng an mich oder wurde an mich gepresst.

Als wir zum Tisch zurückkamen, waren die anderen verschwunden. Drei ältere Paare saßen jetzt da und tranken mitgebrachten Rum und stritten sich über irgendetwas. Ich folgte Angela zum Bug des Schiffes. Es war Juli, und obwohl es jetzt ganz dunkel war, war die Luft noch immer warm. Angela lehnte sich an die Reling, und ich stand hinter ihr. Unsere Körper berührten sich ohne Druck diesmal. Vor uns tauchte eine hell erleuchtete Brücke auf, doch bevor wir sie erreichten, verlangsamte das Schiff, begann für einen Augenblick stärker zu vibrieren und wendete in einem weiten Kreis.

Wir waren noch verschwitzt vom Tanzen, und nachdem das Schiff gewendet hatte, spürten wir den Wind, der den Fluss heraufwehte. Angela trug ein schulterfreies Kleid, das von ihren kleinen Brüsten kaum gehalten wurde. Immer wieder zog sie es hoch und strich mit den Händen den Stoff über den Hüften glatt.

»Es ist lange her«, sagte sie und richtete sich auf, »sehr lange ...«

Es war nach Mitternacht, als das Schiff anlegte. Am Pier warteten Taxis, und in wenigen Minuten waren die Tänzerinnen und Tänzer in alle Richtungen verschwunden. Das Licht auf dem Schiff ging aus, während wir noch diskutierten, wohin wir gehen sollten. Mein Freund wollte nach Hause. Angela und die anderen beschlossen weiterzutanzen in einer Diskothek in Jamaica, dem Stadtteil, in dem sie alle wohnten. Sie nahmen ein Taxi, und ich schloss mich ihnen an.

In der Diskothek schienen alle einander zu kennen, und unsere Gruppe fiel auseinander. Ich stand abseits und trank mein Bier, bis Angela mich aus meiner Ecke holte, mit mir tanzte und mir Leute vorstellte, deren Namen ich sofort vergaß. Endlich zog sie mich am Ärmel und sagte, sie gehe jetzt nach Hause. Ich bot ihr an, sie zu begleiten. Obwohl es nach zwei Uhr war, hatte der Verkehr noch kaum nachgelassen. Angela zeigte mir, wo ich später die U-Bahn nehmen könne.

»Ein schlechtes Viertel«, sagte sie, als wir durch dunklere Straßen kamen.

Sie wohnte im Erdgeschoss eines zweistöckigen, schäbigen Holzhauses. Das Haus war einmal weiß gewesen, aber die Farbe blätterte überall ab, und der kleine Rasen davor war voller Unkraut und mit Abfällen übersät.

»Komm herein«, sagte Angela leise.

Die Wohnung war unordentlich, aber Angela entschuldigte sich nicht dafür. Sie schien an etwas anderes zu denken. Der Boden war mit dicken, hellen Spannteppichen belegt, und überall auf den wenigen Möbeln lagen Kleider, Zeitungen und Bücher. Angela zog die Rollläden herunter und setzte sich neben mich aufs Bett.

»Möchtest du Fotos von Trinidad anschauen?«, fragte sie.

»Nein«, sagte ich. Sie lachte und holte Bier aus dem Kühlschrank.

»Ich schaue mir die Fotos oft an«, sagte sie, »ich darf Amerika fünf Jahre lang nicht verlassen. Sonst kriege ich die Green Card nicht.«

Wir wussten in jener Nacht bald nicht mehr, worüber wir reden sollten. Angela zeigte mir schließlich doch die Fotos von ihrer Familie, und dann empfahl sie mir ein Buch, das sie kürzlich gelesen hatte. Sie zog es aus einem Stapel zerlesener Taschenbücher.

»Es ist mein Lieblingsbuch«, sagte sie, »du kannst es mitnehmen. Gib es mir irgendwann zurück.«

Dann sagte sie, es sei zu spät für mich, um nach Hause zu gehen. Die Nachbarschaft sei gefährlich um diese Zeit. Ich könne bei ihr übernachten. Sie holte eine dünne Matratze aus dem Wandschrank im Flur und machte mein Bett auf dem Boden neben ihrem. Sie ging ins Badezimmer, um sich auszuziehen.

Am nächsten Morgen frühstückten wir in einem Coffee Shop gleich neben der U-Bahn-Station. Ich wollte Angela einladen.

»Ich habe bei dir geschlafen«, sagte ich, »dann bezahle ich wenigstens das Frühstück.«

»Nicht so laut«, sagte sie und schüttelte lachend den Kopf. Sie schaute sich um, aber niemand schien mich gehört zu haben. Jetzt, am Sonntagmorgen, war Jamaica ein friedliches Viertel. Die Gehsteige waren voller Menschen. Es war Mittag, und die Sonne blendete uns, als wir aus dem Restaurant traten.

»Was hast du vor?«, fragte ich.

Sie gehe einkaufen, sagte Angela, dann vielleicht spazieren und am Abend nicht zu spät schlafen. Sie sei immer noch müde.

»Und du?«, fragte sie.

»Ich weiß nicht«, sagte ich. »Ich habe nichts Bestimmtes vor.«

Wir verabschiedeten uns, und ich fuhr zurück nach Manhattan. Einige Tage später rief ich Angela an und fragte, ob sie am Wochenende zu einem Konzert im Central Park mitkommen wolle. Sie sagte ja.

Als wir in den Park kamen, hatte das Konzert schon angefangen. Ein kleiner, hagerer Mann, der als König des TexMex angekündigt worden war, spielte Harmonika. Das Publikum war nicht sehr interessiert, aber nach jedem zaghaften Applaus gab er neue Zugaben, bis der Veranstalter mitten in einem Stück auf die Bühne kam und sagte, das Konzert sei jetzt zu Ende. Ich fragte Angela, ob sie noch ein Bier mit mir trinken wolle. Sie sagte, sie müsse heim, es sei ein weiter Weg nach Jamaica. Ich könne sie ja wieder einmal besuchen dort. Wir waren beide etwas ratlos. Schließlich trennten wir uns.

Ein paarmal telefonierte ich mit Angela, aber wenn ich mich mit ihr verabreden wollte, hatte sie immer schon etwas vor oder sagte, sie sei müde und müsse früh ins Bett. Sie hatte noch einen zweiten Job angenommen und sparte Geld. Jedes Mal sagte sie, sie würde mich gern wiedersehen, ich solle sie anrufen. Schließlich gab ich auf.

Einmal trafen wir uns dann noch, an einem Mittag, kurz bevor ich in die Schweiz heimreiste. Ich gab ihr das Buch zurück. Sie fragte, wie es mir gefallen habe. Ich hatte es nicht gelesen, aber ich behauptete, ich hätte es gemocht. Sie sagte, es sei ihr Lieblingsbuch. Wir aßen in einem kleinen chinesischen Restaurant. Wir hatten beide wenig Zeit und trennten uns schon nach einer Stunde.

»Schreib mir«, sagte Angela, und ich versprach es.

»Ich komme bestimmt bald wieder nach New York«, sagte ich.

In der Schweiz nahm ich eine neue Stelle an. Ich hatte viel zu tun und dachte kaum noch an New York. An Weihnachten schickte ich Angela eine Karte, aber sie antwortete nicht. Danach schrieb ich ihr noch zwei- oder dreimal, aber ich bekam wieder keine Antwort. Ich werde ihr zu Weihnachten schreiben, aber ich glaube nicht, dass sie noch in Jamaica wohnt, in Queens. Schon als wir uns kennenlernten, suchte sie eine bessere Wohnung.

Ich weiß nicht, weshalb ich Angela suche. Wenn wir uns träfen, wüssten wir wohl kaum, worüber wir sprechen sollten. Wir haben nie viel gesprochen. Ich glaube, ich möchte nur wissen, wo sie ist, ob es ihr gutgeht. Und vielleicht hoffe ich noch immer herauszufinden, was uns vom ersten Augenblick an verband. Obwohl es im Grunde ohne Bedeutung ist.

Am Eisweiher

ICH WAR MIT DEM ABENDZUG aus dem Welschland nach Hause gekommen. Damals arbeitete ich in Neuchâtel, aber zu Hause fühlte ich mich noch immer in meinem Dorf im Thurgau. Ich war zwanzig Jahre alt.

Irgendwo war ein Unglück geschehen, ein Brand ausgebrochen, ich weiß es nicht mehr. Jedenfalls kam mit einer halben Stunde Verspätung nicht der Schnellzug aus Genf, sondern ein kurzer Zug mit alten Wagen. Unterwegs blieb er immer wieder auf offener Strecke stehen, und wir Passagiere begannen bald, miteinander zu sprechen und die Fenster zu öffnen. Es war die Zeit der Sommerferien. Draußen roch es nach Heu, und einmal, als der Zug eine Weile gestanden hatte und das Land um uns ganz still war, hörten wir das Zirpen der Grillen.

Es war fast Mitternacht, als ich mein Dorf erreichte. Die Luft war noch warm, und ich hatte die Jacke nur übergehängt. Meine Eltern waren schon zu Bett gegangen. Das Haus war dunkel, und ich stellte nur schnell meine Sporttasche mit der schmutzigen Wäsche in den Flur. Es war keine Nacht zum Schlafen.

Vor unserem Stammlokal standen meine Freunde und berieten, was sie noch unternehmen sollten. Der Wirt hatte sie nach Hause geschickt, die Polizeistunde war vorüber. Wir redeten eine Weile draußen auf der Straße, bis jemand aus einem Fenster rief, wir sollten endlich ruhig sein und verschwinden. Da sagte Stefanie, die Freundin von Urs: »Warum gehen wir nicht im Eisweiher baden? Das Wasser ist ganz warm.«

Die anderen fuhren schon los, und ich sagte, ich würde nur schnell mein Fahrrad holen und dann nachkommen. Zu Hause packte ich meine Badehose und ein Badetuch ein, dann fuhr ich hinter den anderen her. Der Eisweiher lag in einer Mulde zwischen zwei Dörfern. Auf halbem Weg kam mir Urs entgegen.

»Stefanie hat einen Platten«, rief er mir zu. »Ich hole Flickzeug.«

Kurz darauf sah ich dann Stefanie, die an der Böschung saß. Ich stieg ab.

»Das kann eine Weile dauern, bis Urs zurückkommt«, sagte ich. »Ich gehe mit dir, wenn du magst.«

Wir schoben unsere Fahrräder langsam den Hügel empor, hinter dem der Weiher lag. Ich hatte Stefanie nie besonders gemocht, vielleicht weil es hieß, sie treibe es mit jedem, vielleicht aus Eifersucht, weil Urs sich nie mehr ohne sie zeigte, seit die beiden zusammen waren. Aber jetzt, als ich zum ersten Mal mit ihr allein war, verstanden wir uns ganz gut und redeten über dies und jenes.

Stefanie hatte im Frühjahr die Matura gemacht und arbeitete bis zum Beginn ihres Studiums im Herbst als Kassiererin in einem Warenhaus. Sie erzählte von Ladendieben und wer im Dorf immer nur die Aktionen und wer Kondome kaufe. Wir lachten den ganzen Weg. Als wir beim Weiher ankamen, waren die anderen schon hinausgeschwommen. Wir zogen uns aus, und als ich sah, dass Stefanie keinen Badeanzug dabeihatte, zog auch ich meine Badehose nicht an und tat, als sei das selbstverständlich. Der Mond war nicht zu sehen, aber unzählige Sterne und nur schwach die Hügel und der Weiher.

Stefanie war ins Wasser gesprungen und schwamm in eine andere Richtung als unsere Freunde. Ich folgte ihr. Die Luft war schon kühl gewesen und die Wiese feucht vom Tau, aber das Wasser war warm wie am Tag. Nur manchmal, wenn ich kräftig mit den Beinen schlug, wirbelte kaltes Wasser hoch. Als ich Stefanie eingeholt hatte, schwammen wir eine Weile nebeneinanderher, und sie fragte mich, ob ich in Neuchâtel eine Freundin hätte, und ich sagte nein.

»Komm, wir schwimmen zum Bootshaus«, sagte sie.

Wir kamen zum Bootshaus und schauten zurück. Da sahen wir, dass die anderen wieder am Ufer waren und ein Feuer angezündet hatten. Ob Urs schon bei ihnen war, konnten wir aus der Entfernung nicht erkennen. Stefanie kletterte auf den Steg und stieg von dort auf den Balkon, von dem wir als Kinder oft ins Wasser gesprungen waren. Sie legte sich auf den Rücken und sagte, ich solle zu ihr kommen, ihr sei kalt. Ich legte mich neben sie, aber sie sagte: »Komm näher, das hilft ja so nichts.«

Wir blieben eine Zeitlang auf dem Balkon. Inzwischen war der Mond aufgegangen und schien so hell, dass unsere Körper Schatten warfen auf dem grauen, verwitterten Holz. Aus dem nahen Wald hörten wir Geräusche, von denen wir nicht wussten, was sie bedeuteten, dann, wie jemand auf das Bootshaus zuschwamm, und kurz darauf rief Urs: »Stefanie, seid ihr da?«

Stefanie legte den Finger auf den Mund und zog mich in den Schatten des hohen Geländers. Wir hörten, wie Urs schwer atmend aus dem Wasser stieg und wie er sich am Geländer hochzog. Er musste nun direkt über uns sein. Ich wagte nicht, nach oben zu schauen, mich zu bewegen.

»Was machst du da?« Urs kauerte auf dem Geländer des Balkons und blickte auf uns herab. Er sagte es leise, erstaunt, nicht wütend, und er sagte es zu mir.

»Wir haben gehört, dass du kommst«, sagte ich. »Wir haben geredet, und dann haben wir uns versteckt, um dich zu überraschen.«

Jetzt schaute Urs zur Mitte des Balkons, und auch ich schaute hin und sah dort ganz deutlich, als lägen wir noch da, den Fleck, den Stefanies und mein nasser Körper hinterlassen hatten.

»Warum hast du das gemacht?«, fragte Urs. Wieder fragte er nur mich und schien seine Freundin gar nicht zu bemerken, die noch immer regungslos im Schatten kauerte. Dann stand er auf und machte hoch über uns auf dem Geländer zwei Schritte und sprang mit einer Art Schrei, mit einem Jauchzer, in das dunkle Wasser. Noch vor dem Klatschen des Wassers hörte ich einen dumpfen Schlag, und ich sprang auf und schaute hinunter.

Es war gefährlich, vom Balkon zu springen. Es gab im Wasser Pfähle, die bis an die Oberfläche reichten, als Kinder hatten wir gewusst, wo sie waren. Urs trieb unten im Wasser. Sein Körper leuchtete seltsam weiß im Mondlicht, und Stefanie, die nun neben mir stand, sagte: »Der ist tot.«

Vorsichtig stieg ich vom Balkon hinunter auf den Steg und zog Urs an einem Fuß zu mir. Stefanie war vom Balkon gesprungen und schwamm, so schnell sie konnte, zurück zu unseren Freunden. Ich zog Urs aus dem Wasser und hievte ihn auf den kleinen Steg neben dem Bootshaus. Er hatte am Kopf eine schreckliche Wunde.

Ich glaube, ich saß die meiste Zeit einfach nur da neben ihm. Irgendwann, viel später, kam ein Polizist und gab mir eine Decke, und erst jetzt merkte ich, wie kalt mir war. Die Polizisten nahmen Stefanie und mich mit auf die Wache, und wir erzählten, wie alles gewesen war, nur nicht, was wir auf dem Balkon getan hatten. Die Beamten waren sehr freundlich und brachten uns, als es schon Morgen wurde, sogar nach Hause. Meine Eltern hatten sich Sorgen gemacht.

Stefanie sah ich noch bei der Beerdigung von Urs. Auch meine anderen Freunde waren da, aber wir sprachen nicht miteinander, erst später, in unserem Stammlokal, nur nicht über das, was in jener Nacht geschehen war. Wir tranken Bier, und einer sagte, ich weiß nicht mehr, wer es war, es reue ihn nicht, dass Stefanie nicht mehr komme. Seit sie dabei gewesen sei, habe man nicht mehr vernünftig reden können.

Einige Monate später erfuhr ich, dass Stefanie schwanger war. Von da an blieb ich an den Wochenenden oft in Neuchâtel und fing sogar an, meine Wäsche selber zu waschen.

Treibgut

ICH WUSSTE NICHT, ob ich die richtige Nummer gewählt hatte. Auf dem Anrufbeantworter war nur klassische Musik zu hören, dann ein Pfeifton und dann die erwartungsvolle Stille der Aufnahme. Ich rief noch einmal an. Wieder kam nur die Musik, und ich hinterließ eine Nachricht. Eine halbe Stunde später rief Lotta zurück. Als wir uns besser kannten, erzählte sie mir von Joseph. Er sei der Grund, weshalb sie den Beantworter nicht bespreche. Er dürfe nicht wissen, dass sie zurück sei in der Stadt.

Lotta war Finnin und wohnte im West Village auf Manhattan. Ich brauchte für einige Zeit eine Wohnung. Eine Agentur hatte mir Lottas Nummer gegeben.

»Ich muss die Wohnung manchmal vermieten«, sagte Lotta, »wenn ich keine Arbeit habe.«

»Und wo wohnst du in der Zwischenzeit?«, fragte ich.

»Meistens bei Freunden«, sagte sie, »aber diesmal habe ich noch niemanden gefunden. Weißt du einen Platz für mich?«

Die Wohnung war groß genug, und so bot ich ihr an zu bleiben. Sie willigte sofort ein.

»Du darfst das Telefon nie direkt abnehmen«, sagte sie. »Warte

27

immer, bis du weißt, wer dran ist. Wenn du mich anrufen willst, ruf mich. Dann stelle ich den Beantworter ab.«

»Warst du da, als ich zum ersten Mal anrief?«, fragte ich.

»Ja«, sagte sie.

Lotta wohnte im vierten Stock eines alten Hauses in der 11th Street. Alles war schwarz in der Wohnung, die Möbel, das Bettzeug, die Teppiche. Einige vertrocknete Kakteen standen auf dem kleinen eisernen Balkon, der auf einen Hinterhof hinausging. Auf der Kommode neben Lottas Bett und auf dem Glastisch mit dem Anrufbeantworter lagen verstaubte Muscheln und Korallenästchen. In den wenigen Lampen steckten rote und grüne Glühbirnen, die die Räume abends in ein seltsames Licht tauchten, als stünden sie unter Wasser.

Als ich die Wohnung besichtigt hatte, war Lotta im Pyjama an die Tür gekommen, obwohl es schon Mittag war. Nachdem sie mir alles gezeigt hatte, ging sie sofort zurück ins Bett. Ich hatte sie gefragt, ob sie krank sei, aber sie hatte den Kopf geschüttelt und gesagt, sie schlafe einfach gern.

Als wir dann zusammen wohnten, stand sie nie vor Mittag auf und ging meistens vor mir wieder zu Bett. Sie las viel und trank Kaffee, aber ich sah sie kaum je essen. Sie schien von Kaffee und Schokolade zu leben. »Du musst gesünder essen«, sagte ich, »dann bist du nicht immer so müde.«

»Aber ich schlafe gern«, sagte sie und lachte.

Mit uns lebte eine ganz junge schwarze Katze. Lotta hatte sie geschenkt bekommen und Romeo getauft. Später hatte sie erfahren, dass Romeo ein Weibchen war, aber der Name war geblieben.

Es war Oktober. Ich traf alte Freunde, Werner und Graham, die bei einer Bank arbeiteten. Ich schlug ihnen vor, für ein langes Wochenende ans Meer zu fahren. Graham sagte, wir könnten sein Auto nehmen, und ich lud Lotta ein, mit uns zu kommen. An einem Freitagmorgen fuhren wir los. Wir wollten nach Block Island, einer kleinen Insel, hundert Meilen östlich von New York.

Noch in Queens machten wir zum ersten Mal halt. Unsere Abfahrt hatte sich verzögert, und wir waren hungrig. An einem kleinen Imbissstand direkt an der Hauptstraße aßen wir Hotdogs. Lotta trank nur Kaffee. An einer Kreuzung, nicht weit von uns entfernt, stand ein Schwarzer. Er hatte eine Pappschachtel mit vakuumverpacktem Fleisch neben sich. Wenn die Ampel rot wurde, ging er von Auto zu Auto und versuchte, das Fleisch zu verkaufen. Als er uns sah, kam er mit einem der Pakete in der Hand auf uns zugerannt. Wir unterhielten uns eine Weile mit ihm. Sein Französisch war besser als sein Englisch, und wir fragten ihn, wie es ihn ausgerechnet nach Queens verschlagen habe. Er ging auf all unsere Scherze ein, hoffte wohl bis zuletzt, dass wir ihm etwas abkaufen würden. Als wir schon losfuhren, lächelte er noch, hob sein Fleisch in die Höhe und rief uns etwas nach, das wir nicht mehr verstanden.

Wir waren mit der letzten Fähre an diesem Tag auf die Insel gekommen. Das Auto hatten wir auf einem fast leeren Parkplatz auf dem Festland zurückgelassen. Die Überfahrt dauerte zwei Stunden, und obwohl es kalt war, blieb Werner die ganze Zeit über draußen an der Reling stehen. Wir anderen saßen in der Cafeteria. Das Schiff war fast leer.

Direkt am Hafen der Insel stand ein großes, heruntergekommenes Jugendstilhotel. Nicht weit davon entfernt fanden wir eine einfache Pension in einem leuchtend weiß gestrichenen Holzhaus. Es war selbstverständlich, dass Lotta mit mir das Zimmer teilte.

Vom Meer her wehte ein heftiger Wind. Trotzdem beschlossen wir, noch vor dem Abendessen einen Spaziergang zu machen. Am

Strand entlang führte eine Promenade aus grauverwittertem Holz. Außerhalb des Dorfes hörte sie plötzlich auf, und wir mussten durch den Sand weitergehen.

Werner und ich gingen nebeneinander. Er war sehr schweigsam. Graham und Lotta hatten die Schuhe ausgezogen und suchten näher am Wasser nach Muscheln. Sie blieben bald zurück. Nur manchmal hörten wir noch einen Schrei oder Lottas hohes Lachen durch das Lärmen der Brandung.

Als wir eine Weile gegangen waren, setzten Werner und ich uns in den Sand, um auf die beiden zu warten. Im Gegenlicht sahen wir ihre Silhouetten schwarz vor dem glitzernden Wasser.

»Was machen die so lange da unten?«, fragte ich.

»Muscheln suchen«, sagte Werner ruhig. »Wir sind weit gegangen.«

Ich kletterte auf eine Düne, um zurückzuschauen. Sand kam in meine Schuhe, und ich zog sie aus. Das Dorf war weit entfernt. In einigen Häusern brannte schon Licht. Als ich zurückkam, war Werner zum Ufer hinuntergegangen. Lotta und Graham saßen im Windschatten der Düne. Sie hatten ihre Schuhe wieder angezogen. Ich setzte mich neben sie, und wir schauten schweigend zum Meer, wo Werner Muscheln oder Steine ins Wasser warf. Der Wind trieb den Sand in Wirbeln über den Strand.

»Ich friere«, sagte Lotta.

Auf dem Rückweg ging ich neben Lotta und half ihr, die gesammelten Muscheln zu tragen. Meine Schuhe hatte ich an den Schnürsenkeln zusammengeknotet und über die Schultern gehängt. Der Sand war kalt geworden. Graham lief voraus, Werner folgte uns in einiger Entfernung.

»Graham ist nett«, sagte Lotta.

»Sie arbeiten bei einer Bank«, sagte ich, »er und Werner. Aber sie sind o. k.«

»Wie alt ist er?«

»Wir sind alle gleich alt. Wir sind zusammen zur Schule gegangen.«

Lotta erzählte von Finnland. Sie war auf einem Bauernhof aufgewachsen, nördlich von Helsinki. Ihr Vater hatte Stiere gezüchtet. Lotta war schon früh von zu Hause weggegangen, erst nach Berlin, dann nach London, nach Florenz. Schließlich, vor vier oder fünf Jahren, war sie nach New York gekommen.

»Letzte Weihnachten habe ich meine Eltern besucht. Zum ersten Mal seit Jahren. Meinem Vater geht es nicht gut. Ich wollte erst dableiben, aber im Mai bin ich dann doch zurückgekommen.« Sie zögerte. »Eigentlich bin ich nur wegen Joseph gegangen.«

»Was war denn mit Joseph? Wart ihr ein Paar?«

Lotta zuckte mit den Achseln. »Das ist eine lange Geschichte. Die erzähle ich dir ein andermal.«

Kurz vor dem Dorf schauten wir uns nach Werner um. Er war weit zurückgeblieben und ging langsam, nahe am Wasser entlang. Als er sah, dass wir auf ihn warteten, winkte er und kam schneller auf uns zu.

Wir aßen in einem kleinen Fischrestaurant. Lotta sagte, sie sei Vegetarierin, aber Graham meinte, Fisch dürfe sie trotzdem essen. Wir luden sie ein, und sie aß von allem, aber trank keinen Wein.

Wenn Lotta eine Weile geschwiegen hatte, fielen Graham und ich manchmal in unsere Muttersprache. Werner sagte nichts, und Lotta schien es nicht zu stören. Sie aß langsam und konzentriert, als müsse sie sich jede Bewegung in Erinnerung rufen. Sie merkte, dass ich sie beobachtete, lächelte mir zu und aß erst weiter, als ich meinen Blick abgewandt hatte.

Nachts trug Lotta einen rosaroten Pyjama mit einem aufgestickten Teddybären. Ihr blondes Haar war kurz geschnitten. Sie musste über dreißig sein, aber sie wirkte wie ein Kind. Sie lag auf dem Rücken und hatte die Bettdecke bis zum Kinn hochgezogen. Ich hielt den Kopf aufgestützt und schaute sie an.

»Willst du immer in New York bleiben?«, fragte ich.

»Nein«, sagte Lotta, »ich mag das Klima nicht.«

»Finnland ist auch nicht besser«, sagte ich.

»Zu Hause war mir immer kalt. Ich möchte nach Trinidad. Ich habe Freunde dort.«

»Du hast viele Freunde.«

»Ja«, sagte Lotta.

»Jetzt hast du auch Freunde in der Schweiz.«

»Ich möchte einen kleinen Laden haben auf Trinidad«, sagte sie. »Kosmetik, Filme, Aspirin und so … von hier direkt importiert. Das gibt es dort nicht. Oder es ist sehr teuer.«

»Spricht man Englisch auf Trinidad?«, fragte ich.

»Ich glaube. Meine Freunde sprechen Englisch … und es ist immer warm.«

Unten fuhr ein Auto vorüber. Das Scheinwerferlicht, das durch die Jalousien fiel, wanderte durchs Zimmer, über die Decke und erlosch plötzlich, dicht über unserem Bett.

»Du bist sehr frei«, sagte ich. Aber da war Lotta schon eingeschlafen.

Wir trafen Werner und Graham beim Frühstück.

»Habt ihr gut geschlafen?«, fragte Graham grinsend.

»Ich mag es, wenn man das Meer vom Bett aus hört«, sagte ich.

»Ich war müde«, sagte Lotta.

Werner aß schweigend.

Vor dem Mittag begann es zu regnen, und wir gingen ins Lokalmuseum. Es war in einem kleinen weißen Schuppen untergebracht. Über die Geschichte von Block Island gibt es nicht viel zu sagen. Die Insel wurde irgendwann von einem Holländer namens

Block entdeckt. Später kamen Siedler vom Festland herüber. Danach geschah nicht mehr viel.

Der alte Mann, der das Museum führte, erzählte uns von den unzähligen Schiffen, die an den Klippen vor der Insel gestrandet waren. Die Leute hier hätten mehr vom Strandgut als von der Fischerei gelebt.

»Es heißt, sie hätten die Schiffe mit falschen Feuern an die Klippen gelockt«, sagte der Mann und lachte. Heute lebe die Insel vom Tourismus. Im Sommer sei jede Fähre voll von Badegästen, und viele reiche New Yorker hätten ein Sommerhaus auf der Insel. Eine Zeitlang habe es zum guten Ton gehört, ein Haus auf Block Island zu haben. Aber heute flögen die Reichen in die Karibik.

»Es ist ruhiger geworden hier«, sagte der Mann, »aber wir können uns nicht beklagen. Schiffe stranden nicht mehr, aber es wird noch allerhand angetrieben.«

Lotta fragte ihn, ob er Fischer sei.

»Ich war Immobilienmakler«, sagte er. »Sie können sich gar nicht vorstellen, was hier alles angetrieben wird.«

Er lachte, ich wusste nicht, weshalb.

Dann gingen wir wieder an den Strand. Lotta machte sich auf die Suche nach Muscheln, wir anderen setzten uns und rauchten. Graham schaufelte mit einem zerbrochenen Krebspanzer ein Loch in den feinen Sand, der schon dicht unter der Oberfläche feucht zusammenklebte.

»Und«, sagte ich, »was habe ich gesagt? Sie ist doch ganz nett.«

Werner schwieg. Graham lachte. »Wir haben nicht mit ihr im selben Bett geschlafen.«

»Wie das klingt: im selben Bett geschlafen. Sag doch, was du denkst.«

»Heute Nacht bin ich an der Reihe«, sagte Graham grinsend, »und morgen Werner. Aber der macht so was nicht.«

Ich sagte, er sei ein Idiot, und Werner sagte: »Hört auf.« Er stand auf und ging davon, zum Meer hinunter. Lotta kam zurück, die Hände voller Muscheln. Sie setzte sich neben uns in den Sand, breitete ihre Beute vor sich aus und begann, sie sorgfältig mit den Fingern abzuwischen. Graham hatte sich eine Röhrenmuschel vom Lager zwischen Lottas Beinen genommen und betrachtete sie lange.

»Seltsam, was die Natur alles hervorbringt«, sagte er und lachte. »Wie war das? Sie können sich gar nicht vorstellen, was hier alles angetrieben wird.«

Mit der Mittagsfähre waren noch einmal einige Touristen angekommen, aber sie verloren sich rasch in alle Richtungen, und schon bald war das Dorf wieder leer. Wir aßen auf der Terrasse eines Coffee Shops.

»Was nun?«, fragte ich.

»Ich bin müde«, sagte Lotta. »Ich lege mich eine Stunde hin.«

Graham machte sich auf die Suche nach einer Zeitung, und Werner sagte, er gehe ans Meer. Ich schlenderte mit Lotta zurück zum Hotel.

Die Betten in unserem Zimmer waren schon gemacht, und das Fenster stand weit offen. Lotta schloss es und ließ die Jalousien herunter. Sie legte sich hin. Ich setzte mich auf den Boden und lehnte mich an das Bett.

»Was wohl der arme kleine Romeo macht«, sagte Lotta. »Er fehlt mir schrecklich.«

»Es wird ihm schon gutgehen.«

»Willst du dich nicht hinlegen?«

»Ich bin nicht müde.«

»Ich kann immer schlafen«, sagte Lotta.

Am Nachmittag liehen wir uns Fahrräder, um die Palatine-Gräber im Süden der Insel zu besuchen. Sechzehn Holländer, die den berühmten Schiffbruch der Palatine an der Insel überlebt hatten, sollen dort begraben sein.

»Warum sind sie denn begraben, wenn sie doch überlebt haben?«, fragte Lotta.

»Lebendig begraben«, sagte Graham.

Werner lachte.

»Das war im achtzehnten Jahrhundert«, sagte ich.

»Aber warum wurden sie zusammen begraben?«, fragte Lotta. »Nur weil sie auf demselben Schiff waren?«

»Vielleicht weil sie zusammen gerettet wurden«, sagte ich, »das verbindet.«

Wir fanden irgendwo einen verrotteten Wegweiser, aber die Gräber fanden wir nicht. Auf einer Wiese trafen wir einen Mann. Auch er wusste nicht, wo die Gräber waren. Er hatte noch nie etwas von ihnen gehört. Enttäuscht kehrten wir um.

»Ich mag sowieso keine Friedhöfe«, sagte Lotta.

Wir fuhren jetzt gegen den Wind und kamen erst, als es schon dunkel wurde, zurück zu unserem Hotel. Wir tranken ein Bier. Lotta rief ihre Nachbarin an, um sich nach der Katze zu erkundigen.

»Alles in Ordnung«, sagte sie, als sie wieder da war.

»Werner wird in einer Woche dreißig«, sagte ich zu Lotta. »Wir sollten eine Party für ihn geben.«

»Dann bist du eine Waage«, sagte sie. »Joseph ist auch eine Waage.«

Werner nickte. Er wolle keine Party, sagte er.

»Wer ist Joseph?«, fragte Graham. »Joseph und Maria?«

»Joseph und Lotta«, sagte ich.

»Ein Freund«, sagte Lotta.

»Waage«, murmelte Graham und blätterte in seiner Zeitung. Dann las er vor: »Sie müssen eine Entscheidung treffen und sollten von realistischen Überlegungen ausgehen. Das Knüpfen neuer Kontakte dürfte Ihnen nicht schwerfallen. Glückliche Stunden stehen bevor.«

»Das ist ein gutes Horoskop«, sagte Lotta.

Werner lachte. Es war ein seltsames, spöttisches Lachen. Graham und ich lachten mit, aber Lotta lächelte nur und legte eine Hand auf Werners Arm.

»Es ist in Ordnung«, sagte sie. »Komm, wir gehen spazieren.«

Sie standen auf, und wir verabredeten uns in einer Stunde in dem Fischrestaurant vom Abend vorher. Werner ging aufrecht und langsam wie ein kranker Mensch. Es sah aus, als bewege er sich nicht. Lotta hängte sich bei ihm ein. Sie schien ihn vorwärts zu ziehen hinunter zum Strand.

»Und«, fragte Graham, nachdem wir lange geschwiegen hatten, »wie ist sie?«

»Was meinst du?«

»Spiel nicht den Unschuldigen. Wozu hast du sie denn sonst mitgenommen?«

»Sie ist eine seltsame Frau«, sagte ich. »Findest du nicht?«

Graham grinste. »Eine Frau ist eine Frau.«

»Nein«, sagte ich, »ich mag sie. Ich bin gern mit ihr zusammen.«

»Was meinst du, wer von uns dreien gefällt ihr am besten?«, fragte Graham.

»Ich glaube, du bist der Einzige hier, der so versessen darauf ist, ihr zu gefallen.«

»Ach was. Mir gefällt ihre müde Art. Die sind gut im Bett. Ich kenne den Typ.«

»Mein lieber Freund, denk an deine Frau.«

»Ich bin in den Ferien. Meinst du, ich bin hierhergekommen, um Muscheln zu suchen?«

»Und was sagt Werner?«, fragte ich.

»Nichts. Er sagt überhaupt nichts. Ich habe ihn noch nie so schweigsam erlebt. Stumm wie ein Fisch.«

Wir hatten unser Bier ausgetrunken. Graham sagte, er müsse telefonieren, und ich setzte mich in einen Sessel im Foyer der Pension und blätterte im *Fishermen's Quarterly*.

Lotta kam nicht zum Abendessen. Sie sei müde, sagte Werner, als er allein an unseren Tisch trat. Während des Essens war er noch immer schweigsam, aber der Ernst der vergangenen Tage war verschwunden, und manchmal ließ er sein Besteck sinken und lächelte still vor sich hin.

»Haben wir uns verliebt?«, fragte Graham spöttisch.

»Nein«, sagte Werner kurz, aber nicht unfreundlich. Dann aß er ruhig weiter. Beim Kaffee meinte er, er wolle morgen die Kreideklippen im Süden der Insel sehen.

»Die müssen in der Nähe der Palatine-Gräber sein«, sagte ich. »Noch mal den ganzen Weg da raus …«

Auch Graham hatte keine Lust, ein zweites Mal über die Insel zu fahren.

»Nur wegen ein paar Kreidefelsen. In Europa hast du überall Kreidefelsen. In England, in der Bretagne, in Irland, überall.«

Aber Werner ließ sich nicht beirren und meinte nur: »Ihr müsst ja nicht mitkommen.«

Um Mitternacht ging Werner zu Bett. Graham und ich blieben noch lange sitzen. Wir hatten ziemlich viel getrunken. Graham erzählte, seine Frau sei ausgezogen. Sie wohne jetzt bei ihrem Englischlehrer.

»Sie hat keine Arbeitsbewilligung bekommen«, sagte er. »Nachher wollte sie ein Kind, aber das hat nicht geklappt. Sie hat sich gelangweilt.«

Graham tat mir leid. Da merkte ich plötzlich, wie wenig ich ihn mochte. Ich sagte, ich sei müde und wolle ins Bett. Er bestellte noch zwei Bier, aber ich stand auf und ging.

Lotta schien tief zu schlafen, als ich ins Zimmer trat. Sie atmete laut und unregelmäßig. Ich zog mich aus, öffnete das Fenster einen Spaltbreit und legte mich neben sie. Ich horchte auf ihren Atem und auf das Rauschen des Meeres, doch schlief ich bald ein und erwachte erst, als jemand heftig an die Tür klopfte. Sofort sah ich, dass Lotta nicht da war, aber ich dachte mir nichts dabei. Es war schon später Vormittag. Draußen stand Graham.

»Werner ist weg«, sagte er.

»Lotta auch«, sagte ich. »Vielleicht sind sie beim Frühstück.«

»Nein«, sagte Graham, »ich war schon unten.«

Wir frühstückten in der Pension.

»Vielleicht sind sie ans Meer gegangen«, sagte ich, »oder zu den Klippen.«

»Die Fahrräder haben sie jedenfalls nicht genommen«, sagte Graham, »und zu Fuß sind es mindestens zwei Stunden zu den Klippen.«

Wir waren beide verärgert. Als Werner und Lotta gegen Mittag noch immer nicht da waren, nahmen wir die Räder und fuhren in Richtung Süden. Aber es gab zwei Straßen, und wenn Lotta und Werner zu Fuß unterwegs waren, kamen sie überall durch. Zwei Stunden später waren wir wieder in der Pension.

»Die können etwas erleben, wenn sie zurückkommen«, sagte Graham.

Die Frau am Empfang winkte uns zu sich. Sie sagte, wir müssten unsere Zimmer räumen. Unsere Freunde seien abgereist, während wir weg gewesen seien. Sie hätten eine Nachricht hinterlassen. Sie reichte mir ein Blatt Papier, auf das Lotta geschrieben hatte, wir sollten uns keine Sorgen machen und allein nach Hause fahren. Sie und Werner nähmen einen anderen Weg.

»Dass deine Finnin nicht wählerisch ist, wundert mich nicht«, sagte Graham, »aber dass sie mit Werner geht …«

»Ich kann mir nicht vorstellen, weshalb sie gegangen sind«, sagte ich. »Wir hatten doch schöne Tage zusammen.«

»Werner hat gewonnen«, sagte Graham. »So einfach ist das.«

Er grinste, aber er konnte seine Wut nicht verbergen.

»Sie ist ein freier Mensch«, sagte ich. »Sie kann gehen, mit wem sie will.«

Die Zeit reichte gerade noch, um zu packen, bevor die nächste Fähre zum Festland ging.

Die Überfahrt war kalt und windig. Als wir zum Auto kamen, war schon der ganze Himmel bewölkt, und kurz nachdem wir losgefahren waren, begann es zu regnen. Wir sprachen nicht viel. Graham war wütend und fuhr viel zu schnell. Er gehe bald zurück in die Schweiz, sagte er, er habe endgültig genug von Amerika. Seine Frau werde dann wohl oder übel auch mitkommen müssen. Sie lebe immer noch von seinem Geld.

In der Nähe von Bridgeport hielten wir an einer Tankstelle, und ich versuchte, Werner und dann Lotta anzurufen. Aber Werner war nicht da, und Lottas Maschine spielte nur ihre Musik, als sei nichts geschehen. Nach dem Pfeifton rief ich: »Lotta, bist du da? Lotta!«

Ich stellte mir vor, wie meine Stimme durch die leere Wohnung hallte, und kam mir lächerlich vor. Ich hängte ein.

Wir fuhren durch die Bronx direkt nach Queens, wo Graham wohnte. Ich ging mit ihm hinauf. Die Wohnung war unaufgeräumt, in der Küche stand schmutziges Geschirr. Während Graham den Anrufbeantworter abhörte, kochte ich Kaffee. Auf dem Band war eine aufgeregte Stimme zu hören, aber ich verstand nichts bei dem Sirren des kochenden Wassers. Als ich ins Wohnzimmer kam, saß Graham zusammengesunken auf dem Sofa und hielt den Telefonhörer ans Ohr gepresst. Ich goss Kaffee ein. Graham sagte ein paarmal ja, dann bedankte er sich und legte auf.

»Werner hat sich umgebracht«, sagte er. »Er hat einen Abschiedsbrief geschrieben, bevor wir am Freitag losgefahren sind. Das war seine Vermieterin. Sie hat einen Schlüssel zur Wohnung und hat gestern da herumgeschnüffelt. Als es regnete, hat sie gesagt, wollte sie nachsehen, ob alle Fenster geschlossen seien.«

Er erzählte mir die ganze, völlig nebensächliche Geschichte, als fürchte er sich vor der Stille.

»Der Brief lag auf dem Esstisch. Die Frau spricht etwas Deutsch, sie stammt aus Ungarn und hat das Wichtigste verstanden. Aber sie wusste nicht, wo wir waren. Meine Nummer hat sie neben dem Telefon gefunden. Sie hat noch ein paar andere Leute angerufen.«

»Aber Lotta«, sagte ich, »sie hat sich doch bestimmt nicht … Sie hat doch geschrieben, wir sollten uns keine Sorgen machen. Sie nähmen einen anderen Weg …«

Graham zuckte mit den Achseln.

»Meinst du, er wollte sich … er hat sich von den Klippen gestürzt?«, fragte ich. »Das traue ich ihm nicht zu. Er ist kein Romantiker.«

»Eine Pistole hat er bestimmt nicht«, sagte Graham.

»Was sollen wir machen?«, fragte ich.

»Ich weiß es nicht«, sagte er. »Für eine Vermisstenmeldung ist es zu früh.«

Er wollte mich in die Stadt bringen, aber ich sagte, er solle beim Telefon bleiben. Ich hatte keine Lust zu reden, ich wollte allein sein. Auf dem Tisch standen unberührt die beiden Tassen mit Kaffee.

Die Subway-Station war fast leer. Ich musste eine Viertelstunde warten, bis endlich ein Zug kam. Als wir uns Manhattan näherten, füllte sich der Wagen langsam. Ich stieg eine Station früher aus als sonst und ging das letzte Stück zu Fuß. Es regnete nicht mehr, aber die Straßen waren noch immer nass. Im Supermarkt in meinem Viertel kaufte ich Bier und ein Sandwich.

Als ich die Wohnungstür öffnete, hörte ich Lottas Stimme. Der Anrufbeantworter lief und nahm sie auf. Ich wollte den Hörer abheben, um mit ihr zu sprechen, aber dann ließ ich es bleiben und hörte nur zu.

»Die Möbel gehören Joseph. Und Romeo … Robert, schau bitte nach Romeo. Er ist noch so klein. Versprich mir, dass ihm nichts geschieht. Du kannst auch in der Wohnung bleiben. Das musst du mit Joseph ausmachen. Sag ihm, dass du die Agentur bezahlt hast.«

Es war einen Moment still.

»Ich glaube, das ist alles. Macht's gut, und seid uns nicht böse. Bye Graham, bye Robert.«

Sie flüsterte: »Möchtest du noch etwas sagen?«

Ich hörte, wie Werner kurz und deutlich nein sagte. Dann knackte es, und die Verbindung war unterbrochen. Ich stellte mir vor, wie Lotta sich zu Werner umwandte, irgendwo an einer Bushaltestelle oder in einem Restaurant, wie er sie anlächelte und wie sie gemeinsam weggingen und verschwanden. Ich dachte, dass ich die letzte Gelegenheit verpasst hatte, sie zu sprechen, mich wenigstens von ihnen zu verabschieden.

Ich spulte das Band ganz zurück und hörte es ab.

»Sie haben zwei Nachrichten«, sagte eine künstliche Stimme. Dann kam meine Stimme: »Lotta, bist du da? Lotta!« Ich klang nervös und ärgerlich, ängstlich. Es knackte zweimal, dann sprach Lotta: »Hallo? Ist jemand da? Hallo, Robert, hallo!« Sie seufzte, dann sagte sie: »Na gut, dann seid ihr also noch unterwegs. Auch gut. Ich rufe von einem Restaurant aus an. Wir sind in … wo sind wir?« Ich hörte sie flüstern.

»Wir sind in der Nähe von Philadelphia. Ich bin mit Werner

zusammen. Wir gehen weg. Werner wollte ... er hat einen Brief in der Wohnung zurückgelassen. Aber was er schreibt, gilt nicht mehr. Wir gehen weg. Er hat alles geregelt. Ihr werdet es verstehen, wenn ihr den Brief findet. Bei mir gibt es nicht viel zu erledigen. Robert? Wenn du das hörst, ruf doch bitte Joseph an. Er weiß über alles Bescheid. Seine Nummer findest du im Verzeichnis neben dem Telefon. Ich war noch schnell in der Wohnung, um ein paar Sachen zu holen. Den Rest brauche ich nicht mehr. Die Möbel gehören Joseph ...«

Ich stellte das Band ab und rief Graham an. Wir sprachen nur kurz. Als ich mir ein Bier holte, kam Romeo in die Küche. Im Kühlschrank fand ich Milch. *»Do you know where your children are?«* stand auf der Verpackung, darunter waren das Bild und der kurze Steckbrief eines vermissten Kindes gedruckt.

Die Milch war sauer, und ich goss sie weg. In einem der Schränke fand ich eine Büchse Katzenfutter. Ich schaltete den Fernseher ein, legte mich aufs Sofa und trank mein Bier.

Einige Tage später rief ich Joseph an und bat ihn um ein Treffen. Ich sagte, ich sei ein Freund von Lotta. Er räusperte sich und sagte, ich könne ihn in seinem Restaurant an der Ecke Vandam und Hudson Street treffen.

Am nächsten Vormittag ging ich hin. Das Lokal war dunkel und leer. Nur an einem der hinteren Tische saß ein kleiner, untersetzter Mann und las Zeitung. Er hatte eine Stirnglatze und war vielleicht fünfzig Jahre alt. Er erhob sich, als ich an seinen Tisch trat, und reichte mir die Hand.

»Sie müssen Robert sein. Freut mich. Ich bin Joseph. Was bringen Sie mir von Lotta?«

Er bat mich, Platz zu nehmen, und ging hinter die Theke, um mir einen Kaffee zu holen.

»Ich bin Lottas Untermieter«, sagte ich.

»Also ist sie zurück aus Finnland. Ich habe es eigentlich vermutet.«

»Sie ist verschwunden«, sagte ich.

Er lachte. »Milch und Zucker? Das ist nicht ungewöhnlich bei ihr.«

»Schwarz«, sagte ich. »Sie ist mit einem Freund von mir auf und davon. Niemand weiß wohin.«

Joseph setzte sich mir gegenüber. »Das Haus gehört mir«, sagte er. »Lotta hat keine Miete bezahlt. Schauen Sie mich nicht so an. Ich bin nicht verheiratet.«

»Es war nichts zwischen uns«, sagte ich. »Wir haben nur zusammen gewohnt.«

»Das wundert mich nicht«, sagte Joseph. »Lotta ist eine von diesen vagabundierenden Schmarotzerinnen. In New York wimmelt es von der Sorte. Sie nehmen, was sie kriegen können, aber sie geben nie etwas zurück.«

»Ich wollte immer leben wie sie«, sagte ich. »Ich mag sie. Sie ist nett.«

»Natürlich. Was glauben Sie, warum habe ich sie gratis wohnen lassen?«

Ich lächelte, und er lächelte auch.

»Wie lange wollten Sie in der Wohnung bleiben?«

»Noch drei Wochen. Ich habe die Miete bezahlt. Ich habe eine Quittung …«

»Keine Angst. Bleiben Sie, solange Sie wollen.«

»Was ist mit Lottas Sachen?«, fragte ich. »Sie hat gesagt, sie braucht sie nicht mehr.«

»Lassen Sie nur alles, wie es ist«, sagte er. »Irgendwann kommt sie ja doch zurück.«

In den Außenbezirken

HEILIGABEND HATTE ICH bei Freunden verbracht. Schon am Nachmittag hatten sie eine Flasche Champagner geöffnet, und ich war früh nach Hause gegangen, weil ich betrunken war und mein Kopf schmerzte. Ich wohnte in einem kleinen Studio im Westen von Queens. Am Morgen weckte mich das Klingeln des Telefons. Meine Eltern riefen aus der Schweiz an, wünschten mir frohe Weihnachten. Das Gespräch dauerte nicht lange, wir wussten nicht, was wir noch sagen sollten. Draußen regnete es. Ich machte mir Kaffee und las.

Am Nachmittag ging ich spazieren. Zum ersten Mal seitdem ich hier wohnte, ging ich stadtauswärts, in die Außenbezirke. Ich kam auf den Queens Boulevard und folgte ihm in Richtung Osten. Die Straße zog sich breit und gerade durch immer gleiche Viertel. Manchmal folgte Geschäft auf Geschäft, und ich hatte den Eindruck, in einer Art Zentrum zu sein, dann kam ich in Wohngegenden mit Mietshäusern oder kleinen, schäbigen Reihenhäusern. Ich ging über eine Brücke, unter der ein altes, überwuchertes Gleis lag. Ein umzäuntes Grundstück voller Schutt und Abfälle folgte, eine riesige Kreuzung ohne Ampeln und ohne Verkehr. Dann kam ich wieder zu einigen Geschäften und einer Querstraße, über die, wie ein Dach, eine Subway-Linie gebaut war. Die Weihnachtsdekorationen in den Schaufenstern und das von Wind und Regen zerzauste Lametta, das in den Straßen hing, wirkten schon jetzt wie Überbleibsel aus einer längst vergangenen Zeit.

Der Regen hatte nachgelassen, und ich blieb an der Straßenecke stehen, um mir eine Zigarette anzuzünden. Ich wusste nicht, ob ich weitergehen sollte. Da sprach mich eine junge Frau an und bat mich um Feuer. Sie sagte, es sei ihr Geburtstag. Wenn ich zwanzig Dollar hätte, könnten wir ein paar Sachen kaufen und ein kleines Fest machen.

»Es tut mir leid«, sagte ich. »Ich habe nicht so viel bei mir.«

Sie sagte, das sei egal, ich solle hier auf sie warten. Sie gehe einkaufen und komme dann zurück.

»Seltsam, dass du Weihnachten Geburtstag hast.«

»Ja«, sagte sie, als habe sie daran nicht gedacht, »das ist wahr.«

Sie ging die Straße hinunter, und ich wusste, dass sie nicht zurückkommen würde. Ich wusste, dass heute nicht ihr Geburtstag war, aber ich wäre trotzdem mit ihr gegangen, wenn ich genug Geld dabeigehabt hätte. Ich rauchte die Zigarette zu Ende und zündete mir eine zweite an. Dann machte ich mich auf den Weg zurück.

Auf der gegenüberliegenden Seite der Straße sah ich ein Pub. Ich ging hinein und bestellte ein Bier.

»Bist du Franzose?«, fragte der Mann neben mir. »Ich heiße Dylan.« Wie der große Dylan Thomas, sagte er, *light breaks where no sun shines …*

»Hast du«, fragte Dylan, »in deinem ganzen Leben jemals ein Liebesgedicht von einer Frau an einen Mann gelesen?«

»Nein«, sagte ich. »Ich lese keine Gedichte.«

»Ich sage dir, das ist ein Fehler. Da findest du alles, in den Gedichten. Da steht alles drin.«

Er stand auf und stieg die kleine Treppe hinunter zur Toilette. Als er zurückkam, stellte er sich neben mich, legte einen Arm um meine Schultern und sagte: »Kein einziges! Die Frauen lieben die Männer nicht, glaub mir.«

Der Barmann machte mir ein Zeichen, das ich nicht verstand. Dylan zog ein abgegriffenes Buch aus der Tasche und hob es über unsere Köpfe.

»*Immortal Poems of the English Language*«, sagte er. »Das ist meine Bibel.«

Überall im Buch steckten kleine, schmutzige Zettel. Dylan schlug eine der Stellen auf.

»Hör, wie die Frauen die Männer lieben«, sagte er und las: »Mrs Elizabeth Barrett Browning: *How do I love thee? Let me count the ways* … Kein einziges Wort über ihn. Mrs Browning erzählt nur, wie sehr sie ihn liebt, wie grandios ihre Liebe ist. Ein anderes …«

Ein alter Mann neben mir flüsterte: »Das tut er dauernd.« Dann machte er dasselbe Zeichen wie vorher der Wirt. Ich begann zu verstehen, aber ich war schon etwas betrunken und wollte noch nicht gehen. Ich lächelte nur und wandte mich wieder Dylan zu, der eine andere Stelle aufgeschlagen hatte.

»Miss Brontë«, sagte er, »auch sie! *Cold in the earth, and the deep snow piled above thee! Far, far removed* … So fängt es an, und dann beschreibt sie ihren Schmerz. Der Mann spielt überhaupt keine Rolle. Oder hier … Mrs Rossetti: *My heart is like a singing bird … My heart is like an apple-tree* … Das geht so weiter bis zur letzten Zeile, wo es heißt: *Because my love is come to me.* Nennst du das Liebe? Schreibt so ein Mensch, der verliebt ist? Ja, einer, der in sich selbst verliebt ist.«

Er steckte das Buch weg und legte mir wieder seinen kurzen Arm um die Schultern.

»Die Liebe der Frauen, mein Freund … es gibt sie nicht. Sie lieben uns wie Kinder, wie ein Schöpfer seine Schöpfung liebt. Aber so wenig wie wir den Frieden mit Gott finden, finden wir den Frieden mit den Frauen.«

»Dann ist Gott eine Frau?«, fragte ich.

»Natürlich«, sagte Dylan, »und Jesus ist ihre Tochter.«

»Und du bist seine Schwester«, sagte der Barmann.

»Ich mag keine Frauen mit Bart«, murmelte der alte Mann neben mir.

Wir schwiegen.

»Die Schwulen gehen alle in die Hölle«, sagte der Alte.

»Auf diesem Niveau diskutiere ich nicht«, sagte Dylan böse und rückte näher zu mir, als suche er Schutz. »Wir zwei, wir sprechen von Poesie. Dieser junge Mann hat nicht solche Vorurteile wie ihr Schwachköpfe.«

»Die nächste Runde geht aufs Haus«, sagte der Barmann und schob eine Kassette mit Weihnachtsmusik in die Stereoanlage hinter sich.

»*God rest ye merry, gentlemen*«, sang Harry Belafonte.

»*Eoh*«, grölte ein junger Mann von einem der Tische, »*he misadeh misadeeeho ...*«

Der Barmann stellte das Bier vor uns auf die Theke. Ich war inzwischen ziemlich betrunken. Ich hob mein Glas: »Es lebe die Poesie!«

»Na, sag nachher nicht, ich hätte dich nicht gewarnt«, sagte der Alte.

»Lies die Gedichte, die Männer für Frauen geschrieben haben«, sagte Dylan und zitierte auswendig. *»She is as in a field a silken tent, at midday when a sunny summer breeze has dried the dew ...«*

Bewegt schwieg er, blickte auf den schmutzigen Boden und schüttelte nachdenklich den Kopf.

»Frauen sagen, ich bin romantisch, wie wenn sie sagen würden, ich bin Amerikanerin«, fuhr er fort. »Sie lieben es, wenn du sagst, du bist so schön, deine Augen leuchten wie die Sonne, deine Lippen sind rot wie Korallen, deine Brüste weiß wie Schnee. Sie glauben, sie sind romantisch, weil sie es lieben, wenn die Männer sie anbeten.«

Ich wollte widersprechen, aber er sagte: »Ich möchte dir nur die Augen öffnen. Lass dich nicht von den Frauen reinlegen. Sie ködern dich mit all ihrem überflüssigen Fleisch. Und wenn du angebissen hast, schlagen sie dir den Schädel ein und fressen dich auf.«

Ich lachte.

»Du erinnerst mich an jemanden«, sagte Dylan.

»Einen Freund?«, fragte ich.

»Einen sehr guten Freund. Er ist gestorben.«

Ich ging zur Toilette.

»Ich habe kein Geld mehr für den Bus«, sagte ich.

»Ich bringe dich nach Hause«, sagte Dylan.

Ich hatte gedacht, es müsse schon dunkel sein, aber als wir aus der Bar traten, war es heller Nachmittag. Es hatte aufgehört zu regnen. Der Himmel war noch immer bewölkt. Aber die niedrigstehende Sonne schien unter den Wolken hindurch. Die Häuser, die Bäume und die Autos glänzten vor Nässe und warfen lange, dunkle Schatten. Dylan hatte seinen Wagen auf dem Queens Boulevard geparkt. Er bog in eine Seitenstraße ein.

»Ich muss nicht da runter«, sagte ich. »Das ist der falsche Weg.«

Dylan lachte. »Hast du Angst vor mir?«, fragte er.

Ich schwieg.

»Ich wende nur den Wagen«, sagte er. »Hast du vor den Frauen auch solche Angst?«

»Ich weiß nicht … Ich denke nicht.«

Schweigend fuhren wir in Richtung Manhattan. Ich war viel weniger weit gegangen, als ich geglaubt hatte. »Hier«, sagte ich. »Ich gehe das letzte Stück zu Fuß.«

Ich stieg aus und ging um das Auto herum. Dylan hatte die Scheibe heruntergekurbelt und reichte mir die Hand.

»Danke, dass Sie mich nach Hause gebracht haben«, sagte ich, »und danke für das Bier.«

Dylan ließ meine Hand nicht los, bis ich ihm in die Augen blickte. Dann sagte er: »Danke für einen schönen Nachmittag.«

Als ich über die Straße ging, rief er mir nach: »Frohe Weihnachten.«

Jedermannsrecht

And we lie here, our orient peace awaking
No echo, and no shadow, and no reflection.

Henry Reed

ZWISCHEN DEN BÄUMEN HINDURCH sah ich Monikas gelbe Regenjacke. Ich hatte Wasser für den Kaffee aufgesetzt, als sie mich rief. Der Wald war dicht hier und der Boden mit Fallholz bedeckt, das unter meinen Schritten brach. Ich kam nur mühsam voran, und schon nach wenigen Metern waren meine Hose und meine Hände von Moos und Algen verschmiert, die alles mit einer feuchten Schicht überzogen.

»Still«, sagte Monika leise, als ich näher kam. Dann sah ich, dass Michael zusammengerollt am Boden lag. »Was hat er?«, fragte ich, als ich ihn heftig atmen hörte.

»Als er mich sah, ist er weggerannt und dann hingefallen«, sagte Monika. Sie kniete nieder und schüttelte Michael sanft. »Was ist passiert? Wo ist Sandra?«

»Ich habe meinen Schuh verloren«, sagte er keuchend. »Ich kann ihn nicht finden.«

»Wo ist Sandra?«, fragte Monika.

»Hilfe holen.«

Eigentlich war ich nur durch einen Zufall nach Schweden gekommen. Monika hatte sich vor kurzem von ihrem Freund getrennt, und da sie die Kanutour bereits gebucht hatte, fragte sie mich, ob ich nicht mit ihr fahren wolle. In der Mittelschule war ich in Monika verliebt gewesen, aber sie hatte mir in einer traurigen Nacht gesagt, sie liebe mich nicht. Wir waren Freunde geblieben, und ich hatte mir noch eine Zeitlang Hoffnungen gemacht, bis sie eines Tages sagte, sie habe nun einen Geliebten. Das alles war schon Jahre her.

Wir hatten Sandra und Michael im Zug kennengelernt. Sie trugen beide lila Faserpelzjacken und Hosen mit vielen Taschen. Sandra erzählte, sie sei schon viermal in Schweden gewesen, sie habe im Reisesektor gearbeitet, sie liebe den Norden und einmal sei ihr Auto in Göteborg ausgeraubt worden. Sie sprach die schwedischen Ortsnamen aus, als beherrsche sie die Sprache. Als Monika sie danach fragte, sagte sie, nein, leider nicht, sie spreche nur Deutsch, Französisch, Italienisch und natürlich Englisch. Sie sagte, sie heiße Sandra, ihr Mann Michael.

»Mein Mann heißt Michael«, sagte sie. »Wir sind auf der Hochzeitsreise.«

Michael schwieg. Er schien nicht einmal zuzuhören und schaute still in den immer gleichen Wald hinaus. Nur einmal, als nahe am Bahngleis ein Fischreiher auflog und mit wenigen Flügelschlägen über den Bäumen verschwand, sagte er: »Sieh mal, Sandra.«

»Das sind unsere letzten Ferien für einige Zeit«, sagte Sandra. »In einem halben Jahr kriegen wir ein Baby. Nicht wahr, Michael?«

Michael schaute wieder aus dem Fenster, und Sandra wiederholte: »Nicht wahr, Michael?«

»Ja«, sagte er endlich.

»Ihr scheint ja ganz begeistert zu sein«, sagte Monika mit übertrieben freundlichem Lächeln.

»Es ist wie ein Wunder«, sagte Sandra, »das Leben in sich wachsen zu fühlen.«

»Das wahre Wunder wirst du erleben, wenn das Leben aus dir herausgewachsen ist«, meinte Monika trocken.

»Wollt ihr keine Kinder?«, fragte Sandra, an mich gewandt.

»Es würde nicht zu unserer Wohnungseinrichtung passen«, sagte Monika schnell.

Der Zeltplatz lag am Rande einer Kleinstadt, zwischen einer Autofabrik und dem großen See. Als wir im Laden Vorräte einkauften, trafen wir Sandra und Michael wieder. Sandra sagte, wir müssten unbedingt Mückenschutzmittel kaufen, schwedische Mücken ließen sich nur mit schwedischem Mückenschutzmittel vertreiben.

»*Have you vino*«, fragte eine Österreicherin vor uns an der Kasse. Die Verkäuferin schüttelte den Kopf, und Sandra erklärte der Touristin das schwedische Alkoholgesetz.

»Ich hasse dieses Weib«, flüsterte Monika mir ins Ohr. Als wir am Abend in die Pizzeria neben dem Zeltplatz gingen, sahen wir Sandra und Michael vor ihrem Zelt kauern und kochen.

»Wir machen echte Abenteuerferien«, rief Sandra. »Das Essen in der Pizzeria ist sowieso nichts. Nur teuer.«

Michael sagte nichts. Die Pizzas waren wirklich nicht gut und viel zu teuer. Aber Monika äffte Sandra während des ganzen Essens nach, und wir verbrachten einen lustigen Abend.

»Mit dir kann ich viel besser lachen als mit Stefan«, sagte sie.

»Habt ihr euch deswegen getrennt?«

»Nein«, sagte Monika. »Er wollte ein Kind.«

»Und du?«

»Er wollte es nur aus Angst. Weil alle seine Freunde Kinder haben. Und er wohl Angst hatte, es werde immer alles so weitergehen. Und dass er allein alt werden würde. All das. So hat er das gesagt.«

»Und du?«, fragte ich noch einmal.

»Am Ende ist man sowieso allein«, sagte Monika.

»Möchtest du kein Kind?«

»Nein. Ich möchte es aushalten, allein zu sein. Meinetwegen allein alt zu werden.«

Monika sagte, am liebsten hätte sie die Kanutour allein gemacht. Aber dann habe sie gelesen, man müsse das Boot an einigen Stellen über Land transportieren. Und das habe sie sich nicht zugetraut. Deshalb habe sie mich gefragt.

»Dann bin ich nur der Träger hier?«

»Nein. Du weißt, was du mir bedeutest. Du bist mein ältester Freund. Das ist mehr als der beste Geliebte.«

Als wir spät wieder am Zelt von Michael und Sandra vorbeikamen, waren sie nicht mehr zu sehen. Aber aus dem Innern hörten wir Sandra stöhnen: »Gib's mir! Ja! Gut so!«

Monika hustete laut und rief mit verstellter Stimme etwas, das sie für Schwedisch hielt. Sofort war es still.

»Ich gehe duschen«, sagte Monika, als wir bei unserem Zelt waren. »Letzte Dusche vor der Autobahn.«

Als sie zurückkam, lag ich schon im Schlafsack.

»Umdrehen«, befahl sie. Sie zog sich aus, und der frische Duft von Seife verbreitete sich. Wir lagen schweigend nebeneinander. Dann fragte Monika: »Schreist du auch in der Gegend rum, wenn du mit einer Frau schläfst?«

»Nein«, sagte ich.

»Sehr gut«, sagte Monika. »Gute Nacht.«

Als wir am nächsten Morgen zur Bootsvermietung kamen, waren Michael und Sandra schon da. Sandra redete über das Jedermannsrecht. Jeder dürfe hier im Wald und auf den Flüssen sein, dürfe Pilze sammeln und Holz für den eigenen Gebrauch. Sie sagte, man könne leben im Wald. Wie die Tiere, ganz frei und ohne Geld. Sich von Wurzeln ernähren und Beeren, von dem, was der Wald hergebe. Von den Früchten der Natur, sagte sie.

»Hunger, Kälte und Krankheit«, sagte Monika, »das sind die Früchte der Natur.«

Michael stand stumm daneben. Dann kam ein Angestellter der Bootsvermietung, und wir verluden die Kanus auf einen alten Bus und fuhren an den Ausgangspunkt unserer Tour. Der Weg führte immer tiefer in den Wald. Unser Chauffeur fuhr schnell, und manchmal riss er den Wagen plötzlich herum, um einem Loch in der Schotterstraße auszuweichen. Dann lachte er. Sandra war jetzt sehr still, nur einmal meinte sie: »Mir wird nicht schlecht. Das ist eine Frage des Willens.«

Sandra und Michael hatten ihr Boot in Minuten startklar gemacht. Sie paddelten los, während der Chauffeur uns noch die Benutzung des Spirituskochers erklärte und uns den wichtigsten Schifferknoten beibrachte. Wir müssten immer die Schwimmwesten tragen und das Gepäck festbinden, sagte er, falls das Boot einmal kentern sollte. Dann, noch bevor auch unser Kanu im Wasser lag, hatte er den Wagen gewendet und war im Wald verschwunden.

Schon nach wenigen Stunden war ich erschöpft von den ungewohnten Bewegungen, von der Hitze der Mittagssonne und noch immer von der langen Reise vom Vortag. Aber ich sagte nichts und paddelte schweigend weiter. Irgendwann vergaß ich den Schmerz in den Armen, meine Paddelschläge wurden regelmäßiger, ruhiger, und wir kamen besser voran. Ich hatte das Gefühl, mein Körper habe sich vom Kopf getrennt und tue seine Arbeit automatisch.

Dann war es plötzlich spät, und wir waren überrascht, dass die Sonne noch immer hoch stand. Um elf Uhr nachts könne man hier draußen noch Zeitung lesen, hatte Sandra im Zug gesagt, aber als wir endlich einen Lagerplatz gefunden hatten, stellten wir nur das Zelt auf und kochten unser Abendessen.

»Am liebsten würde ich nie anhalten«, sagte Monika, »immer weiterfahren auf dem Fluss, Tag und Nacht.«

»Es wäre schöner, wenn wir nicht wüssten, wohin wir fahren«, sagte ich.

»Man weiß nie, wohin man fährt«, sagte Monika.

Die folgenden Tage glichen einander. Wir standen spät auf, kochten Kaffee, fuhren los. Manchmal badeten wir im Fluss oder lagen während der warmen Mittagsstunden im Gras. An einem sonnigen Nachmittag legten wir an einer winzigen Insel an, mitten in einem See. Wir aßen etwas. Später wollte ich lesen, aber schon bald war ich schläfrig. Ich drehte mich auf den Rücken und schloss die Augen. Die Sonne schien hell, und ich sah bunte Spiralen, orange und hellgrüne Muster, die sich im Kreis drehten. Ich schlief ein.

Als ich die Augen wieder öffnete, wirkte der Himmel über mir fast schwarz. Mein Mund war trocken und mein Körper warm und schwer. Er schien erst langsam wieder zu sich zu kommen. Mühsam drehte ich mich zur Seite. Monika war nicht da, und ich stand auf und ging über die kleine Wiese zu der Stelle, wo wir das Boot festgemacht hatten. Im Gras lagen Monikas Kleider. Ich schaute auf den See hinaus und sah sie in einiger Entfernung.

»Komm auch«, rief sie und schwamm zu mir heran, »es ist herrlich.«

»Das klingt wie in einem Film«, sagte ich. »Es ist herrlich. Das sagen nur die Leute in den Filmen.«

»Es ist wirklich herrlich.«

»Sag, du kannst es gar nicht beschreiben.«

»Ja«, sagte sie, »ich kann es gar nicht beschreiben. Ist das blöd? Aber es ist so.«

Sie stieg aus dem Wasser. Ich hatte sie noch nie so nackt gesehen. Ihr Haar lag nass am Kopf an, und aus ihrem Badeanzug tropfte das Wasser.

»Weißt du, dass ich einmal unsterblich in dich verliebt war?«, fragte ich. »Du hast mir das Herz gebrochen. Ich habe damals geglaubt, dass du die Frau meines Lebens seist.«

»Wann?«, fragte Monika und schüttelte das Wasser aus ihrem Haar.

»Als du zu mir gesagt hast, du liebst mich nicht.«

»Habe ich das gesagt?« Plötzlich fing sie an zu lachen.

»Dein Gesicht solltest du sehen. Ich erinnere mich schon. Das war nach der Klassenreise. Ich war in Leo verliebt, aber er nicht in mich.«

»Wann hast du eigentlich zum ersten Mal mit einem Mann geschlafen?«, fragte ich. Ich hatte mich ins Gras gesetzt und schaute sie an. Monika drehte mir den Rücken zu und streifte ihren Badeanzug ab. Dann rieb sie sich mit dem Frotteetuch trocken und zog sich an.

»Mit siebzehn«, sagte sie und drehte sich zu mir um, »mit einem Freund meines Bruders. Er war viel älter. Zehn Jahre oder so. Ihr wart alle so kindisch damals mit eurer unsterblichen Liebe und euren Gesprächen über Gott und den Sinn des Lebens. Ich wollte einfach nur wissen, wie es ist.«

»Ich wollte ja auch nichts anderes.«

»Unsinn«, sagte Monika, »du warst verliebt.«

Wir fuhren jetzt fast nur noch durch bewaldetes Gebiet, aber wir fingen an, genauer hinzuschauen, und sahen, dass die Landschaft immer anders war und die Farben und das Wasser. Das Wasser war schwarz oder blau oder dunkelgrün, und manchmal glitt unser Kanu durch Seerosenfelder oder durch niedriges Schilf. Wenn Wind aufkam, fuhren wir nahe am Ufer. An den Abenden dann zählten wir die Tage und maßen die zurückgelegte Strecke auf der Karte nach. Das Gefühl für Zeit verloren wir bald.

Seit Tagen hatten wir keinen Menschen getroffen, als wir am Ufer ein Kanu bemerkten. Dann sahen wir Sandra und Michael, die nackt im Gras lagen. Ich hoffte, dass sie uns nicht sehen würden, aber sie schienen uns gehört zu haben und schauten herüber. Sie winkten nicht, und wir taten, als hätten wir sie nicht bemerkt.

»Wie Tiere liegen sie da«, sagte Monika. »Ich habe immer das Gefühl, dass sie uns etwas beweisen will.«

»Weil sie ein Kind kriegt?«

»Ach was«, sagte Monika. »Ist dir nie aufgefallen, dass man es oft schon den Kindern ansieht, dass sie dieselben Idioten sein werden wie ihre Eltern? Schon den ganz kleinen Kindern.«

Ich dachte, mir würde es nichts ausmachen, mit Monika nackt im Gras zu liegen, und sagte es.

»Wie die Tiere«, sagte Monika. »Ich kann das nicht. Ich hätte Angst.«

»Hier ist niemand.«

»Eben deshalb. Es muss doch einen Unterschied geben.«

»Ich meine nur, weil wir uns schon so lange kennen«, sagte ich. »Ich würde mich nicht schämen vor dir.«

»Ich wollte immer anders sein als meine Eltern. Obwohl ich sie mag. Aber ich will nicht einfach nur eine Kopie sein. Das wäre doch schlimm, wenn immer alles so weiterginge.« Sie zögerte. Dann sagte sie lachend: »Weshalb willst du dich denn schämen?«

Als ich nach einiger Zeit zurückschaute, sah ich, dass Sandra und Michael in ihrem Boot saßen und uns folgten. Sie paddelten schnell, und als sie bald darauf grußlos an uns vorüberzogen, hörte ich sie heftig atmen. Sie trugen jetzt Badeanzüge und T-Shirts. Automatisch begann auch ich, schneller zu paddeln, aber Monika sagte: »Lass sie. Ich habe keine Lust auf ein Rennen.«

»Aber ich will niemanden vor mir haben«, sagte ich. »Meinst du, sie haben gemerkt, dass du das warst auf dem Zeltplatz?«

»Das ist mir egal«, sagte Monika, »die beiden Rammler.«

Am nächsten Nachmittag badeten wir wieder. Das Wasser war kalt, und wir schwammen bald zurück ans Ufer.

»Die waren auch hier«, sagte Monika und hob ein Schokoladenpapier auf, das im Sand lag, »die Schweine.«

»Das kann irgendjemand gewesen sein.«

»Vermutlich hat er es ihr hier gegeben.«

»Du bist ja richtig besessen davon. Lass die beiden doch. Wenn es ihnen Spaß macht.«

»Es verdirbt alles«, sagte Monika. Sie zerknüllte das Papier und warf es ins Gebüsch. »Wie machst du das eigentlich? Du bist doch kein Mönch. Wie lange bist du jetzt schon allein?«

»Ein halbes Jahr … acht Monate. Wie mache ich was?«

»Es ist doch seltsam. Es ist schön, es kostet nichts, und man kann es überall machen. Und doch …«

»Ich weiß nicht … überall …«

»Im Prinzip«, sagte Monika. »Was war der verrückteste Ort, an dem du mit einer Frau geschlafen hast?«

Wir hatten unsere Badetücher zum Trocknen in einen Baum gehängt und lagen am Ufer im Gras. Monika drehte sich zu mir, schaute mich an und lächelte.

»Ich hatte damals einfach keinen Respekt vor dir«, sagte sie dann. »Ich habe dich schon gemocht. Aber wenn ich keinen Respekt habe vor einem Mann …«

»Und jetzt?«, fragte ich.

Wolken waren aufgezogen, und als sie die Sonne verdeckten, wurde es schnell kühl. Wir packten unsere Sachen zusammen und fuhren los. Der Wind blies böig, aber das Wasser war still und dunkel und schlug mit saugenden Geräuschen an die Aluminiumwand des Bootes. An einigen Stellen kräuselte es sich wie über einer Untiefe. Dann blitzte es, und wir zählten die Sekunden bis zum Donner und wussten, dass das Gewitter nah war. Ich dachte an meine Kindheit, als der Bademeister uns aus dem Wasser getrieben hatte, wenn ein Gewitter aufgekommen war. Da tauchte am Ufer, direkt vor uns, ein kleiner Unterstand auf, wie sie hier und da für die Kanufahrer standen. Als wir anlegten, gingen die Wellen schon hoch, und plötzlich begann es zu regnen. Wir zogen das Boot ans Ufer, deckten es mit einer Plane zu und rannten zum Unterstand.

»Was meinst du, wo die beiden anderen jetzt sind?«, fragte ich.

»Keine Ahnung«, sagte Monika. »Meinetwegen kann sie der Blitz erschlagen.«

Es regnete. Stundenlang saßen wir im Unterstand. Monika lehnte sich an mich, und ich legte einen Arm um sie. Irgendwann schliefen wir ein. Später holten wir den Kocher aus dem Boot und machten Kaffee und rauchten meine letzten Zigaretten.

»Was machen wir, wenn der Regen nicht aufhört?«, fragte ich.

»Er hört immer irgendwann auf«, sagte Monika.

Es war kalt geworden, und durch den dichten Regen sahen wir kaum noch bis ans andere Ufer. Es war, als säßen wir in einem Zimmer mit Wänden aus Wasser. Dann ließ der Regen nach, und die Sonne war tief noch einmal zu sehen. Wir fuhren weiter. Der Fluss wurde bald eng und die Strömung stärker. Wir kamen unter einer einsamen Brücke hindurch, von der das Wasser tropfte. An einigen Stellen lagen umgestürzte Bäume im Fluss und machten die Durchfahrt schwierig. An diesem Abend hatten wir Mühe, einen Lagerplatz zu finden. Als wir endlich anhielten, bildete sich über dem Wasser schon Nebel. Wir versuchten, ein Feuer zu machen. Es gelang uns nicht.

Am nächsten Morgen schien die Sonne, aber gegen Mittag fing es wieder an zu regnen. Ein Fischer, den wir beim Umgehen eines kleinen Stauwehrs trafen, sagte, das Wetter werde so bleiben. Und wirklich regnete es den ganzen Tag und auch am Abend noch, als wir das Zelt aufstellten. Alles war nass, und diesmal kochten wir nicht und aßen nur Knäckebrot und kalten Schinken mit süßem Senf.

Ich konnte lange nicht einschlafen in dieser Nacht, aber es machte mir nichts aus. Ich hörte den Regen auf das gespannte Zeltdach fallen und dachte an die Zeit, als ich in Monika verliebt gewesen war, und daran, was alles seither geschehen war. Es regnete die ganze Nacht, und auch am nächsten Morgen regnete es und fast den ganzen Tag über. Als der Regen endlich aufhörte, hatten wir uns schon lange nicht mehr darum gekümmert.

Das Wasser stand jetzt hoch und war trüb von der mitgeschwemmten Erde. Der Fluss war eng und hatte eine so starke Strömung, dass wir das Wasser rauschen hörten und die Paddel nur gebrauchten, um nirgends anzustoßen. Als wir um eine Biegung kamen, sahen wir am Ufer ein Kanu liegen, daneben Taschen, Liegematten und zwei Schlafsäcke. Im Boot war eine große Delle.

»Ich glaube, die sind gekentert«, sagte Monika. »Das müssen die beiden Rammler sein. Schauen wir nach?«

»Willst du?«, fragte ich.

»Vielleicht brauchen sie Hilfe«, sagte sie. »Das ist Bürgerinnenpflicht.«

Wir ließen uns an der Stelle vorbeitreiben, wendeten das Boot und legten gegen die Strömung am Ufer an.

»Hallo!«, rief Monika. »Michael, Sandra, seid ihr da?«

Es war nichts zu hören. Monika sagte, sie werde sich umschauen und ob ich Kaffee mache. Dann fand sie Michael und rief nach mir.

»Sandra ist Hilfe holen gegangen«, sagte Michael, »in den Wald.«

Wir halfen ihm aufzustehen. Zu dritt kamen wir nicht zwischen den Bäumen durch, aber Michael war nicht so schwach, wie wir zuerst geglaubt hatten. Er konnte ohne unsere Hilfe gehen, aber er hinkte und setzte den nackten Fuß nur zögernd auf. Als wir zurück am Fluss waren, kochte das Kaffeewasser. Wir hatten nur zwei Tassen. Monika und ich teilten uns eine, die andere gaben wir Michael. Nach einigen Schlucken begann er zu erzählen.

»Ein Baumstamm lag im Fluss. Da vorn. Wir sind zu schnell um die Biegung gefahren und konnten nicht mehr ausweichen.«

Sie hätten den Baum gerammt und das Kanu habe sich quergestellt und es sei gekippt und sofort mit Wasser vollgelaufen. Sie seien aus dem Boot gesprungen, sagte Michael, das Wasser dort sei nicht tief, aber das ganze Gepäck sei in den Fluss gefallen. Die Lebensmittel seien weg, der Kocher und die Paddel auch. Nur ein paar Sachen, die obenauf schwammen, hätten sie retten können.

Monika fragte, ob er etwas essen wolle. Er sagte, er habe keinen Hunger. Als wir unsere Sachen auspackten, aß er doch mit. Dann entschlossen wir uns, ein Stück weiterzufahren, um eine Stelle zu finden, an der wir mehr Platz für das Zelt hätten. Aber Michael weigerte sich, noch einmal in ein Boot zu steigen.

»Wie willst du hier weg, wenn nicht mit dem Boot?«, fragte Monika. Ich schaute auf der Karte nach. Die nächste Straße war ungefähr fünf Kilometer entfernt. Von dort aus waren es mindestens zehn Kilometer bis zur nächsten Siedlung.

»Wann ist Sandra losgegangen?«, fragte ich.

»Gestern«, sagte Michael, »nein, heute Morgen. In der Nacht.«

»Im Wald würden wir uns verirren«, sagte Monika, »auf dem Fluss gibt es nur einen Weg.«

Der Platz im Zelt war knapp. Michael legte sich mit den Füßen nach oben neben Monika und mich. Ich hatte ihm ein Paar Socken geliehen. Sein Schlafsack war feucht, und im ganzen Zelt roch es modrig. Michael schlief sofort ein und begann, gleichmäßig und schwer zu atmen.

»Ich glaube, er hat einen Pilz oder irgendwas. Normale Füße riechen nicht so«, flüsterte Monika mir ins Ohr.

»Das ist der Schlafsack, der so riecht«, flüsterte ich.

Dann lachte Monika leise und sagte: »Gib's mir, ja, ja, ja.«

»Sei still. Er hört dich.«

Sie öffnete den Reißverschluss meines Schlafsacks und tastete mit ihren Händen nach mir.

»Nur Hände aufwärmen«, sagte sie.

»Die sind ja eiskalt.«

»Das ist der Nachteil, wenn man allein ist.«

Ich schlief schlecht in dieser Nacht. Als ich am Morgen aufwachte, war Michael nicht im Zelt. Ich hörte, wie er draußen umherging. Mein Schlafsack war feucht, und mir war kalt.

»Bist du wach?«, fragte Monika neben mir.

»Ja«, sagte ich. »Was macht der?«

»Was machst du?«, rief Monika.

»Ich suche meinen Schuh«, rief Michael zurück.

Wir krochen aus dem Zelt. Das Wetter war etwas besser geworden. Der Himmel war noch immer bewölkt, aber es regnete nicht mehr. Zwischen den Bäumen und auf dem Fluss lag dünner Nebel. Die Luft roch nach vermodertem Holz. Ich machte Wasser heiß.

»Das ist unser letzter Kaffee«, sagte ich. »Wir haben nur noch Milchpulver.«

»Und Pilze und Wurzeln«, sagte Monika. »Ab jetzt gilt das Jedermannsrecht.«

Michael schwieg.

»Wir sollten fahren, bevor es wieder zu regnen anfängt«, sagte Monika.

»Ich steige in kein Boot mehr«, sagte Michael.

»Sei nicht kindisch«, sagte Monika.

Er stand auf und verschwand im Wald. Als wir ihm nachriefen, er solle zurückkommen, rief er, er müsse erst seinen Schuh finden. Er wisse genau, wo er ihn verloren habe. Wir packten unsere Sachen und luden auch die von Sandra und Michael in unser Boot. Ihr Kanu banden wir mit einer Leine an unseres. Als wir bereit waren, riefen wir wieder nach Michael. Er gab keine Antwort, aber wir hörten ihn in der Nähe durchs Unterholz gehen.

»Wenn wir jetzt nicht fahren, schaffen wir es heute nicht mehr«, sagte Monika. »Komm, wir holen ihn.«

Wir folgten Michael in den Wald. Als wir näher kamen, ging er weiter, und wenn wir schneller gingen, ging auch er schneller.

»Es reicht jetzt«, rief Monika. »Bleib sofort stehen.«

»Wir müssen auf Sandra warten«, rief er zurück. Wenigstens war er jetzt stehen geblieben. Als wir bei ihm waren, sagte er noch einmal: »Wir müssen auf Sandra warten.«

»Warum habt ihr nicht einfach auf uns gewartet«, sagte ich. »Ihr habt doch gewusst, dass wir nicht weit hinter euch sind.«

»Sandra meinte, ihr würdet nicht halten«, sagte Michael, »weil wir euch überholt haben. Dass ihr uns böse seid. Und weil sie das Gepäck nicht angebunden hatte. Sie sagte, ihr würdet euch über uns lustig machen.«

»Bist du blöd?«, sagte Monika. »Das ist kein Wettbewerb hier. Diese Kuh.«

Michael kauerte nieder. »Mein Schuh muss hier ganz in der Nähe sein«, sagte er mit weinerlicher Stimme.

»Am Arsch ist dein Schuh«, sagte Monika. Ich hatte sie noch nie so wütend gesehen. Ich hörte wieder Regen fallen, aber er drang noch nicht durch das Laub bis zu uns. »Wir fahren jetzt weiter. Und du kommst mit. Wir können eine Nachricht für sie dalassen.«

»Und mein Schuh?«

»Hast du Fußpilz oder was«, schrie Monika. »Wir haben die ganze Nacht nicht geschlafen wegen deiner stinkenden Füße. Und jetzt gehen wir.«

Michael schwieg eingeschüchtert und folgte uns. Monika schrieb eine kurze Nachricht auf ein Blatt Papier, steckte es in eine Plastiktüte und band diese auf Augenhöhe an einen Baum. Sie schien sich beruhigt zu haben.

»Das ist kein Spiel«, sagte sie zu Michael. »Du kannst sterben in so einem Wald. Wie ein Tier.«

Unser Boot lag jetzt tief im Wasser. Ein Stück weit schlängelte sich der Fluss in engen Biegungen durch den Wald, dann wurde er breiter, und es wurde einfacher durchzukommen. Gegen Mittag brach kurz die Sonne durch die Wolken. Aber überall tropfte noch Wasser von den Bäumen, und auf dem Boot roch es nach unseren nassen Sachen. Einmal sahen wir in den Ästen eines Baumes, der im Wasser lag, einen Hut, und Michael sagte: »Das ist mein Hut.«

Monika und ich sagten nichts, und obwohl es leicht gewesen wäre, den Hut zu holen, fuhren wir daran vorbei. Die Strömung wurde immer schwächer. Unser Weg führte jetzt durch hohes Schilf, und endlich kamen wir auf einen großen See. Das gegenüberliegende Ufer war im Dunst nicht zu erkennen. Monika schaute auf die Karte.

»Der Zeltplatz liegt ungefähr zehn Kilometer von hier am Ostufer«, sagte sie. »Wenn wir so weiterpaddeln, sollten wir es bis heute Abend schaffen.«

Wir hatten Gegenwind, und das angehängte Kanu bremste uns. Monika und ich paddelten. Michael saß schweigend in der Mitte des Bootes. Einmal sagte ich zu ihm, er solle Monika ablösen. Aber er stellte sich so ungeschickt an mit dem Paddel, dass sie es ihm bald wieder aus der Hand nahm. Der Wind frischte auf, und die Wellen schlugen jetzt fast über den Bootsrand. Wir kamen kaum mehr voran.

»Als es regnete, wehte wenigstens kein Wind«, sagte ich.

»Mach jetzt nicht schlapp«, sagte Monika.

Dann sprachen wir nicht mehr. Das Ufer war mit Schilf überwachsen und sah immer gleich aus. Einmal lenkten wir das Boot ins Schilf und aßen etwas Knäckebrot und Schinken. Dann paddelten wir weiter. Es war nach sieben, als wir den Zeltplatz endlich erreichten. Am Strand stand ein Mann, der uns half, die Boote an Land zu ziehen.

Michael verschwand, sobald wir angelegt hatten. Monika und ich putzten unser Kanu. Als wir es zum Bootshaus hochtrugen, sahen wir Michael und Sandra eng umschlungen über den Zeltplatz gehen. Sie schauten nicht in unsere Richtung. Wir stellten unser Zelt in der Nähe des Ufers auf, inmitten von Wohnwagen.

Beim Duschen sah ich Michael noch einmal. Er trug Plastiksandalen und rasierte sich. Er grüßte mich kaum hörbar.

»Ich habe gemeint, Sandra sei mit einer Rettungskolonne unterwegs«, sagte ich.

»Sie hätte mich geholt«, sagte er.

Als ich zum Zelt zurückkam, war Monika noch nicht da. Über einer der Leinen hingen die Socken, die ich Michael geliehen hatte. Ich warf sie in die nächste Mülltonne. Monika brachte eine Flasche portugiesischen Wein mit, die sie irgendwo aufgetrieben hatte.

»Ich habe Sandra getroffen, beim Duschen«, sagte sie. »Sie hat einen Zahn herausgeschlagen. Vorne, in der Mitte. Sie hat kein Wort gesagt.«

Wir kochten Reis, aßen eine Büchse Thunfisch und tranken

den Wein dazu. Dann, als es schon fast dunkel war, gingen wir noch einmal an den See. Wir setzten uns auf den Bootssteg.

»Glaubst du, sie hätte ihn einfach so da draußen gelassen?«, fragte Monika.

»Ich weiß nicht«, sagte ich. »Vielleicht wegen des Schuhs.«

»Und der Zahn?«

Vom Gartenrestaurant drang leise Musik herüber und aus einem Wohnwagen der Ton eines Fernsehers. Sonst war es still.

»Eigentlich seltsam«, sagte ich, »es gab überhaupt keine Mücken.«

Monika hatte die Beine hochgezogen und ihren Kopf auf die Knie gelegt. Lange schaute sie auf den See hinaus. Dann drehte sie den Kopf, schaute mich an und sagte: »Es geschieht immer dann etwas, wenn man es am wenigsten erwartet.«

»Ich glaube nicht, dass uns so etwas hätte passieren können«, sagte ich.

»Wer weiß«, sagte Monika und lächelte. »Eigentlich würde ich gern mit dir schlafen. Aber nur, wenn du mir versprichst, dich nicht wieder in mich zu verlieben.«

Passion

IMMER WENN ICH AN MARIA DENKE, fällt mir ein Abend ein, an dem sie für uns gekocht hatte. Wir anderen saßen schon am Tisch im Garten, und Maria stand in der Tür, in den Händen eine flache Schüssel. Ihr Gesicht glühte von der Hitze der Küche, und sie strahlte vor Stolz über ihr Werk. In diesem kurzen Augenblick tat sie mir unglaublich leid und mit ihr die ganze Welt und ich mir selbst, und zugleich liebte ich sie mehr als jemals zuvor. Aber ich sagte nichts, und sie stellte das Essen auf den Tisch, und wir aßen.

Zu viert waren wir nach Italien gekommen, Stefan und Anita, Maria und ich. Es war Marias Idee gewesen, in das Dorf ihres Groß-vaters zu fahren. Der Großvater war vor vielen Jahren als junger Mann in die Schweiz ausgewandert, und schon Marias Vater hatte die alte Heimat nur noch von Ferienaufenthalten her gekannt.

Wir wohnten in einem kleinen, etwas verkommenen Ferien-haus, mitten in einem Pinienwald am Meer. Überall im Wald stan-den Häuser, die meisten waren größer und schöner als unseres. Nicht weit von der Siedlung gab es eine Uferpromenade mit Re-staurants, Hotels und Geschäften. Der alte Teil des Dorfs lag etwas im Landesinnern, am Fuß der Hügel. Aber wir blieben die meiste Zeit im neuen Teil, in unserem Haus, weil wir kein Auto hatten. Einmal nur nahmen wir nach einem späten Frühstück ein Taxi und fuhren in das alte Dorf.

In den Straßen war niemand zu sehen. Dann und wann fuhr ein Auto vorüber. Aus einem geöffneten Fenster hörten wir Küchengeräusche, und einmal sahen wir zwei schwarzgekleidete Frauen. Maria wollte sie nach ihrem Großvater fragen, aber als wir näher kamen, verschwanden sie in einem Haus. Wir fanden eine kleine Bar, die geöffnet hatte. Wir setzten uns an einen Tisch und tranken etwas. Maria fragte den Besitzer, ob eine Familie mit ihrem Namen im Dorf wohne. Er zuckte mit den Achseln und sagte, er sei aus dem Norden, er kenne hier nur die Leute, die in sein Lokal kämen. Und selbst von denen wisse er oft nur die Vornamen oder Spitznamen.

Dann gingen wir auf den Friedhof, aber auch dort erinnerte nichts an Marias Familie. Auf keinem Grabstein und keinem der Urnengräber fanden wir ihren Namen.

»Bist du sicher, dass wir im richtigen Dorf sind?«, fragte Stefan. »Die meisten Italiener kommen doch aus Sizilien.«

Maria gab keine Antwort.

»Alles schläft«, sagte Stefan. »Deine Verwandten hätten wenigstens aufstehen können, wenn du sie besuchen kommst.«

»Enttäuscht?«, fragte ich.

»Nein«, sagte Maria. »Es ist doch ein schönes Dorf.«

»Hast du etwas gespürt?«, fragte Anita. »Ich weiß nicht, Wurzeln. Da leben vielleicht noch … wie nennt man die Cousins von Cousins?«

Wir hatten erst länger bleiben wollen, aber es gab nichts mehr zu tun hier, und wir fanden kein Restaurant, in dem wir hätten essen können. Zu Fuß gingen wir zurück, wanderten endlose Feldwege entlang über eine heiße Ebene ohne Zuflucht. Einmal fuhr ein Mann auf einem Mofa an uns vorüber. Er winkte und rief etwas, das wir nicht verstanden. Wir winkten auch, und er verschwand in einer weißen Staubwolke.

»Vielleicht war das ein Verwandter von dir«, sagte Stefan und grinste.

Seit wir in Italien waren, war es heiß, so heiß, dass selbst der Schatten der Bäume kaum mehr Abkühlung bot. Tagsüber waren wir schläfrig, aber in der Nacht schliefen wir kaum, weil es so heiß war und weil die Grillen laut schrien, als sei ein Unglück geschehen. Ich glaube, wir wären alle lieber daheim gewesen, in den kühlen Wäldern oder in den Bergen, auch Maria. Aber es gab keinen Ausweg aus der Hitze, wir waren gefangen in ihr, in unserer Trägheit, und wenn das Wetter nicht umschlug, war unsere einzige Hoffnung, dass die Ferien schnell vorbeigehen würden.

Tagelang hatten wir nichts unternommen. Dann erfuhr Anita, dass es in der Nähe einen Reitstall gab. Sie war als Kind eine Zeitlang geritten und wollte es noch einmal versuchen. Stefan hatte keine Lust, und Maria sagte, sie fürchte sich vor Pferden. Schließlich versprach ich Anita mitzukommen. An diesem Abend erzählte sie uns alle möglichen Reitgeschichten, und ich musste mich rittlings auf einen Stuhl setzen, und sie zeigte mir, wie ein Pferd zu lenken sei und was ich tun müsse, wenn es mit mir durchgehe.

Als sie die Pferde am nächsten Morgen sah, war sie enttäuscht. Es waren alte, schmutzige Tiere, die teilnahmslos vor dem Stall standen und die Köpfe hängen ließen. Wir bezahlten die Miete und stellten uns zu einer kleinen Gruppe von Wartenden. Nach einer Weile trat ein Mädchen in hohen Stiefeln und engen Hosen zu uns. Sie sagte etwas auf Italienisch, reichte jedem von uns eine Reitpeitsche und wies uns unsere Tiere zu. Sie spielte sich vor uns auf und sprach zu den Pferden, als seien sie es, die uns gemietet hätten. Ein junger Mann schlenderte über den Platz auf uns zu. Noch bevor er uns erreicht hatte, rief er uns einen Gruß zu und fragte, ob alle Italienisch sprächen. Als einige verneinten, sagte er: »We will explore the beautiful landscape on horseback.«

Er half uns auf die Pferde, stieg dann selber auf und ritt los. Er hatte uns kurz erklärt, wie die Tiere zu lenken seien, aber egal was wir taten, sie trotteten langsam hintereinanderher. Ich kam mir lächerlich vor.

Wir ritten durch einen dichten Wald. Überall zwischen den Bäumen lagen Abfälle im Unterholz, leere Plastikflaschen, irgendwo ein altes Fahrrad und eine ausgediente Waschmaschine. Die Pfade, denen wir folgten, hatten sich von den vielen Ritten tief in den Boden eingegraben. Ich ritt zuhinterst in der Kolonne, und manchmal stand mein Pferd still und fraß Blätter von den Sträuchern am Wegrand. Dann drehte sich unser Anführer um und rief: »Schlagen!« Und wenn ich das Pferd nicht hart genug schlug, schlug er selbst sein Pferd und rief: »Fester schlagen!«

Anita, die vor mir ritt, schaute zurück und lachte. Sie sagte: »Es tut ihm nicht weh.«

Ich spürte die Wärme des großen Tieres unter mir und an den Beinen, die ich in seine Flanken presste, die Bewegungen seiner Muskeln. Manchmal legte ich meine Hand an seinen Hals.

Der Ausritt dauerte kaum eine halbe Stunde. Anita und ich hatten unsere Badesachen mitgebracht. Im Wald zogen wir uns um.

»Die Kleider kann ich nicht mehr anziehen«, sagte ich, »so wie die stinken.«

»Ich mag den Geruch«, sagte Anita. »Am liebsten würde ich wieder mit Reiten anfangen. Nur die Reiter mag ich nicht. Die interessieren sich nur für Pferde. Und Sex.«

»Das macht der Geruch«, sagte ich, und Anita lachte.

Wir stiegen die steilen Dünen hinauf. Unsere Füße versanken tief im lockeren Sand. Anita ging vor mir, und ich schaute ihr zu, wie sie durch den Sand watete, und dachte, ich würde gern meine Hand an ihren Hals legen und ihre Wärme spüren. Dann rutschte sie aus. Ich fasste sie von hinten um die Taille, rutschte selbst, und zusammen fielen wir hin. Wir lachten und halfen einander aufzustehen. Wir hatten geschwitzt, und Sand klebte an unseren Körpern. Bevor wir weitergingen, wischten wir uns gegenseitig den Sand von Rücken und Armen.

Wir blieben nicht lange am Strand. Er war schmutzig hier, und das Wasser war trüb und zu warm und roch faulig. Es war viel zu heiß jetzt, und es waren zu viele Leute da. Als wir ins Haus zurückkamen, waren Stefan und Maria ausgegangen. Die Rollläden waren heruntergelassen. Drinnen war es dunkel, aber nicht kühler als draußen.

Träge lagen wir nebeneinander auf dem Bett von Maria und mir. Wir trugen noch immer unsere Badeanzüge. Ich schaute Anita an. Sie hob die Arme über den Kopf, streckte sich und gähnte mit fast geschlossenem Mund. »Das ist meine liebste Zeit«, sagte sie, »wenn man am Tag im Dunkeln liegt und nichts muss.«

»An solchen Tagen möchte ich ein Tier sein«, sagte ich, »nur schlafen und trinken. Und darauf warten, dass es irgendwann kühler wird.«

Anita drehte sich zu mir. Sie stützte sich auf einen Ellbogen und legte den Kopf in die Hand. Sie sagte, sie und Stefan hätten sich auseinandergelebt. Ihre Beziehung langweile sie, Stefan langweile sie. Er könne sich nicht mit ihr begeistern. Dass er nicht mit reiten gekommen sei, das sei typisch. Obwohl es ihr eigentlich ganz recht gewesen sei. »Mit dir macht es viel mehr Spaß.«

»Ich habe immer gedacht, ihr seid das perfekte Paar.«

»Ach ja«, sagte Anita, »vielleicht waren wir das auch. Und jetzt sind wir es nicht mehr. Und ihr?«

»Auf und ab«, sagte ich, »ich schaue wieder anderen Frauen nach. Das ist kein gutes Zeichen, denke ich. Maria muss es merken, aber sie sagt nichts. Sie schluckt alles. Und ich habe ein schlechtes Gewissen.«

»Mir ist es aufgefallen«, sagte Anita, lachte und ließ sich auf den Rücken fallen.

Dann wurde es noch heißer. Am Morgen war die Luft klar, aber schon gegen Mittag verschwand alles in einem milchigweißen Dunst, als verbrenne das Land unter uns langsam in einem Schwelbrand. In den folgenden Tagen unternahmen wir nichts mehr. Manchmal badeten wir frühmorgens oder am Abend, wenn die Sonne unterging. Wir kauften ein, bevor die Geschäfte für den Nachmittag schlossen, Käse und Tomaten, ungesalzenes Brot und billigen Wein in großen Flaschen. Dann setzten wir uns in den Schatten der Pinien vor dem Haus und versuchten zu lesen, aber meistens dösten wir nur oder führten belanglose Gespräche. Am Abend kochten wir, und beim Essen stritten wir uns laut über Themen, über die wir alle einer Meinung waren. Maria schwieg meist, wenn wir diskutierten. Sie hörte zu, wenn wir uns stritten, und wenn wir uns versöhnten, stand sie auf und verschwand, um zu lesen.

»Ich liebe diesen Sommergeruch«, sagte sie einmal, »ich weiß gar nicht, was es ist. Es ist eher ein Gefühl als ein Geruch. Man riecht es mit der Haut, mit dem ganzen Körper.«

»Früher habe ich mehr gerochen«, sagte Stefan. »Ist das nicht seltsam? Sogar die Luft habe ich gerochen, den Regen und die Hitze. Jetzt rieche ich nichts mehr. Das muss die Luftverschmutzung sein. Ich rieche nichts mehr.«

»Du rauchst zu viel«, sagte Anita.

»Manchmal«, sagte Stefan, »manchmal, wenn ich am Morgen ausspucke, ist Blut in meinem Speichel. Aber ich glaube nicht, dass es etwas zu bedeuten hat. Vielleicht ist es auch der Wein.«

»Hunde brauchen mehr als die Hälfte ihres Gehirns nur für das Riechen«, sagte ich.

»Es ist alles so kompliziert«, sagte Anita. »Früher war alles viel einfacher.«

Maria sagte, sie gehe an den Strand. Wir anderen redeten noch eine Weile, dann folgten wir ihr. Es dauerte lange, bis wir sie in der Dunkelheit fanden. Sie saß im Sand und schaute hinaus auf das Meer. Das Rauschen der Wellen schien jetzt lauter zu sein als am Tag. »Wenn ihr euch vertragt, seid ihr noch unerträglicher, als wenn ihr euch streitet«, sagte Maria.

Manchmal kochte Maria für uns italienische Gerichte. Dann kaufte sie selber ein und verbrachte Stunden in der Küche und ließ niemanden hinein. Sie wäre gern eine gute Köchin gewesen, aber sie war keine.

Maria litt am wenigsten unter der Hitze, und ich merkte, dass sie von Tag zu Tag ungeduldiger wurde. Eines Abends sagte sie, sie habe für den nächsten Tag ein Auto gemietet, sie werde einen Ausflug machen. Wir könnten mitkommen, wenn wir wollten. Anita und Stefan waren begeistert, aber ich hatte keine Lust, irgendwohin zu fahren, und sagte es. Maria sagte nicht viel, nur dass sie mich nicht zwingen könne. Ich hatte zu viel Wein getrunken wie jeden Abend und sagte, ich ginge schlafen. Als ich im Bett lag, hörte ich durch das offene Fenster, wie die anderen den Ausflug besprachen, was sie sehen, wohin sie fahren wollten.

»Wir müssen früh los«, sagte Maria, »damit wir da sind, bevor es heiß wird.«

»Ich nehme den Fotoapparat mit«, sagte Stefan, und Anita sagte, sie wolle sich einen Hut kaufen, einen Hut aus Stroh.

Ich dachte, so möchte ich immer liegen, unter dem offenen Fenster, und zuhören, wie andere Pläne machen. Dann löschten sie die Kerzen und brachten das schmutzige Geschirr herein, leise, um mich nicht zu stören. Als Maria neben mich unter die Decke kroch, tat ich, als schliefe ich schon.

Das war der Abend gewesen, an dem mir Maria so leidgetan hatte, an dem ich jenes tiefe Mitgefühl gehabt hatte mit ihr und mit mir und mit der ganzen Welt. Und als ich nun im Bett lag und nicht einschlafen konnte und neben mir Maria atmen hörte, hatte ich wieder das Gefühl absoluter Sinnlosigkeit, das zugleich traurig und befreiend war. Ich dachte, ich würde nie mehr etwas anderes fühlen als dieses Mitleid, diese Verbundenheit mit allem.

Die anderen waren schon aufgebrochen, als ich am nächsten Morgen aufwachte. Im ganzen Haus roch es frisch nach Seife und Deodorants. Ich setzte Kaffee auf. Gestern waren mir die Zigaretten ausgegangen, und ich hatte mir vorgenommen, jetzt endlich das Rauchen aufzugeben. Dann sah ich draußen auf dem Tisch Stefans Zigaretten liegen und nahm mir eine. Ich trank den Kaffee, dann ging ich durch den Wald ins Zentrum, um Zigaretten zu kaufen. Es war noch nicht neun, aber es war schon heiß, und überall waren Menschen unterwegs zum Strand.

Als ich zurückkam, wirkte das Haus verlassen, als habe lange niemand darin gewohnt. Aus dem benachbarten Garten hörte ich Kinder spielen und aus der Ferne Autos und Motorräder vorüberfahren. Die Gartenstühle standen unter den Pinien, wo wir sie auf der Suche nach Schatten hatten stehen lassen. Darauf lagen Zeitschriften, Bücher, aufgeschlagen und umgedreht. Im Wipfel eines Baumes schrie ein Vogel laut und nur ganz kurz. Die Kinder waren jetzt still oder waren im Haus oder hinter dem Haus verschwunden. Ich hatte ein leeres Gefühl im Magen, aber ich hatte keine Lust zu essen und rauchte noch eine Zigarette.

Seitdem wir hier waren, hatte ich viel weniger gelesen, als ich mir vorgenommen hatte. Jetzt, wo ich endlich Zeit hatte, sehnte ich mich nach Leben und war doch froh, nicht im heißen Auto zu sitzen oder durch eine schläfrige Stadt zu gehen, durch Fußgängerzonen voller schwitzender Touristen, oder Kaffee zu trinken auf einer überfüllten Terrasse. Ich fühlte mich einsam, wie man sich nur im Sommer einsam fühlt oder als Kind. Es war mir, als sei ich einzeln in einer Welt, in der es nur Gruppen gab, Paare, Familien, die zusammen waren, irgendwo, weit entfernt. Ich las, aber ich legte das Buch schon nach kurzer Zeit wieder weg. Ich blätterte in einigen Illustrierten, dann machte ich noch einmal Kaffee und rauchte. Inzwischen war es Mittag geworden, und ich ging ins Haus, um mich zu rasieren, seit Tagen zum ersten Mal.

Ich hatte mir Sorgen gemacht, als die anderen am Abend endlich zurückkamen. Sie schienen ein schlechtes Gewissen zu haben, weil sie einen so schönen Tag verbracht hatten. Das Auto hatten sie schon zurückgegeben.

Sie kamen durch den Garten zum Haus, beladen mit Taschen und Plastiktüten. Anita trug einen Hut aus Stroh, Stefan einen bunten Drachen. Maria küsste mich kurz auf den Mund. Sie war erhitzt von der langen Autofahrt und roch nach Schweiß.

Wir gingen ans Meer, wo jetzt kaum noch Leute waren. Die Sonne stand dicht über dem Horizont. Die anderen liefen ins seichte Wasser hinaus. Ich saß im Sand, rauchte und schaute zu, wie sie einander nassspritzten. Anita trug noch immer ihren neuen Hut.

Nach einer Weile kamen sie aus dem Wasser. Maria blieb dicht vor mir stehen und trocknete sich ab. Im Gegenlicht sah ich nur ihre Silhouette. Dann warf sie mir das feuchte Badetuch an den Kopf und sagte: »So, du Langweiler, hast du einen schönen Tag gehabt?«

Erst jetzt erzählten die drei von ihrem Ausflug. Einen Moment lang bedauerte ich, nicht dabei gewesen zu sein. Nicht weil sie etwas Besonderes erlebt hatten, sondern weil ich gern die Erinnerung mit ihnen geteilt hätte. Ich sagte, ich hätte den ganzen Tag gelesen, und vielleicht beneideten auch sie mich ein wenig. Anita sagte, sie hätten mir etwas mitgebracht, ein Geschenk. Stefan rannte mit seinem Drachen den Strand entlang, aber es wehte kein Wind, und schließlich gab er es auf. Wir blieben am Meer, bis die Sonne untergegangen war, dann gingen wir zurück zum Haus, um zu essen.

Während des Essens machte Maria Anspielungen auf meine Trägheit, bis ich wütend wurde und sagte, sie solle endlich aufhören. Sie werde wohl einen Tag ohne mich auskommen. Sie sagte, ich sei immer so, ein Langweiler. Ich stand auf und ging in den Garten. Ich hörte die anderen drinnen schweigend weiteressen. Dann kam Maria heraus. Sie blieb in der Tür stehen und schaute in die Bäume. Nach einer Weile sagte sie: »Sei nicht kindisch.«

Ich sagte, ich hätte keinen Hunger mehr, und sie sagte, sie wolle mit mir spazieren gehen, an den Strand.

Es war nicht ganz dunkel. Wir gingen am Strand entlang, nahe am Wasser, wo der Sand feucht war und das Gehen leicht. Wir schwiegen lange. Dann sagte Maria: »Ich habe mich den ganzen Tag darauf gefreut, dich wiederzusehen.«

»Du hättest etwas sagen sollen, gestern«, sagte ich. »Ich hatte zu viel getrunken und keine Lust, irgendetwas zu unternehmen. Die Hitze tut mir nicht gut.«

»Wir sind zu verschieden«, sagte Maria. »Ich weiß auch nicht. Vielleicht …«

»Wir können doch einmal einen Tag getrennt sein.«

»Das ist es ja nicht«, sagte sie und fragte eher erstaunt als ärgerlich: »Was willst du überhaupt …?«

Sie blieb stehen, aber ich ging weiter, schneller als zuvor. Sie folgte mir.

»Du dramatisierst immer gleich alles«, sagte ich. »Ich will nichts.«

»Ich dramatisiere nichts«, sagte Maria. »Wir passen einfach nicht zusammen.«

»Wie meinst du das?«

»Es ist nicht deine Schuld.«

Wieder blieb Maria stehen, und diesmal ging auch ich nicht weiter. Ich drehte mich zu ihr um. Vor ihr im Sand lag eine Qualle, ein kleines, durchsichtiges Häufchen Gallert. Sie stieß es mit dem Fuß an.

»Dumme Tiere«, sagte sie. »Im Wasser sind sie schön. Aber wenn sie angeschwemmt werden … man kann ihnen nicht helfen.«

Sie nahm eine Handvoll Sand und ließ ihn langsam auf die Qualle rieseln. Sie wartete.

Schließlich sagte ich: »Willst du dich …?«

»Wenn die Sonne scheint, bleibt nichts zurück«, sagte Maria. Sie zögerte, dann sagte sie ja.

»Das ist Italien«, sagte ich, »das ist nur, weil wir in Italien sind. Zu Hause sieht alles gleich ganz anders aus.«

»Ja«, sagte Maria, »deshalb.«

Sie sagte, sie fühle sich nicht wohl hier. »Nicht die Hitze. Aber ich habe überhaupt nicht das Gefühl, dass ich von hier komme. Ich kann mir nichts vorstellen. Nicht, wie mein Großvater hier gelebt hat. Noch nicht einmal, dass mein Vater hier in den Ferien war. Ich habe gedacht, hier sei irgendetwas. Aber es ist alles vollkommen fremd. Und du … Ich muss irgendwo zu Hause sein, bei irgendjemandem.«

Sie drehte sich um und ging zurück. Ich setzte mich neben der toten Qualle in den Sand und zündete mir eine Zigarette an. Ich blieb lange sitzen und rauchte.

Als ich zum Haus zurückkam, saßen die anderen noch draußen, redeten und tranken Wein. Ich ging wortlos nach drinnen. Maria folgte mir. Nebeneinander standen wir vor dem Sofa im Wohnzimmer, auf dem Maria sich ein Bett gemacht hatte. Sie sagte nichts, und auch ich schwieg. Ich ging ins Schlafzimmer, zog mich aus und legte mich hin. Ich konnte lange nicht einschlafen.

Ich erwachte, weil jemand im Zimmer war. Draußen dämmerte es. Maria packte ihre Sachen. Sie gab sich Mühe, keinen Lärm zu machen. Ich beobachtete sie heimlich, aber wenn sie sich zu mir umdrehte, schloss ich die Augen und tat, als schliefe ich. Sie trug ihre Reisetasche in das Wohnzimmer, dann kam sie noch einmal zurück und trat an das Bett. Lange blieb sie so stehen, dann drehte sie sich um, ging hinaus und schloss sanft die Tür. Ich hörte sie telefonieren. Nach einer Weile fuhr draußen ein Auto vor. Es blieb stehen, aber der Motor lief weiter. Dann hörte ich Türen schlagen, und das Auto fuhr weg. Ich stand auf und ging ins Wohnzimmer.

Das Sofa war leer. Die Bettwäsche lag zusammengefaltet daneben auf dem Boden. Auf dem Tisch lag ein Blatt Papier. Während ich las, kam Anita aus ihrem Schlafzimmer. Sie fragte, was los sei, und ich sagte, Maria sei nach Hause gefahren.

»Irgendwann ist etwas schiefgelaufen«, sagte ich. »Ich weiß nicht, was ich falsch gemacht habe.«

»Wie spät ist es?«, fragte Anita.

»Sechs Uhr«, sagte ich.

»So früh? Ich lege mich noch einmal hin.«

Wir gingen zurück in unsere Zimmer. Neben dem Bett lag ein T-Shirt von Maria. Ich hob es auf. Es roch nach ihr, nach ihrem Schweiß, ihrem Schlaf, und für einen Moment war es mir, als sei sie noch da und nur kurz hinausgegangen.

Beim Frühstück redeten wir nicht über Marias Abreise. Aber als Stefan später an den Strand ging, um noch einmal zu versuchen, seinen Drachen steigen zu lassen, fragte Anita, weshalb Maria mich verlassen habe: »Hat es etwas mit Italien zu tun?«

»Ja«, sagte ich, ohne überzeugt zu sein, »es ist alles so kompliziert.«

»Meinst du, ihr kommt wieder zusammen?«, fragte Anita.

Ich sagte, ich wisse es nicht, wisse nicht einmal, ob ich das wolle.

Anita sagte, eigentlich beneide sie uns. »Das hätte ich schon lange tun sollen. Wenn ich nicht so träge wäre ...«

»Ich kann mir nicht vorstellen, wie ihr Leben ohne mich aussieht«, sagte ich.

»Das kann man nie, und dann geht es doch irgendwie«, sagte Anita.

Dann kam Stefan zurück. Es hatte wieder keinen Wind gegeben, und als er den Drachen über den Sand schleppte, schnappte ein Hund danach und zerbiss ihn. Anita grinste.

»Du hättest ihn gleich dort beerdigen sollen«, sagte sie.

»Ich habe mir als Kind immer einen Drachen gewünscht«, sagte Stefan, »aber dann habe ich doch nur Kleider bekommen und Schultaschen und Bücher.«

»Ihr habt mir mein Geschenk noch nicht gegeben«, sagte ich, »das Geschenk, das ihr mir mitgebracht habt.«

»Das hat Maria«, sagte Anita. »Sie muss es mitgenommen haben.«

»Was war es?«

»Ich weiß nicht. Wir waren nicht dabei, als sie es gekauft hat.« Maria habe geheimnisvoll getan und es nicht sagen wollen.

»Bestimmt etwas Blödes«, sagte Stefan.

»Vielleicht schickt sie es mir«, sagte ich, »oder ich rufe sie an.«

Es war der letzte Tag unserer Ferien. Wir packten unsere Sachen und putzten das Haus. Überall war Sand. Am Abend gingen wir an die Uferpromenade. Wir wollten in einem Restaurant essen.

»Warum haben die Italiener immer die Rollläden geschlossen?«, fragte Stefan, als wir durch die Ferienhaussiedlung gingen.

»Bei der Hitze …«, sagte Anita.

»Auch bei uns«, sagte Stefan. »Ich hatte italienische Nachbarn. Die hatten immer die Rollläden geschlossen. Und eine riesige Satellitenantenne auf dem Balkon.«

»Vielleicht aus Heimweh«, sagte Anita.

Wir spazierten die Uferpromenade entlang. Die Sonne war schon untergegangen, aber es war noch immer heiß. Vor den Restaurants standen Stühle und Tische. Auf großen Leuchttafeln waren Bilder der angebotenen Gerichte zu sehen. Das Rot war verblichen, und alle Speisen sahen blau und unappetitlich aus. Vor einem Restaurant lagen Fische und Meeresfrüchte in Körben voller Eis.

»Könnt ihr etwas riechen?«, fragte Stefan. »Ich rieche nichts. Man müsste doch etwas riechen.«

»Wenn Fisch nach Fisch riecht, ist er nicht mehr gut«, sagte Anita.

Wir konnten uns für keines der Restaurants entscheiden und gingen bis zum Ende der Promenade. Dort setzten wir uns auf eine niedrige Mauer. Der Himmel war leer und wie verschlossen vom Neonlicht der nahen Restaurants. Stefan hatte sich auf die Mauer gelegt und seinen Kopf in Anitas Schoß gebettet. Sie strich über sein Haar. Ich saß neben ihr. Unsere Schultern berührten sich.

»Schaut dort den Stern«, sagte Stefan, »das muss ein Fixstern sein, so hell.«

»Das ist ein Flugzeug«, sagte Anita, »so hell sind nur Flugzeuge.«

»Flugzeuge blinken«, sagte Stefan, »und sie haben rote und grüne Lichter.«

Langsam bewegte sich das helle Licht über den Himmel. Wir schwiegen und schauten zu, wie es gegen Westen verschwand.

»Das ist ein schönes Gefühl«, sagte Anita, »dass dort oben Menschen sitzen und in den Morgen fliegen. Dass immer irgendwo ein Tag beginnt. Bei uns ist es noch Nacht, wenn sie schon die Sonne sehen. Die amerikanische Sonne.«

»Es kommt mir vor, als seien wir schon eine Ewigkeit hier«, sagte Stefan.

»Ich könnte hier leben«, sagte Anita, »und immer nur den Flugzeugen nachschauen und essen und lesen. Ich fühle mich schon richtig zu Hause.«

»Ich möchte wissen, wo Maria jetzt steckt«, sagte ich. »Ich möchte wissen, was sie mir schenken wollte.«

Das schönste Mädchen

NACH FÜNF MILDEN und sonnigen Tagen auf der Insel zogen Wolken auf. In der Nacht regnete es, und am nächsten Morgen war es zehn Grad kälter. Ich ging über den Rif, eine riesige Sandebene im Südwesten, die nicht mehr Land und noch nicht Meer ist. Ich konnte nicht sehen, wo das Wasser begann, aber es war mir, als sähe ich die Krümmung der Erde. Manchmal kreuzte ich die Spur eines anderen Wanderers. Weit und breit war kein Mensch zu sehen. Nur hier und da lag ein Haufen Tang oder ragte ein schwarzer, vom Meerwasser zerfressener Holzpfahl aus dem Boden. Irgendwo hatte jemand mit bloßen Füßen ein Wort in den feuchten Sand gestampft. Ich ging um die Schrift herum und las »ALIEN«. In der Ferne hörte ich das Fährschiff, das in einer halben Stunde anlegen würde. Es war mir, als hörte ich das monotone Vibrieren mit meinem ganzen Körper. Dann begann es zu regnen, leicht und unsichtbar, ein Sprühregen, der sich wie eine Wolke um mich legte. Ich kehrte um und ging zurück.

Ich war der einzige Gast in der Pension. Wyb Jan saß mit Anneke, seiner Freundin, in der Stube und trank Tee. Der Raum war voller Schiffsmodelle, Wyb Jans Vater war Kapitän gewesen. Anneke fragte, ob ich eine Tasse Tee mit ihnen trinken wolle. Ich erzählte ihnen von der Schrift im Sand.

»*Alien*«, sagte ich, »genauso habe ich mich gefühlt auf dem Rif. Fremd, als habe die Erde mich abgestoßen.«

Wyb Jan lachte, und Anneke sagte: »Alien ist ein holländischer Frauenname. Alien Post ist das schönste Mädchen der Insel.«

»Du bist das schönste Mädchen der Insel«, sagte Wyb Jan zu Anneke und küsste sie. Dann klopfte er mir auf die Schulter und sagte: »Bei diesem Wetter ist es besser, zu Hause zu bleiben. Draußen verliert man leicht den Verstand.«

Er ging in die Küche, um eine Tasse für mich zu holen. Als er zurückkam, machte er Licht und sagte: »Ich werde dir einen Elektroofen ins Zimmer stellen.«

»Ich möchte wissen, wer das geschrieben hat«, sagte Anneke. »Meinst du, Alien hat endlich einen Freund gefunden?«

Was wir können

EVELYN HATTE EIN CAFÉ mit einem lächerlichen Namen vorgeschlagen, Aquarium oder Zebra oder Pinguin, ich kann mich nicht erinnern. Sie esse dort oft zu Abend, hatte sie gesagt. Als ich eintrat, waren nur zwei Tische besetzt. Ich nahm in der Nähe der Tür Platz und wartete. Ich studierte die Karte. Es war einer jener Orte, an dem die Gerichte originelle Namen tragen und halbe Portionen angeboten werden.

»Wir könnten ja mal ein Bier zusammen trinken«, hatte ich gesagt, als ich Evelyn an meinem letzten Arbeitstag die Hand schüttelte. Ich hatte das an diesem Tag zu allen gesagt und nie wirklich gemeint. Evelyn sagte, sie trinke kein Bier, und ich sagte, es müsse ja nicht unbedingt Bier sein. Darauf sagte sie, gern, und wann ich denn Zeit hätte. Und es blieb mir nichts anderes übrig, als mich mit ihr zu verabreden.

Als Evelyn endlich kam, eine Viertelstunde zu spät, war ich schon ziemlich verärgert.

»Macht es dir etwas aus, dort drüben zu sitzen?«, fragte sie. »Ich sitze immer dort.«

Sie grüßte die Gäste an den anderen Tischen mit Namen.

»Ist das ein Heim hier oder was?«, fragte ich.

Evelyn hatte Mühe, sich für etwas zu entscheiden. Als die Kellnerin die Bestellung schon aufgenommen hatte, änderte sie ihre Entscheidung noch einmal.

»Du musst die Speisekarte auswendig kennen«, sagte ich.

Evelyn lachte. »Ich nehme immer dasselbe«, sagte sie. Dann sagte sie nichts mehr und strahlte mich nur noch an. Ich erzählte irgendetwas. Als endlich das Essen kam, wusste ich schon nicht mehr, worüber ich noch hätte reden können. Evelyn schien keine Interessen zu haben. Als ich sie irgendwann nach ihren Hobbys fragte, sagte sie: »Ich wollte immer gern singen können.«

»Nimmst du Gesangsstunden?«

»Nein«, sagte sie, »das ist mir zu teuer.«

»Bist du in einem Chor?«

»Nein. Ich schäme mich, vor anderen Leuten zu singen.«

»Das sind nicht gerade ideale Voraussetzungen für eine Gesangskarriere«, sagte ich, und sie lachte.

»Ich würde es ja nur gern können.«

Kaum hatten wir den Kaffee getrunken, sagte Evelyn, das Lokal schließe in einer Viertelstunde.

»Gehen wir noch irgendwo etwas trinken?«, fragte ich aus Höflichkeit, als wir auf der Straße standen.

»Ich gehe nicht gern in Bars«, sagte Evelyn. »Ich hasse den Rauch. Aber wenn du willst, mache ich uns noch eine heiße Schokolade.«

Sie wurde rot. Um die Situation nicht noch peinlicher werden zu lassen, sagte ich, wenn sie auch Kaffee hätte, käme ich gern mit. Sie sagte, sie habe nur Pulverkaffee, und ich sagte, das sei in Ordnung.

»Hat deine Freundin nichts dagegen, dass du mit fremden Frauen ausgehst?«

»Ich habe keine Freundin.«

»Ich auch nicht«, sagte Evelyn, »keinen Freund. Im Moment.«

Evelyn wohnte im dritten Stock eines Mehrfamilienhauses. Sie schaute in den Briefkasten. Es schien eine Art Reflex zu sein, sie musste ihn schon früher am Abend geleert haben. Als sie in die

Wohnung trat, machte sie eine ungelenke Handbewegung und sagte: »Willkommen in meinem Palast.«

Sie führte mich ins Wohnzimmer, zeigte auf das Sofa und sagte, ich solle es mir bequem machen. Ich setzte mich, aber sobald sie in der Küche verschwunden war, stand ich wieder auf und schaute mich um. Das ganze Zimmer war mit hellen, klobigen Fichtenmöbeln eingerichtet. Auf dem Bücherregal standen vielleicht drei Dutzend Bildbände zu unterschiedlichsten Themen, einige Reisebücher und viele Romane mit bunten Umschlägen und Titeln, in denen Frauennamen vorkamen. Überall im Raum lagen und standen Trachtenpuppen. An den Wänden hingen Farbstiftzeichnungen von Katzen und Blumentöpfen, die Evelyn wohl selbst gemacht hatte.

Evelyn brauchte lange, um den Kaffee und die Schokolade zuzubereiten. Der Kaffee war viel zu dünn. Ich erzählte irgendeine Geschichte, dann begann Evelyn unvermittelt, von einer Krankheit zu sprechen, an der sie leide. Ich weiß nicht mehr, was es war, aber es hatte etwas mit der Verdauung zu tun. Erst jetzt fiel mir auf, dass Evelyn unangenehm roch. Vielleicht hatte sie mich deshalb immer an eine Pflanze erinnert, an eine Topfpflanze, der irgendetwas fehlt, Licht oder Dünger, oder die zu viel gegossen wird.

Danach war Evelyn wieder sehr schweigsam, aber als ich aufstand, um zu gehen, begann sie plötzlich zu sprechen.

»Ich bekomme diese Briefe«, sagte sie, »von einem Mann. Er scheint mich zu kennen. Ich weiß nicht.«

Ein Mann, der sich Bruno Schmid nenne, schreibe ihr seit Monaten Briefe, sagte sie, und ich war mir nicht sicher, ob sie sich nur wichtig machen wollte. Aber sie schien wirklich beunruhigt.

»Ich habe sie versteckt«, sagte sie und holte aus dem Bücherregal eine kleine, mit Marmorpapier eingeschlagene Schachtel. Darin lag ein Bündel Briefe. Sie nahm den obersten heraus und reichte ihn mir. Ich las.

»Liebes Fräulein Evelyn,
Sie gefallen mir, ich empfinde Ihre Nähe als angenehm. Sind wir in
Gefahr zu wollen, was wir nicht wissen? Es soll nicht zur Sünde und
nicht zum Tod führen. Wegen der Gefahren brauchen Kinder Eltern. Den
Mahnungen entkomme ich zeit meines Lebens nicht. Mein Glaube
nimmt einen Teil meiner Zeit und auch meines Geldes in Anspruch. Aber
es bleibt viel, das ich teilen möchte. Ich ahne, dass Sie eine Hoffnung
in jemanden haben, und würde davon ganz gern erfahren. Ich weiß noch
nicht, was mir davon möglich sein wird.
Viele Grüße … «

»Er schreibt immer dasselbe«, sagte Evelyn und schaute mich bittend an.

»Ein armer Irrer«, sagte ich.

»Was meint er damit, es soll nicht zum Tod führen?«

»Das Leben führt immer zum Tod«, sagte ich. »Ich glaube nicht, dass er gefährlich ist.«

»Manchmal möchte ich, dass ich schon alt wäre. Dann wäre das alles vorbei. Diese Unruhe.«

»Hast du Angst vor ihm?«

»Die Welt ist voll von Verrückten.«

Ich fragte sie nach den Puppen, um sie abzulenken. Sie sammle Puppen in Nationaltrachten, sagte sie. Sie habe schon dreißig verschiedene, die meisten habe sie von ihren Eltern bekommen, die viel reisen.

»Hast du schon eine neue Stelle?«, fragte sie.

»Ich wollte eigentlich eine Weltreise machen.«

»Vielleicht kannst du mir ja eine Puppe mitbringen«, sagte sie. »Ich würde sie natürlich bezahlen.«

Dann verschwand sie in der Toilette und kam lange nicht zurück. Als ich ging, küsste ich Evelyn auf die Wangen.

»Sehen wir uns wieder?«, fragte sie.

»Ich weiß nicht genau, wann ich abreise«, sagte ich. »Du kannst es ja versuchen. Ob ich noch da bin.«

Zwei Wochen später rief Evelyn an. Ich hatte meine Pläne für die Weltreise inzwischen aufgegeben und mich entschlossen, stattdessen für einige Wochen nach Südfrankreich zu fahren. Evelyn fragte, ob ich Lust hätte, zum Essen zu kommen. Sie habe ein paar Leute eingeladen.

»Kollegen aus dem Geschäft«, sagte sie. »Es ist mein dreißigster Geburtstag. Bitte komm.«

Obwohl ich keine Lust hatte, meine ehemaligen Kollegen wiederzusehen, sagte ich zu. Es war mir, als schulde ich Evelyn etwas.

Als ich am verabredeten Abend zu ihr kam, war noch niemand da. Evelyn trug einen kurzen Rock, der ihr nicht stand, und darüber eine altmodische Schürze.

»Ich musste heute Morgen Klinken putzen«, erzählte sie. »Das war eine Idee von Max. Er hat das aus Deutschland. Wenn eine Frau dreißig wird und noch nicht verheiratet ist, muss sie Klinken putzen.«

Sie erzählte, dass einige der Kollegen die Klinken im ganzen Geschäft mit Senf eingeschmiert hätten.

»Sie wollen das jetzt immer machen«, sagte sie. »Chantal ist die Nächste. Und die Männer müssen die Treppe wischen. Man darf erst aufhören, wenn man geküsst wird.«

Sie sagte, es sei schlimm gewesen, aber ich hatte den Eindruck, sie habe sich doch über die Aufmerksamkeit der anderen gefreut.

Sie zeigte mir eine lange Kette aus kleinen Papierschachteln, die sie sich habe umhängen müssen.

»Weil ich jetzt eine alte Schachtel bin«, sagte sie und lachte.

»Und wer hat dich geküsst?«, fragte ich.

»Max«, sagte sie, »nach zwei Stunden. Ich habe ihn eingeladen.«

Die übrigen Gäste kamen miteinander, Max und seine Freundin Ida, Evelyns Chef Richard und seine Frau Margrit. Sie waren in fröhlicher Stimmung. Max sagte, sie hätten schon einen Aperitif getrunken in einer Bar in der Nähe. Sie hätten alle zusammen ein Geschenk gekauft. Er reichte Evelyn eine Schachtel, und die vier begannen zu singen: »*Happy birthday to you.*«

Evelyn wurde rot und lächelte verlegen. Sie wischte die Hände an ihrer Schürze ab und schüttelte das Paket.

»Was kann das nur sein?«, sagte sie.

In der Schachtel lag ein Kochbuch, »Rezepte für Verliebte« oder »Kochen für zwei« oder so ähnlich.

»Es ist noch etwas drin«, sagte Max. Evelyn hob das zerknüllte Seidenpapier hoch. Darunter lag ein Vibrator in Form eines riesigen, grell orangen Penis. Sie schaute starr in die Schachtel, ohne das Gerät zu berühren.

»Das war eine Idee von Max«, sagte Richard. Er war verlegen, aber Margrit, eine stark geschminkte, vielleicht fünfzigjährige Frau, lachte schrill und sagte: »Das braucht jede Frau. Wenn du mal verheiratet bist, erst recht.«

»Den habe ich aus Idas Sammlung«, sagte Max, und Ida sagte: »Max, du bist schrecklich. Nein, ich habe so was nicht.«

»Nicht mehr«, sagte Max, »jetzt nicht mehr. Batterien sind auch dabei.«

»Ich muss in die Küche«, sagte Evelyn, »sonst brennt das Essen an.«

Sie legte das Seidenpapier zurück in die Schachtel, schloss den Deckel und verschwand.

»Ich habe ja gesagt, das ist eine blöde Idee«, flüsterte Richard.

»Ach was«, sagte Max, »das wird ihr guttun. Du wirst sehen, in einem Monat ist sie ein anderer Mensch.«

Margrit lachte wieder schrill, und Ida sagte: »Max, du bist ein Schwein.«

»Aber jetzt hat Evelyn ja dich«, sagte Max zu mir.

Dann begannen sie, sich über die Firma zu unterhalten, und ich ging in die Küche, um Evelyn zu helfen.

Sie hatte sich große Mühe gegeben, aber das Essen war nichts Besonderes. Trotzdem war die Stimmung gut. Max erzählte schmutzige Witze, über die Richard und seine Frau ausgelassen lachten. Ida schien schon nach dem ersten Glas Wein betrunken zu sein und sagte nicht mehr viel, nur dass Max schrecklich sei. Evelyn war damit beschäftigt, das Essen auf- und das schmutzige Geschirr abzutragen. Ich langweilte mich. Nach dem Essen tranken wir Tee und Pulverkaffee. Dann sagte Max, wir sollten Evelyn jetzt allein lassen, sie sei sicher schon ganz begierig, ihr Geschenk auszuprobieren. Die vier standen auf und zogen ihre Mäntel an. Ich sagte, ich würde Evelyn beim Abwasch helfen. Max machte eine anzügliche Bemerkung, und Ida sagte, er sei ein Schwein. Evelyn brachte sie zur Haustür, und ich hörte aus dem Treppenhaus lautes Lachen und dann die Tür, die mit einem Knall ins Schloss fiel.

»Das Geschirr wasche ich morgen ab«, sagte Evelyn, als sie zurückkam. Dann sagte sie, sie wolle sich frischmachen. Es war ein Satz wie aus einem Film oder einem schlechten Roman. Ich wusste nicht, was er bedeutete und was ich darauf hätte sagen sollen. Sie verschwand im Badezimmer, und ich wartete. Ich wollte Musik machen, aber ich fand keine CD, die ich hören mochte, und so ließ ich es bleiben. Ich nahm einen Bildband über die Kalahari aus dem Gestell und setzte mich aufs Sofa. Ich wünschte mir, irgendwo anders zu sein, am liebsten zu Hause.

Einmal hörte ich Evelyn vom Badezimmer ins Schlafzimmer gehen, dann kam sie endlich zurück ins Wohnzimmer. Sie war nur noch in Unterwäsche, weißer Unterwäsche aus einem festen, seidig glänzenden Material. An den Füßen trug sie Hausschuhe. Sie blieb in der Tür stehen, lehnte sich an den Rahmen und stellte ein Bein leicht angewinkelt vor das andere. Ich hatte eben Bilder von Erdmännchen angeschaut, dünnen, katzenartigen Tieren, die auf Erdhügeln standen und in die Weite schauten. Ich legte das Buch neben mich auf das Sofa. Wir schwiegen. Evelyn wurde rot und schaute zu Boden. Dann sagte sie: »Möchtest du noch einen Kaffee? Ich glaube, es ist noch heißes Wasser da.«

»Ja«, sagte ich.

Sie verschwand in der Küche. Ich folgte ihr. Sie nahm das Glas mit dem Pulverkaffee vom Gestell, und ich hielt ihr meine Tasse hin. Sie schüttete zu viel Pulver hinein und goss heißes Wasser nach. In der Tasse bildeten sich ölig schimmernde Schlieren. Ich sah, dass Evelyn Tränen in den Augen hatte, aber wir sagten beide nichts. Ich setzte mich an den Küchentisch, und sie setzte sich mir gegenüber. Zusammengesunken saß sie auf ihrem Stuhl, hielt die Augen geschlossen und zitterte. Ich schaute sie an. Ihr Büstenhalter war zu groß. Die beiden gewölbten Schalen standen wie Schilde von ihren Brüsten ab. Wieder fiel mir Evelyns unangenehmer Geruch auf.

»Bist du homosexuell?«, fragte sie.

»Nein«, sagte ich und dachte, ich wäre gern betrunken.

»Ich habe Kopfschmerzen.«

»Ist dir nicht kalt?«

»Nein«, sagte sie. Sie stand auf und kreuzte die Arme vor der

Brust, so dass ihre Hände auf den Oberarmen lagen. Ich folgte ihr, als sie ins Schlafzimmer ging. Sie legte sich aufs Bett und begann, lautlos in das Kopfkissen zu weinen. Ihr Körper zuckte krampfhaft. Ich setzte mich auf die Bettkante.

»Was hast du?«, fragte ich.

»Ich weiß nicht«, sagte sie.

Ich fuhr mit meiner Hand über ihren Rücken und über ihre Beine bis zu den Füßen.

»Du hast einen schönen Rücken«, sagte ich.

Evelyn schluchzte laut auf, und ich sagte: »Auch ein schöner Rücken kann entzücken.«

Sie drehte sich um und lag einen Moment lang ganz entspannt vor mir, die Arme seitlich am Körper. Sie atmete langsam und tief und schaute zur Decke. Dann sagte sie: »Es ist nicht gut. Und es wird nicht besser.«

»Du darfst nicht zu viel erwarten«, sagte ich. »Glück heißt, das zu wollen, was man kriegt.«

»Ich will ein Glas Wein«, sagte sie und schnupfte und richtete sich mühsam auf. Neben ihrem Bett lag eine Schachtel Kleenex, und sie zog eines heraus und putzte sich damit die Nase. Dann stand sie auf und ging zum Stuhl, über dem ihr Kleid hing. Sie zögerte kurz, dann nahm sie ein Paar Jeans und eine Bluse aus dem Schrank. Ich schaute zu, wie sie sich mit routinierten Handbewegungen anzog. Als sie etwas in die Knie ging und mit beiden Händen die Strümpfe an den Beinen glattstrich, hatte ich einen Moment lang Lust, mit ihr zu schlafen.

»Am schönsten sind wir, wenn wir tun, was wir können«, sagte ich, »was wir immer getan haben.«

Evelyn drehte sich zu mir um und sagte, während sie ihre Jeans zuknöpfte: »Aber ich mag nicht, was ich tue. Und was ich bin, mag ich noch weniger. Und es wird nur immer schlimmer.«

Wir gingen wieder in das Wohnzimmer, und sie holte eine Flasche Wein aus der Küche. Dann ging sie zur Stereoanlage, zog einige CDs aus dem Gestell und legte sie wieder zurück. Dann schaltete sie das Radio ein. Es lief ein Stück von Tracy Chapman. Ich ging zur Toilette. Vom Flur aus hörte ich, wie Evelyn leise mitsang: *»Last night I heard a screaming …«*

Sie sang nicht gut, und als ich wieder in die Stube trat, hörte sie auf.

»Ich muss jetzt nach Hause«, sagte ich. »Geht es?«

»Ja«, sagte sie, »es geht. Tust du mir einen Gefallen?«

Sie holte die Schachtel mit dem Vibrator und drückte sie mir in die Hand.

»Wirf das irgendwo in eine Mülltonne. Ich möchte es heute Nacht nicht in der Wohnung haben.«

»Die Batterien?«, fragte ich. Sie antwortete nicht.

»Ja«, sagte ich, »du musst mich nicht nach unten bringen.«

Als ich mich auf dem Treppenabsatz umdrehte, stand Evelyn noch in der offenen Tür. Ich winkte, und sie lächelte und winkte auch.

Das reine Land

ALS ICH EINZOG, war das einzige Fenster des Zimmers so schmutzig, dass der Raum selbst am Mittag im Zwielicht lag. Noch bevor ich meinen Koffer auspackte, putzte ich das Fenster. Als Chris am Abend nach Hause kam, lachte er und rief Eiko.

»Schau, was unser Gast gemacht hat«, sagte er.

»Die Schweizer sind sehr sauber«, sagte Eiko.

Ich lachte. Das war im April. Ich war nach New York gekommen, weil ich von der Schweiz genug hatte. Mit viel Glück hatte ich für ein halbes Jahr eine Stelle in einem Reisebüro gefunden, das einer Schweizerin gehörte. Aber ich wurde so schlecht bezahlt, dass ich mir nur ein billiges Zimmer leisten konnte. Das Haus lag an der Ecke Tieman Street und Claremont Avenue, am Rand von Spanish Harlem. Auf der anderen Straßenseite standen hohe, heruntergekommene Backsteinhäuser, in denen fast nur Hispanics wohnten.

Während der ersten Woche ging ich jeden Abend mit meinen Arbeitskollegen in irgendeine Bar. An den Wochenenden war ich meistens allein. Dann waren Chris und Eiko bei Freunden oder in der Stadt, und die Wohnung war still und leer.

An einem regnerischen Sonntagmorgen machte ich mich auf, das Viertel zu erkunden. Ich ging den Riverside Drive hinunter nach Süden. Der Verkehr war dicht, aber Fußgänger gab es kaum, und ich genoss es, allein zu sein. In der Nähe der 100th Street entdeckte ich in einer Hausnische die überlebensgroße Statue eines buddhistischen Mönchs. Er stand barfuß da, hinter einem schwarzen Gitterzaun, und schaute hinaus auf den Hudson River. Es begann, stärker zu regnen, und ich kehrte um.

Im Geschäft, unten im Gebäude, kaufte ich die Sonntagsausgabe der *New York Times* und verbrachte den Rest des Tages damit, die Zeitung zu lesen. Als ich mich gegen Abend auf die Fensterbank setzte, um eine Zigarette zu rauchen, fiel mir im Haus gegenüber ein rot erleuchtetes Fenster auf. Dort sah ich eine schlanke Frauensilhouette, die sich über eine Stehlampe beugte und sie ausmachte. Kurz darauf blitzte im Hintergrund des Raumes ein helles Licht auf. Danach blieb das Fenster dunkel.

Ich dachte nicht mehr an die Frau im Haus gegenüber, als ich mich einige Tage später ans Fenster setzte, um zu rauchen. Wieder war ihr Zimmer erleuchtet von der roten Stehlampe, und wieder sah ich sie. Sie bewegte sich langsam, als tanze sie. Ihr Fenster war geöffnet, aber ich hörte keine Musik, nur den Verkehr vom nahen Broadway und dann und wann die U-Bahn auf ihrem Viadukt vorüberfahren. Ich rauchte eine zweite Zigarette. Die Frau hatte aufgehört zu tanzen. Als sie das Fenster schloss, glaubte ich kurz, sie schaue zu mir herüber. Aber sie war wohl zwanzig Meter entfernt, und im roten Licht konnte ich nur ihre Konturen erkennen. Sie legte einen Schleier über die Lampe, dann verschwand sie aus dem Ausschnitt des Zimmers, der von mir aus zu sehen war.

Unten auf der Straße schaukelten einige Kinder parkende Autos, bis die Alarmanlagen losgingen. In den Lärm der Stadt mischte sich das Heulen der Sirenen, aber niemand schien sich darum zu kümmern. Ich warf die Zigarettenkippe auf die Straße, schloss das Fenster und legte mich hin.

Chris stammte aus Alabama. Er lebte seit Jahren in New York. Er war Politologe und hatte eine schlecht bezahlte Stelle bei einer kirchlichen Organisation. Eiko studierte noch. Sie sei Heidin, sagte sie, um Chris zu ärgern. Sie war überzeugte Marxistin und Feministin.

»Wenn meine Mutter anruft«, sagte Eiko einmal, »sag nichts von Chris. Sie weiß nicht, dass ich einen Freund habe. Ich habe gesagt, ihr seid schwul.«

Chris lachte, und ich lachte auch. »Und wenn sie vorbeikommt?«, fragte ich.

»Meine Eltern wohnen auf Long Island«, sagte Eiko, »sie kommen nie nach Manhattan.«

Manchmal trank ich ein Bier mit Chris. Dann klagte er über Eikos politische Ansichten, über ihre Starrköpfigkeit und darüber, dass sie so ganz andere Vorstellungen von einer Beziehung habe als er. Er liebte sie sehr, aber er war sich ihrer Liebe nicht sicher. »Sie glaubt an nichts«, sagte er, »auch nicht an mich.«

Ich hatte aufgehört, mit meinen Kollegen auszugehen. Nach der Arbeit fuhr ich nun meist gleich nach Hause. Dann setzte ich mich ans Fenster und rauchte und sah manchmal meine Tänzerin.

Es wurde Sommer und unerträglich heiß in den Straßen. Eiko fuhr für drei Monate nach Japan. Bevor sie abreiste, luden sie und Chris mich zum Abendessen ein.

»Du musst auf Chris aufpassen, wenn ich weg bin«, sagte Eiko. »Er ist so unselbständig.«

Wir tranken kalifornischen Wein und redeten bis lange nach Mitternacht.

»Chris ist pervers«, sagte Eiko. »Er liebt Countrymusic.«

Chris wurde verlegen. »Meine Eltern haben immer Country gehört. Es sind nur Erinnerungen. Ich mag die Musik nicht wirklich.«

»Das musst du dir anhören«, sagte Eiko. *»Home, sweet home.«*

Sie legte eine Kassette ein. Chris protestierte, aber er rührte sich nicht.

»No more from that cottage again will I roam, Be it ever so humble, there 's no place like home«, sang eine tiefe Stimme.

Ich hatte Eiko noch nie so herzlich lachen gehört. Auch ich lachte, und schließlich lachte auch Chris, zögernd und etwas verschämt.

Mir war schwindlig vom Wein, von den vielen Zigaretten und vom langen Reden, als ich gegen zwei Uhr morgens in mein Zimmer kam. Aber ich bemerkte sofort, dass im Fenster gegenüber noch Licht war. Als ich meine letzte Zigarette rauchte, sah ich, wie die Tänzerin sich wieder über die Lampe beugte und sie ausmachte. Ich schaute noch eine Weile hinüber, dann machte auch ich das Licht aus und legte mich schlafen.

Eiko war abgereist, und Chris kam nun oft erst spät nach Hause. Manchmal merkte ich, dass er getrunken hatte. »Ich vermisse sie«, sagte er.

Der 1. August war ein Montag. Meine Chefin organisierte die Feier des Schweizer Clubs und gab uns den Nachmittag frei. Ich fuhr mit meinen Kollegen an den Strand, der jetzt, während der Woche, fast leer war. Wir badeten, und als es Abend wurde, zündeten wir hinter einer Düne ein Feuer an und grillten Steaks. Jemand hatte einen Kassettenrecorder mitgebracht und spielte Schweizer Rockmusik.

Ich aß mein Steak und ging dann über die Düne und den breiten Strand ans Meer hinunter. Der Himmel, der Sand und das Meer hatten jetzt fast dieselbe Farbe, ein dunkles Rosa oder Hellbraun. Ich zog mich aus, ging ins Wasser und schwamm weit hinaus, bis ich hinter den Wellen das Land nicht mehr sah. Es war mir, als könne ich immer weiterschwimmen, bis nach Europa. Und zum ersten Mal, seit ich hier war, wünschte ich mir heimzukehren. Plötzlich bekam ich Angst, nicht mehr ans Land zurückzukommen, und ich kehrte um und schwamm zurück. Als ich wieder über die Düne ging, hörte ich jemanden flüstern. Dann sah ich einen meiner Kollegen mit seiner Freundin im Sand liegen. Sie war vor kurzem nach Amerika gekommen, um ihn zu besuchen, und die beiden hatten schon den ganzen Abend verliebt getan.

Ich kam erst nach Mitternacht nach Hause. Es brannte kein Licht in der Wohnung, und es war sehr still. Es roch nach Marihuana. In der Küche stapelte sich schmutziges Geschirr.

Mitte August fuhr Chris in die Ferien. Er wollte seine Eltern in Alabama besuchen.

»Pass auf dich auf«, sagte ich.

Er lachte. »Meine Mutter passt schon auf mich auf. Du wirst sehen, wenn ich zurückkomme, bin ich zehn Pfund schwerer.«

Die Hitze ließ nun auch in der Nacht nicht mehr nach. Das Zentrum der Stadt war voller Touristen, aber die Untergrundbahn war weniger voll als sonst. In meinem Viertel waren bis spät in die Nacht Samba und Salsa zu hören. Überall saßen Menschen auf den Treppen vor ihren Häusern und redeten. Die jungen Männer standen in Gruppen herum und lehnten sich an Autos, die ihnen nicht gehörten. Die jungen Frauen spazierten zu zweit oder dritt hin und her und schauten sich lachend nach den Männern um und riefen ihnen manchmal ein paar Worte zu. Paare waren kaum zu sehen. Ich hatte lange nicht an meine Tänzerin gedacht, aber jetzt schaute ich mir die Frauen auf der Straße an und überlegte, welche von ihnen sie sein könnte.

Einmal kam eine Postkarte von Eiko. Die Karte war an Chris adressiert, aber ich las sie trotzdem. Es stand nichts Persönliches darauf. Die Karte endete: »*Love, Eiko.*«

An einem Abend gegen Ende des Monats saß ich im Zwielicht in meinem Zimmer. Da hörte ich von draußen das Heulen von Sirenen näher als je zuvor. Ich schaute aus dem Fenster und sah Feuerwehrautos, die in unsere Straße einbogen. Männer in Schutzkleidung sprangen von den Wagen, blieben dann aber nur untätig stehen. Sie nahmen ihre schwarzen Helme ab und wischten sich den Schweiß von der Stirn. Jeder für sich standen sie da, in einsamen Posen wie Statuen.

Viele Menschen waren zusammengelaufen, und einige der Feuerwehrmänner hatten die Straße abgesperrt. Sonst geschah nichts. Nach einer Weile verstummten die Sirenen. Ich wollte das Fenster schließen, da sah ich, dass auf der Feuerleiter am Haus gegenüber meine Tänzerin stand. Zum ersten Mal sah ich sie ganz, aber ihr Gesicht war in der Dämmerung nicht klar zu erkennen. Sie lehnte am Geländer und schaute zu mir herüber. Sobald ich sie entdeckte, wandte sie den Blick ab. Sie war schlank und nicht sehr groß. Ihr Haar war lang und schwarz und fiel, wie sie so vornübergebeugt stand, über ihre eine Schulter. Sie trug einen knielangen Rock und dazu ein eng anliegendes Oberteil. Sie war barfuß. Als sie sich nach einiger Zeit umdrehte, um durch das Fenster zurück ins Zimmer zu steigen, fiel das Licht der roten Lampe kurz auf ihr Gesicht. Ich war mir sicher, dass ich sie noch nie auf der Straße gesehen hatte.

Nach Wochen andauernder Hitze wurde es kühler. Noch immer war der Himmel wolkenlos blau, aber es wehte jetzt meistens ein leichter Wind durch die Straßen der Stadt. Wenn ich am Wochenende mit Freunden an den Strand fuhr, waren die weiten Parkfelder hinter den Dünen fast leer. Dann legten wir uns flach in den Sand, um dem Wind auszuweichen, oder gingen, ohne uns auszuziehen, am Strand entlang und schauten zu, wie das graue Wasser den Sand aufwühlte.

Eines Tages, an einem einsamen Sonntag, entschloss ich mich, meine Tänzerin zu besuchen. Ich hatte seit zwei Tagen mit niemandem gesprochen und fühlte mich elend.

Es war heller Nachmittag, als ich über die Straße ging. Vor dem Haus blieb ich stehen und zündete mir eine Zigarette an. Es begann zu regnen. Erst fielen ein paar dicke Tropfen auf die schiefen Betonplatten des Gehsteigs, dann brach der Regen los. Ich sprang in den kleinen gläsernen Vorbau, in dem die Klingeln waren und von dem aus eine zweite, abgeschlossene Tür ins Treppenhaus führte.

Draußen stürzte der Regen nieder. Es roch nach nassem Asphalt. Ich schaute durch das eiserne Gitter der Tür in die Eingangshalle, die still und dunkel dalag. Den Boden bedeckte ein Mosaik, das an manchen Stellen mit Zement notdürftig ausgebessert worden war. Die Wände waren ockerfarben gestrichen. Im Hintergrund sah ich die Tür eines Aufzugs und daneben eine enge Treppe, die, von einem schmutzigen Fenster schwach erleuchtet, nach oben führte. Irgendwo stand ein Kinderwagen und in einer Ecke ein verrostetes Fahrrad.

Eine Frau mit einem Hund trat aus dem Aufzug und kam durch die Halle auf mich zu. Sie öffnete die Tür, hielt sie für mich geöffnet und sagte: »Dieser Regen. Da haben Sie Glück gehabt. Wollen Sie zu jemandem?«

»Ich habe mich nur untergestellt«, sagte ich, »bis der Regen vorüber ist.«

»Ich wollte mit dem Hund raus«, sagte sie, »aber bei dem Wetter … Sie sind nicht von hier?«

»Aus der Schweiz«, sagte ich.

»Ein schönes Land«, sagte sie, »so sauber. Ich komme aus Puerto Rico. Aber ich wohne schon lange hier. Jahre.«

»Gefällt es Ihnen?«, fragte ich.

»In Puerto Rico konnte ich nicht leben, und hier kann ich auch nicht leben«, sagte sie. »Ich weiß nicht. Aus dem Spaziergang wird wohl nichts. Viel Glück.«

Sie ging zurück zum Lift und zog den Hund hinter sich her. Ich hielt meinen Fuß in die Tür, dann zog ich ihn wieder heraus, und die Tür fiel ins Schloss. Als der Regen nachließ, rannte ich über die Straße zurück. Ich fror. Ich nahm eine heiße Dusche, aber es half nichts. In der Wohnung war es kalt und feucht.

Eine Woche später kam Chris zurück. Wir verbrachten einige schöne Abende zusammen, aßen und redeten bis spät in die Nacht. Am Tag bevor Eiko zurückkommen sollte, putzten wir zusammen die Wohnung und hörten Countrymusic.

»Erzähl ihr bitte nicht, dass ich Marihuana geraucht habe«, sagte Chris.

»Natürlich nicht«, sagte ich, »es geht mich nichts an.«

»Wir sind Freunde«, sagte Chris. »Wir Männer müssen zusammenhalten.«

»Gegen wen?«, fragte ich und dachte, wir sind keine Freunde.

Chris lachte. »Früher habe ich mehr geraucht. Aber seit ich mit Eiko zusammen bin, habe ich fast ganz damit aufgehört. Sie mag es nicht. Und ich brauche es nicht, wenn sie da ist.«

Dann kam Eiko zurück, und Chris kümmerte sich nicht mehr um mich. Die beiden hatten nun oft Freunde zu Besuch, und ich ging ins Kino und blieb, wenn ich zu Hause war, meistens in meinem Zimmer. An den Wochenenden las ich manchmal den ganzen Tag und ging nur nach draußen, um Bier zu kaufen oder Essen beim chinesischen Take Away. Mein Interesse an der Tänzerin hatte nachgelassen. Ich versuchte, nicht an sie zu denken. Manchmal sah ich sie noch. Sie saß nun oft im Hintergrund des Zimmers, wo ich sie nur vage erkennen konnte.

Als ich eines Abends an meinem Fenster saß und rauchte, rief jemand von der Straße etwas zu mir herauf. Ich schaute hinunter und sah eine junge Frau mit einem Pudel auf dem Gehsteig stehen. Sie winkte.

»Ich komme für meine Freundin«, rief sie. »Sie wohnt dort drüben und sieht Sie immer am Fenster.«

»Ja«, rief ich, »ich sehe sie auch.«

»Sie möchte Sie gerne kennenlernen«, rief die Frau, und, als müsse sie die Freundin verteidigen: »Sie wollte nicht, dass ich zu Ihnen komme.«

»Ja«, rief ich. Ich war wie gelähmt. Wir schwiegen.

Dann sagte die Frau: »Sie heißt Margarita. Wollen Sie ihre Telefonnummer?«

Sie gab mir die Nummer und sagte noch einmal: »Sie wollte nicht, dass ich mit Ihnen spreche.«

»Sicher«, sagte ich, »es ist nett, dass Sie gekommen sind.«

Ich schaute hinüber zum Fenster mit der roten Lampe, aber ich konnte die Tänzerin nicht sehen. Ich setzte mich auf mein Bett und atmete ein paarmal tief durch. Dann nahm ich das Telefon vom Nachttisch und wählte die Nummer.

»Hallo«, hörte ich eine warme Frauenstimme.

»Hallo«, sagte ich. »Ich bin der Mann vom Fenster.« Das Mädchen lachte verlegen.

»Deine Freundin hat mir die Telefonnummer gegeben.«

»Ich wollte nicht«, sagte sie leise.

»Sollen wir uns treffen?«, fragte ich.

»Ja«, sagte sie. »Ich heiße Margarita.«

»Ich weiß«, sagte ich. »Jetzt gleich?«

»Immer«, sagte sie. Ihr Englisch war sehr schlecht.

»Wir können ein Bier trinken gehen.«

Sie zögerte. Dann sagte sie: »Morgen.«

»Dann warte ich um acht vor deinem Haus«, sagte ich. »Ist das gut?«

»Ja. Das ist gut.«

»Gute Nacht, Margarita.«

»Gute Nacht«, sagte sie.

Ich war den ganzen nächsten Tag nervös und überlegte, ob ich zu der Verabredung gehen sollte. Um acht wartete ich vor Margaritas Haus, aber sie kam nicht. Ich wartete eine Viertelstunde, dann ging ich in mein Zimmer und wählte ihre Nummer. Ich stellte mich ans Fenster und ließ die Straße nicht aus den Augen.

Margarita nahm ab. »Hallo«, sagte sie.

»Hallo«, sagte ich. »Wir wollten ein Bier trinken gehen.«

»Jetzt?«, sagte sie erstaunt.

»Es ist acht Uhr.«

»Acht Uhr.«

»Ja.«

»Bist du am Fenster?«, fragte sie. »Warte, ich winke.«

Ich schaute zum Zimmer der Tänzerin, aber ich sah nur die schwachen Umrisse der Stehlampe. Dann hörte ich wieder Margaritas Stimme am Telefon.

»Hast du mich gesehen?«, fragte sie.

»Nein«, sagte ich.

»Zuoberst«, sagte sie, »in der Mitte. Achtung, noch einmal.«

»Ja, natürlich«, sagte ich erschrocken.

Ich schaute zum obersten Stockwerk des gegenüberliegenden Hauses, aber konnte noch immer niemanden sehen. Dann endlich sah ich zwei Häuser weiter jemanden an einem Fenster stehen und mit beiden Armen gestikulieren.

»Hast du mich gesehen?«, fragte Margarita kurz darauf.

»Ja.«

»Ich komme jetzt herunter.«

»Ja«, sagte ich. »Ich bin auch gleich da.«

Margarita war hübsch und ziemlich klein. Sie trug Jeans und eine bunte Bluse. Ich kann nicht behaupten, dass sie mir nicht gefiel, aber sie war mir fremd. Sie war nicht die Frau, die ich seit Monaten zu kennen glaubte. Wir gingen nebeneinander die Straße hinunter. Als wir in den Broadway einbogen, kam uns Chris entgegen. Es blieb mir nichts übrig, als die beiden einander vorzustellen. Chris lächelte und wünschte uns einen schönen Abend.

Wir gingen in die erstbeste Bar und setzten uns an einen Tisch. Es war laut. Margarita verstand nur wenig Englisch. Sie erzählte, sie komme aus Costa Rica und sei seit zwei Monaten in den Vereinigten Staaten. Sie wohne bei ihrer Schwester und deren Mann. Beide arbeiteten, und sie sei den ganzen Tag über allein in der Wohnung. Sie langweile sich sehr. Als ich fragte, ob sie Arbeit suche, wurde sie misstrauisch und sagte, sie sei hier in den Ferien.

»Was machst du den ganzen Tag?«, fragte ich.

»Ich gehe an den Strand«, sagte sie. »In Costa Rica gibt es sehr schöne Strände.«

»Auch New York hat schöne Strände«, sagte ich.

Sie lachte und schüttelte ungläubig den Kopf. »Palmen«, sagte sie, »in Costa Rica. Und der Sand ist ganz weiß.«

Ich fragte, wie lange sie hier bleiben werde, und sie sagte, sie wisse es nicht. Ich erzählte ihr, dass ich aus der Schweiz käme, aber sie wusste nicht, wo das war. Das Gespräch stockte, und wir saßen uns stumm gegenüber, schauten uns an und tranken unser Bier. Einmal nahm ich Margaritas Hand in meine, dann ließ ich sie wieder los. Sie lächelte mich an, und ich lächelte zurück.

Wir trennten uns vor ihrem Haus. Ich ginge bald zurück in die Schweiz, sagte ich, es tue mir leid. Margarita lächelte. Sie schien zu verstehen.

»Danke für das Bier«, sagte sie.

»Viel Glück«, sagte ich.

In den nächsten Tagen mied ich das Fenster. Wenn ich rauchen wollte, ging ich nach draußen und spazierte durch den Riverside Park. Wenn es regnete, stellte ich mich beim Grabmal des General Grant unter. Manchmal ging ich bis zur 100th Street und stand lange vor der Statue des buddhistischen Mönchs. Auf der Bronzetafel darunter hieß es, die Statue stelle Shinran Shonin dar, den Gründer der Wahren Sekte des Reinen Landes. Sie stamme aus Hiroshima und habe dort den Abwurf der Atombombe unbeschadet überstanden. Am Abend fragte ich Eiko nach der Wahren Sekte des Reinen Landes.

»Willst du Buddhist werden?«, fragte sie.

»Nein«, sagte ich. »Ich möchte nicht wiedergeboren werden.«

Eiko sagte, nach der Lehre Shinrans reiche es, den Namen Amida Buddhas auszusprechen, um in das Reine Land zu gelangen.

»Glaubst du, dass es das gibt, ein Reines Land?«, fragte ich.

»Die Schweiz«, sagte Eiko und lachte. Dann zuckte sie mit den Achseln. »Es würde das Leben leichter machen, wenn man daran glauben könnte.«

»Ich weiß nicht«, sagte ich. Und Eiko sagte: »Hoffnungsvoller.«

Meine Abreise war nun schon so nahe gekommen, dass sie mich lähmte. Ich hatte noch ein paar freie Tage und zog mit meinem Fotoapparat durch die Stadt, um einige Orte zu fotografieren, an die ich mich erinnern wollte, mein Viertel, mein Stammlokal, die Fähre nach Staten Island und das Geschäftsviertel, in dem ich gearbeitet hatte. Aber es war, als entgleite mir die Stadt, während ich sie fotografierte, als erstarre sie schon jetzt zum Bild, zur Erinnerung.

Einmal überkam mich ganz plötzlich das Gefühl, zu Hause zu sein. Zuerst konnte ich mir nicht erklären, weshalb, dann merkte ich, dass ich zum ersten Mal, seit ich in New York war, Kirchenglocken hörte.

Am Tag vor meiner Abreise schneite es. Innerhalb weniger Stunden legte sich eine dicke Schneedecke auf die Stadt. Im Radio kamen Meldungen über ausgefallene Subway-Linien und Staus auf den Ausfallstraßen. Aus Monmouth und Far Rockaway wurde Hochwasser gemeldet. Chris, der mit Eiko auf einer Party bei Freunden war, rief an und sagte, sie würden auswärts übernachten und mich vor meiner Abreise nicht mehr sehen.

»Ich werde euch besuchen«, sagte ich.

»Sicher«, sagte Chris. »Viel Glück.«

Ich hatte meine Sachen schon gepackt und schaute fern, um die Zeit totzuschlagen. Auf allen Kanälen liefen Sendungen über das Hochwasser und den Schnee. Irgendwann setzte ich mich dann noch einmal ans Fenster und rauchte. Im Fenster der Tänzerin war kein Licht, und auch nicht bei Margarita. Unten auf der Straße spielten Kinder im Schnee. Ich schaute ihnen zu und dachte an meine eigene Kindheit und daran, wie wir im Schnee gespielt hatten. Und ich war froh, zurück in die Schweiz zu fahren.

Dann entdeckte mich eines der Kinder und warf zaghaft einen Schneeball in meine Richtung. Die anderen schauten zu mir herauf. Sie unterbrachen ihr Spiel und warfen nun alle ihre Schneebälle nach mir. Sie schafften kaum die Höhe, aber einer der Schneebälle zerplatzte direkt unter mir, und Schnee spritzte in mein Gesicht. Ich schloss das Fenster und trat einen Schritt zurück in den Schatten. Bald darauf nahmen die Kinder draußen ihr Spiel wieder auf. Sie schienen mich schon vergessen zu haben.

Blitzeis

ICH WAR ERSTAUNT, wie klein das Herz war. Es lag in der offenen Brust des Patienten und schlug schnell und regelmäßig. Die Rippen wurden von zwei Metallzwingen auseinandergehalten. Der Chirurg hatte durch eine dicke Fettschicht schneiden müssen, und ich wunderte mich, dass die Wunde nicht blutete. Zwei Stunden dauerte die Operation, dann wurden die grünen Tücher entfernt, mit denen der Patient zugedeckt war. Vor uns lag ein alter Mann nackt auf dem Operationstisch. Eines seiner Beine war am Unterschenkel amputiert, und über den Bauch verliefen drei große Narben von früheren Eingriffen. Die Arme des Mannes waren weit ausgebreitet und festgebunden worden, als solle er jemanden umarmen. Ich wandte mich ab.

»Interessant?«, fragte der Chirurg, als wir später zusammen Kaffee tranken.

»Das Herz ist so klein«, sagte ich. »Ich glaube, ich hätte das lieber nicht gesehen.«

»Klein, aber zäh«, sagte er. »Ursprünglich wollte ich Psychiatrie machen.«

Ich war in die Klinik gekommen, um über den Fall einer jungen Patientin zu schreiben. Sie war an Tuberkulose erkrankt und hatte sich während der Behandlung in einer anderen Lungenklinik mit einer unheilbaren Form der Krankheit angesteckt.

Erst hatte die Patientin zugesagt, mit mir zu reden, aber als ich in die Klinik kam, sagte sie doch ab. Ich wartete zwei Tage, spazierte durch den Park, schaute zu ihrem Fenster hoch und hoffte, dass sie mich sehen würde. Am zweiten Tag fragte mich der Chefarzt, ob ich bei einer Operation zuschauen wolle, um mir die Wartezeit zu verkürzen. Am Morgen des dritten Tages rief der Stationsarzt der Tuberkuloseabteilung mich im Hotel an und sagte, seine Patientin sei jetzt bereit, mich zu sprechen.

Die Abteilung war in einem abseits stehenden, alten Gebäude untergebracht. Auf den großen, überdeckten Balkonen war niemand zu sehen. An den Fenstern und drinnen, in den Fluren, hingen schon Weihnachtsdekorationen. Ich las die Notizen am Anschlagbrett, Anzeigen eines mobilen Friseurs und einer Fernsehvermietung. Eine Schwester half mir in eine grüne, am Rücken geknöpfte Schürze und reichte mir einen Mundschutz.

»Larissa ist nicht wirklich gefährlich«, sagte sie, »solange Sie nicht angehustet werden. Aber sicher ist sicher.«

»Ich würde gern mit Ihnen reden«, sagte ich. »Wenn Sie an einem der nächsten Abende Zeit haben …«

Larissa saß auf dem Bett. Ich wollte ihr die Hand reichen, zögerte und sagte dann nur Guten Tag. Ich setzte mich. Larissa war blass und sehr dünn. Ihre Augen waren dunkel, ihr dichtes schwarzes Haar ungekämmt. Sie trug einen Trainingsanzug und rosarote Frottee-Hausschuhe.

Wir redeten nicht lange bei unserem ersten Treffen. Larissa sagte, sie sei müde und fühle sich nicht gut. Als ich ihr von mir erzählte und vom Magazin, für das ich arbeite, schien es sie kaum zu interessieren. Sie lese nicht mehr viel, sagte sie. Am Anfang habe sie gelesen, jetzt nicht mehr. Sie zeigte mir eine Puppe ohne Gesicht und mit nur einem Arm.

»Die ist für meine Tochter. Zu Weihnachten. Ich wollte sie ihr schon zum Geburtstag schenken, aber ich komme zu nichts. Immer will ich stricken, aber dann schaue ich fern, oder der Arzt kommt oder das Essen. Und am Abend bin ich wieder nicht weitergekommen. Und so geht das jeden Tag und jede Woche und jeden Monat.«

»Schön«, sagte ich.

Die Puppe war schrecklich. Larissa nahm sie mir aus der Hand, umarmte sie und sagte: »Ich kann nur stricken, wenn jemand bei mir ist. Wenn jemand bei mir wäre, könnte ich stricken.«

Dann sagte sie, sie wolle sich jetzt einen Film anschauen mit Grace Kelly und Alec Guinness. Sie habe ihn schon gestern gesehen, auf einem anderen Kanal. Grace Kelly sei eine Prinzessin, die in den Kronprinzen verliebt sei. Um ihn eifersüchtig zu machen, tue sie so, als liebe sie den Hauslehrer. Dieser aber sei schon seit langem in sie verliebt.

»Der Professor sagt, du bist wie eine Fata Morgana. Er sagt, man sieht ein schönes Bild und stürzt darauf zu, aber dann verschwindet es, und man wird es nie, nie wiedersehen. Und dann verliebt auch sie sich in ihn und küsst ihn auf den Mund. Nur einmal. Aber der Pater – das ist ein Onkel von ihr –, der sagt, wenn man merkt, dass man glücklich ist, ist das Glück schon vorbei. Und am Schluss heiratet sie doch den Kronprinzen. Und der Professor geht weg. Weil er sagt, du bist wie ein Schwan. Immer auf dem See, majestätisch und ruhig. Doch das Ufer wirst du nie betreten. Weil ein Schwan, wenn er ans Ufer geht, wie eine dumme Gans aussieht. Ein Vogel sein und niemals fliegen, sagt er, von einem Lied träumen, aber es niemals singen dürfen.«

Die Klinik lag etwas außerhalb der Stadt, mitten im Industriegebiet und direkt an einer Autobahn. Ich hatte ein Zimmer in einem Hotel in der Nähe genommen, einem hässlichen Neubau in rustikalem Stil. Die anderen Gäste hatte ich bisher nur beim Frühstück gesehen, die meisten schienen Vertreter zu sein. Später, als ich schon die Zeitung las, kam ein Paar in den Speisesaal. Sie war viel jünger als er, und er tat so verliebt, dass ich annahm, er sei verheiratet und sie seine Geliebte oder eine Prostituierte.

Im Keller des Hotels war eine Sauna, und an diesem Abend ließ ich mir die fünfzehn Mark auf die Hotelrechnung schreiben und ging hinunter. Ich kam in einen großen, ungeheizten Raum, der bis auf zwei Kraftgeräte und einen Tischtennistisch leer war. »Römisches Bad« stand an einer Tür. Drinnen tönte sanfte Musik aus Deckenlautsprechern. Die Wände und der Boden des Bades waren mit weißen Fliesen belegt. Niemand sonst war da. Ich setzte mich in die Saunakabine. Ich schwitzte, aber sobald ich hinausging, um zu duschen, fror ich.

Am nächsten Tag ging ich wieder zu Larissa. Sie sagte, sie fühle sich besser. Ich bat sie, etwas über sich zu erzählen, und sie sprach von ihrer Familie, von ihrer Heimat Kasachstan, von der Wüste dort und von ihrem Leben. Ich vermied es, sie auf ihre Krankheit anzusprechen, aber irgendwann begann sie von selbst, darüber zu reden. Nach zwei Stunden sagte sie, sie sei müde. Ich fragte sie, ob ich am nächsten Tag wiederkommen dürfe, und sie sagte, ja.

Bevor ich das Zimmer verließ, blickte ich mich um und machte mir noch ein paar Notizen: »Ein Tisch, zwei Stühle, ein Bett, hinter einem gelbgeblümten Plastikvorhang ein Waschbecken, überall gebrauchte Papiertaschentücher, an der Wand Fotos von einem Kind und ein leerer Schokoladen-Adventskalender. Der Fernseher läuft ununterbrochen. Der Ton ist ausgeschaltet.« Larissa schaute mich fragend an.

»Atmosphäre«, sagte ich.

Als ich ins Hotel kam, war der Fotograf eingetroffen.

Ich hatte mich für den Abend mit Gudrun verabredet, der Schwester von der Tuberkuloseabteilung. Ich rief sie an und fragte, ob sie nicht eine Kollegin mitbringen könne. Wir aßen zu viert in einem griechischen Restaurant, der Fotograf und ich und die beiden Krankenschwestern, Gudrun und Yvonne.

»Wie lange rauchst du schon?«, fragte Yvonne, als ich mir nach dem Essen eine Zigarette anzündete.

»Zehn Jahre«, sagte ich. Sie fragte, wie viel ich rauche, und zusammen rechneten wir die Anzahl der Zigaretten aus, die ich in meinem Leben geraucht hatte.

»Immer noch besser als Tuberkulose«, sagte ich.

»Tb ist überhaupt kein Problem«, sagte Yvonne. »In sechs Monaten bist du geheilt. Und es steigert das Verlangen. Den Geschlechtstrieb.«

»Ist das wahr?«

»Sagt man. Vielleicht war das nur früher so. Als die Leute noch daran starben. Torschlusspanik.«

»Er schreibt über Larissa«, sagte Gudrun.

»Ein schlimmer Fall«, sagte Yvonne und schüttelte den Kopf.

»Ich habe keine Angst gehabt, mich anzustecken«, sagte ich.

»Wir gehen auch oft ohne Mundschutz rein«, sagte Yvonne.

Yvonne gefiel mir besser als Gudrun, die sich an den Fotografen hielt. Einmal zwinkerte ich ihm zu, und er lachte und zwinkerte zurück.

»Was zwinkert ihr«, sagte Yvonne und lachte auch.

Als ich am nächsten Tag mit dem Fotografen zu Larissa kam, bestand sie darauf, sich umzuziehen. Sie zog den gelben Vorhang nur nachlässig zu, und ich sah ihren bleichen, ausgemergelten Körper und dachte, sie müsse sich daran gewöhnt haben, sich hinter Vorhängen auszuziehen. Ich wandte mich ab und trat ans Fenster.

Als Larissa hinter dem Vorhang hervorkam, trug sie Jeans, einen gemusterten Pullover in grellen Farben und schwarze flache Lackschuhe. Sie sagte, wir könnten auf den Balkon gehen, aber der Fotograf sagte, das Zimmer sei besser.

»Atmosphäre«, sagte er.

Ich sah, dass er unter dem Mundschutz schwitzte. Larissa lächelte, als er sie fotografierte.

»Er ist ein schöner Mann«, sagte sie, als der Fotograf gegangen war.

»Alle Fotografen sind schön«, sagte ich. »Die Leute wollen sich nur von schönen Menschen fotografieren lassen.«

»Die Ärzte hier sind auch schön«, sagte Larissa, »und gesund. Die werden nicht krank.«

Ich erzählte ihr von der hohen Selbstmordrate unter den Ärzten, aber sie wollte es nicht glauben.

»Das würde ich nie machen«, sagte sie, »mir das Leben nehmen.«

»Weißt du, wie lange …?«

»Ein halbes Jahr, vielleicht dreiviertel …«

»Kann man nichts machen?«

»Nein«, sagte Larissa und lachte heiser, »es ist schon im ganzen Körper. Alles verfault.«

Sie erzählte mir von ihrem ersten Klinikaufenthalt und dass sie damals geglaubt habe, sie sei geheilt. Dann sei sie schwanger geworden und habe geheiratet.

»Ich hätte mich vorher ja nie getraut. Und als ich im Krankenhaus war, für die Geburt, da hat alles wieder angefangen. Langsam nur. Sechs Monate lang haben sie mich zu Hause behandelt, dann haben sie gesagt, es wird zu gefährlich. Für das Kind. Ich habe solche Angst gehabt, solche Angst, dass sie sich angesteckt haben. Aber sie sind gesund. Gott sei Dank. Sie sind beide gesund. Ostern war ich noch zu Hause. Mein Mann hat gekocht. Und er hat gesagt, sechs Monate, hat der Arzt gesagt, dann bist du geheilt. Und wenn Sabrina ihren ersten Geburtstag hat, im Oktober, dann bist du wieder draußen. Im Mai, zu meinem Geburtstag, hat er mir den Ring gebracht.«

Ganz leicht streifte sie den Ring ab, den sie am Finger trug. Sie schloss ihn in ihre Faust und sagte: »Wir hatten kein Geld vorher, haben Möbel gekauft, einen Fernseher, Sachen für Sabrina. Den Ring brauchen wir nicht so dringend, haben wir gesagt. Im Mai hat er mir den Ring gebracht. Jetzt brauchen wir ihn, hat er gesagt.«

Dann sagte Larissa, sie wolle mein Gesicht sehen. Sie band einen Mundschutz um, und ich nahm meinen ab. Lange und schweigend schaute sie mich an, und erst jetzt fiel mir auf, wie schön ihre Augen waren. Endlich sagte sie, es sei gut, und ich band den Mundschutz wieder um.

An diesem Abend gingen wir mit den beiden Schwestern in die Sauna. Gudrun hatte gekichert, als der Fotograf den Vorschlag gemacht hatte, aber Yvonne war sofort einverstanden gewesen. Ich schwitzte kaum beim ersten Durchgang und blieb sitzen, als die Sanduhr längst abgelaufen war. Der Fotograf und Gudrun waren kurz nacheinander hinausgegangen.

»Soll ich aufgießen?«, fragte Yvonne und schüttete, ohne meine Antwort abzuwarten, Wasser auf die heißen Steine. Es zischte, und der Geruch von Pfefferminze breitete sich aus. Wir saßen uns gegenüber in der schummrigen Sauna. In dem schwachen Licht glänzte Yvonnes Körper von Schweiß, und ich dachte, sie ist schön.

»Stört dich das nicht, diese gemischten Saunas?«, fragte ich.

»Warum?«, fragte sie. Sie sagte, sie sei Mitglied in einem Fitnessclub und gehe oft in die Sauna.

»Ich mag das nicht«, sagte ich. »Nackt zu sein, als bedeute es nichts. Wir sind doch keine Tiere.«

»Warum bist du dann mitgekommen?«

»Es gibt ja sonst nichts zu tun hier.«

Als wir den Raum endlich verließen, kamen Gudrun und der

Fotograf eben wieder herein. Und von jetzt an wechselten wir uns immer ab. Wenn wir uns ausruhten, schwitzten sie, wenn wir schwitzten, duschten sie und ruhten sich aus.

Ich lag neben Yvonne auf einer Liege. Ich drehte mich zur Seite und schaute sie an. Sie blätterte in einer Autozeitschrift, deren Seiten von der Feuchtigkeit stumpf geworden waren und sich wellten.

»Ich kann nicht abstrahieren«, sagte ich, »eine nackte Frau ist eine nackte Frau.«

»Bist du verheiratet?«, fragte sie mit teilnahmsloser Stimme, ohne von der Zeitschrift aufzuschauen.

»Ich wohne mit meiner Freundin zusammen«, sagte ich. »Du?«

Sie schüttelte den Kopf.

Nach drei Durchgängen hatten wir genug. Als Yvonne sich anzog, kam sie mir nackter vor als in der Sauna. Dann spielten wir Tischtennis, und der Fotograf und Gudrun setzten sich auf die Kraftgeräte und schauten uns eine Weile zu. Schließlich sagte Gudrun, ihr sei kalt, und die beiden gingen nach oben an die Bar. Yvonne spielte gut und gewann das Match. Ich bat sie um eine Revanche, aber sie gewann wieder. Wir hatten geschwitzt und duschten noch einmal.

»Gehen wir etwas trinken?«, fragte Yvonne.

»Männer sind einfach«, sagte ich und hatte das Gefühl, dass meine Stimme zittere.

»Warum?«, fragte sie ruhig, während sie ihre Schuhe schnürte.

»Ich weiß nicht«, sagte ich. Und dann fragte ich: »Willst du mit auf mein Zimmer kommen?«

»Nein«, sagte sie und starrte mich entgeistert an, »ganz bestimmt nicht. Was soll das?«

Ich sagte, es tue mir leid, aber sie drehte sich nur um und ging. Ich folgte ihr die Treppe hinauf und zur Bar.

»Kommst du?«, sagte sie zu Gudrun. »Ich gehe nach Hause.«

Als die beiden Frauen gegangen waren, fragte mich der Fotograf, was los sei. Ich erzählte ihm, ich hätte Yvonne gefragt, ob sie mit auf mein Zimmer komme. Er sagte, ich sei ein Idiot.

»Hast du dich in sie verliebt?«

»Ich weiß nicht. Woher soll ich das wissen? Was machen wir überhaupt hier?«

»Verlieb dich nur nicht in deine schöne Patientin.«

»Findest du sie schön?«

»Sie hat etwas, ja. Aber das sieht ein Schreiberling nicht.«

Er lachte, legte mir den Arm um die Schulter und sagte: »Komm, wir trinken noch ein Bier. Wir können uns auch ohne die Frauen einen schönen Abend machen.«

Am nächsten Tag reiste der Fotograf ab. Die Schwestern der Tuberkuloseabteilung waren weniger freundlich als an den Tagen zuvor. Yvonne sah ich nicht, aber ich nahm an, dass sie geschwatzt hatte. Es war mir egal.

»Wie oft wollen Sie noch kommen?«, fragte die Oberschwester.

»Bis ich genug Material habe«, sagte ich.

»Ich hoffe, Sie nutzen ihre Situation nicht aus.«

»Wie meinen Sie das?«

»Frau Lehman ist seit einem halben Jahr isoliert. Sie ist empfänglich für Aufmerksamkeit jeder Art. Wenn sie enttäuscht würde, könnte das den Verlauf ihrer Krankheit negativ beeinflussen.«

»Bekommt sie keinen Besuch?«

»Nein«, sagte die Oberschwester, »ihr Mann kommt nicht mehr.«

Larissa trug wieder ihre Jeans. Sie hatte sich die Haare gekämmt und war geschminkt. Ich schaute sie an und dachte, der Fotograf hat recht gehabt.

»Das ist das Schlimmste«, sagte Larissa, »dass niemand mich berührt. Seit einem halben Jahr. Nur mit Gummihandschuhen. Ich habe seit einem halben Jahr niemanden mehr geküsst. Ich habe gemerkt … als mein Mann mich hierherbrachte, habe ich gemerkt, dass er sich fürchtete vor mir. Er hat mich auf die Wangen geküsst und gesagt, in sechs Monaten … Es war, als sei ich erst in diesem Augenblick krank geworden. Am Abend vorher haben wir noch miteinander geschlafen. Zum letzten Mal. Das habe ich damals nicht gedacht. Und als wir hier in die Klinik kamen, da hat er plötzlich Angst gehabt vor mir. Ich sehe ihn immer noch so, in Unterhose beim Rasieren, während ich meine Toilettensachen packe. Und er sagt, nimm die Zahnpasta, ich kaufe dann eine neue. Nimm die Zahnpasta. Und ich habe sie genommen.«

Sie sagte, dass sie manchmal ihre Hand küsse, ihren Arm, das Kissen, den Stuhl. Ich schwieg. Ich wusste nicht, was ich sagen sollte. Larissa legte sich hin und weinte. Ich trat an ihr Bett und legte ihr die Hand auf den Kopf. Sie richtete sich auf und sagte: »Du musst deine Hände desinfizieren.«

Ich hatte genug Material für meine Geschichte zusammen. Am Abend aß ich in der Innenstadt. Aber ich ertrug den Rummel nicht und nahm bald den Bus zurück ins Industriegebiet. Als ich an der Endstation ausstieg, dachte ich an Larissa. Sie hatte mir erzählt, dass sie einmal gegen Abend durchgebrannt sei. Als eine Schwester vergessen hatte, die Zimmertür abzuschließen. Bis zur Bushaltestelle sei sie gegangen. Sie habe etwas abseits gestanden und zugeschaut, wie die Leute aus der Fabrik gekommen seien. Und sie habe sich vorgestellt, dass auch sie von der Arbeit komme. Dass sie nach Hause gehe. Auf dem Heimweg noch schnell etwas einkaufe und dann heimgehe und koche für ihren Mann und ihr Kind. Und dass sie nachher zusammen fernsähen. Dann sei sie zurück in die Klinik gegangen.

Es war noch nicht spät. Ich ging durch das Industriegebiet. Mitten zwischen den hässlichen Fabrikhallen standen ein paar neue Einfamilienhäuser. Sie sahen winzig aus in dieser Umgebung, als seien sie in einem anderen Maßstab gebaut. Vor einem der Häuser hängte ein Mann elektrische Kerzen in einen Baum. In der Tür standen eine Frau und ein kleines Kind im Licht und schauten zu. Die Frau rauchte. Im Nachbarhaus war ein Fenster erleuchtet. Ein Mann in einer Kochschürze deckte einen Tisch. Ich fragte mich, ob er Besuch erwartete oder ob er für sich selbst oder seine Familie kochte. Aus der Ferne hörte ich die Autobahn. Dann ging ich zurück ins Hotel. Es war kalt geworden. Yvonne saß an der Bar. Ich setzte mich neben sie und bestellte ein Bier. Wir schwiegen eine Weile, dann sagte ich: »Bist du oft hier?«

»Ich bin deinetwegen gekommen«, sagte sie.

Ich sagte, ich hätte es nicht böse gemeint.

»Ich bin nicht so«, sagte sie.

»Ich auch nicht. Ich weiß nicht, was mit mir los ist. Die vielen Kranken … Ich hatte das Gefühl, dass nichts hier eine Rolle spielt. Dass alles aufgehoben ist. Und dass wir uns beeilen müssen. Weil alles so schnell geht.«

Yvonne sagte, wir könnten zu ihr fahren, wenn ich wolle. Sie sagte, sie wohne in einem kleinen Dorf, ein paar Kilometer von hier. Ihr Wagen stehe vor dem Hotel.

Yvonne fuhr viel zu schnell. »Du bringst uns noch um«, sagte ich.

Sie lachte und sagte: »Mein Auto ist mir das Liebste, was ich habe. Es macht mich frei.«

Die Möbel in Yvonnes Wohnung waren aus Chromstahl und Glas. In einer Ecke lagen rote Hanteln. Im Flur hing in einem kleinen Wechselrahmen ein Blatt Papier, auf dem stand: »Was Du wirklich willst, das kriegst Du auch.«

»Es ist kalt in deiner Wohnung«, sagte ich.

»Ja«, sagte Yvonne, »das muss wohl so sein.«

»Glaubst du«, fragte ich, »dass man alles kriegen kann?«

»Nein«, sagte Yvonne, »ich würde es gern glauben. Du?«

»Ich habe dich nicht gekriegt.«

»Man kriegt Menschen nicht«, sagte sie. »Wenn du wirklich wolltest ... Und dir Zeit nehmen würdest ...«

Ich sagte, ich hätte keine Zeit. Yvonne ging in die Küche, und ich folgte ihr.

»Wasser, Orangensaft, Weizentrunk oder Tee?«, fragte sie.

Wir tranken Tee, und Yvonne erzählte mir von ihrer Arbeit und warum sie Krankenschwester geworden sei. Ich fragte, was sie in ihrer Freizeit mache, und sie sagte, sie treibe Sport. Am Abend sei sie meistens zu müde, um noch auszugehen. An den Wochenenden besuche sie ihre Eltern.

»Ich bin zufrieden«, sagte sie. »Es geht mir gut.«

Dann brachte sie mich zurück ins Hotel. Zum Abschied küsste sie mich auf die Wangen.

Am Morgen schneite es leicht. Die Pfützen auf dem Weg zur Klinik waren zugefroren. In der Zeitung las ich, dass gestern auf den Autobahnen des Bundeslandes vier Autofahrer durch Eisregen umgekommen waren. »Blitzeis«, hieß es in der Schlagzeile.

Larissa wartete schon auf mich. Sie erzählte von einem Film, den sie gestern gesehen hatte. Dann schwiegen wir lange. Schließlich sagte sie, sie werde durch zunehmende Schwäche sterben, wenn der Gewichtsverlust zu groß werde. Oder durch einen Blutsturz. Dann huste man Blut, nicht viel, ein kleines Glas voll. Das tue nicht weh, aber es gehe sehr schnell, ein paar Minuten, und könne ganz plötzlich kommen.

»Warum erzählst du mir das?«

»Ich dachte, es interessiert dich. Deswegen bist du doch hier.«

»Ich weiß nicht«, sagte ich, »ja, vielleicht.«

»Ich kann mit niemandem sprechen hier«, sagte Larissa. »Sie sagen mir nicht die Wahrheit.«

Dann schaute sie zu Boden und sagte: »Die Lust geht nie weg. Wenn ich noch so schwach bin. Am Anfang, als ich mit meinem Mann zusammen war, haben wir uns jeden Tag geliebt. Manchmal … einmal im Wald. Wir gingen spazieren. Im Wald war es feucht, und es roch nach Erde. Wir haben es im Stehen gemacht, an einem Baum. Und Thomas hat Angst gehabt, dass jemand kommt.«

Larissa trat ans Fenster und schaute hinaus. Nach einigem Zögern sagte sie: »Hier mache ich es … mache ich es mir selbst. Nachts, nur in der Nacht. Machst du das? Weil ich mir dann vorstellen kann … und weil … was ich will … und weil … die Schwestern klopfen nicht, wenn sie hereinkommen … Das geht nicht weg, die Lust.«

Sie schwieg wieder. Im Fernsehen lief ein Tierfilm. Der Ton war ausgeschaltet. Ich sah eine Herde Gazellen lautlos über eine Steppe galoppieren.

»Jetzt kommen bald wieder die alten Filme. Vor Weihnachten«, sagte ich.

»Das sind meine ersten Weihnachten in der Klinik«, sagte Larissa, »und meine letzten.«

Als ich die Station verließ, traf ich Yvonne auf dem Flur. Sie lächelte und fragte: »Was machst du heute Abend?«

Ich sagte, ich müsse arbeiten.

Ich ging über das Gelände der Klinik. Zum ersten Mal fielen mir die vielen Gesichter an den Fenstern auf. Und mir fiel auf, dass die Besucher schneller gingen als die Patienten. Einige weinten und hielten den Kopf gesenkt, und ich hoffte, dass ich mich nicht schämen würde, wenn ich jemals um jemanden trauern sollte. Die Minigolfanlage am Rand der Klinik war von Laub bedeckt. Im Wald gebe es Rehe, hatte Larissa gesagt. Und Eichhörnchen. Und sie füttere die Vögel auf ihrem Balkon.

Als es Abend wurde, ging ich wieder durch das Industriegebiet. Bei einem Schnellimbiss kaufte ich mir einen Hamburger. Ich kam zu einem riesigen Gebäude, einem Möbelgroßmarkt, und ging hinein. In der Eingangshalle standen Dutzende von Lehnstühlen, waren Dutzende von Fernsehecken simuliert worden. Ich ging durch die Sammlung von Lebensentwürfen und wunderte mich, wie sehr sie sich alle glichen. Ich versuchte, mir das eine oder andere Möbelstück in meiner Wohnung vorzustellen. Und dann dachte ich an Larissa und fragte mich, welche Fernsehsessel sie und ihr Mann gekauft hatten. Und ich dachte an ihren Mann, der jetzt allein in der Wohnung saß und vielleicht ein Bier trank und vielleicht an Larissa dachte. Und ich dachte an ihr Kind, an dessen Namen ich mich nicht erinnerte. Bestimmt schlief es jetzt schon.

Neben dem Ausgang des Geschäfts lagen Weihnachtsdekorationen in großen Körben, Lichterketten, von innen beleuchtete Plastikschneemänner und kleine, grobgeschnitzte Krippenfiguren. »Wir freuen uns auf Sie, Montag–Freitag 10–20 Uhr, Samstag 10–16 Uhr«, las ich auf der Glastür, als ich das Geschäft verließ. Draußen war es dunkel geworden.

Am nächsten Tag reiste ich ab. Ich ging noch einmal kurz bei Larissa vorbei, um mich zu verabschieden. Wieder begann sie, von ihrer Jugend in Kasachstan zu erzählen, von der Wüste und von ihrem Großvater, dem Vater ihres Vaters, der aus Deutschland in den Osten gegangen war.

»Als er im Sterben lag, kam der Priester. Und sie redeten noch ein bisschen. Er war alt. Und da fragte der Priester, wie war denn nun dein Leben, Anton – er hieß Anton, mein Großvater –, wie war dein Leben? Und weißt du, was mein Großvater gesagt hat? Kalt, hat er gesagt, mir war mein ganzes Leben lang kalt. Dabei war es im Sommer so heiß. Aber er hat gesagt, mir war mein ganzes Leben lang kalt. Er hat sich nie an die Wüste gewöhnt.«

Sie lachte, und dann sagte sie: »Es geht so schnell. Manchmal schalte ich den Fernseher aus, damit die Zeit nicht so schnell vergeht. Aber dann halte ich es noch weniger aus.«

Sie erzählte von einem ihrer Nachbarn in Kasachstan, bei dessen Fernseher die Bildröhre kaputt gewesen sei und der, wenn er das Gerät anschaltete, doch immer auf den schwarzen Bildschirm schaute.

»Wie wenn man in der Nacht aus dem Fenster schaut, weil man weiß, dass da etwas ist. Auch wenn man es nicht sehen kann«, sagte sie. »Ich habe Angst. Und die Angst geht nicht mehr weg. Bis zuletzt.«

Sie sagte, die Angst sei, wie wenn man das Gleichgewicht verliere. Wenn man, bevor man falle, einen Moment lang das Gefühl habe, auseinandergerissen zu werden, in alle Richtungen zu zerplatzen. Und manchmal sei es wie Hunger, wie Ersticken, und manchmal, als werde sie zusammengedrückt. Larissa sprach schnell, und mir war, als wolle sie mir alles erzählen, woran sie in den letzten Monaten gedacht hatte. Als wolle sie mich zum Zeugen machen, mir ihr ganzes Leben erzählen, damit ich es aufschreibe.

Ich stand auf und verabschiedete mich von ihr. Sie fragte, ob ich zu ihrer Beerdigung kommen werde, und ich sagte, »nein, wahrscheinlich nicht«. Als ich mich in der Tür noch einmal umdrehte, schaute sie in den Fernseher. Am Nachmittag fuhr ich zurück.

Zwei Wochen später schickte ich Larissa Schokolade. Die Bilder schickte ich ihr nicht. Sie sah darauf zu krank aus. Sie meldete sich nicht. Yvonne schrieb mir zwei freundliche Briefe, aber ich antwortete nicht.

Als ich ein halbes Jahr später von einer Reportage zurückkam, lag in meinem Briefkasten eine Todesanzeige. »Mit freundlichen Grüßen«, hatte der Chefarzt daruntergeschrieben.

Ein Märchen

SIE WÜNSCHTE MIR EINE GUTE NACHT. Ich stand auf der Treppe, sie vor dem Aufzug. Ich ging in mein Zimmer und schaltete das Radio ein. Es war zwei Uhr nachts. Und jetzt haben wir genau das Richtige für diese späte Stunde, sagte die Sprecherin und spielte das Wiegenlied von Edward Grieg. Ich war blind und taub und stumm. Ich zog mich aus und legte mich aufs Bett.

Wir wohnten im selben Hotel, wir hatten uns auf der Skipiste gesehen, beim Frühstück und beim Abendessen. Wir hatten uns an der Bar getroffen. Sie hatte mich gebeten, eine Geschichte zu erzählen, sie hatte es von mir verlangt. Aber mir war keine Geschichte eingefallen. Nur meine Geschichte, die ich nicht erzählen konnte, weil sie zu lang war und zu kurz. Und weil man keine Geschichten erzählen soll. Und während ein anderer eine Geschichte erzählte, das Märchen vom goldenen Prinzen, dachte ich daran, was ich gerne erzählt hätte. Die Geschichte von ihr und mir. Ein Traum. Aber man soll keine Geschichten erfinden.

Die Bewohner jenes Landes, erzählte er, hatten dem guten Prinzen, als er starb, ein Denkmal gebaut, einen Prinzen aus Gold. Und als der goldene Prinz die Armut sah in seinem Land und das Unglück, da sagte er zum Vogel, nimm ein Stück meines Goldes und bring es dahin, bring es dorthin. Und nimm den Diamanten, der mein Auge ist, er nützt einem anderen mehr als mir.

Und ich sah einen Marktplatz, umgeben von niedrigen Häusern. Ein eiskalter Wind weht, und die Nacht ist nicht fern. In der

Mitte des Platzes steht der goldene Prinz, aber die Menschen drängen sich an den Häusern entlang. Ich weiß nicht, was für Kleider sie tragen, in welcher Zeit wir uns befinden.

Er erzähle, sagte der andere Mann, die Geschichte dem Kind immer wieder. Der Vogel sagte, er müsse nach Süden, es werde Winter, und die anderen Vögel seien schon alle geflogen. Aber der Prinz sagte, warte, bring nur noch dem und dem und jenem ein Stück Gold.

Wir sahen uns wieder am nächsten Tag, beim Frühstück, beim Mittagessen, auf der Piste. Wir redeten, wir verabredeten uns. Und dann saß ich im riesigen Speisesaal und wartete. Die Tische waren noch nicht gedeckt, ich war allein. Nur aus einem anderen Raum hörte ich das Klirren von Besteck und ein Husten. Sie kam nicht.

Unsere Geschichte war zu Ende, kaum hatte sie begonnen. Einmal hatten wir getanzt, ein einziges Mal. Und ich dachte an eine andere Frau in einem anderen Jahr. Sie hatte mir von ihrem Mann erzählt, den sie liebe. Wir lagen nebeneinander in einem zerwühlten Bett, es wurde schon Morgen.

Und dann erzählte auch sie von einem Mann, den sie liebe, den sie liebte. Dann sprach sie von Grammatik und ich sprach von Gefühlen. Ich erwähnte eine Leidenschaft, die nicht meine war, und einen fremden Schmerz und einen Mann, der sich fragte, ob er jemals das Opfer einer großen Leidenschaft sein wollte. Er hatte nein gesagt, und ich dachte, vielleicht ist die Frage falsch gestellt. Und ich war mir nicht mehr sicher, ob er damals Opfer gesagt hatte oder Objekt.

Wir sahen uns auf der Piste, wir sahen uns beim Abendessen. Dann stand ich wieder an der Bar. Drei Männer sprachen über Frauen, welche am schönsten sei und welche wohl am besten im Bett. Drei Brüder, einer war betrunken, einer sagte nicht viel und der dritte war der Schlauste, der andere Mann. Die drei Brüder stellten eine Rangliste auf, und ich ging auf mein Zimmer. Der jüngste Bruder gewann die Prinzessin.

Ich stand auf der Treppe, sie standen vor dem Aufzug. Und der Vogel trug ein Stück Gold davon. Ein Märchen, sagte der andere Mann, und am Schluss könnte er immer weinen. Aber er weinte nicht. Sie nahmen zusammen den Aufzug, ich nahm die Treppe. Sie wünschte mir eine gute Nacht, sie rief es mir nach. Sie wollte, dass ich es weiß, und das war der einzige Trost: dass sie mich verletzen wollte. Vor den Fenstern des Speisesaals lag Schnee, und es schneite und schneite die ganze Nacht.

Die Menschen, sagte er, sage das Kind nach dem Märchen immer, die Menschen seien undankbar. Und dann wisse er nicht, was er sagen solle. Er behauptete, er könne weinen, aber er weinte nicht. Er nahm das Gold, das sie ihm gab. Man kann Menschen nicht teilen, dachte ich, sie sind sonst keine Menschen mehr. Das Kind ist vier Jahre alt. Was versteht es schon?

Sie sagte, man solle Briefe nicht öffnen, die an andere gerichtet sind. Und während ich auf meinem Bett lag und nichts sah und nichts hörte, dachte ich, manchmal sollte man auch die Briefe nicht öffnen, die an einen selbst gerichtet sind.

Das Wiegenlied war längst vorüber. Ich dachte, ich könnte weinen, aber ich weinte nicht. Ich lag auf dem Bett, und ich schlief nicht mehr in dieser Nacht. Und es wurde immer kälter, und der Vogel sagte, wenn ich jetzt nicht fliege, schaffe ich es nimmermehr.

Ihr Gesicht

ALS SIE SAGTE, in Spiegeln sehen Gesichter aus wie tot, sagte er, »ich werde dich malen«. »Du kannst gar nicht malen«, sagte sie, und er, »dann lerne ich es.«

Sie hatten ein Konzert besucht in einem Landhaus außerhalb der Stadt. Die Musiker saßen vor einem dunklen Fenster. An den Wänden hingen große Spiegel. Sie hatte darin die ganze Zeit einen Mann beobachtet. Aus der Entfernung hatte er sie an jemanden erinnert. Als der Mann nach dem Konzert an ihr vorbeiging, sah er ganz anders aus.

Sie fuhren zurück über die weiten Ebenen, durch lange Alleen. Es war Frühling, und sie verirrten sich und kamen durch immer neue, winzige Dörfer, die alle gleich aussahen, die nur aus ein paar Häusern bestanden mit Vorgärten, in denen Hunde laut bellten. Sie sagte, »würdest du bitte das Fenster schließen.«

»Warum willst du mich denn malen. Ich bin ja da.«

Als sie am nächsten Abend vor dem Fernseher saßen, merkte sie plötzlich, wie er sie von der Seite her anblickte. Sie wandte ihm den Kopf zu und sah, dass er zu zeichnen begonnen hatte auf einem alten Briefumschlag, ein Porträt von ihr. Als sie ihm die Zeichnung aus der Hand nehmen wollte, schüttelte er den Kopf und sagte, nein, es ist nicht gut.

»Vielleicht solltest du mit etwas Einfacherem anfangen«, sagte sie, »mit einem Schaf oder einer Schlange.«

Er begann eine neue Zeichnung. Im Fernsehen lief eine Talk-show. Ein Mann sprach mit einer schönen jungen Frau. Sie war Fotomodell und sagte, sie mache sich über den Körper, der ja nur eine Hülle sei, kaum Gedanken.

»Das kann doch nicht so schwierig sein«, sagte er. »Das muss doch zu machen sein.«

Sie stand auf und ging in die Küche, um abzuwaschen. Sie betrachtete ihre Hände, die in rosaroten Gummihandschuhen steckten und im trüben Wasser nach dem Besteck fischten, und es war ihr, als gehörten die Hände nicht zu ihr.

Er zeichnete sie jeden Abend, und die Zeichnungen wurden immer besser. Aber er war nie zufrieden.

»Es ist nicht deine Schuld«, sagte sie. Er gab nicht auf.

Das war im Sommer. An den schönen Tagen ging sie schwimmen, am Morgen, vor allen anderen, wenn die Luft noch kühl war. Der Bademeister kannte sie. Er grüßte sie mit Namen und rief ihr über die Wiese die Temperatur des Wassers zu.

Am Abend schaute sie ihm beim Zeichnen zu.

»Du denkst an dich selbst, wenn du mich zeichnest«, sagte sie. »Schau mich an.«

Er zeichnete sie mit Pastellkreiden, mit Bleistift, mit Kohle und Kugelschreiber. Er malte sie mit Wasserfarben und in Öl. Er ließ sie sitzen und stehen und liegen und knien. Er stellte sie in jedes Zimmer der Wohnung und auf den Balkon. Er ließ sie nacheinander alle ihre Kleider anziehen. Er ließ sie sich ausziehen.

»Mir ist kalt«, sagte sie.

Wenn sie jetzt spazieren gingen, sagte er manchmal, man müsste die Landschaft malen können. »Warum«, sagte sie, »sie ist ja da.«

Die Landschaft, dachte sie, das ist nicht nur die weite Ebene, der

Flecken Wald und das Dorf und das Windrad am Horizont, die Furchen der Äcker und die Alleen. Die Landschaft ist auch das Licht auf den jungen Blättern, die Schatten der Bäume auf der Straße und die Wolken, die über den Himmel ziehen.

Die Landschaft ist jene seltsame Müdigkeit, die sie erfüllte nach einem zu üppigen Mittagessen, wenn sie über flaches Land ging und den Eindruck hatte, nicht vorwärtszukommen. Die Landschaft war die Kälte der Luft und die Wärme der Sonne und das weit entfernte Dröhnen der Motorsägen, als sie in den Wald kamen.

Dort war der Boden aufgeweicht vom Regen der vergangenen Nacht und glitschig, und einmal fiel er fast hin. »Du hättest die anderen Schuhe anziehen sollen«, sagte sie.

»Wenn dein Gesicht eine Landschaft wäre«, sagte er, »dann wäre es eine Hügellandschaft im Schnee. Und auf jedem Hügel steht ein Bauernhaus, und vor jedem Bauernhaus ist ein Brunnen. Es ist früher Morgen, und die Bauern gehen in den Stall, um die Kühe zu melken. Weißt du noch?«

Er schaute aus dem Fenster und zeichnete den Blick in den Hinterhof. Ein Blick, den er seit seiner Kindheit kannte. Sie wohnten in der Wohnung, in der er aufgewachsen war. Er kannte jeden Stein in diesem Hof, jede Stelle, an der der Putz abgebröckelt war, jede Topfpflanze, die in einem der vielen Fenster stand. Er kannte die Bewegungen der Menschen, die hier wohnten, ihre Tagesabläufe. Er wusste, wann sie bei der Arbeit waren und wann sie schliefen.

»Wenn ich nicht einmal das zeichnen kann«, sagte er.

»Du hast dich an den Hof gewöhnt«, sagte sie. »Du musst Geduld haben. Wenn du lange genug hinschaust, wird es sein, als hättest du ihn nie gesehen. Dann kannst du zeichnen.«

Er schaute sie lange an, aber es war nicht, als hätte er sie nie gesehen. Sie war ihm noch immer vertraut.

Einmal, nachdem er sie gemalt hatte und fand, das Bild sei ihm besser gelungen als andere, zeigte er es ihr. Sie sagte, das sieht ja aus wie dein Gesicht. Er schaute sich das Bild noch einmal an und war nicht sicher, ob das Gesicht darauf seines war oder ihres.

»Vielleicht ist es wie mit den Hunden«, sagte er. »Vielleicht fangen Paare an, sich zu gleichen, wenn sie lange zusammen sind.«

Aber sie glichen sich nicht wirklich. Wenn sie einkaufen gingen, machten sie sich über die Paare lustig, die dieselben Trainingsanzüge trugen oder dieselben Faserpelzjacken oder auch nur dieselben Turnschuhe.

»Ich habe heute Nacht einen Traum gehabt«, sagte sie. Sie gingen durch das Einkaufszentrum. »Ich kannte die Menschen, ich war mir ganz sicher. Aber ihre Gesichter erkannte ich nicht. Weißt du, ob deine Mutter eine Brille trägt?«

Er wusste es, weil sie die Brille immer verlegte. Aber wenn er sich ihr Gesicht vorstellte, sah er die Brille nicht. Je genauer er in Gedanken hinzuschauen versuchte, desto unschärfer wurde das Gesicht. Es war da und war doch nicht da.

»Ich sehe es ganz deutlich«, sagte er. »Aber es ist kein Bild. Es ist ein Eindruck. Ein Gefühl.«

Sie bewarb sich bei einer Modellagentur. Sie sagte ihm nichts davon. Sie bekam einen Auftrag, musste ein Joghurt essen und wurde dabei fotografiert. Der Fotograf war nett. Er feuerte sie an, rief, »gut so, lächeln, super, du machst das«. Er nannte sie nur Frau. »Super, Frau, leck den Löffel ab. Lasziv. Genau so.«

Auf dem Plakat war im Hintergrund eine Kuh zu sehen, aber die war später hinzugefügt worden. Ich hätte nichts dagegen gehabt, mich zusammen mit einer Kuh fotografieren zu lassen, sagte sie, als er das Plakat zum ersten Mal sah. Er war wütend auf sie, weil sie ihm nichts erzählt hatte davon.

»Du siehst überhaupt nicht aus wie auf diesem Bild«, sagte er. »Ich habe dich noch nie mit Zöpfen gesehen. Und mit diesem Ausdruck im Gesicht.«

»Lasziv«, sagte sie. »Sie wollten mich nicht porträtieren. Sie wollen Joghurt verkaufen.«

Aber sie nahm keine Aufträge der Agentur mehr an. Nur als ein Angebot von einer Strumpffabrik kam, zögerte sie einen Moment. Man hätte auf dem Bild nur ihre Beine gesehen.

Als sie krank wurde, wollte sie ihm nicht mehr Modell stehen. Ihr Gesicht hatte sich verändert. Erst waren es nur Rötungen der Haut, dann war es, als sei die Haut straff über den Schädel gezogen. Er wollte es verstehen und ging in die Bibliothek und lieh sich Bücher aus über die Krankheit und über den Knochenbau von Menschen und Tieren. Er zeichnete Schädel, aber das half nichts. Er sagte, »es ist, als seiest du über Nacht älter geworden. Ich liebe dich«. Und sie, »dann hör auf, mich zu malen«.

Die Krankheit nahm ihren Lauf. Sie veränderte ihr Gesicht, und wenn er seine alten Bilder hervornahm, versuchte sie zu lächeln und sagte, jetzt gleiche ich mir wenigstens. Manchmal, wenn er sie anschaute, sah sie wirklich aus wie auf den frühen Skizzen, auf denen zwar alles da war, aber nichts zusammenpasste. Als sei ihr Gesicht kein Ganzes mehr.

»Wie kann ich es denn festhalten«, sagte er, als er sie im Spital besuchte.

Sie wurde wieder gesund, aber etwas von der Krankheit blieb zurück. Ihr Gesicht war nicht mehr dasselbe. Es war ein Zweifel darin, der es noch schöner machte.

Er behielt alle Porträts von ihr, selbst die ersten Skizzen auf den Briefumschlägen. Die Zeichnungen sammelte er in Mappen, die Bilder, die besseren, hängte er an die Wände. Sie sagte, »es ist mir peinlich. Wenn Freunde kommen. Was werden sie denken.«

»Warum«, sagte er, »dein Gesicht ist dir doch auch nicht peinlich.«

»Es macht mir Angst«, sagte sie.

»Wenn mir ein Bild gelingt«, sagte er, »dann nehme ich alle anderen von den Wänden. Das ist versprochen.«

»Schließ die Augen.« Sie nahm seine Hände und legte sie auf ihr Gesicht. Er wunderte sich, dass sich das Gesicht kaum bewegte, als sie sprach. »Ich mache Gesichter, und du musst sie erraten.«

Lächeln war einfach, Naserümpfen und Stirnrunzeln auch. Wut erkannte er an der Bewegung des Kiefers, Erstaunen an jener der Stirn. Bei Ekel zog sich das ganze Gesicht zusammen. Einen Ausdruck erkannte er nicht. Erst als er Tränen spürte an den Händen, wusste er, was es war.

An ihrem Geburtstag, der kurz vor Weihnachten war, kaufte sie einen japanischen Pinsel und schwarze Tusche. Sie beschenkten sich an ihren Geburtstagen immer gegenseitig. Es hatte vor ein paar Tagen geschneit, aber der Schnee schmolz schon wieder, und darunter kam die alte Welt hervor.

In der Wohnung waren alle Bilder abgehängt. Sie lagen zusammen mit den Mappen, in denen die Zeichnungen waren, auf einem großen Stapel auf dem Tisch in der Stube. Sie erinnerte sich, dass er ihr versprochen hatte, alle Bilder abzuhängen, wenn ihm ein einziges gelinge. Sie hatte ein wenig Angst. Aber er sagte nur: »Es ist dein Gesicht. Mach damit, was du willst.«

Sie wählte einige Bilder aus, die ihr gefielen, und lehnte sie hintereinander an eine Wand. Die restlichen Bilder und die meisten der Zeichnungen steckte sie in große Mülltüten, die noch drei Tage auf dem Balkon standen, bis die Müllabfuhr kam und sie mitnahm.

Friedrich Nietzsche

ICH WEISS NICHT VIEL von Patrizia. Sie war eine Freundin meiner Schwester. Sie ritt, und das machte sie interessant für uns. Für meine Schwester und mich und später für Markus und mich. Als wir angefangen hatten, uns für Mädchen zu interessieren. Meine Schwester wäre auch gern geritten.

Patrizia hatte lange blonde Haare, und wenn sie sie hochgesteckt hatte, sagte Markus immer, er liebe Patrizia. Immer nur, wenn sie ihr Haar hochgesteckt hatte. Er sagte dann wirklich: »Ich liebe Patrizia, wenn sie ihr Haar hochgesteckt hat. Ich möchte sie beim Reiten sehen.« Aber nur ich sah sie beim Reiten, einmal, als ich mit meiner Schwester mitging, die Patrizia im Reitstall abholte. Ich weiß gar nicht mehr, warum ich mit meiner Schwester ging, wir hatten längst aufgehört, zusammen Dinge zu unternehmen. Jedenfalls fand ich Patrizia da auch sehr schön, wie sie mit dem Pferd umging, wie eine Erwachsene. Als ich Markus davon erzählte, beneidete er mich.

Jahre später sagte Markus, er liebe Patrizia rasend. »Ich liebe sie rasend«, sagte er, »ich kann ohne sie nicht mehr leben.« Da waren wir vielleicht achtzehn. Ich machte eine Lehre als Fotograf, und Markus ging ins Gymnasium. Patrizia war Friseurin, sie hatte ihre Lehre abgeschlossen und verdiente Geld.

In den Sommerferien fuhr ich mit Markus nach Südfrankreich. Wir wohnten auf einem Campingplatz. An einem Abend erzählte mir Markus von Friedrich Nietzsche. Wir saßen in einer Diskothek, und Markus schrie und musste alles zweimal sagen, weil ich ihn nicht verstand. Und selbst von dem, was ich verstand, begriff ich das meiste nicht. An diesem Abend verliebte ich mich in eine Frau. Wir tanzten zusammen, und ich sah manchmal zu Markus, der an der Bar saß und sich betrank und vielleicht an Friedrich Nietzsche dachte oder an Patrizia, denn er machte ein sehr ernstes Gesicht.

Die Frau, in die ich mich verliebt hatte, war Französin und hieß Sandrine. Wir küssten uns beim Tanzen, und ich drückte sie an mich. Als wir zurück an die Bar kamen, war Markus so betrunken, dass ich ihn zum Zelt begleiten musste. Unterwegs übergab er sich zweimal, und als ich später allein zur Diskothek zurückkam, war Sandrine nicht mehr da, obwohl sie versprochen hatte, auf mich zu warten.

Markus sprach die ganzen Ferien über von Patrizia. Er sagte, es mache ihm nichts aus, wenn sie ungebildet sei, wichtig sei die Herzensbildung und nicht, ob jemand Friedrich Nietzsche kenne oder gelesen habe. Das Wissen sei ohnehin tot, und er würde viel lieber mit den Händen arbeiten, als sich in dieser toten Schule mit dem toten Wissen längst toter Männer vollstopfen zu lassen. Er sagte, das wahre Leben finde nicht in Schulen und Universitäten statt, sondern in Frisiersalons, in Warenhäusern, in Bordellen. Markus hatte von Bordellen so wenig Ahnung wie ich, wir waren nur einmal in einem Sexkino gewesen, aber es klang besser zu sagen, das wahre Leben finde in den Bordellen statt als in den Sexkinos. Außerdem, sagte Markus, sei Friedrich Nietzsche in einem Bordell gestorben.

Als wir aus den Ferien zurückkamen, hatte Patrizia einen Freund. Meine Schwester erzählte es mir. Ich sagte Markus nichts. Irgendwie fand er es selbst heraus, ich glaube, er beobachtete Patrizia, aber das gab er nie zu, obwohl wir sonst über alles sprachen.

Markus sagte, Patrizia sei eine Hure. Huren waren damals für ihn alle Frauen, die ihm gefielen und die nichts von ihm wissen wollten. Also ziemlich viele.

Dann muss irgendetwas geschehen sein. Jedenfalls erzählte mir meine Schwester kurz darauf, dass Patrizia sich von ihrem Freund getrennt habe. Und von da an fragte sie mich oft über Markus aus, und wenn ich sie fragte, weshalb, wich sie aus. Als ich Patrizia das nächste Mal sah, hatte sie ihr schönes blondes Haar ganz kurz geschnitten.

Markus hatte jetzt plötzlich keine Zeit mehr für mich. Er sagte, er habe Prüfungen, aber ich glaubte ihm nicht. Ich wusste, dass er nie für Prüfungen lernte, dass er es nicht nötig hatte. Und dann war plötzlich wieder alles beim Alten, wir trafen uns und sprachen über Frauen, über die nächsten Ferien, über unsere Zukunft und über Friedrich Nietzsche. Nur wenn wir am Abend in einem Restaurant saßen und meine Schwester oder Patrizia hereinkamen, lächelten sie, nickten Markus zu und benahmen sich seltsam. Wenn ich Markus fragte, was das alles bedeute, sagte er, nichts.

Dann fotografierten mein Lehrmeister und ich Frisuren im Salon, in dem Patrizia arbeitete. Sie war sehr nett zu mir und meinem Lehrmeister, sie machte uns Kaffee und redete mit uns, wenn sie keine Kundin hatte. Einmal schickte mein Lehrmeister mich weg, um neue Filme zu holen. Als wir an diesem Abend zurück ins Geschäft gingen, sagte er, Patrizia sei eine Katze, und fragte mich, ob sie mir nicht gefiele.

»Eine richtige Katze«, sagte er.

Als ich einige Tage später die Plakate mit den Frisuren ablieferte, machte Patrizia mir wieder Kaffee. Sie war allein im Geschäft, und wir redeten ein bisschen, und Patrizia fragte mich über Markus aus. Ich fragte sie, weshalb sie sich für ihn interessiere, und sie sagte, er schreibe ihr Briefe, schöne Briefe, die sie allerdings nur zum Teil verstehe. Sie fragte mich, wer Friedrich Nietzsche sei, aber ich glaube, meine Antwort war ziemlich ungenau und befriedigte sie nicht. Nur als ich sagte, er sei in einem Bordell gestorben, horchte sie auf.

Patrizia mochte die Abzüge, die ich gebracht hatte, und ich erklärte ihr, wie wir retuschiert, wie den Hintergrund aufgehellt und den Glanz der Haare verstärkt hatten. Sie sagte, jetzt verstehe sie, weshalb die Modelle auf den Fotos immer so schön seien. Ich sagte, ich könnte Bilder von ihr machen, auf denen sie schöner wäre als jedes Fotomodell, und sie lachte und ging im Salon hin und her wie ein Modell.

Ob ich sie denn auch dünner machen könne auf dem Bild, fragte sie, und ich sagte, dazu brauche es einen Computer, aber sie sei dünn genug. Sie fragte mich, ob ich das schon gemacht hätte, auf einem Computer Bilder verändert. Ich sagte, ja, aber ich hätte noch nie jemanden dünner gemacht, dazu sei der Computer meines Chefs nicht schnell genug. Ich sagte auch, ich hätte noch nie Aktfotos gemacht, und Patrizia lachte, und ich lachte auch. Ich sagte, ich könne doch nicht einfach irgendein Mädchen fragen, ob sie sich nackt fotografieren lasse.

»Das würde ich nie machen«, sagte Patrizia, und damit war das auch erledigt.

Überhaupt war mein Beruf viel langweiliger, als ich am Anfang gedacht hatte. Einmal fotografierte ich Patrizia dann doch, beim Geburtstag meiner Schwester, als wir alle zusammen an den See gingen. Markus hatte mich gebeten, mitkommen zu dürfen. Meine Schwester und Patrizia waren beide Mitglied in einer christlichen Jugendorganisation, und die meisten, die mit an den See kamen, waren auch Mitglieder dieser Organisation. Am Nachmittag badeten wir, und ich fotografierte den See und die Enten und den Wald, bis ich mich endlich getraute, Patrizia zu fotografieren. Sie trug einen gelben Bikini. Dann wollten natürlich alle anderen, dass ich sie fotografierte, und ich musste Gruppenfotos machen und verschwendete meine Filme.

Am Abend wurde ein Feuer angezündet, und die anderen sangen christliche Lieder, die Markus und ich nicht kannten. Markus verwickelte einen der Jungen, der nicht von Patrizias Seite wich, in eine Diskussion über Gott. Der andere war Elektromechaniker. Er sah gut aus und blieb gelassen, als Markus anfing, über Friedrich Nietzsche zu sprechen. Ich bin sicher, dass Markus sehr gescheite Dinge sagte, aber da niemand ihn verstand, sah er am Schluss der Diskussion nicht gut aus. Wenigstens schien Patrizia Mitleid mit ihm zu haben und ließ sich, als die anderen längst wieder sangen, von ihm den Unterschied zwischen Menschen und Übermenschen erklären.

Markus war an diesem Abend sehr glücklich, und am Tag darauf musste ich ihm Vergrößerungen der Fotos von Patrizia machen, selbst von den Gruppenbildern, auf denen sie nur ganz klein zu sehen war, neben all den frommen Idioten. Jetzt erzählte er endlich von den Briefen, die er Patrizia schrieb, und wie sehr er Patrizia liebe und dass sie ihm manchmal Postkarten schrieb. Ich musste ihm hundertmal sagen, dass es ein gutes Zeichen sei, wenn sie ihm nichtssagende Karten schreibe, dass sie seine Gefühle bestimmt erwidere, dass sie wohl darauf warte, dass er den ersten Schritt mache. Und dann hielt er mir meine Fotos unter die Nase, und ich musste ihm bestätigen, dass Patrizia wunderschön sei, obwohl sie sich die Haare kurz geschnitten hatte.

Es dauerte noch einige Jahre, bis Markus seine erste Freundin hatte. Sie studierte Germanistik wie er. Sie lebten einige Zeit zusammen mit anderen in einer Wohngemeinschaft. Ich traf die zwei gelegentlich, und wir gingen zusammen ins Kino. Jedes Mal, wenn das Mädchen zur Toilette ging, sagte Markus, wie sehr er sie liebe, und ich musste ihm bestätigen, wie schön sie sei. Er sagte, ich müsse sie einmal fotografieren, aber es kam nie dazu.

Das alles ist Jahre her. Wenn ich noch gelegentlich mit Markus telefoniere, erzählt er mir von seinen Beziehungen und fragt, ob ich eine Beziehung habe. Einmal habe ich ihn gefragt, was eigentlich aus Patrizia geworden sei. Er sagte, er wisse es nicht, und dann sagte er, er habe sie damals unsterblich geliebt.

»Ich habe gemeint, ich könne ohne sie nicht leben«, sagte er, »und dann konnte ich es doch.«

Der Besuch

DAS HAUS WAR ZU GROSS. Die Kinder hatten es ausgefüllt, aber seitdem Regina allein darin wohnte, war es größer geworden. Ganz langsam hatte sie sich aus den Räumen zurückgezogen, war ihr ein Zimmer nach dem anderen fremd geworden und schließlich abhandengekommen.

Nachdem die Kinder ausgezogen waren, hatten sie und Gerhard sich ein wenig ausgebreitet. Vorher hatten sie das kleinste Zimmer im Haus bewohnt, jetzt war endlich Platz für alles, für ein Arbeitszimmer, für ein Näh- und ein Gästezimmer. Dort würden die Kinder schlafen, wenn sie zu Besuch kamen, die Enkelkinder. Aber es gab nur ein Enkelkind. Martina war die Tochter von Verena, die mit einem Schreiner verheiratet war im Nachbardorf. Als Martina klein war, hatte Regina sie ein paarmal gehütet. Aber Verena wollte immer, dass die Mutter zu ihr kam. Auch Otmar und Patrick, Reginas Söhne, blieben nie über Nacht. Lieber fuhren sie spätabends in die Stadt zurück. Schlaft doch hier, sagte Regina jedes Mal, aber die Söhne mussten früh zur Arbeit am nächsten Tag oder fanden sonst einen Grund zu fahren.

Erst hatten die Kinder noch Schlüssel gehabt zum Haus. Regina hatte sie ihnen fast aufgedrängt, die großen alten Schlüssel. Es war selbstverständlich gewesen für sie. Aber mit den Jahren hatte eines nach dem anderen seinen Schlüssel zurückgegeben. Sie hätten Angst, sie zu verlieren, sagten sie, sie könnten ja klingeln, die

Mutter sei doch immer zu Hause. Und wenn etwas passierte? Sie wussten ja, wo der Kellerschlüssel versteckt war.

Einmal blieben die Kinder dann doch über Nacht, alle drei, als Gerhard im Sterben lag. Regina hatte sie angerufen, und sie kamen, so schnell sie konnten. Sie kamen ins Krankenhaus und standen um das Bett herum und wussten nicht, was sagen oder tun. Die Nacht über wechselten sie sich ab, und wer nicht im Krankenhaus war, war im Haus. Regina bezog die Betten und entschuldigte sich bei den Kindern, weil in Verenas Zimmer die Nähmaschine stand und bei Otmar der große Schreibtisch, den Gerhard für wenig Geld hatte kaufen können, als die Firma neue Büromöbel angeschafft hatte.

Regina hatte sich hingelegt, um sich etwas auszuruhen, aber sie konnte nicht schlafen. Sie hörte die Kinder in der Küche leise reden. Am Morgen gingen sie alle zusammen ins Krankenhaus. Verena schaute immer wieder auf die Uhr, und Otmar, der Älteste, telefonierte mit seinem Mobiltelefon, um Termine abzusagen oder zu verschieben. Gegen Mittag starb der Vater, und Regina und die Kinder gingen nach Hause und taten, was zu tun war. Aber schon an diesem Abend fuhren wieder alle. Verena hatte gefragt, ob es in Ordnung sei, ob die Mutter zurechtkomme, und versprach, früh am nächsten Tag da zu sein. Regina schaute den Kindern nach und sah, wie sie vor dem Haus miteinander redeten. Sie fühlte sich ihnen ausgeliefert. Sie wusste, worüber sie sprachen.

Nach Gerhards Tod war das Haus noch leerer. Im Schlafzimmer öffnete Regina die Läden tagsüber nicht mehr, als fürchtete sie sich vor dem Licht. Sie stand auf, wusch sich und machte Kaffee. Sie ging zum Briefkasten und holte die Zeitung. Das Schlafzimmer betrat sie den ganzen Tag über nicht. Irgendwann, dachte sie, würde sie nur noch das Wohnzimmer und die Küche bewohnen und durch die anderen Räume gehen, als lebten Fremde darin. Dann fragte sie sich, welchen Sinn es überhaupt gehabt hatte, das Haus zu kaufen. Die Jahre waren vorübergegangen, die Kinder wohnten jetzt in ihren eigenen Häusern, die sie nach ihrem Geschmack eingerichtet hatten und die praktischer waren und voller Leben. Aber auch diese Häuser würden sich irgendwann leeren.

Im Garten gab es ein kleines Vogelbad, und im Winter fütterte Regina die Vögel, lange bevor Schnee lag. Sie hängte kleine Fettkugeln in den Japanischen Ahorn, der vor dem Haus stand. In einem sehr kalten Winter erfror der Baum, im nächsten Frühling schlug er nicht mehr aus und musste gefällt werden. Im Sommer ließ Regina nachts die Fenster im oberen Stock offen stehen und hoffte, ein Vogel oder eine Fledermaus verirre sich in die Räume oder niste sich ein.

Wenn ein Geburtstag zu feiern war, lud Regina die Kinder ein, und manchmal hatten wirklich alle Zeit und kamen. Regina kochte das Mittagessen und wusch ab in der Küche. Sie machte Kaffee. Als sie in den oberen Stock ging, um eine Packung Kaffee zu holen, standen die Kinder da in ihren alten Zimmern wie Museumsbesucher, scheu oder unaufmerksam. Sie lehnten an den Möbeln oder hockten auf dem Fensterbrett und redeten über Politik, über die letzten Ferien, über ihre Arbeit. Beim Essen hatte Regina immer wieder versucht, das Gespräch auf den Vater zu bringen, aber die Kinder waren dem Thema ausgewichen, und schließlich hatte sie es aufgegeben.

Diese Weihnachten war Verena zum ersten Mal nicht nach Hause gekommen. Sie verbrachte die Feiertage mit ihrem Mann und Martina in den Bergen, im Ferienhaus der Schwiegereltern. Regina hatte die Geschenke wie immer auf dem Kleiderschrank im Schlafzimmer versteckt, als könne jemand danach suchen. Sie bereitete das Weihnachtsessen vor. Sie leerte die Abfälle auf den

Komposthaufen, auf dem noch ein Rest Schnee lag. Es hatte vor einer Woche etwas geschneit und war seither kalt gewesen, trotzdem war der meiste Schnee verschwunden. Regina versuchte sich zu erinnern, wann es zum letzten Mal weiße Weihnachten gegeben hatte. Dann ging sie wieder ins Haus und stellte das Radio an. Auf allen Kanälen lief Weihnachtsmusik. Regina stand am Fenster. Sie hatte kein Licht gemacht. Sie schaute hinüber zu den Nachbarn. Als sie das Licht schließlich einschaltete, erschrak sie und machte es gleich wieder aus.

An Reginas fünfundsiebzigstem Geburtstag kam die ganze Familie zusammen. Sie hatte alle in ein Restaurant eingeladen. Das Essen war gut, es war ein schönes Fest. Otmar und seine Freundin gingen als Erste nach Hause, Patrick ging kurz danach, und dann verabschiedeten sich auch Verena und ihr Mann. Martina hatte ihren Freund mitgebracht, einen Australier, der für ein Jahr als Austauschschüler mit ihr aufs Gymnasium ging. Sie sagte, sie wolle noch nicht heim. Es gab Streit, da sagte Regina, Martina könne doch bei ihr übernachten. Und ihr Freund? Sie habe ja genug Zimmer, sagte Regina. Sie begleitete Verena und ihren Mann hinaus. »Du passt auf, dass sie keine Dummheiten macht«, sagte Verena.

Regina ging zurück in die Gaststube und bezahlte die Rechnung. Sie fragte Martina, ob sie noch irgendwohin gehen wolle mit ihrem Freund, sie könne ihr einen Schlüssel geben. Aber Martina schüttelte den Kopf, und der Freund lächelte.

Zu dritt gingen sie nach Hause. Der Australier hieß Philip. Er sprach kaum Deutsch, und Regina hatte seit vielen Jahren kein Englisch mehr gesprochen. Als junge Frau hatte sie ein Jahr in England verbracht, kurz nach dem Krieg, hatte bei einer Familie gewohnt und sich um die Kinder gekümmert. Es war ihr damals gewesen, als käme sie erst richtig auf die Welt. Sie lernte einen jungen Engländer kennen, ging an ihren freien Abenden mit ihm in Konzerte und in Pubs und küsste ihn auf dem Nachhauseweg. Vielleicht hätte sie in England bleiben sollen. Als sie in die Schweiz zurückkehrte, war alles anders.

Regina schloss die Tür auf und machte Licht. »*That's a nice house*«, sagte Philip und zog die Schuhe aus. Martina verschwand im Bad, um zu duschen. Regina brachte ihr ein Handtuch. Durch das Milchglas der Duschkabine sah sie Martinas schlanken Körper, den in den Nacken gelegten Kopf, das lange dunkle Haar, ein Fleck.

Regina ging in die Küche. Der Australier hatte sich an den Tisch gesetzt. Er hatte einen winzigen Computer auf den Knien. Sie fragte ihn, ob er etwas trinken wolle. »*Do you want a drink*«, sagte sie. Der Satz klang wie aus einem Film. Der Australier lächelte und sagte etwas, was sie nicht verstand. Er winkte sie zu sich und zeigte auf den Bildschirm seines Computers. Regina trat zu ihm und sah das Luftbild einer Stadt. Der Australier zeigte auf einen Punkt. Regina verstand nicht, was er sagte, aber sie wusste, dass er dort wohnte und dass er dorthin zurückkehren würde, wenn das Jahr hier vorüber war. Ja, sagte sie, »*yes, nice*«, und lächelte. Als der Australier auf eine Taste drückte, entfernte sich die Stadt, und man sah das Land und das Meer, ganz Australien und schließlich die ganze Welt. Er schaute Regina mit einem triumphierenden Lächeln an, und es war ihr, als sei sie ihm viel näher als ihrer Enkelin. Sie wollte ihm näher sein, weil er Martina verlassen würde, wie Gerhard sie verlassen hatte. Diesmal wollte sie auf der Seite der Stärkeren sein, auf der Seite derer, die gingen.

Regina bezog das Bett in Otmars Zimmer. Martina war heraufgekommen. Sie hatte sich wieder angezogen.

»Soll ich dir einen Pyjama geben?«, fragte Regina.

»Wir können in einem Bett schlafen«, sagte Martina, als sie sah, dass Regina zögerte. »Du musst es Mama ja nicht auf die Nase binden.«

Sie legte der Großmutter den Arm um die Schultern und küsste sie auf die Wange. Regina schaute ihre Enkelin an. Sie sagte nichts. Martina folgte ihr die Treppe hinunter und in die Küche, wo Philip etwas in seinen Computer tippte. Martina stellte sich hinter seinen Stuhl und legte ihm die Hände auf die Schultern. Sie sagte etwas auf Englisch zu ihm.

»Wie gut du das kannst«, sagte Regina. Martina kam ihr sehr erwachsen vor in diesem Augenblick, vielleicht zum ersten Mal, erwachsener als sie selbst, voll von der Kraft und Zuversicht, die Frauen brauchten. Regina sagte Gute Nacht, sie gehe zu Bett. Da saßen Martina und Philip noch in der Küche, als sei es ihre Küche, als sei es ihr Haus. Aber das störte Regina nicht. Seit langer Zeit hatte sie wieder das Gefühl, das Haus sei voll. Sie dachte an Australien, wo sie nie gewesen war. Sie dachte an die Luftaufnahme, die Philip ihr gezeigt hatte, und dann an Spanien, wo sie ein paarmal Urlaub gemacht hatten mit den Kindern. Regina stand im Bad und putzte sich die Zähne. Sie war müde. Als sie in den Flur trat und unter der Küchentür das Licht durchscheinen sah, war sie froh, dass Martina und Philip noch wach waren.

Regina lag im Bett. Sie hörte, wie Philip ins Bad ging und duschte. Sie wollte noch einmal aufstehen und ihm ein Handtuch bringen, dann ließ sie es bleiben. Sie stellte sich vor, wie er aus der Dusche kam, sich mit dem feuchten Handtuch von Martina abtrocknete, wie er durch den Flur zur Küche ging, wo Martina auf ihn wartete. Die beiden umarmten sich und gingen in den oberen Stock und legten sich zusammen ins Bett. Dummheiten, hatte Verena gesagt, und sie solle aufpassen. Aber das waren keine Dummheiten. Alles ging so schnell vorbei.

Regina stand noch einmal auf und trat in den Flur, ohne Licht zu machen. Sie stand in der Dunkelheit und lauschte. Nichts war zu hören. Sie ging ins Bad. Von einer Straßenlaterne drang etwas Licht in den Raum. Das Frottiertuch hing über dem Rand der Badewanne. Regina nahm es und drückte es an ihr Gesicht. Es fühlte sich kühl an auf der Stirn und hatte einen fremden Geruch. Sie legte es hin und ging zurück in ihr Zimmer.

Als sie wieder im Bett lag, dachte sie an Australien, das sie nie sehen würde. Auch Spanien würde sie wohl nicht mehr sehen, dachte sie, aber eine Reise würde sie noch machen.

Die brennende Wand

AUS DEM FERNSEHER war nur Rauschen zu hören. Henry stellte den Ton so laut es ging und trat ins Freie. Es war immer noch heiß. Er drehte an der Satellitenschüssel, die auf einem selbstgebastelten Holzgestell auf dem Asphaltplatz stand. Er kannte die ungefähre Position des Satelliten, Südost. Westen war da, wo die Sonne unterging. Dann war das Rauschen plötzlich verschwunden, und Henry hörte Stimmen und Musik. Er stieg die Metalltreppe hoch. Es war stickig in dem kleinen Verschlag hinter der Fahrerkabine, seinem Zuhause. Ein Bett, ein Stuhl, ein Fernseher, ein Kühlschrank, alles, was man braucht. Fenster gab es nicht, aber an den Wänden hingen zwei amerikanische Flaggen, eine Marlboro-Reklame und das Plakat einer Erotikmesse, das Henry von irgendeiner Bretterwand gerissen hatte. Er schaltete den Fernseher aus, nahm den Klappstuhl und setzte sich vor den Wagen in die Abendsonne. Die aufeinandergestapelten Container warfen lange Schatten.

Die Wohnwagen der anderen standen noch im Nachbardorf, wo gestern Vorstellung gewesen war. Sie hatten den ganzen Tag gebraucht, um die Autos und alles andere hierherzubringen und die Tribüne aufzubauen. Am Mittag hatte es geregnet, aber Joe war schon vorher schlechter Laune gewesen. Einmal so, einmal so, das war Joe. Und Charlie war sonstwo gewesen, und Oskar hatte irgendwas an seinen Motorrädern geklempnert. Henry hatte wieder einmal die ganze Arbeit allein gemacht. Henry, der Feuerteufel. In Wirklichkeit war er Mädchen für alles, Idiot für alles, der Nachtwächter, der dumme Hund. Nur während der Vorstellungen war er der Feuerteufel, der auf dem Dach des Autos lag, wenn Oskar durch die brennende Wand fuhr.

Die anderen hatten schöne Hänger, den von Joe konnte man nach allen Seiten ausziehen, eine richtige Wohnung war das, mit Polstergruppe und Video und allem Drum und Dran. Henry wollte auch so einen Hänger. Und eine Frau wollte er und ein Kind. So viel Zeit hatte er nicht mehr bis vierzig, und der Chef hätte auch nichts dagegen, wenn es die Richtige wäre. Eine wie die Jacqueline von Oskar, die Verena von Charlie, eine wie die Petra von Joe, die auch für Henry kochte und manchmal seine Kleider wusch. Die anderen hatten alles, und er hatte nichts. Aber eine Frau kostete mehr als eine neue Hose.

Henry konnte nicht klagen. Er hatte seine Ruhe, und er kam herum. Eigentlich konnte er es nicht besser haben. Was brauchte er denn schon? Es ging ihm gut jetzt, besser als damals in der DDR. Da war er Melker gewesen. Nach dem Fall der Mauer war er arbeitslos geworden. Beschissen und betrogen hatte man ihn. Er hatte herumgelungert, hatte Streit angefangen und das bisschen Geld, das er vom Sozialamt bekam, im Spielsalon verloren. Dann war eines Abends Joe mit seinen Leuten in die Stadt gekommen, und nach der Vorstellung ging Henry zu den Artisten und half ihnen beim Abbauen der Tribüne. So einen wie ihn könne man gebrauchen, sagte Joe, und Henry grinste. Das hatte man nicht oft zu ihm gesagt. Da schloss er sich der Truppe an, fuhr einfach mit, als sie die Stadt am nächsten Morgen verließen. Und seither zog er mit ihnen durchs Land, von Stadt zu Stadt und von Dorf zu Dorf. Er stellte seine Antenne auf, bewachte die Autos und knallte jeden Abend mit dem Kopf durch die brennende Wand.

Der Feuerteufel, das war Petras Idee gewesen, Henry, der

Feuerteufel. Seit sechs oder sieben Jahren war er bei der Truppe, lebte er in seinem Verschlag. Dieses Jahr kriegst du einen Hänger, hatte Joe ihm versprochen, aber dann hatte er gesagt, er wolle nicht, dass es bei ihnen aussehe wie bei den Zigeunern. Und jemand müsse schließlich die Autos bewachen in der Nacht. Irgendwann, sagte Joe, suchst du dir eine Frau. Dann werden wir sehen. Und Oskar versprach, Henry beizubringen, wie man auf zwei Rädern fuhr.

Henry hörte ein Geräusch, einen leisen, satten Knall. Er stand auf und ging zu den Autos hinüber. Der Asphalt glänzte noch vom Regen, und als Henry durch die enge Schlucht zwischen den Containern lief, kam er sich vor wie ein Indianer im Grand Canyon. Es knallte noch einmal. Henry rannte zu den Autos und sah gerade noch einen Stein durch die Luft fliegen und gegen die Heckscheibe eines der Wagen prallen. Er lief in die Richtung, aus der der Stein gekommen war, blieb stehen. Dann sah er die Kinder wegrennen. Er fluchte und nahm einen Stein vom Boden und warf ihn nach ihnen. Aber sie waren schon hinter den Containern verschwunden.

Henry stand an den Gleisen, die sich in beiden Richtungen in der Ferne verloren. Er schaute nach links und nach rechts und rannte los. Auf der anderen Seite des Bahndamms blieb er stehen. Er wartete lange, bis ein Güterzug kam. Er zählte die Waggons wie damals, als er noch ein Kind war. In Amerika gab es Leute, die auf die Güterzüge sprangen und im ganzen Land herumfuhren. Henry fragte sich, wohin der Zug fuhr. Zweiundvierzig Waggons zählte er. Kies.

Die Sonne war hinter der nahen Hügelkette verschwunden, aber es war noch hell. Henry lief den Bahndamm entlang bis zu einem Feldweg, der zur Hauptstraße führte. Schon von weitem sah er das gelbe M und, als er näher kam, den lebensgroßen Plastik-clown, der vor dem Imbiss auf einer Bank saß und lächelte.

In einer Ecke des Lokals saßen drei Forstarbeiter an einem der kleinen Tische. Hinter der Theke stand eine junge Frau. Manuela, stand auf ihrem Namensschild. Henry bestellte einen Hamburger und eine Cola. Bier hätten sie keines, hatte Manuela gesagt. Einen Moment.

»Sind Sie aus dem Osten?«, fragte sie, als er zahlte.

Aus dem Osten, sagte Henry, er sei Artist. Da drüben, er zeigte in Richtung des Containerlagers, da sei morgen Vorstellung. Auto-stunts. Wenn sie Lust habe, er lasse sie gratis rein. Autos, sagte Manuela, das interessiere sie nicht. Eine Stuntshow, sagte Henry, Autos, die auf zwei Rädern fahren, Sprünge mit dem Motorrad über vierzig Personen.

»Über vierzig Personen?«, fragte Manuela.

»Die liegen da nicht wirklich«, sagte Henry. »Früher ja.«

Am Montag seien sie schon wieder weg, sagte er. Dann gehe die Reise weiter nach Süden, immer weiter, bis nach Italien oder Griechenland.

»Griechenland ist schön«, sagte er. »Da kannste jeden Tag baden gehen.«

Er sagte, er heiße Henry. »Manuela«, sagte sie. »Ich weiß«, sagte Henry und zeigte auf ihr Namensschild. Manuela lachte. Ob er wirklich ein Stuntman sei? »Ja, so was«, sagte er. Ob sie einen Freund habe? Den könne sie nämlich auch mitbringen. »Nein«, sagte Manuela. Sie hatte einen süßen Dialekt. Überhaupt war sie süß.

»Ich auch nicht«, sagte Henry, »immer unterwegs.« Es war einen Moment lang still. Dann sagte Manuela, »warte«. Sie verschwand und kam gleich wieder zurück und drückte Henry eine Apfel-tasche in die Hand.

»Nimm«, sagte sie. »Aufpassen. Die ist heiß.«

Henry bedankte sich.

»Wenn das mein Chef sieht«, sagte Manuela, »flieg ich raus.«

»Dann kommst du mit uns«, sagte Henry.

Manuela musste bis Mitternacht arbeiten. Aber morgen früh habe sie Zeit, klar. Sie gehe ja nicht in die Kirche oder so. Sonntags war hier nichts los. Kleintierausstellung der Pelznähgruppe und des ornithologischen Vereins.

»Magst du das, so Tiere? Vögel und Kaninchen?«

»Klar«, sagte Henry, »kann man sich anschauen.«

Sie verabredeten sich für den nächsten Tag um neun bei der Bushaltestelle. Aber am Mittag müsse er zurück sein, sagte Henry, die Nachmittagsvorstellung vorbereiten.

Die Kleintierausstellung interessierte sie beide nicht. Nach einer Viertelstunde waren sie wieder draußen. Sie saßen im Esszelt und tranken Kaffee.

»Mein Vater hat einen Hund gehabt«, sagte Henry. »Deutscher Schäfer.«

»Ich hatte mal einen Hamster«, sagte Manuela.

»Was hat dir am besten gefallen?«

»Die kleinen Kaninchen. Die Jungen.«

»Wie die im Käfig sitzen«, sagte Henry. »Die haben Schiss.«

Ihm hatten die Vögel am besten gefallen, die bunten Vögel, Wellensittiche und Zebrafinken und wie die alle hießen. Einer der Züchter hatte ihnen die Namen genannt und die Länder, aus denen die Vögel stammten, ein großer Mann, der selbst ein Gesicht wie ein Vogel hatte und eine ganz hohe Stimme. Das sei eine Krankheit, hatte Manuela nachher gemeint.

»Willst du ein Stück Kuchen?«, fragte sie.

»Eine Apfeltasche?« Henry grinste.

»Wenn das mein Chef gesehen hätte«, sagte Manuela.

Dann schwiegen sie. Im Esszelt lief Volksmusik.

»Weißt du einen Witz?«, fragte Henry. »Magst du die Musik?«

»Elvis mag ich«, sagte Manuela. »Früher. Immer noch.«

Sie tranken ihren Kaffee und gingen. Sie gingen aus dem Dorf in Richtung des Containerlagers. Sie kamen durch eine Siedlung mit hohen Wohnblocks. Hier war Manuela aufgewachsen. Vor ein paar Jahren waren ihre Eltern weggezogen. Jetzt lebte sie im Dorf mit einer Freundin zusammen. Der Weg führte an den Gleisen entlang. Henry riss eine Blume ab, die am Bahndamm wuchs, und reichte sie Manuela. Sie sagte Danke und blinzelte ihm zu.

»Ich hab auch nur so einen Kaninchenstall«, sagte Henry.

Er hatte nicht gedacht, dass Manuela mitkommen würde. Das Plakat von der Erotikmesse war ihm peinlich. Aber sie schien es nicht zu stören. »Männerhaushalt«, sagte sie nur und setzte sich auf das ungemachte Bett.

»Hast du oft Mädchen hier?«

»Ach was«, sagte Henry. »Bin ja immer unterwegs. Scheiße.«

Er war nicht sehr geschickt, als er sie küsste. Und als er versuchte, sie auszuziehen, musste Manuela ihm helfen. Ihre Jeans waren so eng, dass sie sich aufs Bett legen musste, während er von unten an den Hosenbeinen zog. Der Büstenhalter hatte keinen Verschluss, den zog man einfach über den Kopf wie ein T-Shirt. »Sachen gibt's«, sagte Henry. Den Rest machte Manuela selbst. Dann zog auch Henry sich aus, hastig und von ihr abgewandt. Er setzte sich aufs Bett, ohne sich umzudrehen, und schlüpfte schnell unter die dünne Decke.

»Gemütlich hier«, sagte Manuela, als Henry schon wieder angezogen war und Kaffee machte.

»Ich brauche ja nichts«, sagte er. »Ich hab ja alles, was ich brauche.«

Die anderen stammten aus Artistenfamilien, erzählte er. Nur er nicht und Jacqueline, die Frau von Oskar. Die sei einfach irgendwann mitgekommen wie er. Das gibt's. Habe einen Mann und drei Kinder gehabt. Und dann habe sie Oskar kennengelernt und sei abgehauen und nie mehr zurückgegangen. Habe die einfach sitzenlassen, die Familie.

»Das gibt's«, sagte Henry.

»Kommt vor«, sagte Manuela.

Hochseil hätten die anderen früher gemacht, sagte Henry. Aber das habe sich nicht mehr rentiert. Und dann sei Oskars Bruder abgestürzt. Seilriss. Auch der erste Mann von Verena sei vom Seil gefallen. Mit dem Motorrad. Henry erzählte von den Unfällen, als sei er stolz auf die Toten.

»Schrecklich«, sagte Manuela und trank ihren Kaffee.

»Das war in Chemnitz«, sagte Henry.

Was er denn in der Show mache, fragte Manuela. Alles, sagte er, er sei eben Mädchen für alles. Und dann erklärte er ihr seine Nummer.

»Du bist verrückt«, sagte Manuela.

»Nein«, sagte Henry, »nein.«

Er erklärte ihr alles noch einmal genau. Wie Oskar das Auto beschleunigte, wie er selbst auf dem Dach lag und sich festklammerte mit Händen und Füßen. Er schaue nach vorn, sehe die brennende Wand vor sich. Er schaue, solange es nur gehe. Und dann: Kopf nach unten, Zähne zusammenbeißen. Er hört das Splittern der Bretter, bevor er den Schlag spürt. Das Auto durchbricht die unteren Latten. Es riecht nach Petroleum. Die Bretter bersten, das brennende Holz fliegt durch die Luft. Das ist wie, wie …

»Das ist das Schönste überhaupt.«

»Du bist verrückt«, sagte Manuela.

»Verstehst du denn nicht«, sagte Henry. »Das ist wie …«

»Tut es nicht weh?«, fragte Manuela. »Du bist verrückt. Ich muss jetzt gehen.«

Es war kurz vor Mittag. Henry war froh, dass Manuela ging, er wollte nicht, dass die anderen sie sahen. Sie versprach, zur Abendvorstellung zu kommen. Henry sagte, er hole sie beim Eingang ab. Sie solle einfach warten, links vom Eingang. Da hole er sie ab, und sie müsse keinen Eintritt bezahlen.

»Ich hole dich ab«, sagte er.

Als Manuela gegangen war, riss Henry das Plakat der Erotikmesse von der Wand und machte das Bett. Er überlegte, was er sonst noch tun könnte, damit eine Frau sich in dem Verschlag wohlfühlte. Manuela hatte gesagt, es sei gemütlich. Vielleicht war sie ja wie Jacqueline. Vielleicht wollte sie einfach weg von hier, egal wie. Das Bett war nicht breit, aber für den Anfang würde es reichen.

Joe maulte, weil die Kinder zwei der Heckscheiben eingeworfen hatten. Ob Henry denn nicht aufgepasst habe. Er könne ja nicht überall sein, sagte Henry. Sie präparierten zusammen die Autos für die Nachmittagsvorstellung, banden Türen zu und befestigten Reifen auf dem Dach des Autos, mit dem Oskar sich überschlagen würde. Ein Reifen des Toyotas, auf dem Henry die Feuerwand durchbrechen sollte, war bis auf das Gewebe abgefahren. »Wenn ich mal nicht aufpasse«, sagte Henry. Aber die Felge des Ersatzreifens passte nicht, und er montierte wieder das alte Rad.

»Was soll's«, sagte er. »Wenn er knallt, knallt er.«

Dann kam Charlie mit dem Sattelschlepper und brachte die beiden Schrottautos, die später zermalmt würden, einen Passat und einen Alpha Spider. So einen Alpha hab ich auch mal gehabt, sagte Charlie, als sie die Autos abluden. Oskar ließ den Motor seiner Kawasaki aufheulen und fuhr ein paarmal über den Platz. Er war vor den Vorstellungen immer nervös. Beim Eingang standen schon die ersten Schaulustigen herum. Petra hatte die Musik angestellt. Aus zwei riesigen Lautsprechern war Rockmusik zu hören und dann Petras Stimme.

»Autos und Motorräder fliegen durch die Luft. Was man sonst nur in Film und Fernsehen sieht …«

Langsam füllte sich die Tribüne. Einige Jugendliche, die nur Stehplätze hatten, kletterten auf den Sattelschlepper. Es war heiß. Henry verschwand in seinem Verschlag, um den blauen Overall anzuziehen und den Helm zu holen. Er hatte schon hundertmal die Feuerwand durchbrochen, aber er freute sich jedes Mal auf seinen Auftritt. Auf den Auftritt von Henry, dem Feuerteufel.

»Ohne Applaus läuft hier gar nichts«, hörte er Petras Stimme aus den Lautsprechern, als er die Treppe hinunterstieg. Oskar sprang mit dem Motorrad über die Schanze. Zwanzig Personen, dreißig, vierzig. Dann fuhren Joe und Charlie mit ihren Autos auf zwei Rädern im Kreis und winkten aus den Fenstern. Das Publikum klatschte ohne große Begeisterung.

»Das war noch gar nichts«, sagte Petra. »Jetzt geht's hier gleich richtig heiß her.«

Henry hatte die Lattenwand aufgestellt und mit Petroleum übergossen. Er zündete das Petroleum an und rannte zurück zum Auto, das Oskar schon gestartet hatte. Er kletterte auf das Dach. Die Seitenfenster waren heruntergekurbelt, damit er sich besser festhalten konnte. Er spreizte die Beine. Oskar fuhr langsam los, wurde schneller, die Wand kam näher. Heute Abend werde ich die Wand für Manuela durchbrechen, dachte Henry. Er würde ihr irgendein Zeichen geben, ihr zuwinken oder etwas machen, was er noch nie zuvor gemacht hatte. Ich werde die Augen offen lassen, dachte er. Für Manuela. Und vielleicht kam sie nach der Vorstellung noch einmal zu ihm in den Wagen, wenn alles vorbei war und aufgeräumt und die anderen weg waren.

Er hörte nicht, wie der Reifen platzte. Er spürte nur plötzlich, wie das Auto sich nach vorn neigte und seitwärts abdrehte. Henrys Beine hoben sich vom Dach, sein Unterleib, und er hatte das Gefühl, die Hände würden ihm abgerissen. Dann ließ er los und war ganz in der Luft. Er flog und sah die erstaunten Gesichter der Zuschauer und war selbst erstaunt. Es war, als stünde die Welt unter ihm still, als bewegte nur er sich. Henry flog durch die Luft, er flog immer höher und weiter. Es war schön. Er sah jetzt den blauen Himmel über sich und ein paar dunkle Wolken, die aufgezogen waren. Vielleicht würde es noch einmal regnen.

Manuela war den ganzen Nachmittag über mit Denise am Baggersee gewesen. Sie hatte ihrer Freundin den Knutschfleck gezeigt, den Henry ihr gemacht hatte.

»Wie alt ist der?«, fragte Denise, und die beiden Frauen lachten.

»Ist doch süß«, sagte Manuela. »Ein Ossi.«

»Henry, so heißt man nicht«, sagte Denise. »Wo du die Kerle immer her hast.«

»Ein Stuntman«, sagte Manuela. »Der war ganz süß. Der macht das nicht oft. So was merke ich.«

»Ich geh ins Wasser«, sagte Denise. »Kommst du mit?«

Aber Manuela ging nie ins Wasser. Sie lag in der Sonne, und ihr Körper wurde immer wärmer und schwerer. Sie spürte das Brennen der Sonne auf der Haut und hörte, wenn sie das Ohr auf den Boden presste, das dumpfe Echo von Schritten. Sie dachte an den Sommer, der eben erst begonnen hatte, den langen Sommer, der vor ihr lag, an die vielen Abende, die sie hier am Baggersee verbringen würde mit Denise und ihren anderen Freunden. Sie dachte an die Feuer, die sie machen würden, an die Jungs, die zu schnell fuhren mit ihren aufgemotzten Autos, wenn sie nach dem Baden irgendwohin gingen, ins Domino oder in die Stadt oder nur in die Kneipe hinter dem Bahnhof. Sie hätte sich gern in einen der Jungs verliebt, aber die waren so kindisch. Andi war ihr Freund gewesen im letzten Sommer. Der den Kiosk hatte am Baggersee und nicht schlecht damit verdiente. Im Winter tat er nichts, hing nur rum, saß schon am Mittag in der Kneipe und machte die Serviererin an, eine Jugoslawin. Du musst dich entscheiden, hatte sie zu ihm gesagt. Dann hatte sie sich entschieden. Sie waren schon zusammen zur Schule gegangen.

Manuela überlegte, wie es wäre, mit den Artisten durchs Land zu ziehen. Aber sie hatte keine Lust, mit Henry in dem schmutzigen Verschlag zu wohnen, ohne Badewanne und nichts. Es war heiß gewesen in dem engen Raum, und es hatte nach ungewaschenen Kleidern und aufgewärmtem Essen gerochen. Und die anderen kannte sie ja gar nicht. Diese Jacqueline, die ihre Familie sitzengelassen hatte. Und wie hießen die noch, die anderen? Seltsame Namen hatten die. Manuela stellte sich vor, wie sie vor einem Wohnwagen Wäsche aufhängte, und fragte sich, wo die Kinder zur Schule gingen, wenn man dauernd unterwegs war. In Griechenland. Sie war einmal in Griechenland gewesen, im Sommer mit ihren Eltern. Da war es unglaublich heiß gewesen, nicht zum Aushalten, und sie hatte nichts verstanden. Das mit der Blume war nett. Aber Henry war mindestens zehn Jahre älter als sie. Ich bin noch jung, dachte sie, ich bin doch nicht blöd.

»Er legt sich aufs Auto, und das fährt durch eine brennende Mauer«, sagte sie, als Denise zurückkam und ihr nasses Haar schüttelte. »Nicht!«

»So was Verrücktes habe ich noch nie gehört«, sagte Denise. »Das ist bestimmt ein Trick. Wie im Film. Wie spät ist es?«

»Halb vier«, sagte Manuela. »Nein, das ist kein Trick. Der macht das wirklich.«

Wolken waren aufgezogen, und Manuela und Denise hatten sich aufgesetzt und ihre T-Shirts angezogen.

Um fünf Uhr regnete es kurz, ein Platzregen. Die beiden Frauen rannten zum Kiosk und stellten sich unter. Sie redeten ein bisschen mit Andi. Er schenkte ihnen ein Eis und fragte, ob sie heute Abend mit ins Domino kämen. Es spiele eine Gruppe aus dem Nachbardorf.

»Wir gehen zur Stuntshow«, sagte Manuela, »beim Container-lager.«

»Sie hat sich in einen Stuntman verliebt«, sagte Denise.

»Quatsch«, sagte Manuela. »Vielleicht danach.«

Als der Regen nachließ, war es kaum kühler als zuvor, nur noch drückender. Die nassen Container glänzten im schräg ein-fallenden Sonnenlicht. Denise war mit Manuela zur Show ge-kommen. Sie war neugierig auf diesen Henry. Aber er war nicht da.

»Der hat dich vergessen«, sagte Denise.

»Sicher nicht«, sagte Manuela.

Kurz bevor die Show begann, ging sie zu der dicken Frau an der Kasse und kaufte zwei Karten.

Zum Schluss der Vorstellung zermalmte ein Pick-up mit riesi-gen Reifen die Schrottautos, die zwei der Artisten auf den Platz geschoben hatten. Es sei der Höhepunkt der Show, hatte die dicke Frau gesagt.

»Welcher ist es?«, fragte Denise, aber Manuela schüttelte den Kopf.

»Und jetzt?«, sagte Denise.

Endlich blieb der Pick-up auf einem der flachgedrückten Autos stehen, und der Fahrer kletterte aus der Führerkabine, stieg die kleine Leiter herunter und sprang auf den Platz. Das Publikum klatschte.

»Alles, was einen Anfang hat, hat auch ein Ende«, sagte die Frau am Mikrophon und schaltete die Musik aus. Die Zuschauer standen auf. Einige sammelten sich um die zerquetschten Autos, die wie tote Tiere dalagen. Ein paar Kinder zerrten an den zerbeulten Türen und traten gegen die Räder. Ein Mann versuchte, das Markenzeichen des Alfas abzureißen. »Vierzig Menschen waren das nicht«, sagte er, »niemals.«

Die Artisten standen abseits und redeten leise. Sie sahen enttäuscht aus, fand Manuela. Und irgendwie traurig. Die Zuschauer verloren sich nach und nach. Vom Vorplatz war das Aufheulen von Motoren zu hören und einmal das Quietschen von Reifen. Manuela und Denise saßen allein auf der Tribüne. Sie schauten den Männern beim Aufräumen zu. Ein paar Jugendliche aus dem Dorf halfen.

»Gehen wir?«, fragte Denise.

»Das mit der Feuerwand war ein anderer«, sagte Manuela.

»Der hat dir einen Scheiß erzählt«, sagte Denise.

»Aber es war kein Trick. Das war echt.«

Dann fingen die Artisten an, die Tribüne abzubauen, und die beiden Frauen standen auf.

»Vielleicht kommt er noch«, sagte Manuela.

»Frag doch«, sagte Denise. Aber Manuela wollte nicht.

»Gehen wir ins Domino?«, fragte Denise, als sie die Fahrräder aufschlossen.

»Ist ja egal«, sagte Manuela. »War ja nichts. Wäre ja sowieso nichts geworden.«

In fremden Gärten

ES WAR SOMMER, und die Sonne schien durch die Ritzen der geschlossenen Fensterläden und zeichnete helle Flecken auf die Wände der zur Straße hin gelegenen Zimmer, schmale Streifen, die langsam nach unten glitten, breiter wurden, wenn sie den Boden erreichten, und über das Parkett und die Teppiche wanderten, hier und da einen Gegenstand berührten, ein Möbelstück oder ein vergessenes Spielzeug, bis sie am Abend die gegenüberliegenden Wände emporstiegen und endlich erloschen. Die Küche, an deren Fenster die Läden nie geschlossen wurden, war früh am Morgen in festliches Licht getaucht, und hätte sie jemand betreten, er hätte glauben können, die Bewohner des Hauses seien nur kurz in den Garten gegangen und kämen gleich zurück. Ein Lappen hing über dem Hahn, eine Pfanne stand auf dem Herd, als sei sie eben erst benutzt worden, in einem halbvollen Wasserglas, in dem sich kleine Bläschen gebildet hatten, brach sich das Licht.

Vom Küchenfenster aus ging der Blick hinaus in den Garten auf die Pfingstrosen und die Johannisbeersträucher, den alten Zwetschgenbaum und den in die Höhe geschossenen Rhabarber. Um neun Uhr oder etwas später, noch bevor es heiß wurde, hätte man sehen können, wie die Nachbarin den Kiesweg entlangkam, wie sie lautlos die Begonien goss und die Küchenkräuter, die in Töpfen auf der Freitreppe wuchsen. Später, wenn sie hinter dem Haus verschwunden war und dort die großen Gießkannen füllte und die Tomaten goss, die Himbeer- und die Blaubeersträucher, war das Rauschen der Wasserleitung ungewöhnlich laut in den Mauern des Hauses, das einzige Geräusch.

Sie solle die Beeren doch pflücken, hatte Ruth gesagt, wenn sie zurückkomme, seien sie sowieso vorbei. Aber die Nachbarin pflückte die Beeren nicht. Sie goss den Garten jeden Morgen, und an den heißesten Tagen kam sie am Abend ein zweites Mal herüber und goss die Topfpflanzen noch einmal und die Tomaten, deren Blätter in der Hitze welk geworden waren. Wenn sie fertig war, stieg sie nicht über den niedrigen Zaun, was leicht gewesen wäre, sondern verließ den Garten durch das Tor und ging auf der Straße zurück.

Die Nachbarin hatte einen Schlüssel zum Haus, aber sie betrat es ungern. Sie öffnete die Tür und legte die Post auf die Kommode, die im Windfang stand. Sie machte zwei Stapel, einen mit den Zeitungen, einen mit der übrigen Post. Durch das Milchglas der inneren Tür ahnte sie die Dunkelheit der Räume und sah vielleicht den Schimmer Licht, der durch die Fensterläden fiel. Sie zögerte, bevor sie diese zweite Tür öffnete und in die Küche trat, wohin Ruth alle Topfpflanzen gebracht hatte. Dort, auf dem Tisch, standen fünfzehn oder zwanzig kleine und große Töpfe, Efeu, Azaleen, eine Calla mit weißer Blüte, ein kleiner Feigenbaum. Sie füllte die Kupferkanne und goss die Pflanzen. Sie hatte die Eingangstür und die innere Tür offen gelassen. Jedes Mal betrachtete sie das halbvolle Glas neben dem Spülbecken, wollte es ausgießen, aber dann scheute sie sich, weil sie nicht wusste, was es damit auf sich hatte.

Einmal, ein einziges Mal, betrat die Nachbarin das Wohnzimmer und schaute sich um. Auf dem Büfett standen Fotos der Kinder in kleinen Wechselrahmen und ein paar Glückwunschkarten. Sie nahm eine der Karten und las: »Liebe Ruth, zu Deinem 40. Geburtstag wünschen wir Dir von Herzen alles Gute und hoffen, dass Dein Jahr genauso wird, wie Du es Dir wünschst. Deine

Marianne und Beat.« Beide Namen waren von derselben Hand geschrieben. Auf der Karte war eine Maus mit riesigen Füßen abgebildet, die einen Blumenstrauß hielt.

Es war kein gutes Jahr für Ruth geworden. Was ist nur mit der Familie, hatte die Nachbarin oft zu ihrem Mann gesagt, man könnte meinen. Unsinn, hatte er gesagt, ohne sie anzuschauen. Aber so war es: Dass Ruth und ihre Familie das Unglück anzuziehen schienen. Ruths Vater hatte die kleine Papeterie in der Hauptstraße geführt. Ruth wuchs zusammen mit drei jüngeren Brüdern auf in der Wohnung über dem Geschäft. Bald nach der Geburt des jüngsten Sohnes war die Frau unheilbar krank geworden. Einige Jahre hatte man sie noch im Ort gesehen, wie sie an Stöcken durch die Straßen ging, dann verließ sie die Wohnung nicht mehr und verlor langsam an Gestalt.

Die Papeterie war zugleich die Buchhandlung des Dorfes. Das Angebot an Büchern war nicht groß, ein Regal, in dem einige Kinderbücher standen, Romane, Kochbücher und Reiseführer für die wichtigsten Städte, für Italien und Frankreich. Wenn es sein muss, kann ich alles bestellen, sagte Ruths Vater, dem nicht viel an Büchern zu liegen schien. Aber er musste nicht oft etwas bestellen, die meisten Leute im Ort begnügten sich mit dem, was da war, oder sie kauften ihre Bücher in der Stadt. Der Laden war mit dunklem Holz verkleidet und war fast immer leer. Nicht einmal der Inhaber schien sich gern darin aufzuhalten. Trat man ein, dauerte es eine Weile, bis er aus dem Hinterzimmer kam, und konnte man sich nicht entscheiden, verschwand er, und man musste nach ihm rufen, wenn man bezahlen wollte.

Die drei Brüder waren still und ernsthaft. Sie hatten kaum Freunde, obwohl niemand etwas gegen sie hatte. Man sah sie selten auf der Straße, und wenn, dann waren sie zusammen und kamen irgendwoher oder gingen irgendwohin. Sie fielen nicht auf, außer wenn ihnen Dinge mehr geschahen, als dass sie sie taten. Diese Vorfälle aber waren von ungewöhnlicher Schwere und manchmal gewaltsam, und der ganze Ort sprach darüber. Einmal hatten Elias und Thomas, die beiden Älteren, eine leerstehende Scheune angezündet. Es war hinterher nicht herauszubekommen, wie und warum es geschehen war, aber sie bestritten es nicht. Einmal töteten die drei Brüder eine Katze und wurden dabei beobachtet, ein anderes Mal durchtrennte einer von ihnen das Kabel der Straßenlaterne, das von der Papeterie zur gegenüberliegenden Straßenseite gespannt war. Als die Laterne wie ein Pendel fiel, traf sie beinahe eine Radfahrerin, bevor sie auf dem Gehweg zerschellte. Die Brüder zerstörten mit ernsten und konzentrierten Mienen, ohne jemandem schaden zu wollen. Als man sie fragte, weshalb sie Salzsäure über das Auto eines Lehrers gegossen hatten, sagten sie, sie hätten sehen wollen, was passiere. Dieser Lehrer tat dann alles, damit die Geschichte nicht vor den Richter kam.

Simon, der jüngste der drei Brüder, war mit dem Sohn der Nachbarin zur Schule gegangen. Eine Zeitlang waren die beiden befreundet gewesen. Manchmal kam Simon zu Besuch, und die Jungen spielten zusammen oder lasen Comics, bis die Nachbarin sie nach draußen schickte, bei dem schönen Wetter. Bei Simon waren die Jungen nie gewesen. Der Nachbarin war es recht. Sie konnte sich nicht vorstellen, wie es in jener Wohnung über dem Geschäft aussah, dass dort überhaupt jemand lebte außer der gestaltlosen Kranken.

Ruths Vater war vor vielleicht zehn Jahren umgekommen. Er war mit dem Auto in den Kanal gefahren, bei der Futtermühle. Man hatte ihn erst nach drei Wochen gefunden. Drei Wochen lang hatte das Auto im Kanal gelegen und der Vater darin. Niemand im Dorf glaubte, dass es ein Unfall gewesen war.

Von Simon hieß es später, er nehme Drogen. Man erzählte sich

Geschichten, es hieß, er lebe das halbe Jahr über auf einer Insel im Fernen Osten, und irgendwann stand in der Zeitung eine Todesanzeige, in der von einer langen Krankheit die Rede war, woraufhin neue Gerüchte entstanden. Thomas war weggezogen, Elias hatte geheiratet und lebte am anderen Ende des Ortes, aber die Nachbarin hatte ihn nie bei Ruth gesehen, in all den Jahren, in denen sie nebeneinander wohnten.

Ruth war ganz anders als ihre Brüder. Als Kind war sie sehr sanft gewesen und eine gute Schülerin. Sie war Pfadfinderin, Mitglied in Sportclubs, auch Leiterin, und aktiv in der Jungen Kirche. Nach der Schule und bis zu ihrer Heirat half sie dem Vater im Laden. Aber sie kam nicht an gegen die Dunkelheit und verschwand bald auch im Hinterzimmer. Als der Vater starb, verkaufte die Familie das Geschäft an einen Mann, der schon im Nachbarort eine Papeterie besaß. Die Mutter blieb in der Wohnung über dem Laden. Sie hatte jemanden, der ihr half, und Ruth besuchte sie fast jeden Tag.

Die Nachbarin hatte sich gefreut, als Ruth in das Haus nebenan einzog. Mit den vorherigen Bewohnern hatte sie sich nicht gut verstanden seit einer dummen Geschichte vor vielen Jahren. Am ersten Tag waren Ruth und ihre Familie an die Tür gekommen und hatten sich vorgestellt, und die Nachbarin hatte sich sofort in die beiden Mädchen verliebt, die artig waren und doch fröhlich und lebendig wie ihre Mutter.

Ruth begann, den Garten zu verändern. Sie entfernte die Büsche, die am Rande des Grundstücks wucherten und das Haus vor fremden Blicken geschützt hatten, und pflanzte Beerensträucher. Sie zog Gemüse und bepflanzte die Blumenbeete so geschickt, dass immer etwas blühte. Ihr Mann mähte den Rasen, sonst war er kaum im Garten zu sehen. Selbst den Grill feuerte Ruth im Sommer an und brachte das Fleisch ins Haus, wenn es fertig war.

Ruth schien glücklich zu sein. Ihr Glück hatte etwas Scheues, wie das von jemandem, der eine schwere Krankheit überstanden hat und noch nicht recht daran glaubt, wieder ganz gesund zu sein.

Eine so nette Familie, hatte die Nachbarin oft zu ihrem Mann gesagt und hatte es nicht verstehen können, als sie eines Tages erfuhr, dass die Ehe auseinandergegangen und der Mann ausgezogen war. Da erst war Ruth zusammengebrochen, die vorher alle Schicksalsschläge hingenommen hatte und nie verzagt war, die zu ihren Brüdern gestanden hatte nach den schlimmsten Taten und selbst nach dem Tod des Vaters mit stolzem und ruhigem Gesicht durch den Ort gegangen war. Nicht plötzlich war es geschehen, sondern langsam wie in einer jener Zeitlupenaufnahmen, in denen die Mauern eines Gebäudes sich voneinander lösten, zerbrachen oder in sich zusammenfielen, bis nur noch eine Staubwolke zu sehen war. Die Nachbarin musste zuschauen und konnte nichts tun, wenn sie Ruth im Garten stehen sah, gebeugt und mit erloschenem Blick, einen Rechen in der Hand, aber wie gelähmt.

Die Nachbarin stellte die Karte zurück aufs Büfett. Sie öffnete die oberste Schublade. Dort lagen nur Tischtücher und Servietten. In der zweiten Schublade fand sie Strickzeug, einen angefangenen Pullover, vermutlich für eines der Mädchen. Sie schloss die Schublade, und als sie die unterste öffnete, hatte sie plötzlich ein schlechtes Gewissen und schloss sie gleich wieder. Sie richtete sich auf. Neben den Glückwunschkarten lag ein zerknitterter Zettel, eine Liste von Dingen, an die zu denken war. Hausschuhe, Kontaktlinsenreiniger, Nachthemd, Lesestoff. Die Nachbarin steckte den Zettel ein, vielleicht um ihn wegzuwerfen, und verließ das Zimmer und das Haus und schloss die Tür hinter sich mit dem Schlüssel.

Schon der Juli war heiß gewesen. Da hatte Ruth über Nacht die

Fenster offen gelassen, und wenn sie sie am Morgen schloss, war es kühl im Haus und blieb kühl bis in den Nachmittag hinein. Aber jetzt, wo niemand die Fenster öffnete und schloss, hatte das Haus sich aufgeheizt vom Dachboden bis zum Keller. Die Luft war abgestanden und trocken, nur in der Küche, wo die Topfpflanzen waren, roch es wie in einem Gewächshaus.

Es war still in den Räumen. Manchmal klingelte das Telefon im Flur sechs-, sieben-, achtmal, und einmal drang gedämpfte Marschmusik herein. Jemand in der Nachbarschaft feierte seinen neunzigsten Geburtstag, die Blasmusik war gekommen und spielte. Die Leute hatten sich auf der Straße versammelt, die Kinder saßen auf den Gartenzäunen, die Erwachsenen standen beisammen und redeten zwischen den Stücken und verstummten, wenn die Musiker ihre Noten geordnet hatten und wieder zu spielen anfingen. Sie spielten hastig und ohne Begeisterung. Sie schienen froh zu sein, als sie ihre Instrumente einpacken konnten. Wenigstens die Uniformen hätten sie anziehen können, sagte die Nachbarin zu ihrem Mann, als sie nach Hause gingen.

In der Nacht waren Tiere in den Gärten, Katzen und manchmal Igel, Marder oder ein Fuchs. Vor Jahren hatte die Nachbarin einen Dachs gesehen. Er hatte im Kompost gewühlt. Aber niemand außer ihr hatte den Dachs je gesehen, und sie hatte aufgehört, darüber zu reden, weil sie merkte, dass man ihr nicht glaubte.

Eines Abends stürmte es. Die große Tanne auf der anderen Straßenseite bog sich im Wind, und von der Birke fielen kleine Ästchen auf die Straße. Die Nachbarin stand am Fenster und schaute hinaus. Irgendwann würde die Tanne umfallen, sie war alt und krank und hätte längst gefällt werden müssen. Aber die Wohnungen im Haus gegenüber waren vermietet, die Mieter wechselten oft, und niemand kümmerte sich um den Garten.

Als es dunkel wurde, begann es zu regnen. Regenschauer fegten über die Straße und schlugen gegen die Fenster. Die Laterne schwankte im Wind, und ihr Licht wurde lebendig und fuhr durch die Dunkelheit wie eine ruhelose Gestalt. Die Nachbarin überlegte, was sie machen würde, wenn sie Licht sähe in Ruths Haus. Es hatte einige Einbrüche gegeben in letzter Zeit. Morgen werde ich den Garten nicht gießen, dachte sie. Sie machte Licht und schaltete den Fernseher ein. Als sie ins Bett ging, hatte der Wind nachgelassen, aber es regnete immer noch.

Am Morgen schien die Sonne, und alles glänzte vor Nässe. Es war kühl, der Wind hatte aufgefrischt, und am Himmel zogen Wolken schnell vorüber. Die Nachbarin war mit dem Fahrrad in die Badeanstalt gefahren. Sie war wie jeden Morgen ihre Bahnen geschwommen. Jetzt war das Becken leer. Als sie das Schwimmbad verließ, schloss der Bademeister hinter ihr ab. Auf der Tafel neben dem Eingang stand die Wassertemperatur vom Vortag.

Die Nachbarin war noch unterwegs, als es schon wieder zu regnen anfing. Sie kochte das Mittagessen. Beim Essen sagte sie, sie wolle Ruth einmal besuchen, ihr die Post bringen und vielleicht ein Buch. Aber ihr Mann sagte, sie solle sich nicht einmischen. Da erzählte sie ihm von dem Zettel, den sie gefunden hatte. Er verstand nicht, wovon sie sprach. Er schaute sie schweigend an. Die Nachbarin stellte sich vor, wie Ruth ihre Sachen packte, die Hausschuhe, das Reinigungsmittel für die Kontaktlinsen, das Nachthemd, und nicht wusste, wann sie zurückkommen würde.

Erst als Ruth sie gebeten hatte, die Blumen zu gießen, hatte die Nachbarin erfahren, dass es nicht ihr erster Aufenthalt in der Klinik war. Dort gibt es einen wunderschönen Garten, hatte Ruth gesagt, mit alten Bäumen, fast wie ein Park. Die Mädchen waren schon am Morgen von irgendwelchen Leuten abgeholt worden, und gegen Mittag hielt ein Taxi vor dem Haus, und Ruth kam heraus mit einer Sporttasche und schaute kurz zum Haus der

Nachbarin, die am Fenster stand hinter der weißen Gardine. Sie hob zögernd die Hand wie zum Gruß.

Die Nachbarin wusste nicht, weshalb sie den Zettel eingesteckt hatte, weshalb er immer noch in ihrer Schürzentasche steckte. Das Wort Lesestoff hatte sie überrascht und gerührt, sie verstand es selbst nicht, sie war mit Ruth ja nicht einmal verwandt.

»Sie liest doch so gern«, sagte sie. Ihr Mann schaute nicht vom Teller auf. Sie spürte, wie ihr Tränen in die Augen traten, und stand schnell auf und trug die leeren Schüsseln in die Küche.

Die ganze Nacht

AM SPÄTEN NACHMITTAG hatte es angefangen zu schneien. Er war froh, dass er sich den Tag freigenommen hatte, denn der Schnee fiel sofort so dicht, dass er nach einer halben Stunde schon die Straßen bedeckte. Vor dem Haus sah er den Hausmeister den Gehweg kehren. Er trug eine Kapuze und führte auf einer kleinen dunklen Insel einen vergeblichen Kampf gegen den stetig fallenden Schnee.

Es war gut, dass er diesmal nicht zum Flughafen gefahren war, um sie abzuholen. Das letzte Mal hatte er ihr Blumen aus dem Automaten gekauft und sie dazu überredet, die lange Fahrt nach Manhattan mit der U-Bahn zu machen. Als sie dann vor einigen Tagen telefoniert hatten, meinte sie, es sei nicht nötig, dass er sie abhole, sie werde ein Taxi nehmen.

Er stand am Fenster und schaute hinaus. Selbst wenn der Flug pünktlich war, würde sie frühestens in einer halben Stunde hier sein. Aber er war jetzt schon unruhig. Er verwarf Sätze, die er sich in den vergangenen Wochen zurechtgelegt und sich immer wieder vorgesagt hatte. Er wusste, dass sie eine Erklärung verlangen würde, und wusste, dass er keine hatte. Er hatte nie Erklärungen gehabt, aber er war sich immer sicher gewesen.

Eine Stunde später stand er wieder am Fenster. Es schneite noch immer, heftiger als zuvor, es war ein richtiger Schneesturm. Der Hausmeister hatte seinen Kampf aufgegeben. Alles war jetzt weiß, selbst die Luft schien weiß zu sein oder vom hellen Grau der einsetzenden Dämmerung, das kaum zu unterscheiden war vom Weiß des fallenden Schnees. Die Autos fuhren langsam und mit großer Behutsamkeit. Die wenigen Fußgänger, die noch draußen waren, stemmten sich gegen den Wind.

Er schaltete den Fernseher ein. Auf allen lokalen Kanälen war vom Sturm die Rede, und es war seltsam, dass man ihm schon einen Namen gegeben hatte, den alle kannten. In den Außenbezirken, hieß es, sei das Chaos noch größer als in der Innenstadt, von der Küste kamen Meldungen über Hochwasser. Aber die Moderatoren, die man hinausgeschickt hatte und die, dick angezogen, in Mikrophone mit groteskem Windschutz sprachen, waren guter Laune und warfen Schneebälle in die Luft und wurden nur ernst, wenn sie von Sach- oder Personenschäden zu berichten hatten.

Er rief die Fluggesellschaft an. Der Flug, sagte man ihm, sei wegen des Schneesturms nach Boston umgeleitet worden. Kaum hatte er aufgelegt, klingelte das Telefon. Sie rief aus Boston an, sagte, sie müsse gleich weiter. Es gebe Gerüchte, dass der Kennedy Airport wieder offen sei. Vielleicht müssten sie aber auch in Boston übernachten. Sie sagte, sie freue sich auf ihn, und er sagte, sie solle auf sich aufpassen. Sie sagte, bis später, und legte sofort auf.

Draußen war es dunkel geworden. Der Schnee fiel unaufhörlich, er fiel und fiel, und außer einigen Taxis, die im Schritttempo fuhren, waren keine Autos mehr zu sehen.

Er hatte mit ihr essen gehen wollen, jetzt hatte er Hunger. Und es würde noch Stunden dauern, bis sie hier war. Im Kühlschrank gab es nur ein paar Dosen Bier, im Gefrierfach eine Flasche Wodka und Eiswürfel. Er dachte, dass er etwas einkaufen sollte. Sie würde bestimmt hungrig sein nach der langen Reise. Er zog seinen warmen Mantel an und Gummistiefel. Er hatte keine anderen hohen Schuhe, die Stiefel hatte er kaum je getragen. Er nahm einen Schirm und ging nach draußen.

Der Schnee lag hoch, aber er war nicht schwer und ließ sich mit den Beinen leicht beiseitepflügen. Alle Geschäfte waren geschlossen, nur in wenigen hatte sich das Personal die Mühe gemacht, auf einem improvisierten Schild den Grund für den frühen Ladenschluss zu nennen.

Er ging quer durch die Stadt. Die Lexington Avenue war schneebedeckt, auf der Park Avenue sah er in einiger Entfernung die orangefarbenen Blinklichter der Schneepflüge, die in einem Konvoi die Straße heraufkamen. Die Madison und die Fifth Avenue waren irgendwann geräumt worden, aber sie waren schon wieder weiß. Hier musste er über hohe Schneewälle steigen. Er sank ein, und Schnee drang in seine Stiefel.

Über den Times Square lief ein Langläufer. Die Leuchtreklamen blinkten, als sei nichts geschehen. Die farbigen Bewegungen hatten etwas Gespenstisches in der großen Stille. Er ging weiter, den Broadway hinauf. Kurz vor dem Columbus Circle sah er die erleuchteten Fenster eines Coffee Shops. Er war schon früher dort eingekehrt, der Geschäftsführer und die Kellner waren Griechen, und das Essen war gut.

Im Lokal waren nur wenige Gäste. Die meisten saßen allein an einem Tisch an der Glasfront, die bis zum Boden reichte, tranken Kaffee oder Bier und schauten hinaus. Die Stimmung war festlich, niemand sprach, es war, als seien sie alle Zeugen eines Wunders.

Er setzte sich an einen Tisch und bestellte ein Bier und ein Club Sandwich. Der Schnee in seinen Stiefeln begann zu schmelzen. Als der Kellner das Bier brachte, fragte er ihn, weshalb das Lokal noch offen sei. Sie hätten nicht mit so viel Schnee gerechnet, sagte der Kellner, jetzt sei es zu spät. Die meisten von ihnen wohnten in Queens, und dort hinauszukommen sei im Moment unmöglich. Da könnten sie das Lokal ebenso gut offen lassen.

»Vielleicht die ganze Nacht«, sagte der Kellner und lachte.

Der Weg zurück schien leichter zu sein, obwohl es immer noch schneite. Er hatte sich ein Sandwich für sie einpacken lassen und gemerkt, dass er nicht wusste, was sie mochte. Er hatte eins mit Schinken und Käse genommen. Keine Mayonnaise, keine Pickles, das wusste er noch.

Sie hatte ihm eine Nachricht hinterlassen, auf dem Anrufbeantworter. Einen Flug habe es nicht gegeben, jetzt sei auch Boston zu. Man bringe sie zum Bahnhof, von dort solle es einen Zug geben. Sie werde, wenn alles gutgehe, in vier Stunden in Manhattan sein. Der Anruf war vor einer Stunde gekommen.

Er schaltete wieder den Fernseher ein. Ein Mann stand vor einer Karte und erklärte, dass der Sturm entlang der Küste nach Norden ziehe, er habe inzwischen Boston erreicht. In New York sei das Schlimmste vorüber, sagte der Mann und lächelte, aber es werde wohl noch die ganze Nacht schneien.

Er schaltete den Fernseher aus und trat wieder ans Fenster. Er dachte nicht mehr an seine Sätze, schaute nur hinaus auf die Straße. Er löschte das Deckenlicht und machte die Schreibtischlampe an. Dann kochte er Tee, setzte sich aufs Sofa und las. Um Mitternacht ging er zu Bett.

Als es klingelte, war es drei Uhr. Bevor er an der Tür war, klingelte es wieder. Er drückte auf den Türöffner und wartete einen Augenblick. Dann trat er, obwohl er nur in Shorts und T-Shirt war, hinaus auf den Flur und ging zum Aufzug. Es schien eine Ewigkeit zu dauern.

Natürlich wusste er, dass sie es war, aber er war doch erstaunt, als die Tür des Aufzugs sich öffnete und er sie vor sich stehen sah. Sie stand einfach nur da, neben ihrem großen roten Koffer, und wartete. Er trat auf sie zu. Als er sie küssen wollte, umarmte sie ihn. Die Tür des Aufzugs schloss sich in seinem Rücken. Sie sagte:

»Ich bin so unglaublich müde.« Er drückte auf den Knopf, und die Tür öffnete sich wieder.

Sie teilten sich das Sandwich, und sie erzählte, wie der Zug auf halber Strecke im Schnee steckengeblieben sei, wie er Stunden so gestanden habe, bis endlich ein Pflug das Gleis freiräumte.

»Natürlich hat niemand etwas gewusst«, sagte sie. »Ich hatte Angst, dass wir die ganze Nacht stehen würden. Wenigstens habe ich warme Kleider dabei.«

Er fragte, ob es immer noch schneie, schaute dann hinaus in die Nacht und sah, dass es fast aufgehört hatte.

»Das Taxi hat mich an der Lexington rausgelassen«, sagte sie. »Es konnte nicht in die Straße rein. Ich habe dem Fahrer zwanzig Dollar gegeben und gesagt, bringen Sie mich hin, egal wie. Er hat den Koffer zu Fuß hierhergeschleppt. Ein kleiner Pakistani. Ein netter Mann.«

Sie lachte. Sie hatten Wodka getrunken, und er schenkte noch einmal ein.

»Und?«, sagte sie. »Was ist es denn so Dringendes, worüber du mit mir sprechen willst?«

»Ich liebe den Schnee«, sagte er.

Er stand auf und trat ans Fenster. Der Schnee fiel nur noch in kleinen Flocken, die vom Himmel schwebten, manchmal aufstiegen, als seien sie leichter als Luft, und wieder sanken und im Weiß der Straße untergingen. »Ist es nicht wunderschön?«

Er drehte sich um und schaute sie lange an, wie sie dasaß und an ihrem Wodka nippte. Er sagte: »Ich bin froh, dass du da bist.«

Wie ein Kind, wie ein Engel

ALS DAS FEUERWERK ZU ENDE WAR, klatschten die paar Gäste, die sich am Fenster im Hotelflur versammelt hatten. Zwischen den Explosionen der Raketen waren Fetzen von Musik zu hören gewesen, Chöre, eine Orgel und einmal das Läuten von Glocken. Die Musik kam von weither, vom Ufer des Flusses, und manchmal wurde sie übertönt vom Lärm der Menge, die unten auf der Straße vorüberdrängte. In diesem Moment war es Eric, als gehöre er zu dieser Stadt, diesem Fest, zu diesen Menschen. Der Applaus im Hotelflur brachte ihn zurück. Jemand schloss das Fenster.

Eine Million Menschen hätten das Feuerwerk gesehen, sagte der Kellner, der am nächsten Morgen das Frühstück aufs Zimmer brachte. Auf dem Weg zum Flughafen rechnete Eric: Ein Mensch wird im Durchschnitt siebzig Jahre alt, fünfundzwanzigtausend Tage. Also stirbt jeden Tag einer von fünfundzwanzigtausend. Von der Million Menschen, die gestern Abend das Feuerwerk gesehen hatten, mussten rein statistisch schon zwanzig gestorben sein.

Das Taxi fuhr durch einen Vorort, und Eric sah Mütter mit Kindern, alte Leute und an einer Bushaltestelle eine Gruppe junger Mädchen, die nebeneinander auf einer Bank saßen und warteten. Plötzlich verspürte er eine seltsame Rührung, die er sich nicht erklären konnte und die erst nachließ, als das Taxi vor dem Flughafen hielt. Eric wünschte dem Fahrer einen schönen Tag.

Eric arbeitete in der internen Revision eines multinationalen Konzerns im Nahrungsmittelsektor. Zwei Drittel seiner Arbeitszeit verbrachte er bei den Tochtergesellschaften des Konzerns überall in Europa und Nordamerika. Ursprünglich hatte er die Stelle wegen der vielen Reisen angenommen. Er mochte es, herumzukommen und Leute kennenzulernen. Aber mit der Zeit gewöhnte er sich daran, das Reisen wurde zur Routine und schließlich zur Belastung. Es begann damit, dass er im Flugzeug einen Platz am Gang verlangte und sich nicht mehr die Mühe machte, die Mahlzeiten auszupacken.

Er wohnte immer in guten Hotels, konnte Spesen machen, soviel er wollte. Tagsüber arbeitete er, abends führten ihn die Kollegen der Tochtergesellschaften aus, zeigten ihm ihre Städte. Zusammen aßen sie in teuren Restaurants, gingen in Nachtclubs, betranken sich. Manchmal nahm Eric eine Frau mit auf sein Zimmer, keine Prostituierte, eine jener Frauen, die man nach Mitternacht in den Bars teurer Hotels traf und die wer weiß was suchten. Aber das kam nicht oft vor. Meistens war Eric, wenn ihn der Taxifahrer vor dem Hotel absetzte, so betrunken, dass er ein viel zu hohes Trinkgeld gab oder gar keines und gleich aufs Zimmer ging.

Die Hotelzimmer glichen sich, die Restaurants glichen sich, die Gespräche mit den Kollegen, die Flughäfen, die Städte. Die Reisen waren immer gleich, Eric rauchte und trank zu viel und hatte am Morgen Kopfschmerzen. Am schlimmsten waren die Aufenthalte in Osteuropa. Hier ließen ihn seine Begleiter Wodka trinken oder einen der süßen Schnäpse, auf die sie so stolz waren und die doch alle gleich schmeckten. Und an den Tagen danach waren die Kopfschmerzen noch schlimmer als sonst.

Valdis, der Eric am Flughafen abgeholt hatte, tat, als seien sie alte Freunde, obwohl sie sich jedes Jahr nur ein paar Tage sahen. Er müsse unbedingt etwas länger bleiben, hatte Valdis am Telefon gesagt, als Eric seinen Besuch ankündigte, die Stadt feiere ihr achthundertjähriges Bestehen, es gebe ein riesiges Fest.

Valdis war der Einzige in der Buchhaltung, der Deutsch sprach. Er benutzte seltsame Ausdrücke und hatte einen starken Akzent und eine komplizierte Art, sich auszudrücken. Wenn er mit Eric ausging, wollte er ihn immer einladen. Eric sagte dann, die Firma bezahle, er nehme das auf die Spesenrechnung. Es ging um kleine Beträge, aber er wusste, was Valdis verdiente.

Einmal hatte Valdis ihn zu sich nach Hause eingeladen. Er wohnte am Rande der Stadt in einer schäbigen Plattenbausiedlung. Die Wohnung war klein und bieder eingerichtet und erinnerte Eric an die seiner Eltern. Da lernte er Valdis' Frau kennen. Sie war sehr schön, und Valdis schien sie sehr zu lieben. Jedenfalls sagte er, als sie in der Küche war, er sei ein glücklicher Mann.

Nach dem Essen wurde Balzams aufgetischt, ein Kräuterschnaps, den Eric hasste, und danach duzten sie sich. Valdis' Frau hieß Elza. Eric sagte, das sei ein schöner Name, und er würde sie beide gerne einladen, wenn sie einmal in die Schweiz kämen. Aber Valdis sagte, das könnten sie sich nicht leisten, allein die Reise sei unerschwinglich. Eric fragte, ob er sonst etwas für sie tun könne.

»Nein«, sagte Valdis lächelnd. »Du hast die Konten gern ausgeglichen, nicht wahr?«

Das Jahr über hörte Eric nie etwas von Valdis. Deshalb war er erstaunt gewesen, als er eines Tages einen Brief von ihm bekam an seine Privatadresse. Als er den Absender las, musste er einen Moment lang nachdenken.

Lieber Freund, schrieb Valdis. Das machte Eric stutzig. Valdis schrieb, er habe eine Sorge. Lieber Freund, ich habe eine Sorge. Eric musste lachen über die umständliche Formulierung. Seine

Frau sei krank, schrieb Valdis, er habe Eric ja, wenn er sich recht erinnere, schon bei seinem letzten Besuch erzählt, dass es ihr nicht gutgehe. Inzwischen habe sich herausgestellt, dass es Krebs sei und dass Elza kaum länger als zwei Jahre zu leben habe.

Eric hatte Valdis immer gemocht, aber er verstand nicht, weshalb er ihm das schrieb. Er fand es unangemessen und peinlich. Sie würden sich ohnehin in einem Monat sehen. Valdis schrieb dann von seinen Kindern, dass der Junge nächstes Jahr auf das Gymnasium wechseln werde und das Mädchen Buchhalterin werden wolle wie er.

Erics Frau rief zum Essen. Er drehte das dünne Blatt um und las weiter. Es gebe, las er, eine Therapie gegen Elzas Krebs. Ein Schweizer Professor habe sie entwickelt, ein ganz neues Verfahren, das noch in der Testphase sei. Aber es werde bei ausgewählten Patienten mit gutem Erfolg angewendet. Gerade bei Fällen wie dem von Elza sei eine Heilung nicht ausgeschlossen. Zumindest bestehe die Hoffnung, dass man ein paar Jahre gewinnen könne, Jahre, in denen vielleicht ein noch wirksameres Verfahren entwickelt werde.

Erics Frau rief noch einmal, und er ging ins Esszimmer mit dem Brief in der Hand. Die Behandlung sei teuer, schrieb Valdis, unerschwinglich für jemanden aus seinem Land, für ihn, und selbst für einen Schweizer nicht billig. Er habe – hier wurde die Schrift kleiner, vielleicht weil er schon fast das Ende der Seite erreicht hatte – sein Leben lang nie jemanden um etwas gebeten. Er und seine Frau hätten magere Jahre zusammen durchgestanden, ohne sich zu beklagen. Sie hätten auch keinen Grund zur Klage gehabt, sie hätten nicht gelitten, weil sie ja immer zusammen gewesen seien und sich liebten. Aber jetzt bitte er Eric, ihm zu helfen. Du wolltest einmal etwas tun für mich, schrieb er, es wäre alles für mich.

Eric legte den Brief beiseite und setzte sich an den Tisch. Seine Frau fragte, von wem der Brief sei, und er sagte es ihr.

»Ist das der mit der schönen Frau?«

»Sie ist krank. Sie hat Krebs.«

Erics Frau seufzte und zuckte mit den Achseln. Von Valdis' Bitte erzählte Eric ihr nicht. Er konnte sich vorstellen, was sie sagen würde.

»Sie haben zwei Kinder«, sagte er.

Valdis hatte Eric den Namen des Professors geschrieben, der das Verfahren entwickelt hatte und an den er sich wenden könne, wenn er Fragen habe. Eric rief den Professor an. Der erklärte ihm kurz die Therapie und sprach von den Erfolgen, die er damit erzielt habe. Er sagte, ja, er kenne den Fall der Frau von Erics Freund. Valdis sei nicht wirklich sein Freund, sagte Eric, sie hätten nur geschäftlich miteinander zu tun. Jedenfalls kenne er den Fall, sagte der Professor, er habe mit dem Arzt der Frau studiert in Freiburg im Breisgau. Er sagte, die Behandlung koste um die hunderttausend Franken. Und er könne absolut nicht garantieren, dass sie erfolgreich sein würde.

»Wir reden hier von vielleicht dreißig Prozent«, sagte er, »maximal. Ich habe gehört, sie soll eine außerordentlich schöne Frau sein.«

Dreißig Prozent, dachte Eric. Valdis hatte von »gutem Erfolg« geschrieben. Um die Hunderttausend aufzubringen, hätte Eric Aktien verkaufen müssen. Und es war klar, dass Valdis das Geld nie würde zurückzahlen können. Er hatte auch nichts von einem Darlehen geschrieben. Er wollte einfach das Geld. Aber das war in seiner Situation verständlich.

Eric schrieb Valdis eine E-Mail, schrieb, dass es am besten sei, wenn sie die Angelegenheit persönlich besprächen, und dass sie sich ja ohnehin in ein paar Wochen sähen. Er hörte nichts mehr, und als er Valdis eine Woche vor seiner Abreise anrief, um die Ankunftszeit durchzugeben, erwähnte dieser Elzas Krankheit nicht und sagte nur, Eric solle seinen Aufenthalt doch etwas verlängern wegen der Jubiläumsfeier.

Valdis sprach auch nicht von seiner Frau, als sie vom Flughafen zur Firma fuhren, und Eric wollte nicht als Erster mit dem heiklen Thema anfangen. Er lobte Valdis' Arbeit und sagte, er müsse eigentlich gar nicht mehr kommen, so perfekt, wie immer alles sei. Valdis sagte, das wäre schade, wo Eric denn sonst Balzams trinken wolle und Schaschlik essen.

Eric hatte mit drei Arbeitstagen gerechnet. Am Samstag wollte er sich die Stadt anschauen, den Rückflug hatte er für Sonntag Mittag gebucht. Erst als er ankam, erfuhr er, dass der Freitag wegen des Jubiläums zum Feiertag erklärt worden war. Aber wenn Eric wolle, sagte Valdis, komme er trotzdem ins Büro. Dann seien sie ungestört und könnten in Ruhe arbeiten. Eric sagte, sie würden es wohl auch in zwei Tagen schaffen.

»Es macht mir nichts aus«, sagte Valdis. »Dann können wir in Ruhe reden.«

Es war Eric, als arbeite Valdis absichtlich langsam. In der Mittagspause blieb er lange sitzen, und Eric ärgerte sich. Valdis erwähnte die Angelegenheit mit seiner Frau nicht, und Eric hütete sich, davon anzufangen. Sie gingen aus wie in den Jahren zuvor, Valdis führte Eric in ein italienisches Restaurant, das vor kurzem eröffnet worden war und von dem es hieß, es sei sehr gut. Das Essen war in Ordnung, aber der Wein war schlecht und viel zu teuer. Valdis kannte sich nicht aus mit Wein, aber er schien Erics Kritik persönlich zu nehmen. Als sie gingen, machte er keinerlei

Anstalten, die Rechnung zu bezahlen wie sonst. Obwohl Eric es nicht zugelassen hätte, ärgerte er sich, und auch, weil Valdis ihn wieder überredet hatte, diesen schrecklichen Balzams zu trinken, und weil er ihm nach dem Essen in den Mantel half.

Valdis wollte unbedingt noch in eine Bar. »Dort verkehren die schönsten Frauen der Stadt«, sagte er. Junge Frauen, die gerne reiche Männer aus dem Westen kennenlernten. Das Lokal lag in der Nähe der Kathedrale. Die Einrichtung war aus Chrom und Leder und die Musik so laut, dass an ein vernünftiges Gespräch nicht zu denken war. Sie standen an der Theke, Valdis trank Balzams, Eric Bier. Neben ihnen standen zwei blonde junge Frauen. Als Valdis sie ansprach, merkte Eric, wie betrunken er war. Valdis legte einer der Frauen den Arm um die Taille und schrie ihr etwas ins Ohr. Sie schien ihn nicht zu verstehen, runzelte die Stirn und lächelte fragend. Valdis deutete, während er mit der Frau sprach, zweimal mit dem Kopf auf Eric. Ihr Gesicht verfinsterte sich. Sie schüttelte den Kopf, nahm ihre Freundin beim Arm und zog sie weg. Valdis versuchte, die beiden zurückzuhalten, fasste sie um die Taille, aber sie wanden sich aus seiner Umarmung und verschwanden in der Menge. Valdis kam mit dem Mund so nahe an Erics Ohr, dass dieser seinen Atem spürte.

»Huren«, rief er.

Eric bezahlte die Rechnung und verließ das Lokal. Valdis folgte ihm. Während sie zum Hotel gingen, sagte Valdis, er könne Eric jede Frau beschaffen, die er wolle. Es sei nur eine Frage des Geldes. Eric dachte an Elza. Er fragte sich, ob Valdis ihr treu war. Und sie ihm? Sie hätte jeden Mann haben können, den sie wollte. Valdis stolperte und hielt sich an Erics Arm fest und hängte sich schließlich bei ihm ein. Hunderttausend, dachte Eric, für eine Frau. »Du bist ja betrunken«, sagte er. »Ich will keine Frau.«

Vor dem Hotel setzte er Valdis in ein Taxi, fragte ihn nach der Adresse und gab dem Fahrer Geld.

»Kiburgas iela zwölf«, sagte Valdis. »Dritter Stock, links.«

Bevor Eric die Tür des Taxis zuwarf, fragte er Valdis, ob es ihm gutgehe. Der schaute ihn mit feuchten Augen an und sagte: »Du bist mein Freund.«

Am nächsten Morgen war Eric früh im Büro und hatte schon einige Punkte des Revisionsplans abgehakt, als Valdis kam. Eric sagte, wenn er einigermaßen arbeitsfähig sei, könnten sie heute abschließen. Valdis war ziemlich einsilbig an diesem Tag, aber er arbeitete schnell und beklagte sich nicht. Er war bleich und ging oft zur Toilette, und seinem Gesicht nach zu urteilen hatte er Kopfschmerzen. Am Mittag ließen sie sich Brote bringen, und am späten Nachmittag schlossen sie die Revision ab.

Valdis fragte, was Eric am Abend vorhabe. So wie er aussehe, gehe Valdis besser nach Hause, sagte Eric. Er selbst sei auch ziemlich müde und werde im Hotel eine Kleinigkeit essen und danach vielleicht ins Kino gehen. Valdis nickte und fragte, ob sie sich morgen sehen würden. Eric sagte, er werde ihn anrufen.

»Ich muss dir doch einmal die Stadt zeigen«, sagte Valdis. »Und das Fest. Achthundert Jahre, das ist eine lange Zeit.«

Valdis rief an, als Eric beim Frühstück war. Die Frau an der Rezeption gab ihm einen Zettel mit der Telefonnummer und sagte, der Herr habe um einen Rückruf gebeten. Eric trat hinaus auf die Straße und spazierte durch die Altstadt, die er bis jetzt nur immer nachts gesehen hatte. Gegen Mittag kam er ins Hotel zurück und rief Valdis an. Elza war am Apparat. Sie sagte, ihr Mann habe auf Erics Anruf gewartet, aber vor einer halben Stunde sei er mit den Kindern in die Stadt gefahren. Er habe gesagt, er wolle noch etwas sehen vom Fest. Auf dem Platz vor der Kathedrale spiele das Symphonieorchester.

»Da komme ich gerade her«, sagte Eric.

Elza sagte, Valdis habe gesagt, er werde im Hotel vorbeikommen, um zu sehen, ob Eric da sei. Ob sie keine Lust habe, auch zu kommen, fragte Eric. Nein, sagte Elza, sie möge keine Menschenmassen.

»Ich genieße es, die Wohnung einmal für mich zu haben. Das kommt selten genug vor.«

»Und das Feuerwerk?«

»Mal sehen.«

Eric sagte, er rufe vielleicht später noch einmal an. Dann fragte er Elza, wie es ihr gehe.

»Danke, gut«, sagte sie. »Schade, dass wir uns diesmal nicht sehen. Ich habe gestern fest mit euch gerechnet.«

»Valdis hat nichts gesagt.«

»Er sagte, du wolltest ins Kino.«

»Ich glaube, wir waren beide ziemlich müde. Wir werden auch nicht jünger.«

Elza lachte. Sie sagte, sie habe Valdis selten so betrunken gesehen. Der Taxifahrer habe ihn bis zur Tür gebracht, um sicher zu sein, dass er es die Treppen hinauf schaffe.

»Ich habe ihm ein gutes Trinkgeld gegeben«, sagte Eric.

Elza schien unbeschwert, und als Eric aufgelegt hatte, dachte er einen Augenblick lang, dass sie vielleicht gar nicht krank sei. Aber dann dachte er, sie ist einfach eine tapfere Frau. Vermutlich wusste sie nicht, dass Valdis ihn um Geld gebeten hatte.

Eric ging hinunter und ließ sich von der Frau an der Rezeption den Weg zum Zentralmarkt erklären. Valdis hatte gesagt, den müsse er unbedingt sehen. Er sei gegen Abend zurück, sagte Eric, falls jemand nach ihm frage.

Der Markt war in vier ehemaligen Zeppelin-Hallen hinter dem Bahnhof untergebracht. Vor den Hallen verkauften alte Frauen Plastiktüten, auf denen westliche Markennamen standen. Überhaupt schienen alle hier irgend etwas verkaufen zu wollen. Manche saßen auf dem Boden und hatten einen alten Karton vor sich, auf dem sie ein paar Sachen ausgebreitet hatten, Tonbandkassetten, Kugelschreiber, kaputtes Spielzeug.

Eric blieb nicht lange auf dem Markt. Das alles stieß ihn ab. Er ging zurück in die Altstadt. In den Straßen hingen Fahnen. Schon am Morgen waren Chöre zu hören gewesen von den Bühnen, die überall aufgebaut worden waren. Immer mehr Menschen drängten sich in den engen Gassen, sie hielten sich an den Händen und gingen schnell, als hätten sie ein Ziel.

Eric kehrte zurück ins Hotel. Die Frau an der Rezeption sagte, ein Mann habe nach ihm gefragt. Er habe mindestens eine Stunde gewartet, dann sei er gegangen. Er habe gesagt, er werde später noch einmal vorbeikommen. Eric bat sie, seinen Rückflug vom Sonntag auf den Samstag umzubuchen. Dann nahm er eines der Taxis, die vor dem Hotel standen, und nannte dem Fahrer Valdis' Adresse. Kiburgas iela zwölf.

Am Rand der Siedlung ließ er das Taxi halten. Er stieg aus und ging zwischen den heruntergekommenen Mietshäusern hindurch. Sie lagen weit auseinander, dazwischen waren Rasenflächen, und hier und da stand eine Birke. Das Gras war lange nicht geschnitten worden, und auch zwischen den Platten der Gehwege und in den Ritzen der Randsteine wucherte es.

Eric suchte das Haus, in dem Valdis und Elza wohnten. Er konnte sich plötzlich nicht mehr an ihren Nachnamen erinnern. Neben den Klingelknöpfen am Hauseingang waren nur Nummern. Er drückte gegen die Tür. Sie war nicht abgeschlossen. Er stieg die Treppen hoch. An manchen Stellen war die Tapete her- untergerissen.

Auch an den Wohnungstüren waren nur Nummern. Im dritten Stock blieb Eric stehen und lauschte. Er meinte, einen Staubsau- ger zu hören, aber er war nicht sicher, aus welcher Wohnung das Geräusch kam. Er stand zwei oder drei Minuten da, dachte an Elza und hoffte, dass sie die Tür öffnen würde. Er überlegte, was er sa- gen würde, wenn sie es tat. Endlich lief er die Treppen wieder hin- unter, so leise, wie er gekommen war.

Er ging durch die Siedlung. Außer ein paar spielenden Kindern war niemand zu sehen. Die Straße endete in einem weiten Kreis, in dessen Mitte ein flaches Garagengebäude stand. Ein Mann beugte sich über die geöffnete Motorhaube eines Autos. Er kratzte sich am Kopf. Dann blickte er auf. Eric nickte ihm zu, aber der Mann schaute ihn nur misstrauisch an.

Eric ging über die Wiese zwischen den letzten Häusern. Ganz am Rande des Geländes waren ein paar Gemüsebeete, dann kam ein Stück überwuchertes Ödland, dann Wald. Eric folgte einem schmalen Pfad, der zum Wald führte und sich dort zwischen den ersten Bäumen verlor. Die Luft war feucht, und Eric schwitzte. Es war sehr still. Er fragte sich, was er hier suchte.

Als er gegen acht Uhr abends ins Hotel zurückkam, gab ihm die Frau an der Rezeption einen Umschlag, auf dem sein Name stand. Valdis schrieb, man habe ihm gesagt, Eric reise schon mor- gen ab. So würden sie sich wohl nicht mehr treffen. Er sehe sich heute Abend das Feuerwerk an, von der Wohnung von Freun- den aus. Wenn Eric noch etwas brauche, könne er ihn dort er- reichen oder morgen früh zu Hause. Falls er nichts mehr von Eric hören sollte, wünsche er ihm einen schönen Rückflug und alles Gute. Er freue sich schon auf das Wiedersehen im nächsten Jahr.

Die Luft in Erics Zimmer war warm und stickig. Er war plötzlich sehr müde. Er öffnete das Fenster und legte sich hin.

Das Feuerwerk weckte ihn. Er trat ans Fenster, aber von hier aus war nichts zu sehen. Er ging auf den Hotelflur. Am Fenster neben den Aufzügen standen ein paar Gäste. In ihren Gesichtern spiegelte sich das bengalische Licht. Dreimal dreihundertdreißig Meter gleich ein Kilometer, sagte ein älterer Herr. Im Schatten neben der Treppe stand die junge Frau von der Hotelbar und schaute dem Spektakel über die Köpfe der Gäste hinweg zu. Als das Feuerwerk zu Ende war, eilte sie die Treppe hinunter, zurück an ihre Arbeit. Eine Gruppe Amerikaner applaudierte schwach. Es hat sich doch gelohnt, sagte eine Frau auf Deutsch. Sie habe schon geschlafen, sagte sie, und nur schnell den Mantel über das Nachthemd geworfen. Aber es habe sich gelohnt. Eric fragte sich, was das alles sollte. Mit dem Geld, das hier verjubelt wurde, könnte man die Therapie von Elza dreimal bezahlen.

Die anderen Hotelgäste gingen zurück in ihre Zimmer. Eric schaute auf die Uhr. Es war kurz vor Mitternacht, zu spät, um bei Valdis' Freunden anzurufen. Er lief die Treppe hinunter und ging an die Bar.

»Wir haben geschlossen«, sagte die Barfrau.

»Ein kleines Bier?«, fragte Eric bittend.

Die Frau lächelte, zuckte mit den Achseln und hob bedauernd die Augenbrauen. Eric setzte sich auf einen der Barhocker und schaute zu, wie sie die Einnahmen zählte. Er legte eine Banknote auf die Theke, ein Vielfaches von dem, was ein Bier kostete. Er fragte die Frau, wie sie heiße. Sie schaute ihn tadelnd an. Dann nahm sie eine Bierflasche aus einer der Kühlschubladen, öffnete sie und stellte sie vor Eric hin. Den Schein schob sie zurück.

»Die Abrechnung ist schon gemacht«, sagte sie, griff sich den

Beutel mit dem Geld und ging durch die Halle zur Rezeption. Sie trug eine enge schwarze Hose aus glänzendem Stoff. Eric schaute ihr nach. Sie ging mit leichten, schnellen Schritten, fast hüpfend, und Eric musste wieder daran denken, wie sie nach dem Feuerwerk die Treppe hinuntergerannt war. Sie hatte zwei Stufen auf einmal genommen. Es hatte ausgesehen, als flöge sie, wie ein Kind, wie ein Engel. Auf dem Treppenabsatz hatte sie sich mit einer Hand am Geländer festgehalten, hatte sich herumgeschwungen und war verschwunden.

Fado

ALLES SCHIEN FEUCHT ZU SEIN in Lissabon. Obwohl es nicht regnete, waren die Straßen dunkel vor Feuchtigkeit. An den Häuserwänden und Mauern der Stadt wuchs Moos, und der Himmel war von Wolken bedeckt.

Ich hatte ein Schiff nehmen wollen, aber es gab eine Verzögerung beim Laden der Fracht, und ich musste warten. Ich hatte meine Kajüte schon bezogen. Lissabon interessierte mich nicht. Im Kopf hatte ich mich von Europa verabschiedet, ich glaubte, was mich erwartete, würde interessanter sein als das, was hinter mir lag. Aber die Zeit auf dem Schiff wurde mir lang. Es gibt nichts Langweiligeres als ein Schiff, das im Hafen liegt.

Ich ging in die Stadt. Den ganzen Tag lief ich durch die Straßen, ohne mir etwas anzuschauen. Ich schlenderte durch abgelegene Viertel, wo Männer auf großen Tüchern Sexmagazine ausgebreitet hatten und verkauften. Ich setzte mich in Cafés, beobachtete am Hafen die Menschen, die von den Fähren stiegen und zur Arbeit gingen. Vom Hügel hinunter schaute ich auf die Stadt und hinaus aufs Meer, das sich im Dunst verlor. Gegen Abend kam ich zum Hafen zurück und erfuhr, dass das Schiff erst am nächsten Tag, einem Sonntag, auslaufen würde. Ich ging noch einmal in die Stadt, um zu essen. In einer kleinen Straße fand ich ein Lokal, in dem Fado gespielt wurde.

Das Essen war schlecht, aber die Musik gefiel mir, sie passte zu meiner Stimmung. Nach dem Essen blieb ich sitzen. Ich hatte schon einen halben Liter Wein getrunken, jetzt bestellte ich noch einen halben. Die zweite Hälfte, sagte ich zum Kellner, einem kleinen dunkelhäutigen Mann, aber er reagierte nicht. Ich fühlte mich besser und begann, mir Notizen zu machen. Eben hatte ich einen belanglosen Gedanken aufgeschrieben, als eine junge Frau an meinen Tisch trat und mich auf Englisch fragte, ob ich mich zu ihnen setzen wolle. Ich hatte sie schon früher bemerkt. Sie saß mit einer anderen Frau an einem Tisch in meiner Nähe. Während des Essens lachten die beiden viel und schauten ein paarmal zu mir herüber.

»Du hast so einsam ausgesehen«, sagte sie. »Wir kommen aus Kanada.«

Ich nahm die Einladung an und folgte ihr mit meinem Glas und der Weinkaraffe.

»Ich heiße Rachel, und das ist Antonia«, sagte sie.

Wir setzten uns.

»Ich heiße Walter.«

»Wie Walt Whitman«, sagte Antonia. »Schreibst du Tagebuch?«

»Was mir einfällt«, sagte ich. »Fast so gut wie reden.«

»Mein Vater hat immer gesagt, nur intelligente Menschen können allein sein«, sagte Antonia.

»Man wird nicht intelligent, nur weil man allein ist«, sagte ich.

Es war nach elf. Der Fadosänger hatte die Gitarre eingepackt und kam an unseren Tisch. Er schien Rachel und Antonia zu kennen. Er setzte sich, und wir redeten über Lissabon und den Fado.

Das letzte Stück sei schön gewesen, sagte Antonia, was das gewesen sei.

»Wenn du nicht weißt, wohin du gehst, warum hörst du nicht auf zu laufen«, rezitierte der Fadosänger. »Ich begleite dich nicht mehr, mein Herz.«

»Amalia«, sagte er, und sein Gesicht bekam einen lächerlich leidenden Ausdruck. *»Diese seltsame Form des Lebens.«*

»Was hat das Leben für eine Form?«, fragte Antonia. »Lang«, sagte Rachel, »oder kurz. Je nachdem.«

»Mein Herz lebt vom verlorenen Leben«, rezitierte der Fadosänger weiter.

Rachel fragte mich, welche Form mein Leben habe. Ich sagte, ich wisse es nicht. Gar keine vermutlich. Sie zeichnete mit beiden Händen die Umrisse einer Frau in die Luft.

»Die Frau …«, sagte der Fadosänger, und dann irgendeinen Unsinn. Ich wusste, worauf er es abgesehen hatte und dass er es nicht bekommen würde heute Nacht. Auch er schien es zu wissen. Trotzdem schrieb er seine Telefonnummer auf eine Serviette und reichte sie Rachel. Er sagte, sie könnten ihn jederzeit anrufen. Jederzeit. Dann gab er allen die Hand und ging.

»Der Mann …«, sagte Rachel und lachte. Antonia sagte, sie sei blöd.

»Hättest du etwa mit dem gehen wollen?«, fragte Rachel und zog erstaunt die Augenbrauen hoch. »Stehst du auf Stierkämpfer?«

»In Portugal gibt es keine Stierkämpfer«, sagte Antonia. »Er hatte eine schöne Stimme.«

Rachel lachte. Sie habe sich einmal mit einem Mann getroffen, der eine schöne Stimme gehabt habe. »Ich kannte den nur vom Telefon. Und als er auftauchte … das glaubst du nicht.«

Antonia sagte noch einmal, Rachel sei blöd. Rachel sagte, die Tiefe der Stimme sei wichtig. Männer mit tiefen Stimmen hätten viel Testosteron. Ich hätte eine tiefe Stimme.

Rachel lachte und sagte, sie hätten mit Luis abgemacht, noch in die Disko zu gehen. »Das ist der kleine Kellner. Wenn er hier fertig ist.«

Rachel und Antonia reisten seit drei Wochen durch Europa. In einer Woche ging ihr Flug von Barcelona aus zurück nach Hause. Rachel erzählte von der Kleinstadt in Kanada, aus der sie stammten, und Antonia unterbrach sie immer wieder und korrigierte sie. Ich hörte zu und sagte nicht viel. Ich war froh über die Gesellschaft.

Alle Gäste waren gegangen, und Luis hatte die Stühle hochgestellt und fegte den Boden. Dann kam er an unseren Tisch.

»Das ist ein Freund«, sagte Rachel. »Er kommt mit in die Disko.«

Luis sagte, es sei nicht weit. Er hatte einen starken Akzent, sein Englisch war schlecht.

»Was für eine tiefe Stimme«, sagte Rachel und lachte. Sie fragte Luis, ob er viel Testosteron habe. Er fragte, was das sei, was sie meine.

»Toro«, sagte Rachel. »Du Stier?«

Antonia sagte, Rachel solle aufhören. Sie sei ja betrunken.

»Du Stier, ich Kuh«, sagte Rachel. Luis schaute sie verständnislos an.

»Du Tarzan, ich Jane«, sagte Rachel.

»Tarzan.« Luis nickte. »Gehen wir.«

Luis sagte, er werde uns die beste Diskothek Lissabons zeigen. Er ging sehr schnell, und wir hatten Mühe, ihm zu folgen. Wir liefen kreuz und quer durch enge Straßen. Schon nach kurzer Zeit hatte ich keine Ahnung mehr, wo wir waren. Rachel erzählte von ihrem Freund, der Pilot bei der Airforce sei.

»Er hat eine ganz tiefe Stimme«, sagte sie, »wie ein Propellerflugzeug.«

Ich fragte Antonia, ob sie auch einen Freund habe. Sie schüttelte den Kopf. Sie habe erst vor kurzem mit dem Studium angefangen, sei umgezogen nach Montreal, wo sie kaum jemanden kenne.

»Sie hat ihrem Freund das Herz gebrochen«, sagte Rachel.

»Unsinn«, sagte Antonia. »Er war nicht mein Freund.«

»Hey, Luis«, sagte Rachel, *slow down!*«

Nach einer halben Stunde kamen wir endlich ans Ziel. Das Lokal, vor dem wir standen, war klein und schäbig. Luis kannte den Türsteher, aber wir mussten trotzdem Eintritt bezahlen, einen lächerlich hohen Betrag.

In der Diskothek war es schummrig, nur die etwas erhöhte Tanzfläche war hell erleuchtet. Sie war leer, aber einige der Tische waren besetzt. Fast alle Gäste waren Männer. Die Musik war laut. Wir setzten uns an die Bar, tranken etwas und redeten. Luis sagte nicht viel. Plötzlich stand er auf, stieg auf die Tanzfläche, drehte uns den Rücken zu und begann, vor einem großen Wandspiegel zu tanzen. Im Spiegel sah ich sein Gesicht, das ernst war und konzentriert. Ich hatte den Eindruck, er schaue sich in die Augen. Seine Bewegungen waren aggressiv und immer gleich. Ich fragte Rachel, ob sie tanzen wolle. Antonia blieb allein an der Bar zurück.

Ich war ziemlich betrunken gewesen, aber der weite Marsch hatte mich nüchtern gemacht. Rachel und ich tanzten lange. Wir schauten uns dabei an, Luis betrachtete nur immer sich selbst im Spiegel. Nach vielleicht einer halben Stunde sagte er, hier sei nichts los, er kenne noch bessere Lokale. Antonia sagte, sie müsse ins Bett. Rachel flüsterte ihr etwas ins Ohr. Auch sie sagte, sie wolle schlafen gehen. Sie lachte.

Zu viert gingen wir durch die leeren Straßen. Rachel hatte sich bei mir eingehakt. Luis hatte ihren anderen Arm genommen, aber sie machte sich los. Sie sagte, sie sei kein Kind. Luis hakte sich bei Antonia ein, die sich nicht wehrte und steif neben ihm herging, ohne ihn anzuschauen. Luis erzählte, er komme aus Faro, im Süden des Landes, aber dort gebe es keine Arbeit. Dann schwieg er wieder. Keiner von uns sagte etwas. Wir gingen langsamer als auf dem Hinweg, vorsichtiger, als wollten wir den Abschied hinauszögern. Es war zu wenig geschehen und zu viel, um sich leichten Herzens zu trennen.

Rachel und Antonia hatten ein Zimmer in einer Privatwohnung. Vor dem Haus sagten sie Gute Nacht, und wir küssten uns auf die Wangen. Antonia schloss die Tür auf und ging ins Haus. Rachel blieb einen Moment lang in der offenen Tür stehen und winkte mit kindlichem Lächeln. Da trat Luis auf sie zu und drängte sie ins Treppenhaus. Ich folgte ihnen. Hinter mir fiel die Tür mit einem Knall ins Schloss. Dann war es still.

Das Treppenhaus war von einer einzelnen Glühbirne schwach erleuchtet. Antonia wartete auf der Treppe und schaute zu uns herunter. Rachel und Luis standen einander gegenüber und starrten sich an.

»Gute Nacht«, sagte Rachel.

»Ich komme mit rauf«, sagte Luis.

»Wir sind müde. Danke für den schönen Abend.«

Rachel ging hinter Antonia die Treppe hoch. Luis und ich folgten den beiden Frauen.

»Gute Nacht«, sagte Rachel noch einmal.

»Ich bin nicht müde«, sagte Luis.

»Aber wir.«

»Komm, wir gehen«, sagte ich zu Luis und fasste ihn am Arm.

»Ich rufe die Polizei«, sagte Luis. »Ich erzähle ihnen alles.«

»Ruf doch die Polizei. Meinst du, die glauben dir?«, sagte Rachel spöttisch. Sie wandte sich zu Antonia um. »Mach schon!«

Antonia drückte auf die Klingel, und aus der Wohnung war ein lautes, metallisches Schellen zu hören. Luis stieg eine Stufe höher. Ich überholte ihn und stellte mich vor ihn. Ich drückte ihn an die Wand, aber ich merkte sofort, dass er stärker war als ich und dass ich keine Chance haben würde, ihn zurückzuhalten. Sein Körper war angespannt, aber er rührte sich nicht. Ich wunderte mich, dass er sich nicht wehrte. Antonia klingelte noch einmal. Wir standen schweigend da, dann öffnete sich endlich die Wohnungstür. Eine vielleicht fünfzigjährige Frau im Morgenrock schaute heraus. Sie sagte nichts. Ich ließ Luis los.

»Ich hole jetzt die Polizei«, sagte er noch einmal und ging die Treppe hinunter.

»Verschwinde!«, rief Rachel ihm nach. »Du verdammter Idiot.«

»Komm rein«, sagte Antonia zu mir, und zu dritt betraten wir die Wohnung und gingen in ihr Zimmer. Die Wirtin hatte die ganze Zeit kein Wort gesagt. Sie sah sehr müde aus und verschwand gleich wieder.

»Dürft ihr hier Herrenbesuche empfangen?«, fragte ich.

»Du bist hoffentlich kein Herr«, sagte Rachel. »Willst du ein Bier?«

Sie nahm drei Flaschen aus dem Kleiderschrank und öffnete sie. Das Bier war lauwarm. Wir waren leichter und zugleich aufgeregter Stimmung. Wir redeten durcheinander und lachten viel.

»So ein Arschloch«, sagte Rachel.

»Er hat uns zum Essen eingeladen«, sagte Antonia. »Da hat er vielleicht gedacht …«

»Die kommen nicht«, sagte Rachel. »Die Polizei. Und wenn. Dann werfen wir das Zeug aus dem Fenster.«

Sie fragte, ob ich etwas nehme. Sie hatte sich neben Antonia aufs Bett gesetzt. Ich schüttelte den Kopf.

Rachel sagte, sie hätten kaum noch Geld. Ob ich ihnen etwas borgen könne. Ich gab ihr meine restlichen Escudos. Es war nicht viel, und auf dem Schiff würde ich das Geld nicht brauchen. Rachel flüsterte Antonia etwas zu. Antonia verzog das Gesicht. Sie sagte, sie gehe duschen, und verschwand im Flur.

»Was habt ihr geflüstert?«, fragte ich.

»Ich habe sie gefragt, was wir dir bieten für fünfzigtausend Escudos.«

Sie lachte und ließ sich aufs Bett fallen.

»Jetzt müssten wir ein ganz breites Bett haben«, sagte sie. Antonia kam zurück, und Rachel ging duschen. In der Tür blieb sie stehen und sagte, wir sollten anständig sein. »Mama ist gleich zurück.«

Als ich die beiden Frauen verließ, dämmerte es. Wir umarmten uns. Rachel reichte mir eine leere Bierflasche.

»Vielleicht wartet er draußen«, sagte sie. »Dann kannst du dich verteidigen.«

Ich trat auf die Straße. Es war kein Mensch zu sehen. Ich ging durch die leere Stadt mit meiner Bierflasche in der Hand. Ich kam mir lächerlich vor. Nach ein paar hundert Metern warf ich die Flasche in eine Mülltonne. Ich zögerte einen Augenblick, dann warf ich auch den Zettel weg, auf den Rachel und Antonia ihre Adressen geschrieben hatten.

Auf dem Schiff legte ich mich hin, aber ich konnte nicht schlafen und stand bald wieder auf. Ich lief wieder durch die Stadt. Als ich müde war, trat ich in eine kleine Kirche. Drinnen wurde gerade die Messe gelesen. Ich setzte mich auf die hinterste Bank und hörte zu. Manchmal verstand ich das eine oder andere Wort. Am Schluss drehten sich die Gläubigen nach beiden Seiten und schüttelten ihren Sitznachbarn die Hände. Neben mir saß niemand. Ich beeilte mich, die Kirche als Erster zu verlassen.

Alles, was fehlt

DIE SEKRETÄRIN HOLTE DAVID am Flughafen ab. Sie war mit dem Privatwagen gekommen. Sie fragte, ob es ihm recht sei, wenn sie die A4 nehme. Er sagte, er kenne sich nicht aus, es sei ihm egal. Danach schwiegen sie, bis die Wolkenkratzer der Docklands am Horizont auftauchten.

»Die Docklands haben sich in den letzten Jahren zum wichtigsten Finanz- und Geschäftszentrum entwickelt«, sagte die Sekretärin. »Der Wohnraum hier ist von höchster Qualität. Auch für Unterhaltung und Erholung ist gesorgt.«

Sie sprach wie eine Reiseführerin, es klang, als habe sie den Text schon oft aufgesagt. Das Gebiet umfasse zweiundzwanzig Quadratkilometer, sagte sie, es sei größer als die City of London und das West End zusammen. Am Fluss werde David bezaubernde Pubs finden, es gebe gute Einkaufsmöglichkeiten, Kinos und sogar ein Hallenstadion mit mehr als zwölftausend Plätzen. Sie sprach von Drehbrücken, von Segelschiffen und einer Stadtfarm mit lebenden Tieren. Sie sagte, sie heiße Rosemary.

»Die Isle of Dogs ist das Zentrum der Docklands«, sagte sie. »Der Name stammt vermutlich von den königlichen Hundezwingern, die hier früher standen. Aber meine Freunde sagen, der Name komme von den vielen Finanzinstituten, die hier ihren Sitz haben.«

Rosemary lachte entschuldigend. Sie sagte, die meisten ihrer Freunde arbeiteten in anderen Branchen. Sie fragte David, was seine Hobbys seien. Hobbys?, fragte er und schaute sie erstaunt an. Was ihn interessiere? Er sagte, er sei nicht interessiert. *I am not interested,* sagte er. *In what?,* fragte Rosemary. *In general,* sagte er.

David wusste nicht, wie lange er bleiben würde. Fürs Erste war ein Jahr vereinbart worden. Einen Einsatz hatte man es in der Schweiz genannt, eine Mission nannte es sein neuer Chef. Die Zweigstelle in London hatte einen personellen Engpass, und man war auf ihn gekommen, weil er nicht verheiratet war. Als er zögerte, hieß es, seiner Karriere werde der Aufenthalt nicht schaden, im Gegenteil. Eine gewisse geographische Flexibilität werde bei seiner Position vorausgesetzt.

Es war Freitag, und der Chef stellte David seine zukünftigen Kollegen vor und sagte dann, er solle am Montag wiederkommen. Jetzt solle er sich erst einmal einleben in London, sich in der Wohnung einrichten und sich die Gegend anschauen. Greenwich sei gleich auf der anderen Seite des Flusses, der Ort, wo die Zeit beginne. Er wünsche ihm ein schönes Wochenende.

»Rosemary bringt Sie in Ihr neues Heim«, sagte der Chef.

Rosemary war wieder schweigsam. Sie lenkte den Wagen an der Themse entlang zwischen Baustellen hindurch nach Süden. Es war nicht weit. Sie fuhren an einem kleinen Park vorbei, und Rosemary zeigte auf den Gebäudekomplex dahinter, eine Reihe ineinander verschachtelter Backsteintürme. Ein Teil der Türme lag an der Themse, ein Teil am Park.

»Da ist es«, sagte sie und bog von der Straße ab. Sie winkte dem Wachmann zu, der in der Einfahrt stand, und er winkte zurück. In der Tiefgarage stellte sie den Wagen auf einen der Besucherparkplätze und sagte, sie werde David in die Wohnung bringen. Er sagte, das sei nicht nötig, er habe ja kaum Gepäck, aber sie bestand darauf.

»Ich werde Ihnen alles zeigen«, sagte sie.

Die Wohnung gehörte der Firma. Sie lag im siebten Stock, der Blick ging nach Norden auf den Park. Vom Balkon aus waren die Wolkenkratzer der Canary Wharf zu sehen und die Themse.

»Dort kommen wir her«, sagte Rosemary und zeigte in Richtung der Hochhäuser. Sie war David auf den Balkon gefolgt.

Zuletzt habe ein Schwede hier gewohnt, sagte sie, aber es sei alles gereinigt worden und desinfiziert. Der Schwede sei nach New York versetzt worden, er sei noch sehr jung und habe eine glänzende Karriere vor sich.

»Es ist kühl geworden«, sagte sie. »Gehen wir hinein?«

Sie führte David durch die Wohnung, zeigte ihm den begehbaren Wandschrank im Schlafzimmer, die italienische Designerküche, im Wohnzimmer den riesigen Fernseher auf Rollen. Sie kannte die Wohnung, sie hatte vor zwei Jahren schon den Schweden vom Flughafen abgeholt und hierhergebracht. Vielleicht ist sie auch in der Zwischenzeit hier gewesen, dachte David. Ihre Augen hatten geleuchtet, als sie von dem Schweden sprach.

Rosemary war begeistert von der Wohnung. Zweimal sagte sie, sie wohne in einem armseligen kleinen Häuschen in Stepney, das sei auch nicht weit, aber es sei doch viel angenehmer, hier zu leben, unter seinesgleichen, und von wo aus man praktisch zu Fuß zur Arbeit gehen könne.

Sie sagte, es gebe auch im Schlafzimmer einen Antennenanschluss. Wenn er krank sei, könne er den Fernseher bequem hinüberrollen. Magnus, der Schwede, sei oft krank gewesen. Sie zuckte mit den Achseln. Dabei habe er so gesund ausgesehen, so kräftig, und sei immer fröhlich gewesen. Er habe ein gesundheitliches Problem gehabt.

Dann hatte es Rosemary plötzlich eilig. Sie wünschte David ein schönes Wochenende und ging. Er schaute auf die Uhr. Es war fünf.

Als er allein war, ging er ins Bad und wusch sich die Hände. Er schaute sich noch einmal alles genau an. Die Räume waren hell und sauber, die Möbel geschmackvoll. Auf dem niedrigen Beistelltisch im Wohnzimmer lag ein Prospekt der Anlage. *The Icon* hieß der Komplex. Was für ein seltsamer und unpassender Name, dachte David. Er dachte an die Ikonen im Schaufenster eines Auktionshauses, an dem er oft vorbeigegangen war, an diese starren, aufmerksamen Frauengesichter, die alle gleich aussahen und ihn erstaunt anschauten durch das Sicherheitsglas.

David setzte sich aufs Sofa und blätterte im Prospekt. In den Türmen waren hunderteinundfünfzig Wohnungen auf elf Stockwerken untergebracht. Im hinteren Teil des Prospekts waren die Grundrisse aller Wohnungstypen abgebildet. Davids Wohnung war eine der kleinsten, Typ G. Links und rechts von ihm waren Dreizimmerwohnungen des Typs H.

David trat auf den Balkon mit dem Prospekt in der Hand. Wolken zogen über den Himmel, die nur noch an den Rändern weiß waren. Es wehte ein böiger Wind. Es war wirklich kalt geworden. Als David sich umdrehte, um hineinzugehen, sah er auf dem Balkon nebenan eine Japanerin stehen. Sie stand reglos da und schaute zu ihm herüber. Sie war kaum fünf Meter von ihm entfernt. Er wandte sich schnell ab und ging hinein.

Er stand im Wohnzimmer und dachte, ich hätte mich vorstellen sollen. Die Japanerin war seine neue Nachbarin, sie würden sich im Treppenhaus begegnen, auf dem Balkon oder im Fitnessbereich. Einen Moment lang wollte er an ihrer Wohnungstür klingeln, um sich vorzustellen. Aber er wusste nicht, ob das hier üblich war. Am einfachsten wäre es gewesen, sie auf dem Balkon zu grüßen, spontan und unkompliziert. Aber wenn er jetzt noch einmal hinausginge, sähe es aus, als habe er es darauf angelegt, mit ihr ins Gespräch zu kommen.

David lief durch die Wohnung, den Prospekt noch immer in der Hand. Er ging die Liste der Spezifikationen durch. Alles war da. Die Hansgrohe-Armaturen im Bad enttäuschten ihn ein wenig, dafür mochte er die schweren Türen aus Ahorn, die mit einem satten Geräusch zufielen. Im Wohnzimmer kniete er sich hin, um die Qualität des Teppichbodens zu prüfen. Er dachte daran, wie er als Kind in der Kirche gekniet hatte. Dieses Gefühl von Nichtigkeit und Vergebung. Es war eine Art Glück gewesen. Keine Entscheidungen fällen zu müssen, keine Verantwortung zu haben. Manchmal sehnte er sich nach dieser Zeit zurück. In seiner Erinnerung war es Frühling. Die Schatten waren hart und kühl. Die Mutter nahm ihn bei der Hand.

Davids Knie fingen an zu schmerzen, und er stand auf und trug einen Sessel auf den Balkon und setzte sich. Von der Japanerin war nichts zu sehen. Er fröstelte.

Auf der Themse fuhren Touristenboote. Der Park war fast leer. Am anderen Ende war ein Kinderspielplatz. Dort saßen drei Kinder auf Schaukeln, manchmal drang ein sinnloser Schrei herüber. David hörte ein Glockenspiel. *Greensleeves,* er summte die Melodie mit. Sie brach mittendrin ab. Die Kinder reagierten nicht und schaukelten weiter.

Auf der Wiese lag ein bunter Drachen, so groß wie ein Mensch. Im ersten Augenblick hatte David gemeint, es sei ein Mensch, dann sah er einen Mann mit schütterem, sehr hellem Haar, der sich mit schnellen Schritten rückwärts davon entfernte, und dann stieß der Drachen in die Höhe, stieg hoch empor und blieb pendelnd stehen. Das Haar des Mannes war so hell wie sein Gesicht. Er trug einen Rucksack und eine Sonnenbrille. Bei seinem Anblick erfasste David eine unbestimmte Traurigkeit.

Die Balkone lagen nun im Schatten. Auf keinem war jemand zu sehen, aber auf einigen standen Gartenmöbel aus billigem weißen Plastik. David dachte an eine Liege, die er einmal gesehen hatte, aus geöltem Robinienholz. Es war eine Konstruktion von erstaunlicher Einfachheit, zwei kreisbogenförmige Elemente, die so ineinandergeschoben wurden, dass eines die Sitzfläche, das andere die Rückenlehne bildete. Er hätte sie damals fast gekauft, obwohl seine Wohnung in der Schweiz keinen Balkon hatte. Die Liege lasse sich auf kleinstem Raum verstauen, hatte der Verkäufer gesagt. Jetzt hatte David einen Balkon. Aber es war Herbst, und die nächsten Monate würde er ohnehin kaum draußen sein.

Er werde sich hier wohlfühlen, hatte der Chef gesagt, es hatte wie ein Befehl geklungen. David freute sich nicht auf diese Monate, auf dieses Jahr. Mein Gott, dachte er, ich will hier nicht sein.

Obwohl er keinen Hunger hatte, aß er die Brote, die er sich noch in der Schweiz gemacht hatte. Er war nicht sicher gewesen, ob auf dem kurzen Flug nach London Essen serviert wurde, und hatte deshalb etwas mitgenommen. Einmal, als er nach Mailand geflogen war, hatte es nichts zu essen gegeben, und ihm war übel geworden, und der ganze Tag war verdorben gewesen. Aber im Flugzeug nach London gab es eine Mahlzeit, ein kleines Sandwich und Pastasalat und zum Kaffee Schokolade. Die Mahlzeiten in Flugzeugen hatten David immer zugleich fasziniert und angewidert. Schon die Frage, Huhn oder Fisch, und dann das Essen, das weder mit Huhn noch mit Fisch etwas zu tun hatte, anonymes Fleisch in Plastiknäpfen. Das Flugzeug hatte die Wetterschicht längst verlassen und flog im blauen Einerlei hoch über den Wolken. So stellte David sich das Paradies vor, Fertigmahlzeiten unter blauem Himmel, so stellte er sich die Hölle vor.

David saß kauend auf dem Sofa im Wohnzimmer. Als er die Verpackung der Brote wegwerfen wollte, merkte er, dass er keine

Müllsäcke hatte. Er riss ein Blatt aus seinem Notizbuch und schrieb »Müllsäcke« darauf. Er würde eine Liste machen von allem, was fehlte. Morgen würde er einkaufen.

Glück ist eine Einstellungssache, dachte er. London war eine großartige Stadt, das sagten alle. Er würde ausgehen, in Konzerte, ins Kino, in Musicals. Er würde Leute kennenlernen. Mit Rosemary hatte er sich ja schon ein wenig angefreundet. Er würde sie anrufen, gleich morgen. Und vielleicht würde er die Japanerin kennenlernen aus der Nachbarwohnung. Erst jetzt dachte er daran, dass sie vielleicht nicht allein war wie er. Der Gedanke deprimierte ihn.

Er ging in die Küche. Er wollte sich Tee machen. Er öffnete alle Schränke. Dann schrieb er auf seinen Einkaufszettel: Teebeutel. Und gleich noch: Kaffee, Kaffeefilter, Zucker, Sahne. Und: Lebensmittel.

Morgen würde er nach Greenwich fahren, wie ihm sein Chef empfohlen hatte.

Als David am nächsten Morgen erwachte, war es nach zehn Uhr. Er versuchte, den Wecker abzustellen, bis er merkte, dass das Klingeln vom Telefon kam. Rosemary war am Apparat. Sie fragte, ob er sich schon etwas eingelebt hätte. Sie habe ihn doch nicht etwa geweckt? Er sei auf dem Balkon gewesen, sagte David. Er habe das Telefon nicht gehört.

Rosemary sagte, sie könne bei ihm vorbeikommen, wenn er wolle, ihm das Viertel zeigen. Wo er einkaufen könne und wo auswärts essen. David bedankte sich. Er werde sich schon zurechtfinden. Es mache ihr nichts aus, sagte Rosemary, wirklich. Sie habe nichts anderes vor. Sie hasse Wochenenden.

»Ich wollte nach Greenwich fahren«, sagte David.

»Wunderbar«, sagte Rosemary, »der Nullmeridian. Dort können Sie gleichzeitig auf beiden Teilen der Welt stehen, der westlichen und der östlichen Hemisphäre.«

Er nehme am besten die Hochbahn bis an die Südspitze der Halbinsel und von da den Fußgängertunnel unter der Themse hindurch. Wenn er wolle, zeige sie es ihm. Er sagte, das sei nicht nötig.

Der Himmel war bedeckt, aber es regnete noch nicht. Die Hochbahn fuhr ohne Lokführer. David hatte es erst gar nicht bemerkt, dann beunruhigte es ihn ein wenig. Scheinbar ungelenkt schoben sich die Züge aneinander vorbei, ferngesteuert aus einer Zentrale, die wer weiß wo lag.

David las in der Zeitung, die auf dem Sitz gegenüber lag, ohne sie anzufassen. In der Nähe der Tower Bridge war der Leichnam eines Kindes gefunden worden. Ein fünf- oder sechsjähriger schwarzer Junge trieb im Wasser. Ein Passant hatte den Leichnam bemerkt. Dem Kind waren Arme und Beine abgeschnitten worden. Der Finder wurde psychologisch betreut.

Am Ende der Hundeinsel war ein kleiner Park. David schaute über die Themse auf die weißen Gebäude jenseits des Flusses. Sie wirkten mächtig und still wie aus einer anderen Zeit, einer besseren Zeit. Oben auf dem Hügel stand das Observatorium, wo, wie David im Reiseführer gelesen hatte, jeden Mittag eine rote Kugel fiel. Früher hätten die Schiffe ihre Uhren nach dieser Kugel gestellt. Heute fiel sie nur noch, weil sie immer gefallen war.

Die Tower Bridge lag flussaufwärts. Als David das schlammige Wasser der Themse vorüberziehen sah, musste er an das tote Kind denken. Die Vorstellung, unter dem Fluss hindurchzugehen, war ihm plötzlich unerträglich.

David kaufte ein. Alles war unglaublich teuer.

Er räumte die Sachen in die leeren Küchenschränke und in den Kühlschrank. Es war beruhigend, die Fülle der Lebensmittel zu sehen. Davon kann ich mindestens zwei Wochen leben, dachte er. Das eine oder andere würde ihm ausgehen, die Milch, aber er würde genug zu essen haben. Und wenn die Vorräte aufgebraucht waren, konnte er mindestens noch einen Monat weiterleben. Er versuchte sich zu erinnern, wie lange die Hungerstreikenden überlebt hatten, über die gelegentlich in den Zeitungen berichtet wurde. Sieben Wochen? Acht Wochen?

Am Nachmittag ging er noch einmal in den Supermarkt und kaufte noch mehr Lebensmittel ein. Diesmal achtete er auf die Haltbarkeit, kaufte Pulvermilch und Dosengemüse, Schokolade und tiefgefrorene Fertiggerichte.

Am Sonntag rief David seinen Vater an. Der Vater stellte keine Fragen. Er erzählte von der Katze des Nachbarn, die von einem Lieferwagen überfahren worden war. Er hatte die Katze gefunden vor seinem Gartentor, ganz flach sei sie gewesen, plattgedrückt, man habe kaum Blut gesehen. Der Unfall schien den Vater zu belustigen.

»Hier haben sie ein Kind gefunden, das im Fluss trieb«, sagte David, »ohne Arme und Beine.«

Noch während des Telefongesprächs schaltete er den Fernseher ein. Er wechselte die Kanäle, bis er bei einer Sendung hängenblieb, in der ein Mann, ein Japaner, seine Hand im Abstand von vielleicht zehn Zentimetern über dem nackten Körper einer Japanerin hin und her bewegte. Die Frau schien dadurch stark erregt zu werden, obwohl sie die Augen geschlossen hatte und nicht sehen konnte, was geschah. David verabschiedete sich von seinem Vater und stellte den Ton lauter. Der Japaner sprach von der Übertragung sexueller Energie. Das Ganze gab sich den Anschein einer wissenschaftlichen Sendung, aber es ging offensichtlich nur darum, nackte Frauen zu zeigen.

Der vermeintliche Wissenschaftler hatte sich ein Experiment ausgedacht. Er setzte eine zweite Frau, ebenfalls eine nackte Japanerin, vor einen Fernseher, in dem ein japanisches Paar beim Geschlechtsverkehr zu sehen war. Diese zweite Frau trug Kopfhörer. Sie zeigte deutliche Zeichen von Erregung. Die andere Japanerin lag noch immer im Nebenzimmer auf dem Bett, und auch sie war sehr erregt, ohne dass irgendetwas mit ihr oder um sie herum geschehen wäre. Der Japaner erklärte, dass die sexuelle Energie der einen Frau sich auf die andere übertrage. Wie und weshalb diese Übertragung stattfinde, sagte er nicht.

Die beiden Japanerinnen waren auf dieselbe Art hässlich wie die Darstellerinnen solcher Filme aus Europa oder den Vereinigten Staaten, die David gelegentlich gesehen hatte. Sie hatten keine hässlichen Gesichter, keine hässlichen Körper. Es schien eine Art innerer Hässlichkeit zu sein, Überdruss oder Ekel oder Unaufmerksamkeit. Er erinnerte sich an einen Film, in dem nackte Frauen in durchsichtiges Cellophanpapier eingewickelt worden waren, Haushaltsfolie. Er schaltete den Fernseher aus. Haushaltsfolie, schrieb er auf den Einkaufszettel.

Er dachte an die Japanerin in der Nachbarwohnung, versuchte, sich auf sie zu konzentrieren. Seine Hand bewegte sich über ihrem nackten Körper hin und her. Er mochte die Vorstellung, dass die Nachbarin drüben in der anderen Wohnung stöhnend auf ihrem Bett lag und fühlte, wie von irgendwoher eine Energie auf sie eindrang, die sie erregte und gegen die sie machtlos war. Aber er zweifelte daran, dass seine sexuelle Erregung irgendeine Wirkung auf die Japanerin hatte.

Dann dachte er wieder an das tote Kind, das gefunden worden war. Er wollte mehr über den Fall erfahren. Das schien ihm das

Wichtigste zu sein in diesem Augenblick. Er verließ die Wohnung. Er musste lange nach einem Kiosk suchen. In der Zeitung stand nicht viel mehr, als er schon wusste.

Die Polizisten hatten den Jungen Adam getauft und sprachen von einem gewaltsamen Tod. Das Kind trug nur orangefarbene Shorts und hatte etwa zehn Tage im Wasser gelegen. Am Hals hatte es Würgemale. Er habe noch nie einen vergleichbaren Fall erlebt, hatte ein Inspektor der Zeitung gesagt, er werde nicht ruhen, bis das Rätsel gelöst sei.

Das Rätsel waren sieben halb heruntergebrannte Kerzen, die am Ufer der Themse gefunden worden waren. Sie waren in ein weißes Tuch gehüllt, auf dem ein Name stand. Adekoye Jo Fola Adeoye, ein gebräuchlicher Name in Nigeria, wie es hieß.

David dachte daran, zur Tower Bridge zu fahren, dann verwarf er den Gedanken. Er konnte sich den toten Jungen nicht vorstellen. Versuchte er es, kamen ihm Bilder in den Sinn, mit denen bei Hungersnöten Geld gesammelt wurde.

Er fragte sich, ob man ihn suchen würde, wenn er am Montag nicht zur Arbeit ginge. Vermutlich würde Rosemary kommen, um nach ihm zu schauen. Aber sie hatte keinen Schlüssel zur Wohnung, das hatte sie betont. Wenn er ihr die Tür nicht aufmachte, würde sie wieder gehen und am nächsten Tag noch einmal kommen. Die Polizei würde frühestens nach drei, vier Tagen alarmiert. Erst klingelten sie, dann öffnete der Hausmeister die Tür. Die Polizisten betraten als Erste die Wohnung, gefolgt vom Hausmeister und von Rosemary. Sie schrie, ein kurzer, verhaltener Schrei, und fiel dem Hausmeister um den Hals. Es war wie in einem Film. Die Polizisten machten ernste Gesichter. Davids Leiche lag auf dem Bett, Arme und Beine abgeschnitten, die Laken mit Blut durchtränkt. Davids Glieder wurden nie gefunden. Sein

Rumpf wurde begraben in einem ganz normalen Sarg, obwohl ein Kindersarg genügt hätte.

David saß im Wohnzimmer. Eine ungeheure Wut erfüllte ihn, ein tiefer Hass auf die Menschen, die das unschuldige Kind ermordet und verstümmelt hatten. Er wollte etwas tun, etwas verändern. Aber jene, die etwas verstanden, veränderten nichts. Und jene, die etwas veränderten, verstanden nichts. Dabei war David sich noch nicht einmal sicher, ob er etwas verstand. Er war sich nur sicher, dass er nichts verändern würde. Er sah sich den Fernseher vom Balkon in den Park hinunterwerfen, mit einer Axt auf die Hansgrohe-Armaturen im Bad einschlagen. Mit einem Hieb hatte er das Waschbecken zertrümmert. Wasser spritzte aus den Leitungen. Er riss den Duschvorhang herunter, schlug mit der Axt auf den Spiegel ein, der in tausend Stücke zersprang. Er fegte das Geschirr aus den Küchenschränken, warf den Kühlschrank um. Der Fernseher explodierte auf dem Vorplatz. Blut spritzte auf den Teppichboden.

David kniete nieder. Er fuhr mit den Händen durch die Fransen des Teppichs. Er lag auf dem Teppich, krümmte sich zusammen wie ein krankes Tier. Er dachte an die tote Katze, an das verstümmelte Kind, an die Japanerinnen und den falschen Wissenschaftler und den Mann mit dem Drachen. Er dachte daran, wie er als Kind mit seinem Vater einen Drachen gebaut hatte. Er sah das Gesicht des Vaters, die Konzentration und die sorgfältigen Handbewegungen, mit denen er die Holzleisten zusammenfügte, das bunte Seidenpapier darüberspannte, die Schnur kreuzweise befestigte. Als sie den Drachen steigen ließen, war es David, als schnelle er selbst in die Höhe, gelenkt, aber kaum gehalten von der dünnen Schnur, die sein Vater in den Händen hielt.

David dachte daran, wie irgendwo in dieser Stadt jemand Adams Gliedmaßen abgetrennt hatte, diese kleinen Arme und Beine, mit einer Axt, einem Teppichmesser, er konnte es sich nicht vorstellen. Irgendjemand musste wiedergutmachen, was Adam angetan worden war.

David sah sich einen Drachen bauen für das Kind. Er konnte ihm nicht viel mehr sagen und zeigen, nur wie die Holzleisten zusammengeleimt wurden, wie die Schnur zu befestigen war, welchen Leim man für das Seidenpapier verwendete. Er sah das Kind den Drachen halten, er sah sich mit der Leine in der Hand über eine große Wiese rennen, sie rannten beide. Loslassen, rief David, und Adam ließ den Drachen los, und er schnellte in die Höhe. David sah sich auf einer Wiese stehen, mit der Schnur in der Hand. Er schaute empor, und Adam schaute empor. Er fühlte das leichte Ziehen des Drachens. Das Rennen hatte ihn erschöpft. Dann kam Adam zu ihm, und er reichte ihm die Leine und legte ihm die Hände auf die Schultern und sagte, vorsichtig, ganz langsam, ich halte dich fest. Es war nur ein Drachen, aber Adam würde sich daran erinnern, wenn die Welt sich teilte.

Es war sehr still in der Wohnung. Erst jetzt bemerkte David die leisen Geräusche aus den Nachbarwohnungen. Er hörte Wasser rauschen, Schritte, ein Radio. Er stand auf und trat auf den Balkon. Nebenan stand die Japanerin und goss die Pflanzen, die dort in großen Tontöpfen wuchsen. Er grüßte sie, und sie grüßte zurück.

»Ich bin der neue Nachbar«, sagte er.

»*Nice to meet you*«, sagte die Japanerin und lächelte.

»*Nice to meet you, too*«, sagte David. Er wollte noch etwas sagen, aber dann ging er zurück in die Wohnung. Ich habe Zeit, dachte er, es wird schon irgendwie gehen.

Der Aufenthalt

WIR SASSEN AUF DEM BAHNSTEIG auf unseren Reisetaschen. Daniel und ich hatten unsere T-Shirts ausgezogen und saßen mit nackten Oberkörpern da, Marianne trug abgeschnittene Jeans und ein Bikinioberteil. Wir schwitzten. Das Blechdach knackte in der Hitze, und über den Gleisen flimmerte die heiße Luft. Der Zug habe Verspätung, hatte der Stationsvorsteher gesagt, mindestens zwei Stunden. Wir hatten uns nicht einmal geärgert, es schien wie ein Wunder, dass bei dieser Hitze überhaupt Züge fuhren.

»Schade, dass wir keine Musik haben«, sagte Marianne.

Das Bahnhofscafé war geschlossen. Daniel sagte, er gehe ins Dorf, Eis holen. Er blieb lange weg, und als er endlich zurückkam, war das Eis schon ganz weich geworden, und wir aßen es in großen Bissen. Dann hörten wir eine Lokomotive pfeifen. Es war noch keine Stunde vergangen. Weit entfernt erschien ein Zug im grellen Licht. Es sah aus, als schwebe er über dem Gleis. Ganz langsam kam er auf uns zu. Der Bahnhofsvorsteher trat aus seinem Büro. Er trug ein kurzärmliges Hemd und eine Mütze. Der Zug fuhr langsam in den Bahnhof ein, schob sich an uns vorbei. Die Bremsen schrien laut und unendlich lange. Die Waggons waren alt. Sie waren weiß gestrichen, und an den Seiten waren rote Kreuze. Alle Sonnenblenden waren heruntergezogen. Endlich hörte das Kreischen auf, und der Zug hielt mit einem Ruck. Dann war es still.

Der weiße Zug stand da, und nichts geschah. Nur im Stationsbüro klingelte das Telefon immer wieder, und endlich ging der Bahnhofsvorsteher zurück in sein Büro, und kurz darauf hörte das Telefon zu klingeln auf. Über den Parkplatz neben dem Bahnhof kam rasch ein dicker, schwarzgekleideter Mann. Er schwitzte und wischte sich mit einem weißen Taschentuch den Schweiß von der Stirn. Kurz bevor er den Zug erreichte, öffnete sich eine Tür, der Mann stieg ein, und die Tür schloss sich wieder.

»Du bist ganz schön rot am Rücken«, sagte Marianne. »Soll ich dich einreiben?«

Sie zog eine Tube mit Sonnencreme aus ihrem Rucksack, schob ihre Sonnenbrille auf die Nasenspitze, um besser zu sehen, und begann, meinen Rücken einzureiben.

»Was ist mit dem Zug?«, fragte Daniel. Er stand auf und ging den Bahnsteig entlang bis zum Ende des Zuges.

»Alles Kranke«, sagte er, als er zurückkam, »Sonderzug nach Lourdes.«

Ich bemerkte, dass eine der Sonnenblenden etwas nach oben geschoben worden war. In dem schmalen Spalt erschien ein Gesicht. Jemand schaute uns an. Dann wurden auch an anderen Fenstern die Blenden hochgeschoben, und Menschen sahen heraus. Einige ließen ihre Arme aus den Fenstern hängen. Aus manchen Abteilen schaute niemand, aber auch dort waren die Blenden jetzt geöffnet, und ich sah, dass auf den Pritschen Menschen lagen, dass sie sich bewegten. Ich sah einen Rücken, einen Kopf, ein Bein, einmal ein Kissen, das umgedreht wurde. Die Kranken bewegten sich unentwegt, es schien ihnen nicht wohl zu sein, sie mussten Schmerzen haben, unter der Hitze leiden. Es war mir, als seien sie sehr weit von uns entfernt. Aus einem Fenster schaute eine Nonne in heller Tracht und mit einer weißen, geflügelten Haube. In ihrem Gesicht war ein triumphierender Ausdruck.

»Lauter Kranke«, sagte Marianne. »Man könnte meinen, die haben noch nie einen Bikini gesehen.« Sie hatte aufgehört, meinen Rücken einzureiben, wandte sich vom Zug ab und zog ein T-Shirt über.

»Es muss mörderisch heiß sein da drinnen«, sagte ich.

»Das steht uns auch bevor«, sagte Marianne. »Meinst du, die sind ansteckend?«

»Warum starren die uns so an?«, sagte ich.

Es war totenstill. Nur manchmal hustete jemand. Ich zündete mir eine Zigarette an.

»Manchmal denke ich, das Leben wäre einfacher, wenn man krank wäre«, sagte Daniel. »Dann wüsste man, woran man ist.«

»Denkst du, die Kranken glauben wirklich daran?«, fragte Marianne.

»Klar«, sagte ich, »aber es hilft natürlich nichts.«

Am Fenster direkt vor uns stand eine alte Frau. Ihr Arm hing schlaff herunter. Sie bewegte die Finger, als prüfe sie einen Stoff oder lasse Sand durch die Finger rieseln. Hinter uns ertönte ein lautes Rattern. Die Blechjalousie des Bahnhofscafés wurde hochgezogen. Ein Mann in einer weißen Weste trug ein paar Plastiktische und Stühle auf den Bahnsteig. Als er im Lokal verschwand, stand ich auf und folgte ihm.

»Wasser«, rief Marianne mir nach, und Daniel: »Für mich auch.«

An der Bar stand der Bahnhofsvorsteher, er musste durch den Seiteneingang gekommen sein.

»Ein Toter«, sagte er zu mir und deutete mit dem Kopf in die Richtung des weißen Zuges, »bei der Hitze.«

»Einer Tante von mir hat es geholfen«, sagte der Barmann, »Gürtelrose. Und als sie aus Lourdes zurückkam, war es weg. Aber anerkannt wurde es nicht. Die hat sich geärgert, das kannst du mir glauben.«

Ich bestellte die Getränke.

»Sie sind noch jung«, sagte der Bahnhofsvorsteher zu mir. »In Ihrem Alter dachte ich noch nicht an solche Sachen. Aber eine gute Gesundheit, das ist das größte Geschenk.«

Als ich aus dem Café trat, sagte Marianne: »Die holen einen raus.«

»Ein Toter«, sagte ich, »ich weiß.«

Die Tür eines Waggons war geöffnet worden. Dort stand mit dem Rücken zu uns ein Mann in einer leuchtend orangefarbenen Weste. In seinem Nacken glänzte der Schweiß. Vorsichtig stieg er die Treppe herunter, dann folgte eine Bahre, dann ein zweiter Mann mit orangefarbener Weste. Am Schluss kamen der dicke Mann mit dem schwarzen Anzug und eine Nonne. Die Kranken schauten jetzt zu der kleinen Gruppe, die neben dem Zug stehen geblieben war. Da rannte die Nonne mit kurzen Schritten an den Waggons entlang, rief etwas und wedelte mit den Händen, als wolle sie Hühner verscheuchen. Einige der Kranken zogen die Köpfe zurück. Daniel lachte. Die beiden Sanitäter trugen die Bahre weg. Der Priester folgte ihnen.

»Schwitzen Tote eigentlich?«, fragte Daniel. »Oder hört das gleich auf?«

»Sie haben es alle gewusst«, sagte Marianne, »und dabei haben sie mich angeschaut. Ist das nicht furchtbar.«

»Mit Verlusten muss man rechnen«, sagte Daniel.

»Es ist schrecklich«, sagte Marianne, »da stirbt einer vor unseren Augen, und ich reibe dir den Rücken ein wegen einem lächerlichen Sonnenbrand.«

»Der war schon tot, als sie hier angekommen sind«, sagte ich, »darum haben sie überhaupt gehalten. Darum sind sie so langsam gefahren.«

»Was hat das denn damit zu tun?«, sagte Marianne.

Als der Zug sich wieder in Bewegung setzte, zogen auch die letzten Kranken die Köpfe zurück. Die Sonnenblenden schlossen sich.

»Ich möchte wissen, wann die ankommen«, sagte Marianne. »Wie weit, glaubt ihr, ist es von hier nach Lourdes?«

»Ich weiß nicht«, sagte ich. »Vor morgen früh sind sie bestimmt nicht da.«

»Alle sind immer irgendwohin unterwegs«, sagte Daniel, »sogar die Kranken. Sogar die Toten. Den bringen sie bestimmt zurück. Als ob es eine Rolle spielt.« Ich stellte mir vor, wie der Zug durch die Nacht fuhr, wie er durch Dörfer und Städte fuhr, wo die Menschen in ihren Häusern schliefen und nichts ahnten von diesen Kranken, die nicht schlafen konnten vor Schmerz und Aufregung. Und wie am Morgen am Horizont die Pyrenäen auftauchten im Dunst.

»Ein Zug voller Kranker«, sagte ich, und Marianne schüttelte den Kopf.

Deep Furrows

DR. KENNEDY SCHIEN EINE ANTWORT zu erwarten. Er nahm einen großen Schluck aus seinem Bierglas und schaute mich an. Die Geburt, hatte er gesagt, sei nicht das Gegenteil vom Tod, sie sei dasselbe.

»Wir kommen aus dem Tod und gehen zurück in den Tod. Es ist, als betrete man einen Raum und verlasse ihn wieder.«

Das sei natürlich banal, sagte er, jeder wisse, dass der Körper sich aus dem Anorganischen erschaffe, aus dem Nichts der Materie, und darin wieder auf- oder untergehe. Das lerne man in der Schule, und dann vergesse man es und glaube an irgendeinen Unsinn. Ich schaute zu den Musikern hinüber, die in der Mitte des Pubs im Kreis saßen und redeten. Manchmal spielte der eine oder andere ein paar Töne, manchmal fiel ein Zweiter ein, aber die Melodien gingen immer wieder unter im Lärm der Gespräche. Die Adresse des Lokals hatte mir Terry gegeben, den ich vor einigen Tagen zufällig auf der Straße getroffen hatte. Ich hatte mich verlaufen und ihn nach dem Weg gefragt, und er begleitete mich. Wir sprachen über Musik, und er empfahl mir das Gemeinschaftszentrum. Da werde echte irische Musik gespielt, sagte er, jeder, der ein Instrument habe, könne mitspielen. Er singe da manchmal. Und er male auch und schreibe Gedichte. Er werde mir eines seiner Gedichte schenken, wenn ich hinkomme. Als wir uns trennten, reichte er mir seine Karte, Terry McAuley, Genealogie. Die Karte war in Plastik eingeschweißt, und als ich sie gelesen hatte, streckte Terry die Hand aus, und ich gab sie ihm zurück.

Ich war früh ins Zentrum gekommen und hatte mich im Gebäude umgeschaut. In einem Zimmer saßen sich zwei junge Männer gegenüber und spielten Gitarre, in einem anderen übte ein alter Mann mit ein paar Kindern ein Lied. An der Wandtafel stand der gälische Text, aber der Mann sprach Englisch mit den Kindern.

»Ihr müsst beim Singen die Frage stellen und die Antwort geben«, sagte er.

Hinten im Raum saßen einige Erwachsene und hörten zu. Die Türen zu allen Räumen standen offen, und im Flur vermischte sich die Musik. Von irgendwoher war eine Trommel zu hören.

Ich ging ins Pub. Die Musiker kamen einer nach dem anderen, ein Dutzend Frauen und Männer, junge und alte. Sie packten ihre Instrumente aus, Geigen und Gitarren, Tin Whistles und Trommeln. Ein Mann stimmte seine Geige, eine Frau spielte ein paar Töne auf der Flöte, die anderen Musiker redeten und lachten durcheinander. Da setzte Dr. Kennedy sich zu mir, obwohl es noch freie Tische gab. Ich wollte meine Ruhe, aber er fing gleich an zu reden. Er stellte sich vor, und auch ich nannte meinen Namen. Danach sagte ich nicht mehr viel. Dr. Kennedy erzählte etwas, dann etwas anderes.

Terry war hereingekommen und hatte sich an die Bar gesetzt. Ich winkte ihm zu, aber er reagierte nicht, es war, als sehe er mich nicht. Er bestellte einen Ananassaft. Ob ich Terry kenne, fragte Dr. Kennedy. Ein armer Kerl, sagte er, Epileptiker. Er habe in der Teppichfabrik gearbeitet, aber so viele Anfälle gehabt, dass man ihn schließlich entlassen musste. Jetzt sei er arbeitslos und lebe von der Sozialhilfe.

»Früher hat er gut gesungen. Und er ist der beste Pfeifer der Gegend gewesen. Er hat Wettbewerbe gewonnen.«

Dann schimpfte der Doktor über Irland und die Iren. Die In-
zucht, sagte er, sei das Übel. Deshalb die Unruhen, die Arbeits-
losigkeit, der religiöse Fanatismus, der Alkoholismus. Er habe aus
diesem Grund eine deutsche Frau geheiratet. Um frisches Blut in
die Gegend zu bringen. Er sei wirklich nach Deutschland gefahren, um eine Frau zu suchen, eine Mutter für seine Kinder. Seine
Frau sei eine Luther, ja, entfernt verwandt mit dem Reformator.

Einmal gab es in den Gesprächen ringsum eine kurze Pause. Er
habe drei Töchter, sagte Dr. Kennedy gerade, und in der plötzlichen Stille klang der Satz viel zu laut. Ein paar der Gäste lachten
und schauten zu uns herüber, dann redeten wieder alle durcheinander.

Das Lokal, in dem wir saßen, erzählte der Doktor, sei früher
eine Feuerwache gewesen, dann ein Gemeinschaftszentrum, in
dem nur Gälisch gesprochen werden durfte. Ein Unsinn. Inzwischen sei es offen für alle. Woher ich denn käme? Die Schweiz sei
schön. Da hätten sich die Völker vermischt. Nicht wie hier.

Später fing Terry an zu singen, und einige Musiker begleiteten
ihn. Aber er sang nicht gut, und irgendwann langweilten sich die
Musiker und spielten schneller und liefen dem Gesang davon.
Terry verhaspelte sich, stolperte über die Worte. Dann klatschten
die wenigen Zuhörer, bis er abwehrend die Hand hob und aufhörte zu singen.

Ich holte mir an der Theke ein Bier. Als ich zurückkam, fragte
Dr. Kennedy, wie lange ich noch im Land sei. Und ich solle ihn
doch einmal besuchen. Er habe oft Gäste aus dem Ausland. Ob ich
morgen Abend Zeit hätte. Er gab mir die Adresse und stand auf.
Ich blieb sitzen.

Am nächsten Abend ging ich zu Dr. Kennedy. Das Haus lag auf
einem Hügel am Rande der Stadt. Ich hatte einen Bus genom-

men, der durch ärmliche Viertel fuhr und dann über Grasland. Das Grundstück, auf dem das Haus des Doktors stand, war von einer hohen Ziegelsteinmauer eingegrenzt. Am schmiedeeisernen Tor war ein Schild, *Deep Furrows*. Ich klingelte. Das Tor öffnete sich mit leisem Surren. Als ich durch den Garten auf das Haus zuging, kam mir der Doktor entgegen. Er gab mir die Hand und legte mir den Arm um die Schulter, als seien wir alte Freunde.

»Meine Frau und meine Töchter sind schon ganz gespannt«, sagte er und führte mich zu einem etwas heruntergekommenen weißen Bungalow. Vor dem Eingang war ein Teich mit Goldfischen. Wir traten ins Haus. Im Flur standen vier Frauen.

»Meine Cathy«, sagte der Doktor, »mein Käthchen. Und meine drei Töchter Desiree, Emily und Gwen.«

Ich schüttelte vier Hände. Der Doktor redete über irgendetwas, aber ich konnte meine Augen nicht von den drei Schwestern abwenden. Sie glichen einander, alle mussten um die dreißig sein, waren gleich groß und schlank. Ihre Gesichter waren bleich und ernst, aber immer bereit zu einem schnellen Lächeln. Ihr Haar war lang, das von Desiree und Gwen kastanienbraun, das von Emily hatte einen rötlichen Schimmer. Alle drei trugen Wickelröcke und altmodische Blusen und dünne wollene Strümpfe. Dr. Kennedy fragte, ob mir seine Töchter gefielen. Ich wusste nicht, was ich sagen sollte. Die Schwestern waren sehr schön, aber in der Wiederholung hatte ihre Schönheit etwas Absurdes.

»Sind sie nicht perfekte Geschöpfe?«, sagte der Doktor und führte mich ins Wohnzimmer, wo der Tisch schon gedeckt war.

Dr. Kennedy hatte mir im Pub gesagt, seine Frau würde sich bestimmt freuen, wieder einmal Deutsch zu sprechen. Aber sie sprach während des ganzen Essens kaum ein Wort. Sie hatte mich auf Deutsch begrüßt, mit starkem englischen Akzent. Ich konnte mir nicht vorstellen, dass sie eine Deutsche war. Als ich sie fragte, wo sie aufgewachsen sei, sagte sie, im Osten. Sie war wieder ins Englische zurückgefallen. Während wir aßen, redete der Doktor über Politik und Religion. Er war Protestant. Ich fragte, ob sein Name nicht irisch sei. Er zuckte mit den Achseln. Die drei Töchter waren so schweigsam wie ihre Mutter, aber sie waren sehr aufmerksam. Schaute ich sie an, lächelten sie und boten mir Wein an oder reichten mir die Schüsseln, wenn mein Teller leer war. Einmal fragte ich Gwen, ob es denn nicht sehr einsam sei hier draußen. Sie sagte, sie alle liebten dieses Haus. Und es gebe viel zu tun. Ob ich den Garten gesehen hätte?

»Du kannst ihn unserem Gast morgen zeigen«, sagte Dr. Kennedy.

Der Garten sei Gwens Revier, sagte er. Das von Desiree seien die Zahlen. Sie führe die Bücher und sorge dafür, dass immer genug Geld im Haus sei. Und Emily? Emily sei die Begabteste von allen, sein liebstes Kind. Sie lese viel und schreibe und musiziere und male.

»Unsere Künstlerin«, sagte der Doktor, und die Frauen lächelten und nickten. »Vielleicht zeigt sie Ihnen ihre Mappe. Aber nicht heute Abend.«

Nach dem Essen räumten die Schwestern ab, und Dr. Kennedy führte mich in sein Arbeitszimmer. Wir setzten uns in Ledersessel, und er schenkte Whiskey ein und bot mir eine Zigarre an. Er redete wieder über Politik und erzählte mir von seiner Arbeit im Krankenhaus. Er sei Orthopäde, Spezialist für Knieverletzungen. Er erzählte von der Selbstjustiz in den armen Vierteln.

»Wenn einer mit Drogen erwischt wird oder Autos stiehlt oder sonst einen Unfug macht, bestellen sie ihn zu einer bestimmten Zeit an einen bestimmten Ort und schießen ihm ins Knie. Wenn er nicht hingeht, wird die ganze Familie aus der Stadt vertrieben.«

Es sei dumm und nutzlos und widerlich, sagte der Doktor. Er

schüttelte den Kopf und schenkte Whiskey nach. Irgendwo im Haus spielte jemand Geige.

»Emily«, sagte Dr. Kennedy und lauschte. Ein Lächeln erhellte sein Gesicht.

Desiree kam herein. Sie ging zum Bücherregal, zog ein Buch heraus und begann, darin zu blättern. Der Doktor deutete mit dem Kopf auf sie und zog die Brauen hoch.

»Sie sind uns sehr willkommen«, sagte er. »Wir werden alle sehr glücklich sein.«

Dann fragte er mich nach meiner Familie, wo ich aufgewachsen sei. Ich schaute zu Desiree hinüber. Sie lächelte, senkte den Blick und blätterte wieder in ihrem Buch. Ob ich oft krank sei, wollte der Doktor wissen. Ich schaue gesund aus, er sähe das in den Augen. Wie alt meine Großeltern geworden seien? Und ob es in der Familie Erbkrankheiten gäbe, Fälle von Geisteskrankheit? Ich lachte.

»Mein Beruf«, sagte der Doktor und schenkte die Gläser wieder voll.

»Solange Sie mir kein Blut abnehmen ...«

»Warum nicht«, sagte er lächelnd. »Warum nicht.«

Ich war es nicht gewohnt, Whiskey zu trinken, und mir war schwindlig. Als der Doktor sagte, es fahre kein Bus mehr um diese Zeit und ich könne gern hier übernachten, zögerte ich nicht lange und nahm das Angebot an.

»Desiree wird sich um Sie kümmern«, sagte er, stand auf und ging zur Tür. »Gute Nacht.«

Die Musik war schon vor einiger Zeit verstummt. Als ich mit Desiree auf den Flur trat, hörte ich die leiser werdenden Schritte des Doktors, dann war es still im Haus. Desiree sagte, alle seien zu Bett gegangen. Die Tage in *Deep Furrows* seien erfüllt von Arbeit, sie begännen und endeten früh. Sie führte mich ins Gästezimmer, verschwand und kam kurz darauf mit einem Handtuch, einem Pyjama und einer Zahnbürste zurück. Sie sagte, sie schlafe im Zimmer nebenan. Falls ich irgendetwas brauchte oder wünschte in der Nacht, solle ich einfach klopfen. Sie habe einen leichten Schlaf.

Ich ging ins Badezimmer. Als ich zurückkam, stand Desiree in meinem Zimmer. Sie trug jetzt einen Morgenmantel und hatte die Tagesdecke vom Bett genommen und das Laken zurückgeschlagen. In der Hand hielt sie ein Glas Wasser. Sie fragte, ob ich eine Wärmflasche wolle, ob sie die Heizung höher stellen solle, die Vorhänge schließen? Ich bedankte mich und sagte, ich hätte alles, was ich brauchte. Sie stellte das Wasser auf den Nachttisch und blieb neben dem Bett stehen.

»Ich werde dich zudecken«, sagte sie.

Ich musste lachen, und sie lachte auch. Aber dann schlüpfte ich ins Bett, und sie deckte mich zu.

»Wärst du mein Bruder«, sagte sie, »ich würde dich küssen.«

Ich wachte früh auf. Im ganzen Haus war Betrieb. Ich schlief noch einmal ein. Als ich nach neun in die Küche kam, war Gwen dabei, das Geschirr abzuwaschen. Sie deckte den Tisch für mich und sagte, nach dem Frühstück werde sie mir den Garten zeigen. Der Vater habe die Mutter mit in die Stadt genommen, und Desiree sei im Büro. Während ich aß, hörte ich wieder die Geige, eine leise, traurige Melodie.

»Ist es nicht wunderschön?«, sagte Gwen. »Die Musik, das Haus und alles?«

»Du müsstest im Frühling hier sein«, sagte sie, als sie mich durch den Garten führte. Sie zeigte mir die Hortensien, die Flieder- und Hibiskusbüsche, auf die sie sehr stolz war. Sie erzählte von ihren Zuchterfolgen und von den Preisen, die sie gewonnen hatte. Sie hielt eine Heckenschere in der Hand, und während sie sprach, bückte sie sich manchmal und zerschnitt eine Schnecke und schaute zu, wie sich der Kadaver um die schäumende Wunde krümmte. So stelle sie sich das Paradies vor, sagte sie, den Gottesgarten, und darin die Seligen, die ihn bebauten und erhielten.

»Ein Leben nur mit Blumen«, sagte sie, »immer im Garten, Sommer und Winter. Und darin wirken.«

Als ich am Abend vorher angekommen war, hatte ein böiger Wind geweht, aber heute im Garten war die Luft still und unbewegt. Der Himmel war grau, das Licht trüb, als falle es wie durch einen Filter auf uns.

Gwen nahm mich bei der Hand und sagte, sie wolle mir etwas zeigen. Sie führte mich zu einem kleinen Gehölz am Rande des Grundstücks. Unter einer Eiche mit seltsam geformten, wächsernen Blättern war eine verwitterte Steintafel in den Boden eingelassen.

»Meine Großeltern«, sagte sie. »Hier sind sie geboren, hier sind sie gestorben. Beide am selben Tag.«

Gwen kniete nieder und fuhr mit den Händen über den Stein.

> *»Mein süßes Lieb, wenn du im Grab,*
> *Im dunkeln Grab wirst liegen,*
> *Dann will ich steigen zu dir hinab,*
> *Und will mich an dich schmiegen.«*

Gwen rezitierte das Gedicht auf Deutsch, ich hatte es erst gar nicht gemerkt. Ich bat sie, es zu wiederholen.

»Unsere Mutter hat uns Gedichte beigebracht«, sagte sie. »Es ist so schön. Dieser Schmerz und die Liebe.«

Am selben Tag seien die Großeltern gestorben, sagte sie noch einmal, so sehr hätten sie sich geliebt. Die Beerdigung sei ein

Freudenfest gewesen. Ich kniete nieder, um die Schrift auf dem Stein zu lesen. Die Namen konnte ich nur mit Mühe entziffern, das Geburtsjahr war verwischt, die ersten Ziffern des Todesjahres waren 188.

»Wie können sie deine Großeltern gewesen sein, wenn sie vor mehr als hundert Jahren gestorben sind?«, sagte ich. »Wie kannst du dich an die Beerdigung erinnern?«

Aber Gwen war verschwunden. Ich hörte ein Rascheln im Laub und stand auf und trat in das kleine Gehölz. Gwen ging vor mir her, manchmal sah ich sie zwischen den Bäumen. Als ich sie erreichte, stand sie an die hohe Mauer gelehnt, die das Grundstück umgab. Sie sagte: »Ich bin die Lilie der Täler und du der Apfelbaum.«

Sie lachte und schaute mir in die Augen, bis ich den Blick abwandte. Dann stieß sie sich von der Mauer ab und ging davon in Richtung des Hauses. Die Arme hielt sie auf dem Rücken verschränkt. Ich folgte ihr in einigem Abstand. Bei den Rosenbeeten sagte sie, ich solle schon hineingehen, sie habe hier draußen noch zu tun.

Drinnen im Haus war es still. Nur die leise Stimme der Geige war zu hören, die immer gleiche Tonfolge. Ich ging in die Küche und schenkte mir eine Tasse Kaffee ein. Die Musik hatte aufgehört, dann fing sie wieder an. Es war eine Melodie, die ich kannte, ich wusste nicht, woher. Ich folgte ihr und kam zu einer Tür. Die Musik war jetzt ganz nah. Als ich klopfte, brach sie ab, es war einen Moment lang still, dann öffnete sich die Tür.

»Ich habe auf dich gewartet«, sagte Emily und ließ mich ein.

»Was war das für ein Lied?«, fragte ich.

»Ich spiele nur so«, sagte sie. »Das habe ich mir ausgedacht.«

Sie zeigte mit dem Bogen auf das Sofa. Ich setzte mich, und Emily fing wieder an zu spielen. Ihr Gesicht war konzentriert und sorgenvoll. Die Musik war sehr schön. Die Melodien gingen unmerklich ineinander über, und oft meinte ich, die eine oder andere zu kennen, aber ich konnte mich wieder nicht erinnern, woher. Dann brach Emily mitten in einer Melodie ab. Sie sagte, sie fände keinen Schluss, nie fände sie das Ende, sie müsse immer weiterspielen. Sie spiele ja nur noch, um den Schluss zu finden. Sie habe geträumt davon, oft.

»Ich gehe durch den Garten. Ich höre das Lied, es hört nicht auf. Ich kenne die Melodie, aber nicht das Ende. Ich suche im Garten danach. Dann findet mich mein Vater. Er nimmt mir meinen Mantel weg. Und wenn ich erwache, finde ich ihn nicht mehr.«

Emily setzte sich neben mich aufs Sofa. Sie beugte sich über die Geige, die sie wie ein Kind in den Armen hielt. Den Kopf hatte sie in den Nacken gelegt, als lausche sie auf etwas. Ich fragte sie, ob sie nie daran gedacht habe, von hier wegzugehen. Sie schüttelte langsam den Kopf und sagte: »Ich habe mein Kleid schon abgelegt, wie sollte ich es wieder anziehen?«

Sie legte die Geige weg mit einer ungeduldigen Geste und sagte: »Wohin würden wir denn gehen?«

Ich fragte sie, ob sie mir ihre Bilder zeige. Sie schüttelte den Kopf.

»Wenn du wiederkommst«, sagte sie.

Ich sagte, ich gehe jetzt.

»Ich werde dich nicht zum Tor begleiten«, sagte sie und stand mit mir auf. Ich meinte, sie wolle mich auf die Wange küssen, aber sie flüsterte mir etwas ins Ohr und schob mich zur Tür hinaus. Als ich durch das Haus ging, hörte ich, wie Emily wieder zu spielen anfing, dieselbe traurige Melodie, die sie gestern Abend gespielt hatte und am Morgen und die ich noch immer nicht erkannte.

Ich verließ das Haus und ging durch den Garten. Gwen war nirgends zu sehen. Das Tor war verschlossen. Ich kletterte hinüber und war erleichtert, als ich auf der Straße stand. Ich wollte nicht warten, bis der Bus kam, und lief den Hügel hinunter. Am Morgen war der Himmel bewölkt gewesen, jetzt wehte ein böiger Wind und trieb immer neue und dunklere Wolken über den Himmel. Die Bäume am Straßenrand bewegten sich heftig, als wollten sie sich von der Erde losreißen. Im Osten sah es nach Regen aus. Als ich den Fuß des Hügels fast erreicht hatte, kam mir ein alter weißer Mercedes entgegen. Er hielt neben mir. Dr. Kennedy lehnte sich über den Beifahrersitz und kurbelte das Fenster herunter.

»Sie gehen schon?«, fragte er. »Wer hat Sie herausgelassen?«

Er sagte, ich könne gern bei ihnen wohnen bleiben. Ich sagte, ich hätte ja nichts dabei, meine ganzen Sachen seien in der Pension. Er sagte, er werde mich hinfahren, wir könnten mein Gepäck holen und gleich zurück sein. Er öffnete die Tür, und ich stieg ein.

Auf dem Weg in die Stadt begann es zu regnen. Ich fragte Dr. Kennedy nach dem Grab in seinem Garten. Er sagte, er wisse nicht, wer dort begraben sei. Er habe das Grundstück vor dreißig Jahren gekauft. Den Stein habe er erst während der Bauarbeiten entdeckt. Er sagte, er interessiere sich nicht für die Toten. Dann fragte er mich, welche seiner Töchter mir am besten gefalle. Ich sagte, sie seien alle drei schön.

»Ja, schön sind sie alle«, sagte er, »aber Sie müssen sich schon entscheiden. Wir werden alle sehr glücklich sein.«

Wir fuhren durch eine Siedlung mit hässlichen Wohnblocks. Am Straßenrand spielten Kinder, und an einer Imbissbude standen ein paar Männer mit Bierdosen und schauten uns nach. Ich fragte den Doktor, ob es ein katholisches oder ein protestantisches Viertel sei. Das spiele keine Rolle, sagte er, das Elend sehe überall gleich aus. Wie das Glück. Er sagte, das alles widere ihn an. Ich fragte ihn, ob er sich nie überlegt habe wegzuziehen. Er sagte, er habe eine Mauer gebaut um sein Haus. Und er passe auf, wer in seinen Garten komme. Er fragte noch einmal, wer mich herausgelassen habe. Er blickte mich an.

»Ich bin über das Tor geklettert«, sagte ich.

Das Gesicht des Doktors wurde ausdruckslos. Er sah müde aus. Er schwieg und schaute wieder auf die Straße. Vor der Pension hielt er an und sagte, er werde im Wagen warten.

Ich ging auf mein Zimmer und packte meine Sachen. Ich dachte daran, was ich schon alles gesehen hatte und was ich noch sehen wollte. Ich schaute aus dem Fenster. Vor dem Haus stand der weiße Mercedes. Es hatte aufgehört zu regnen, und der Doktor war ausgestiegen und lief auf dem Gehweg hin und her. Er rauchte eine Zigarette und schien nervös zu sein.

Ich hatte alles gepackt, aber ich ging nicht hinunter. Ich blieb am Fenster stehen und schaute hinaus. Der Doktor lief hin und her. Er warf die Kippe auf die Straße und zündete sich eine zweite Zigarette an. Einmal schaute er hoch zu mir, aber hinter den Gardinen konnte er mich nicht sehen. Er wartete wohl eine halbe Stunde, dann stieg er in den alten Mercedes und fuhr davon.

Ich dachte an den Abend, an dem ich Dr. Kennedy kennengelernt hatte. Nachdem er gegangen war, saß ich allein an meinem Tisch. Ich trank mein Bier und wartete, ich wusste nicht, worauf. Dann tauchte im Lärm eine Melodie auf. Einer der Musiker hatte angefangen zu spielen, die anderen stimmten ein. Die Gespräche der Gäste wurden leiser und verstummten endlich ganz.

Die Musik war zugleich traurig und fröhlich, wehmütig und doch bewegt und voller Kraft. Sie erfüllte den Raum und hörte nicht auf. Die jüngeren Spieler, Kinder noch, packten irgendwann ihre Instrumente zusammen und gingen, aber die anderen spielten weiter, neue kamen hinzu und setzten sich in die Lücken, die im Kreis entstanden waren. Als der Trommler ging, reichte er Terry seine Trommel, und jetzt spielte auch er mit, scheu zuerst, dann immer sicherer. Unter den Musikern erkannte ich den alten Mann, der vorher mit den Kindern gesungen hatte. Er spielte Geige. Sein Gesicht war sehr ernst.

Ich stand am Fenster der Pension und schaute hinaus. Am Himmel zogen Wolken vorüber, schnell und ständig ihre Form verändernd. Sie zogen nach Westen über die Insel und hinaus auf den Atlantik. Lange stand ich so und dachte an die Musik und an den alten Mann und daran, was er zu den Kindern gesagt hatte. Ihr müsst die Frage stellen und die Antwort geben. Es ist dasselbe.

Das Experiment

ICH LERNTE CHRIS auf einem Basketballfeld kennen, weit oben in Manhattan. Immer spielten da junge Männer aus dem Viertel, und jeder kam, wann er wollte, und spielte mit, bis er müde war. Chris war der einzige Weiße, den ich dort jemals traf. Spielte er mit, wollte er Mannschaften bilden, zählte die Körbe und rief dazwischen, wenn jemand den Ball zu lange behielt.

War ich müde, setzte ich mich in den Schatten der Bäume am Rande des Spielfelds und schaute den anderen zu. Einmal setzte Chris sich neben mich und fragte, ob ich in der Nachbarschaft wohnte. Wir redeten ein wenig und verstanden uns ganz gut, und als ich sagte, dass ich ein Zimmer suchte, bot er mir an, zu ihm zu ziehen. Er habe sich von seiner Freundin getrennt, sagte er, er suche einen Untermieter. Wir wohnten einige Zeit zusammen, ohne viel voneinander zu sehen. Dann verliebte sich Chris auf einer Party an der Universität. Er erzählte es mir noch in derselben Nacht. Ich hatte schon geschlafen. Es war nach Mitternacht, als er mich weckte.

»Ich habe mich verliebt«, sagte er.

»Schön«, sagte ich, »kann ich jetzt weiterschlafen?« – »Eine Inderin, Yotslana. Sie hat das schönste schwarze Haar, das du dir vorstellen kannst. Und Augen …«

Am Abend darauf sprachen wir von Frauen und von der Liebe. Chris schwärmte von seiner Yotslana, und vielleicht weil er mich damit reizte, behauptete ich, wahre Liebe sollte nie körperlich sein. Das Körperliche verderbe alles, es zerstöre die ideale, geistige Liebe.

»Die eine große Liebe sollte man sich erhalten«, sagte ich, »sie darf sich nie erfüllen. Man kann daneben andere Beziehungen haben, man kann sogar mit einer anderen Frau zusammenleben.«

Chris hörte schweigend zu. In den kommenden Wochen war er nachdenklich. Er erzählte nicht mehr von Yotslana. Er traf sie gelegentlich und kam an diesen Abenden spät nach Hause. Als es Herbst wurde, zog ich nach Chicago. Chris half mir, meine Sachen zu packen, und brachte mich zum Bahnhof.

»Wie geht es deiner Inderin?«, fragte ich.

»Wir lieben uns. Sie zieht bei mir ein. Sie hat Ärger mit ihren Eltern, und das Zimmer ist ja jetzt frei.« – »Viel Glück«, sagte ich und versprach, ihn im Frühling zu besuchen.

In Chicago wohnte ich bei einem jungen Paar in einer großen Wohnung im Süden der Stadt. Sie war Tänzerin, er Fotograf. Er stammte aus Brasilien, und die beiden hatten geheiratet, damit er im Land bleiben konnte. Er sei schwul, erklärte die Tänzerin gleich am ersten Abend, aber sie hätten sich wirklich gern, vielleicht mehr als andere Paare, weil sie nichts voneinander erwarteten. Manchmal komme er zu ihr ins Bett am Sonntagmorgen, dann sei er wie ein Kind.

Der Winter war sehr kalt, aber unsere Wohnung war hell und gemütlich. Nelson, der Freund des Fotografen, kam fast jeden Abend, und wenn die beiden im Schlafzimmer verschwanden, lachte die Tänzerin, und ich stellte die Musik lauter. Wir lebten jeder für sich, kochten nur manchmal abends zusammen und hörten Klaviermusik von Chopin und Ravel. Und manchmal lagen wir am Sonntagmorgen zu dritt oder viert nebeneinander auf dem großen Bett der Tänzerin, tranken Tee und schauten uns im Fernsehen alte *Star Trek*-Folgen an.

Im Frühling fuhr ich für zwei Wochen nach New York. Ich hatte Chris angerufen. Er hatte gesagt, ich könne bei ihnen wohnen, bei ihm und Yotslana.

Es war Abend, als ich ankam. Chris öffnete die Tür. »Schade«, sagte er, »Yotslana übernachtet bei einem Freund. Aber morgen wirst du sie kennenlernen.«

Wir kochten und sprachen vom letzten Sommer, und ich erzählte von meiner Zeit in Chicago, von meinen Vermietern und vom eisigen Wind in der Stadt. Chris schien ungeduldig, mir etwas zu erzählen. Als wir zusammen das Geschirr abwuschen, sagte er unvermittelt: »Yotslana und ich … wir schlafen nicht miteinander.«

Ich wusste nicht, was ich sagen sollte. Chris nahm zwei Dosen Bier aus dem Kühlschrank, und wir setzten uns ins Wohnzimmer. Es brannte nur die kleine Leselampe auf dem Schreibtisch. Überall im Raum lagen Stapel von Büchern.

»Wir lieben uns«, sagte er. »Ich habe noch nie eine Frau so geliebt. Aber wir schlafen nicht miteinander.«

»Ihr wohnt hier so nah zusammen und …«

Chris stand auf, ging mit schnellen Schritten zum Bücherregal, das fast im Dunkeln lag. Er drehte sich zu mir um.

»Wir schlafen im selben Bett«, sagte er und lachte. »Es bringt mich um. Wir berühren uns nicht. Es ist ein Experiment.«

Wir schwiegen. Als Chris weitersprach, konnte ich sein Gesicht nur undeutlich sehen.

»Du hast mich auf die Idee gebracht. Nur so kann man die Liebe retten vor dem Alltag, vor der Gewohnheit.«

»Das war ein Gedankenexperiment. Ich habe nie daran geglaubt. Mein Gott! Es ist verrückt.«

»Doch«, sagte Chris, »es funktioniert. Wir lieben uns wie am ersten Tag.«

Am nächsten Morgen traf ich Yotslana. Sie musste nach Hause

gekommen sein, während ich schlief. Sie hatte geduscht und trug einen kurzen Bademantel und war so schön, wie Chris sie beschrieben hatte. Sie saß am Küchentisch und las in einem Buch. Ich stellte mich vor.

»Chris ist schon an der Uni«, sagte Yotslana. »Es gibt Kaffee.«

Ich setzte mich ihr gegenüber. Sie sagte nicht viel, schaute mich nur prüfend an. Wir tranken Kaffee.

Dann ging Yotslana ins Schlafzimmer, und ich verließ die Wohnung und fuhr ins Zentrum.

Ich verstand mich gut mit Yotslana. Sie war nicht oft an der Uni, und wir gingen an manchen Tagen im nahen Park spazieren und redeten über alles Mögliche. Manchmal hängte sie sich bei mir ein und sprach über Chris, über Dinge, die sie an ihm störten. Dass er so stur sei und ein Pedant, dass er alles so ernst nehme.

»Er ist ein Theoretiker«, sagte sie, »ein Kopfmensch. Ich bin ganz anders. Ein Bauchmensch.«

Als ich mich an einem der folgenden Morgen rasierte, kam Yotslana ins Badezimmer. Sie zog sich hinter meinem Rücken aus. Ich sah sie im Spiegel, sah ihren nackten Rücken, die Schultern, die ziemlich breit waren, und ihren schlanken Hals, als sie ihr Haar hochsteckte. Sie drehte sich um. Unsere Blicke begegneten sich im Spiegel, und Yotslana lächelte und stieg in die alte Badewanne, um zu duschen. Ich rasierte mich schnell zu Ende, aber da schaute sie schon hinter dem Duschvorhang hervor und sagte: »Reichst du mir das Handtuch?«

Sie nahm mir das Tuch aus den Händen, stieg aus der Badewanne und trocknete sich ab.

»Indien muss ein sehr schönes Land sein«, sagte ich. Sie lachte und nahm die große Lubriderm-Flasche vom Fenstersims und begann, sich einzucremen.

Ich war zur Tür gegangen, aber sie hörte nicht auf, mit mir zu reden. Ich schaute irgendwohin, auf meine Hände, zur Decke. Dann warf Yotslana mir das feuchte Handtuch zu. Sie schwieg jetzt, und ich setzte mich auf die Toilette und schaute ihr zu. Sie rieb sich die Arme ein, die Brüste, den Bauch und die Oberschenkel. Sie setzte sich auf den Rand der Wanne und cremte sich sorgfältig die Füße ein, jede einzelne Zehe.

»Reibst du mir den Rücken ein?«, fragte sie, trat vor mich hin, drückte mir die Flasche in die Hand und drehte sich um.

Ich stand auf. Ich rieb ihren Hals ein, die Schultern, den Rücken, das Kreuz. Ich strich über ihre Taille, ihre Hüften, ihren Hintern und betrachtete dabei mehr meine Hände als ihren Körper. Yotslana drehte sich um, und meine Hände bewegten sich weiter, glitten über ihren Körper, gefolgt und dann gelenkt von ihren Händen. Dann war es nur noch eine Hand. Yotslana hatte sie geführt und dann losgelassen. Sie stützte sich auf das Waschbecken und schloss die Augen.

Als die Seifenschale zu Boden fiel und mit einem Knall zerbrach, lachte Yotslana auf, legte ihre Hand auf meine, hob sie hoch und küsste meine Finger.

»Du riechst nach mir.«

»Wenn Chris kommt …«

»Das hätte dir früher einfallen können.«

Später duschten wir zusammen, und ich trocknete Yotslana ab mit dem Handtuch, das noch feucht war.

»Wollen wir zusammen essen gehen?«, fragte ich.

»Keine Zeit«, sagte sie. »Ich habe eine Verabredung um zwölf.«

Am Nachmittag ging ich zum Basketballfeld, aber niemand war da. Es hatte in den letzten Tagen oft geregnet, und auf dem Asphaltplatz lag das Laub vom vergangenen Herbst. Ich kam erst in die Wohnung zurück, als es schon dunkel war. Chris kochte. Er fragte mich, ob ich mit ihm essen wolle.

»Yotslana übernachtet bei einem Freund«, sagte er. »Wie gefällt sie dir?«

»Sie ist sehr schön«, sagte ich. Ich schämte mich.

Wir tranken viel Bier an diesem Abend. Wie in alten Zeiten, sagte Chris.

»Geht das gut mit dir und Yotslana? Irgendwann muss ja mal was passieren, dass einer von euch …«

Chris zuckte mit den Achseln.

Einige Tage darauf kam ich früher als sonst aus der Stadt. Ich war seit dem Morgen unterwegs gewesen. Es regnete, und als der Regen nach dem Mittag stärker wurde, entschloss ich mich, nach Hause zu gehen. Yotslana war nicht da. Ich hörte Stimmen und Gelächter aus dem Schlafzimmer. Ich ging in die Küche und machte Kaffee. Da kam Chris mit einer Frau herein. Er trug nur Jeans, sie nur ein langes T-Shirt. Wir tranken zu dritt Kaffee. Dann zog die Frau sich an und ging. Chris sagte, ich solle Yotslana nichts davon erzählen.

»Sie kennt Meg von der Uni«, sagte er.

»Meg?«, fragte ich.

»Nicht mein Typ, aber ganz süß. Yotslana findet sie unausstehlich.«

Ich war erleichtert.

Yotslana benahm sich seltsam in diesen Tagen. Wenn Chris da war, wechselte sie mit ihm verliebte Blicke, aber kaum war er weg, kam sie zu mir, umarmte mich und ließ sich von mir umarmen.

Es hatte wieder geregnet, den ganzen Nachmittag lang, und wir lagen nebeneinander auf meinem Bett. Ich lag auf dem Rücken, Yotslana auf dem Bauch. Wir teilten uns eine Dose Bier. Ich berührte Yotslanas nackte Schulterblätter mit der eiskalten Dose und fuhr ihr damit am Rückgrat entlang. Sie drehte sich um, nahm mir die Dose aus der Hand und stellte sie sich auf den Bauch.

»Könntest du dir vorstellen, in Chicago zu leben?«, fragte ich.

»Nein«, sagte sie, »Chicago ist zu kalt.«

»New York ist auch kalt.«

»Außerdem studiere ich hier.«

»Ich könnte nach New York zurückkommen …«

»Nein«, sagte Yotslana ärgerlich. Sie drückte mir die Bierdose in die Hand, stand auf und ging ins Badezimmer.

»Ich liebe dich«, rief ich ihr nach. Ich kam mir lächerlich vor.

Yotslana gab keine Antwort. Ich hörte, wie sie duschte und etwas später die Wohnung verließ.

An meinem letzten Abend in der Stadt kochte ich für Chris und Yotslana. Beim Kaffee sagte ich: »Ich liebe Yotslana.«

Chris schaute mich lächelnd an.

»Du bist verrückt«, sagte Yotslana.

»Wir haben miteinander geschlafen«, sagte ich, ohne sie zu beachten. Chris seufzte und zuckte mit den Achseln. Yotslana wollte seine Hand nehmen. Dann verschränkte sie die Arme und lehnte sich weit auf dem Stuhl zurück.

»Die Seifenschale«, sagte Chris und schüttelte den Kopf.

»Chris hat mit Meg …«, sagte ich.

»Meg?«, sagte Yotslana und lächelte spöttisch.

Chris hob verlegen die Hände und ließ sie wieder sinken.

»Mein Gott«, sagte er. »Ich bin auch nur ein Mensch.«

»Was ist denn mit euch los«, sagte ich. Ich war wütend. »Ich liebe Yotslana!«

Yotslana trank ihren Kaffee und sagte: »Zwei Körper prallen aufeinander und entfernen sich wieder.«

»Das war deine Idee«, sagte Chris. »Dass man mit der Frau, die man liebt, nicht schlafen soll. Wir haben lange darüber nachgedacht. Und es funktioniert. Nur verlieben sich immer alle in Yotslana.«

»Wenn ich einmal mit einem Mann ins Bett gehe, meint er gleich, ich will ihn heiraten«, sagte sie. »Chris hat es da einfacher. Frauen sind nicht so emotional.«

Ich hörte nicht zu und sagte nur: »Yotslana, ich liebe dich!«

Sie legte mir ihre Hand auf den Arm.

»Ich mag dich«, sagte sie. »Du bist anders als Chris. So romantisch.«

»Yotslana hat sich ein bisschen in dich verliebt«, sagte Chris. »Ich habe ihr geraten, mit dir zu schlafen. Damit das aufhört.«

Der Kuss

SIE HATTE DEM VATER ANGEBOTEN, ihn in Basel abzuholen. So weit komme es noch, hatte er gesagt. Er sei kein Kind, sei nicht das erste Mal allein unterwegs. Sie konnte sich nicht erinnern, dass er jemals allein unterwegs gewesen war. Sie hatte sich auf dem Bahnhof die Züge herausschreiben lassen und dem Vater einen Reiseplan geschickt: Umsteigen in Frankfurt und Basel. Um 12.48 Uhr kommst du an. Wenn ich nicht da bin, warte im Bahnhofsbuffet. Ich komme dann schon.

Nimm ein Schlafwagenabteil. Wie sie das gesagt hatte. Sie selbst war im Liegewagen in die Schweiz gereist. Aber das war nichts für alte Männer, nichts für ihn. Das hatte sie nicht gesagt. Sie hatte gesagt: Du leistest dir ja sonst nichts. Wenn du schon einmal kommst. Du kannst bei mir schlafen, dann sparst du das Zimmer.

Er hatte, seit sie ein Baby war, nicht mehr mit ihr im selben Raum geschlafen. Da hatten sie nur drei Zimmer gehabt und einen Gasofen. Nachts war Mette aufgestanden und hatte das Kind gestillt, und er hatte getan, als schlafe er. Wie konnte man ein Kind Inger nennen? Als sie älter wurde, gewöhnte er sich daran. Aber dass dieser winzige Mensch schon Inger hieß. Hundert Namen hatte er für sie gehabt, nur diesen einen nicht.

Wäre sie nicht gelegentlich nach Hause gefahren, sie hätten sich überhaupt nie gesehen. Zur Beerdigung der Mutter fuhr sie heim und nach Weihnachten, als die Wirtin das Restaurant für zwei Wochen schloss und in Ägypten Urlaub machte. Warum besuchte er sie nie? Sie hatte ihn bitten müssen: Komm doch mal. Du hast doch jetzt Zeit genug. Sie komme doch gern heim, sagte er. Ich komme deinetwegen. Und sie wartete darauf, dass er sagte: Meinetwegen musst du nicht kommen. Er hatte schon den Mund aufgemacht, aber er sagte nichts.

Er war nie allein unterwegs gewesen. Er hatte jung geheiratet, vorher hatte er kein Geld gehabt für Reisen und nachher erst recht nicht. Damals blieb man, wo man war. Später fuhren sie alle zusammen in den Urlaub, nach Italien oder Spanien. Als die Kinder älter waren, wollten sie nicht mehr mit, und er fuhr mit Mette allein. Sie machten eine Donaufahrt, und einmal besuchten sie den Christkindlesmarkt in Nürnberg. Seit Mette gestorben war, seit sie tot war, fuhr er nicht mehr weg.

Der Bahnhof war ihm fremd um diese Zeit. Der Nachtzug aus Kopenhagen hielt nur kurz. Er war der einzige Passagier, der zustieg. Der Schaffner fragte, wohin er wolle. Er ließ ihn erst einsteigen, als er die Fahrkarte gesehen hatte. Dann war er plötzlich sehr freundlich. Wann soll ich Sie wecken? Wünschen Sie noch etwas? Kaffee? Bier? Ein Sandwich? Hunger hatte er nicht. Er war viel zu früh am Bahnhof gewesen und hatte einen Hotdog gegessen. Er war nervös. Er ging in den Speisewagen. Der Schaffner schloss das Abteil mit dem Schlüssel.

Bei ihrer dritten Fahrt hatte Inger schon gewusst, wie alles ging. Sie nahm eine der oberen Pritschen. Dort war es wärmer als unten, aber man war geschützt. Sie teilte das Abteil mit zwei jungen Männern, die zu einem Fußballspiel fuhren, und mit einer Frau in praktischen Kleidern. Die drei waren schon seit Kopenhagen im Zug. Die Männer standen auf dem Gang und tranken Bier und rauchten, die Frau lernte sie erst am nächsten Morgen kennen. Sie hätte ihre Mutter sein können.

Er trank ein Bier, dann noch eines. An einem Tisch saß eine

Gruppe Jugendlicher. Sie fuhren zu einer Messe in Frankfurt und waren guter Laune. Er dachte an seinen Koffer, der im verschlossenen Abteil stand. Er hatte Hering in Currysauce dabei und Remoulade und Salzlakritz. Er wusste, was Inger mochte. Als sie von zu Hause wegging, war Mette schon krank gewesen. Mama ist krank, mehr hatte er nicht gesagt. Und Inger hatte geschwiegen und war gefahren.

Mama war krank. Als sei das ein Grund daheimzubleiben. Es war ein Grund wegzugehen. Er nannte sie nur Mama, wenn er mit Inger sprach. Geh und entschuldige dich bei Mama. Mama geht es nicht gut. Mama ist krank. Manchmal hatte Inger sie einfach Mette nennen wollen wie der Vater. Selbst die Cousins und Cousinen nannten sie ja so. Aber dann hatte sie es doch nicht getan. Sie wollte keinen Streit. Als die Mutter gestorben war, wurde alles anders. Nur er merkte es nicht.

Er torkelte durch die engen Gänge der Waggons. War sein Abteil im dritten oder im vierten gewesen? Der Weg zurück ist immer kürzer, das hatte er oft gesagt zu Inger, wenn sie am Sonntag spazieren gingen. Der Weg zurück war immer kürzer. Aber Inger wollte nicht zurück. Inger wollte weiter.

Jeden Tag sah sie die Züge, hörte sie die Züge, die nach Süden fuhren, im Tunnel verschwanden. Sie würde eine Stelle in Italien finden. Sie verlangte nicht viel. Ein Zimmer und das ortsübliche Gehalt. Sie wollte Spaß haben, Menschen kennenlernen, die nichts von ihr wussten, außer dem, was sie ihnen erzählte. Und sie würde ihnen nichts erzählen. Sie wollte nicht an Odense denken, an das Haus, die Familie. Wie sie dasaßen und über die alten Zeiten redeten und sich immer wieder dieselben Geschichten erzählten. Sie wollte weiter, nicht zurück. Alle kommen irgendwann zurück, hatte der Vater gesagt. Und gefragt, was er ihr mitbringen solle. Nichts. Hier kriegt man alles. Lakritz? Wenn du magst. Und Remoulade? Hier kriegt man alles. Hering? Sie schwieg. Was du willst, sagte sie und dachte, wenn ich etwas vermisse, wenn ich etwas vermisst habe, dann war es nicht Lakritz. Aber sie wollte keinen Streit. Solange man sich stritt, war man abhängig. Selbständig war man erst, wenn man um nichts mehr bat. Nicht einmal darum, in Ruhe gelassen zu werden. Was du willst, hatte sie gesagt. Sie hatte gesagt, nimm gute Schuhe mit. Wir gehen raus.

Das hatte er immer gesagt: Wir gehen raus. Inger wollte nicht mit. Fernsehen wollte sie, zu Hause sitzen, die Sonntage vertrödeln. Bewegung tut dir gut. Sitzen kannst du in der Schule. Aber sie wollte die endlosen Sonntage zu Hause verbringen. Manchmal beneidete er sie darum, dass sie sich wohlfühlte in diesem Haus. Er war nie gern zu Hause gewesen, und doch war er nie weggegangen.

Um 12.48 Uhr war sie noch in der Gaststube. Seit Mittag hatte sie alle paar Minuten auf die Uhr geschaut. Musst du nicht los?, fragte die Wirtin. Zum Bahnhof waren es nicht mehr als fünf Minuten, aber die Züge hier waren pünktlich. Gleich, sagte sie. Er ging bestimmt nicht ins Bahnhofsbuffet. Er würde auf dem Bahnsteig auf sie warten, würde sich nicht einmal auf eine Bank setzen. Er würde neben seinem Koffer stehen und eine Bemerkung über ihre Unpünktlichkeit machen. Es würde ihm gar nicht in den Sinn kommen, dass sie absichtlich zu spät sein könnte. Vielleicht wollte sie sich ja doch streiten.

Er stand neben dem Koffer. Er hatte ein Buch dabei. Er hätte sich setzen können und lesen, aber er ärgerte sich über ihre Unpünktlichkeit. Er wollte sich ärgern. Er ärgerte sich immer, wenn er aufgeregt war. Sie hatten sich seit drei Monaten nicht gesehen.

Drei Monate, was sind da zehn Minuten? Zwölf Minuten. Sie umarmte ihn. Seit der Beerdigung umarmten sie sich. Es war einfach so passiert. Sie mochte es, berührt zu werden. Die Hand der Wirtin um ihre Taille, beiläufig, wenn sie nebeneinander an der

Theke standen. Die Hände der Männer, die sie wie zufällig streiften, wenn sie an die Tische trat. Und wenn sie sich selbst berührte. Aber den Vater zu umarmen. Es war ihr nicht wohl dabei. Er tat ihr leid, und das war ihr unangenehm.

Hier lebst du? Die Frage hatte er sich bereitgelegt, ehe er ankam, und auch den vorwurfsvollen Ton. Die Frage war: Warum kommst du nicht nach Hause? Das Tal war düster, das Dorf hässlich, und der Lärm der Autos hörte nicht auf. Er war überrascht, dass sich all seine Vorurteile bestätigten. Er stellte die Frage nicht. Es war zu offensichtlich, dass man hier nicht leben konnte. Ein Kessel war der Ort, ein Trichter, der zum Tunnel hinführte. Siebzehn Kilometer, sagte Inger, drüben ist anderes Wetter, wird eine andere Sprache gesprochen, ist eine andere Welt. Drüben ist der Süden, hier ist der Norden. Man kann auch über den Pass fahren. Der Zug war durch viele Tunnel gekommen auf dem Weg herauf. Die Portale sahen alle gleich aus. Wie lang der Tunnel war, wusste man erst, wenn man auf der anderen Seite wieder herauskam.

Er grüßte die Wirtin höflich, machte einen guten Eindruck, das war er Inger schuldig. Ein richtiger Herr. Wie alt war er? Und was von Beruf? Und wie gut sein Deutsch war. Er ist im Ruhestand, sagte Inger.

Sie hatte ihn aufs Zimmer gebracht, dann war sie wieder in die Gaststube gegangen. Wenn du magst – aber sie wusste, dass er nicht herunterkommen würde. Trotzdem schaute sie jedes Mal zur Tür, wenn jemand hereinkam. Er würde im Zimmer bleiben, bis sie mit der Arbeit fertig war und ihn holte. Den ganzen Nachmittag über dachte sie an ihn. Als sie um sechs Feierabend hatte, war es draußen schon dunkel. Langsam stieg sie die Treppe hoch. Sie hatte es nicht eilig. Er kam ihr plötzlich lächerlich vor, wie er dort oben saß, in dem winzigen dunklen Zimmer, und wartete. Die Wirtin hätte sie auch früher gehen lassen. Aber das wollte

Inger nicht. Er sollte sehen, dass sie arbeitete, ein eigenes Leben führte, dass sie nicht auf ihn gewartet hatte.

Er hatte auf sie gewartet. Er stand mitten im Zimmer, als hätte er sich den ganzen Nachmittag über nicht von der Stelle bewegt. Er hatte sich vorbereitet. Dass seine Tochter es nötig hatte, hier zu arbeiten. Zu servieren. Sie hatte doch eine Ausbildung, einen Beruf. Wenn es des Geldes wegen ist. Es passt mir so. Wenn es dir nicht passt. Es war ihm, als sei das ganze Dorf ein enges, dunkles Zimmer. Und wann kommst du zurück? Ich komme nicht zurück. Was weiß ich.

Wir können einmal ins Tessin fahren, sagte sie, in den Süden. Weshalb? Weil es dort schön ist. Ist das ein Grund? Sie wusste es nicht. Sie war ja selbst noch nie hingefahren. Sie zog die Bluse aus und den schwarzen Rock und wusch sich am Waschbecken. Ob sie der Mutter glich? Es gab kaum Fotos aus ihrer Jugend. Du hast eine Tätowierung? Also schaute er sie an. Nein. Sie lachte und trat zu ihm. Das kann man abwaschen. Dann wasch es ab. Kinderkram. Warum hast du das? Eine Rose. Vom Bahnhofskiosk. Sie hatte Süßigkeiten gekauft. Salzlakritz gab es hier nicht, aber es gab andere Sachen. Gehen wir essen?, fragte sie. Worauf hast du Lust? Es war ihm egal. Er fragte, ob sie hier wenigstens gut kochten. Ja, sagte sie. Aber wir gehen auswärts essen. Morgen gehen wir raus, ja? Wandern.

Sie hatte ein Feldbett ins Zimmer gestellt, in dem sie schlafen würde, solange der Vater da war. Sie schlief nicht gut. Sie hörte ihn laut atmen und sich hin und her wälzen. Als sie aufstand, um zur Toilette zu gehen, trat sie neben das Bett. Wenn er schlief, sah er älter aus, als wenn er wach war. Sie sah nicht den Vater, sie sah einen alten Mann, den welken Körper eines alten Mannes, der ihr vollkommen fremd war. Sie konnte sich nicht vorstellen, dass sie irgendetwas mit diesem Mann verband.

Er war zwei Stunden vor ihr aufgestanden, hatte sich an den Tisch gesetzt und gelesen. Sie war aufgewacht, als er aufstand, aber sie tat, als schliefe sie. An den Tagen, an denen sie Frühdienst hatte, stand sie um halb sechs auf. Um halb sieben öffnete sie das Lokal. Dann stand der Chauffeur des Postautos schon vor der Tür, der seine Ferien immer in Dänemark verbrachte und ein paar Worte Dänisch sprach. Guten Tag, wie geht es dir, ich heiße Alois, ich liebe dich. Er lachte, und sie lachte auch und korrigierte seine Aussprache. Ich liebe dich, ich liebe dich, ich liebe dich. Hin und her, bis er es richtig machte. Dann las er die Zeitung, und sie verteilte die Aschenbecher auf den Tischen.

Der Vater stand neben dem Feldbett. Wenn ich einmal freihabe, sagte sie und drehte sich um. Dann stand sie doch auf. Wir können irgendwohin fahren. Aber er wollte wandern. Es hatte aufgehört zu regnen. Und wenn es wieder anfängt? Das machte ihm nichts aus.

Sie erzählte ihm die Geschichte von der Teufelsbrücke. Er sagte nichts. Er atmete schwer. Der Weg war schmal und steil, und er ging mit unsicheren Schritten. Als sie rasten wollte, drängte er weiter. Erst da merkte sie, dass er Angst hatte.

Sie gingen quer über einen steilen Hang. Es war ihm, als sei die Erde umgekippt, alles war schief und unsicher. Es gab keinen Punkt, an dem man sich orientieren konnte, keinen Halt. Das Geröll rutschte unter seinen Füßen. Der Weg sei kinderleicht, hatte sie gesagt. Selbst für einen Dänen. Was passt dir nicht an Dänemark? Das ärgerte ihn. Diese Leute, die weggingen und dann nichts Gutes ließen an ihrem Land. Möchtest du denn hier leben? In diesem Loch? Sie schüttelte den Kopf. Sei doch nicht so aggressiv.

Sie ging weiter. Der Vater folgte ihr schweigend. Es war fast Mittag, aber kaum heller geworden in der engen Schlucht. Bei der

Teufelsbrücke stand ein russischer Bus. Wir können das letzte Stück auf der Straße gehen. Warum? Wenn du Mühe hast auf dem Geröll ... Er hatte keine Mühe. Du hast nie Mühe, was? Du kannst alles. Du weißt alles. Du machst nie einen Fehler. Natürlich machte er Fehler. Zum Beispiel? Hierherzukommen, das war ein Fehler. Wenn du fahren willst ... Er antwortete nicht. Er ging hinter ihr her, die Straße entlang, obwohl es kaum Verkehr gab.

Sie wollte nicht streiten. Sie wollte so mit dem Vater zusammen sein, wie sie es als Kind gewesen war. Er war verrückt gewesen nach ihr, das hatte die Mutter oft erzählt. Aber nur, wenn er es nicht hörte. Wenn man zu reden anfing, war alles vorbei. Er war stehen geblieben. Als sie zurückschaute und ihn am Straßenrand stehen sah, wusste sie, dass sie ihm überlegen war.

In der Nacht stand sie wieder an seinem Bett. Dann legte sie sich neben ihn, vorsichtig, um ihn nicht zu wecken. Im Schlaf drehte er sich zu ihr. Er legte eine Hand auf ihre Hüfte. So lag sie still neben ihm, der jetzt ruhiger schlief. Später legte sie sich wieder auf das Feldbett. Am nächsten Morgen fragte sie ihn, ob er geträumt habe. Er sagte, er träume nie. Sie sagte, alle Menschen träumen.

Das Wetter war besser. Was wollen wir machen? Wir können ein Stück weit mit dem Zug fahren und dann ... Aber er wollte wieder durch die Schlucht. Warum? Da waren wir doch gestern schon. Warum nicht? Diesmal ging er voran. Er schien sich jetzt sicherer zu fühlen. Manchmal sah man beim Aufstieg die Eisenbahnlinie, und einmal führte der Weg über ein Straßenviadukt. Dort konnte man ganz dicht an den Abgrund treten und hinunterschauen.

Inger!, rief er, geh nicht so nah ran. Er war nie vorher in den Bergen gewesen, hatte keine Vorstellung von Bergen gehabt. Auf den Bildern, die er kannte, waren sie nur immer in der Ferne zu sehen, als Horizont und klein im Verhältnis. Die Alpen sind entstanden, als Europa und Afrika zusammenstießen. Du brauchst mir die Alpen nicht zu erklären. Du wirst nie hierhergehören. Und wenn ich einen Menschen finde und heirate? Es ist dein Leben. Ja? Er dachte nach. Hast du Freunde hier? Hast du einen Freund? Warum nicht?

Warum nicht? Sie dachte nach. Sie wollte keinen Freund. Die beiläufigen Berührungen genügten ihr. Sie wollte ja nicht hierbleiben. Wenn der Tunnel nicht gewesen wäre, sie wäre längst davongelaufen. Jede Stunde fuhr ein Zug in den Süden. Einmal würde sie in einen der Züge steigen. Wenn du willst, sagte sie, fahren wir morgen ins Tessin.

Als sie ihr Ziel schon fast erreicht hatten, gingen sie nebeneinander auf der Fahrradspur. Er erzählte etwas. Als Kind hast du ein Stück Pappe mit einer Wäscheklammer an deinem Fahrrad befestigt, das griff in die Speichen. Es hat geknattert wie ein Motorrad. Du warst so stolz und konntest nicht aufhören. Ich habe dich bestraft. Nachher tat es mir leid. Sie konnte sich nicht erinnern. Es war nicht nur dieses eine Mal. Vielleicht war ich ja auch schwierig? Aber du warst ein Kind. Wie meinst du das? Er schwieg, und eigentlich wollte sie gar nicht wissen, wie er es gemeint hatte. Es genügte ihr, dass sie neben ihm ging.

Er hatte dieselben Fehler gemacht wie sein Vater. Dass ihm das jetzt erst auffiel. Aber Fehler machten alle. Es hatte keinen Sinn, davon zu reden, darüber nachzudenken. Sie hatte es vergessen, und auch er sollte es vergessen. Er wusste nicht, weshalb er ausgerechnet jetzt daran dachte.

Wenn du nicht müde bist? Sie gingen weiter als am Vortag. Das Gelände wurde flach, und der Weg führte über eine Weide. Als sie das nächste Dorf schon fast erreicht hatten, fing es an zu regnen. An der Straße gab es eine verlassene Tankstelle. Dort stellten sie sich unter. Das Wetter kann hier sehr schnell umschlagen, sagte Inger. Manchmal schneit es im Sommer. Ist dir nicht kalt? Ein Kombi hielt an der Tankstelle. Ein Mann stieg aus. Auf der Rückbank saßen drei Kinder. Eines wischte die beschlagene Scheibe ab. Es starrte Inger an. Dann streckte es ihr die Zunge heraus. Der Mann hatte getankt. Er stieg ein und fuhr davon.

Inger war nicht beliebt gewesen als Kind, sie hatte nie herausgefunden, weshalb. Sie hatte sich um Freunde bemüht, aber sie hatte nie viele gehabt. Du hast dich aufgespielt, sagte der Vater. Du wolltest immer im Mittelpunkt stehen. Manchmal hast du mich rasend gemacht. Inger hatte sich immer als Opfer gesehen. Es ist gut, sagte sie, erwachsen zu sein. Weil man in Ruhe gelassen wird. Weil man niemandem Rechenschaft schuldig ist. Erzähl mir von Mama. Wie sie war, als ihr geheiratet habt. Ach, sagte er.

Der Chauffeur des Postautos hatte Inger gesehen und angehalten. Willst du mitfahren? Das ist mein Vater. Das ist Alois. Sie fuhren bis zur Passhöhe mit. Dort stand der Bus zwanzig Minuten, und Alois probierte seine Sätze aus an Inger und ihrem Vater. Er sagte: Guten Tag, wie geht es dir, ich heiße Alois. Ich hätte gerne eine Tasse Kaffee. Und dann in seiner Sprache: Wollt ihr nicht mit nach Airolo fahren? Inger schüttelte den Kopf. Ein andermal. Vielleicht morgen.

Sie nahm den Vater an der Hand, und nebeneinander rannten sie durch den Regen zum Hospiz. Es war kalt hier oben, und er war nur im Hemd. Frierst du nicht? Komm, wir trinken einen Tee. Auf dem Weg zurück hustete er. Er wollte ihre Jacke nicht nehmen, da legte sie sie ihm einfach um die Schultern. Einen Moment lang ließ sie den Arm liegen.

Am Abend hatte er Fieber. Als sie ihm die Hand auf die Stirn legen wollte, drehte er den Kopf weg. Es ist nichts. Sie aßen unten im Restaurant. Er hatte keinen Appetit, und als er vor ihr die

Treppe hochstieg, torkelte er, als sei er betrunken. Jetzt schlief er, und sie saß am Tisch und las in einer Zeitschrift, die er ihr mitgebracht hatte. Sie stellte sich vor: Er ist das Kind, ich bin die Mutter. Er ist krank. Sie trat ans Bett, legte ihm die Hand auf die Stirn. Er wirkte hilflos. Aber was konnte sie tun? Sie stellte sich vor: Wenn er zu Hause krank wird, ist niemand da, der ihn pflegt. Sie sah ihn im Pyjama durchs Haus gehen. Er übergab sich im Badezimmer, er wusch sich, er ging in die Küche und kochte Tee. Er hatte das Licht nicht angemacht, er wusste ja, wo alles war. Inger löschte die Nachttischlampe und legte sich neben ihn ins Bett. Lange lag sie so, dann küsste sie ihn sanft auf den Mund. In diesem Augenblick war sie bereit, ihm alles zu verzeihen.

Als er aufwachte, war sie eingeschlafen. Er war nicht erstaunt, sie neben sich im Bett zu finden. Er nahm ihre Hand, die auf dem Laken lag. Im wenigen Licht, das von draußen hereindrang, sah er ihr Gesicht nur schemenhaft. Er schaute sie lange an. Sie glich ihrer Mutter. Aber das war so lange her. Vielleicht bildete er es sich nur ein, vielleicht träumte er. Als er wieder aufwachte, war es Morgen. Inger stand am Waschbecken. Er war froh, dass sie nicht neben ihm lag. Er hätte nicht gewusst, was sagen. Inger?, sagte er. Sie wandte sich zu ihm um. Fühlst du dich besser? Ja, sagte er und lächelte. Wenn du magst, fahren wir in den Süden.

Er redete leiser als sonst, sie verstand ihn kaum. Als sie sich wusch, hörte sie ihn aufstehen. Er trat ans Fenster und öffnete es. Kühle Luft drang herein. Sie wusste nicht, warum sie ausgerechnet jetzt und zum ersten Mal an seinen Tod denken musste.

Dämmerung

ER HEISST MATTHIAS ODER MARCEL. Eigentlich spielt es keine Rolle. Du siehst sehr helles, schütteres Haar, ein rosiges Gesicht, eine Brille mit dicken Gläsern. Den Kopf hält er etwas vorgestreckt, den Mund leicht geöffnet. Er lächelte immer, nicht freundlich, eher spöttisch. Er ist jung. Das mit den Haaren muss eine Krankheit sein. Du hast ihn nie danach gefragt. Du bist auch jung. Wie jung? Du kannst dich nicht erinnern, wo das Gesicht herkommt. Ihr seid einen Waldrand entlanggegangen, das Wetter war weder gut noch schlecht, ihr habt geredet über Grundsätzliches. Aber worüber? Mathematik? Philosophie? Vielleicht Religion. Was ist grundsätzlich? Die großen Fragen. Marcel oder Matthias? Das Gesicht ist dir in den Sinn gekommen, du weißt nicht, weshalb, und du weißt nicht, wo du es hintun sollst. Hast du ihn während des Militärdienstes getroffen? Du ziehst ihm eine Uniform an. Sie passt. Aber du kannst ihn dir auch in anderen Kleidern vorstellen. Blasse Farben, eine helle Cordhose, ein gemustertes Hemd mit großem Kragen. Es ist nicht auszuschließen.

Es dämmert. Du hast das Licht nicht angemacht. Du kannst dich nicht entscheiden, es anzumachen. Aufstehen. Zur Tür gehen. Einen der beiden Schalter drücken. Eine der beiden Lampen geht an, die Deckenlampe oder die Stehlampe. Du kannst dir nicht merken, welcher Schalter zu welcher Lampe gehört. Das hast du dir nie merken können. Mit der Krankheit hat das nichts zu tun. Zurück zum Sofa gehen. Sich hinsetzen. Wo sind deine

Hausschuhe? Hast du die Beine auf den Fußhocker gelegt? Du siehst zwei Beine. Man müsste die Zehennägel schneiden.

Du magst die Dämmerung nicht. Wenn es dunkel wird. Aber Licht machen hilft nichts. Irgendwann wird es ganz dunkel sein. Es ist schwer zu sagen, wann. Ob es nicht noch dunkler wird. Einen Frosch in eine Pfanne mit Wasser geben und das Wasser langsam erhitzen. Weil die Temperatur so langsam ansteigt, merkt der Frosch nichts. Er wird nicht fliehen. Irgendwann ist er tot. Das müsste im Prinzip auch mit Menschen gehen. Jemand lacht. Das Lachen eines alten Mannes.

Eine Frau betritt den Raum, sie hebt ihre Hand, und das Licht flammt auf. Sie sagt etwas. Marcel? Matthias? Eben war er noch hier. Er merkt nichts, sagst du, irgendwann ist er tot. Sie schüttelt den Kopf. Sie begreift nichts. Irgendjemand hat deine Hausschuhe versteckt. Warum Hausschuhe, das Haus braucht keine Schuhe. Es geht nirgendwohin. Du lachst. Die Frau redet. Ihre Stimme klingt hohl, als spreche sie durch ein Rohr, laut und doch nicht zu verstehen. Vielleicht ist sie Ausländerin. Du schließt die Augen. Es wird dunkel. Du öffnest sie wieder.

Alles ist von einem dunklen Schatten umgeben, an den Rändern unscharf, wie verschwommen. Alles, das ist eine stark befahrene Straße, ein schmaler Gehsteig, von dem alle paar Meter Stufen emporführen zu kleinen Häusern. Die Häuser sind an den Hang gebaut. Eine gute Lage, wenn der Verkehr nicht wäre. Hinter den Häusern ist eine Wiese, auf der manchmal Schafe weiden, dann kommt schon der Wald. Am Waldrand entlang führt ein Weg, auf dem Spaziergänger sind mit Hunden. Die Hunde machen dich wütend, sie scheißen auf den Weg. Du könntest sie treten. In den Bauch treten. Es ist immer der gleiche Hund, ein großes schwarzes Tier mit einem glänzenden Fell. Es sieht aus, als sei er nass. Du trabst den Waldrand entlang, dann über die Wiese. Das

Gras ist nass. Über die Wiese, und dann ruft sie wieder. Sag nicht solche Sachen. Ihre Stimme klingt wie die eines Mannes. Komm her.

Der Mann mit den schütteren Haaren ruft nach dir. Er hat gar nicht gesehen, dass auf der Bank die Frau sitzt. Sie hat eine gehäkelte Decke um die Schultern. Ihr Haar ist schwarz und glänzend, als sei es nass. Sie dreht sich um und lächelt. Als sie spricht, klingt es, als singe sie. Dabei ist es heller geworden. Du möchtest sie küssen.

Draußen hüpfen zwei Amseln auf dem Asphaltplatz herum. Sie streiten sich um etwas. Sie scheinen die Katze nicht zu bemerken, die auf deiner Brust sitzt. Der kleine Motor der Katze läuft. Sie könnte mit einem Sprung da sein. Durch das Fenster hindurch und mit den Tatzen einen der Vögel packen, ihm die Gurgel durchbeißen, den kleinen Körper hin und her schleudern. Die Amseln fliegen davon. Du hörst Schritte. Jemand kommt die Treppe herab. Das ganze Haus scheint zu beben. Die Ausländerin kommt herein, löscht das Licht. Sie kommt zu dir, will dir beim Aufstehen helfen, aber du willst nicht aufstehen. Wir müssen gehen. Du weißt nicht, wohin, aber du fragst nicht. Sie darf nichts merken.

Sie schaut sich um. Die Hausschuhe. Aber das Haus braucht keine Schuhe, sagst du. Jemand lacht. Als du aufstehst, ist es dir, als habe dich jemand um die Taille gefasst und ziehe dich zurück auf den Stuhl. Du umarmst die Ausländerin. Sie zieht dich hoch zu sich. Du willst sie küssen, aber sie dreht den Kopf weg. Ihr schönes, schwarzes Haar riecht gut. Sie trägt dich auf ihren Armen, dein Kopf liegt an ihrer Brust. Du hast Durst.

Die Vögel kommen dich besuchen. Sie lärmen, bis du wütend wirst und versuchst, sie zu verscheuchen. Du versuchst, sie zu fassen, aber sie entwischen dir. Deine Arme scheinen zu kurz zu sein oder sie gehorchen dir nicht. Die Ausländerin füttert die Vögel, dann fliegen sie davon. Es wird dunkel. Die Schritte auf der Treppe klingen wie die dumpfen Schläge einer Trommel. Im Urwald die schönen Negerinnen mit den spitzen Brüsten. Schwarzes Holz. Und ein Feuer, das irgendwo brennt. Der Geruch eines Feuers. Es ist plötzlich sehr heiß, aber deine Füße sind kalt. Du hast schöne Füße, hat die Frau mit den schwarzen Haaren gesagt. Du hast ihre Füße geküsst, ihre Zehen in den Mund genommen, ihre kleinen Zehen. Zehn. Deshalb heißen sie so. Wie alt du werden musstest, um das zu begreifen. Jemand lacht vor Glück. Dass es so einfach ist. Die Zehn, die Neun, die Acht. Die Elf oder die Neun, du weißt es nicht mehr. Sie war dunkelgrün.

Es wird immer heller. Es dämmert, aber es wird heller. Sie müssen die Zeit umgedreht haben. Irgendwann musste das ja so kommen. Darum kannst du sie nicht verstehen. Weil alles rückwärts läuft. Lecram oder Saihttam. Ins Bett. Tteb sni. Aber das ist auch keine Lösung. Du wirst immer kleiner. Du siehst große Gesichter, die vor dir auftauchen, lächeln. Farben und Bewegung. Es wird dunkel und plötzlich sehr hell. Du wirst geboren. Du schreist. Jetzt geht es wieder vorwärts, hinunter. Du rollst den Berg hinunter, du rodelst den Berg hinunter, immer schneller, bis du mit etwas kollidierst. Dann fliegst du durch die Luft. Du liegst im Schnee und kannst nicht atmen. Die Feuchtigkeit kriecht durch deine Kleider. Einfach liegenbleiben. Die anderen lachen. Einer ist es, der lacht. Wie hieß er noch mal? Du stehst auf, keuchend. Es fällt dir schwer.

Setz dich. Die Schuhe anziehen, erst den einen, dann den anderen. Andersherum. Die Schnürsenkel lassen sich nicht binden. Sie sind viel zu kurz oder zu lang. Du stehst auf. Den Mantel anziehen. Den Hut aufsetzen. Alle tragen dieselben Kleider. Die Ausländerin verschwindet. Du stehst da. Das mit der umgedrehten Zeit scheinen sie noch nicht ganz im Griff zu haben. Jetzt steht sie still. Du könntest einen Schritt machen, dann würde es weitergehen. Aber du bleibst ganz ruhig stehen. Wenn man sich nicht rührt, bleibt die Zeit stehen. An der Wand sind Rohre. Wenn man sie anfasst, werden sie warm.

Alles ist wie mit einer Plastikfolie überzogen, glatt und undurchdringlich. Wenn man dagegen drückt mit der flachen Hand, gibt sie nach, die Hand versinkt ein wenig und federt zurück. Früher konntest du durch die Dinge hindurchgreifen. Aber es geht nicht mehr. Deine Arme sind zu kurz. Vielleicht hat das mit der Zeit zu tun. Die Dinge geschehen aus heiterem Himmel. Du erschrickst, bevor du das Klingeln hörst. Es ist in deinem Kopf drin, es zerreißt dir fast den Kopf, lange und unglaublich laut. Die Tür ist abgeschlossen und der Schlüssel … wo hast du den Schlüssel hingetan? Das Haus bebt. Livia kommt die Treppe herunter. Ich kann meinen Schlüssel nicht finden. Livia. Sie öffnet die Tür und sagt, wir kommen gleich. Dann verschwindet sie wieder.

Kommen sie herein. Bei der Kälte. Er sagt, es sei schon gut. Vielleicht ist das Matthias? Oder Marcel? Aber der hat keinen Schnurrbart. Und sein Haar ist hell, aschblond hat sie gesagt. Man kann die Tür nicht zumachen, wenn jemand draußen steht. Aber wenn du sie offen lässt, kommt die Kälte herein. Du gehst hinaus und schließt die Tür hinter dir.

Schöner Wagen. Ist das ihrer? Nein, er fährt für eine Firma. Ich bin als Student Taxi gefahren, sagst du. Das ist lange her. Er lacht. Meine Frau kommt gleich. Immer muss man auf sie warten. Sind sie verheiratet? Er hat zwei Kinder. Ausländer. Du hast auch zwei. Wie alt sie sind? Du kannst dich nicht erinnern. Der eine ist ein Junge, er muss zehn sein oder neun ungefähr. Und der andere ist kleiner. Acht Kinder. Zu deinem Geburtstag waren sie alle da. Einer, ein ganz kleiner. Dominik. Der ist noch nicht zehn, der ist höchstens acht. Er hat gesagt, du bist mein Freund, nicht wahr? Ja, hast du gesagt, aber dann musst du auch mein Freund sein. Er hat dir die Namen der anderen eingeflüstert. Den ganzen Tag ist er nicht von deiner Seite gewichen. Du hättest weinen können, so schön war das. Wie er dir den Stock geholt hat. Dein Freund. Sein Vater ist Lehrer. Hat er auch Kinder? Zwei. Und was macht er beruflich. Taxifahrer? Das hast du während des Studiums gemacht. Taxi gefahren. Du bist Doktor der Chemie. Hast du ihm das schon erzählt? Du hattest auch einen Mercedes. In der Anschaffung sind sie etwas teurer, aber das holt man später beim Unterhalt wieder raus. Nicht totzukriegen. Ob du nicht mehr fährst? Doch, natürlich. Meine Frau fährt nicht. Du wolltest immer, dass sie es lernt. Wenn du einmal nicht mehr kannst. Aber sie wollte nicht. Seine Frau kann auch nicht fahren. Ihr seid euch einig. Hat keinen Sinn. Wir nehmen ein Taxi, weil der Wagen in der Werkstatt ist. Wenigstens haben wir etwas, worüber wir uns freuen können.

Du bist zugleich drinnen und draußen, im Haus und vor dem Haus. Die Vögel machen einen furchtbaren Lärm. Die Schwarzen mit den gelben Schnäbeln. Man müsste sie alle erschießen. Aber sie sind so schnell. Sie entwischen einem.

Wollen sie schon einsteigen? Nein, du fährst nicht weg. Warum ist er hier? Du hast kein Taxi bestellt. Livia kommt mit dem Koffer. Wohin fährt sie? Du fragst nicht. Du müsstest es wissen. Warum bestellt sie ein Taxi? Du kannst sie doch zum Bahnhof bringen. Du willst den Koffer tragen, aber der Fahrer hat ihn schon genommen. Du hilfst ihr die Treppe hinunter und zum Wagen. Sie geht langsam wie eine alte Frau. Sie will nicht einsteigen. Sie schieben dich in den Wagen und schließen die Tür. Du willst nicht weg. Du musst mit dem Hund raus. Und noch etwas. Du musst etwas erledigen, aber du weißt nicht mehr, was. Es scheint etwas Wichtiges zu sein. Wohin fahren wir? Die Ausländerin hat sich neben dich gesetzt und lehnt sich nach vorn. Sie flüstert mit dem Taxifahrer. Vielleicht küsst sie ihn? Mercedes ist ein Frauenname in Spanien.

Es ist warm, und die Katze brummt, der kleine Motor der Katze. Du schließt die Augen. Du schwimmst im Meer. Oder ist sie es, die schwimmt? Das Wasser ist warm, es wird immer wärmer. Eine Badewanne. Das Meer ist eine Badewanne, und auf dem Meeresgrund ist eine Mühle, die mahlt und mahlt das Salz. Jemand hat sie hineingeworfen. Darum ist das Meerwasser salzig. Nichts ist verloren, wenn man weiß, wo es ist. Aber das war die silberne Teekanne. Der Stewart fragt den Kapitän, ist etwas verloren, wenn man weiß, wo es ist? Ihre silberne Teekanne ist nämlich gerade über Bord gefallen. Sie lacht nicht. Sie hat das nie verstanden, deinen Humor. Du hättest sie nie heiraten sollen. Du solltest dich von ihr trennen. Das war es, was du vergessen hast. Du musst es ihr sagen. Dass es so nicht mehr geht. Hinter deinem Rücken macht sie, was sie will. Sie dreht die Heizung auf. Sie verschleudert dein Geld fürs Taxifahren. Sie geht alle zwei Wochen zum Friseur. Sie will tanzen gehen, aber du tanzt nicht. Du hast keine Zeit. Du bist nur zu Besuch.

Ein weißes Auto, ein rotes, dann eins in einer dieser Farben, die keinen Namen haben. Dunkel, irgendetwas zwischen silbern, grau, grün oder blau. Passen Sie auf, hier gibt es Radarkontrollen. Er lacht. Er weiß schon. Sie muss es ihm gesagt haben. Jeder kommt auf seine Art irgendwie durch. Ja, sagt er und lacht. Auf seine Art.

Die Teekanne torkelt durch das Wasser, sie sinkt immer tiefer. Sie verschwindet in der Dunkelheit unter dir. Da sind Konturen anderer Gegenstände, die irgendwann verschwunden sind. Du erkennst sie nicht, aber du weißt, dass sie da sind. Du spürst ihre Anwesenheit. Große, schwere Gegenstände. Hier unten ist alles schwarzweiß. Mehr schwarz als weiß. Es wundert dich, dass du atmen kannst, mühsam zwar nur, aber du kannst atmen. Du kannst unter Wasser atmen. Dann ist es plötzlich still, und kalte Luft weht dir ins Gesicht. Du bist aufgetaucht. Neben der Tür steht ein Mann mit Schnurrbart. Er will dir helfen. Das wäre ja noch schöner. Du versuchst es ihm zu erklären. Du bist Kongressteilnehmer. Du besuchst hier einen Kongress. Wo ist deine Aktentasche? Heute Abend muss er dich wieder abholen. Dein Vortrag ist in der Aktentasche, ohne sie bist du aufgeschmissen. Ist sie im Kofferraum? Du hättest sie bei dir behalten sollen. Du bist Doktor der Chemie. Hast du ihm das schon erzählt? Du hast für die chemische Industrie gearbeitet. In Basel. Basel ist eine schöne Stadt. Die Ausländerin steht da und macht ein trauriges Gesicht. Sie gibt dem Mann Geld. Dein Geld. Sie wirft es zum Fenster hinaus. Aber das macht nichts. Es ist nicht wichtig. Mach nicht so ein trauriges Gesicht. Es geht uns doch gut. Der Mann mit dem Schnurrbart verabschiedet sich. Du kannst dich nicht an seinen Namen erinnern. Bei deinem Geburtstag hat dir Dominik alle Namen eingeflüstert. Es ist wegen der Krankheit. Er nickt. Du vergisst manchmal Sachen. Dein Kopf ist leer. Nicht leer. Es ist alles noch da. Aber wenn du die Arme danach ausstreckst, weicht es zurück. Es ist, als sei alles eingepackt für den Umzug, und du weißt nicht mehr, was du in welche Kiste getan hast. Es ist wichtig, dass er das versteht.

Du brauchst jetzt dringend eine Pause. Gibt es denn hier nirgends ein Restaurant oder ein Café? Du schwitzt, dabei ist dir nicht warm. Wo ist dein Taschentuch? Die Frau mit den schwarzen Haaren hat ein Papiertaschentuch in der Hand. Sie will dir damit das Gesicht abtupfen, aber du scheuchst sie weg. Du bist kein Kind. Ich muss mich nur ein wenig ausruhen. Du setzt dich auf die Bank, schließt die Augen. Es wird dunkel. Du warst das nicht.

Das waren die anderen. Ein anderer, der Name fällt dir im Moment nicht ein. Der mit den kurzen Hosen. Du weißt nicht, woher er den Frosch hatte. Ein kleiner, fast farbloser Frosch. Eine undefinierbare Farbe. Etwas zwischen Grau und Braun und Grün. Es hat natürlich nicht gestimmt, der Frosch wollte raus. Du hast gesagt, er soll aufhören. Warum bist du nicht weggelaufen? Man kann nicht weglaufen. Es hängt alles zusammen. Die Dinge sind miteinander verbunden. Alle tragen dieselben Kleider. Die Glocke schlägt für dich.

Sie hat dich nicht bestraft. Sie schaut dich nur an. Sie kniet nieder und fasst dich an beiden Armen und schaut dir in die Augen. Schau mich an! Warum hast du das gemacht? Du weißt es nicht. Du weißt es doch nicht. Du senkst deinen Blick, schließt die Augen. Dann fällt es dir ein, die Lösung, nach der du so lange gesucht hast. Du kannst es nicht aussprechen, aber du weißt es. Diese Erleichterung. Du könntest lachen vor Glück. Es tut mir leid.

Matthias? Du hörst nicht hin. Matthias. Immer wieder dieser Name. Jemand hat sich neben dich gesetzt, du spürst die Nähe. Aber du machst die Augen nicht auf. Solange du die Augen nicht aufmachst, kann dir nichts passieren. Du musst dich konzentrieren. Eins, zwei, drei, vier, fünf. Bis zehn zählen. Und dann die Augen aufmachen.

Ein flaches Gebäude in einem großen Park. Schmale Wege. Ein Zaun. Dahinter sind Felder, flache bewaldete Erhebungen, die während der letzten Eiszeit entstanden sein müssen. Der Himmel ist bewölkt, trotzdem blendet dich das Licht. An einigen Stellen liegt noch etwas Schnee. Du hörst Vögel, Autos von der nahen Straße und das Geräusch einer Maschine, eines Kompressors oder eines Aggregats. Es spricht alles dafür, dass es so ist.

Es ist wegen der Krankheit. Wegen dieser Krankheit. Du hast den Namen vergessen. Du vergisst die Namen, aber es ist alles noch da. Die Namen sind sowieso einerlei. Die Franzosen haben andere Worte, die Engländer, die Chinesen. Du erkennst die Formen. Rund und gerade. Die Texturen. Der Lack löst sich vom Holz, an manchen Stellen sieht man das Holz, das dunkel ist von der Feuchtigkeit und aufgequollen. Man kann den Fingernagel hineindrücken, und es bleibt eine kleine Kerbe zurück. Deine Fingernägel sind wie Krallen. Die Vögel sind die nächsten Verwandten der Dinosaurier. Sie lärmen, aber das stört dich nicht. Dafür sind sie ja da. Es ist alles gut, so wie es ist.

Ich kann dich so oft besuchen, wie ich will, sagt die Frau mit den schwarzen Haaren. Das wäre schön, sagst du. Ich würde mich freuen, Sie besser kennenzulernen. Vielleicht können wir zusammen einen Kaffee trinken. Sie scheint nichts dagegen zu haben. Es wird Zeit, dass der Frühling kommt, sagt sie, dann können wir draußen sitzen. Kommt der Frühling? Bald, sagt sie mit einer so scheuen Stimme, dass du sie küssen möchtest. Du legst ihr den Arm um die Schultern, wartest. Sie wehrt sich nicht. Du drehst dich zu ihr, betrachtest ihr Gesicht. Ihr Haar glänzt schwarz, als sei es nass. Sie lächelt. Darf ich Sie küssen? Sie nickt. Diese Frauen! Du küsst sie behutsam. Du bist der glücklichste Mann der Welt.

Die Erwartung

ES IST SELTSAM, dass man durch den größten Lärm hindurch ein ganz leises Geräusch hört, wenn man darauf gewartet hat. Die anderen haben es bestimmt nicht gehört. Sie kennen das Geräusch ja nicht, das leise Knarren des Fußbodens der Wohnung über mir. Sie reden weiter, als sei nichts. Sie reden und lachen und trinken meinen Wein und essen, was ich für sie gekocht habe, ohne auch nur ein Wort darüber zu verlieren. Vermutlich glauben sie, sie tun mir einen Gefallen, wenn sie mich besuchen. Die meisten Frauen lernen ihre Partner bei der Arbeit kennen, heißt es. Aber wir haben es bei der Arbeit nur mit Fünf- und Sechsjährigen zu tun. Und mit ihren Eltern, mit Paaren oder alleinerziehenden Müttern. Karin und Pim kennen sich von den Pfadfindern, Janneke und Stefan sind sich in den Ferien begegnet, in Australien. Die Geschichte habe ich schon hundertmal gehört. Dass sich zwei Holländer ausgerechnet in Australien kennenlernen. Das finden sie lustig. Sie sprechen über gute Vorsätze, die sie gefasst haben zum Jahreswechsel. Die Brille runterklappen, nachdem du auf der Toilette warst, sagt Karin zu Pim. Machst du das nicht?, fragt Janneke mit angewidertem Gesicht. Sie sagt, sie habe Stefan beigebracht, im Sitzen zu pinkeln. Karin sagt, Männer hätten einen anderen Hygienebegriff. Und Frauen, die ihre benutzten Tampons in den Papierkorb werfen?, sagt Pim. Sie reden immer so. Den ganzen Abend hat keiner ein vernünftiges Wort gesagt.

Kriegen wir Kaffee?, fragt Stefan, als sei ich die Serviererin.

Nein, sage ich. Erst haben sie es gar nicht gehört. Ich muss es noch einmal laut und deutlich sagen. Ich bin müde. Ich wäre froh, wenn ihr jetzt geht. Sie lachen nur und sagen, dann trinken wir den Kaffee halt anderswo. Beim Hinausgehen fragt Janneke noch, ob es mir gutgeht. Sie macht ein mitleidiges Gesicht, wie wenn eines der Kinder stürzt und sich das Knie aufschürft. Man könnte meinen, sie fange selbst gleich an zu weinen, aber sie hört gar nicht hin, als ich sage, alles in Ordnung, ich will einfach allein sein. Ich glaube nicht, dass sie noch in ein Restaurant gehen. Ich glaube nicht, dass sie über mich reden werden. Es gibt nichts zu reden über mich, und das ist gut so.

Ich gehe ganz leise zurück ins Wohnzimmer und lausche. Erst ist es lange still, dann ist wieder das Knarren zu hören. Es klingt, als gebe sich jemand Mühe, keinen Lärm zu machen, als schleiche jemand in der Wohnung über mir herum. Ich folge den Schritten von der Tür bis zum Fenster und zurück in die Mitte des Raums. Ein Stuhl oder sonst ein leichtes Möbelstück wird verschoben, und dann ist da noch ein anderes Geräusch, von dem ich nicht weiß, woher es stammt. Es klingt, als sei etwas heruntergefallen, etwas Schweres, Weiches.

Ich habe Frau de Groot nie getroffen, weiß nur vom Klingelschild, wie sie heißt. Trotzdem ist es mir, als kenne ich sie besser als irgendjemanden sonst. Ich habe ihr Radio gehört und den Staubsauger und das Klappern von Geschirr, so laut, als spüle jemand in meiner Küche ab. Ich habe sie aufstehen gehört in der Nacht und herumschlurfen, habe gehört, wenn sie das Wasser laufen ließ im Bad oder die Toilettenspülung zog oder das Fenster öffnete. Manchmal tropfte Wasser auf meinen Balkon, wenn sie oben die Blumen goss, aber wenn ich mich hinauslehnte und nach oben schaute, sah ich niemanden. Ich glaube, sie hat die Wohnung überhaupt nie verlassen. Ich mochte die Geräusche. Es war mir, als lebte ich mit einem Geist zusammen, einem unsichtbaren freundlichen Wesen, das über mir wacht. Vor ungefähr zwei Wochen wurde es plötzlich still. Seither habe ich nichts mehr gehört. Und jetzt dieses Knarren.

Erst habe ich gedacht, es ist ein Einbrecher. Während ich mich ausziehe und ins Bad gehe, überlege ich, ob ich die Polizei anrufen soll oder den Hausmeister. Ich bin schon im Nachthemd, als ich mich entschließe, selbst nachzuschauen. Ich bin erstaunt, dass ich keine Angst habe. Aber Angst habe ich eigentlich nie, vor nichts. Das muss man lernen als alleinstehende Frau. Ich ziehe den Morgenrock über und schlüpfe in meine Schuhe. Ich schaue auf die Uhr. Es ist elf.

Ich muss zweimal klingeln, dann sehe ich durch den Spion das Licht angehen, und ein junger Mann, viel jünger als ich, öffnet die Tür und sagt sehr freundlich Guten Abend. Da denke ich schon, es war ein Fehler heraufzukommen, und warum ich mich immer in fremde Angelegenheiten mischen muss, statt mich um meine eigenen zu kümmern. Aber wenn man dann hört, dass Menschen sterben und wochenlang in ihren Wohnungen liegen, ohne dass jemand es merkt. Der Junge trägt schwarze Jeans und ein schwarzes T-Shirt, auf dem »Iron Maiden« steht, der Name einer Rockgruppe, glaube ich. Er hat keine Schuhe an, in seinen Socken sind Löcher.

Ich sage, ich wohne einen Stock tiefer und habe Schritte gehört. Und weil Frau de Groot ja offenbar ausgezogen ist, habe ich gedacht, es ist vielleicht ein Einbrecher. Der Junge lacht und sagt, ich sei mutig, einfach raufzukommen. An meiner Stelle hätte er die Polizei gerufen. Woher ich wisse, dass eine Frau hier wohne? Er hat recht. Auf dem Klingelschild steht nur »P. de Groot«. Aber ich war mir vom ersten Moment an sicher, dass es eine Frau sein muss, eine alte Frau. Ich sage, ich habe nie jemanden gesehen, nur gehört. Er fragt, ob Frauen anders klingen als Männer. Erst glaube ich, er macht sich über mich lustig, aber er scheint die Frage ernst zu meinen. Ich weiß nicht, sage ich. Er mustert mich mit einem Kinderblick, einer Mischung aus Neugier und Scheu. Ich entschuldige mich und sage, ich sei schon im Bett gewesen. Ich habe keine Ahnung, warum ich lüge. Er hat mich vom ersten Moment an dazu gebracht, Dinge zu sagen, die ich nicht sagen will. Wir schauen uns schweigend an, und ich denke, ich sollte jetzt gehen. Da fragt er, ob ich einen Kaffee mit ihm trinke. Ich sage sofort ja, obwohl ich um diese Zeit nie Kaffee trinke und obwohl ich im Morgenrock bin. Ich folge ihm in die Wohnung. Als er die Tür hinter mir abschließt, denke ich noch einmal kurz, er könnte ein Einbrecher sein und mich in die Wohnung locken, um mich zum Schweigen zu bringen. Er ist schmal und ziemlich bleich, aber er ist einen Kopf größer als ich, und seine Arme sind muskulös. Ich stelle mir vor, wie er sich auf mich wirft, mich packt und auf den Boden schleudert, wie er auf meinem Bauch sitzt und meine Arme festhält, dass es wehtut, und mir etwas in den Mund stopft, damit ich nicht schreien kann. Aber er geht in die Küche und füllt einen Topf mit Wasser und stellt den Herd an. Dann öffnet er scheinbar wahllos die Schränke. Kanne, Kaffeepulver, Filter, murmelt er vor sich hin, als habe er es auswendig gelernt, Zucker, Süßstoff, Milch. Als er den Kaffee nicht findet, biete ich ihm an, unten welchen zu holen. Nein, sagt er so bestimmt, dass ich zusammenzucke. Er denkt einen Moment lang nach.

– Wir können ja Tee trinken.

Die Wohnung sieht ganz so aus, wie ich sie mir vorgestellt habe, wie die Wohnung einer alten Frau. Auf dem Beistelltisch im Wohnzimmer liegt eine Fernsehzeitschrift, auf dem Sofa Strickzeug, überall bestickte Kissen und gehäkelte Decken und Krimskrams, Bastelarbeiten und kleine Wechselrahmen mit Fotos von hässlichen Menschen in altmodischen Kleidern. Wir setzen uns, ich auf das Sofa, er auf einen riesigen Sessel. Auf der Armlehne liegt ein kleines Kästchen mit ein paar Knöpfen. Er drückt auf einen der Knöpfe, und aus dem Sockel des Sessels hebt sich langsam eine Fußstütze. Mit einem Schalter lässt er die Lehne nach hinten kippen und wieder nach vorn. Eine Weile lang drückt er auf den Knöpfen herum wie ein Kind, das ein neues Spielzeug bekommen hat und es voller Stolz herumzeigt. Wir haben uns gar nicht vorgestellt, sagt er plötzlich und springt auf und reicht mir die Hand. Daphne, sage ich, und er lacht wieder und sagt, ach so, Patrick. Seltsam, dass wir uns nie begegnet sind. Die ganze Zeit hält er meine Hand fest. Er fragt, ob ich allein wohne. Er siezt mich, was mich irritiert, obwohl ich ziemlich viel älter bin als er. Er fragt mich nach meinem Leben, meiner Arbeit, meiner Familie. Er stellt so viele Fragen, dass ich gar nicht dazu komme, ihn etwas zu fragen. Ich bin es nicht gewohnt, dass jemand sich für mich interessiert. Vermutlich rede ich viel zu viel. Ich erzähle ihm von meiner Kindheit, von meinem kleinen Bruder, der vor vier Jahren bei einem Motorradunfall ums Leben gekommen ist, von meinen Eltern und meiner Arbeit als Kindergärtnerin. Das ist ja beileibe nicht spannend, aber er hört aufmerksam zu. Seine Augen leuchten wie die der Kinder, wenn ich ihnen eine Geschichte erzähle.

Der Tee ist alle, und Patrick steht auf und öffnet das Buffet. Er findet eine verstaubte Flasche Grand Marnier, die noch fast voll ist. Er stellt zwei kleine Gläser auf den Tisch, füllt sie und hebt eines in die Höhe.

– Auf den unverhofften Besuch.

Ich trinke mein Glas leer, obwohl ich Likör eigentlich nicht mag. Auch er macht beim Trinken ein Gesicht, als sei er starke Getränke nicht gewohnt. Ich hatte Besuch, sage ich, zwei Arbeitskolleginnen und ihre Männer. Wir treffen uns immer am ersten

Freitag des Monats. Ich weiß nicht, weshalb ich ihm das erzähle. Es gibt nichts weiter dazu zu sagen. Er sagt, der Januar sei sein liebster Monat. Er hat Geburtstag im Januar, in zwei Wochen. Und er mag die Kälte.

– Was ist Ihr Lieblingsmonat?

– Darüber habe ich nie nachgedacht. November hasse ich.

Er hat einen Lieblingsmonat, eine Lieblingsjahreszeit, eine Lieblingsblume, ein Lieblingstier, ein Lieblingsbuch und so weiter. Sonst erzählt er nichts von sich. Ich glaube, er hat einfach nichts zu erzählen. Wie meine Kinder. Wenn ich sie frage, was habt ihr in den Ferien gemacht, sagen sie, gespielt. Er ist wirklich wie ein Kind. Er ist fröhlich und hilflos und manchmal scheu. Er wirkt immer etwas erstaunt. Und er lacht viel. Er fragt, ob ich Kinder mag. Natürlich, sage ich, das ist mein Beruf.

– Das muss nichts heißen. Man kann Schlachter sein und trotzdem Tiere mögen.

– Ich mag sie aber. Deshalb bin ich Kindergärtnerin geworden.

Er entschuldigt sich mit erschrockenem Gesicht, als habe er etwas Schreckliches gesagt. Er schenkt nach. Mir nicht mehr, sage ich und trinke dann doch.

– Ich sollte nicht so neugierig sein.

– Nein, das solltest du wirklich nicht.

Ich muss klingen wie eine Kindergartentante. Dabei bin ich jetzt schon süchtig nach seiner Neugier, nach seinem fragenden Blick, der den banalsten Sachen eine Bedeutung gibt. Manchmal sagt er lange nichts und schaut mich nur an und lächelt. Als er fragt, ob ich einen Freund habe, werde ich ärgerlich. Die Frage habe ich zu oft gehört. Und außerdem geht ihn das nichts an. Nur weil ich nicht mit einem Mann zusammenlebe, heißt das noch nicht ... Er schaut mich mit großen Augen an. Ich weiß nicht, was ich sagen soll, und meine Unsicherheit ärgert mich noch mehr.

– Jetzt sind Sie mir böse.

– Nein, ich bin nicht böse.

So geht das weiter. Wir trinken und reden über Gott und die Welt, über mich, nur nicht über ihn. Er fordert mich heraus, aber ich glaube, er tut es nicht mit Absicht. Er starrt auf meine Beine, bis ich merke, dass sich mein Morgenrock etwas geöffnet hat und meine Oberschenkel zu sehen sind. Die Beine müsste ich dringend enthaaren. Aber wen interessiert das schon. Ich raffe den Rock zusammen, und Patrick schaut mich an, als hätte ich ihn bei etwas Verbotenem erwischt. Ich bin ziemlich betrunken. Jetzt könnte er alles mit mir machen, denke ich und schäme mich sofort für den Gedanken. Er ist so jung, ich könnte seine Mutter sein. Ich möchte ihm mit der Hand durchs Haar fahren, ihn an mich drücken, vor irgendetwas beschützen. Ich möchte, dass er mich umarmt wie meine Kinder, dass er seinen Kopf in meinen Schoß legt, in meinen Armen einschläft. Als er gähnt, schaue ich auf die Uhr. Es ist drei.

– Ich muss jetzt wirklich gehen.

– Morgen ist Samstag.

– Trotzdem.

Da steht er auf und setzt sich neben mich aufs Sofa. Er fragt, ob er mir einen Gutenachtkuss geben darf, und bevor ich antworten kann, hat er meine Hand genommen und sie geküsst. Ich bin so erschrocken, dass ich die Hand brüsk zurückziehe. Er springt auf und läuft zum Fenster, als habe er Angst, dass ich ihn bestrafe.

– Es tut mir leid.

– Es muss dir nicht leidtun.

Er sagt etwas Seltsames. Ich respektiere Sie. Wir schweigen lange. Schließlich sagt er, es regnet. Jetzt wird der ganze schöne Schnee schmelzen. Ich sage, ich mag keinen Schnee, und bin mir plötzlich nicht sicher, ob das stimmt. Ich mag keinen Schnee, weil dann die Kinder so dick angezogen sind, dass man ihnen eine halbe Stunde lang beim Ausziehen helfen muss, und weil sie mit ihren Stiefeln Schmutz hereinbringen. Als ich ein Kind war, habe ich Schnee gemocht. Damals habe ich viele Sachen gemocht. Es scheint mir, als hätte ich mich den ganzen Abend lang nur beklagt über alles Mögliche. Er hat gesagt, was er mag, und ich, was ich nicht mag. Er muss denken, ich bin ein negativer Mensch, eine verbitterte alte Jungfer. Vielleicht stimmt es ja auch. In der Stadt, sage ich. In der Stadt mag ich keinen Schnee, weil die Straßen immer gleich gesalzen werden und dann alles … Ich stelle mir vor, wie ich mit Patrick Schlitten fahre. Er sitzt hinter mir und presst seine Oberschenkel gegen meine, und ich spüre ihre Wärme. Er hat seine Arme um mich geschlungen und hält mich fest, ganz fest. Sein Gesicht hat er in meinem Haar verborgen, und ich kann seinen Atem spüren am Hals. Er flüstert mir etwas ins Ohr. Ganz unvermittelt sagt er, ich sei eine wunderbare Frau. Er sei so froh, dass er mich kennengelernt habe. Damit habe ich wirklich nicht gerechnet.

– Sehen wir uns morgen?

– Am Samstag besuche ich immer meine Eltern.

Ich sage, er könne am Sonntag zum Abendessen kommen, wenn er wolle. Es macht keinen Unterschied, ob ich für mich allein oder für zwei koche. Ich koche gern, füge ich noch hinzu. Wenigstens etwas mache ich gern. Als wir uns verabschieden, küsst er noch einmal meine Hand.

Ich kann nicht einschlafen. Ich höre ihn oben herumlaufen und abwaschen und zur Toilette gehen. Er ist nett und aufmerksam und sehr höflich, aber auch ein bisschen unheimlich, wenn er so lächelt. Es ist traurig, dass man immer nur den guten Menschen misstraut.

Am Morgen wache ich früh auf mit furchtbaren Kopfschmer-

zen und einem bitteren Geschmack im Mund. Noch beim Frühstück fange ich an, in meinen Kochbüchern zu blättern. Ich habe
gesagt, ich werde etwas ganz Einfaches kochen, aber jetzt habe ich
Lust, ihn zu beeindrucken. In den Geschäften findet man nicht
viel anständiges Gemüse in dieser Jahreszeit. Das meiste kommt
von weither und schmeckt nach nichts. Bohnen aus Kenia, das ist
doch Unsinn. Da kaufe ich lieber gefrorenes Gemüse. Am Abend
streite ich mich mit meinem Vater wegen einer Kleinigkeit.

Den ganzen Sonntagnachmittag bin ich in der Küche und
bereite das Essen vor. Von oben ist nichts zu hören. Vielleicht ist
Patrick ausgegangen. Aber pünktlich um sechs klingelt es an der
Tür. Er hat mir einen riesigen Blumenstrauß mitgebracht und
küsst wieder meine Hand. Ich hoffe, das ist keine Masche. Ich
habe keine Vase, die groß genug ist, und stelle die Blumen erst
mal in einen Plastikeimer im Bad. Ich bekomme selten Blumen,
eigentlich nie, und selber kaufe ich mir auch keine. Viele kommen
aus der Dritten Welt, und die Männer, die sie pflücken, werden
steril von den Spritzmitteln. Jetzt bin ich schon wieder so negativ,
statt ihm zu danken für die Blumen.

Während des Essens betont er immer wieder, wie gut es ihm
schmeckt, bis es mir peinlich wird. Obwohl, das Essen ist gelungen. Kochen kann ich. Kochen können Sie auch, sagt er. Und ich
sei perfekt. Ich muss fast lachen. Ich kann seine Komplimente nie
ganz ernst nehmen. Es klingt immer, als rede er etwas nach, was
er von den Erwachsenen gehört hat. Ich scheine ihn wirklich zu
beeindrucken, ich kann mir gar nicht vorstellen, weshalb. Immer
wenn ich rede, hört er auf zu essen und schaut mich an mit großen
Augen. Und er erinnert sich an alles, was ich ihm erzählt habe. Er
weiß schon so viel von mir, und ich weiß nichts von ihm.

Als wir später auf dem Sofa sitzen, macht er eine ungeschickte
Bewegung und verschüttet seinen Wein. Ich hätte ihm beinahe

einen Klaps gegeben, wie ich das bei den Kindern manchmal tue, wenn sie ungezogen sind. Zum Glück kann ich mich im letzten Moment zurückhalten. Ich gehe in die Küche, um Salz und Mineralwasser zu holen. Dabei stelle ich mir vor, wie ich Patrick übers Knie lege, wie ich ihm die Hose runterziehe und ihm den Hintern versohle.

Der Fleck geht natürlich nicht raus. Der geht nie mehr raus. Es war idiotisch, ein weißes Sofa zu kaufen. Aber es hat mir gefallen, ich mag mein weißes Sofa. Ich habe es gekauft, nachdem mein Bruder gestorben ist, und irgendwie hat es etwas mit ihm zu tun. Patrick steht hilflos daneben und schaut zu, wie ich versuche, den Fleck wegzumachen. Er entschuldigt sich tausendmal und sagt, er will mir einen neuen Überzug kaufen. Aber ich bin trotzdem ärgerlich und sage ziemlich bald, ich muss jetzt ins Bett, morgen ist wieder ein Arbeitstag. Er steht auf. An der Tür schaut er mich an mit einem todtraurigen Blick und entschuldigt sich ein letztes Mal. Es ist schon gut, sage ich, passiert ist passiert. Wir verabreden uns nicht. Er sagt nichts, und ich bin immer noch ein bisschen verstimmt.

Ich frage mich, ob er mich auch so gut hört wie ich ihn. Wenn ich dusche, komme ich mir plötzlich nackt vor. Wenn ich aufs Klo gehe, schließe ich die Tür ab und spüle manchmal nicht runter, damit er es nicht hört. Ich muss viel trinken wegen meiner Nieren und gehe entsprechend oft aufs Klo. Überhaupt wird mir jetzt erst bewusst, wie laut ich bin. Dass ich mit den Schuhen in der Wohnung herumgehe, beim Staubsaugen das Radio aufdrehe, manchmal mit mir schimpfe oder mir Kinderlieder vorsinge. Damit muss ich sofort aufhören. Und ich kaufe mir Hausschuhe mit weichen Sohlen. Als mir ein Glas herunterfällt und zerbricht, lausche ich minutenlang, ob von oben etwas zu hören ist. Aber es ist still.

Ich ertrage es nicht, dass er so nah ist und wer weiß was macht und hört, was ich mache. Ich habe angefangen, oft auszugehen. Ich setze mich dann in ein Café oder gehe spazieren, obwohl es wieder kalt geworden ist und ich aufpassen muss, dass ich mich nicht erkälte. Letztes Jahr hatte ich eine Blasenentzündung, die nicht besser werden wollte. Ich musste Antibiotika nehmen und konnte tagelang nicht arbeiten. Und danach haben Janneke und Karin dumme Bemerkungen gemacht. Eine Blasenentzündung. Dazu fällt ihnen nur eines ein.

Drei Tage später klingelt Patrick an meiner Tür, gleich nachdem ich nach Hause gekommen bin. Er muss auf mich gewartet haben. Er hat einen neuen Sofaüberzug dabei und ein Paket in Geschenkpapier. Er hilft mir, das Sofa zu überziehen. Unsere Hände berühren sich. Im Paket ist eine Fischpfanne. Nur weil ich bei jenem Abendessen gesagt habe, ich hätte gern eine Fischpfanne, kauft er mir eine. Die sind nicht billig.

– Du bist verrückt. Das war wirklich nicht nötig.

– Wegen dem Ärger, den ich Ihnen gemacht habe.

Er lächelt. Dann küssen wir uns zum ersten Mal. Es passiert einfach so, ich kann nicht sagen, wer angefangen hat. Seine Küsse haben etwas Gieriges, er stülpt seine Lippen über meine und schließt sie und öffnet und schließt sie, als wolle er mich verschlingen. Die ganze Zeit hält er mich an beiden Armen fest, und ich spüre seine Kraft. Ich kann mich gar nicht bewegen. Als ich sage, er soll nicht so drücken, lässt er mich sofort los und entschuldigt sich. Überhaupt entschuldigt er sich dauernd für alles Mögliche. Es scheint ihm peinlich zu sein, dass wir uns geküsst haben. Ich glaube nicht, dass er das schon oft gemacht hat. Ich stelle mir vor, wie er mich auszieht, wie er mit mir schläft auf dem neu überzogenen Sofa. Spermaflecken bringt man nie mehr raus. Warum denke ich so einen Unsinn. Er schaut mich nur an.

Jetzt ist er wieder oben. Aber ich muss immer an ihn denken.

Ich weiß nichts von ihm, nicht, ob die Sachen in der Wohnung ihm gehören, ob er im Haus bleiben wird oder ob er nur vorübergehend da ist. Ich weiß nicht, wie er mit Nachnamen heißt oder wie alt er ist oder was er arbeitet. Geld scheint er jedenfalls genug zu haben, um mir großzügige Geschenke zu machen. Ich stelle mir vor, was Janneke und Karin sagen würden, wenn sie uns miteinander sähen: Jetzt ist sie total übergeschnappt. Oder: Die ist sowieso jenseits von Gut und Böse. Oder: Sie gibt ihm Geld, er nutzt sie aus. Dabei habe ich immer das Gefühl, dass ich ihn ausnutze.

Von jetzt an sehen wir uns jeden zweiten oder dritten Tag. Manchmal kommt er runter, manchmal gehe ich rauf. Wir wissen ja immer, ob der andere da ist. Es kommt auch vor, dass wir stundenlang telefonieren. Dann bin ich plötzlich nicht mehr sicher, ob ich seine Stimme durchs Telefon höre oder durch die Decke.

Wenn wir zusammen zu Abend essen, trinken wir sehr viel für meine Begriffe, ohne dass er betrunken zu werden scheint. Wir reden wie alte Freunde. Erst beim Abschied küssen wir uns. Es ist schon fast zu einer Gewohnheit geworden. Ich habe mit Zungenküssen angefangen. Ich habe angefangen, ihn zu streicheln. Dann tut er es auch, aber nur mit den Spitzen der Finger meine Hüften und mein Kreuz, wo ich manchmal Schmerzen habe. Als ich einmal eine seiner Hände auf meine Brust lege, lässt er sie einen Moment lang reglos liegen und zieht sie dann zurück. Er braucht Zeit, denke ich. Aber ich habe keine Zeit. Das sage ich natürlich nicht. Ich bin vorsichtig geworden mit dem, was ich sage. Ich beobachte ihn. Ich lausche.

Manchmal kommt er die ganze Nacht nicht heim. Ich kann dann nicht schlafen und horche, und am Morgen bin ich todmüde. Ich hasse mich dafür, aber ich kann nicht anders. Wenn wir uns das nächste Mal sehen, sagt er mir ungefragt, wo er gewesen ist, bei seinen Eltern oder bei irgendwelchen Freunden, von denen er noch nie vorher erzählt hat. Er muss gemerkt haben, dass ich misstrauisch bin.

Bei der Arbeit fragt Janneke, was mit mir los sei, ob ich wieder krank sei. Ich sähe müde aus. Ich schlafe schlecht, mehr sage ich nicht. Ich habe abgenommen. Was soll ich machen, wenn ich keinen Appetit habe? Sie will sich von Stefan trennen, sagt Janneke, einer ihrer Vorsätze fürs neue Jahr, von dem sie ihm noch nicht erzählt hat. Wir reden über ihre Probleme. Alle weinen sich bei mir aus, aber wenn ich ihnen einen guten Rat gebe, hören sie nicht auf mich und sagen nur, so einfach ist das nicht. Karin ist schlecht gelaunt, sie kann nicht sagen, weshalb. Sie ist einfach unerträglich, auch mit den Kindern. Bis eins anfängt zu weinen. Da weint sie auch.

Patrick sagt, er möge mich wirklich sehr. Ich sei viel zu gut für ihn. Dann küsst er mich wieder, aber er hält mich dabei auf Distanz. Ich habe mich schon gefragt, ob vielleicht organisch etwas nicht stimmt bei ihm. Er sieht fit aus, aber das kann täuschen. Es gibt immer mehr Männer, die nicht können oder keine Lust haben. Die Qualität des Spermas wird auch immer schlechter. Das hat mit weiblichen Hormonen zu tun, die in irgendwelchen Kunststoffen sind und von da ins Trinkwasser gelangen.

Ich habe mir einen Termin gesetzt. Wenn er sich bis Ende des Monats nicht entschieden hat, breche ich das Ganze ab. Aber was heißt entschieden? Ich weiß gar nicht genau, was ich von ihm erwarte. Dass er mir die Kleider vom Leib reißt und mich aufs Sofa wirft? Ganz bestimmt nicht. Dass er sich öffnet. Sich mir anvertraut. Ein paar Worte würden genügen.

Als ich am nächsten Tag nach Hause komme, höre ich aus dem oberen Stock ganz laut *Hello* von Lionel Richie, viel lauter als die Musik, die sonst manchmal zu hören ist. Die CD habe ich Patrick mal vorgespielt. Er muss sie sich gekauft haben. Er hat auf mich gewartet, und das ist seine Art, mich zu begrüßen. Ich erwarte, dass er jetzt anruft oder zu mir kommt. Ich höre, wie er die Wohnung verlässt, die Tür abschließt und die Treppe herunterkommt. Aber er geht vorbei, und kurz darauf fällt die Haustür ins Schloss. Er kommt erst nach Mitternacht zurück. Ich höre seine Schritte, langsame Schritte, das Knarren des Fußbodens. Für einen Moment glaube ich, es seien die Schritte von zwei Personen, aber das kann nicht sein. Dann ist es still. Die Stille ist am schlimmsten. Ich kann nicht einschlafen. Seit Tagen habe ich kaum geschlafen. Ich habe die abstrusesten Ideen, schreckliche Phantasien, für die ich mich schäme.

An seinem Geburtstag kocht er für mich. Er hat sich unglaublich viel Mühe gegeben, sogar den Tisch hat er dekoriert mit Schokolademarienkäfern. Ich mache mir einen Fleck auf die Bluse und ziehe sie aus, um den Fleck auszuwaschen. Patrick ist mir in die Küche gefolgt, wir reden, er schaut mich an. Aber er tut, als sei nichts. Ich könnte mich nackt ausziehen, er würde es gar nicht bemerken. Das ist doch nicht normal. Ich frage mich, was er von mir will. Ich gehe runter und ziehe mir eine frische Bluse an. Während ich unten bin, höre ich, dass er zur Toilette geht und die Spülung zweimal zieht. Am liebsten würde ich gar nicht mehr raufgehen. Wir sind uns näher, wenn wir nicht zusammen sind, wenn wir einander nur hören.

Zum Essen haben wir wieder viel Wein getrunken, eine ganze Flasche. Als wir uns beim Abschied geküsst haben, hat er plötzlich geflüstert, es ist nicht fair, und hat aufgehört. Jetzt liege ich im Bett und kann nicht schlafen. Er ist direkt über mir, nur ein paar Meter entfernt. Ich spreize die Beine und stelle mir vor, dass er auf mir liegt und mich liebt. Er hält mich an den Armen fest, wie wenn er mich küsst. Er hält mich an den Haaren fest, reißt an meinen Haaren, schlägt mich ins Gesicht. Ich umschlinge ihn mit den Beinen. Er küsst mich gierig. Wir schwitzen. Es ist still, ganz still, nur sein Atem ist zu hören. Ich spüre seinen Atem in meinem offenen Haar. Ich strecke die Arme nach ihm aus. Komm, flüstere ich, komm. Komm! Er ist so nah, ich kann ihn fast berühren.

Fremdkörper

CHRISTOPH MACHTE DAS LICHT AUS, und das Publikum verstummte. Dann, schon nach wenigen Sekunden der Dunkelheit, kam Unruhe auf, Stühle knarrten, jemand hüstelte, Geräusche waren zu hören, deren Ursprung schwer auszumachen war. Als die ersten Zuschauer zu flüstern begannen, schaltete Christoph das Mikrophon ein, und die plötzliche Präsenz der Verstärkung schien den Raum größer zu machen und die Dunkelheit noch intensiver. Wenn er sehr konzentriert wäre, wenn er es schaffte, seine Konzentration auf das Publikum zu übertragen, müsste es möglich sein, ganz auf Bilder zu verzichten und schließlich auch auf Worte und nur noch in der Dunkelheit zu sein und die Zeit vergehen zu lassen, eine Stunde, zwei Stunden.

Hunderttausende von Jahren kein Licht, kein Geruch, kein Leben und als einzige Geräusche das Tropfen von Wasser, das Plätschern und Fließen von Wasser, das durch Ritzen im Fels dringt, sich sammelt zu Rinnsalen, Spalten erweitert, Gänge bildet, inzwischen sind es kleine Bäche geworden, tausend oder zehn- oder hunderttausend Jahre später, eine Höhle, ein Höhlensystem. Christoph schaltete den Projektor an, und der Wasserdom war zu sehen, ein von mehreren Blitzgeräten ausgeleuchtetes Gewölbe, das sich in der Dunkelheit verlor. Das erste Bild war das wichtigste, es musste die Zuschauer sofort gefangen nehmen. Er hatte es sorgfältig ausgewählt und ließ es lange stehen, ohne ein Wort zu sagen. Er spürte, dass es ein guter Abend werden würde.

Nach diesem ersten kamen weniger spektakuläre Bilder, der vergitterte Eingang der Höhle, die ersten paar hundert Meter, zementierte Wege und Drahtseile, der eine oder andere kleine Tropfstein, irgendwo im Inneren herausgebrochen und in der Nähe des Eingangs eingemauert als Attraktion für die Tagestouristen. Das Publikum entspannte sich und hörte zu, während Christoph von der Entdeckung der Höhle sprach, von den ersten Expeditionen, den technischen Schwierigkeiten des Lebens unter der Erdoberfläche. Eines der Dias zeigte eine Karte der bereits erkundeten Gänge, ein Gewirr von verschiedenfarbigen Linien.

Hundertachtzig Kilometer sind erforscht und kartographiert, aber wir gehen davon aus, dass die Höhle um ein Vielfaches größer ist.

Das Bild einer Treppe, die steil nach unten führt und in einer Geröllhalde unvermittelt endet. Das Abenteuer beginnt, sagte Christoph und zeigte Fotos, die keiner Erläuterung bedurften. Schwieriges Gelände, enge Couloirs, Klüfte, Mäander, Verwerfungen. Auf manchen Bildern sah man Höhlenforscher in verdreckten orangefarbenen Overalls und mit Karbidlampen an der Stirn durch Engpässe kriechen oder sich in Schächte abseilen, die bodenlos zu sein schienen. Es ist immer wieder erstaunlich, sagte Christoph, wo ein Mensch durchkommen kann.

Dann war das Biwak zu sehen und zum ersten Mal die ganze Gruppe an Campingtischen sitzend bei Fondue und Wein. Man könnte fast vergessen, dass man sich in einer Höhle befindet, sagte Christoph, nur wenn man zur Toilette geht, erinnert man sich plötzlich daran. Wenn die Taschenlampe versagt, wenn das Licht ausgeht, verliert man innerhalb von Sekunden die Orientierung. Er zeigte Bilder der Gruppe in Schlafsäcken, die auf dicken, in Plastik eingeschweißten Schaumstoffmatratzen lagen. Die Gesichter waren verdreckt und wirkten müde, aber in den Augen war ein irres Leuchten wie in den Augen Erwachender. Und jetzt eine kurze Pause. Im Foyer können Sie mein Buch erwerben. Dort finden Sie auch Informationen zu geführten ein- oder mehrtägigen Touren. Christoph machte Musik an und eilte aus dem Saal, um als Erster am Büchertisch zu sein.

Ein Mann in Christophs Alter blätterte lustlos im Ansichtsexemplar des Buches. Neben ihm stand eine schmale Frau, die wesentlich jünger zu sein schien als er und etwas Kindliches hatte. Beide trugen Faserpelzjacken. Der Mann fragte, ob Christoph auch in Höhlen getaucht habe? Er duzte ihn und sagte, ohne eine Antwort abzuwarten, er sei überall auf der Welt gewesen, in allen möglichen Höhlensystemen. Seine Stimme hatte einen aggressiven Unterton, der Christoph bei Extremsportlern oft aufgefallen war. Manchmal hatte er den Eindruck, sie kämen nur zu seinem Vortrag, um ihm von ihren Erlebnissen zu erzählen, um sich mit ihm zu messen und ihn herauszufordern. Nach der Pause werde er Bilder aus Teilen der Höhle zeigen, die für Touristen nicht zugänglich seien, sagte Christoph. Ein wenig schämte er sich, dass er es nötig hatte, sich mit dem Mann zu messen. Der reagierte nicht und blätterte weiter im Buch. Die Bilder seien ziemlich gut, sagte er. Er fragte, ob Christoph in den Höhlen von Gunung Mulu in Malaysia gewesen sei. Ein älterer Herr war an den Tisch getreten. Er kaufte das Buch, ohne es vorher anzuschauen, und bat Christoph, ihm eine Widmung hineinzuschreiben, etwas Persönliches. Das Paar trollte sich.

Kurz bevor die Pause zu Ende war, bemerkte Christoph die beiden noch einmal. Sie waren in der Nähe des Tisches stehen geblieben. Der Mann schaute zu ihm herüber und sagte etwas zu seiner Freundin. Sein Gesicht hatte einen spöttischen Ausdruck.

Und nun machen wir uns auf, das Nirwana zu erkunden, sagte Christoph, nicht ohne Theatralik. Es handle sich um ein System, das sehr schwer zugänglich und erst von einem Dutzend Menschen betreten worden sei. Er ließ die Bilder aus der Dunkelheit auftauchen und blendete sie langsam aus, so wie sie in der Höhle aufgeblitzt und langsam wieder von der Netzhaut verschwunden waren: ein mannshoher Kerzenstalagmit, wenige Millimeter dicke Stalaktiten, ganze Tropfsteingärten, die seit der letzten Eiszeit gewachsen waren in der Dunkelheit, um nach Zehntausenden von Jahren gesehen zu werden in einem kurzen Schock aus Licht. Brauntöne, Weiß, Gelb, ein silbernes Glänzen der feuchten Oberflächen.

Jedes Mal, wenn Christoph die Bilder sah, schauderte ihm. Er spürte wieder den Druck der Steinmassen, die Angst vor der vollkommenen Gleichgültigkeit des Berges, der ihn mit einer winzigen Bewegung hätte zerquetschen können. Er hatte die Blitzgeräte aufgestellt, die Kamera geladen, die eingeübten Handgriffe hatten etwas Beruhigendes gehabt, hatten die Lähmung vertrieben. Aber die Angst war geblieben. Sie würde immer bleiben.

Es muss Tausende von Höhlen wie diese geben, sagte Christoph, die noch nie ein Mensch betreten hat, die nie ein Mensch betreten wird. Es gibt eine Welt unter uns im Stein, eine Welt voller Wunder und Geheimnisse. Er sprach nicht weiter, er wusste nicht, was er noch hätte sagen sollen. Worte genügten nicht, Bilder genügten nicht. Man musste den Weg gemacht haben, um die sinnlose Schönheit zu ermessen. Nur noch die Geräusche des Projektors waren zu hören, das Surren des Ventilators und das Rattern der Mechanik, die ein Bild nach dem anderen ins Licht schob.

Wenn man wieder nach draußen kommt, ist es nicht die Sonne, sind es nicht die Farben, die einen überwältigen, sagte Christoph, es sind die Gerüche des Waldes, die Gerüche des Lebens, des Wachsens und des Vermoderns. Die Höhle riecht nicht. Das letzte Bild brachte die Zuschauer wieder an die Oberfläche, es zeigte einen idyllischen kleinen Waldsee, der aus dem Inneren des Berges gespeist wurde. Jedes Jahr fließen im Wasser gelöst Tausende von Tonnen Kalk ab, sagte Christoph, das Wasser arbeitet Tag und Nacht, Stunde um Stunde und lässt die Höhle immer weiter wachsen. Er schaltete den Projektor und den Verstärker aus und machte Licht. Das Publikum applaudierte.

Nach dem Vortrag kamen ein paar der Zuschauer zu ihm und stellten Fragen und erkundigten sich mit leuchtenden Augen nach den geführten Touren. Als die Letzten gegangen waren, verstaute Christoph den Projektor und die Magazine mit den Dias und lud sie zusammen mit den restlichen Büchern auf einen Trolley. Vor der Mehrzweckhalle zündete er sich eine Zigarette an. Es war kalt geworden.

Kommst du mit etwas trinken?

Christoph erschrak, dann sah er den Mann von vorhin wenige Meter vor sich stehen. Er stand breitbeinig da, es sah aus, als wolle er ihn zum Kampf herausfordern.

Auf ein Bier, sagte er aus Höflichkeit, ich habe noch eine lange Fahrt vor mir.

Der Mann kam auf ihn zu und streckte ihm die Hand hin. Klemens, sagte er, und das ist Sabine. Er zeigte in die Dunkelheit, wo Christoph jetzt die Silhouette der jungen Frau sah.

Sie saßen schon eine ganze Weile in der Kneipe. Das Gespräch verlief stockend. Klemens erzählte von Expeditionen, die er gemacht hatte, eine endlose Liste von Höhlen, die er mit den immer gleichen Adjektiven beschrieb. Er habe Tausende von Bildern gemacht, sagte er. Er zeige sie Christoph gerne einmal. Vielleicht könne er ja etwas davon für seinen Vortrag verwenden. Sabine hatte seit der Begrüßung kein einziges Wort gesagt. Auch Christoph schwieg die meiste Zeit, nickte nur dann und wann und lächelte und tat, als interessierten ihn Klemens' Geschichten. Als dieser nach einer längeren Erzählung über einen Tauchgang kurz schwieg, fragte Christoph, ob Sabine auch schon in einer Höhle gewesen sei.

So haben wir uns kennengelernt, sagte sie. Und jetzt, als habe jemand einen Knopf gedrückt, zählte sie die Höhlen auf, in denen sie gewesen war. Sie nannte nur die Namen und die Jahre, in denen sie die Expeditionen gemacht hatte. Dann schwieg sie wieder, und es war Christoph, als hätte sie nichts gesagt.

Warum machen wir nicht zu dritt eine Tour, fragte Klemens.

Christoph lächelte unbestimmt, sagte, irgendwann, und, so, ich muss los, und winkte der Bedienung. Einen Moment lang war es still, dann sagte Klemens, ins Nirwana. Er hatte leiser gesprochen als vorher, und Christoph war erst nicht sicher, ob er richtig verstanden hatte, bis Klemens noch einmal sagte, ins Nirwana.

Wie kommt man da hin?, fragte er. Sein Blick hatte etwas Hungriges.

Die Bedienung war an den Tisch getreten. Klemens sagte, er nehme noch ein Bier. Trinkst du auch noch was? Seine Stimme klang jetzt bittend, fast ängstlich. Christoph bestellte eine Apfelschorle. Er wartete, bis die Getränke kamen, dann fing er an zu erzählen. Während er sprach, war es ihm, als mache er den Abstieg noch einmal.

Er watete durch einen Stollen tief im Inneren des Berges. Das Wasser war eiskalt und wurde immer tiefer, reichte ihm bis zum Bauch, zur Brust, zum Kinn. Vom Ende der Grotte aus, wo zwischen Decke und Wasser nur noch wenige Zentimeter Luft verblieben, führte ein Gang schräg aufwärts, der so eng war, dass Christoph, als er einmal hineingekrochen war, die Hände nicht mehr nach hinten nehmen konnte. Mit den Fußspitzen schob er sich nach oben, Zentimeter um Zentimeter, immer dicht hinter dem Führer. Sie sprachen nicht, nur das Scharren ihrer Stiefel war zu hören und manchmal ein Ächzen oder ein Husten. Das Gefühl für Zeit hatte er längst verloren, als sein Vordermann anhielt und sagte, wir sind bei der Verwerfung, das kann eine Weile dauern. Christoph war überrascht, wie nah seine Stimme klang. Fluchend kämpfte sich der Führer durch diese engste Stelle. Christoph wartete. Die Kälte drang durch den Neoprenanzug, sie schien sich langsam in seinem Körper auszubreiten. Er schloss die Augen und sah sich ausgestreckt daliegen, eingeschlossen im Fels, ein Fremdkörper. Wir sind lebendig begraben, dachte er, wir kommen hier nie mehr raus. Plötzlich wurde ihm bewusst, dass er heftig atmete. Er zwang sich, nicht daran zu denken, wo er war, versuchte sich an Texte von Kinderliedern zu erinnern, addierte die Honorare, die er für die Bilder bekommen würde, stellte sich Landschaften vor, einen weiten Himmel, Wolken, die vorüberzogen. Dann war sein Vordermann verschwunden, und Christoph sah die Verwerfung und lachte nervös. Da soll ich durch? Das schaffst du, hörte er die Stimme seines Begleiters, die von nirgendwo zu kommen schien, aber immer noch sehr nah war. Die Hälfte der Strecke haben wir. Christophs Körper arbeitete sich weiter, bewusstlos wie eine Maschine.

Klemens hatte mit glänzenden Augen zugehört. Da muss ich hin, sagte er, als Christoph nicht weitersprach. Seid ihr dabei? Christoph sagte, in diesen Teil der Höhle gebe es keine Führungen. Wenn du ein gutes Wort für uns einlegst, sagte Klemens. Er sagte, er würde sich die Sache etwas kosten lassen. Sabine schaute Christoph in die Augen mit einer Mischung aus Skepsis und Abenteuerlust. Für dich wäre es am einfachsten, sagte er, du bist schmal gebaut. Gefährlich sei es nicht, sagte er, die einzige Gefahr sei die Angst. Die Angst, sagte er noch einmal, ist die einzige Gefahr.

Klemens ging zur Toilette. Christoph sah, wie er mit dem Kellner sprach, bevor er im Untergeschoss verschwand. Noch bevor er zurück war, brachte der Kellner eine Flasche Rotwein und drei Gläser.

Wie lange seid ihr schon zusammen?, fragte Christoph.

Zwei Jahre, sagte Sabine. Er ist verrückt, sagte sie. Er macht alles Mögliche, Freeclimbing, Canyoning, Tiefschneefahren. Einmal ist er in ein Schneebrett gekommen, weil er abseits der Piste war. Er ist total verrückt.

Du schläfst bei uns, hatte Klemens gesagt und noch eine Flasche Wein bestellt, die er fast allein ausgetrunken hatte. Sie diskutierten über Ausrüstung, über Trainingstouren und über die beste Zeit für eine Expedition. Sabine trank kaum etwas und war wie vorher schweigsam. Klemens war Christoph noch immer unangenehm, aber er ließ sich mitreißen. Es war wie ein Spiel, wie ein Wettkampf. Es ging, plötzlich wurde es ihm bewusst, um Sabine. Sie kämpften um diese teilnahmslose, kindliche Frau, die gar nicht zuzuhören schien. Er hatte das Gefühl, in eine Falle geraten zu sein. Als Klemens ihn einlud, bei ihnen zu übernachten, hatte er keine Wahl gehabt. Das Spiel musste zu Ende gespielt werden.

Christoph spürte den Alkohol, aber er war nicht betrunken. Klemens torkelte voraus die Treppe des Mietshauses hoch. Er brauchte lange, um den Schlüssel ins Schloss zu bekommen. Christoph fühlte sich vom ersten Moment an unwohl in der Wohnung, er wusste nicht, woran es lag. Seine Gastgeber schienen sich nichts aus schönen Dingen zu machen. Sie hatten nur das Nötigste, trotzdem wirkte die Wohnung unordentlich. Die Möbel passten nicht zusammen und standen an Orten, an die sie nicht gehörten, zufällig, schien es, waren sie irgendwo abgestellt und dann stehengelassen worden.

Klemens war ohne ein Wort verschwunden. Sabine zeigte Christoph das Gästezimmer. Er schaute ihr zu, wie sie das Bett bezog. Sie verschwand und kam kurz darauf mit einem Handtuch zurück. Klemens schläft schon, sagte sie. Er hat sich nicht einmal ausgezogen.

Christoph ging ins Bad. Als er fertig war, fand er Sabine im Wohnzimmer. Sie blätterte in einem Fotoalbum. Er setzte sich neben sie, und sie reichte ihm das Album und verschwand im Bad. Gunung Mulu, Malaysia, stand oben auf der Seite. Die Fotos waren nicht gut, mit einem einzigen Blitzgerät war in einer großen Höhle nichts auszurichten. Auf einigen Bildern war Klemens zu sehen, auf anderen eine hübsche blonde Frau mit verschmitztem Gesicht. Das letzte Bild zeigte beide zusammen in schmutzigen Overalls und müde lächelnd. Zwischen ihnen stand ein Einheimischer, der einen Kopf kleiner war und einen wachsamen Ausdruck im Gesicht hatte. Hinten im Album steckten Stapel von Fotos, die noch nicht eingeklebt waren. Christoph fing an, das Album von vorn anzuschauen, Bilder von einer anderen Reise. Wieder sah er die blonde Frau, diesmal in Taucherausrüstung.

Das ist seine Ex, sagte Sabine. Sie stand vor ihm in bunten Leggins und einem ärmellosen orangefarbenen Unterhemd. Ihr Becken war schmal, die Brust flach wie die eines Jungen. Sie fragte, ob er etwas trinken wolle. Ein Bier? Ein Glas Wasser, sagte Christoph.

Sie brachte ihm das Wasser und setzte sich neben ihn. Er blätterte weiter, und sie sahen Bilder von Stränden, von alten Tempeln und immer wieder von der blonden Frau. Sie haben sich getrennt nach dieser Sache mit dem Schneebrett, sagte Sabine. Klemens hat die Trennung lange nicht überwunden. Wie findest du sie?

Sie hatte die Hände in den Schoß gelegt. Christoph betrachtete ihre Arme, die so dünn waren wie die einer Magersüchtigen und voller schwarzer Härchen. Sie roch − er musste einen Moment lang überlegen, bis er wusste, was es war − nach Kampfer. Als sie ihm auf einem der Bilder etwas zeigte, fielen ihm erst die knotigen Hände auf. Sabine musste viel älter sein, als er gedacht hatte, vielleicht älter als er selbst.

Sie lachte leise. Er ist verrückt, sagte sie, aber ich bin auch verrückt. Und du auch, nicht wahr? Wir sind alle verrückt. Diese Höhle, wieso wollen wir da rein? Wieso willst du da rein? Dieses Nirwana. Weil noch kaum einer drin war?

Christoph zuckte mit den Schultern und schlug das Album zu.

Die Erde ficken, sagte Sabine. Sie stand auf und reichte Christoph die Hand. Wir ficken die Erde.

Sie hörte nicht auf zu flüstern. Das mache nichts, sagte sie. Das könne jedem passieren. Ihr Mund war so nah an Christophs Ohr, dass er die Bewegungen ihrer Lippen spürte. Sie hatten sich angestrengt, aber die Anstrengung hatte zu nichts geführt. Christoph hatte immer an die Liste der Höhlen denken müssen, die sie in der Kneipe aufgezählt hatte, und es war ihm gewesen, als ginge es ihr auch jetzt nur um eine Eroberung mehr, einen Namen mehr auf einer ihrer Listen.

Es macht nichts, sagte Sabine noch einmal, als müsse sie sich selbst überzeugen. Sie atmete hörbar ein und aus. Dann fing sie wieder an, an ihm herumzumachen und kicherte dabei albern, das Kichern wurde immer unheimlicher, je länger es dauerte. Hör auf, sagte er endlich. Ich habe keine Lust. Sofort hörte sie auf und war still. Er rückte etwas von ihr weg, er ertrug ihre Nähe nicht mehr. Aber sie folgte ihm, schmiegte sich an ihn. Schließlich setzte er sich auf die Bettkante. Es war dunkel im Raum, und er blieb einfach nur sitzen und starrte in die Dunkelheit. Was hast du?, fragte Sabine. Christoph sagte noch immer nichts. Die Dunkelheit aushalten, dachte er, die Stille ertragen. Er hörte das Rascheln der Bettwäsche. Sabine musste sich aufgesetzt haben. Sie berührte ihn nicht, aber er spürte, dass sie dicht hinter ihm war. Es war vollkommen dunkel. Aus dem Nichts hörte er ihre Stimme, die sehr sachlich klang. Du nimmst uns nicht mit, nicht wahr? Du denkst nicht daran, uns mitzunehmen. Der Gedanke schien sie zu belustigen, und sie fing wieder an zu kichern. Christoph drehte den Kopf halb in ihre Richtung und sagte, er glaube nicht, dass er jemals wieder einen Fuß in eine Höhle setzen werde. Sabine legte eine Hand auf seinen nackten Rücken, als wolle sie ihn wegschieben. Ich kann nicht mehr, sagte er. Und dann, leise und stockend, unterwegs ins Nirwana habe er Angst gehabt wie nie zuvor in seinem Leben. Früher habe die Angst ihn beflügelt, sei eine Art Anspannung gewesen, die ihm geholfen habe, ganz bei der Sache zu sein. Aber damals, in jener engen Spalte, habe sie ihn gelähmt. Es war gewesen, als habe alle Kraft ihn verlassen. Er hatte sich vollkommen hilflos gefühlt, die Gedanken drehten sich rasend schnell in seinem Kopf. Ich weiß nicht mehr, wie ich rausgekommen bin. Ich habe keine Erinnerung an den Rückweg.

Sabine nahm die Hand von seinem Rücken und stand auf. Er hörte Schritte, einen dumpfen Schlag und ein verhaltenes Fluchen. Dann ging das Deckenlicht an.

Seither bin ich in keiner Höhle mehr gewesen, sagte er und richtete sich auf. Ich traue mich kaum noch in einen Aufzug. Er lachte heiser. Sabine sagte, sie gehe schlafen. Ihre Stimme klang abweisend. Er sagte, er werde nach Hause fahren, er fühle sich wieder ganz nüchtern. Sabine gab keine Antwort. Sie schaute zu, wie er sich anzog, und brachte ihn zur Tür. Sie streckte ihm ihr Gesicht hin, und er küsste sie flüchtig auf den Mund. Sie schien beleidigt zu sein. Klemens wird enttäuscht sein, sagte sie. Und du?, fragte Christoph. Sie schaute ihn an mit einem lächerlich ernsten, tadelnden Blick.

Der Himmel war klar, und die Sterne schienen zu flimmern in der kalten Luft. Christoph empfand die Dankbarkeit, die er nach jeder Expedition unter die Erde empfunden hatte, die Freude, heil nach oben gekommen zu sein und nach Tagen des Eingeschlossenseins wieder frei zu atmen. Er ging durch das ausgestorbene Dorf, verirrte sich und fand dann doch den Weg zur Mehrzweckhalle. Er fühlte sich erleichtert und seltsam heiter. Er hatte das Gefühl, er habe das Spiel gewonnen, was auch immer für ein Spiel es gewesen war.

Drei Schwestern

HEIDI ZEICHNETE DAS MÄDCHEN aus der Erinnerung. Mit schnellen Strichen warf sie die Umrisse auf das Papier, die tiefen, etwas plumpen Hüften, die schmale Taille und den großen Busen. Sie begann die Skizze auszuarbeiten, zeichnete Hände und Haare, die Achselhöhlen und Schlüsselbeine. Warum trägt sie keine Kleider?, fragte Cyril. Heidi arbeitete am Gesicht, das schwierig war in seiner jugendlichen Einfachheit. Jetzt will ich, sagte Cyril, der neben ihr saß und zuschaute. Heidi zeichnete weiter. Die Schulterpartie war schwierig, der Übergang zu den Armen, die das Mädchen nach hinten gestreckt hielt wie eine Schwimmerin vor dem Start. Sorgfältig wählte Heidi die Farben aus, Braun und Rot für die Haare, Rosa und Weiß und ein helles Gelb für die Hautpartien. Die gehören mir, rief Cyril und zog die Schachtel mit den Farbstiften weg und versuchte, der Mutter auch das Blatt wegzuziehen. Sie wehrte ihn ab, arbeitete wieder am Gesicht. Sie musste den Ausdruck treffen, den frechen Blick einer Siebzehnjährigen, die alles wusste und nichts verstand. Mama, sagte Cyril klagend, und als sie nicht reagierte, packte er einen roten Farbstift und fuhr damit quer über die Zeichnung, bis die Spitze des Stiftes mit einem hässlichen Geräusch abbrach. Heidi versuchte die Zeichnung zu retten, dabei zerriss das Papier, und in einer plötzlichen Aufwallung von Zorn stieß sie Cyril so heftig weg, dass er vom Stuhl fiel. Schreiend blieb er auf dem Boden liegen, er schrie nicht vor Schmerz, sie kannte dieses berechnende Heulen, das sie zur Weißglut treiben konnte.

Heidi hatte sich im Schlafzimmer eingeschlossen. Sie lag auf dem Bett wie erstarrt, während Cyril mit den Fäusten an die Tür hämmerte. Dann gab er es auf, und sie hörte nur noch sein Wimmern. Langsam beruhigte sie sich. Sie atmete tief ein und aus. Es tat ihr leid, dass sie den Jungen gestoßen hatte. Am Abend würde er es seinem Vater erzählen, und der würde sie mit einem besorgten Blick anschauen, ohne etwas zu sagen. Er hatte von Anfang an befürchtet, das Kind werde sie überfordern. Er behandelte sie ja selbst wie ein Kind. Die Schwangerschaft war problemlos gewesen und die Geburt leicht. Mit der Erziehung war sie nicht überfordert, sie hatte einfach andere Ansichten als er. Er verwöhnte das Kind, wie er sie verwöhnte, und ließ sich alles gefallen. Rainer ist ein Schlappschwanz, hatte Heidis Vater einmal zu ihr gesagt und gelacht. Dabei vertrug er sich besser mit ihm als sie selbst.

Cyril wimmerte leise. Heidi schloss die Tür auf und kniete sich nieder und umarmte ihn. Niemand hat mich gern, sagte er. Natürlich habe ich dich gern, sagte sie, es tut mir leid, ich wollte nicht, dass du dir wehtust. Hier, sagte Cyril, und sie küsste die Stelle, auf die er zeigte. Und hier.

Du darfst Mamas Zeichnungen nicht kaputt machen.

Cyril war zur Nachbarin gegangen, um mit Lea zu spielen, mit der er im Kindergarten war. Heidi hatte ihre Zeichnung vorsichtig geglättet und mit Klebeband zusammengeklebt und im Karton auf dem Kleiderschrank versteckt. Rainer durfte sie nicht sehen, er würde es nicht verstehen. Heidi ging in die Stadt, um etwas zu kaufen, was sie am Morgen vergessen hatte. Beim Bahnhof blieb sie stehen und las den Fahrplan, der dort angeschlagen war. Der Zug fuhr eine Minute später als vor sechs Jahren, zwei Minuten nach Mitternacht. Sie ging durch die Unterführung und setzte sich auf eine der Bänke auf dem Bahnsteig. Der Bahnhof war ausgestorben, nur dann und wann fuhr ein Güterzug mit hoher Geschwindigkeit vorbei und verschwand so plötzlich, wie er gekommen war.

Auch damals war sie allein gewesen auf dem Bahnsteig. Ihre Eltern hatten sie nicht begleitet, sie waren dagegen gewesen, dass sie nach Wien fuhr, jetzt, wo sie einen Beruf gelernt und eine so gute Lehrabschlussprüfung gemacht hatte. Aber da sprachen sie und ihr Vater schon seit Monaten nicht mehr miteinander. Wenn es nicht wegen der Leute gewesen wäre, er hätte sie bestimmt auf die Straße gesetzt.

Heidi packte ihre paar Sachen erst im letzten Moment, sie brauchte nicht viel, es waren ja nur drei oder vier Tage. Als sie im Flur die Schuhe anzog, kam die Mutter und schaute ihr ratlos zu. Dann, Heidi stand schon an der Tür, sagte sie, warte, und verschwand in der Küche und kam kurz darauf mit einer Tafel Schokolade zurück. Die musst du vor der Prüfung essen, sagte sie, das beruhigt.

Heidi war viel zu früh am Bahnhof gewesen. Sie setzte sich ins Gartenrestaurant gegenüber. Die Kastanien bildeten ein dichtes Dach, nur ein paar schwache Lichterketten erhellten den Garten und ließen die Nacht noch dunkler erscheinen. Ein einziger Tisch war besetzt mit einer Gruppe von Männern, von denen sie keinen erkannte. Trotzdem grüßten die Männer sie überlaut, wie um sich über sie lustig zu machen. Einer erzählte einen schmutzigen Witz nach dem anderen, er sprach mit gedämpfter Stimme, trotzdem oder vielleicht gerade deshalb verstand Heidi jedes Wort. Die Männer schielten immer wieder zu ihr herüber. Sie wusste, dass sie wie ein Kind aussah. Wenn sie ins Kino ging, kam es noch heute vor, dass sie den Ausweis zeigen musste. Die Serviererin kam an ihren Tisch, ein Mädchen, nicht viel älter als sie, und sagte, das Restaurant sei geschlossen. Letzte Runde, sagte sie, als sie am Tisch der Männer vorbeiging. Sie verschwand im Inneren des Lokals und kam kurz darauf mit ein paar Flaschen Bier zurück. Wir haben geschlossen, rief sie Heidi zu, die sitzen geblieben war, und setzte sich zu den Männern an den Tisch.

Heidi stand auf und ging. Als sie sich noch einmal umwandte, sah sie, dass einer der Männer ihr nachglotzte mit betrunkenem Blick. Er erhob sich schwerfällig, und sie hatte schon Angst, er werde ihr folgen, aber er ging zum kleinen Anbau, in dem die Toiletten waren.

Es war immer noch warm. Seit Tagen hatte der Föhn geweht, und selbst jetzt, in der Nacht, schienen die Berge ungewöhnlich nah und noch mächtiger als sonst. Heidi zählte sich ihre Namen auf, um sich zu beruhigen, der Helwang, der Gaflei, die Drei Schwestern, es waren dieselben Gipfel, die sie von ihrem Zimmer aus sah. Sie musste an die Sage denken, die ihnen die Lehrerin in der Schule erzählt hatte. Wie die drei Schwestern am Liebfrauentag statt in die Kirche in die Berge gingen, um Beeren zu pflücken, und wie ihnen dort die Jungfrau erschien und sie um Beeren bat. Aber die Schwestern hatten nichts abgeben wollen, und seither standen sie da, zu Stein erstarrt. Heidi war immer auf der Seite der hartherzigen Frauen gewesen, sie wusste selbst nicht, weshalb. Sie hatte das Massiv oft gezeichnet, bei allen möglichen Wetterlagen, nur oben war sie nie gewesen. Der Weg war exponiert, und sie war nicht schwindelfrei.

Zwei Grenzbeamte mit einem Schäferhund traten aus der Unterführung, und ganz am Ende des Bahnsteigs stand plötzlich ein Bahnarbeiter in einer leuchtfarbenen Weste. Dann sah Heidi in der Entfernung schon die Lichter des Zuges.

Sie ging hin und her auf der Suche nach ihrem Wagen. Sie hatte Angst, der Zug werde ohne sie abfahren, und fragte schließlich einen Schaffner, der in der offenen Tür eines Schlafwagens stand und rauchte. Er zeigte in eine Richtung und sagte, sie müsse sich beeilen, in drei Minuten gehe es weiter. Die Grenzbeamten waren eingestiegen, am Ende des Zuges wurde eine andere Lok angehängt. Heidi hetzte den Bahnsteig entlang und schaute immer wieder auf die große Uhr. Als der Zeiger auf Mitternacht sprang, stieg sie ein und ging durch die engen Gänge weiter, bis sie endlich in ihrem Wagen war. Während sie noch nach dem Abteil suchte, kam der Schlafwagenschaffner und bat sie um ihre Fahrkarte und um den Pass. Sie reichte ihm zögernd die Dokumente. Er schien ihre Unsicherheit zu bemerken und sagte, sie kriege morgen früh alles zurück, er werde sie rechtzeitig wecken. Der Zug fuhr los mit einem Ruck. Heidi wäre fast hingefallen, aber der Schaffner packte sie an der Schulter und ließ sie gleich wieder los, als habe er etwas Verbotenes getan. Er wünschte ihr eine gute Nacht und verschwand in sein Abteil.

Der Zug fuhr über die Rheinbrücke. Jetzt waren sie schon in Liechtenstein, und in wenigen Minuten würden sie in Österreich sein. Heidi blieb im schwacherleuchteten Gang stehen und schaute hinaus in die Dunkelheit. Langsam wichen die Angst und die Anspannung, und sie begann, sich auf die Reise zu freuen, auf Wien, wo sie noch nie gewesen war. Die Akademie der bildenden Künste, sie sagte sich den Namen immer wieder vor, sie bewarb sich an der Akademie der bildenden Künste, ausgerechnet sie, die von allen behandelt wurde wie ein kleines Mädchen und deren Vater schon den Besuch des Gymnasiums als Zeitverschwendung abgetan hatte. Meinst du, du bist etwas Besseres als wir, hatte er gesagt und ihr die Lehrstelle auf der Gemeindekanzlei verschafft. Hätte sie ihre ehemalige Zeichenlehrerin nicht getroffen, sie wäre gar nie auf die Idee gekommen, Künstlerin zu werden.

Vor ein paar Monaten war Frau Brander auf das Einwohneramt

gekommen, sie hatte ihr Portemonnaie verloren, oder es war ihr gestohlen worden, und sie musste sich einen neuen Personalausweis ausstellen lassen. Zeichnest du immer noch?, hatte sie gefragt, während Heidi das Formular ausfüllte. Heidi nickte, und Frau Brander sagte, sie solle ihr doch mal zeigen, was sie so mache.

Ein paar Tage später trafen sie sich nach dem Mittagessen in einem Café, und Heidi zeigte Frau Brander einige ihrer Zeichnungen. Die Lehrerin schaute sich jedes Blatt lange an und blätterte dann vorsichtig weiter. Das sind nur so Sachen, sagte Heidi. Die sind gut, sagte Frau Brander, du hast einen sehr klaren Strich. Hast du schon einmal daran gedacht, dich an einer Kunsthochschule zu bewerben? Heidi lachte und schüttelte den Kopf. Denk darüber nach, sagte Frau Brander. Wien, sagte sie, oder Berlin. Geh nicht nach Zürich.

Heidi hatte sich informiert, ohne irgendjemandem etwas zu sagen. Nur so, dachte sie, es kostet ja nichts. Die Zulassungsprüfungen in Wien fanden im September statt, jene in Berlin im Oktober, und jetzt war erst Mai. In den folgenden Monaten zeichnete Heidi ernsthafter als vorher und ging in die Bibliothek und schaute sich Kunstbücher an und las Biographien von Künstlern, die sie mochte. Und irgendwann wusste sie, dass es das war, was sie wollte, was sie insgeheim schon immer gewollt hatte, eine Künstlerin sein, selbständig und selbstbewusst wie die Lehrerin. Als der Chef sie in sein Büro bat, um mit ihr über die Zukunft zu sprechen, sagte sie, sie wolle nach dem Lehrabschluss an die Kunsthochschule. Der Chef machte ein skeptisches Gesicht. Und wenn du nicht genommen wirst?, fragte er. Er sagte, er könne die Stelle nicht für sie freihalten. Mit ihren Eltern hatte Heidi noch nicht über ihre Pläne gesprochen. Der Chef rief den Vater an, die beiden kannten sich vom Turnverein. Der Vater fiel aus allen Wolken, am meisten schien ihn zu kränken, dass Heidi es ihm nicht selbst gesagt hatte. Es kam zu einem kurzen, heftigen Streit, Heidi nannte ihren Vater primitiv und er sie verrückt. Danach sprachen sie nicht mehr miteinander.

Im August rief Heidi Frau Brander an und sagte ihr, dass sie sich in Wien bewerben wolle. Frau Brander sagte, sie werde ihr helfen, eine Mappe zusammenzustellen. Komm morgen Abend bei mir vorbei, sagte sie, und bring alles mit, was du hast.

Am nächsten Abend packte Heidi alle ihre Zeichnungen in einen großen Karton und fuhr mit dem Fahrrad zu Frau Brander. Die Zeichenlehrerin wohnte in einem Mietshaus am Rand der Stadt. Heidi war noch nie in der Gegend gewesen. Das Haus war alt und schäbig, aber die Wohnung war schön eingerichtet. Überall an den Wänden hingen Bilder, kleine Öllandschaften, auf denen auch die hässlichen Lagerhallen der Transportunternehmen zu sehen waren, der Güterbahnhof und die Silos. Geh schon auf den Balkon, sagte Frau Brander. Trinkst du ein Glas Wein? Heidi zögerte, dann sagte sie, ja, gern.

Sie stand an der Brüstung und schaute auf das riesige Maisfeld hinunter, das sich gleich hinter dem Haus ausdehnte, und hoch zu den Drei Schwestern. Aus der Ferne war der Lärm der Autobahn zu hören, ein an- und abschwellendes Rauschen. Frau Brander war herausgekommen und hatte sich neben Heidi gestellt. Sie legte ihr den Arm um die Schultern und drückte sie an sich. Ich bin ganz aufgeregt, sagte sie, es kommt mir vor, als müsse ich mich selbst noch einmal bewerben. Heidi musste daran denken, was man sich von Frau Brander erzählte, aber das war bestimmt Unsinn, die Umarmung war freundschaftlich, sie hatte nichts zu bedeuten. So gingen Künstler eben miteinander um, frei und ohne Angst und ohne Vorurteile. Frau Brander hatte die Flasche aufgemacht und zwei Gläser eingeschenkt. Renate, sagte sie und prostete Heidi zu. Jetzt lass mal sehen, was du hast.

Sie brauchten Stunden, um eine Auswahl zu treffen. Als es draußen zu dunkel wurde, gingen sie ins Wohnzimmer und machten dort weiter. Sie legten die übrig gebliebenen Zeichnungen auf den Parkettboden. Renate war barfuß und auch Heidi hatte ihre Schuhe ausgezogen und kam sich plötzlich nackt vor an diesem fremden Ort. Sie gingen zwischen den Zeichnungen hin und her, sortierten sie um, entfernten einige und nahmen andere dazu. Es war sehr warm in der Wohnung, und wenn Renate den Arm hob und sich nachdenklich am Kopf kratzte, sah Heidi dunkle Schweißflecken auf ihrem ärmellosen Kleid. Sie standen an unterschiedlichen Enden des Raumes, näherten sich einander, standen schweigend nebeneinander, kauerten vor einer Zeichnung nieder, um sie besser betrachten zu können. Renate verlor das Gleichgewicht und hielt sich lachend an Heidis Schulter fest und ließ die Hand liegen, als sie wieder aufgestanden waren. Heidi roch Renates Parfüm, das ihren Körpergeruch nicht überdeckte, sondern ergänzte zu einem warmen, sommerlichen Duft, der Heidi an Milch und an Gras erinnerte.

Endlich waren nur noch zwanzig Blätter übrig, einige kleine Porträts, ein halbes Dutzend Landschaften und ein paar der letzten Arbeiten, Farbstiftzeichnungen von seltsam geformten organischen Gebilden. Heidi war verlegen geworden, als Renate den Stapel aus dem Karton gezogen und gefragt hatte, was das sei? Sie hatte mit den Schultern gezuckt. Das sieht aus wie eine Vulva, sagte Renate, und das auch irgendwie. Sie lachte und schaute Heidi in die Augen. Heidi senkte den Blick, aber nicht aus Scham. Hast du einen Freund?, fragte Renate.

Heidi hatte ihr Abteil gefunden. Drinnen brannte nur eine schwache Notlampe. Sie hörte jemanden atmen. Sie setzte sich auf die untere Pritsche und öffnete ihre Mappe und blätterte noch einmal die Zeichnungen durch. Hallo, sagte eine Stimme. Heidi schlug die Mappe schnell zu und blickte hoch. Eine junge Frau schaute auf sie herunter. Wo sind wir?, fragte sie. Eben über die Grenze, sagte Heidi. O Gott, sagte die andere und setzte sich auf und ließ die nackten Beine über den Rand der Pritsche baumeln. Ich kann einfach nicht schlafen in diesen Liegewagen. Sie kletterte die Leiter herunter und verschwand im Gang. Kurz darauf kam sie zurück und blieb vor der Abteiltür stehen. Sie öffnete das Fenster und zündete sich eine Zigarette an. Willst du auch?, fragte sie. Sie sagte, bevor sie den Nachtzug nehme, trinke sie immer ein Bier, damit sie besser schlafe. Aber sie habe in Zürich ein paar Typen getroffen in der Kneipe und zu viel getrunken, und jetzt müsse sie dauernd aufs Klo. Ich bin Susa. Wie heißt du? Heidi sagte ihren Namen. Die andere lachte. Ist das dein richtiger Name?

Der Schlafwagenschaffner trat in den Gang und rief, hier sei Rauchverbot. Arschloch, sagte Susa leise und schnippte die Zigarette aus dem Fenster und kam zurück ins Abteil. Sie erzählte, sie komme aus Kiel. Seit mehr als zwei Wochen trampe sie durch Europa. Sie sei in Frankreich gewesen, in Barcelona und in Italien und Zürich. Jetzt wolle sie noch Österreich und Ungarn machen und, wenn die Zeit reiche, Tschechien. Und was hast du vor? Heidi erzählte, sie werde sich an der Akademie der Künste in Wien bewerben. Du bist Künstlerin?, fragte Susa. Heidi schüttelte den Kopf. Ich bewerbe mich ja nur, sagte sie. Du hast einen süßen Akzent, sagte Susa. Sind da drin deine Bilder? Zeigst du sie mir?

Heidi zögerte. Aber ein bisschen stolz war sie doch, dass die andere sie für eine Künstlerin gehalten hatte. Sie öffnete die Mappe. Susa setzte sich neben sie. Das sind die Drei Schwestern, sagte Heidi, die heißen so, die Berge. Und das ist der Gonzen. Das Schloss Sargans, meine Mutter, das ist eine Arbeitskollegin. Und das bist du, sagte Susa, die sind schön. Ja, sagte Heidi. Und das ist eine Freundin. Und was ist das? Nur so aus der Phantasie, sagte Heidi. Susa lachte und sagte, das sehe aus wie eine Muschi. Heidi blätterte nicht weiter. Sie spürte, wie ihr das Blut in den Kopf stieg. Zeig, sagte Susa, jetzt wird's spannend. Sie zog die restlichen Blätter aus der Mappe. Nicht, sagte Heidi, aber Susa hatte schon weitergeblättert. Lauter Muschis, sagte sie enttäuscht. Sie sagte, sie werde versuchen ein wenig zu schlafen, damit sie morgen nicht ganz scheiße aussehe. Sie kletterte die Leiter hoch und legte sich hin.

Heidi bündelte die Blätter und legte sie vorsichtig in die Mappe zurück und stellte die Mappe neben den kleinen Rucksack mit ihren Sachen. Dann legte sie sich hin, ohne sich auszuziehen. Sie schämte sich immer noch. Sie hatte, als sie die Zeichnungen machte, einfach drauflosgearbeitet und überhaupt nicht daran gedacht, was dabei entstand. Zum ersten Mal hatte sie das Gefühl gehabt, nicht nur abzuzeichnen, zu kopieren, sondern etwas Neues zu schaffen. Es war ganz leicht gegangen und ein wunderschönes Gefühl gewesen, eine Linie folgte der nächsten, als wüchsen die Zeichnungen von selbst. Organe, hatte sie gedacht, irgendwelche Organe irgendwelcher Lebewesen. Selbst jetzt sah sie nicht, was alle anderen zu sehen schienen. Aber vielleicht war sie einfach naiv. Sie stellte sich vor, wie sie vor der Prüfungskommission stehen und wie die Experten sie anschauen und was sie denken würden. Sie sah sich nackt dastehen vor einem Gremium aus alten Männern, und einer zeigte auf ihre Scham und sagte, das sieht ja aus wie eine Muschi, und die anderen lachten dreckig.

Der Zug fuhr langsamer, dann beschleunigte er wieder. Es war warm im Abteil. Heidi nahm die Wasserflasche aus dem Rucksack und trank einen kleinen Schluck. Sie dachte an Renate und an das Leben, das sie führte. Eine Zeichenlehrerin in einer Kleinstadt, die in ihrer Freizeit malte und alle zwei Jahre in irgendeinem Ausstellungsraum, in einem Café oder im Treppenhaus eines Bürogebäudes ihre Sachen zeigte. Heidi war bei einer der Vernissagen gewesen, und selbst ihr war die Lächerlichkeit der Veranstaltung nicht entgangen. Ein Lokalredakteur hatte ein paar wirre Worte über Renates Kunst gesagt, und Renate hatte mit geröteten Wangen Weinflaschen aufgemacht und die paar Gäste bedient, lauter Außenseiter wie sie selbst, und hatte sich von jedem sagen lassen, wie toll ihre Bilder seien. Es war seltsam, dass Heidi nie vorher an Renate gezweifelt hatte, dass sie sich nie überlegt hatte, ob die Bilder der Lehrerin wirklich gut waren. Und auch an Renates Urteil hatte sie nicht gezweifelt. Sie musste an die Werke der großen Meister denken, die sie in der Bibliothek gesehen hatte. Was waren dagegen ihre Farbstiftzeichnungen, ihre Kinderzeichnungen?

Der Zug war in einen Bahnhof eingefahren, und kaltes Neonlicht drang durch die Ritzen der Blende ins Abteil. Heidi schaute auf die Uhr, es war zwanzig nach zwei. Ohne nachzudenken, sprang sie auf, packte ihren Rucksack und ihre Mappe und lief auf den Gang hinaus. Der Schlafwagenschaffner stand in der offenen Tür und redete mit einem Bahnangestellten. Ich will aussteigen, sagte Heidi. Wir sind erst in Innsbruck, sagte der Schaffner. Ich steige aus, sagte Heidi noch einmal. Der Schaffner murmelte etwas, was nicht freundlich klang, und ging gemächlich in sein Abteil. Es schien, als mache er absichtlich langsam, er blätterte durch die Umschläge mit den Papieren der Reisenden. Endlich zog er Heidis Pass und ihre Fahrkarte hervor und reichte sie ihr. Von draußen war ein Pfiff zu hören. Heidi sprang aus dem Wagen, und der Zug fuhr ab. Der Bahnangestellte war verschwunden, und auch sonst war kein Mensch zu sehen.

Die längste Zeit stand Heidi auf dem leeren Bahnsteig. Sie war müde und verwirrt und wusste nicht, wohin sie gehen sollte. Auf dem Fahrplan sah sie, dass in wenigen Minuten der Gegenzug zurück in die Schweiz fuhr, aber sie konnte noch nicht nach Hause. Sie nahm ihre Sachen und verließ den Bahnhof und ging durch die fast menschenleere Stadt, die ihr sehr düster vorkam und ein wenig unheimlich mit ihren schweren Gebäuden und den engen Gassen. Hier und da war noch Licht in einem Lokal, und Stimmen und Gelächter waren zu hören und manchmal Musik. Aber Heidi hatte keine Lust, unter Menschen zu sein, sie hätte die neugierigen Blicke nicht ertragen, den Lärm und die betrunkene Heiterkeit der Nachtschwärmer. Unten am Inn setzte sie sich auf eine Bank. Sie fröstelte und zog ihren Pullover an.

In jener Nacht hatte Heidi Rainer kennengelernt. Er war mit ein paar Freunden unterwegs nach Hause gewesen und hatte sie auf der Bank am Fluss sitzen sehen. Er habe Angst gehabt, dass sie sich etwas antun wolle, sagte er, als sie ihn später fragte, weshalb er sie angesprochen habe. Eine Frau am Fluss, mitten in der Nacht, da komme man eben auf solche Gedanken. Nein, sagte Heidi, das wäre ihr nie in den Sinn gekommen. Rainers Freunde warteten in einiger Entfernung und riefen ein paarmal nach ihm und gingen dann.

Rainer hatte sich neben Heidi auf die Bank gesetzt, und sie erzählte ihm ihre Geschichte, nur nicht, was Susa und Renate über die Zeichnungen gesagt hatten. Er schien sich gar nicht für ihre Bilder zu interessieren. Er nahm sie mit zu sich nach Hause, sie konnten ja nicht die ganze Nacht hier draußen sitzen. Er war sehr lieb, aber dann umarmte er sie doch plötzlich und fasste sie an. Sie wehrte sich nicht lange, sie hatte keine Kraft mehr und war müde und leer. Vielleicht wollte sie es ja, der Schmerz und die Scham waren die Strafe für ihre Feigheit, sie besiegelten ihre Niederlage. Heidi musste an Renate denken und daran, wie anders sie war, selbstbewusster und doch vorsichtig und einfühlsam.

Rainer stand am Fenster, und Heidi wunderte sich über seinen behaarten Rücken und ekelte sich vor ihm und vor dem, was er mit ihr getan hatte. Er drehte sich zu ihr um, ohne sich zu bedecken, und fragte, wie alt sie sei, und als sie sagte, neunzehn, du erzählst mir keinen Mist? Er war zehn Jahre älter.

Heidi blieb drei Tage bei Rainer. Er war Verkäufer in einem Sportgeschäft und ging jeden Morgen vor neun aus dem Haus und kam erst nach Ladenschluss zurück. Sie saß die meiste Zeit in der Wohnung, unfähig, einen klaren Gedanken zu fassen. Einmal nahm sie ihre Zeichensachen hervor, aber dann saß sie eine Stunde lang vor dem leeren Blatt, ohne einen Strich zu machen. Sie saß im Dämmerlicht und wartete auf Rainer, ängstlich und doch unfähig wegzugehen. Sie kam sich vor wie seine Gefangene, obwohl er ihr einen Schlüssel für die Wohnung gegeben hatte. Manchmal stand sie minutenlang an der Wohnungstür, ohne es über sich zu bringen, sie zu öffnen. Rainer wollte, wenn er einmal da war, nicht mehr aus dem Haus. Er hatte eingekauft, Brot und Käse und Speck und eine Flasche Wein, und sie aßen und tranken, und dann zog Rainer sie aus, und sie ließ es sich gefallen. Er war sportlich und einen Kopf größer als sie und drehte und wendete sie, wie es ihm gefiel, und verlangte Dinge von ihr, die ihr unangenehm waren und peinlich, und doch hatte sie nie das Gefühl, dass er wirklich sie meinte. Er schien sehr weit entfernt zu sein, nur mit sich selbst beschäftigt und mit seiner Lust, und das war ein Trost. Er benutzte sie, aber sie benutzte ihn vielleicht noch mehr, weil sie nichts empfand, nicht einmal Lust. Sie beobachtete sich von außen und wunderte sich.

Heidi hatte keine klare Erinnerung an die erste Zeit zu Hause. Sie hatte sich in ihrem Zimmer verkrochen und mit niemandem geredet. Sie hörte den Vater, der vor ihrem Bett stand und mit lauter Stimme sagte, du kannst wieder anfangen auf der Kanzlei. Er ging weg, kam zurück, stand schweigend da und schaute auf sie herunter. Die Mutter brachte ihr Essen aufs Zimmer, saß auf der Bettkante, erzählte irgendetwas oder streichelte Heidis Kopf. Manchmal weinte sie. Du kannst doch nicht ewig hier liegen, sagte sie, du musst etwas essen, sag doch etwas. Nachts stand Heidi stundenlang am Fenster und schaute hinaus auf die vom Mond beschienenen Berge, die zu Stein verwandelten Schwestern, die sie zugleich anzogen und erschreckten. Sie wurde krank. Der Arzt war ratlos, er machte alle möglichen Untersuchungen, die Heidi schweigend über sich ergehen ließ. Sie saß auf dem Behandlungstisch nur in Unterwäsche. Der Arzt schrieb etwas in die Krankenakte und drehte sich dann auf dem viel zu tief eingestellten Drehstuhl zu ihr. Alles ist in Ordnung, sagte er und machte ein Gesicht, als sei nichts in Ordnung, außer dass du schwanger bist.

Sie sagte, er solle ihren Eltern nichts erzählen, aber nach einiger Zeit war es nicht mehr zu verbergen. Die Mutter merkte es zuerst und erzählte es dem Vater. Die Eltern reagierten erstaunlich gelassen. Sie fragten Heidi nach dem Vater und ob er davon wisse. Seltsamerweise hatte Heidi gar nicht daran gedacht, Rainer zu verständigen. Das Kind schien nichts mit ihm zu tun zu haben. Aber auf Drängen der Eltern rief sie ihn doch an. Am Wochenende kam er, und Heidi holte ihn am Bahnhof ab. Er hatte sich gut angezogen, und sie merkte, dass er viel nachgedacht und sich alles zurechtgelegt hatte. In einem Restaurant in der Nähe des Bahnhofs tranken sie Kaffee, und Rainer tastete vorsichtig ab, was Heidi von der ganzen Angelegenheit hielt und ob sie sich vorstellen könnte, mit ihm zusammen zu sein. Als sie zum Mittagessen zu Heidis Eltern gingen, war schon alles entschieden.

Rainer verstand sich gut mit Heidis Eltern. Er hatte eine Art, sich jedem gleich unterzuordnen, und das gefiel Heidis Vater. Er half Rainer, eine Stelle zu finden, und verschaffte ihnen eine kleine

Dreizimmerwohnung. Vom Balkon aus konnte Heidi die Drei Schwestern sehen und die Gleise und bei bestimmten Wetterlagen die Züge hören und die Lautsprecherdurchsagen. An den Sonntagen aßen Rainer und Heidi bei ihren Eltern, und alle taten, als sei das Kind schon auf der Welt und als gehöre es ihnen. Heidi sagte nicht viel, sie ahnte, dass das alles vorbeigehen würde, dass etwas anderes auf sie wartete, etwas, wovon sie noch nicht recht wusste, was es war. Bei der Hochzeit hielt Heidis Vater eine Rede, in der er sich lustig machte über die Tochter, die ausgezogen war, um Künstlerin zu werden, und mit einem Kind im Bauch zurückkam. Rainer machte ein verlegenes Gesicht, aber Heidi lächelte und hob das Kind in die Höhe wie eine Trophäe.

In Innsbruck war Heidi oft gewesen in den vergangenen Jahren, nach Wien hatte sie es nie geschafft. Rainer mochte die Stadt nicht und noch weniger ihre Bewohner. Außerdem wolle er nicht, dass Heidi auf dumme Gedanken komme, sagte er, sonst bewerbe sie sich doch noch an der Akademie.

Ein Zug fuhr ein, und Heidi stand schnell auf. Sie wollte nicht, dass die Leute sie hier herumsitzen sahen, als habe sie nichts Besseres zu tun. Sie ging in den Supermarkt und dann nach Hause. Sie klingelte bei der Nachbarin. Cyril wollte noch nicht heim, er wollte mit Lea spielen. Er kann bei uns essen, wenn es euch nichts ausmacht, sagte die Nachbarin. Nicht heute, sagte Heidi. Cyril, rief sie mit schriller Stimme und streckte den Kopf an der Nachbarin vorbei durch die Tür, Cyril!

Während sie das Abendessen machte, sah sie wieder die Halbwüchsigen bei den Recyclingcontainern. Eins der Mädchen kannte sie, sie machte eine Verkäuferinnenlehre in der Bäckerei. Bei der Arbeit trug sie eine formlose Schürze, aber auf der Straße sah man sie immer nur im Minirock und mit bauchfreiem Top und einem Push-up-BH, der ihren Busen noch größer erscheinen ließ, als er ohnehin war. Sie ist ja noch ein Kind, hatte Rainer einmal gesagt, in jenem Tonfall, der Heidi misstrauisch machte. Er machte oft solche Bemerkungen über andere Frauen, er schien an nichts anderes zu denken. Heidi hatte in den Jahren, die sie zusammen waren, jede Achtung vor ihm verloren. Sie weigerte sich, seine Spiele mitzuspielen, und entzog sich ihm, wann immer sie konnte. Er schlug vor, eine Therapie zu machen, brachte Prospekte mit nach Hause von Workshops für Paare. Nie, sagte Heidi, nie mache ich das und rede vor anderen Leuten über diese Dinge. Sie hatte die Prospekte nicht angefasst, so sehr ekelte sie sich davor.

Irgendwann hatte Heidi wieder zu zeichnen angefangen, morgens, wenn Rainer aus dem Haus war und Cyril im Kindergarten. Jeden Abend beobachtete sie vom Küchenfenster aus die Verkäuferin aus der Bäckerei, sah, wie sie vor den Jungen hin und her ging mit vorgestreckter Brust und mit dem Hintern wackelte. Heidi wollte sie bitten, ihr Modell zu stehen, aber sie traute sich nicht hinunterzugehen und das Mädchen anzusprechen. Stattdessen zeichnete sie sie aus der Erinnerung, sie stellte sie sich vor in allen möglichen Stellungen, nackt und mit Kleidern, von hinten, von vorn, kauernd oder sitzend, stehend, den Kopf abgewandt, eine Hand im Haar.

Heidi stand nackt vor dem Spiegel und betrachtete sich und zeichnete dann das Mädchen nach dem Vorbild ihres eigenen Körpers, eine Figur wie ein Kind, das beiden Eltern gleicht, ohne dass man sagen könnte, welcher seiner Züge von dem oder von jenem stammt. Die Zeichnungen versteckte sie in einem Karton auf dem Kleiderschrank im Schlafzimmer. Inzwischen mussten es Hunderte sein.

Manchmal fragte sie sich, was gewesen wäre, wenn sie damals

nach Wien gefahren wäre und ihre Mappe eingereicht hätte. Vermutlich wäre sie ohnehin nicht zur Prüfung zugelassen worden. Oder sie hätte die Prüfung nicht bestanden. Oder sie hätte sie bestanden und hätte das Studium absolviert und wäre jetzt Zeichenlehrerin in irgendeiner Kleinstadt. Sicher war nur, dass es Cyril dann nie gegeben hätte. Sie konnte sich ein Leben ohne ihn nicht vorstellen, auch wenn sie sich manchmal wünschte, er wäre nie geboren, und sie wäre frei und unabhängig und könnte tun, was sie wollte.

Sie hätte gerne mit Renate über all das gesprochen, hätte ihr gerne die neuen Zeichnungen gezeigt, aber seit ihrer Rückkehr hatte sie die Lehrerin gemieden. Sie dachte an jene Nacht, dachte an Renates Geruch und an ihre nackten Füße und ihre Hände, an ihre braungebrannte Haut, ihre weiße Haut. Sie schämte sich vor ihr, und insgeheim gab sie ihr wohl auch die Schuld für das, was geschehen war. Sie hatte sich nie für die Glückwunschkarte und das Plüschtier bedankt, die Renate ihr zur Geburt von Cyril geschickt hatte. Es war ihr vorgekommen, als mache die Lehrerin sich über sie lustig.

Heidi machte das Abendessen. Im Radio liefen die Nachrichten. Cyril war im Wohnzimmer und hörte eine Märchenkassette. Er hatte den Ton viel zu laut gestellt, und die Märchen vermischten sich mit den aktuellen Meldungen zu einer absurden Collage. Draußen produzierte sich Carmen vor ihren Altersgenossen. In Gedanken verwandelte sich Heidi in das Mädchen, das auf und ab ging und selbstbewusst seinen Körper zeigte, hergerichtet für niemanden als für sich selbst. Heidi wusste inzwischen, dass sie sich nicht für die Jungs interessierte, dass sie nur mit ihnen spielte. Sie hatte Carmen angesprochen, hatte Kaffee mit ihr getrunken, war mit ihr Kleider kaufen gegangen und Unterwäsche, die sie nur anzog, wenn Rainer nicht zu Hause war. Sie hatte sich von Carmen schminken lassen und frisieren. Dann hatten sie sich zusammen fotografiert, hatten kleine Videofilme gemacht mit der Kamera von Carmens Handy, Maskeraden, Spiele, was ihnen gerade einfiel. Heidi hatte sich dem Mädchen ausgeliefert, sie stellte sich vor, wie sie die Filmchen herumzeigte mit ihrem frechen Lachen. Heidi wartete darauf, dass Carmen zu ihr hochschaue, aber sie tat es nicht, sie spielte auch mit ihr.

Heidi stellte sich vor, wie Rainer die Zeichnungen finden würde, wenn sie nicht mehr da war. Irgendwann, auf der Suche nach Gründen, würde er ihre Sachen durchsehen und den Karton öffnen und die Zeichnungen finden und die Fotos. Sie ist doch noch ein Kind, würde er sagen und den Kopf schütteln und nichts verstehen.

Die Verletzung

LUZIAS MUTTER WAR MIT VIERZIG JAHREN verrückt geworden. Ich glaube, davor hatte Luzia am meisten Angst. Ich fragte, was der Grund gewesen sei. Das Leben, sagte Luzia und zuckte mit den Schultern. Sie hat diesen Mann geheiratet, der sie mehr liebte als sie ihn. Ich bin auf die Welt gekommen, sie hat mich großgezogen, und irgendwann hat sie es nicht mehr ausgehalten und hat sich die Pulsadern aufgeschnitten. Als ich sie gefunden habe, war sie schon bewusstlos. Da war ich dreizehn.

Luzia war zwei Jahre jünger als ich. Kennengelernt hatte ich sie während eines Sommers, den ich bei meinen Großeltern verbrachte in den Bergen. Im Frühling hatte ich die Schule abgeschlossen, im Herbst sollte ich mit dem Studium beginnen. Ich hatte vorgehabt, mit dem Großvater wandern zu gehen, aber er war krank geworden und erholte sich nur langsam, und so hatte ich viel Zeit für mich. Wenn es regnete, las ich, aber wenn die Sonne schien, war ich den ganzen Tag lang draußen, streunte herum, badete im eiskalten See und kam erst spät nach Hause.

Am See traf ich Luzia. Wir mochten uns gleich und verbrachten viel Zeit miteinander. Wir wanderten in den Bergen, lagen stundenlang im Gras, und wenn das Wetter schlecht war, zogen wir Regenkleidung an und gingen trotzdem hinaus. Der Boden der Alpweiden war so weich, dass er unter unseren Schritten federte, und wenn die Sonne schien, war der Himmel blau wie nirgendwo sonst.

Luzia bat mich oft, ihr Geschichten zu erzählen. Ich hatte nichts erlebt, aber mir fiel immer etwas ein. Ich weiß nicht mehr, was ich ihr erzählte, ich weiß nur noch, dass wir viel lachten damals. Luzia erzählte mir von ihren Träumen, wohin sie reisen, was sie sich kaufen wollte. Ein Auto, Kleider, ein Haus. Sie hatte sich alles ausgedacht. Sie wollte in einer der Hotelbars arbeiten und schnell viel Geld verdienen, und später wollte sie einen Mann und zwei Kinder und ein Haus am Ausgang des Dorfes, in der Nähe des Sees. Dann sitze ich zu Hause, sagte sie, und schaue aus dem Fenster und warte darauf, dass die Kinder von der Schule kommen.

Einmal war Luzia krank. Sie war allein zu Hause, die Mutter wieder einmal in der Klinik, und der Vater im Geschäft unten im Haus. Er verkaufte Radios und Fernseher und war ein freundlicher, zurückhaltender Mann. Es ist nichts Schlimmes, sagte er und schickte mich hoch.

Luzia kam im Pyjama an die Tür, und ich folgte ihr in ihr Zimmer. Ich war zum ersten Mal bei ihr zu Hause und hatte das beunruhigende Gefühl, etwas Verbotenes zu tun. An jenem Nachmittag erzählte mir Luzia von der Krankheit der Mutter. Es kommt immer nur im Sommer, sagte sie, dann sitzt sie den ganzen Tag lang in der Stube und sagt nichts und tut nichts, und mein Vater kommt jede Stunde herauf und schaut, wie es ihr geht. Er hat Angst, dass sie es wieder versucht, sagte Luzia. Kochst du mir einen Tee?

Sie war nicht wirklich krank, aber ich kochte trotzdem Tee für sie, es war, als spielten wir Mann und Frau. Luzia hatte mir erklärt, wo alles stand. Als ich die Schränke öffnete, war es mir, als beobachte mich jemand. Dann kam Luzia in die Küche und schaute mir zu und lächelte, wenn ich sie anschaute. Wenn sie hustete, klang es, als verstelle sie sich.

Luzia zeigte mir Fotos. Wir lagen nebeneinander auf dem Bett, sie unter, ich auf der Decke. Irgendwann sagte sie, ich solle sie küssen, und ich tat es. Eine Woche später schliefen wir miteinander, es war für uns beide das erste Mal.

Wir hatten beschlossen, eine Rundwanderung zu machen über zwei Pässe. Übernachten wollten wir in einer Jugendherberge im Nachbartal. Wir waren den ganzen Tag unterwegs gewesen, waren hoch hinaufgestiegen, durch unwirtliche Landschaften gegangen und kamen erst am späten Nachmittag an unser Ziel, ein winziges Dorf, weit hinten in einem kargen Tal. Die Jugendherberge war ein kleines gemauertes Haus am Rand des Dorfes. An der Tür war ein Schild, auf dem stand, wo der Schlüssel abgeholt werden könne.

Das Haus war kalt und leer. Im Erdgeschoss gab es eine Küche und einen kleinen Speisesaal. Auf dem Tisch lag ein altes Gästebuch. Die letzte Eintragung stammte von vor ein paar Tagen. Zwei Australier hatten etwas vom Ende der Welt geschrieben. Auf dem Dachboden war der Schlafraum. Er war düster, es gab nur zwei kleine Fenster, und an der Decke hing eine einzelne, schwache Glühbirne. Ich warf meinen Rucksack auf eine der schmalen Matratzen, die eine der Wände entlang auf dem Boden lagen, und Luzia richtete sich neben mir ein. An den Fußenden der Matratzen lagen Stapel brauner Wolldecken. Wir gingen hinunter in die Küche, kochten Kaffee und aßen, was wir mitgebracht hatten, Brot und Käse, Obst und Schokolade.

Die Sonne war schon früh hinter den Bergen verschwunden, und es wurde schnell kühl, aber der Himmel war immer noch blau. In einem kleinen Geschäft, in dem alles Mögliche zu haben war, kauften wir eine Literflasche Rotwein. Dann spazierten wir aus dem Dorf das Tal hinauf. Wir hörten Murmeltiere pfeifen, aber wir sahen sie nicht. Nach einer Weile sagte Luzia, ihr sei kalt. Ich wollte ihr meine Jacke geben, aber sie lehnte ab, und wir drehten um.

Die Jugendherberge lag neben einem Bergbach, dessen Rauschen selbst durch die geschlossenen Fenster deutlich zu hören war. Drinnen war es kaum wärmer als draußen. Ich öffnete die Weinflasche, und wir legten uns, ohne uns auszuziehen, in unsere Schlafsäcke und tranken den Wein aus der Flasche und redeten. Erzähl mir eine Geschichte, sagte Luzia, und ich erzählte ihr von meinen Plänen und von Filmen, die ich gesehen, und Büchern, die ich gelesen hatte.

Luzia schlüpfte aus dem Schlafsack, um zur Toilette zu gehen. Als sie zurückkam, hockte sie einen Moment lang neben mir auf der Matratze, dann zog sie sich bis auf die Unterwäsche aus und legte sich zu mir.

Es wurde Herbst, und Luzia nahm eine Stelle in einer Hotelbar an. Ich fuhr nach Hause und begann mit dem Studium. Ich war ein guter Schüler gewesen am Gymnasium, trotzdem hatte ich Mühe, mich an der Universität einzuleben. Ich fand keinen Anschluss und saß an den meisten Abenden in der kleinen Mansarde, die meine Eltern für mich gefunden hatten.

Ich schrieb Luzia oft, aber es kam selten eine Antwort. Dann schrieb sie Postkarten, auf denen nicht viel mehr stand, als dass es ihr gutgehe, dass im Dorf nichts los und das Wetter gut oder schlecht sei. Manchmal machte sie kleine Zeichnungen, um den leeren Platz auszufüllen, eine Blume oder eine Hütte und einmal ein Herz, aus dem ein Blutstropfen floss. Die Zeichnungen erinnerten mich an Tätowierungen.

Im Sommer darauf starb mein Großvater. Ich fuhr mit meinem Vater zur Beerdigung ins Dorf. Ich wollte Luzia besuchen. Sie war nicht da, und ich hinterließ eine Nachricht, aber sie meldete sich nicht. Als wir ins Unterland fuhren, nahmen wir die Großmutter mit.

Ein paarmal rief ich Luzia an. Meist nahm ihr Vater ab und

sagte, sie sei ausgegangen. Einmal war sie am Apparat. Ich fragte, ob ich sie besuchen dürfe, aber sie ging nicht darauf ein. Als ich insistierte, sagte sie, ich sei ein freier Mensch, sie könne mir nicht verbieten, ins Dorf zu kommen. Danach schrieb ich ihr nicht mehr oft, aber ich vergaß sie nicht. Ich hatte ihr in jenem Sommer versprochen zurückzukommen, und als ich mein Studium abgeschlossen hatte, bewarb ich mich um eine Stelle als Lehrer an der Dorfschule. Der Schulleiter machte keinen Hehl daraus, dass ich die Stelle nur wegen meiner Großeltern bekam.

Du kommst nicht zurück, hatte Luzia vor vier Jahren gesagt, jetzt sagte sie, ich habe nicht gedacht, dass du jemals wieder hier auftauchst. Ich war Anfang der Woche mit dem Zug gekommen. Mein Vater hatte versprochen, meine Sachen am Wochenende mit dem Auto ins Tal zu bringen, meine Bücher, den kleinen Fernseher und die Stereoanlage. Aber am Freitag schneite es, und der Pass wurde vorübergehend geschlossen. Mein Vater rief an und fragte, ob es mir etwas ausmache, wenn er erst in einer Woche komme. Ich saß im kleinen Haus meiner Großeltern. Ich schlief im Bett, in dem mein Großvater gestorben war und vermutlich schon mein Urgroßvater. Ich lag unter dem schweren Federbett, die Arme am Körper wie ein Toter, und stellte mir vor, wie es wäre, sich nicht mehr bewegen zu können, einfach hier liegen zu bleiben und zu warten auf den Tod.

Wenn meine Sachen da sind, lade ich dich zum Essen ein, sagte ich zu Luzia. Ich war in die Bar gegangen, in der sie arbeitete. Sie erzählte, dass sie immer noch bei den Eltern wohne. Sie arbeite viel, sagte sie, sie habe im Sommer ihr Auto zu Schrott gefahren, im Frühling wolle sie sich ein neues kaufen. Ich sagte, in der Garage meiner Großeltern stehe der alte Volvo, wenn sie wolle, könne sie ihn ausleihen. Die Kiste?, sagte sie und lachte spöttisch.

Die Arbeit an der Schule war schwierig. Ich hatte an der Universität pädagogische Kurse belegt, aber die Kinder hier waren wild und ungezogen und machten es mir nicht leicht. Auch die Kollegen waren keine Hilfe. Die meisten waren aus der Gegend, und in den Pausen sprachen sie über die bevorstehende Jagd, über Dorfangelegenheiten und das Wetter. Einmal rief ich den Vater eines besonders störrischen Mädchens an. Er war Hotelier und behandelte mich am Telefon wie einen Schuljungen. Einige Tage darauf kam der Schulleiter nach dem Unterricht in mein Klassenzimmer und sagte, wenn ich nicht klarkomme, solle ich mich an ihn wenden und nicht den Eltern die Schuld an meinem Versagen geben. Astrid schaut bis in die Nacht hinein fern, sagte ich. Und dann schläft sie während des Unterrichts ein.

Der Schulleiter schaute die Scherenschnitte an, die ich mit den Kindern gemacht hatte und die wir an die Fensterscheiben geheftet hatten. Schneeflocken, sagte er, als ob es hier nicht genug Schnee gibt. Er nahm einen Scherenschnitt nach dem anderen vom Fenster, langsam und ohne ein weiteres Wort zu sagen. Als er fertig war, legte er sie vor mir aufs Pult und sagte: Sie sollten sich um den Lehrplan kümmern, statt Scherenschnitte zu machen.

Er ging. Draußen hörte ich das Schreien der Kinder. Ich trat ans Fenster. Sie kämpften miteinander, dann rannten sie wie auf Kommando vom Pausenhof und verschwanden die Straße hinunter. Sie rannten alle miteinander davon, und ich musste an die Schwärme struppiger Vögel denken, die ich bei der Müllhalde außerhalb des Dorfs gesehen hatte.

Die Tage waren kurz und wurden immer kürzer. Es schneite lange nicht in diesem Jahr, es regnete und es war kalt, und oft sah man die Spitzen der Berge nicht, weil die Wolken so tief hingen. Es ist schlimmer als in anderen Jahren, sagte Luzia, wenn der Schnee kommt, wird es heller. Sie sagte, manchmal habe sie Angst, verrückt zu werden wie ihre Mutter. Wir waren am schulfreien Nachmittag spazieren gegangen, aus dem Dorf hinaus und den Abhang hinauf. Es war einer der wenigen schönen Tage in diesem Herbst. Aber schon bald verschwand die Sonne hinter den Bergen, und nur die Hänge weit oben lagen noch im Licht.

Wenn es nur endlich zu schneien anfängt, sagte Luzia, dann kann man wenigstens Ski fahren. Ich lud sie zum Essen ein, aber sie sagte, sie habe keine Zeit. Am Samstag, sagte ich, und sie sagte, also gut. Sie sagte, die Luft rieche nach Schnee und dass die alten Leute sagten, es werde ein strenger Winter. Aber das sagten sie jedes Jahr. Ich wollte sie auf den Mund küssen, aber sie drehte den Kopf weg und hielt mir die Wange hin. Erzähl mir eine Geschichte, sagte sie. Du musst doch Geschichten kennen. So lang, wie du weg warst. Ich war nicht weg, sagte ich, ich war zu Hause.

Am nächsten Tag gingen wir noch einmal spazieren. Wir nahmen denselben Weg und setzten uns auf dieselbe Bank wie am Tag zuvor. Von hier aus sah man das ganze Dorf und die hässlichen Hotelkästen unten am See. Der Himmel war bewölkt, und kurz nachdem wir uns hingesetzt hatten, fing es an zu schneien, kleine Flocken, die der Wind uns ins Gesicht blies und die sich in den Falten unserer Kleider sammelten. Der Schnee schmolz, sobald er den Boden berührte. Luzia war aufgestanden. Ich sagte, sie solle warten, aber sie schüttelte den Kopf und lief allein den steilen Abhang hinunter. Sie sprang von Stein zu Stein wie ein Kind. Ich sah ihr nach, bis sie unten im Dorf war. Ich blieb noch eine Weile sitzen, dann ging ich die Straße entlang ins Dorf zurück. Ich kam gerade rechtzeitig zum Schulhaus. Der Schulleiter stand in der Tür und schaute wortlos zu, wie ich an ihm vorbei und in mein Klassenzimmer ging.

Am Samstag kam Luzia zu mir. Ich hatte am Morgen eingekauft

und den ganzen Nachmittag über das Essen vorbereitet. Luzia aß schweigend. Ich fragte sie, ob es ihr schmecke. Sie sagte, ja, und kaute weiter. Als wir fertig waren und auf dem Sofa saßen und Kaffee tranken, stand sie auf, ging zum Fernseher und schaltete ihn ein. Ich sagte, ob das nötig sei. Nicht unbedingt, sagte sie. Du kannst mir auch etwas erzählen. Sie ließ das Gerät laufen, machte aber den Ton etwas leiser. Ich habe auf dich gewartet, sagte ich. Ich war doch pünktlich. Ich meine, seit damals. Seit wir uns … als wir miteinander geschlafen haben. Luzia runzelte die Stirn. Du meinst, du hast nie mit einer anderen Frau geschlafen? Nein, sagte ich und kam mir plötzlich lächerlich vor. Luzia lachte rau. Sie sagte, ich sei ein verrückter Kerl. Das ist ja richtig unheimlich. Ich sagte, ich hätte oft an sie gedacht. Luzia stand auf und sagte, sie müsse gehen. Ich schaltete den Fernseher aus und legte eine CD ein. Ich fragte, ob sie mit vielen Männern geschlafen habe. Sie sagte, das gehe mich nichts an, und nach kurzem Zögern, na klar, hier oben sei ja nichts los. Dann sagte sie, sie habe Kondome dabei, aber jetzt habe sie keine Lust mehr. Sie zog das kleine Päckchen aus der Tasche und warf es mir zu. Die schenke ich dir, sagte sie und zog Schuhe und Jacke an.

Eine Woche später gingen wir zusammen ins Kino. Seit die Wintersaison begonnen hatte, lief jede Woche ein Film im Gemeindezentrum, und von nun an gingen wir oft zusammen hin. Aber zu mir nach Hause kam Luzia nicht mehr. Ich durfte sie heimbegleiten, und manchmal redeten wir noch ein wenig vor ihrer Tür. Wenn ihr kalt war, gab sie mir die Hand und verschwand im Haus.

Früh im Dezember schneite es endlich bis ins Dorf hinunter, und diesmal blieb der Schnee liegen. Eine Woche lang schneite es fast ununterbrochen, dann hörte es auf. Es war jetzt sehr kalt, und der Himmel war klar. In der Nacht sah man unzählige Sterne, die hier viel näher schienen als im Unterland. Einmal, es war kurz vor Weihnachten und wir hatten im Gemeindezentrum eine amerikanische Komödie gesehen, sagte Luzia, ich könne mit reinkommen. Im Flur küsste sie mich.

»Hast du geübt in der Zwischenzeit?«, fragte sie und lachte, und als ich den Kopf schüttelte: »Weißt du überhaupt noch, wie es geht?«

Im Flur ließ sie mich stehen und ging ins Wohnzimmer. Ich hörte, wie sie mit jemandem sprach. Dann kam sie zurück. Sie öffnete die Tür zu ihrem Zimmer, und ich sah gerade noch, wie ihr Vater den Kopf durch die Wohnzimmertür streckte und uns nachschaute.

Als Luzia auf mir saß, fing ihre Nase zu bluten an. Sie beugte sich vor und hielt eine Hand unter ihre Nase, trotzdem tropfte etwas Blut auf mein Gesicht. Sie lachte. Ich war erstaunt, wie kühl das Blut war. Später hörte ich ihren Vater durch den Flur gehen. Ich wollte über Nacht bleiben, aber Luzia schickte mich weg. Sie sagte, sie wolle nicht, dass mich jemand sehe. Es war spät, als ich nach Hause kam.

Am nächsten Nachmittag ging ich bei ihr vorbei, ohne vorher anzurufen. Ihr Vater war freundlich wie immer und sagte, ich solle nur raufgehen. Ich hatte den ganzen Nachmittag lang Aufsätze korrigiert und war müde und ausgelaugt. Luzia sagte, sie müsse gleich los, um sechs fange sie mit der Arbeit an. Wenn ich Lust habe, könne ich sie begleiten. Sie lade mich zu einem Drink ein.

In der Bar saßen ein paar Männer aus dem Dorf, und Luzia wollte, dass wir uns zu ihnen setzten, bis ihr Dienst begann. Ich hatte keine Lust, aber sie hatte schon zwei Stühle geholt und an den Tisch der anderen gestellt. Sie kannte alle mit Vornamen und setzte sich neben einen, den sie Elio nannte und den ich noch nie gesehen hatte. Elio arbeitete im Sommer als Bergführer und im

Winter als Skilehrer. Er erzählte von seinen Klettertouren, von einem Skirennen, das im Januar stattfinden werde, und von den Touristinnen, die mit ihm ins Bett wollten. Die eine kommt jedes Jahr, sagte er, eine Deutsche aus München. Sie bucht Privatstunden, aber zum Skifahren kommen wir selten. Der Mann sei ein großes Tier bei einer Bank und komme höchstens mal für ein Wochenende ins Tal. Und die Kinder stecke sie in die Skischule. Dann rechnete er uns vor, wie viel er verdiente mit den Privatstunden. Er sagte, er mache die Arbeit nur wegen des Geldes.

Ich wollte gehen, aber Luzia sagte, ich solle bleiben. Sie hakte sich bei Elio unter und sagte, er solle weitererzählen. Jetzt sprach er von Bergtouren, erzählte Heldengeschichten von schwierigen Besteigungen und gefährlichen Rettungsaktionen. Luzia beachtete mich nicht mehr. Strahlend schaute sie Elio an. Mitten in einer Geschichte stand ich auf und ging. Zu Hause wusste ich nicht, was ich machen sollte. Ich schaltete den Fernseher ein. Es lief eine Talkshow, in der ein Mann zur Empörung des Publikums erzählte, er lebe mit zwei Frauen zusammen. Die Frauen waren auch im Studio und betonten immer wieder, sie verstünden sich bestens. Angewidert schaltete ich den Fernseher aus.

Ich staubsaugte das ganze Haus und wusch das Geschirr ab und brachte die leeren Flaschen zur Sammelstelle. Danach fühlte ich mich etwas besser. Auf dem Rückweg schaute ich noch einmal in der Bar vorbei. Luzia arbeitete jetzt, und das Lokal war voll lärmender Touristen. Elio saß am Ende der Theke. Als Luzia mich bemerkte, ging sie zu ihm hin und nahm einen Zug von seiner Zigarette. Dann lehnte sie sich über die Theke und küsste ihn auf den Mund. Sie schaute mich an mit einem boshaften Lächeln.

Am nächsten Tag traf ich Luzia auf der Straße. Ich hatte ein Weihnachtsgeschenk für sie gekauft. Sie nahm mir das Paket aus der

Hand, ohne hinzuschauen, zuckte mit den Achseln und ging davon.

Zwischen den Feiertagen war keine Schule. Meine Eltern waren mit der Großmutter ins Tal gekommen und wohnten bei mir im Haus. Sie gingen jeden Tag Ski fahren, die Großmutter saß in der Stube, strickte oder döste vor sich hin. Sie hatte sich beklagt, weil ich einige ihrer Bilder abgehängt hatte und weil in der Schieferplatte des Esstisches ein Kratzer war. Ich war erleichtert, als sie nach Weihnachten wieder fuhren.

Während der verbleibenden freien Tage blieb ich jeden Morgen möglichst lange im Bett liegen und ging, nachdem ich endlich aufgestanden war, kaum aus dem Haus. Am späten Nachmittag schaltete ich den Fernseher ein. Es lief die Talkshow, die ich kürzlich schon gesehen hatte, nur das Thema war ein anderes. Nachdem ich eine Weile lang zugehört hatte, schaltete ich den Fernseher aus und stellte ihn in die Garage. Ich stand da und starrte das Gerät an. Dann trug ich es vor das Haus, stellte es an die Straße und klebte einen Zettel auf den Bildschirm: Zum Mitnehmen. Ich wartete am Fenster und schaute hinaus. Manchmal blieb jemand stehen, las den Zettel und schaute zum Haus. Aber niemand nahm den Fernseher mit.

Silvester rief ich Luzia an. Wir sprachen nur kurz, sie sagte, sie habe keine Zeit. Als ich sie später noch einmal anrief, meldete sich nur der Anrufbeantworter. Ich sprach auf das Band. Ich sagte Luzia, ich liebe sie und ich sei einsam und würde gern den Abend mit ihr verbringen. Ich wartete. Um neun gab ich es auf und ging nach draußen.

Die Bar war zum Bersten voll, schon von der Straße aus waren Musik und der Lärm von Stimmen zu hören. Luzia stand zusammen mit einer Kollegin hinter der Bar, Elio saß wieder am Ende der Theke. Ich setzte mich neben ihn und bestellte ein Bier. Luzia beachtete mich nicht. Manchmal kam sie zu uns, lehnte sich über die Theke und schrie Elio etwas ins Ohr, küsste ihn oder ließ sich von ihm eine Zigarette geben. Sie rauchte hastig und blickte dabei im Raum umher. Der Rauch der Zigarette glitt über ihre Hand, als wolle er sie streicheln. Ich fühlte mich betrunken, obwohl ich noch beim ersten Bier war.

Ich schaute Luzia bei der Arbeit zu. Sie lachte mit den Gästen und bewegte sich schnell hin und her. Sie trug ein bauchfreies T-Shirt, und ich bemerkte ein Piercing in ihrem Bauchnabel und dass sie weniger schlank war, als ich sie in Erinnerung hatte. Aber das machte sie nur noch verführerischer. Mein ganzer Körper schmerzte. Ich wollte sie berühren, sie küssen. Und zugleich sah ich mich in meiner Ecke sitzen, eine jämmerliche, liebeskranke Figur.

Einmal machte Luzia eine Pause. Sie war hinter der Bar hervorgekommen und zwischen mir und Elio stehen geblieben. Elio erhob sich und legte einen Arm um ihre Schultern, er ging etwas in die Knie und machte eine kreisende Bewegung mit den Hüften. Dann ließ er Luzia los und ging zur Toilette, stolperte, fiel fast hin. Luzia lachte, es klang wie ein Schrei. Sie bewegte sich langsam zur Musik, strich sich mit den Händen über die Hüften und lächelte mich an. Sie sagte etwas. Ich schüttelte den Kopf, und sie kam mit dem Mund ganz nah an mein Ohr. Tolle Stimmung, was?, rief sie. Kurz darauf verschwand sie wieder hinter der Bar. Ich stand auf und verließ das Lokal.

Ich ging nach Hause. Der Fernseher stand noch immer an der Straße. Er war schneebedeckt. Im Haus war es kalt, ich hatte vergessen, Holz nachzulegen, bevor ich losgegangen war. Als ich ein paar Scheite aus der Garage holen wollte, fiel mein Blick auf einen Stapel Aufsätze, die auf dem Küchentisch lagen. Mein größter

Wunsch zu Weihnachten. Ich blätterte den Stapel durch. Was sie sich gewünscht hatten, meine Schüler: Snowboards, Gameboys, einen Motorschlitten. Aber was hatte ich erwartet? Frieden für die Welt? Gerechtigkeit? Liebe?

Von draußen hörte ich die Glocken Mitternacht schlagen und danach Autohupen und Feuerwerksexplosionen. Ich stopfte die Aufsätze in den Ofen und zündete sie an. Durch die Feuerluke schaute ich zu, wie sie sich in der Hitze kräuselten und erst langsam, dann schneller verbrannten. Bevor die Flammen ganz versiegten, riss ich ein paar Seiten aus einem Pädagogikbuch, das auf dem Boden lag, und schob sie in den Ofen. Immer mehr Seiten riss ich aus dem Buch, und als nur noch der Umschlag übrig war, holte ich ein zweites. Vor meinen Augen flimmerte es, weil ich so lange ins Feuer geschaut hatte, und mein Gesicht war heiß von der Strahlung.

Ich verbrannte ein Buch nach dem anderen. Bundweise riss ich die Seiten aus den Einbänden und warf sie in die Flammen. Ich war überrascht, wie viel Kraft es brauchte, die Bücher zu zerreißen. Meine Hände schmerzten. Irgendwann ging ich schlafen.

Am nächsten Tag machte ich weiter. Ich war jetzt systematischer, stapelte meine ganzen Bücher neben dem Ofen und verbrannte eines nach dem anderen. Ich brauchte den ganzen Morgen dafür. Dann holte ich meine Notizen aus den Schubladen, meine Tagebücher, die Zeitungsartikel, die ich aufbewahrt und nie gelesen hatte. Ich verbrannte alles. Der Raum war voll vom Qualm, der aus der Ofentür drang.

Am Abend ging ich in die Bar. Es waren weniger Leute da als am Tag zuvor. Elio saß wieder in seiner Ecke. Als ich mich neben ihn setzte, schaute er mich misstrauisch an. Luzia kam und nahm meine Bestellung auf. Sie fragte, ob ich gute Vorsätze gefasst hätte für das neue Jahr. Ich sagte, ich hätte alle meine Bücher verbrannt.

Du bist verrückt, sagte sie. Ich erzähle dir eine Geschichte, sagte ich, aber ich sprach wohl mehr für mich selbst als für sie. Ich erzählte, wie ich zum ersten Mal ins Dorf gekommen war, wie ich Luzia kennengelernt hatte. Ich erzählte von unserer Wanderung ins Nachbartal und von unserer ersten Nacht.

Elio trank langsam sein Bier. Er schaute auf die Theke und schien nicht zuzuhören. Luzia hörte zu. Eine seltsame Unruhe hatte sie erfasst, und sie vermied es, mir in die Augen zu schauen. Als ich fertig war, lehnte sie sich über die Bar, flüsterte Elio etwas ins Ohr. Dann küsste sie ihn lange auf den Mund. Dabei schaute sie mich an mit einem zugleich ängstlichen und wütenden Gesichtsausdruck. Wenigstens schien ich ihr jetzt nicht mehr gleichgültig zu sein. Ich stand auf und ging. Zu Hause schrieb ich ihr einen langen Brief. Als ich fertig war, warf ich ihn in den Ofen und verbrannte ihn.

Den ganzen nächsten Tag ging ich nicht aus dem Haus. Ich verbrannte, was ich finden konnte, Pappkartons, die Fotoalben meiner Großeltern, die alten hölzernen Skier, die in der Besenkammer standen, einen kaputten Schemel. Was zu groß war, zerkleinerte ich mit der Säge oder der Axt. Das Werkzeug war alt und lange nicht gebraucht worden, das Blatt der Säge war voller Rostflecken, die Axt stumpf.

Am Tag darauf fing ich an, die Möbel zu verbrennen. Die Sachen der Großeltern waren solide, ich hatte nicht geahnt, wie viel Arbeit es machte, etwas zu zerstören. Es wäre viel einfacher, einen Menschen zu töten, dachte ich. Ein kurzer Druck an der richtigen Stelle, eine schnelle Drehung des Genicks, eine Klinge zwischen die Rippen, das hatte ich in Filmen gesehen. Ich dachte daran, Elio zu töten, nicht Luzia, aber was hätte es geändert. Als die Läden nach den Feiertagen wieder offen waren, kaufte ich eine neue Axt.

Die Zerstörung hatte Gerüche. Zerrissenes Papier, Pappe, zerrissener Stoff, den ich mit Benzin tränkte, damit er brannte. Das Holz roch, wenn es zersplitterte, wie frisch geschlagen, es war, als habe der Geruch die ganze Zeit in ihm gesteckt. Und dann die Gerüche der Verbrennung: der saure Rauch des Papiers, das ich in dicken Bündeln in den Ofen schob und das langsam verglühte. Der schwere Geruch brennenden Benzins, der beißende des Lacks, der Blasen bildete und dann schwarz wurde, bevor das Holz darunter Feuer fing.

Was nicht brannte, steckte ich in Müllsäcke, die ich im Volvo verstaute, erst im Kofferraum und, als dieser voll war, auf der Rückbank und schließlich auf dem Beifahrersitz.

Die Schule hatte wieder angefangen. Ich war viel ruhiger geworden. Während des Unterrichts dachte ich schon an das Zerstörungswerk, das ich am Abend fortsetzen würde, und der Gedanke beruhigte mich. Als ich im Flur den Schulleiter traf, nickte er mir freundlich zu und wünschte mir alles Gute für das neue Jahr.

An einem Wochenende fuhr ich mit dem Auto aus dem Dorf hinaus und nahm eine kleine Straße. Am Anfang der Straße war ein Fahrverbotsschild, darunter die Ergänzung, land- und forstwirtschaftlicher Verkehr gestattet. Es waren kaum Spuren im Schnee. Ich fuhr im Zickzack den Berg hinauf. Nach ein paar Kilometern endete die Straße unvermittelt. Ich ließ das Auto stehen und ging den ganzen Weg zu Fuß zurück. Zu Hause war ich völlig durchfroren.

Nach einer Woche rief der Dorfpolizist an und sagte, mein Auto sei gefunden worden. Er war misstrauisch und stellte Fragen. Ich erfand eine Geschichte, die er nicht recht zu glauben schien.

Am Sonntag ging ich in die Kirche, zum ersten Mal seit ich im Tal wohnte. Ich saß in der hintersten Bank. Als der Pfarrer die

Gläubigen bat, zum Segen nach vorn zu kommen, blieb ich sitzen. Ich sah Luzia, die mit einem Dutzend anderer vor dem Altar niederkniete. Der Pfarrer legte einem nach dem anderen die Hand auf den Kopf und sprach seinen Segen. Nach dem Gottesdienst versuchte ich mit Luzia zu reden. Es war das erste Mal seit langer Zeit, dass ich sie ohne Elio sah. Ich liebe dich, sagte ich. Du bist verrückt, sagte sie, was bildest du dir ein? Sie ging weiter. Ich folgte ihr und sagte noch einmal, dass ich sie liebe. Aber sie reagierte nicht mehr, schaute mich nicht einmal an. Ich folgte ihr nach Hause, stieg hinter ihr die Treppe hoch zum Hintereingang. Sie öffnete die Tür, ging hinein und schloss sie vor meiner Nase.

Ende Januar nahm ich das Bett auseinander und zersägte und zerhackte es in der Garage in kleine Stücke, die ich im Ofen verbrannte. Es war das letzte Möbelstück. Jetzt blieb mir nur noch die Matratze.

An einem der nächsten Tage ging ich wieder einmal zur Stelle über dem Dorf, wo ich mit Luzia gewesen war. Ich wischte den Schnee von der Bank und setzte mich. Die Sonne war schon hinter den Bergen verschwunden. Nach einiger Zeit sah ich Luzia die Straße emporkommen. Sie ging schnell und schaute auf den Boden. Einmal schaute sie hoch zur Bank. Ich winkte, aber ich war nicht sicher, ob sie mich gesehen hatte. Sie ging noch etwas weiter, dann drehte sie um und lief zurück ins Dorf.

Am Tag darauf, ich war gerade dabei, meinen Schülern einen Text zu diktieren, sah ich Luzia vor dem Fenster vorbeigehen. Ich sagte den Kindern, ich sei gleich zurück, und verließ das Klassenzimmer. Als ich auf die Straße kam, war Luzia verschwunden. Ich zögerte einen Moment, dann ging ich nach Hause, packte ein paar Sachen und bestellte ein Taxi. Ich kannte den Fahrer, eines seiner Kinder war in meiner Klasse. Er stellte keine Fragen, schien sich nicht zu wundern, als ich ihn bat, mich zum Bahnhof zu bringen.

Es dauerte eine halbe Stunde, bis der nächste Zug fuhr, und ich hatte plötzlich Angst, dass jemand kommen und mich am Gehen hindern könnte. Der Taxifahrer hatte seinen Wagen abgestellt. Er war ausgestiegen und rauchte und telefonierte. Er lachte laut, ich hörte es bis herüber auf den Bahnsteig, auf dem ich stand. Manchmal schaute er zu mir, und trotz der Distanz glaubte ich in seinem Gesicht einen Ausdruck des Triumphs zu sehen.

Der Zug wurde bereitgestellt. Ein paar Skifahrer stiegen mit mir ein, aber an der nächsten Station stiegen sie schon wieder aus, und ich war allein im Waggon. Ich öffnete ein Fenster und lehnte mich hinaus. Kalte Luft drang herein. Der Himmel war bedeckt, und die Berge, die vorüberzogen, kamen mir bedrohlich vor. Erst als der Zug einen weiten Bogen machte und in den Tunnel fuhr, wurde ich ruhiger.

Der Befund

DAS PFLASTER AUF BRUNOS RÜCKEN spannte unangenehm. Die Wunde schmerzte kaum, aber der Gedanke daran schwächte ihn, und er schwitzte noch stärker als sonst. Seit Wochen war es heiß gewesen. Es war Ende August, und manche sagten, die Hitze würde bis in den September anhalten.

Seit dreißig Jahren arbeitete Bruno an der Rezeption. Die letzte Woche hatte er Frühdienst gehabt. Um drei war er zu Hause, und Olivia wollte, dass er sie zum Einkaufen begleite. In den Geschäften stellte sie ihm Fragen, auf die er keine Antwort wusste.

Vor dem Abendessen duschte Bruno. Als er in frischen Sachen aus dem Bad kam, stand Olivia da und wollte das Pflaster wechseln. Der Gedanke, dass sie aus der Küche gekommen war und vor der Badezimmertür auf ihn gewartet hatte, irritierte ihn. Das Pflaster ist bestimmt nass geworden, sagte sie und folgte ihm ins Schlafzimmer. Nein, sagte er, das macht nichts.

Olivia öffnete die Knöpfe seines Hemdes. Er war zu schwach, um sich zu wehren, und ließ sich auf das Bett sinken. Sie setzte sich neben ihn, streifte ihm das Hemd über die Schultern und sagte, er solle sich umdrehen.

Achtung, sagte sie und hatte das Pflaster schon weggerissen. Es tut nicht weh, sagte Bruno. Es sieht gut aus, sagte sie. Es sind nur zwei Stiche, sagte er. Sie sagte, er habe immer eine gute Wundheilung gehabt, er sagte, es spanne ein bisschen. Olivia schien ganz versunken in ihre Aufgabe. So, sagte sie und fuhr ihm mit der Hand durchs Haar, jetzt hast du dir dein Essen verdient.

Es war sieben. Sie aßen immer um sieben. Morgen soll es kühler werden, sagte Olivia und schöpfte Brunos Teller voll. Er hatte keinen Hunger, aber er hatte es längst aufgegeben, ihr das zu sagen.

Nach dem Abendessen ging er in den Garten und blieb lange draußen, länger als sonst. Es wurde schon dunkel, als er hereinkam. Wolken waren aufgezogen. Olivia saß im Wohnzimmer und schaute die Spätnachrichten. Bruno ging ins Schlafzimmer. Er zog sich aus und legte sich hin. Regnet es schon?, fragte Olivia, als sie ins Bett kam. Bruno gab keine Antwort.

Er war froh, dass er ab morgen Spätdienst hatte. Er musste erst um drei im Hotel sein und konnte am Morgen so lange schlafen, wie er wollte. Olivia weckte ihn zum Mittagessen, und nach dem Kaffee war er schon aus dem Haus. Sie wohnten nicht weit vom Hotel entfernt, und Bruno liebte es, nach der Arbeit mit dem Rad heimzufahren. Nachts war die Innenstadt bevölkert von jungen Leuten, die in den Straßencafés laut diskutierten. Wenn er nach Hause kam, war Olivia meist schon im Bett, und er ging nur schnell ins Schlafzimmer, um ihr Gute Nacht zu sagen. Er küsste sie flüchtig, und sie sagte, bleib nicht zu lange auf.

Die Kaltfront hatte die Stadt in der Nacht erreicht. Die Luft hatte sich um mehr als zehn Grad abgekühlt, es hatte geregnet, und jetzt war es trübe draußen, fast herbstlich. Wann er den Bescheid bekomme, fragte Olivia beim Mittagessen. Sie fragte Bruno jeden Tag, seit er vor einer Woche beim Arzt gewesen war, um das Muttermal entfernen zu lassen. Morgen, sagte er. Es ist bestimmt nichts, sagte Olivia. Natürlich ist es nichts, sagte Bruno, eine Routineuntersuchung. Sicher ist sicher, sagte Olivia, man würde sich unnötig Sorgen machen. Die Unsicherheit. Deshalb habe ich es ja machen lassen, sagte Bruno. Eben, sagte Olivia. Rufen sie dich an, oder musst du sie anrufen?

Bruno hatte der Arztgehilfin die Nummer des Hotels gegeben. Sie hatte versprochen, ihn am Mittwoch anzurufen, im Laufe des Nachmittags. Der Arzt hatte es nicht einmal für nötig gehalten, ihn zu beruhigen. Die Chance, dass es sich um ein Melanom handelte, war wirklich sehr gering. Bruno hatte keine Angst. Er war im Gegenteil bester Laune an diesem Tag, vielleicht weil es endlich kühler war. Er machte einen Scherz, als er seine Kollegin ablöste, und arrangierte persönlich die Blumen im Saal, in dem sich am Abend die Vereinigung christlicher Geschäftsleute treffen sollte. Dann trat er auf die Terrasse und betrachtete zufrieden das Panorama, das kleine Stück des Sees, das von hier aus zu sehen war, und die bewaldeten Berge, die jetzt viel näher zu sein schienen als während der heißen Wochen. Er ärgerte sich noch nicht einmal, als Sergio anrief und sich krankmeldete. Der Student, der in solchen Fällen einsprang, war nicht zu Hause, aber seine Mutter sagte, er werde bald zurück sein. Bruno rief zu Hause an. Er sagte, er komme später, er wisse noch nicht, wann. Ausgerechnet heute, sagte Olivia. Bruno gab keine Antwort.

Die christlichen Geschäftsleute waren einer nach dem anderen nach Hause gegangen. Marcella kam mit den Letzten aus dem Saal und blieb an der Rezeption stehen, um noch ein wenig mit Bruno zu schwatzen. Die Christen geben schlechte Trinkgelder, sagte sie, hoffentlich beten sie wenigstens für uns. Sie fragte, weshalb Bruno noch hier sei. Sergio ist krank, sagte er. Und der Student?, fragte Marcella. Was hat Sergio? Bruno schüttelte den Kopf.

»Wir kennen uns seit dreißig Jahren«, sagte er. »Er hat kurz nach mir hier angefangen. Da warst du noch gar nicht auf der Welt.«

Marcella lachte. Sie sagte, sie sei fünfunddreißig.

»Du siehst jünger aus«, sagte Bruno. »Wer passt auf die Kinder auf, wenn du hier bist?«

»Die passen auf sich selbst auf. Die Jüngste ist zehn. Die Ältere dreizehn. Und der Junge fünfzehn.«

Er habe auch drei Kinder, sagte Bruno, aber die seien schon vor langer Zeit ausgezogen. Marcella sagte, sie räume schnell den Saal auf. Bis gleich, sagte sie.

Zwei Frauen mittleren Alters verließen das Hotel. Bruno hatte sich oft gewundert über die attraktiven Frauen, die hier abstiegen. Sie reisten zu zweit oder dritt an, ohne ihre Männer. Sie teilten sich ein Zimmer, waren den ganzen Tag unterwegs und kamen erst gegen Abend ins Hotel zurück mit einem halben Dutzend Tragetaschen von teuren Geschäften. Manchmal sah er sie auf einem seiner Rundgänge am Schwimmbad. Halb nackt lagen sie in ihren Liegestühlen. Bruno blieb dann einen Moment stehen und betrachtete sie aus der Entfernung mit skeptischer Miene. Nach dem Abendessen verließen die Frauen das Hotel noch einmal, und er sah sie nicht zurückkommen. Sergio hatte erzählt, dass sie manchmal Männer mit dabei hätten, die sie an ihm vorbeizuschmuggeln versuchten. Als interessiere es ihn, mit wem sie ihre Nächte verbrächten. Er könne sich ja vorstellen, was dabei herauskomme, wenn die Burschen kaum eine Stunde später wieder an der Portierloge vorbeischlichen, Zigarette im Mund und mit kaltem Gesicht.

Bruno dachte an Marcella in ihrem schwarzen Rock. Er stellte sich vor, wie sie nach Hause kam. Die Kinder waren schon im Bett, der Mann saß im Wohnzimmer und schaute fern. Sie ging ins Bad und zog den Rock aus und den Unterrock. Sie wusch sich und ging in Unterwäsche ins Schlafzimmer und zog ein Nachthemd an.

Bruno dachte an die Zeit, in der seine Kinder noch zu Hause

gewohnt hatten, die langen, gleichmäßigen Jahre, all die Morgen-
und Abendessen. Manchmal sehnte er sich nach diesen Mahlzeiten, bei denen nie viel geredet worden war, nichts von Bedeutung. Ihre Schönheit lag in der Wiederholung, im Wissen,
dass man morgen wieder so zusammensitzen würde, übermorgen,
nächste Woche und im nächsten Jahr. Es schien damals so viel Zeit
zu sein. Erst als die Kinder ausgezogen waren, merkte er, wie
fremd sie sich in all den Jahren geblieben waren. Wenn Bruno
einen Katastrophenfilm sah, in dem ein Erdbeben, eine Flut oder
ein Vulkanausbruch eine Stadt bedrohte, bewegten ihn nicht die
Verwüstung, nicht die Toten, nur das Schicksal des Mannes, der
von seiner Familie getrennt war und im allgemeinen Durcheinander verzweifelt nach ihr suchte. Dann hätte er weinen können,
wenn Olivia sagte, was für ein Unsinn.

Um zehn rief Bruno zu Hause an und sagte, er wisse noch immer nicht, wann er heimkomme. Olivias Stimme klang, als ob sie
sich Sorgen mache. Aber sie sagte nichts. Er versprach, später wieder anzurufen.

Er dachte an den Befund, den er morgen bekommen würde. Er
überlegte sich, wie sie es ihm beibringen würden. Der Arzt würde
ihm nichts vormachen. Siebzig Prozent der Patienten sterben innerhalb von fünf Jahren. Dann würde jener Marathon beginnen,
den er bei einem der Kellner miterlebt hatte, einem Portugiesen,
diese endlose Folge von Untersuchungen und Therapien. Zeiten,
in denen es besser ging, und solche, in denen man ihn kaum wie-
dererkennen würde. Schlaflose Nächte, unerträgliche Schmerzen,
tagelanges Erbrechen und schließlich ein hässlicher Tod.

Er stand vor dem Hotel. Es waren nicht viele Zimmer belegt. In
einigen Fenstern war Licht, in einem saß ein junger Mann und
rauchte. Er warf die Kippe weg und verschwand. Bruno hatte
Angst, panische Angst vor dieser Krankheit, die sich vielleicht

schon in seinem Körper ausgebreitet hatte. Er hatte Angst davor, sein Leben zu verlieren, Stück um Stück. Er hatte sich nie viel gewünscht, hatte nur immer gehofft, dass alles so bliebe, wie es war. Aber vielleicht hatte er gerade damit das Schicksal herausgefordert.

Marcella trat aus dem Gebäude, grüßte kurz und schloss ihr Fahrrad auf. Gute Nacht, sagte er, und Marcella winkte und fuhr davon.

Bruno betrachtete das alte Ölgemälde, das neben der Rezeption hing. Er hatte das Bild fast vergessen, obwohl er jeden Tag ein paarmal daran vorbeiging. Eine Abschiedsszene im goldenen Licht eines heraufziehenden Sturms. Der Mann trug ein Kettenhemd und einen Umhang. Sein Haar war zu Zöpfen geflochten, und er hatte einen hängenden Schnurrbart, der ihm ein orientalisches Aussehen gab. Er würde lange weg sein, vielleicht ging er auf einen Kreuzzug, vielleicht kam er nicht zurück in das Schloss am See zu der Frau im langen Gewand. Während seiner ersten Zeit im Hotel hatte Bruno oft vor dem Bild gestanden. Er hatte die Frau geküsst und war mit freudiger Erwartung losgezogen in den Sturm und durch ihn hindurch. Jetzt sah er nur noch den Schmerz und die Unausweichlichkeit des Abschieds.

Der Student rief kurz nach elf an. Bruno sagte ihm, er brauche nicht mehr zu kommen. Er war ärgerlich, obwohl er dem Studenten keinen Vorwurf machen konnte. Bruno wartete, schaute auf die Uhr, setzte sich an den Schreibtisch, stand wieder auf. Er holte die Flasche Grappa aus dem Schrank, die er von einem Stammgast zu Weihnachten bekommen und nie geöffnet hatte. Es sei eine gute Marke, hatte der Gast gesagt, aber Bruno mochte keinen Grappa. Er schenkte sich ein großes Glas ein und trank es schnell aus. Es schüttelte ihn. Er schenkte das Glas noch einmal voll. Er nahm den Hörer ab, legte wieder auf. Was würde er Olivia sagen?

Die Wahrheit? Aber was war die Wahrheit? Dass er nicht nach Hause kommen wollte. Dass er diesen letzten Abend nicht mit ihr verbringen wollte, mit ihrer falschen Fürsorge, mit ihrem unnützen Geschwätz. Er würde es nicht ertragen, wenn sie wieder sein Pflaster wechselte, ihm mit der Hand durchs Haar fuhr wie einem Kind. Er war kein Kind, er war ein alter Mann, vielleicht ein todkranker Mann. Und er wollte diesen Abend bei sich sein, ohne Lügen und ohne Trost.

Er rief Olivia an und sagte, er werde nicht nach Hause kommen. Der Student habe keine Zeit, und jemand müsse an der Rezeption bleiben.

»Ich kann es nicht ändern«, sagte er. Olivia fragte, ob er denn gegessen habe, und sagte, er solle sich hinlegen. »Gute Nacht«, sagte Bruno und legte auf.

Die beiden Frauen kamen kurz vor Mitternacht zurück. Sie waren allein, aber in ausgelassener Stimmung. Sie lachten laut, als sie die Treppe hinaufgingen. Kurz darauf schloss Bruno die Eingangstür ab. Wenn jetzt noch jemand kam, würde er klingeln müssen. Bruno hätte sich hinlegen können, aber er ging durch die leeren Flure, trat durch den Seiteneingang in den Park. Das Schwimmbad glänzte schwarz in der Dunkelheit. Bruno schaltete die Unterwasserlampen an, und das Becken leuchtete auf in strahlendem Blau. Er liebte diese Farbe, ihre Kühle und Reinheit und den leichten Geruch nach Chlor. Das Schwimmbad war für ihn der wahre Luxus des Hotels, nicht die dekorierten Säle, nicht die Gourmetmenüs oder die Salonmusiker, die an den Wochenenden gelegentlich hier spielten. Das Schwimmbad war anders als der See, wo er schwimmen ging, es war wie losgelöst von der Landschaft und vom täglichen Leben. Es stand für ein Leben, das er nie führen würde, aber das machte ihm nichts aus. Es genügte, dass es Menschen gab, die so lebten, und dass er in ihrer Nähe war und in ihrem Dienst stand. Es war ihm nie in den Sinn gekommen, seine Ferien in einem Luxushotel zu verbringen, obwohl er es sich hätte leisten können.

Bruno stand am Rand des Beckens, dann, ohne dass er recht wusste, was er tat, fing er an, sich auszuziehen. Langsam und vorsichtig stieg er die paar gefliesten Stufen hinunter, vorgebeugt, als wolle er sich ins Wasser fallen lassen. Es war kühl, aber nicht kalt. Er stand da und betrachtete seinen nackten Körper, der im blauen Licht gelblich wirkte und blass. Dann tauchte er ganz ein und schwamm zum anderen Ende des Beckens. Er schwamm hin und her, erst wurde ihm wärmer, dann kalt. Er stieg aus dem Becken und strich sich mit den flachen Händen das Wasser vom Körper und zog sich wieder an. Er war erregt, fast euphorisch, er hätte lachen können oder weinen.

Bruno schlief auf der Couch, die im Flur des ersten Stocks in einer Nische stand. Er hatte wilde Träume, an die er sich später nicht erinnerte. Als es draußen hell wurde, hatte er das Gefühl, überhaupt nicht geschlafen zu haben. Sein Kopf tat weh, und ihm war immer noch schwindlig von dem Grappa. Er stellte die halbleere Flasche zurück in den Schrank. Dann ging er zur Toilette, wusch sich das Gesicht und spülte den Mund. Das kalte Wasser erfrischte ihn ein wenig. Er ging hinunter ins Restaurant, das noch geschlossen war um diese Zeit. Er musste lange warten, bis die Kaffeemaschine aufgeheizt war. Erst jetzt fiel ihm ein, dass er seit letztem Mittag nichts gegessen hatte. In einer Schublade fand er geschnittenes Brot, im Kühlschrank Butter in kleinen Portionen und Käse.

Die Kollegin kam um halb sieben. Er erklärte ihr, dass Sergio krank sei, und sie sagte, Bruno hätte sie anrufen sollen. Er schüttelte den Kopf. Dann rief er Olivia an. Er musste es ein paarmal klingeln lassen, bis sie abnahm. Im Hintergrund hörte er das Radio. Er stellte sich vor, wie sie allein gefrühstückt hatte, wie sie immer allein frühstückte, wenn er Spätdienst hatte und sie ihn schlafen ließ. Sie wird noch oft allein frühstücken, dachte er, sie wird sich daran gewöhnen müssen. Und plötzlich tat sie ihm leid, und er schämte sich.

»Hast du gut geschlafen?«, fragte er.

»Nicht so gut«, sagte Olivia. Sie sagte, es sei kühl im Haus.

»Warum stellst du die Heizung denn nicht an«, sagte er. »Ich komme jetzt nach Hause.«

»Hast du den Befund bekommen?«, fragte sie.

»Heute Nachmittag«, sagte Bruno. »Aber es ist nichts. Bestimmt nicht.«

Wir fliegen

UM SECHS HATTE SICH ANGELIKA noch keine Sorgen gemacht.
Sie holte die Autogarage wieder hervor, aber Dominic wollte
nicht mehr spielen. Er setzte sich schweigend auf ihren Schoß und
lehnte den Kopf an ihre Brust. Die letzten beiden Male, als es ge-
klingelt hatte, war er zur Tür gerannt und mit hängenden Schultern zurückgekommen, weil der Vater oder die Mutter eines der
anderen Kinder draußen gestanden hatte. Alle Eltern kannten
Dominic, weil er meistens schon da war, wenn sie am Morgen ihre
Kinder brachten, und immer noch, wenn sie sie abends abholten.
Sie grüßten ihn und bedankten sich, dass er ihnen die Tür aufgemacht hatte. Sie fragten ihn beiläufig, ob er schön gespielt habe.
Sobald sie ihre eigenen Kinder sahen, strahlten ihre Gesichter, und
sie ließen Dominic stehen.

Wollen wir ein Bilderbuch anschauen? Dominic schüttelte nur
den Kopf. Als Angelika aufstand und ihn auf den Boden stellte,
klammerte er sich an ihr Bein. Sie sagte, sie werde bei ihm zu
Hause anrufen. Lass los, sagte sie. Er ließ ihr Bein nicht los. Sie
war verärgert, nicht über ihn, über seine Eltern, und sie schämte
sich, weil sie ihren Ärger an ihm ausließ. Sie war müde, wollte
nach Hause. Um halb acht kam Benno, und sie wollte vorher duschen und sich ein bisschen ausruhen. Sie schaute auf die Uhr. Es
war zwanzig nach sechs.

Sie hatte sich von Dominic losgemacht, hatte sich losgerissen.
Jetzt lag er in einer Ecke auf dem Boden und schrie, und sie ver-

suchte, seine Eltern zu erreichen. Sie probierte alle Nummern durch, die sie im Verzeichnis fand, Privatnummer, Büronummern und beide Handys, aber niemand nahm ab. Sie hinterließ Nachrichten auf den Mailboxen beider Mobiltelefone. Sie gab sich keine Mühe, ihren Ärger zu verbergen. Danach hatte sie sich etwas beruhigt. Sie ging zu Dominic, beugte sich zu ihm hinunter und berührte ihn an der Schulter. Es kommt bestimmt gleich jemand.

Dominic fragte, ob seine Mama oder sein Papa ihn abhole. Angelika sagte, sie wisse es nicht, aber einer der beiden komme bestimmt bald. Dominic fragte, ob jetzt bald sei. Nein, sagte Angelika. Wann bald sei? Jetzt? Nein. Bald sei bald. Jetzt? Noch nicht. Sie werde es ihm sagen. Sie hob ihn vom Boden hoch und trug ihn zum Sofa. Er klammerte sich wieder an ihr fest. Ist jetzt bald? Sie gab keine Antwort. Sie beschäftigte sich, räumte die letzten Spielsachen weg und öffnete die Fenster, um frische Luft hereinzulassen. Um sieben rief sie Benno an und sagte, es werde etwas später. Sie verabredeten sich um halb neun. Dominic saß wie erstarrt auf dem roten Sofa und beobachtete sie.

Meistens brachte die Mutter den Jungen in die Krippe, und der Vater holte ihn ab. Er kam immer in letzter Minute, manchmal auch mit etwas Verspätung, aber jetzt war er schon mehr als eine Stunde zu spät. Angelikas Ärger hatte nachgelassen. Sie machte sich Sorgen. Sie hatte ein ungutes Gefühl, sie fühlte sich bedroht, sie wusste nicht, wovon. In fünf Minuten gehe ich, dachte sie, und nach fünf Minuten wieder, in fünf Minuten. Sie rief ihre Chefin an, aber auch dort erreichte sie niemanden. Sie zögerte, dachte daran, die Polizei anzurufen und sich zu erkundigen, ob ein Unfall geschehen war, aber dann tat sie es nicht. Sie schrieb einen Zettel für Dominics Eltern. Sie habe den Jungen mit zu sich nach Hause genommen. Unter die Mitteilung schrieb sie ihre Handynummer. Sie schloss die Fenster und zog Dominic Jacke und Wollmütze und Schuhe an und nahm ihn bei der Hand. Als sie die Tür schon abgeschlossen hatte, fiel ihr der Zettel ein, und sie musste noch einmal zurück, um ihn zu holen und an die Tür zu heften.

Sie war oft mit den Kindern in der Stadt unterwegs, sie gingen in den Zoo oder an den See oder auf einen Spielplatz in der Nähe der Krippe. Aber das hier war etwas anderes. Es kam ihr vor, als sei sie mit ihrem eigenen Kind unterwegs, und sie fühlte sich seltsam stolz, als sei es eine Leistung, ein Kind an der Hand zu führen. Dominic war schweigsam, wer weiß, woran er dachte. Er setzte sich in der Straßenbahn neben sie und schaute aus dem Fenster. Nach ein paar Stationen fing er an, Fragen zu stellen. Er zeigte auf eine Frau und fragte, warum hat die Frau einen Hut auf? Weil es kalt ist. Warum ist es kalt? Es ist Winter. Warum? Schau der kleine Hund, sagte Angelika. Warum ist der Hund klein? Das ist einfach so, sagte sie, es gibt kleine und große Hunde. Gehen wir nach Hause?, fragte Dominic. Ja, sagte Angelika, wir gehen nach Hause. Zu mir nach Hause.

An der Endstation der Straßenbahn mussten sie umsteigen. Der Bus war verspätet, und sie standen in der Dunkelheit und warteten. Am Nachmittag hatte es geregnet, und die Scheinwerfer der Autos spiegelten sich auf der nassen Fahrbahn. Wenigstens hatte Angelika morgen frei. Sie wollte mit Benno zu IKEA, um einen Schuhschrank zu kaufen. Sie hatte den Katalog studiert und sich einen ausgesucht.

Schon seit einer Weile hatte Dominic nichts mehr gesagt. Als sie zu ihm hinunterschaute, stellte er sich plötzlich auf einen Fuß und drehte sich um die eigene Achse wie ein Balletttänzer. Er hatte die Arme ausgebreitet und drehte sich immer weiter, bis er taumelte. Er schaute zu Boden und war ganz versunken in den sinnlosen Tanz. Sein Gesicht war ernst und konzentriert. Pass auf, sagte Angelika, der Bus kommt. Ich fliege, sagte Dominic.

Angelika wohnte in einer Siedlung am Stadtrand, einer Ansammlung fünfstöckiger Miethäuser aus den achtziger Jahren. Als sie in die Stadt gezogen war, hatte sie in der Eile nichts Besseres gefunden, und nach einiger Zeit hatte sie sich daran gewöhnt, der Fluglärm störte sie nicht mehr, und der Wald war nah, wo sie im Sommer joggen ging. Es wohnten viele Familien mit Kindern hier. Irgendwann würde auch Angelika Kinder haben. Sie hatte noch nie mit Benno darüber gesprochen, hatte keine Ahnung, was er von der Idee hielt. Sicher war, dass er nicht hier draußen wohnen wollte. Das sagte er jedes Mal, wenn er zu ihr kam. Meistens trafen sie sich in seiner Wohnung. Nur wenn Angelika Spätdienst hatte, übernachtete er manchmal bei ihr.

Sie war erstaunt, wie selbstverständlich Dominic ihr das Treppenhaus hinauf folgte. Im zweiten Stock überholte er sie sogar und lief voraus. Als sie vor ihrer Wohnungstür stehen blieb, war er schon ein halbes Stockwerk höher, und sie rief ihn zurück. Dann wollte er plötzlich nicht mehr allein die Treppe herunterkommen, und sie musste zu ihm hochsteigen und ihn bei der Hand nehmen.

Im Flur der Wohnung blieb er stehen und wartete geduldig, bis sie ihm die nassen Schuhe und die Jacke ausgezogen hatte. Sie fragte, ob er Hunger habe. Er nickte, und sie ging in die Küche und schaute nach, was im Kühlschrank war. Sie kochte Nudeln und eine Fertigsauce. Während des Essens blätterte sie in der Gratiszeitung, die sie in der Straßenbahn eingesteckt hatte. Dominic aß gierig, er stopfte sich die Nudeln mit den Händen in den Mund. Als sie ihn bat, mit der Gabel zu essen, sagte er, es gehe nicht. In der Krippe kannst du es doch auch, sagte sie. Er tat, als versuche er es. Als sie ihn noch einmal ermahnte, fing er an zu quengeln. Tu nicht so blöd, sagte Angelika. Dominic schob den Teller ruckartig von sich und stieß dabei sein Glas um. Wasser lief über den Tisch und die Zeitung. Pass doch auf, sagte Angelika wütend und stand auf, um einen Lappen zu holen.

Ihre Wohnung kam ihr plötzlich hässlich vor und unwirtlich. Kein Wunder, dass Benno sich hier nicht wohlfühlte. Sie musste an ihre Kindheit denken, an ihr Elternhaus, das gemütliche alte Haus. Damals war es ihr gewesen, als könne nichts diesem Haus etwas anhaben, als sei es immer da gewesen und werde bis in alle Ewigkeit da sein und ihr Schutz und Zuflucht bieten. Als die Eltern vor einigen Jahren gesagt hatten, sie wollten das Haus verkaufen und in eine Wohnung ziehen, konnte sie es nicht glauben. Ihr Vater war gehbehindert, und die Mutter sagte, sie würden auch nicht jünger und der Garten mache so viel Arbeit und was sollten sie beide allein in diesem großen Haus. Angelika hatte nichts gesagt. Mit dem Umzug hatten die Eltern eine Firma beauftragt. Sie fragte sich, ob es ihr jemals gelingen würde, einem Kind ein solches Zuhause zu bieten. Es schien ihr, als fehle ihr das Vertrauen dafür, die Sicherheit und die Liebe.

Sie waren noch bei Tisch, als Angelika hörte, wie sich der Schlüssel im Schloss drehte. Hallo, rief Benno aus dem Flur. Er trat in die Tür des Wohnzimmers, blieb stehen und sagte, wen haben wir denn hier? Angelika erklärte ihm, weshalb Dominic da war. Schläft der Kleine bei uns im Bett?, sagte Benno und grinste. Dann kann ich ja gleich wieder gehen. Angelika sagte, das sei bestimmt alles ein Missverständnis. Ein Missverständnis?, sagte Benno. Dass man sein Kind vergisst? Er setzte sich zu den beiden an den Tisch. Dominic schaute ihn mit großen Augen an, und Benno riss seine Augen auf und ahmte den erstaunten Ausdruck des Jungen nach. Vielleicht sind sie weggeflogen, sagte er. Vielleicht sind deine Eltern weggeflogen. Er flatterte mit den Armen wie ein Vogel. Dominic sagte nichts, und Benno fragte, ob noch etwas zu essen da sei. Ich habe gemeint, du hast schon gegessen. Nichts Gescheites, sagte Benno. Angelika sagte, sie könne ihm ein paar Nudeln kochen. Magst du auch noch was?, fragte sie Dominic. Er nickte.

Als sie zehn Minuten später die Nudeln ins Wohnzimmer brachte, saßen Benno und Dominic hintereinander auf den Sofakissen, die sie auf den Boden gelegt hatten. Dominic saß hinter Benno und umklammerte seine Taille. Benno bog seinen Oberkörper vor und zurück und zur Seite und machte ein brummendes Geräusch. Dominic lachte ausgelassen und machte die Bewegungen mit. Wir fliegen, sagte Benno.

Angelika stellte die Nudeln auf den Tisch und holte einen Teller und Besteck. Kommt jetzt, sagte sie, das Essen wird kalt. Wieder musste sie an ihre Kindheit denken, an diesen Satz, den sie tausendmal gehört hatte und den sie jetzt erst zu verstehen schien. Benno stand auf. Er hatte die Arme ausgebreitet und tat immer noch, als fliege er. Er steuerte auf den Tisch zu. Dominic hielt sich an seinem Gürtel fest und ließ sich mitziehen. Er hüpfte auf und ab vor Freude. Plötzlich drehte Benno sich um, packte den Jungen und hob ihn auf einen der Stühle. Jetzt wird gegessen, sagte er, das Flugzeug hat kein Benzin mehr.

Angelika schaute den beiden beim Essen zu. Jetzt war es Dominic, der Benno nachahmte. Er hielt den Kopf über den Teller gesenkt und schaufelte mit der Gabel die Teigwaren in den Mund und schielte immer wieder zu Benno hinüber. Auch Angelika beobachtete ihren Freund, der nichts zu bemerken schien. Er ist selbst wie ein Kind, dachte sie. Vielleicht konnte er deshalb so gut mit Kindern. Das hatte sie schon ein paarmal bemerkt, wenn er sie von der Krippe abgeholt hatte. Er kam ihr fast jünger vor als Dominic, der alles wahrzunehmen schien, der sich Gedanken machte und Fragen stellte. Benno stellte keine Fragen. Er kam hierher, ließ sich bekochen, schlief mit ihr und ging am nächsten

Morgen wieder. Sie konnte ihn sich nicht als Vater vorstellen. Aber eigentlich waren die meisten Männer, die ihre Kinder in der Krippe abholten, keine richtigen Väter. Sie sprachen mit den Kindern wie mit Spielkameraden, alberten herum, und wenn man sie etwas fragte, zuckten sie mit den Schultern.

Kriege ich ein Bier?, fragte Benno, und dann fragte er Dominic, willst du auch ein Bier? Nein, sagte Dominic gedehnt, Bier ist nur was für die Großen.

Nach dem Essen wollte Dominic wieder fliegen, aber Benno sagte, das Flugzeug habe einen Motorschaden. Er setzte sich auf das Sofa und schaltete den Fernseher ein. Angelika räumte den Tisch ab. Sie holte Dominic ein paar Spielsachen, die sie für ihre Nichten und Neffen gekauft hatte. Dann setzte sie sich neben Benno, der einen Krimi schaute. Sie kam sich plötzlich sehr einsam vor.

Dominic spielte unschlüssig mit den Playmobil-Männchen und sah dabei immer wieder zum Paar auf dem Sofa. Benno hatte die Füße auf den Couchtisch gelegt und den Arm um Angelikas Schultern. Er öffnete den obersten Knopf ihrer Bluse. Lass das, sagte sie, aber er machte weiter und fuhr mit der Hand in ihren Ausschnitt. Als sie aufstehen wollte, hielt er sie fest. Ich lass mir von dem Zwerg doch nicht den Spaß verderben, sagte er und zog ihr die Bluse aus. Wenn er was erzählt, bin ich meinen Job los, sagte Angelika. Benno küsste sie auf den Mund und redete dabei, sie verstand ihn kaum. Der habe das bestimmt schon bei seinen Eltern gesehen, sagte er, irgendwann müsse er es sowieso lernen. Angelika versuchte, Dominic zu vergessen, aber es gelang ihr nicht. Sie musste daran denken, wie er geweint hatte im Treppenhaus. Er hatte sie angeschaut, als sei sie schuld daran, dass seine Eltern nicht kamen. Ich mag ihn nicht, dachte sie, eigentlich mag ich sie alle nicht. Sie lag auf dem Sofa und umarmte Benno. Er lachte und fuhr ihr mit der Hand zwischen die Beine. Als er ihren Gürtel öffnen wollte, stieß sie ihn von sich. Er ließ sich auf den Boden fallen und blieb neben Dominic auf dem Rücken liegen.

Willst du fliegen?, fragte er den Jungen, der ihn verdutzt anschaute. Er packte ihn und setzte ihn sich auf den Bauch und fing an, ihn zu kitzeln. Dominic wand sich, aber er lachte nicht. Er machte wieder das ernste Gesicht, das er während seines Tanzes an der Bushaltestelle gemacht hatte. Angelika setzte sich auf, sie rückte ihren BH zurecht und zog die Bluse an. Sie schämte sich.

Weißt du, woher die Kinder kommen?, fragte Benno. Dominic sagte, er sei aus dem Bauch seiner Mama gekommen. Und wie bist du da reingekommen?, fragte Benno. Ich war ganz klein, sagte Dominic, so klein. Er hielt Zeigefinger und Daumen so nah zusammen, dass dazwischen nur ein winziger Abstand blieb.

Kurz vor neun rief Dominics Mutter an. Angelika erschrak, wie immer, wenn ihr Handy klingelte. Die Stimme der Mutter klang halb ärgerlich, halb verlegen. Sie entschuldigte sich. Ihr Mann habe eine Tagung gehabt und habe ihr nichts davon gesagt. Angelika hörte im Hintergrund, wie der Vater protestierte. Jedenfalls haben wir beide gemeint, der andere holt ihn ab. Sie stünden vor der Krippe und würden jetzt gleich kommen. Umständlich erklärte ihr Angelika den Weg. Dann bis gleich, sagte die Mutter. Es geht Dominic gut, sagte Angelika. Ja, natürlich, sagte die Mutter mit einem trockenen Lachen, daran habe ich nicht gezweifelt. In zwanzig Minuten bin ich bei Ihnen. In einer halben Stunde.

Sie ist Anwältin, sagte Angelika.

Sieht sie gut aus?, fragte Benno. Reich?

Geld hätten Dominics Eltern bestimmt genug, sagte Angelika. Der Vater sei Paartherapeut.

Wie sieht sie aus?, fragte Benno.

Normal, sagte Angelika.

Eine halbe Stunde später klingelte es. Schon seit zehn Minuten hatte Dominic in Schuhen und Jacke auf dem Sofa gesessen. Tschüss, Kleiner, sagte Benno, komm mal wieder. Kommst du mal wieder? Dominic gab keine Antwort. Angelika nahm ihn bei der Hand.

Als Dominic seine Mutter durch die Glastür sah, machte er sich los und rannte die letzten paar Stufen hinunter. Die beiden standen sich gegenüber, nur durch die Scheibe getrennt. Die Mutter hatte sich hinuntergekauert und machte dem Jungen Zeichen. Er drückte Hände und Gesicht gegen das kalte Glas, das von seinem Atem beschlug. Angelika schloss die Tür auf. Die Mutter stand auf. Angelika sah, dass sie ein Päckchen in der Hand hielt. Ist das für mich?, fragte Dominic. Das ist für die liebe Angelika, sagte die Mutter. Zum Dank, dass du sie besuchen durftest. Sie reichte Angelika das Geschenk und sagte noch einmal, es tue ihr schrecklich leid, dass das geschehen sei, es sei ihr furchtbar peinlich. Ein Missverständnis. Angelika hatte sich zurechtgelegt, was sie sagen wollte, aber dann sagte sie nur, das könne passieren, und bedankte sich für das Geschenk. Ich hoffe, Sie können so was brauchen, sagte die Mutter und dann zu Dominic, so, jetzt gehen wir schnell nach Hause und ins Bett. Sag auf Wiedersehen. Angelika schaute den beiden nach, wie sie auf einen Jeep zugingen, der quer auf den Parkplätzen stand. Sie sah nur die Silhouette des Vaters am Steuer. Die Mutter beugte sich zu Dominic hinunter, sie schien ihm etwas zu erzählen. Angelika winkte, aber die beiden schauten nicht zurück. Als die Tür hinter ihr zugefallen war, drehte sie sich noch einmal um. Der Wagen war verschwunden. Auf der Glasscheibe sah sie die Spuren, die Dominics Hände hinterlassen hatten. Sie wischte sie weg mit einem Papiertaschentuch.

Benno war im Bad, Angelika hörte die Dusche. Sie setzte sich ins Wohnzimmer und öffnete das Päckchen. Es war ein Parfüm.

Sie roch daran und tupfte sich etwas davon hinter die Ohren und in den Ausschnitt. Benno kam aus der Dusche. Er war nackt, nur um die Hüften hatte er sich ein Handtuch geschlungen. Sie sah, dass er eine Erektion hatte. Er setzte sich zu ihr und umarmte sie. Sie machte sich los und sagte, sie werde auch schnell duschen. Sie schloss das Bad ab, aber sie zog sich nicht aus. Als Benno an die Tür klopfte, saß sie noch immer auf der Toilette, das Gesicht in den Händen verborgen.

Videocity

»You talkin' to me? You talkin' to me? You talkin' to me?
Then who the hell else are you talkin' to?
You talkin' to me? Well I'm the only one here.«

Travis Bickle in *Taxi Driver*

MIT DEM TOD SEINER MUTTER hat alles angefangen. Nachdem sie behaupteten, seine Mutter sei gestorben. An das, was vorher war, kann er sich kaum noch erinnern. Nur an einzelne Bilder: außen, Tag. Ein großer Garten, leuchtende Farben, Obstbäume, ein Haus mit weit ausladendem Dach. Das Bild ist am Rand verzerrt, als sei es durch ein Weitwinkelobjektiv gefilmt. In Nahaufnahme das Gesicht der Mutter. Sie lacht und hebt ihn hoch. Sie hält ihn an den Händen fest und wirbelt ihn im Kreis herum. Sein Auge ist die Kamera. Der Garten verwischt in der schneller werdenden Bewegung, ein grüner Wirbel. Blende.

Ein langer Flur, graues Linoleum, weiße Wände. Von draußen dringt Regenlicht herein, es ist dämmrig. Er sitzt auf einer Bank neben einer Frau, die er nicht kennt. Sie warten lange, bis ein Arzt aus einer der Türen kommt, den Kopf schüttelt, etwas sagt, was er nicht versteht. Das Gesicht des Arztes ist grau. Die Frau steht auf, nimmt den Jungen bei der Hand, und sie gehen weg durch den Flur und dann eine breite Steintreppe hinunter. Sie verschwinden aus dem Bild, das noch einen Moment lang stehen bleibt. Blende.

Eine Montage: Speisesäle, Schlafsäle, Turnhallen. Er steht da in zu kurzen Hosen, in Turnsachen, in Kleidern, die vor ihm jemand anderem gehört haben. Und immer sind da noch andere Knaben. Die Tonspur ist ein einziger Lärm, ein verhallltes Durcheinander von unvollständigen Sätzen, Schreien, Pfiffen, dem Singen von Kindern. Die Einsamkeit des Nie-allein-Seins. Das Licht wird gelöscht und scheint im selben Moment wieder anzugehen. Der Geschmack von Zahnpasta, Haferbrei, zähem Brot. Jemand hämmert auf einem Klavier herum, Geschirrgeklapper und Geräusche von Flüssigkeiten, ein Schwappen, Kratzgeräusche. Er schließt die Augen, öffnet sie wieder.

Zwanzig Jahre später. Der Radiowecker spielt *I got you, babe.* Eine Hand schlägt auf den Wecker, und die Musik verstummt. Ein Mann steht auf, bleibt einen Moment lang auf der Bettkante sitzen, das Gesicht in den Händen verborgen. Er steht auf und verlässt den Raum. Wir folgen ihm ins Bad, dann in den Flur. Die Kamera schwenkt von ihm weg, bewegt sich auf das Fenster zu und durch das Fenster hindurch. Draußen eine Straße in einem ärmlichen Viertel. Der Asphalt ist nass, aber nach der Kleidung der Passanten zu schließen, ist es nicht kalt. Wie auf Kommando fangen die Statisten an sich zu bewegen. Ein Mann mit einem Blumenstrauß geht vorbei wie jeden Morgen, zwei Frauen um die dreißig mit langem schwarzen Haar, vermutlich Ausländerinnen. Beide tragen Jeans und weiße T-Shirts, eine hat eine kleine hellblaue Tasche umgehängt. Sie gehen in einigen Metern Abstand voneinander, trotzdem scheinen sie zusammenzugehören, wie Klone, wie Schwestern, die nichts voneinander wissen. Die Tür eines Hauses öffnet sich. Der Mann von vorhin tritt auf die Straße. Sein Haar ist wirr, er sieht verschlafen aus. An der Ecke kauft er einen Becher Kaffee. Dann geht er in dieselbe Richtung davon wie vorher die Frauen.

Vom Gehsteig aus führen zwei Stufen hinunter in einen niedrigen Raum. *Videocity* steht auf der Glastür. Innen an der Scheibe hängt ein rotes Schild: *Closed*. Der Mann öffnet die Tür mit dem Schlüssel, tritt ein und dreht das Schild um. Es riecht nach kaltem Zigarettenrauch. Der Raum ist dunkel, auch nachdem der Mann Licht gemacht hat. An den Wänden sind Regale mit unzähligen Videos, am hinteren Ende des Raums gibt es eine Theke mit einer Registrierkasse und einem kleinen Fernseher. Die Tür dahinter führt in einen winzigen Raum mit einer Toilette, einem alten Kühlschrank, auf dem eine fleckige Kaffeemaschine steht, und einem wackligen Schrank, der aussieht, als stamme er vom Sperrmüll. Der Mann schaltet den Fernseher und die Kasse ein und setzt Kaffee auf. Erst dann zieht er die Jacke aus.

Den ganzen Morgen über kommt niemand. Gegen Mittag tritt eine kleine, vielleicht fünfzigjährige Frau in den Laden, schaut sich um. Sie trägt blaue Schuhe und eine Jacke aus Pepitastoff. Ihr Gesicht hat einen verdutzten Ausdruck. Sie tut, als habe sie sich in der Tür geirrt. Ohne ein Wort zu sagen, geht sie wieder. Das kommt oft vor, dass Menschen hier auftauchen und wieder verschwinden, ohne ersichtlichen Grund. Manchmal schauen sie nur durch das Schaufenster, manchmal kommen sie herein, unter irgendeinem Vorwand. Sie suchen einen Film, von dem er noch nie gehört hat, wollen die lebensgroße Pappfigur kaufen, die im Schaufenster steht. Manche wollen Kleingeld für die Parkuhr. Er kann nichts machen, er kann ihnen nichts nachweisen. Sie sind zu raffiniert. Einmal hat er gemerkt, dass in der Nacht jemand im Laden war. Seither prägt er sich jeden Abend alles genau ein. Sie müssen es gemerkt haben, sie kommen nicht mehr in der Nacht. Sie gehen sehr behutsam vor.

Es sind nicht nur die jungen Männer in den schwarzen Anzügen und mit Namensschildern. Manchmal sind es Kinder oder alte

Frauen, Ausländer, die ihm irgendwelche Zettel unter die Nase halten, auf denen, kaum leserlich, Adressen stehen, die zu suchen sie vorgeben. Er hat sich die Adressen gemerkt, hat sie auf einem Plan eingezeichnet und die Punkte miteinander verbunden. Noch ist ihm nicht klar, was sie bedeuten. Selbst seinen ältesten Kunden kann er nicht trauen. Sie versuchen ihn auszuhorchen. Ganz beiläufig fangen sie Gespräche an, fragen ihn, ob er diesen oder jenen Film gesehen hat, und wollen seine Meinung dazu hören. Er passt auf, was er sagt. Er weiß nicht, wie viele sie sind. Es ist nicht auszuschließen, dass alle unter einer Decke stecken.

Die Kulissen sind aus Holz und Stein gebaut. Sie sind perfekt gemacht, man merkt kaum einen Unterschied, aber man spürt, dass etwas fehlt. Weit entfernte Häuser sehen im Gegenlicht aus, als seien sie durchsichtig. Der Horizont weicht zurück, wenn man darauf zugeht, er ist zweidimensional, wie gemalt. Manchmal bemerkt er Fehler, Kleinigkeiten nur, die aber nicht zufällig sein können. Wenn er an die Wand klopft, klingt es hohl. Manche Dinge sind kleiner, als sie in Wirklichkeit sein sollten. Er ist versucht, die Kanaldeckel auf der Straße hochzuheben, um zu sehen, was sich darunter verbirgt. Aber das wäre zu auffällig. Wenn er abends nach Hause geht, denkt er, er könnte einfach weiterlaufen, immer geradeaus, aber er ist sicher, sie würden es nicht zulassen. Er würde sich verirren in den Straßen, in eine Sackgasse geraten. Ein Unfall könnte fingiert werden.

Jeder seiner Schritte wird überwacht. Nachts hört er, wie in der Wohnung über ihm Leute herumgehen. Er hat nach den Kameras und den Mikrophonen gesucht, aber sie sind so klein und so gut versteckt, dass er sie nicht findet. Er schließt nicht aus, dass ihm ein Computerchip implantiert worden ist, mit dem sein Standort bestimmt werden kann, der seine Körperfunktionen überwacht, seinen Puls, seinen Blutdruck, den Stoffwechsel. Manchmal betastet er sich, aber er kann nichts spüren. Der Chip muss tief in seinem Fleisch verborgen sein. Er glaubt nicht, dass sie seine Gedanken lesen können. Dazu ist die Technik noch nicht imstande. Aber es wird daran gearbeitet.

Wenn er duscht, hängt er ein Handtuch über den Spiegel. Beim Einkaufen stellt er oft die Packungen, die er zuerst genommen hat, zurück ins Regal und nimmt dann eine andere von ganz hinten. Er hat mehrmals bemerkt, wie ihn das Verkaufspersonal beobachtet. Er ist sich fast sicher, dass sie ihm etwas ins Essen mischen, Drogen, die sein Bewusstsein verändern. Deshalb die Vergesslichkeit, die Sehstörungen, der rasende Puls, das übermäßige Schwitzen. Deshalb die plötzlichen Angstattacken. Wer weiß, ob die Mittel, die ihm der Arzt verschrieben hat, nicht der wahre Grund sind für seinen Zustand.

Er geht schon lange nicht mehr in Restaurants. Selbst beim Kaffee von der Imbissbude kann er sich nicht sicher sein. Manchmal wechselt er im letzten Moment seine Bestellung und nimmt einen Tee. Dann achtet er tagsüber ganz genau darauf, wie sein Körper reagiert.

Aus Sicherheitsgründen hat er den kleinen Fernseher vom Antennenkabel getrennt. Es ist ein Leichtes, die Daten zu überwachen, die durch ein Kabel fließen. Jetzt schaut er sich nur noch Videos an. Sie sind seine letzte Verbindung zur Welt außerhalb, zur realen Welt. Er sieht sich dieselben Filme immer wieder an, lässt sie in Zeitlupe laufen und achtet auf die kleinsten Details, auf winzige Fehler. Eine Armbanduhr in einem Film, der im alten Rom spielt. Ein Mikrophongalgen, der ins Bild ragt.

Er hat versucht, mit den Filmleuten in Kontakt zu treten, hat Briefe geschrieben an Jodie Foster und Martin Scorsese. Natürlich kam nie eine Antwort. Es war naiv zu glauben, seine Briefe würden durchkommen, aber damals sah er keine andere Möglichkeit.

Inzwischen hat er gelernt, tote Briefkästen zu benutzen. Er hinterlässt seine Protokolle und Pläne, die Materialproben hinter den Spiegeln öffentlicher Toiletten oder in Papierkörben an bestimmten Kreuzungen. Die Positionen der Briefkästen erfährt er aus den Filmen und auch, ob seine Nachrichten angekommen sind. Es ist eine Entwicklung festzustellen von Film zu Film. Jeder neue ist die Antwort auf die Frage, die im letzten gestellt wurde. Die Mitteilungen sind verschlüsselt, aber er hat gelernt, sie zu dechiffrieren. Manchmal muss er laut lachen, wenn er plötzlich begreift, was sie bedeuten. Überhaupt erfüllt ihn oft eine große Heiterkeit, das kühle Glück, sich nicht mehr täuschen zu lassen. Er lässt sich nicht mehr täuschen von den Stimmen in seinem Kopf: Du kannst nicht weggehen. Du gehörst hierher. Du gehörst zu mir.

Diese plötzliche Klarheit, nach Jahren der Ungewissheit. Er geht durch die Stadt und lacht. Er schaut durch die Dinge hindurch. Er könnte die Häuser umstoßen mit einer Hand, die Bäume ausreißen, die in den Boden gesteckt sind wie Sonnenschirme. Er hat die vollkommene Beherrschung über seinen Körper. Er kann durch bloße Konzentration seine Körperfunktionen steuern.

Er ist sicher, dass sein Beitrag wichtig ist. Sonst hätten sie ihn längst hier herausgeholt. Er muss Opfer bringen, aber er tut es gern. Diese Opfer geben seinem Leben einen Sinn und eine Form.

Er hat die Brote zu Hause vergessen. Er überlegt sich, ob er es wagen kann, sich an der Imbissbude einen Hamburger zu kaufen. Sie können nicht gewusst haben, dass er ausgerechnet heute hingeht. Wenn er schnell genug ist, kann er sie überrumpeln, und sie haben nicht die Zeit, das Essen zu manipulieren. Gewisse Risiken sind nicht zu vermeiden.

Während er auf den Hamburger wartet, sieht er eine Frau mit einem kleinen Kind, die über die Straße direkt auf ihn zukommt.

Sie trägt einen Mantel aus hellem Leder und eine dunkelbraune Tasche. Sie haben immer Taschen dabei, vermutlich für die technische Ausrüstung, die Batterien. Vielleicht tragen sie Waffen. Das Kind ist unverdächtig. Vermutlich weiß es nichts, dient nur der Tarnung. Er schaut der Frau direkt in die Augen. Sie soll wissen, dass er sich nicht täuschen lässt. Und wirklich: Sie wendet sich ab und geht an ihm vorbei. Sie hat es plötzlich eilig. Als sie schon einige Meter entfernt ist, dreht sie sich noch einmal zu ihm um. Ihr Blick ist angsterfüllt. Er lächelt triumphierend.

Er wartet lange, bevor er Licht macht im Laden. Bei Licht ist er von der Straße aus besser zu sehen. Das ist der gefährlichste Moment des Tages. Manchmal verlässt er das Geschäft und beobachtet es von der gegenüberliegenden Straßenseite aus. Wenn ein Kunde kommt, rennt er hinüber.

Zwischen sechs und acht ist am meisten los. Danach werden die Kunden weniger. Früher hatte er bis Mitternacht geöffnet, jetzt schließt er manchmal schon um zehn oder elf. Seit zwei Straßen weiter die große Videothek aufgemacht hat, kommen immer weniger Kunden. Sie wollen ihn kaputtmachen, aber er gibt nicht auf. Er darf nicht aufgeben. Er zählt die Tageseinnahmen und steckt das Geld ein. Seit eingebrochen worden ist, lässt er die Kassenschublade offen stehen.

Er hat sich an die Situation gewöhnt, ist ruhiger geworden. Er grüßt jetzt schon die Agenten, wenn er am Morgen an ihnen vorbeigeht. Dann erschrecken sie. Sie haben nicht damit gerechnet, dass er sie erkennt, und machen sich davon. Guten Morgen, ruft er ihnen nach. Und falls wir uns nicht mehr sehen sollten: guten Tag, guten Abend und gute Nacht. Er muss sich zusammennehmen, um nicht laut herauszulachen. Wenn er am Feierabend nach Hause geht, sind sie wieder da. Er geht schnell durch die Straßen, rennt die Treppen hoch zu seiner Wohnung, nimmt zwei, manchmal drei Stufen auf einmal. Er ist so ausgelassen, dass er am liebsten an allen Türen klingeln möchte und seinen Nachbarn ins Gesicht schreien, dass er weiß, was läuft. Nachdem er die Tür zu seiner Wohnung abgeschlossen hat, bleibt er einen Moment lang reglos stehen, dann öffnet er sie noch einmal, schaut ins Treppenhaus und schließt sie wieder. Er geht ins Wohnzimmer und schaltet sofort das Radio ein, damit sie nicht hören, was er tut. Seine Nachbarn haben sich über den Lärm beklagt. Das war nicht anders zu erwarten.

Erst wenn er gegessen und abgewaschen hat und im Bad war, stellt er das Radio ab und löscht das Licht. Mit lauten Schritten geht er ins Schlafzimmer. Jetzt müssen sie glauben, er sei ins Bett gegangen. Ihre Aufmerksamkeit wird nachlassen. Er wartet reglos, minutenlang. Er ist so müde, dass er manchmal meint, im Stehen einzuschlafen. Seine Gedanken wandern, er verliert jedes Gefühl für Zeit.

Wenn es ganz still geworden ist, wenn er ganz ruhig geworden ist, schleicht er sich zurück ins Wohnzimmer, schaltet den Videorecorder ein und den Fernseher. Die Kassette hat er schon am Vorabend zurückgespult bis zur entscheidenden Stelle.

Er spielt im Garten. Seine Mutter kommt, hebt ihn hoch, wirbelt ihn im Kreis herum. Der Garten verwischt in der Bewegung, verschwimmt. Die Musik erreicht ihren Höhepunkt. Er kann die Tränen nicht mehr zurückhalten. Er streckt die Arme aus nach seiner Mutter, seine Hände berühren den Bildschirm. Sie schaut ihn an und lächelt gütig.

Männer und Knaben

DIE BADEANSTALT UNTEN AM FLUSS war geschlossen, der Eingang verriegelt. Es regnete, und es war kühl. Der Bademeister war nirgends zu sehen, vielleicht war er nach Hause gegangen oder ins Dorf. Als Lukas über den Maschendrahtzaun kletterte, dachte er an den Betrunkenen, der vor ein paar Jahren nachts hier eingestiegen und ins Becken gefallen war. Man hatte ihn erst am nächsten Morgen gefunden.

Er ging zu den Umkleidekabinen, die sich in einem flachen, weißgestrichenen Backsteingebäude befanden. Neben dem Eingang war ein Schild, *Männer und Knaben*. Licht fiel nur durch einen breiten Spalt zwischen den Mauern und dem Dach, in den Kabinen war es immer etwas schummrig und feucht, selbst bei der größten Hitze. Lukas schaute in den Schließfächern nach, ob jemand das Pfand vergessen hatte, aber er fand nichts. Nach der Hälfte der Fächer gab er die Suche auf. Er lief zum Fluss hinunter. Das Wasser war hellbraun und stand hoch. Es floss so schnell, dass seine Oberfläche sich unruhig kräuselte. Äste trieben vorüber, es sah aus, als seien sie schneller als die Strömung. Das Wehr flussabwärts musste nach dem Gewitter geöffnet worden sein, Lukas hörte das entfernte Tosen des stürzenden Wassers. Es regnete nur noch ganz leicht, schließlich hörte es auf. Er ging zurück zu den Kabinen und zog sich um.

Er dachte an die schulfreien Nachmittage, wenn es heiß war und alle ins Schwimmbad gingen. Auf der Liegewiese bildeten sich kleine und größere Gruppen. Lukas' Mitschüler spielten am Rand des Beckens, stießen oder warfen sich ins Wasser oder sprangen selbst hinein, bis der Bademeister sie ermahnte. Lukas schwamm hin und her. Er zählte die Bahnen. Nach einem Kilometer stieg er aus dem Wasser, sein Körper war kühl, und er taumelte, als habe er das Gehen verlernt. Seine Freunde lagen auf der großen Wiese auf ihren bunten Badetüchern. Sie redeten über die Sommerferien und darüber, wo sie sie verbringen würden. Er legte sich neben sie ins Gras.

Wenn er mit anderen zusammen war, hatte Lukas immer das Gefühl, als schlössen sich seine Poren, er fühlte sich klein und war sich seines Körpers fast schmerzhaft bewusst. Er war eingeschlossen in diesen Körper, ein Mensch nur dann. War er allein, vergaß er sich, die einzigen Grenzen waren dann jene seiner Wahrnehmung, die nasse Wiese, über die er ging, die vorüberziehenden Wolken, der blaue Streifen am Horizont, der Waldrand am anderen Ufer des Flusses. Dann hätte Lukas irgendjemand sein können oder niemand.

Er legte sich am Rand des Schwimmbeckens auf die rauen Zementplatten. Auf dem Wasser trieben Blätter, die das Gewitter von den Bäumen geschlagen hatte, dazwischen zappelte eine Wespe. Lukas streckte die Hand aus, er wollte das Insekt retten, aber er hatte Angst, gestochen zu werden. Seine Hand verharrte über dem Tier, als wolle er es beschützen. Langsam trieb es ab und entfernte sich immer weiter vom Beckenrand.

Lukas dachte an Franziska, die mit ihm in einer Klasse war. Sie hatten denselben Heimweg und gingen zusammen bis zur Bahnschranke, wo ihre Wege sich trennten. Oft standen sie noch lange da an der Kreuzung und redeten. Franziska hatte so viel zu erzählen, sie schien nie fertig zu werden. Aber beim Klassenfest wollte sie nicht mit ihm tanzen, sie machte eine komische Bemerkung und holte sich etwas zu trinken. Mit Leo hatte sie später getanzt.

Lukas nahm drei Steine aus dem Rosenbeet, das das Schwimmbecken einfasste, wusch die lehmige Erde ab und warf einen nach dem anderen ins Wasser. Als sich die Wellen geglättet hatten, konnte er die Steine auf dem Grund liegen sehen. Er stieg ins Becken, langsam, die Kälte nahm ihm den Atem. Lange stand er auf der untersten Sprosse der Leiter, bis zum Bauch im Wasser, dann ließ er sich fallen. Sobald er sich bewegte, ließ das Gefühl der Kälte nach. Er tauchte nach den Steinen. Beim ersten Mal schaffte er nur zwei, den dritten sah er erst, als er wieder oben war. Er ließ die Steine aus der Hand gleiten. Als sie eintauchten, machte das Wasser ein kleines, schluckendes Geräusch, und sie sanken taumelnd auf den Grund. Beim zweiten Versuch schaffte Lukas alle drei. Er war kein besonders guter Schwimmer, aber ein guter Taucher. Er atmete ein paarmal tief durch, stieß sich vom Beckenrand ab und tauchte schräg nach unten. Verschwommen sah er die weißen Linien und den Boden des Bassins schnell vorüberziehen. Er schwamm jetzt dicht über dem Grund. Nach der dritten Linie spürte er ein Saugen im Hals und im Brustkorb. Er musste an die Oberfläche, er schaffte es nicht bis zur anderen Seite. Aber dann schwamm er einfach weiter, und das Saugen ließ nach. Er hatte jetzt das Gefühl, er könne ewig tauchen. Auf den letzten Metern stieß er die Luft aus, die er noch in den Lungen hatte, dann schoss sein Kopf dicht am Beckenrand aus dem Wasser. Er atmete tief ein, wendete und schwamm mit langsamen Zügen zurück. Jetzt hätte er sich gewünscht, Franziska wäre da und sähe ihn. Einmal, als sie aus dem Wasser gestiegen war, verrutschte ihr Bikinioberteil, und bevor sie es zurechtrücken konnte, sah Lukas für eine Sekunde ihre nackte kleine Brust, die dunkle, von der Kälte des Wassers steife Brustwarze.

Als er aus dem Becken kam, fror er und rannte zum Sprung-
turm und zurück. Die Wasseroberfläche war wieder ganz glatt.
Lukas tauchte die Länge des Beckens, fünfzig Meter, und schoss
am entfernten Ende mit einem Schrei aus dem Wasser. Franziska
stand da und lächelte ihm zu. Sie kauerte sich nieder, streckte die
Hand aus und half ihm hinaus. Er wollte sie umarmen, aber er
wusste nicht, wie. Sie schauten sich nur an und gingen nebeneinander zur Liegewiese. Franziska lief im Badeanzug ganz anders als
sonst, selbstbewusster, ihr ganzer Körper bewegte sich, die Hüften, die Schultern, die schmalen Arme. Sie setzte sich, es sah aus,
als lasse sie sich fallen. Dann saß sie da auf der Wiese, die Beine
verschränkt, den Oberkörper vorgebeugt. Sie hörte nicht auf zu
reden.

Lukas streunte umher, ging über die große Wiese und am Zaun
entlang unter den Bäumen, wo die Erde an manchen Stellen nackt
glänzte wie poliert. Es roch nach Gras und Erde und süßlich nach
Blüten oder Abfällen. Die Sonne war unter den Wolken hervorgekommen und schien flach über die Wiese. An den Blättern der
Bäume und im Gras glitzerten Wassertropfen, und es war plötzlich
sehr hell.

Lukas ging über die Wiese, er hoffte etwas zu finden, einen
Geldbeutel, eine Uhr, ein Taschenmesser, irgendetwas. Unten am
Fluss legte er sich ins kurzgeschnittene Gras und schaute zu, wie
das braune Wasser vorüberzog. Das Gras war nass und kalt. Alles
war sehr klar und oberflächlich. Es war eine Mischung aus Glück
und Unglück. Es war Glück, das sich wie Unglück anfühlte.

Franziska ging mit ihren Freundinnen in die Badeanstalt. Sie
saßen im Kreis, sie hatten Süßigkeiten gekauft und redeten und
lachten. Lukas konnte sich nicht vorstellen, worüber sie sprachen,
er konnte sich nicht erinnern, worüber Franziska die ganze Zeit
mit ihm gesprochen hatte. Irgendwann würde sie nichts mehr zu

erzählen wissen. Vielleicht war das der Moment, in dem man sich küsste. Bevor man sich küsste, musste man still sein.

Lukas lag im Gras. Er legte die Hände auf die Brust und wölbte sie zu zwei flachen Hügeln. Von irgendwoher fielen ein paar Wassertropfen auf seinen Bauch. Ein leichter Wind war aufgekommen. Lukas schauerte vor Kälte.

Er stand vor den Umkleidekabinen: *Frauen und Mädchen*. Er ging hinein. Hier gab es mehr Einzelkabinen, dafür keinen Umkleideraum wie bei den Männern, die sich voreinander auszogen. Lukas fragte sich, ob die Frauen sich schämten, ob sie Geheimnisse hatten und welche.

Franziska kam herein, unter dem Arm eine Plastiktüte mit ihren Sachen. Sie schloss sich in einer der Kabinen ein, streifte Hose und T-Shirt ab. Bevor sie sich ganz auszog, nahm sie den Badeanzug aus der Tüte und schüttelte ihn aus und hängte ihn über den Kleiderhaken. Sie beeilte sich. Sie dachte an die anderen, die schon da waren, die in einem Kreis auf der Wiese lagen und auf sie warteten.

Lukas hatte seine Badehose ausgezogen und aufgehängt. Er klemmte sich das Glied zwischen die Beine und schaute an sich herunter, fuhr sich mit den Händen über die Hüften. Er konnte irgendjemand sein oder niemand. Er hatte ein Gefühl von Wärme, seine Haut schien zu glühen, aber im Inneren war sein Körper immer noch kalt.

Er öffnete die Tür der Kabine und fühlte sich sofort viel nackter. Als er ins Freie trat, hatte er Angst, jemand könne ihn sehen, nackt, wie er war. Er wagte nicht weiterzugehen, blieb vor dem Eingang stehen. Die Frauen gingen an ihm vorbei, die Mädchen in leichten Sommerkleidern und junge Frauen mit Kindern und ältere Frauen. Sie verschwanden in der Umkleidekabine und kamen gleich darauf wieder heraus in bunten Badeanzügen.

Lukas lief zu den Männerkabinen. Er hatte die Kleider nicht eingeschlossen, sie lagen da auf einer der langen Holzbänke, ein kleines Häufchen. Er zog die klammen Sachen an. Dann schaute er noch einmal bei den Schließfächern nach, ob jemand das Pfand vergessen hatte, fing wieder bei den ersten Fächern an und hörte wieder nach der Hälfte auf und verließ das Gebäude.

Die Toiletten waren abgeschlossen. Lukas versuchte beide Türen zu öffnen, jene der Frauen- und jene der Männertoilette. An der Rückseite des Häuschens war eine Tür, die einen Spaltbreit offen stand. Ein tiefes monotones Summen war zu hören. Lukas schaute in den dunklen Raum. Das Geräusch kam von einer großen Umwälzpumpe. Am Boden standen weiße und blaue Plastikkanister mit Chemikalien. Es roch nach Chlor.

Er betrat den Raum, in dem es viel wärmer war als draußen, und zog die Tür hinter sich zu. Eine Zeitlang stand er in der Dunkelheit. Er wagte nicht, sich zu bewegen. Plötzlich hatte er Angst, der Bademeister könne zurückkommen und ihn hier erwischen.

Als er wieder über den Zaun kletterte, fiel ihm ein, dass er die Badehose in der Frauenkabine vergessen hatte. Er stellte sich vor, wie Franziska sie vom Haken nahm, mit spitzen Fingern, und sie dem Bademeister brachte, der sie in den Karton warf, in dem er die vergessenen und die verlorenen Dinge sammelte, bis sie abgeholt wurden.

Der Brief

IN DEN TAGEN ZWISCHEN MANFREDS TOD und seinem Begräbnis warf Johanna alle seine Kleider und seine Schuhe weg. Später, das ahnte sie, würde sie es nicht mehr schaffen. Sie warf seine Toilettenartikel weg und seine Medikamente und die Lebensmittel, von denen nur er gegessen hatte, angebrochene Verpackungen, kleine Vorräte, die er sich angelegt hatte. Nach Einbruch der Dunkelheit trug Johanna die großen Müllsäcke hinaus zum Wagen. Am nächsten Tag fuhr sie zur Müllverbrennungsanlage und warf die Säcke eigenhändig in die große Grube. Es war mitten im Sommer, und schon jetzt am Morgen war es heiß und der Geruch des Mülls unerträglich. Bei der Einfahrt war das Auto gewogen worden und beim Verlassen des Geländes wurde es noch einmal gewogen, und aus der Differenz der beiden Gewichte wurde die Gebühr berechnet. Neunzig Kilo, sagte der Mann an der Kasse und verlangte eine Pauschale, für den Preis hätten Sie dreimal so viel bringen können. Das macht nichts, sagte Johanna und gab ihm ein Trinkgeld. Die Zeit der Trauer begann erst nach der Beerdigung.

Es dauerte Jahre, bis Johanna es schaffte, die Sachen durchzusehen, die sie nicht gleich weggeworfen hatte. Sie sortierte Manfreds Bücher, fast ausschließlich Fachbücher über Steuerrecht und Betriebsorganisation aus der Zeit seiner Ausbildung. Er war Steuerberater gewesen, seine Kunden waren vor allem Kleingewerbler, für die er die Buchhaltung führte, und Privatpersonen, denen er die Steuererklärung machte, oft ohne sich dafür bezahlen zu lassen. Du bist zu gutmütig, hatte Johanna manchmal gesagt, aber Manfred hatte nur mit den Schultern gezuckt und gesagt, ich sehe ja, was die Leute verdienen, da geht es uns gut im Vergleich. Nach Manfreds Tod hatte Hedwig, seine langjährige Sekretärin, das Büro aufgelöst, hatte mit den Kunden Kontakt aufgenommen, ihnen Akten zurückgeschickt und andere Steuerberater empfohlen und schließlich das Mobiliar von der Firma abholen lassen, von der Manfred es erst vor wenigen Jahren gekauft hatte. In dieser ersten Zeit hatte Hedwig ein paarmal angerufen, aber Johanna hatte nur immer gesagt, ich verstehe nichts von diesen Dingen, machen Sie, was Sie für richtig halten. Ich vermisse ihn, hatte Hedwig gesagt, und Johanna, mit einem rauen Lachen: Was denken Sie?

Johanna hatte ein schlechtes Gewissen, als sie Manfreds Schreibtisch räumte, obwohl er jetzt schon seit sieben Jahren tot war. Aber irgendwann musste sie es tun. Sie brauchte das Zimmer für Felicitas, ihre Enkelin, die manchmal für ein paar Tage bei ihr war. Bis jetzt hatte das Mädchen mit ihr im selben Bett geschlafen, im Ehebett, aber inzwischen war sie sechs, und Johanna fand, Felicitas brauche ein eigenes Bett und einen Ort für ihre Sachen.

Die oberste Schublade war voller Krimskrams, der Adrian, als er noch ein Kind war, so fasziniert hatte. Manchmal hatte Manfred den Jungen auf den Schoß genommen und hatte ein Ding nach dem anderen aus der Schublade gezogen und dessen Geschichte erzählt, den Baseball der Red Sox, den er von seiner ersten Amerikareise mitgebracht hatte, das Lappenmesser, den Elefanten aus Papiermaschee, einen Rechenschieber, eine kaputte Taschenuhr. Manche der Sachen stammten aus Manfreds Jugend, von anderen wusste Johanna, woher sie kamen und was sie Manfred bedeutet hatten. Sie hielt jedes Stück lange in den Händen, sie konnte sich nicht entscheiden, was sie behalten und was sie wegwerfen sollte.

Schließlich legte sie alles zurück in die Schublade und schloss sie wieder. Sie würde Adrian fragen, ob er etwas davon haben wolle. Sie selbst brauchte nichts, die Sachen machten sie nur traurig.

In der zweiten Schublade waren Hängeregister mit allen möglichen Unterlagen, Büromöbelprospekte und Versicherungsunterlagen und Gebrauchsanweisungen, veraltete Papiere ohne Erinnerungswert, die Johanna, ohne zu zögern, in den Altpapiersammler warf. In einer der Hängemappen waren ein paar Ausgaben einer Fotozeitschrift aus den siebziger Jahren. Auf einem der Titelblätter war eine schwarze Frau mit Afrolook und spitzen Brüsten. Johanna blätterte die Hefte durch. Sie war überrascht von der Harmlosigkeit der Bilder, trotzdem irritierte sie, dass Manfred die Hefte vor ihr verborgen hatte. Als sie die geleerten Hängemappen aus der Schublade hob und in einen Müllsack steckte, rutschte ein Bündel Briefe aus einer der Mappen und fiel zu Boden. Johanna hob es auf und streifte das Gummiband ab, von dem es zusammengehalten wurde. Es waren vielleicht zwanzig gleiche kleine Umschläge, mit schöner Handschrift an Manfreds Büro adressiert. Die Briefe waren innerhalb eines Jahres verschickt worden, das Datum der Poststempel lag fast dreißig Jahre zurück. Johanna zögerte, dann nahm sie einen der Briefe aus dem Umschlag und begann zu lesen.

Adrian war in Eile. Als Johanna die Tür öffnete, war er schon dabei, sich von Felicitas zu verabschieden. Er begrüßte die Mutter kurz und sagte, Iris warte im Wagen. Es wird nicht allzu spät, sagte er. Sie kann doch hier übernachten, sagte Johanna, ich habe das Büro geräumt. Jetzt hast du dein eigenes Zimmer, sagte sie zu Felicitas, die ihre Hand gepackt hatte und ihr strahlend in die Augen sah. Macht es dir wirklich nichts aus?, fragte Adrian. Kommt doch morgen zum Frühstück, sagte Johanna, es gibt etwas, worüber ich mit dir sprechen möchte. Vielen Dank, sagte Adrian und küsste die Mutter kurz auf die Wangen. Er streichelte Felicitas' Kopf und sagte, bis morgen, Liebling. Ihr könnt auch hier übernachten, sagte Johanna noch, aber Adrian sagte, während er die Treppe hinunterging, er fahre lieber nach Hause, vielen Dank.

Als Felicitas schon im Bett lag, fing sie an, die Großmutter über den Großvater auszufragen. Sie versuchte immer alles Mögliche, um nicht schlafen zu müssen. Johanna hatte ihr oft erzählt, was für ein lieber Mann der Großvater gewesen war und dass er vielen Leuten geholfen hatte, aber diesmal war sie einsilbig, sie mochte nicht an Manfred denken. Warum ist er gestorben?, fragte Felicitas. Wir müssen alle einmal sterben, sagte Johanna, er hat zu viel geraucht. Papa raucht auch zu viel, sagte Felicitas. Stirbt man, wenn man zu viel raucht? Man kann daran sterben, sagte Johanna. Dein Großvater ist im Himmel. Ich glaube nicht, dass er uns sehen kann. Vor einiger Zeit war Felicitas' Meerschweinchen gestorben, und jetzt stellte sie sich vor, dass es mit dem Großvater zusammen im Himmel war, eine Vorstellung, die sie sichtlich überforderte. Schlaf jetzt, sagte Johanna, und träum etwas Schönes.

Am Morgen sprachen sie von etwas anderem, aber als Felicitas das Bild des Großvaters sah, das auf dem Buffet stand, fragte sie, ob das der Himmel sei. Nein, sagte Johanna, das ist Italien, die Toskana, da waren wir in den Ferien. Da warst du auch schon, letztes Jahr, mit deiner Mama und deinem Papa. Ich weiß es nicht mehr, sagte Felicitas. Es schien sie traurig zu machen. Und dann ging es wieder los mit Fragen nach dem Himmel, die Johanna nicht beantworten konnte. Niemand weiß, wie es dort aussieht. Es ist noch nie jemand zurückgekommen. Es ist weiter oben als die Sterne. Ja, sagte sie, ich komme auch in den Himmel und dein Papa und deine Mama auch und du auch.

Beim Frühstück fing Felicitas noch einmal davon an. Großvater ist im Himmel, sagte sie, und ich komme auch in den Himmel.

Iris schaute die Schwiegermutter tadelnd an. Adrian sagte kein Wort, mit ihm konnte man noch immer nicht über den Tod des Vaters sprechen, obwohl sich die beiden nie besonders nahegestanden hatten. Ich komme auch in den Himmel, sagte Felicitas noch einmal. Das hat noch Zeit, sagte Iris, irgendwann, ja, aber das hat noch Zeit. Dann wollte sie schon wieder aufbrechen, und Johanna konnte Adrian nur noch schnell Manfreds Sachen zeigen. Sie beobachtete sein Gesicht und sah für einen Moment eine kindliche Freude darin, die sofort wieder erlosch. Er nahm den Rechenschieber heraus und bewegte die Skalen gegeneinander. Ich habe nie begriffen, wie so was funktioniert, sagte er. Schau, Felicitas, damit hat man früher gerechnet, bevor es Computer gab. Willst du etwas davon?, fragte Johanna. Adrian zögerte. Wir haben schon so viele Sachen, sagte Iris. Die Uhr?, fragte Johanna. Sie ist kaputt, sagte Adrian. Johanna war enttäuscht, obwohl sie ja selbst nichts behalten wollte. Sie brachte die drei zum Wagen. Iris schnallte Felicitas auf dem Kindersitz fest. Adrian war noch nicht eingestiegen. Geht es dir gut?, fragte er. Ich bin etwas müde in letzter Zeit, sagte Johanna, ich schlafe schlecht. Du wolltest etwas mit mir besprechen?, fragte er. Sie sagte, es sei nichts Dringendes, irgendwann, wenn er Zeit habe. Ruf mich an, sagte er.

Johanna rief Hedwig an, die Sekretärin, und die beiden trafen sich in einem Café. Johanna erschrak, als sie Hedwig sah. Sie hatte aufgehört, sich das Haar zu färben, und trug Gesundheitsschuhe und eine Brille. Sie vertrage die Kontaktlinsen nicht mehr, sagte sie. Die beiden Frauen hatten sich nichts zu sagen, sie hatten sich nie etwas zu sagen gehabt. Manfreds Büro war eine Welt für sich gewesen, mit der Johanna nichts zu tun hatte. Manfred erzählte kaum je von seiner Arbeit. Wenn Johanna ihn danach fragte, winkte er ab und sagte, das Übliche. Manchmal holte sie ihn im Büro ab und bekam mit, wie er einen Kunden verabschiedete oder mit Hedwig scherzte, und dann war ihr jedes Mal, als beobachte sie einen Fremden. Er wirkte ganz anders hier als zu Hause, entschiedener und lebendiger und humorvoller. Dieser Mann hatte die Briefe bekommen, hatte die Briefe geschrieben, deren Inhalt Johanna nur erraten konnte aus den Antworten seiner Geliebten. Ich bin errötet beim Lesen deines letzten Briefes. Deine Phantasien haben mich sehr erregt. Auch ich denke oft an dich. Johanna hatte Hedwig nach der Frau fragen wollen, aber jetzt war es ihr unmöglich, sie hätte sich zu sehr geschämt. Und was konnte die Sekretärin schon wissen. Johanna konnte sich nicht vorstellen, dass Manfred sie eingeweiht hatte in sein Doppelleben. Sie konnte sich nicht vorstellen, dass er überhaupt ein Doppelleben geführt hatte.

Sie ging nur noch aus Pflichtgefühl auf den Friedhof. Wenn sie früher das Grab gepflegt hatte, war ihr Manfred ganz nah gewesen. Jetzt war ihr, als sei er erst wirklich tot, als sei das Band zwischen ihnen gerissen, die Verbindung, die über den Tod hinaus bestanden hatte. Sie dachte daran, die Geliebte Manfreds ausfindig zu machen und seine Briefe von ihr zurückzuverlangen, um den Betrug ungeschehen zu machen. Aber das alles war so lange her, und die Frau hatte nur mit Vornamen unterschrieben. Und was hätte es für einen Unterschied gemacht, die Spuren zu verwischen? Letztlich war es unwichtig, wer diese Monika war. Womöglich war sie eine von vielen. Johanna musste an eine von Manfreds Kundinnen denken, eine Wirtin, in deren Restaurant sie gelegentlich gegessen hatten. Sie hatte geweint auf Manfreds Beerdigung, damals hatte sich Johanna nichts dabei gedacht, jetzt wurde sie misstrauisch. Viele von Manfreds Kundinnen waren zum Begräbnis gekommen.

Sie hatte sich vorgenommen, mit Adrian über die Angelegenheit zu sprechen, aber als er das nächste Mal anrief, sagte sie nichts.

Sie redete sich ein, sie wolle ihn nicht enttäuschen. Insgeheim wusste sie, dass er nicht vor seinem Vater den Respekt verloren hätte, sondern vor ihr, der Betrogenen. Sie überlegte, mit wem sonst sie reden könnte, aber es fiel ihr niemand ein. Die Nachbarn kamen nicht in Frage, und die meisten anderen Leute im Dorf hatte sie über Manfred kennengelernt. Er war hier aufgewachsen und kannte jede und jeden. Weil sie seine Frau gewesen war, wurde sie noch heute von vielen Leuten gegrüßt, vertraut war sie mit niemandem. Einmal, vor ein paar Jahren, hatte sie einen Italienischkurs besucht, aber die anderen Teilnehmer waren viel jünger gewesen als sie, und am Ende des Kurses brach der Kontakt sofort ab. Sie dachte an den Kursleiter, der nicht von hier war. Sie hatten sich gut verstanden, aber was hätte sie ihm sagen sollen? Vermutlich konnte er sich gar nicht an sie erinnern.

An seinem vierzigsten Geburtstag veranstaltete Adrian ein großes Fest. Für meine Freunde, sagte er und fragte die Mutter, ob sie nach Felicitas schauen könne an dem Abend. Johanna war schon am Nachmittag da und spielte mit dem Mädchen, während Iris und Adrian Salate zubereiteten. Das Fest sollte im Garten stattfinden. Das Wetter war wechselhaft, und Adrian hatte im letzten Moment ein großes Zelt aufstellen lassen aus Angst vor dem Regen. Gegen sechs trafen die ersten Gäste ein, Arbeitskollegen von Adrian und alte Schulfreunde, die Johanna seit mehr als zwanzig Jahren nicht gesehen hatte und doch alle erkannte. Damals hatte sie sie geduzt, und es kam ihr seltsam vor, sie plötzlich mit Nachnamen anzureden. Felicitas hatte sich mit ein paar anderen Kindern ins Haus zurückgezogen. Johanna war ihnen gefolgt, aber sie hatte schnell gemerkt, dass sie nicht erwünscht war bei ihren Spielen. Sie ging wieder in den Garten. Adrian war am Grill beschäftigt, Iris begrüßte die Neuangekommenen und stellte sie einander vor, wenn sie sich nicht ohnehin schon kannten. Johanna stand am Rand der Gesellschaft, auf dem Gesicht ein starres Lächeln. Sie wollte nicht stören, wollte nicht, dass man sah, wie unwohl sie sich fühlte.

Am Himmel waren Wolken aufgezogen, es konnte jeden Moment zu regnen anfangen. Das Fleisch ist fertig, rief Adrian, und vor dem Grill bildete sich eine Schlange. Johanna ging ins Haus, um die Kinder zu holen, und setzte sich dann mit ihnen an den Katzentisch und versuchte, sie einigermaßen unter Kontrolle zu halten. Gelegentlich kamen Eltern an den Tisch und fragten, ob alles in Ordnung sei. Eine junge Frau blieb hinter einem stillen, vielleicht zweijährigen Jungen stehen und legte ihm die Hand auf den Kopf und fragte, bist du noch nicht müde? Dann erst schien sie Johanna zu bemerken. Sie streckte ihr die Hand hin und sagte, wie geht es Ihnen, wir haben uns seit Ewigkeiten nicht gesehen. Johanna zögerte. Eva, sagte die junge Frau, ich habe die Haare früher lang getragen. Jetzt erinnerte sich Johanna. Eva hatte mit Adrian die Lehre gemacht, und eine Zeitlang waren die beiden miteinander gegangen. Sie und Manfred hatten das Mädchen gemocht und waren enttäuscht gewesen, als Adrian eines Tages sagte, sie hätten sich getrennt. Er hatte keinen Grund angegeben, und Johanna hatte ihn nicht danach gefragt. Natürlich, sagte sie. Und das ist Ihr Junge? Sagen Sie doch du, sagte Eva, das ist Jan. Johanna nahm die kleine Hand des Jungen in ihre. Er schaute sie mit starrem Blick an. Und wer ist dein Papa?, fragte sie. Eva sagte, sie und Jans Vater seien nicht mehr zusammen. Das tut mir leid, sagte Johanna. Eva lachte und sagte, mir nicht.

Die größeren Kinder waren aufgesprungen und zum Buffet gerannt, wo Iris das Dessert auftrug. Die kleinen folgten ihnen. Eva hatte Jan auf den Arm genommen, aber er zappelte, bis sie ihn auf den Boden stellte und er den anderen hinterherlaufen konnte. Ich glaube, die können selbst für sich sorgen, sagte Eva, wollen Sie sich nicht zu uns an den Tisch setzen?

Nach dem Dessert brachte Johanna Felicitas ins Bett. Als sie die Treppe hinunterging, sah sie Eva im Flur stehen und einen Kinderwagen schaukeln. Es hat zu regnen angefangen, sagte Eva mit gedämpfter Stimme. Ich glaube, er ist schon eingeschlafen. Soll ich das Licht löschen?, flüsterte Johanna. Nicht nötig, sagte Eva, wenn er mal schläft, weckt ihn so leicht nichts auf. Sie schaltete das Babyphon ein und stellte den Sender neben den Kinderwagen. Aber statt wieder in den Garten zu gehen, ging sie in die Küche und füllte, ohne Licht zu machen, eines der herumstehenden Sektgläser mit Wasser vom Hahn. Johanna war ihr gefolgt und sagte, warte, ich gebe dir ein frisches Glas, aber Eva hatte schon getrunken. Trotzdem nahm Johanna ein Glas aus dem Schrank und füllte es mit Wasser und stand dann etwas ratlos da, bis Eva ihr das Glas aus der Hand nahm und es auf den Tresen stellte. Ich bin furchtbar müde, sagte sie und fuhr sich mit der Hand durch das Haar. Männerprobleme. Johanna schwieg. Sie war nicht sicher, was die junge Frau von ihr erwartete. Kommt Zeit, kommt Rat, sagte sie und setzte sich an den Küchentisch. Eva lachte. Vielleicht, sagte sie. Er ist verheiratet, den Rest erspare ich Ihnen. Sag doch du, sagte Johanna. Ich habe diese Geschichte schon so oft gehört, sagte Eva, und jetzt hat es mich selbst erwischt. Allerdings war er von Anfang an ehrlich zu mir.

Ihr Geliebter unterrichtete Deutsch wie sie. Sie hatten sich bei einer Lehrerfortbildung kennengelernt und sich sofort ineinander verliebt. Aber er hatte zwei Kinder und war nicht bereit, seine Frau zu verlassen. Er hat Angst, die Kinder zu verlieren, sagte Eva, und außerdem scheint seine Ehe intakt zu sein. Die banalste Geschichte der Welt. Johanna schwieg, und Eva erzählte weiter. Ihr Freund wohne in Luzern, vielleicht sei das ein Vorteil, dass sie sich nur selten sähen. Sie träfen sich alle paar Wochen. Er besuche sie, sie wisse nicht, was er seiner Frau erzähle, und wolle es auch gar nicht wissen. Ein Wochenende lang lebten sie wie ein Ehepaar und dann gehe er wieder zu seiner Familie zurück. Eva lachte. Es ist erstaunlich, ich bin noch nicht einmal eifersüchtig auf seine Frau.

Wenn seine Ehe intakt ist, sagte Johanna, warum hat er es dann nötig fremdzugehen? Eva zuckte mit den Schultern. Findest du das unmoralisch? Johanna spürte ihr Zögern vor dem vertraulichen Du. Ich rede mir ein, es sei seine Verantwortung, sagte Eva, schließlich ist er es, der seine Frau betrügt. Meinst du, ich sollte ihm den Laufpass geben? Aber das war nicht die Frage, die Johanna interessierte. Was für ein Mensch ist er?, fragte sie. Redet er mit dir über seine Familie? Was erzählt er dir? Er ist ein ganz normaler Mann, sagte Eva, von seiner Familie erzählt er nicht viel. Mir ist das recht so, das geht mich nichts an. Ist das normal?, fragte Johanna heftiger, als sie beabsichtigt hatte. Ist das normal, dass ein Mann eine Geliebte hat? Das kann doch nicht normal sein? Im Licht, das vom Flur hereindrang, sah sie, dass Eva lächelte. Adrian hat euch nie erzählt, weshalb wir uns getrennt haben, nicht wahr?, fragte sie. Was würdest du zu seiner Frau sagen?, fragte Johanna. Was sagst du ihr, wenn sie dich anruft und dich zur Rede stellt? Ich weiß es nicht, sagte Eva. Sie schwiegen. Dann sagte Eva, ich würde ihr sagen, dass es nicht von Bedeutung ist und dass sie sich keine Sorgen machen muss.

Aus dem Flur waren Geräusche zu hören, jemand war hereingekommen und ging zur Toilette. Johanna hörte die Stimme eines Mannes. Bist du fertig? Und dann die Spülung und die Tür und eine Frau, die sagte, ich finde ihn nett. Ich komme gleich, sagte der Mann. Wieder war die Tür zu hören und dann die Stimme der Frau. Ich warte draußen. Eva zuckte mit den Schultern und sagte, sie mache sich auch auf den Weg.

Johanna hatte den Brief bestimmt schon fünfmal angefangen. Liebe Eva, ich habe viel über unser Gespräch nachgedacht. Ich kenne die andere Seite deines Problems, ich war selbst das Opfer eines Betrugs. Nein, dachte sie, ich war kein Opfer, ich wusste ja gar nichts davon. Mein Mann hat mich betrogen, schrieb sie, aber die Formulierung gefiel ihr nicht. Mein Mann ist fremdgegangen. Und weshalb sollte Eva sich dafür interessieren? Sie hatte ihr schreiben wollen, sie solle sich von ihrem Geliebten lösen, sie füge sich und ihm und seiner Familie Schaden zu. Aber glaubte sie das wirklich? Was, wenn sie die Briefe nicht gefunden, wenn sie sie ungelesen weggeworfen hätte? Nicht Manfred, sie selbst hatte sich Schaden zugefügt, weil sie die Dinge nicht auf sich hatte beruhen lassen. Und war es nicht letztlich ihre Schuld gewesen, dass Manfred fremdgegangen war? Irgendetwas musste ihm gefehlt haben in ihrer Beziehung. Vielleicht, und das wäre noch die tröstlichste Erklärung, war es nur das Körperliche gewesen. Ich bin errötet beim Lesen deines Briefes. Deine Phantasien haben mich erregt. Johanna hatte ihrem Mann nie solche Sätze geschrieben. Sexualität war in ihrer Ehe eine wortlose Angelegenheit gewesen, etwas, was in der Dunkelheit geschah, ohne dass darüber gesprochen wurde. Vielleicht musste man getrennt sein von einem Mann, um ihn so zu begehren, um ihm solche Sätze zu schreiben. Sie war nie länger als ein paar Tage weg gewesen. Dann hatte sie Manfred Postkarten geschrieben, auf denen nichts stand, was nicht auch der Postbote lesen durfte.

Sie holte die Briefe der Geliebten hervor und las sie noch einmal, versuchte sie zu lesen, ohne an Manfred zu denken, als das Zeugnis einer Leidenschaft, die jedes Hindernis und jede Distanz überwand. Sie las alle durch vom Anfang bis zum Ende, dann zerknüllte sie sie und warf sie in den Müll. Zum ersten Mal seit langer Zeit dachte sie an Manfred, ohne an seine Untreue zu denken. Sie dachte an seine Lebensfreude, an seine geduldige, hilfsbereite Art und seine Selbstironie. Sie dachte an die Vertrautheit zwischen ihnen, an seine Zärtlichkeit und daran, wie sehr sie ihn vermisste. Und plötzlich war sie sich sicher, dass ihm nichts gefehlt hatte in ihrer Beziehung, dass er nicht aus einem Mangel fremdgegangen war, sondern aus jenem Überschuss an Liebe und Neugier und Bewunderung, mit dem er allem begegnet war, Kindern und Tieren, der Natur, seiner Arbeit, der ganzen Welt. Sie riss den angefangenen Brief vom Schreibblock und begann Manfred zu schreiben, schnell und ohne nachzudenken, Sätze, wie sie sie nie zuvor geschrieben hatte.

Im Alter

NACH ZWEI STUNDEN FAHRT sah Wechsler am Horizont den Berg auftauchen, an den das Dorf gebaut war und von dem es seinen Namen hatte. Aus der Ferne hatte ihn die Anhöhe immer an den Körper eines riesigen Tieres erinnert, das sich vor Urzeiten in der Ebene niedergelegt hatte und langsam von Wald und Gras überwachsen worden war.

Mehr als zwanzig Jahre war es her, seit er den Ort seiner Kindheit verlassen hatte, das Dorf, in dem er geheiratet und seine ersten Arbeiten als Architekt ausgeführt hatte. Als die Ehe mit Margrit auseinandergegangen war, war Wechsler in die Stadt gezogen und hatte ein neues Leben angefangen. Er hatte Erfolg gehabt, und die Erinnerungen an die Zeit im Dorf waren mehr und mehr verblasst.

Der Februar war ungewöhnlich warm gewesen, aber vor einigen Tagen hatte es noch einmal geschneit. In den Weinbergen, die einen großen Teil des Abhangs bedeckten, lag etwas Schnee. Die regelmäßigen Reihen der Rebstöcke sahen aus wie die Schraffur auf einer von Wechslers Skizzen. Er hatte die Landschaft sofort wiedererkannt. Erst als er sich dem Ort näherte, sah er, wie vieles sich in der Zeit seiner Abwesenheit verändert hatte. Dort, wo früher Mais und Zuckerrüben angepflanzt worden waren, standen jetzt unförmige Industriebauten in allen Farben, planlos in die Ebene gestellt. Wechsler dachte an seine ersten kleinen Renovierungsarbeiten im Dorf. Damals hatte er monatelang mit den Behörden um die Farbe der Fensterläden gestritten. Jetzt baute hier draußen jeder, was und wie er wollte.

Wechsler parkte den Wagen auf dem Marktplatz, über den er als Kind zur Schule gelaufen war. Manchmal hatte er sich nach dem Unterricht zum Fleischer geschlichen und ihm beim Schlachten zugeschaut. Er erinnerte sich noch heute an die angstvollen Blicke der Kälber, die im Freien angebunden waren und warteten, bis die Reihe an ihnen war. Die Fleischerei gab es nicht mehr, in dem Geschäft wurden jetzt Dessous verkauft. Um den Platz herum waren neue, hässliche Gebäude entstanden, Bürogebäude, ein Einkaufszentrum und sogar ein Hotel.

Es war kurz vor Mittag. Wechsler ging in einen Gasthof, den er von früher her kannte. Die Gaststube hatte sich nicht verändert. Sie war mit dunklem Holz verkleidet, und die Tische waren für das Mittagessen gedeckt, aber Wechsler war der einzige Gast. Die Kellnerin fragte, ob er essen wolle, und nahm mürrisch die Bestellung auf. Als sie den Kaffee ohne ein Wort vor ihn auf den Tisch stellte, kam der Wirt aus der Küche. Er trug eine fleckige Schürze, und einen Moment lang glaubte Wechsler, den alten Lindenwirt vor sich zu haben, bei dem sie als Jugendliche Bier bekommen hatten, obwohl sie noch nicht sechzehn waren. Es musste der Sohn sein, der nicht viel älter war als Wechsler. Vor zwanzig Jahren war er ein gutaussehender Mann gewesen, vor dem keine Frau sicher war. Jetzt war er fett und bleich und hatte das aufgedunsene Gesicht eines Trinkers.

Der Wirt trat an Wechslers Tisch und reichte ihm die Hand, wie es in der Gegend immer noch Brauch zu sein schien. Wechsler fragte ihn nach seinem Vater. Der Wirt schaute ihn misstrauisch an und sagte, sein Vater sei vor vielen Jahren gestorben. Wechsler erklärte, er habe früher einmal hier gelebt, und erkundigte sich nach einigen seiner alten Freunde. Der Wirt gab Auskunft, so gut er konnte. Manche von Wechslers Freunden waren weggezogen, andere waren tot. Einige Namen hatte der Wirt noch nie gehört. »Aber an Wechsler erinnern Sie sich, den Architekten? Und an seine Frau Margrit.«

Der Wirt nickte und machte eine vage Handbewegung, als wolle er sagen, das ist alles lange her. Sein Gesicht wirkte plötzlich müde.

»Die Scheidung war ein kleiner Skandal«, sagte Wechsler. »Die Frau wollte erst nicht. Hodel hat das Verfahren geführt, Sie erinnern sich bestimmt.«

Hodel sei inzwischen Notar, sagte der Wirt, er esse jeden Mittag hier. Dann entschuldigte er sich. Er müsse in die Küche. Wechsler rief die Kellnerin und sagte, er habe es sich anders überlegt, er werde doch hier essen.

Um zwölf läuteten die Glocken der nahen Kirche, und die Wirtschaft begann sich zu füllen. Die meisten Gäste kamen in kleinen Gruppen und grüßten die Kellnerin mit Namen. Es war Wechsler, als hätten diese Menschen, die er nicht kannte, seine Vergangenheit in Besitz genommen. Er war weggezogen, und andere hatten sich hier niedergelassen. Das Dorf von damals gab es nur noch in seiner Erinnerung.

Hodel war in die Gaststube getreten. Er blieb an der Tür stehen und schaute sich um, als gehöre das Lokal ihm. Wechsler erkannte den Anwalt sofort, obwohl er alt geworden war und kahl und kleiner wirkte als früher. Die Blicke der beiden Männer trafen sich, und als Wechsler sich halb erhob und Hodel freundlich zunickte, trat dieser an seinen Tisch.

»Sie müssen verzeihen«, sagte er mit einem fragenden Ausdruck in den Augen. »Ich habe mit so vielen Leuten zu tun ...«

Wechsler stellte sich vor. Hodels Gesicht hellte sich auf, und er sagte: »Ein Geist aus der Vergangenheit. Wie geht es dir?«

Die beiden Männer gaben sich die Hand und setzten sich. Hodel bestellte nach einem kurzen Blick auf die Speisekarte mit der Beiläufigkeit des Stammgastes. Die Kellnerin lächelte freundlich, als er sagte, sie solle eine Flasche Wein bringen, den Barrique, nicht den gewöhnlichen.

»Sogar der Wein ist besser geworden«, sagte Hodel.

Er habe immer wieder von Wechsler gelesen in der Zeitung, sagte er, im Dorf sei man stolz auf ihn. Das Hallenbad, das er gebaut habe ... Das Kurbad, korrigierte Wechsler. Was ihn denn ins Dorf führe, fragte Hodel und nickte, als Wechsler sagte, die Abdankungskapelle solle erneuert werden. Er sei gekommen, um sich die Sache anzuschauen. Er wisse noch nicht, ob er sich um den Auftrag bewerben werde. Hodel grinste und sagte, die Geschichte mit seiner Frau sei ja längst vergeben und vergessen. Heute gehörten Scheidungen fast schon zum guten Ton. Wechsler bereute plötzlich, dass er nicht in ein anderes Lokal gegangen war. Er wollte nicht an sein früheres Leben erinnert werden. Die Zeit war weitergegangen, er hatte wieder geheiratet, war Vater geworden, und bald würde sein erstes Enkelkind zur Welt kommen. Er war zufrieden mit seinem Leben.

»Ich begleite dich zum Friedhof, wenn du nichts dagegen hast«, sagte Hodel beim Kaffee. »Ein bisschen Bewegung tut mir gut.«

Das ganze Essen über hatte er nur von sich gesprochen, von seiner Arbeit, seiner Frau und seinen beiden Söhnen, die in der Stadt lebten. Wechsler wäre den alten Freund gern losgeworden, aber er wollte nicht unhöflich sein. Er war müde vom Wein und vom Essen, und alles widerte ihn an. Hodel bestand darauf, ihn zum Essen einzuladen. Das sei er ihm schuldig, sagte er, er habe schließlich viel Geld an ihm verdient. Außerdem habe ihm Wechsler, ohne es zu wissen, zu einem Liebesabenteuer verholfen.

Ob er sich überhaupt noch an seine erste Frau erinnere?, fragte

Hodel, als sie nebeneinander die dichtbefahrene Straße zum Friedhof entlanggingen. Natürlich, sagte Wechsler. Er wollte noch etwas sagen, aber dann schwieg er. Eine junge Frau mit einem Kinderwagen kam ihnen entgegen, und Hodel wich aus und lief einen Moment lang so dicht hinter Wechsler, als wolle er ihm auf den Rücken springen.

»Sie hat schon gewusst, warum sie die Scheidung nicht wollte«, sagte er. »Man hat über sie geredet. Im Kirchenchor hat man ihr zu verstehen gegeben, dass sie nicht mehr erwünscht sei. Wer hätte denn ahnen können …«

Margrit stammte aus einer strenggläubigen Familie. Ihr Vater war schon gegen die Heirat mit einem Andersgläubigen gewesen, die Scheidung war für ihn eine Katastrophe. Er drohte seiner Tochter, obwohl sie unschuldig war und Wechsler da schon in der Stadt wohnte, mit einer anderen Frau zusammen. Margrit war eine temperamentvolle, beinahe übermütige Frau gewesen, aber gegen ihren Vater war sie nie angekommen. Wechsler übergab die Angelegenheit Hodel und ließ ihm freie Hand. Er hatte nie erfahren, wie er Margrit umgestimmt hatte. Er wollte es gar nicht wissen.

»Ein Gerücht macht hier schnell die Runde«, sagte Hodel mit spitzbübischem Lachen. »Wäre sie schuldig geschieden worden, hätte das auch finanziell unangenehme Konsequenzen gehabt.«

Damals seien ihm eben alle Mittel recht gewesen, sagte er, aber das sei lange her und er müsse sich nicht mehr schämen dafür. Inzwischen sei er ein angesehener Bürger und duze sich mit allen wichtigen Leuten.

»Der eine oder andere grüßt mich nicht auf der Straße, aber wer sich in diesem Geschäft keine Feinde macht, muss ein Dummkopf sein.«

Sie hatten den Friedhof betreten und waren vor der Abdankungskapelle stehen geblieben. Als die Kapelle in den sechziger Jahren gebaut worden war, hatte die gewagte Architektur die Gemüter erhitzt, jetzt wirkte der Bau schäbig, und die Fassade war schmutzig vom Straßenruß.

In der Kapelle war es kälter als draußen. Es roch nach Putzmittel und Kerzenwachs. Wechsler schaute sich um und fotografierte den Innenraum mit seiner Digitalkamera, obwohl er schon wusste, dass er sich nicht um den Auftrag bemühen würde. Hodel wich nicht von seiner Seite. Er schwieg jetzt, nur einmal räusperte er sich.

»Einer nach dem andern«, sagte er, als sie wieder draußen waren. »Willst du dir das Grab anschauen?«

Ohne eine Antwort abzuwarten, ging er voraus durch die Reihen der Gräber. Vor einem unscheinbaren weißen Marmorstein blieb er stehen. Wechsler trat neben ihn, und eine Weile lang standen die beiden Männer stumm nebeneinander, die Hände in den Manteltaschen, und starrten auf den Stein, auf dem nur Margrits Name und ihre Lebensdaten geschrieben standen. Hodel seufzte tief.

»Das ist das Schlimmste«, sagte er. Seine Stimme klang anders als vorher, leiser und brüchig. »Ich behaupte ja nicht, dass ich früher ein besserer Mensch gewesen bin. Aber alt zu werden ist kein Spaß.«

Er hatte sich umgedreht und deutete mit dem Kopf auf einen Arbeiter, der eben dabei war, mit einem kleinen Bagger ein neues Grab auszuheben.

»Du weißt nie, ob du nicht der Nächste bist«, sagte er. »Wenn sie die Gräber wenigstens von Hand schaufeln würden …«

Wechsler hatte plötzlich das Bedürfnis zu weinen. Aber er schämte sich vor Hodel. Er schüttelte den Kopf und ging weiter. Unter einer Gruppe von Kiefern, die am Rand des Gräberfeldes wuchsen, setzte er sich auf eine Bank. Hodel war ihm gefolgt. Er blieb vor der Bank stehen und schaute zur Friedhofsmauer, hinter der die Bahnlinie vorbeiführte.

»Wenn man fällt, hat sie einmal zu mir gesagt, dann muss man auch richtig fallen«, sagte er leise. »Sie hatte etwas mit dem Wirt der Linde. Als er ihr den Laufpass gab, fing sie an zu trinken. Vielleicht auch schon vorher. Danach hatte sie, sagen wir, wechselnde Bekanntschaften. Ich glaube, sie hat dich doch mehr geliebt, als du geglaubt hast.«

Er habe Margrit ein paarmal ausgeholfen, sagte Hodel, nicht aus Mitleid, das gebe er zu. Verzweifelte Frauen seien die besten Geliebten. Man könne alles mit ihnen machen, sie hätten nichts zu verlieren. Selbst als sie schon trank, sei Margrit noch eine schöne Frau gewesen. Erst ganz am Schluss habe man die Zerstörung gesehen.

»Warum hast du mich denn nicht angerufen«, sagte Wechsler plötzlich aufbrausend. »Ich hätte ihr doch helfen können.«

»Sie hat gesagt, sie habe dir geschrieben«, sagte Hodel und lächelte vorsichtig. Wechsler hob die Hände und ließ sie auf die Oberschenkel fallen. Er habe immer so viel gearbeitet, sagte er, er habe ja kaum Zeit für seine Kinder gehabt und für seine zweite Frau.

»Die alten Geschichten«, sagte Hodel. Hinter der Mauer fuhr ein Zug vorbei, und er schwieg, bis der Lärm nachließ. Dann sagte er, er habe den Stein gestiftet. Im Dorf frage man sich noch heute, woher das Geld gekommen sei, aber der Steinmetz halte dicht. Der sei ja auch einer von Margrits Verehrern gewesen.

»Wie hässlich wir geworden sind«, sagte Hodel kopfschüttelnd. Er sagte, er müsse jetzt gehen. Der Freund solle sich melden, wenn er wieder im Ort sei. Er reichte Wechsler die Hand, ohne ihn anzusehen, und ging.

Der Schnee würde nicht lange liegen bleiben, dachte Wechsler. Die Luft war kalt, aber die Sonne wärmte. Er blieb noch eine Weile auf der Bank sitzen, dann stand er auf. An Margrits Grab blieb er stehen. Er dachte an das junge Mädchen, das sie gewesen war, als er sie kennengelernt hatte, an ihre Fröhlichkeit, ihre Unbeschwertheit und daran, wie er und Hodel, und er wusste nicht, wer noch, ihr Leben zerstört hatten. Er wollte weinen, aber es gelang ihm nicht. Er kauerte sich nieder und zupfte ein paar verdorrte Blätter von den Pflanzen, die auf dem Grab wuchsen. Dann stand er wieder auf und verließ den Friedhof, ohne sich noch einmal umzuschauen.

Kinder Gottes

MICHAEL HATTE NOCH NIE von der Frau gehört. Die Haushälterin erzählte ihm von ihr: Es gebe keinen Vater, behaupte diese
Mandy. Sie wohne im Nachbardorf, in W. Die Haushälterin lachte,
Michael seufzte. Als war es nicht genug, dass kaum jemand in die
Kirche kam am Sonntag, dass die Alten ihn wegschickten, wenn er
sie im Heim besuchte, und die Kinder frech waren in der Unterweisung. Das sei der Kommunismus, sagte er, der wirke immer
noch nach. Ach was, sagte die Haushälterin, das war schon vorher
so. Ob er das große Rübenfeld kenne an der Straße nach W.? Da
sei mittendrin eine Insel. Ein paar Bäume stünden in dem Feld,
die der Bauer habe stehen lassen. Seit immer, sagte sie. Und dort
treffe er sich mit einer Frau. Welche Frau?, fragte Michael. Welcher Bauer? Der da ist, sagte die Haushälterin, und sein Vater auch
schon und der Großvater. Alle. Seit immer: Wir sind ja auch nur
Menschen, sie und ich. Jeder hat seine Bedürfnisse.

Michael seufzte. Seit dem Frühling betreute er die Gemeinde,
aber er war den Menschen nicht nähergekommen: Er stammte aus
den Bergen, dort war alles anders, die Menschen, die Landschaft
und der Himmel, der hier so unendlich weit war und fern.

Sie sagt, sie hat noch nie mit einem Mann, sagte die Haushälterin, das Kind hat ihr wohl dann der liebe Gott gemacht. Diese
Mandy, sagte sie, sei die Tochter des Gregor, der für die Verkehrs-
betriebe arbeite. Der Kleine, Fette, der Busfahrer. Der hat es ihr
gegeben: Grün und blau war sie. Und jetzt frage sich das ganze

Dorf, wer denn der Vater sei. Viele Männer wohnten nicht da, die in Frage kämen. Vielleicht war's Marco, der Wirt. Oder ein Landstreicher. Schön ist sie ja nicht. Aber man nimmt, was man kriegt. Diese Mandy, sagte die Haushälterin, sei auch nicht gerade sehr helle: Vielleicht hat sie es gar nicht gemerkt. Beim Kirschenpflücken auf der Leiter. Ja ja, sagte Michael.

Mandy kam ins Pfarrhaus, als Michael beim Essen war. Die Haushälterin brachte sie herein, und er ließ sie sich setzen und sagte, sie solle erzählen. Aber sie saß nur da mit niedergeschlagenen Augen und schwieg. Sie roch nach Seife. Michael aß und schaute die junge Frau immer wieder verstohlen an. Sie war nicht schön, aber hässlich war sie auch nicht. Vielleicht würde sie später dick werden. Jetzt war sie üppig. Sie blüht, dachte Michael. Und schaute verstohlen auf ihren Bauch und die großen Brüste, die sich unter dem grellfarbenen Pullover abzeichneten. Ob das die Schwangerschaft war oder das Essen, er wusste es nicht. Dann schaute diese junge Frau ihn an und senkte gleich wieder den Blick, und er schob den noch halbvollen Teller weg und stand auf. Gehen wir in den Garten.

Es war spät im Jahr. Das Laub der Bäume hatte sich verfärbt. Am Morgen war es neblig gewesen, jetzt drückte die Sonne durch. Michael und Mandy gingen nebeneinander im Garten. Ehrwürden, sagte sie, und er, nein, nennen Sie mich Michael, und ich werde Sie Mandy nennen. Und sie wisse also nicht, wer der Vater sei? Es hat keinen Vater gegeben, sagte Mandy, ich habe nie … Sie schwieg. Michael seufzte. Sechzehn, achtzehn, dachte er, älter ist sie nicht. Mein liebes Kind, sagte er, es ist eine Sünde, aber Gott wird dir vergeben. Denn so spricht der Herr, der Gott Israels: Jeder Krug wird mit Wein gefüllt!

Mandy riss ein Blatt von einer alten Linde, unter der sie stehen geblieben waren, und Michael sagte, du weißt, wie der Mann der Frau beiwohnt? Mit dem Johannes, sagte Mandy und wurde rot und schaute zu Boden. Vielleicht war es im Schlaf geschehen, dachte Michael, man hatte solches gehört. Sie hätten das in der Schule gelernt, sagte Mandy leise und sehr schnell, sagte: Erektion und Koitus und Knaus-Ogino. Ja ja, sagte Michael, die Schule. Das hatten sie nun davon, die Kommunisten, die immer noch in den Schulräten saßen.

Bei der heiligen Muttergottes, sagte Mandy, ich habe nie ... Ja ja, sagte Michael, und dann, plötzlich heftig werdend, was glaubst du denn, woher das Kind kommt? Glaubst du denn, es kommt vom lieben Gott? Ja, sagte Mandy. Er schickte sie nach Hause.

Am Sonntag sah Michael Mandy unter den wenigen, die zum Gottesdienst gekommen waren. Sie war, wenn er sich recht erinnerte, nie vorher da gewesen. Sie trug ein einfaches, dunkelgrünes Kleid, und jetzt konnte er die Schwangerschaft ganz deutlich sehen. Dass die sich nicht schämt, sagte die Haushälterin.

Mandy wusste nicht, wie und was. Michael sah, wie sie sich umschaute. Und gar nicht sang, als alle sangen. Und als sie nach vorne kam, um den Leib zu empfangen, musste er es ihr sagen: Tu den Mund auf.

Michael sprach über die Standhaftigkeit im Leiden. Frau Schmidt, die immer da war, las den Bibeltext mit leiser, aber fester Stimme. Seht zu, dass ihr den Redenden nicht abweist. Sind nämlich jene nicht entkommen, als sie den abwiesen, der auf Erden sich kundgab: Die Gastfreundschaft vergesst nicht; denn durch diese haben einige, ohne es zu wissen, Engel beherbergt.

Michael hatte während der Lesung die Augen geschlossen, und es war ihm, als sehe er den Engel, der bei den Menschen einkehrte, einen Engel, der das Gesicht Mandys hatte und dessen

Bauch sich unter dem weißen Gewand wölbte wie jener Mandys unter dem Kleid. Es war aber plötzlich sehr still in der Kirche. Michael öffnete die Augen und sah, dass alle ihn erwartungsvoll anschauten. Da sagte er: So können wir mit Vertrauen sprechen. Der Herr ist mein Helfer; ich fürchte mich nicht.

Nach dem Gottesdienst eilte Michael zum Eingang und verabschiedete die alten Frauen. Als er die Tür hinter der letzten geschlossen hatte, sah er, dass Mandy vor dem Altar kniete. Er ging zu ihr hin und legte ihr die Hand auf den Kopf. Sie schaute ihn an, und er sah, dass Tränen ihr über die Wangen liefen. Komm, sagte er, und er führte sie aus der Kirche und hinaus und über die Straße zum Friedhof. Schau all die Menschen, sagte er, sie alle waren Sünder: Aber Gott hat sie zu sich genommen, und Er wird auch deine Sünden vergeben. Ich bin voller Sünde, sagte Mandy, aber ich habe mit keinem Mann gelegen. Ja ja, sagte Michael und berührte mit der Hand Mandys Schulter.

Als er diese Mandy aber berührte, war es ihm, als fülle sein Herz, sein ganzer Körper sich mit einer Freude, wie er sie noch nie im Leben gefühlt hatte, und er zuckte zurück, als hätte ein Feuer seine Hand verbrannt. Und wenn es wahr ist?, dachte er.

Und wenn es wahr ist, dachte er, als er an diesem Nachmittag die Landstraße entlang ins Nachbardorf wanderte. Die Sonne schien, und der Himmel war weit und wolkenlos. Michael war etwas müde vom Mittagessen, aber sein Herz erfüllte noch immer die Freude, die von Mandys Körper in seinen geflossen war: Und wenn es wahr ist?

Er wanderte oft und immer an den Sonntagnachmittagen in dieses oder ein anderes Dorf, ging mit schnellen Schritten durch die Alleen bei Regen und bei Sonnenschein. Aber an diesem Tag hatte er ein Ziel. Er hatte den Doktor angerufen, der da wohnte und Klaus hieß, und ihn um ein Gespräch gebeten: Nein, er konnte nicht sagen, worum es ging.

Dieser Doktor Klaus war ein Mann aus der Gegend, der Sohn und Enkel von Bauern. Er kannte alle und jeden, und es hieß, dass er, wenn Not war, auch nach den Tieren schaute. Er lebte in einem großen Haus in W., allein, seit seine Frau gestorben war. Er sagte, wenn Michael ihn nur mit seinem Gott in Ruhe lasse, so sei er auch willkommen und solle eintreten. Er sei nämlich Atheist, sagte der Doktor, nein, noch nicht einmal Atheist. Er glaube an überhaupt nichts, auch nicht daran, dass es keinen Gott gebe: Er sei ein Mann des Wissens, nicht des Glaubens. Ein Kommunist, dachte Michael und sagte, ja ja, und unterdrückte ein Gähnen.

Der Doktor tischte Schnaps auf, und weil Michael etwas zu fragen hatte, trank er den Schnaps, er trank ihn in einem Zug und dann gleich noch ein Glas, das der Doktor Klaus ihm eingeschenkt hatte. Mandy, sagte Michael, ob. Und. Er schwitzte. Sie gebe an, dass das Kind nicht durch die Vereinigung mit einem Mann, dass sie nie, nicht, dass kein Mann sie erkannt … mein Gott: Sie wissen, was ich meine. Der Doktor trank seinen Schnaps aus und fragte, ob Michael denn meine, der liebe Gott habe seine Hände im Spiel gehabt oder seinen Johannes. Michael starrte ihn an mit leerem, verzweifeltem Blick. Er trank den Schnaps, den der Doktor ihm nachgeschenkt hatte, und stand auf. Das Hymen, sagte er so leise, dass es kaum zu hören war: Das Hymen. Das wäre ja ein Wunder, sagte der Doktor, und das bei uns, ausgerechnet. Er lachte. Michael entschuldigte sich. Ich bin ein Mann des Wissens, sagte der Doktor, Sie sind ein Mann des Glaubens. Wir wollen das nicht vermischen. Ich weiß, was ich weiß: Glauben Sie, was Sie wollen.

Auf dem Rückweg schwitzte Michael noch mehr. Es wurde ihm schwindlig. Der Blutdruck, dachte er. Er setzte sich am Rand des großen Rübenfeldes ins Gras. Die Rüben waren schon ausgetan worden und lagen in langen Haufen entlang der Straße. Das Feld war riesig, weit hinten sah man einen Streifen Wald. Und mitten in dieser Weite lag die kleine Insel, von der die Haushälterin gesprochen hatte: mitten im Acker wuchsen ein paar Bäume aus der Dunkelheit dieser Erde.

Michael stand auf und machte einen Schritt in das Feld hinein und dann noch einen. Er ging auf die Insel zu. Die feuchte Erde klebte an seinen Schuhen in großen Klumpen, und er torkelte, er stolperte, das Gehen wurde ihm schwer. Seid guten Mutes, dachte er, wir müssen aber auf eine Insel verschlagen werden. Und ging weiter.

Einmal hörte er auf der Straße ein Auto vorüberfahren. Er schaute sich nicht um. Er ging über das Feld, Schritt um Schritt, und endlich kamen die Bäume näher, und plötzlich war er da, und es war wirklich wie eine Insel: Die Ackerfurchen hatten sich geteilt, geöffnet, als sei die Insel aus dem Boden gebrochen und habe die Erde aufgerissen wie einen Vorhang. Diese Insel aber hob sich vielleicht einen halben Meter aus dem Untergrund. Am Rand wuchs etwas Gras, dahinter war Gebüsch. Michael riss einen Zweig von einem der Gebüsche und klaubte damit die Erdschollen von seinen Schuhen. Dann ging er auf dem schmalen Grasstreifen um die Insel herum. An einer Stelle war eine Lücke im Bewuchs, und er trat durch diese Lücke und gelangte auf eine kleine Öffnung mitten zwischen den Bäumen. Das hohe Gras war niedergedrückt, am Rand der Wiese lagen ein paar leere Bierflaschen.

Michael schaute in die Höhe: Zwischen den Baumkronen war der Himmel zu sehen, er schien weniger hoch hier als auf dem weiten Feld. Es war ganz still. Die Luft war warm, obwohl die Sonne schon weit im Westen stand. Michael zog sein Jackett aus und warf es ins Gras. Und dann, ohne dass er recht begriff, was er tat, öffnete er die Knöpfe seines Hemdes und zog das Hemd aus und das Unterhemd, die Schuhe, die Hose, die Unterhose und schließlich die Socken. Er nahm die Uhr ab und warf sie auf den Haufen mit den Kleidern, und so auch die Brille und den Ring, den seine Mutter ihm geschenkt hatte, um ihn zu bewahren. Und stand da, wie und wozu Gott ihn geschaffen hatte: nackt wie ein Zeichen.

Michael schaute in den Himmel, dem er sich verbunden fühlte wie nie zuvor. Er hob die Arme in die Höhe, dann spürte er wieder den Schwindel von vorhin, und er fiel vornüber auf die Knie und kniete da, nackt und mit erhobenen Armen. Er begann zu singen, leise und mit heiserer Stimme, aber es war nicht genug. Und so schrie er, schrie, so laut er konnte, denn er wusste, dass ihn hier nur Gott hören konnte, dass Gott ihn hörte und auf ihn herabschaute.

Und wie er wieder über das Feld ging und nach Hause, dachte er an Mandy, und sie war ihm ganz nah, als sei sie in ihm. Also dachte er: Ich habe, ohne es zu wissen, einen Engel beherbergt.

Zurück im Pfarrhaus, holte Michael eine Flasche mit Schnaps aus dem alten Buffet, die ihm ein Bauer nach der Beerdigung seiner Frau gebracht und geschenkt hatte, und goss sich ein kleines Gläschen ein und ein zweites. Dann legte er sich hin und erwachte erst, als die Haushälterin ihn zum Abendessen rief. Er hatte Kopfschmerzen.

Und wenn es wahr ist?, sagte er, als die Haushälterin das Essen brachte. Was wahr? Mandy. Wenn sie das Kind empfangen hat. Von wem? Ist nicht auch dieses Land eine Wüste, sagte Michael. Wer sagt uns denn, dass Er sein Auge nicht gerade hierher richtet, dass gerade dieses Kind Gnade gefunden hat in Seinem Auge, diese Mandy. Die Haushälterin schüttelte unwillig den Kopf: Der ist ein Busfahrer, ihr Vater. Und war Josef nicht Zimmermann? Aber das ist lange her. Glaubt sie denn nicht, dass Gott noch heute lebt? Und dass Jesus wiederkommen wird? Ja, schon. Aber nicht hier. Was ist denn diese Mandy? Sie ist nichts. Sie serviert im Restaurant in W., sie ist eine Aushilfe.

Bei Gott ist kein Ding unmöglich, sagte Michael, und wahrlich, ich sage euch, die Zöllner und Dirnen werden eher in das Reich Gottes kommen. Die Haushälterin schnitt ein Gesicht und verschwand in der Küche. Michael hatte sie nie dazu bewegen können, mit ihm zu essen: Sie hatte immer gesagt, sie wolle nicht, dass geredet werde im Dorf. Geredet worüber? Wir sind ja auch nur Menschen, hatte sie gesagt, jeder hat seine Bedürfnisse.

Nach dem Abendessen ging Michael noch einmal aus dem Haus. Er ging die Straße hinunter, und die Hunde in den Höfen bellten wie verrückt, und Michael dachte, ihr würdet besser auf Gott vertrauen denn auf eure Hunde. Aber das waren die Kommunisten: Er hätte sie lehren sollen, und er hatte es nicht geschafft. Es kamen nicht mehr Leute in die Kirche als im Frühling, und von Unzucht und Trinkgelagen konnte man jeden Tag hören, wenn man nur wollte.

Michael ging ins Heim und fragte nach der Frau Schmidt, die jeden Sonntag den Bibeltext las. Wenn sie noch wach ist, sagte die Schwester, die Ulla, unwillig und verschwand. Eine Kommunistin, dachte Michael, bestimmt. Er sah es ihnen an, den Kommunisten, und was sie dachten, wenn sie ihn sahen. Wenn aber einer starb, riefen sie ihn doch. Damit der ein anständiges Begräbnis bekommt, hatte gerade diese Ulla hier einmal gesagt, als er einen Mann beerdigen sollte, der sein Leben lang in keiner Kirche gewesen war.

Frau Schmidt war noch wach. Sie saß in ihrem Lehnstuhl und schaute *Wer wird Millionär?*. Michael schüttelte ihr die Hand, guten Abend, Frau Schmidt. Er nahm sich einen Stuhl und setzte sich neben sie. Sie habe schön gelesen, sagte er, und er wolle sich einmal dafür bedanken. Frau Schmidt nickte mit dem ganzen Oberkörper. Michael zog seine kleine ledergebundene Bibel aus der Tasche. Heute will ich Ihnen etwas vorlesen, sagte er. Und während der Moderator im Fernsehen fragte, welche Stadt wurde neunundsiebzig nach Christi Geburt von einem Vulkan verschüttet, Troja, Sodom, Pompeji oder Babylon, las Michael laut und lauter werdend. In den letzten Tagen werden Spötter auftreten, die voll Hohn ihren eigenen Lüsten nachgehen, und sagen: Wo ist die Verheißung seiner Wiederkunft? Seitdem die Väter entschliefen, bleibt ja alles so wie seit Anfang der Schöpfung! Dies eine aber entgehe euch nicht, Geliebte: Ein Tag bei dem Herrn ist wie tausend Jahre, und tausend Jahre sind wie ein Tag.

Und er las, es wird der Tag des Herrn kommen wie ein Dieb, und an ihm werden die Himmel zusammenkrachend vergehen, die Elemente brennend sich auflösen, und auch die Erde und die Werke auf ihr werden sich darunter finden.

Die ganze Zeit, während Michael las, hatte die alte Frau genickt: ihr Oberkörper schaukelte vor und zurück, als sei ihr ganzer Körper ein großes Ja. Dann endlich sprach sie und sagte: Sodom ist es nicht, Babylon ist es nicht. Ist es Troja?

Der Tag ist vielleicht näher, als wir glauben, sagte Michael. Aber keiner wird es wissen. Ich weiß es nicht, sagte Frau Schmidt. Wie ein Dieb wird er kommen, sagte Michael und stand auf. Troja, sagte Frau Schmidt. Er gab ihr die Hand. Sie sagte nichts mehr und schaute ihm nicht nach, als er das Zimmer verließ. Pompeji, sagte der Moderator. Pompeji, sagte Frau Schmidt.

Niemand wird es wissen, dachte Michael, als er nach Hause

ging. Die Hunde der Kommunisten bellten, und einmal hob er einen Stein vom Boden auf und schleuderte ihn gegen eines der Holztore. Da bellte der Hund dahinter noch lauter, und Michael ging schnell weiter, damit niemand ihn sehe. Er ging aber nicht zurück zum Pfarrhaus, sondern aus dem Dorf hinaus.

Eine halbe Stunde war es nach W. Einmal kam ihm ein Auto entgegen. Er sah das Licht der Scheinwerfer schon lange im Voraus und versteckte sich hinter einem der Bäume der Allee, bis das Auto vorüber war. Die Insel war nun ein dunkler Fleck im grauen Feld, und sie schien näher zu sein als am Tag. Die Sterne funkelten: Es war kalt geworden.

In W. war kein Mensch auf der Straße. Lichter brannten in den Häusern und eine Straßenlaterne, da, wo die eine Straße die andere kreuzte. Michael wusste, wo Mandy wohnte. Am Gartentor blieb er stehen und schaute zum kleinen einstöckigen Haus. In der Küche sah er Schatten, die sich bewegten. Es sah aus, als spüle jemand Geschirr. Es wurde Michael warm ums Herz. Er lehnte sich an das Gartentor. Da hörte er ganz nah ein Atmen und plötzlich ein lautes, jaulendes Bellen. Er machte einen Satz zurück und rannte davon. Er war noch nicht hundert Meter vom Grundstück entfernt, als sich die Tür des Hauses öffnete und ein Lichtstrahl in die Dunkelheit fiel und eine Männerstimme rief: Halt die Schnauze!

An einem jener Tage ging Michael ins Restaurant in W., da seine Haushälterin ihm gesagt hatte, Mandy arbeite dort. Und so war es auch.

Die Gaststube war ein hoher Raum. Die Wände waren gelb vom Rauch der Zigaretten, die Fenster blind, die Möbel alt, und kein Stück passte zum anderen. Niemand war da, nur Mandy, die hinter der Theke stand, als gehöre sie da hin, die Hände vor sich auf den Schanktisch gelegt. Sie lächelte und senkte den Blick, und es war Michael, als leuchte ihr Gesicht in diesem düsteren Raum. Er setzte sich an einen Tisch beim Eingang, Mandy trat zu ihm, er bestellte Tee, sie verschwand. Wenn nur niemand kommt, dachte er. Dann brachte Mandy den Tee. Michael rührte Zucker hinein. Mandy stand noch immer neben dem Tisch. Ein Engel an meiner Seite, dachte Michael. Er nahm einen schnellen Schluck und verbrannte sich den Mund. Und dann sprach er und sah Mandy nicht an dabei, und sie sah ihn nicht an.

Jenen Tag aber und jene Stunde weiß niemand, auch nicht die Engel des Himmels, auch nicht der Sohn, nur der Vater allein. Wie die Tage des Noah, so wird die Ankunft des Menschensohnes sein. Denn wie sie in den Tagen vor der Sintflut aßen und tranken, heirateten und sich heiraten ließen und nichts bedachten, bis die Sintflut kam und alle hinwegraffte: So wird es auch sein mit der Ankunft des Menschensohnes.

Erst jetzt schaute Michael Mandy an und sah, dass sie weinte. Fürchte dich nicht, sagte er. Dann stand er auf und legte seine eine Hand auf Mandys Kopf und zögerte und dann die andere auf ihren Bauch. Wird es Jesus heißen?, fragte Mandy leise. Michael stutzte. Das hatte er sich noch nie überlegt. Der Wind bläst, wo er will, sagte er, und du hörst sein Sausen wohl; aber du weißt nicht, woher er kommt und wohin er fährt.

Dann schenkte er Mandy den kleinen Ratgeber für junge Frauen und werdende Mütter, den die Kirche zur Verfügung stellte und aus dem auch er alles wusste, was er wusste, und sagte, Mandy solle zur Unterweisung kommen und in den Gottesdienst, das sei jetzt das Wichtigste, sie habe vieles nachzuholen.

Die Monate gingen hin. Der Herbst wich dem Winter, der erste Schnee fiel und deckte alles zu, die Dörfer, den Wald und die Felder. Der Winter streckte sich aus auf dem Land, und der saure Geruch der Holzfeuerungen sank in die Straßen.

Michael machte lange Wanderungen über das Land, er ging von Dorf zu Dorf und noch einmal über das große Rübenfeld, das jetzt gefroren war, zur Insel. Und wieder stand er da und hob die Arme empor. Aber die Bäume hatten ihre Blätter verloren, und der Himmel war fern. Michael wartete auf ein Zeichen. Es kam keines: Kein Stern war am Himmel, der nicht schon vorher da gewesen wäre, kein Engel auf dem Feld, um zu ihm zu sprechen, kein König und kein Hirte und kein Schaf. Da schämte er sich und dachte, nicht ich bin auserwählt. Sie, Mandy, wird das Zeichen bekommen, ihr wird der Engel erscheinen.

Mandy kam jetzt jeden Mittwoch mit dem Moped von W. her in die Unterweisung und jeden Sonntag in die Kirche. Ihr Bauch wuchs, aber ihr Gesicht wurde schmaler und blass. Sie blieb nach dem Gottesdienst in der Kirche, bis alle gegangen waren, und dann saß sie neben Michael in einer der Bänke, und sie redeten leise. Das Kind, sagte sie, solle im Februar zur Welt kommen. Wäre es Weihnachten, dachte Michael, wäre es Ostern. Aber Weihnachten war schon bald und Ostern erst Ende März: Man würde sehen.

Dann steckte die Haushälterin den Kopf durch die Tür und fragte, ob der Herr Pfarrer vielleicht zu Mittag zu essen gedenke. Die Mühe, die sie sich mache, und kein Lob, nichts, und dann lasse er die Hälfte stehen. Michael sagte, Mandy solle doch zum Essen bleiben, es sei genug da für zwei. Für drei, sagte er, und sie lächelten beide scheu. Da können wir gleich ein Wirtshaus aufmachen, sagte die Haushälterin, als sie ein zweites Gedeck auflegte. Sie knallte die Schüsseln auf den Tisch und verschwand ohne ein Wort und ohne auch nur Appetit zu wünschen.

Mandy erzählte, ihr Vater plage sie, er wolle wissen, wer der Kindsvater sei, und dass er wütend werde, wenn sie sage: der liebe

Gott selbst. Nein, er schlage sie nicht. Nur Ohrfeigen, sagte sie, die Mutter auch. Sie wolle weg von zu Hause. Sie aßen beide schweigend. Michael nicht viel, aber Mandy schöpfte zweimal nach. Schmeckt es?, fragte er. Sie nickte und wurde rot. Da sagte er: also könne sie hier im Pfarrhaus wohnen, Platz sei genug. Mandy schaute ihn ängstlich an.

Das geht nicht, sagte die Haushälterin. Michael schwieg. Vorher ziehe ich aus, sagte die Haushälterin. Michael sagte noch immer nichts. Er verschränkte die Arme. Er dachte an Bethlehem. Diesmal nicht, dachte er. Und der Gedanke machte ihn stark. Ich ziehe aus, sagte die Haushälterin, und Michael nickte langsam. Umso besser, dachte er: Er hatte nämlich schon vermutet, dass diese Haushälterin eine Kommunistin gewesen war und was sonst noch alles. Weil sie immer sagte, sie sei auch nur ein Mensch, und weil sie Karola hieß, ein Heidenname. Er hatte die Geschichten ja gehört über sie und seinen Vorgänger, der verheiratet gewesen war: In der Sakristei, hieß es, das auch noch. Diese Frau musste ihm keine Vorhaltungen machen. Diese zuallerletzt. Und kochen konnte sie auch nicht gut.

Die Haushälterin verschwand in der Küche, und dann verschwand sie aus dem Haus, denn es war nicht gerecht und nicht anständig. Und Mandy zog ein: Sie war die neue Haushälterin, so wurde es mit den Eltern ausgemacht und verabredet. Sie bekam sogar Geld. Aber Mandy war ja schon im fünften Monat schwanger, und ihr Bauch war so groß, dass sie schnaufte wie eine Kuh, wenn sie die Treppe hinaufstieg, und Michael Angst hatte, dem Kind könne etwas passieren, als sie an einem Tag die schweren Teppiche vor das Haus getragen hatte.

Michael kam von einer seiner Wanderungen und sah Mandy vor dem Pfarrhaus die Teppiche ausklopfen. Da sagte er, sie müsse sich schonen, und trug die Teppiche eigenhändig wieder ins Haus, auch wenn er es kaum vermochte: Denn stark war sein Körper nicht. Weihnachten muss alles sauber sein, sagte Mandy. Das freute Michael und schien ihm ein gutes Zeichen zu sein. Sonst hatte er in der jungen Frau nämlich nicht viel Glauben gefunden, auch wenn sie bei der heiligen Muttergottes schwor und fest davon überzeugt war, dass ihr Kind ein Jesuskind sei, wie sie sagte. Sie sagte schon, sie sei protestantisch. Aber eben nicht sehr. Michael hatte Zweifel bekommen. Er schämte sich für diese Zweifel, aber sie waren da und vergifteten seine Liebe und seinen Glauben.

Von nun an machte Michael alle Hausarbeit selbst. Mandy kochte aber für ihn, und sie aßen zusammen in der dunklen Stube, ohne viel zu reden. An den Abenden arbeitete Michael lange. Er las in der Bibel, und wenn er hörte, dass Mandy aus dem Badezimmer kam, wartete er fünf Minuten, er konnte gar nicht mehr arbeiten, so sehr freute er sich. Dann klopfte er an die Tür von Mandys Zimmer, und sie rief, herein, herein. Da lag sie schon im Bett und hatte die Decke bis zum Hals hochgezogen. Er setzte sich neben sie und legte die Hand auf ihre Stirn oder auf die Decke, da wo ihr Bauch darunter war.

Einmal fragte er sie nach ihren Träumen: Er wartete ja auf ein Zeichen. Aber Mandy träumte nicht. Sie schlafe tief und fest, sagte sie. Also fragte er sie, ob sie denn wirklich nie einen Freund gehabt habe oder dergleichen, ob sie nie Blut auf der Bettwäsche gefunden habe. Nicht während der Regel, sagte er, und ihm wurde ganz seltsam, als er so zu ihr sprach. Wenn dies die neue Muttergottes ist, dachte er, wie stehe ich dann da. Mandy sagte darauf nichts. Sie weinte und fragte, ob er ihr nicht glaube. Er legte die Hand auf die Bettdecke, und die Augen wurden ihm feucht. Kinder Gottes heißen wir und sind es, sagte er, darum erkennt die Welt uns nicht, weil sie Ihn nicht erkannt hat. Wer ihn?, fragte Mandy.

Einmal schob sie die Bettdecke zurück und lag da vor ihm in ihrem dünnen Nachthemd. Michaels Hand hatte wieder auf der Decke gelegen, er hatte sie gehoben, und jetzt schwebte sie über Mandys Bauch in der Luft. Es bewegt sich, sagte Mandy und nahm die Hand mit ihren beiden Händen und zog sie herunter auf ihren Bauch, drückte sie auf den runden Bauch, und Michael konnte die Hand nicht heben, sie lag da, lange und schwer wie eine Sünde.

Weihnachten ging vorbei. Mandy war Heiligabend zu ihren Eltern gegangen, aber am nächsten Tag war sie wieder da. Es waren nicht viele Menschen in der Kirche. Im Dorf wurde geredet über Michael und Mandy, Briefe waren geschickt worden an den Bischof, und Briefe kamen zurück. Es war ein Anruf gekommen, und ein Vertrauter des Bischofs war an einem Sonntag ins Dorf hergereist und hatte mit Michael gesessen und mit ihm geredet. An diesem Tag hatte Mandy in der Küche gegessen. Sie war sehr aufgeregt, aber als der Besucher wieder ging, sagte Michael, alles sei gut: Der Bischof wisse, dass in dieser Gegend viel böses Blut sei und dass manche alten Kommunisten noch immer gegen die Kirche kämpften und Zwietracht säten.

Wie die Zeit verging, wuchs das Kind, und Mandys Bauch wurde darum immer größer, und wenn Michael längst glaubte, größer könne er nicht werden. Als gehöre er gar nicht mehr zu diesem Körper. Und also legte Michael seine Hand auf das werdende Kind und spürte das Glück.

Das Erschrecken geschah, als Michael an einem Nachmittag wieder auf eine Wanderung ging. Da merkte er, dass er das Buch zu Hause hatte liegenlassen. Er kehrte um und kam nach einer halben Stunde schon ins Pfarrhaus zurück. Leise trat er ein, leise ging er die Treppe hinauf. Mandy schlief jetzt auch oft am Tag, und wenn dies so war, wollte er sie nicht wecken. Als er aber in sein Zimmer trat, stand Mandy nackt darin: Sie stand vor dem großen Spiegel, der in die Tür des Kleiderschranks eingelassen war. Und so schaute sie in den Spiegel, wie sie seitwärts davor stand und also vor Michael, der alles sehen konnte. Mandy hatte ihn aber gehört und sich ihm zugewandt, und sie schauten sich an, wie sie waren.

Was suchst du da in meinem Zimmer, sagte Michael. Und hoffte, dass Mandy mit ihren Händen sich bedecke, aber das tat sie nicht. Denn die Hände hingen an ihrer Seite wie die Blätter eines Baumes und bewegten sich kaum. Sie sagte, bei ihr sei kein Spiegel, und sie habe diesen Bauch betrachten wollen, der ihr da gewachsen sei. Michael trat zu Mandy, um sie nicht mehr anschauen zu müssen. Da berührten seine Hände ihre Hände und er dachte an überhaupt nichts mehr, weil er mit Mandy war und sie mit ihm. Und also war es, dass Michaels Hand da lag, als sei sie eben geboren worden: das Tier selbst aus dieser Wunde.

Dann schlief Michael ein, und als er wieder erwachte, dachte er, mein Gott, was habe ich getan. Als er zusammengekrümmt im Bett lag und mit der Hand seine Sünde bedeckte, die groß war. Mandys Blut war ihr Zeugnis und sein Beweis, und er wunderte sich nur, dass nicht die Elemente brennend sich auflösten oder der Himmel über ihm zusammenkrachte oder sich auftat: um ihn mit einem Blitz oder einem anderen Ereignis zu töten und bestrafen. Aber das geschah nicht.

Auch tat sich der Himmel nicht auf, als Michael durch die Allee eilte, auf der Straße nach W. Er wollte zur Insel auf dem Feld und ging mit schnellem Schritt und stolpernd über die gefrorenen Ackerfurchen. Mandy hatte geschlafen, als er das Haus verließ, diese Mandy, die er aufgenommen hatte.

Er kam zur Insel und setzte sich in den Schnee. Er konnte einfach nicht mehr stehen, so müde war er und so traurig und verloren. Hier würde er bleiben und nicht mehr weggehen. Sollten sie ihn finden, der Bauer und jene Frau, wenn die Unzucht sie im Frühling hierhertrieb.

Es wurde dunkel, und es war kalt. Es war Abend. Und Michael saß noch immer auf seiner Insel im Schnee. Die Nässe drang durch seinen Mantel, und er fror und hatte sich abgekühlt. Lasst uns nicht lieben mit Worten, dachte er, noch mit der Zunge. Sondern mit der Tat. So hatte Gott ihn zu Mandy geführt und Mandy zu ihm: dass sie sich liebten. Denn sie war kein Kind, sie war achtzehn oder neunzehn. Und hieß es nicht, kein Mensch werde es wissen? Hieß es nicht, wie ein Dieb werde der Tag kommen? Also dachte Michael: Ich kann es nicht wissen. Und wenn es Gottes Wille war, dass sie Sein Kind empfing, so war es auch Gottes Wille, dass sie ihn empfangen hatte: denn war er nicht Gottes Werk und Geschöpf?

Zwischen den Bäumen sah Michael nur ein paar einzelne Sterne. Als er aber aus der Deckung trat und hinein in das Feld, sah er alle Sterne, die man nur sehen kann in einer kalten Nacht, und zum ersten Mal, seit er hier war, fürchtete er sich nicht vor diesem Himmel. Und er war froh, dass der Himmel so fern war und dass er selbst so klein war auf diesem unendlichen Acker. Dass selbst Gott zweimal hinschauen müsste, um ihn zu sehen.

Bald war er wieder im Dorf. Die Hunde bellten, und Michael warf mit Steinen nach den Hoftoren und bellte selbst und äffte die Hunde nach, ihr dummes Gekläffe und Gejaule, und lachte, wenn die Hunde ganz außer sich gerieten vor Wut und Eifer: Und war selbst ganz außer sich.

Im Pfarrhaus brannte Licht, und als Michael eintrat, roch er schon das Essen, das Mandy gekocht hatte. Und wie er seine nassen Schuhe auszog und den schweren Mantel, trat sie in die Tür der Küche und schaute ihn ängstlich an. Kalt sei es geworden, sagte er, und sie sagte, das Essen sei fertig. Da trat Michael zu Mandy und küsste sie auf den Mund: wie der lächelte. Beim Abendessen aber überlegten sie sich einen Namen für das Kind und einen zweiten. Zur guten Nacht gaben sie sich die Hände und gingen jeder auf sein Zimmer.

Wie es im Januar kalt wurde und noch kälter und das alte Pfarrhaus kaum mehr zu heizen war, zog Mandy an einem Abend vom Gästezimmer ins wärmere Zimmer des Hausherrn. Sie trug ihre Decke vor sich her und legte sich neben Michael, als er ohne ein Wort zur Seite rückte. Und in dieser Nacht und in allen folgenden lagen sie im selben Bett und lernten sich so immer besser kennen und lieben: Und Michael sah alles, und Mandy schämte sich nicht.

Aber war es eine Sünde? Denn wer wollte es wissen. Und hatte Mandy nicht mit ihrem Blut bezeugt, dass es ein Kind Gottes war, das da wuchs, ein Kind der Reinheit? Konnte aber das Reine im Unreinen sein?

Und wenn Michael es nicht mehr geglaubt hatte: dass Sein Wort die Menschen und die Kommunisten in diesem Dorf erreichte. So hatte das Wunder sie erreicht, das geschehen war, und man konnte nicht sagen, wie: Es kamen nämlich diese Menschen an die Tür und klopften an. Sie kamen ohne große Worte und brachten, was sie hatten. Einen Kuchen brachte die Nachbarin. Sie habe gebacken, sagte sie, und einer sei so schnell gemacht wie zwei. Und ob Mandy denn zurechtkomme?

An einem anderen Tag kam Marco, der Wirt, und fragte, wie weit es sei. Michael bat ihn in die Stube und rief Mandy und kochte Tee in der Küche. Da saßen sie zu dritt am Tisch und schwiegen, weil sie nicht wussten, was sagen. Marco hatte eine Flasche Cognac mitgebracht und stellte sie vor sich hin. Er wisse wohl, sagte er, dass das nicht das Richtige sei für ein kleines Kind, aber vielleicht, wenn es einmal den Husten habe. Dann wollte er, dass man es ihm erkläre, und als Michael es tat, schaute Marco Mandy ungläubig an und ihren Bauch. Ob es denn sicher sei, fragte er, und Michael sagte, kein Mensch wisse es, keiner könne es wissen. Weil es nämlich doch ziemlich unwahrscheinlich sei, sagte Marco. Er hatte den Cognac wieder in die Hand genommen und schaute die Flasche an. Er schien zu zögern, dann stellte er sie auf den Tisch und sagte, drei Sterne, das ist der beste, den man hier kriegt. Nicht der für die Gäste. Und war etwas verlegen und stand auf und kratzte sich am Kopf. Im Sommer bist du noch mit mir auf dem Motorrad gefahren, sagte er und lachte, so was. Gebadet hatten sie, die ganze Bande, im See bei F. Wer hätte das gedacht.

Als Marco ging, stand im Garten Frau Schmidt, die brachte, was sie gestrickt hatte für das Kind. Mit ihr war aus dem Altenheim Schwester Ulla, von der Michael doch geglaubt hatte, sie sei eine Kommunistin. Die brachte aber auch etwas, ein Spielzeug, und wollte, dass Mandy sie berühre.

So kam eines nach dem anderen. Der Tisch in der Stube lag voller Geschenke, und im Schrank standen wohl zehn Flaschen Schnaps oder noch mehr. Die Kinder brachten Zeichnungen von Mandy und dem Kind, und manchmal war noch Michael darauf und noch ein Esel und ein Ochse.

Bald kamen auch die Leute aus W. und aus anderen Dörfern der Gegend und wollten die werdende Mutter sehen und fragten sie um Rat in ihren kleinen Angelegenheiten. Und Mandy gab Rat und tröstete, und manchmal legte sie den Menschen auch nur die Hand auf den Arm oder auf den Kopf, ohne etwas zu sagen. So war sie still geworden und ernst, dass selbst Michael sie ganz neu sah und anders. Und alles tat, was zu tun war. Im Dorf aber wurde mancher Streit beigelegt in diesen Tagen, und selbst die Hunde schienen jetzt weniger wild, wenn Michael durch die Straßen ging, und bei manchen Häusern hatte man die Strohsterne und Kränze vom Christfest wieder an die Türen und in die Fenster gehängt: denn es war im ganzen Dorf eine Freude, als stünde Weihnachten noch bevor. Alle wussten es, aber niemand sprach es aus.

Einmal kam auch der Doktor Klaus an, um nach dem Rechten zu sehen. Als er aber an die Tür klopfte, tat Michael nicht auf. Er saß mit Mandy im oberen Stock, und sie waren still wie Kinder und schauten aus dem Fenster, bis sie sahen, dass der Doktor wieder ging.

Am nächsten Tag ging Michael nach W. zum Doktor. Der schenkte Schnaps ein und fragte, wie das denn nun sei mit dieser Mandy. Michael trank den Schnaps nicht. Er sagte nur, es sei alles gut und kein Doktor werde gebraucht. Und diese Geschichten? Wer von der Erde ist, der ist von der Erde und redet von der Erde, sagte Michael. Wie auch immer, sagte der Doktor, das Kind wird auf der Erde geboren und nicht im Himmel. Und wenn ihr Hilfe braucht, so ruft mich, und ich komme. Da gaben sie sich die Hand und sagten nichts mehr. Michael ging aber zurück ins Dorf und zum Altenheim und zur Schwester Ulla. Denn diese hatte selbst vier Kinder geboren und wusste, wie es geht. Und sie versprach ihm, dass sie beistehen werde, wenn es so weit sei.

Als es aber Februar wurde, war es so weit: Und das Kind wurde geboren. Michael stand Mandy bei und Schwester Ulla, die er gerufen hatte. Wie es sich herumsprach, versammelten sich draußen auf der Straße die Leute des Dorfes und warteten still darauf, dass es geschehe. Es war schon dunkel, bis es geschah, dass das Kind geboren war und Schwester Ulla an das Fenster trat und es hochhielt: dass alle draußen es sehen konnten. Es war aber ein Mädchen.

Michael saß an Mandys Bett und hielt ihre Hand und schaute auf das Kind. Schön ist es nicht, sagte Mandy, aber das war eine Frage. Und Schwester Ulla fragte die gewordene Mutter: wohin sie denn nun gehen wolle mit dem Kind, wenn sie dem Pfarrer den Haushalt wohl nicht mehr führen könne für Geld. Da sagte Michael: Wer die Braut hat, der ist der Bräutigam. Und küsste Mandy so, dass die Schwester es sehen konnte. Und die erzählte es später allen: dass dieses Versprechen gegeben worden war.

Weil das Kind nun aber nicht Jesus heißen konnte, hießen sie es Sandra. Und wenn die Leute im Dorf glaubten, dass dieses Kind für sie geboren war, so mochte es ebenso gut ein Mädchen sein. Und alle waren zufrieden und freuten sich.

Am nächsten Sonntag war die Kirche voll wie schon lange nicht mehr. In der vordersten Bank saß Mandy mit dem Kind. Die Orgel spielte, und als sie fertig gespielt hatte, trat Michael auf die Kanzel und sprach also: Ob es das Kind ist, auf das der Erdkreis schon so lange wartet, wissen wir nicht und können wir nicht wissen. Denn ihr selbst habt es gehört: der Tag des Herrn, wie ein Dieb in der Nacht, gerade so kommt er. Ihr aber, Brüder und Schwestern, seid nicht in der Dunkelheit. Die Schlafenden schlafen ja nachts, und die Trunksüchtigen betrinken sich. Wir aber, die wir dem Tag gehören, wollen nüchtern sein.

Was vom Fleisch geboren wird, das ist Fleisch, sagte Michael, und was vom Geist geboren wird, das ist Geist. Wir aber, Geliebte, wollen Kinder Gottes heißen.

In die Felder muss man gehen ...

DAMALS, ALS DU VON TROUVILLE aus auf die Anhöhe gegangen
bist, auf einem schmalen Weg und dann über ein abgeerntetes
Feld, um den richtigen Blick zu haben. Die Erde klebte in dicken
Klumpen an deinen Schuhen, die Feuchtigkeit drang durch das
Leder. Da war dieses Kind, ein Junge, keine zehn Jahre alt. Er
schaute dir zu, wie du über das Feld gegangen bist, wie du deinen
Klappstuhl aufgestellt und angefangen hast, die Landschaft zu skiz-
zieren. Erst beobachtete er dich aus der Ferne, dann kam er langsam näher, Schritt für Schritt, misstrauisch wie eine Katze. Seine
Kleider waren alt und schmutzig, ihre Farbe glich jener der Erde,
aus der er gekommen war. Seine Haare hatten einen Stich ins Röt-
liche und wurden fast durchsichtig, wenn die Sonne sie traf, die
dann und wann zwischen den Wolken hindurchschien. Seine Nase
war verstopft, er schniefte immer wieder. Er hielt den Mund leicht
geöffnet, um besser atmen zu können, wodurch sein sonst hübsches
Gesicht verzogen wurde und einen dummen Ausdruck bekam.

Du reichst ihm einen der Lappen aus deinem Malkasten, ein kleines Stück Leinen, mit dem du sonst die Pinsel reinigst.
   – Putz dir die Nase.
   Wie er dich anstarrt. Er putzt sich die Nase und wischt sich mit
dem Lappen über den Nacken, als schwitze er. Dabei ist es kühl,
und er trägt keine Jacke. Er muss die Bewegung dem Vater abge-
schaut haben.

– Wohnst du hier?

Er nickt und nimmt die Mütze vom Kopf.

– Ist das euer Feld?

Er nickt wieder, tritt einen Schritt näher und versucht, in dein Skizzenheft zu schauen. Er hat dabei den Kopf eingezogen, als erwarte er Schläge. Du siehst es seinem Gesicht an, wie die Frage entsteht, über wie viele Umwege. Und dann die Angst, sie auszusprechen. Aber die Neugier ist stärker.

– Warum tun Sie das, Monsieur?

Warum tust du das? Die schrecklichste aller Fragen. Die Frage, die man nicht einmal sich selbst stellen darf. Er fragt nicht, was du tust. Dumm scheint er nicht zu sein. Er muss die anderen Maler beobachtet haben.

Hat er jemals ein Bild gesehen? Heiligenbilder vielleicht in der Kirche. Aber eine Landschaft? Wie unsinnig muss es ihm erscheinen, dass du im Feld seines Vaters stehst mit schmutzigen Schuhen und versuchst, die Mündung des Flusses und das Meer und die paar Häuser seines Dorfes festzuhalten, des einzigen Dorfes, das er kennt. Du kaufst dich frei mit einer Münze. Er bedankt sich mit einer Verbeugung und ist verschwunden, und du arbeitest weiter, schnell, um den Moment nicht zu versäumen. Die Fischerboote in der Mündung sind dir beinahe entwischt. Sie sind unterwegs in den Hafen.

Später wird es regnen, und du wirst dich fragen, wo der Junge jetzt ist, ob er ein Dach über dem Kopf hat. Die Frage beunruhigt dich. Du fragst dich, aus welcher Richtung die Wolken kommen. Es ist einerlei. Das Wetter kümmert die Bauern.

Du bist nur noch Auge und Hand. Du summst eine Melodie von Mozart, deinem Mozart. So malen, wie er komponiert hat, mit dieser Leichtigkeit und Selbstverständlichkeit. So malen, dass keiner mehr Fragen stellt.

Warum tun Sie das? Weil du ein Maler bist. Nichts als ein Maler.

Als du die Skizze im Atelier ausgeführt hast, als du versucht hast, dich an das Licht zu erinnern und die Schatten, an die Reflexe auf dem Meer – waren Reflexe auf dem Meer? – und an die Farben, an die Farbschattierungen, da kam dir nur immer dieser Junge in den Sinn und seine Frage. Die Frage, die du dir nie gestellt hast. Warum tust du das?

Du könntest immer so weitermachen. Du wirst immer so weitermachen. Du hast jetzt schon Material für ein ganzes Leben. Skizzen. Mappen voller Skizzen, den Kopf voller Landschaften, die zu malen sind. Und jeden Tag kommen neue hinzu. Jede Landschaft, die du siehst, ist eine Aufgabe. Die Sonne geht für dich auf und unter, der Wind weht für dich die Wolken über den Himmel, für dich wachsen das Gras und die Bäume.

Warum tust du das? Warum nicht. Die Bilder sind gut. Du weißt, dass sie gut sind. Du liebst deine Bilder über alles, die kleinen Skizzen. Die Wände deines Ateliers sind voll von ihnen. Und du liebst die Arbeit im Freien, draußen zu sein, Landschaften zu betrachten, zu malen. Nur das Licht ändert sich, nur die Schatten bewegen sich langsam, fast unmerklich. Wie ärgerlich es immer war, wenn du in Rom die Straßenjungen gezeichnet hast und sie davongerannt sind, bevor du fertig warst. Dann standst du da mit lauter unfertigen Skizzen. Die Landschaften laufen dir nicht davon.

Du malst sie nicht, um sie herumzuzeigen. Du stellst die Skizzen nicht aus. Wenn deine Freunde dich im Atelier besuchen, wollen sie die großen Sachen sehen, die du einreichen wirst, die Landschaften mit mythologischen, mit religiösen Szenen. Sie machen Kommentare, mit denen du nichts anfangen kannst. Du hörst nicht auf sie. Lieber machst du es auf deine Art falsch als richtig nach der Art von zwanzig Leuten. Alle wissen es besser, geben dir Ratschläge, als wüsstest du nicht, dass dir das Große nicht gelingt, weshalb es dir nicht gelingt. Die biblischen Figuren, die mythologischen Figuren, im Grunde interessieren sie dich nicht. Deine wahre Liebe gilt den Skizzen, den Stimmungen.

Wenn du es schaffen würdest, den Moment so darzustellen, wie du ihn empfunden hast, so, dass der Junge in Trouville sein Dorf erkennen würde. Dass er die Schönheit dieses Dorfs sehen würde, die Schönheit dieses Moments. Aber wen interessiert das schon?

Der alte Sennegon liebte die Sonnenuntergänge. In Rouen ist er jeden Abend mit dir spazieren gegangen. Er hat dir Geschichten aus der Bibel erzählt, die immer gleichen Geschichten. Es war, als brauche er einen Vorwand, um mit dir zusammen zu sein. Die Geschichten interessierten dich nicht. Es hat dich nie interessiert, was gewesen ist, was erzählt wird. Dich interessiert nicht die Vergangenheit, dich interessiert die Gegenwart, der Augenblick. Vater Sennegon ging zwei Schritte vor dir, die Hände auf dem Rücken verschränkt. Er sprach langsam und bedächtig, und plötzlich schwieg er und blieb stehen und sagte, schau, die Farben der Wolken. Als hättest du etwas anderes gesehen.

Ihr habt euch auf eine Bank gesetzt und schweigend zugeschaut, wie die Sonne unterging. Ganz langsam wurde es dunkler, die Veränderung war kaum wahrzunehmen. Dann, als die Sonne hinter dem Horizont verschwand, war in einer Sekunde alles anders. Dieser schreckliche Moment, in dem das Licht zu sterben scheint. Immer wieder hast du die Dämmerung gemalt, als wolltest du die Zeit anhalten, dem sicheren Tod entrinnen.

Du bist neunundzwanzig Jahre alt. Bald wirst du deine Eltern verlassen, nach Italien reisen. Du musst nach Italien reisen, wenn du ein Maler werden willst. Du freust dich auf die Reise, aber du fürchtest dich auch davor. Alles wird anders sein. Du wirst neue Menschen kennenlernen, in fremden Betten schlafen, eine fremde Sprache lernen. Du denkst an die römischen Frauen. Du warst ein paarmal in der Rue du Pélican, aber in Rom sind die Frauen anders. Michallon hat dir erzählt von den Römerinnen. Und diesmal haben dich die Geschichten interessiert.

Du hast einen Koffer gekauft und Kleider für die Reise, einen Hut mit breiter Krempe, Farben und Pinsel. Du bist bereit. In ein paar Tagen wirst du fahren. Wenn du jetzt durch Paris gehst, siehst du alles ganz anders. Es ist dir, als sähest du es zum ersten Mal, und es scheint dir neu und aufregend zu sein. Du bist erschrocken über die Schönheit der Stadt. Der letzte Blick ist wie der erste.

Du malst ein Selbstbildnis. Der Vater hat es verlangt. Dass du ein Bild von dir zurücklässt. Mit dem Bild wird er sich besser vertragen als mit dir. Er wird sich nicht darüber ärgern müssen, dass es am Morgen nicht aufsteht, dass es Dinge vergisst, dass es herumstreunt ohne Ziel.

Zum ersten Mal schaust du dich an im Spiegel mit dem Blick des Malers. Schön bist du nicht, aber du gefällst dir. Du lächelst. Du wirst dich lächelnd malen, mit diesem Lächeln, mit dem du die Frauen verführst und deinen Vater zur Weißglut treibst. Wenn er dich anschreit, dich antreibt. Du lächelst, und keiner kann dir etwas anhaben. Du schreist nicht, du lächelst.

Du malst dein Gesicht. Du hältst dich fest. Immer hast du dich an Bildern festgehalten. Wenn du Botengänge machen musstest während deiner Lehre, bist du vor den Galerien stehen geblieben und hast die Bilder betrachtet, immer dieselben Bilder. Einmal, als eines davon plötzlich verschwunden war – eine Studie von Valenciennes –, hast du in der Aufregung die Galerie betreten, wolltest dich nach dem Bild erkundigen, es noch ein letztes Mal sehen. Es war, als hättest du einen lieben Menschen verloren. Aber dann hast du dich nicht getraut. Du hast behauptet, du hättest dich in der Tür geirrt, und bist rot geworden und davongerannt.

Du hältst dich fest an den Bildern, an deinen Bildern. Du willst sie gar nicht verkaufen. Du hast schon Bilder zurückgekauft. Sie sind ein Teil von dir, ein Teil deines Lebens. Du schaust sie dir an. Sie verändern sich nicht. Wenn du abends das Licht löschst, weißt du, dass sie da sind in der Dunkelheit.

Hättest du Victoire gemalt, als sie noch lebte. Ohne sie wärst du nie Maler geworden. Dein Vater ist an ihrem Tod zerbrochen. Danach war ihm alles einerlei. Er hat dir das Geld gegeben, das für sie bestimmt war. Hättest du sie gemalt, dann wäre sie noch da. Aber Menschen zu malen, hast du erst später gelernt. Erst später hast du sehen gelernt.

Du hast gelernt: Die Welt ist flach, der Raum besteht aus Unschärfen, Schatten. Schattierungen. Es gibt keine Zeit.

Wenn du längst tot sein wirst, wenn der Junge, den du auf dem Feld über Trouville getroffen hast, längst tot sein wird, werden deine Bilder immer noch da sein. Sie werden sich kaum verändert haben. Hättest du das zu ihm gesagt: Wenn wir beide tot sind, wird dieses Bild immer noch existieren und dein Dorf zeigen, wie es längst nicht mehr ist. Aber wer wird es sich anschauen, wenn wir beide tot sind? Kinder haben dich immer an den Tod erinnert, an deinen Tod, an das Vergehen der Zeit. Vielleicht wolltest du deshalb nie eine Familie.

Alles, was ich in meinem Leben wirklich tun will, ist Landschaften malen. Das hast du Abel Osmond aus Italien geschrieben, da warst du gerade dreißig geworden. Landschaften malen. Davon werde ich nicht abgehen. Dieser feste Entschluss wird mich davon abhalten, irgendeine feste Bindung einzugehen, das heißt zu heiraten.

Als schließe das eine das andere aus. Hast du nur ihn belogen oder auch dich selbst? Du bist ein Mann der Skizzen, das ist der Grund. Du kannst dich nicht entscheiden, weder für eine Landschaft noch für eine Frau. Eine flüchtige Berührung, ein kurzer Blick genügen dir. So kurz, dass sich nichts verändert. Die Augen, die Schultern, die Hände, der Hintern. Bilder von Frauen. Aber diese kurzen Momente sind teuer. Selbst in Rom.

Deine Leidenschaft ist das Sehen. Dein Liebesakt ist die Malerei. Das andere, das Körperliche ist dir eher lästig, es lenkt dich nur von der Arbeit ab. Du machst Liebe, wie du isst: wenn du Hunger hast, schnell und unkonzentriert. Du warst nie besonders wählerisch. Fürs Bett die schönen Italienerinnen, fürs Gefühl die liebenswürdigen Französinnen. Dabei, hast du Abel geschrieben, ziehe ich als Maler Erstere vor. Die römischen Prostituierten. Sie arbeiten zu einem festen Preis und verschwinden nach getaner Arbeit mit einem Lachen.

Du hast die Menschen nie wirklich geliebt, du hast Angst gehabt, sie zu lieben, sie zu verlieren, abhängig zu sein. Liebe macht verletzlich. Vielleicht bist du deshalb so beliebt: weil du nichts erwartest von den Menschen, weil sie dir einerlei sind. Du bist immer großzügig gewesen. Du hast vielen geholfen, ohne Aufhebens davon zu machen. Du kaufst dich frei. Du willst in Ruhe gelassen werden.

Du magst die Menschen aus demselben Grund nicht, aus dem du das Meer nicht magst. Damals, auf jenem Feld in Trouville, hast du aufs Meer geschaut, und dir ist klargeworden, dass du es nicht magst. Weil es sich dauernd verändert. Es ist gefährlich. Man kann in ihm ertrinken. Du brauchst festen Boden unter den Füßen. Die Welt einfrieren müsste man. Seltsam, dass du nie Schnee gemalt hast.

Man müsste den Moment der Liebe in sich aufnehmen können und dann nur noch aus dieser Erinnerung leben. Aber das Gedächtnis ist trügerisch. Man erinnert sich an die Gefühle, nicht an die äußere Erscheinung. Einmal hast du versucht, Anna aus dem Gedächtnis zu zeichnen, deine liebe, liebenswürdige Anna. Aber sobald du den Bleistift in der Hand hattest, verschwamm ihr Gesicht. Deine Erinnerung war nur ein Gefühl. Ein Gefühl hat keine Nase, keine Wangen, keinen Mund. Den Gefühlen ist nicht zu trauen, sie sind ungenau. Genauigkeit aber war immer dein höchstes Gebot. Du kannst, wenn du malst, nichts unentschieden lassen.

Die Erinnerung betrügt dich, und du betrügst deine Erinnerung. Du übermalst sie, du zerstörst sie. Die Welt hat keine Farben. Die Farben folgen eine aus der anderen, sie bedingen einander. Du gehorchst den Farben. Dieses Grün, dieses Braun, dieses Blau, du hast sie zum ersten Mal gesehen, als du sie auf deiner Palette gemischt hast. Deine Welt besteht aus Linien und Flächen und Farben. Dein Licht ist Bleiweiß.

Wie du erschrocken bist, als du dich selbst gemalt hast. Wie dein Gesicht sich verwandelt hat unter dem Pinsel. Es ist selbst zu einer Landschaft geworden, zu einer unbestimmten Landschaft, einer Oberfläche. Einen Moment lang hattest du Angst, das Gesicht zu verlieren.

Ich male die Brüste einer Frau genau so, als handle es sich um gewöhnliche Milchkannen. Die Form und die Kontraste der Farbwerte: das ist das Wesentliche. Hast du, als du das sagtest, an die Brüste von Anna gedacht?

Ihre Liebe macht dich nur noch ungeduldig. Du müsstest mit ihr schlafen, um dich von ihr zu befreien, du müsstest sie malen. Warum malen Sie mich nicht, hat sie einmal im Scherz gefragt. Warum will sie, dass du sie malst. Sie meint, es wäre ein Beweis deiner Liebe. Sie weiß nicht, dass es deine Liebe zerstören würde, dass es sie zerstören müsste. Was du betrachtest, verwandelt sich, wird zum Bild. Wenn du sie betrachtest, erstarrt ihr Gesicht. So sehr du dich dagegen wehrst, du siehst die Linien, die Flächen, die Farben. Würdest du sie malen, du würdest ihre Schönheit neu entdecken, die Schönheit ihres Bildes. Du würdest das Bild lieben. Anna würde nie mehr ankommen dagegen.

– Sie könnten es aufhängen in Ihrem Atelier. Dann bin ich immer bei Ihnen.

– Sie wissen, dass das Modellstehen harte Arbeit ist. Sie dürften sich über die längste Zeit nicht bewegen.

– Das fällt mir leicht. Ich habe mein Leben lang nichts anderes getan.

– Ich kann Sie nicht malen, weil ich Sie nicht sehen kann. Meine Gefühle für Sie trüben meinen Blick. Was ich liebe, kann ich nicht malen.

Sie lacht. Sie ist geschmeichelt, aber sie schaut dich an mit tadelndem Blick.

– Wenn Sie mich lieben würden …

Sie spricht den Satz nicht zu Ende. Es wäre an dir. Aber du küsst nur ihre Hand. Niemand kann schweigen wie du. Sie denkt nach, runzelt die Brauen, als strenge es sie an.

– Lieben Sie denn die Landschaften nicht, die Sie malen?

– Ich liebe meine Bilder. Die Landschaften sind mir einerlei.

Ansicht von Villeneuve-lès-Avignon, Ansicht der Kirche Saint-Paterne in Orléans, Der Wald von Fontainebleau, Trouville, Mündung der Touques. Du gibst deinen Bildern Namen, als gehe es dir darum, das eine oder andere Dorf zu zeigen, eine Kirche, eine Brücke. Du liebst diese Dörfer, die Landschaften, aber wenn du sie malst, müssen sie dir einerlei sein. Du hattest es im Scherz gesagt, aber es ist wahr: Du arbeitest aus einer leidenschaftlichen Gleichgültigkeit heraus.

Es ist schwer zu erklären und schwer zu verstehen. Du malst, was du siehst, mit der größtmöglichen Genauigkeit, aber es geht dir nicht um die Genauigkeit der Abbildung. Du versuchst, das Gefühl einzufangen, das ungenaue Gefühl so genau wie möglich festzuhalten. Was zählt, ist die Entschiedenheit.

Dein Blick ist kalt, aber nicht gefühllos. Die Kälte des Blicks ist Bedingung. Du darfst nicht mitschwingen, wenn du klar sehen willst. Etwas mit kaltem Blick zu sehen heißt, nur noch ein Auge zu sein. Anders ist es nicht möglich, sich einzufühlen in eine Landschaft oder einen Menschen. Sich einfühlen heißt vor allem und zuallererst sich selbst vergessen, außer sich sein. Nicht Nähe ist dein Ziel. Der Vordergrund ist dir immer misslungen, wenn du ihn nicht ganz ignoriert hast. Du hast dich gegen die Nähe entschieden. Nähe bedeutet Wärme, nah ist man, wenn man liebt.

Als du wieder in Trouville warst, bist du noch einmal auf die Anhöhe gegangen, um einige Details zu überprüfen. In die Felder muss man gehen, nicht zu den Bildern, wie oft hast du das den Kollegen gesagt, den Wiederkäuern, die im Louvre die Bilder der großen Maler kopierten und meinten, sie würden selber groß dabei. Bertin hatte dich hingeschickt und dir aufgetragen, einige Bilder zu kopieren, aber du hast nur die Maler gezeichnet, diese jämmerlichen Gestalten, die sich mit verkrampften Gesichtern abmühten. In die Felder muss man gehen …

Du bist den steilen Abhang emporgestiegen. Obwohl es kühl war, hast du geschwitzt. Du warst noch müde vom Mittagessen. Aus der Ferne hörtest du die Brandung des Meeres und einen kläffenden Hund. Diesmal bist du am Rand des Feldes entlanggegangen, um dir die Schuhe nicht schmutzig zu machen. Dann hattest du wieder jenen Blick auf das Dorf und die Mündung und das Meer.

Und plötzlich hattest du das unheimliche Gefühl, dass die Landschaft nicht stimmte, dass sie nicht übereinstimmte mit der Wirklichkeit, die du geschaffen hattest. Später wirst du dieses Gefühl immer wieder malen. Die junge Leserin. Sie unterbricht die Lektüre, schaut von ihrem Buch auf und erkennt die Welt nicht mehr. Du wirst das Staunen malen in ihren Augen. Ihr Lächeln ist dein Lächeln. Sie weiß, dass ihr nichts mehr etwas anhaben kann. Sie lebt in ihrer eigenen Welt, einer Welt, in der die Zeit nicht vergeht, in der es keinen Tod gibt.

Du stehst am Rand eines Feldes über Trouville. Es ist dein Feld, und du schaust hinunter auf dein Dorf und dein Meer und in deinen Himmel, in das bleiweiße Licht.

Als du am Abend ins Dorf zurückgehst, siehst du den Jungen vom letzten Mal. Er kauert auf der Erde am Rand des Weges und spielt mit einem Stück Holz. Er schiebt es auf dem Boden herum, eine Kuh, ein Schwein, wer weiß, was er darin sieht. Du fragst ihn. Er schaut ängstlich zu dir hoch, als hättest du ihn bei etwas Verbotenem erwischt. Vielleicht erkennt er dich nicht.

– Eine Kutsche, Monsieur.

Als müsstest du es sehen.

– Wohin fährt sie?

– Nach Paris.

– Dahin fahre ich auch bald. Ist denn noch Platz in deiner Kutsche?

Jetzt lacht er. Er lacht dich aus. Du bist hereingefallen.

– Es ist doch nur ein Stück Holz.

Ein Stück Holz, ein Blatt Papier, eine Leinwand. Nenn es eine

Kutsche, eine Brücke, eine Landschaft. Nenn es einen Menschen. Es ist ein Spiel. Jedes Kind weiß das.

– Warum tust du das?

Er schaut dich an mit jenem vollkommen leeren Blick, den nur Kinder haben. Dann steht er auf und rennt davon. Sein Spielzeug hat er zurückgelassen, es liegt zu deinen Füßen. Du bückst dich und hebst es auf. Es ist nur ein Stück Holz, ein elendes Stück Holz.

Sommergäste

SIE KOMMEN ALLEIN?, fragte die Frau am Telefon noch einmal. Ihren Namen hatte ich nicht verstanden, ihren Akzent konnte ich nicht einordnen. Ja, sagte ich. Ich suche einen Ort, an dem ich in Ruhe arbeiten kann. Sie lachte etwas zu lang, dann fragte sie, was ich denn arbeiten würde. Ich schreibe, sagte ich. Was schreiben Sie? Eine Arbeit über Maxim Gorki. Ich bin Slawist. Ihre Neugier ärgerte mich. Ach?, sagte sie. Sie schien einen Moment lang zu zögern, als wäre sie nicht sicher, ob sie das Thema interessiere. Gut, sagte sie schließlich, kommen Sie. Sie kennen den Weg?

Ich hatte im Januar eine Tagung besucht, es ging um die Frauenfiguren in Gorkis Stücken. Mein Vortrag über die *Sommergäste* sollte in einem Sammelband erscheinen, aber im täglichen Unibetrieb war keine Zeit gewesen, es zu überarbeiten und fertigzustellen. Ich hatte mir die Woche vor Christi Himmelfahrt dafür freigehalten und einen Ort gesucht, an dem niemand und nichts mich erreichen oder ablenken konnte. Ein Kollege hatte mir das Kurhaus empfohlen. Er hatte als Kind viele Sommerferien dort verbracht. Irgendwann sei der Besitzer des Hauses in Konkurs gegangen, aber er habe gehört, das Hotel sei vor einigen Jahren wiedereröffnet worden. Wenn du einen Ort suchst, an dem nichts los ist, bist du da oben genau richtig. Als Kind habe ich es gehasst.

Die Busse zum Kurhaus fuhren nur im Sommer. Sie könne mich leider nicht abholen, hatte die Frau am Telefon gesagt, ohne einen Grund zu nennen, aber ich könne vom nächstgelegenen

Dorf aus zu Fuß heraufkommen, der Marsch sei nicht lang, eine Stunde allerhöchstens.

Der Bus wand sich eine enge Straße hoch durch eine terrassierte Landschaft. Er war spärlich besetzt, und an der Endstation stiegen außer mir nur noch ein paar Schüler aus, die sich sofort zwischen den Häusern verloren. Ich hatte nur das Nötigste an Kleidern eingepackt, aber mit den vielen Büchern und dem Laptop war der Rucksack wohl an die zwanzig Kilo schwer. Was haben Sie denn dabei?, fragte der Busfahrer, der mir beim Ausladen half. Papier, sagte ich, und er musterte mich misstrauisch.

Vor der Post standen ein paar Wegweiser, die in unterschiedliche Richtungen zeigten. Ich folgte einem Sträßchen und später einem Pfad, der quer durch eine steile Wiese führte und dann in eine schmale, bewaldete Schlucht hinunter. Am Waldrand wuchsen Lärchen und vereinzelte Eschen, im Inneren Rottannen. Überall lagen umgestürzte Bäume, vertrocknete Tannengerippe, unter denen noch letzte Reste Schnee zu sehen waren. Der Boden war nass, und meine Füße sanken tief ein in der schwarzen Erde. Immer wieder verklebten mir unsichtbare Spinnweben Gesicht und Hände. Spuren von anderen Wanderern fand ich nicht, vermutlich war ich der Erste in diesem Jahr.

Nach einer Weile fiel mir auf, dass ich schon länger keine Wegmarke mehr gesehen hatte, kurz darauf verlor sich der Pfad zwischen den Bäumen. Ich hatte keine Lust umzukehren und ging den Abhang hinunter, der zunehmend steiler wurde. An manchen Stellen musste ich mich an Wurzeln oder Ästen festhalten, einmal glitt ich aus, rutschte ein paar Meter weit und zerriss mir die Hose. Das Rauschen des Baches unter mir wurde immer lauter, und als ich ihn schließlich erreichte, fand ich auch den Weg wieder. Es war ein reißender Bergbach mit grauem Wasser. Er floss in einem breiten Bett aus hellen Felsen und Geröll, das wie eine offene Wunde wirkte in der dunklen Waldlandschaft. Ich kam jetzt leichter voran und erreichte nach ungefähr einer halben Stunde einen kleinen Holzsteg. Die Pfeiler waren unterspült, und ein Baum, der mit dem Wurzelballen umgekippt war, lag quer über der Brücke. Er hatte das Geländer abgerissen, und einige der Bodenplanken waren unter seinem Gewicht zerborsten. Vorsichtig kletterte ich hinüber. Auf der anderen Seite der Schlucht stieg der Weg steil an, und ich schwitzte, obwohl es kühl war im Wald.

Ich brauchte fast zwei Stunden, bis ich durch die Bäume hindurch das Kurhaus auftauchen sah. Fünf Minuten später stand ich vor dem riesigen Jugendstilgebäude. Der Talgrund lag schon im Schatten, aber das Haus, das etwas erhöht stand, leuchtete weiß in der Abendsonne. Alle Fensterläden bis auf einen im Parterre waren geschlossen, kein Mensch war zu sehen, und nur das Rauschen des Baches war zu hören. Die Eingangstür stand offen, und ich trat ein. Im Foyer war es schummrig. Durch die farbigen Scheiben der inneren Tür fielen ein paar Sonnenstrahlen auf den abgetretenen Perserteppich, der auf dem Steinboden lag. Die Möbel waren mit weißen Tüchern zugedeckt.

Hallo, rief ich leise. Niemand meldete sich, und ich trat durch eine Schwingtür, über der in altertümlicher Schrift *Speisesaal* stand. Ich kam in einen großen Raum mit vielleicht dreißig Holztischen und umgedrehten Stühlen darauf. In der hintersten Ecke des Saals war ein Tisch im Licht. Dort saß eine junge Frau. Hallo, rief ich etwas lauter als vorher und ging durch den Raum auf sie zu. Noch bevor ich sie erreicht hatte, stand sie auf, kam mir mit ausgestreckter Hand entgegen und sagte, willkommen, ich bin Ana, wir haben telefoniert.

Sie musste ungefähr in meinem Alter sein. Sie trug einen schwarzen Rock und eine weiße Bluse wie eine Kellnerin. Sie hatte schwarzglänzendes, schulterlanges Haar. Ich fragte, ob das Hotel geschlossen sei. Jetzt nicht mehr, sagte sie und lächelte. Auf dem Tisch stand ein halbvoller Teller mit Ravioli. Einen Moment bitte, sagte die Frau. Sie setzte sich wieder hin und aß auf. Sie schlang das Essen hinunter, es schien sie nicht zu stören, dass ich ihr dabei zuschaute. Ich hatte seit dem Mittag nichts gegessen und bekam langsam Hunger, aber ich wollte erst mein Zimmer beziehen, duschen und mich umziehen. Ich setzte mich der Frau gegenüber, sie lud mich mit einer verspäteten Handbewegung dazu ein und sagte, erzählen Sie mir von Ihrer Arbeit. Ich erklärte ihr noch einmal, weshalb ich hier sei. Sie wischte sich den Mund mit der Serviette ab und fragte, weshalb interessiert Sie das? Ich zuckte mit den Schultern und sagte, ich sei zu der Tagung eingeladen worden. Gender Studies seien im Moment in Mode. Und warum immer die Frauen?, fragte sie. Ich weiß nicht, sagte ich, Männer sind weniger interessant. Mit einem Schluck Wein spülte sie den letzten Bissen hinunter. Ich zeige Ihnen jetzt das Zimmer.

Im Foyer trat sie hinter die Rezeption und kramte in den Schubladen des Möbels. Nach einer Weile schob sie einen Block über die Theke und bat mich, das Formular auszufüllen. Ich trug mich ein. Als ich zurückblättern und die letzten Einträge lesen wollte, nahm sie mir den Block aus der Hand und verstaute ihn. Würde es Ihnen etwas ausmachen, gleich zu bezahlen? Ich sagte, das sei in Ordnung. Sieben Tage Vollpension, rechnete sie, das macht vierhundertzwanzig Franken inklusive Kurtaxe. Sie steckte die Geldscheine ein und sagte, das Wechselgeld gebe sie mir später. Und eine Rechnung, bat ich. Sie nickte, kam hinter der Rezeption hervor und lief mit schnellen Schritten die breite Steintreppe hoch. Erst jetzt fiel mir auf, dass sie barfuß war. Ich nahm meinen Rucksack und folgte ihr.

Sie wartete im ersten Stock auf mich am Anfang eines langen, düsteren Flurs. Haben Sie einen besonderen Wunsch?, fragte sie. Als ich verneinte, öffnete sie die erste Tür und sagte, dann nehmen Sie doch gleich dieses hier. Ich trat ins Zimmer, das ziemlich klein war und spärlich möbliert, außer einem unbezogenen Bett, einem Tisch und einem Stuhl gab es eine Kommode, auf der ein altes Porzellanbecken stand und darin ein mit Wasser gefüllter Krug. Die Wände waren weiß gekalkt und leer bis auf ein Kruzifix über dem Bett. Ich ging zur Glastür, die auf einen winzigen Balkon führte. Den sollten Sie besser nicht benutzen, sagte Ana vom Flur aus. Ich fragte, wo sie schlafe. Weshalb wollen Sie das wissen? Einfach so. Sie schaute mich ärgerlich an und sagte, nur weil sie allein hier sei, heiße das nicht, ich könne mir Freiheiten erlauben. Ich hatte an nichts Böses gedacht und schaute sie überrascht an. Ich fragte, wann ich essen könne. Sie machte ein Gesicht, als denke sie angestrengt nach, dann sagte sie, ich solle herunterkommen, wenn ich mich frischgemacht hätte. Dann verschwand sie und tauchte kurz darauf noch einmal in der Tür auf und warf, ohne ein Wort zu sagen, Bettwäsche und ein Handtuch auf den Tisch neben mir.

Das Bad und die Toiletten waren am Ende des Flurs. Ich zog mich aus und stellte mich unter die Dusche, aber als ich den Hahn aufdrehte, war nur ein leises Röcheln zu hören. Auch die Toilettenspülung funktionierte nicht. Nur in Unterwäsche ging ich zurück in mein Zimmer und wusch mich mit Wasser aus dem Krug und zog frische Sachen an. Dann ging ich hinunter, aber Ana war nirgends zu finden. Gegenüber vom Speisesaal war ein etwas kleinerer Raum, über dessen Tür *Damensalon* stand. Darin gab es einige ebenfalls mit Tüchern bedeckte Sessel und einen großen Billardtisch. Auf dem grünen Filz lagen eine rote und zwei weiße Kugeln, an den Tisch gelehnt stand ein Queue, als habe eben noch jemand hier gespielt. Der nächste Raum war mit *Fumoir* an-geschrieben und schien als Bibliothek zu dienen. Die meisten Bücher waren alt und verstaubt und von Autoren, deren Namen ich noch nie gelesen hatte. Nur wenige Klassiker waren dabei, Dostojewskij, Stendhal, Remarque. Dazwischen standen ein paar zerlesene Bestseller von amerikanischen Autoren.

Ich ging zurück ins Foyer und von da in den Ballsaal, den größ-ten Raum, der bis auf einen aufgerollten Teppich leer war. An der von falschen Marmorsäulen getragenen Decke hing ein alter Kronleuchter aus Messing. Es war kühl in den Räumen, durch die geschlossenen Läden drang nur wenig Licht. In der Küche im Un-tergeschoss war es noch düsterer. Dort stand ein riesiger Kochherd aus Gusseisen, der offenbar mit Holz beheizt wurde, und auf einer Anrichte Dutzende von gebrauchten Weingläsern und Stapel von schmutzigen Tellern, als habe im Hotel vor kurzem ein Bankett stattgefunden. Ich ging wieder ins Erdgeschoss und nach draußen.

Die Schatten der alten Tannen, die in einiger Entfernung um das Kurhaus standen, waren inzwischen länger geworden und grif-fen schon nach den weißen Mauern. Ich ging um das Gebäude herum. An einer Seite war ein kleiner Kiesplatz, auf dem ein paar Blechtische und Klappstühle standen und einige Liegestühle. Erst als ich näher trat, sah ich Ana. Ich setzte mich neben sie und fragte, ob sie die letzten Sonnenstrahlen genieße. Es war ein langer Win-ter, sagte sie, ohne die Augen zu öffnen. Ich betrachtete sie. Ihre Augenbrauen waren ungewöhnlich breit, ihre Nase ziemlich mar-kant. Die schmalen Lippen gaben ihrem Gesicht etwas Strenges. Sie hatte die Beine angewinkelt, und ihr Rock war ein wenig hochgerutscht. Die obersten Knöpfe ihrer Bluse waren geöffnet. Ich wurde das Gefühl nicht los, sie habe sich für mich so hinge-legt. Da öffnete sie die Augen und fuhr sich mit der flachen Hand über die Stirn, als wolle sie meine Blicke wegwischen. Ich räusperte mich und sagte, die Duschen funktionieren nicht. Habe ich Ihnen das nicht gesagt? Und die Toilettenspülung. Improvisieren Sie, sagte sie mit einem freundlichen Lächeln, jetzt liegt ja wenigstens kein Schnee mehr. Wann fängt denn die Saison hier an?, fragte ich. Sie sagte, das hänge von verschiedenen Dingen ab. Eine Weile lang saßen wir schweigend nebeneinander, dann stemmte sie sich hoch, brachte ihre Kleider in Ordnung und sagte, Sie wollten doch in Ruhe arbeiten. Da bin ich mir nicht mehr so sicher, sagte ich, und als sie mich irritiert anschaute, ich würde gerne etwas essen. Sie sagte, das Abendessen sei um sieben, stand auf und verschwand.

Ich ging zurück auf mein Zimmer und versuchte zu arbeiten. Der Hunger lenkte mich ab, und ich trat auf den Balkon, um eine Zigarette zu rauchen. Da fiel mir ein, dass Ana mir abgeraten hatte, ihn zu benutzen. Aber er sah stabil aus, nur das Eisengeländer war von Rost zerfressen und an einigen Stellen ganz durchlöchert. Direkt unter mir war die Schlucht, und ich hörte das laute Rauschen des Bachs. Als ich mich umwandte, sah ich Ana wieder im Liegestuhl auf dem Kiesplatz.

Um Punkt sieben war ich im Foyer. Kurz darauf kam Ana von draußen herein. Ach, Sie, sagte sie, kommen Sie mit. Sie ging voraus in die Küche, zündete eine Petroleumlampe an und führte mich in einen kleinen Vorratsraum, in dem Kartons voller Konservendosen standen. Ravioli?, fragte sie. Gibt es nichts anderes? Sie drehte sich schnell um die eigene Achse, als wolle sie schauen, was alles da sei, dann zählte sie auswendig auf: Apfelmus, grüne Bohnen, Erbsen mit Karotten, Thunfisch, Artischockenherzen, Mais. Ich sagte, ich nähme die Ravioli. Sie griff sich eine Dose vom Regal und drückte sie mir in die Hand. Zurück in der Küche zeigte sie mir, wo Geschirr und Besteck zu finden waren, und reiche mir einen Dosenöffner. Nicht verlieren, den brauchen wir noch. Und wo kann ich die Ravioli aufwärmen? Sie runzelte die Stirn und sagte, soll ich vielleicht wegen einer Dose den Herd einheizen? Außerdem weiß ich nicht, wie das geht. Ich bat sie um Wein. Sie verschwand und kam kurz darauf mit einer Flasche Veltliner zurück und stellte sie vor mich hin. Der wird separat berechnet, sagte sie, guten Appetit, ich bin oben.

Sie ließ die Lampe stehen und verschwand mit sicherem Schritt in der Dunkelheit. Ich kippte die kalten Ravioli auf einen Teller und ging hoch in den Speisesaal. Das Essen schmeckte scheußlich, aber wenigstens war mein Hunger gestillt. Den leeren Teller brachte ich in die Küche und stellte ihn zum schmutzigen Geschirr. Ich überlegte mir, gleich wieder abzureisen, aber inzwischen war es zu spät. Also setzte ich mich mit meinem Laptop und der Flasche Wein in die Bibliothek, um zu arbeiten. Ich fand eine Steckdose, aber es gab keinen Strom. Auch das elektrische Licht funktionierte nicht. Glücklicherweise war der Akku des Computers voll. Ich las meinen Vortrag noch einmal durch und merkte schnell, dass weniger daran zu tun war, als ich gedacht hatte. Ich versuchte, mich auf den Text zu konzentrieren, aber ich war müde von der langen Wanderung, vom Wein und von der ungewohnten Höhe und nickte immer wieder ein. Um zehn ging ich durch das stockdunkle Gebäude nach oben und ins Bett, ohne Ana noch einmal gesehen zu haben.

Ich traf sie am nächsten Morgen im Speisesaal, vor sich einen Teller mit Apfelmus. Bedienen Sie sich, sagte sie und zeigte auf ein großes Glas, das auf dem Tisch stand. Ich sagte, ich hätte keine funktionierende Steckdose für meinen Laptop gefunden und auch das Licht gehe nicht, ob irgendetwas mit den Sicherungen nicht in Ordnung sei. Wir haben keinen Strom, sagte Ana, als sei es das

Selbstverständlichste auf der Welt. Während ich noch aß, stand sie auf und verließ den Raum. Kurz darauf sah ich sie draußen mit einem Handtuch und einer Rolle Toilettenpapier zwischen den Bäumen verschwinden.

Mein Akku war leer, und da ich keinen Ausdruck meines Textes dabeihatte, konnte ich nicht viel tun. Ich las ein wenig in den *Sommergästen* und in der Korrespondenz von Gorki und machte mir ein paar Notizen, aber es hatte keinen Sinn. Am besten wäre es, gleich wieder abzureisen. Aber statt zu packen und nach Ana zu suchen, ging ich in den Damensalon und spielte Billard. Am Mittag war im Speisesaal ein Tisch für zwei gedeckt. Kurz nachdem ich mich hingesetzt hatte, kam Ana mit einer Dose Ravioli. Ich habe sie in die Sonne gestellt, sagte sie, um sie ein wenig aufzuwärmen. Das Essen war kaum wärmer als am Tag zuvor. Schmeckt es nicht?, fragte Ana.

Ich sagte, ich könne nicht arbeiten ohne Strom. Sie schaute mich an wie einen Schwächling und sagte, Sie werden schon etwas finden, um sich zu beschäftigen. Ich muss diesen Text in zwei Wochen abliefern, sagte ich. Wozu schreibt man überhaupt solche Sachen, sagte sie, wen interessiert das schon? Darum geht es nicht. Ich habe einen Termin, und den muss ich einhalten. Sie lächelte spöttisch und sagte, Sie wollen ja gar nicht abreisen. Ana hatte recht. Ich wollte hierbleiben, ich wusste selbst nicht, weshalb, vielleicht ihretwegen. Machen Sie sich keine falschen Hoffnungen, sagte sie, als habe sie meine Gedanken erraten.

Das Wetter war gut in den folgenden Tagen, und ich lag oft draußen auf einem Liegestuhl und döste. Ich las viel, spielte Billard oder legte Patiencen. Ana war nie weit, aber wenn ich sie fragte, ob sie mit mir Karten spielen wolle oder Karambolage, schüttelte sie den Kopf und verschwand. Wenn ich in die Bibliothek trat, saß sie schon dort und schaute aus dem Fenster. Ich zog irgendein Buch aus dem Regal und begann zu lesen. Wenn mir eine Stelle gefiel, las ich sie laut vor, aber Ana schien nicht zuzuhören.

Nachdem die Wasserkanne in meinem Zimmer leer war, wusch ich mich wie Ana jeden Morgen am Bach. Ich wartete im Speisesaal, bis ich sie zurückkommen sah, dann erst ging ich los. Ich hatte eine schöne Stelle gefunden, an der das Ufer flach war und das Wasser ruhig floss. In der weichen Erde entdeckte ich Spuren von nackten Füßen, ich nahm an, es sei dieselbe Stelle, an die auch Ana kam. Wenn ich den Kopf in das eiskalte Wasser steckte, war es mir, als explodierte er, aber danach fühlte ich mich den ganzen Morgen lang frisch. Nur das Rauschen des Baches fing an mich zu stören. Man konnte ihm nicht ausweichen, sogar im Inneren des Hotels war es leise zu hören. Ich musste dauernd an Ana denken, die ganzen Tage lang umkreisten wir uns ruhelos, und mir war oft nicht klar, wer von uns beiden den anderen verfolgte.

Sie putzte nicht und kochte nicht, sogar mein Bett musste ich selbst machen. Ihr einziger Dienst bestand darin, Dosen zu öffnen und den Tisch zu decken. Ein einziges Mal machte ich eine Bemerkung, ich bekäme für mein Geld nicht sehr viel. Anas Gesicht verfinsterte sich. Sie sagte, ich solle mir besser über mein eigenes Frauenbild Gedanken machen als über jenes von Maxim Gorki. Das hat doch damit nichts zu tun, sagte ich, aber wenigstens Strom und Wasser dürfe man in einem Hotel erwarten. Sie bekommen viel mehr, sagte Ana barsch. Ich wusste nicht, was sie damit meinte, aber ich hütete mich, das Thema noch einmal anzuschneiden.

Ich versuchte mir vorzustellen, wie es sein würde, wenn sich die Gäste hier im Sommer versammelten, wenn der Speisesaal voller Menschen wäre, jemand am Flügel säße und Kinder durch die Flure rannten, aber es gelang mir nicht.

Die Stapel mit dem schmutzigen Geschirr in der Küche wuchsen. Einmal zählte ich die Teller. Wenn Ana jeden Tag drei benutzt hätte, müsste sie den ganzen Winter hier verbracht haben. Ich fragte sie, ob sie eine Art Hausmeisterin sei. Wenn Sie so wollen, sagte sie. Ich glaubte ihr nicht, aber es war mir längst egal, weshalb sie hier war.

Am Mittag aßen wir meist Thunfisch und Artischockenherzen, am Abend machten wir draußen ein Feuer und wärmten auf einem Stein eine Dose Ravioli auf. Die Sonne verschwand früh aus dem Tal, und es wurde schnell kühl, trotzdem saßen wir jeden Abend lange am Feuer und tranken Wein. Wir hatten den ganzen Tag lang kaum ein Wort gewechselt, und auch jetzt war Ana nicht viel gesprächiger, aber wenigstens hörte sie mir zu. Ich hatte keine Lust, über mich zu reden, ich wollte nicht an mein Leben zu Hause denken, das weit entfernt schien und ohne Belang. Also fing ich an, ihr die *Sommergäste* nachzuerzählen. Sie reagierte auf die verschiedenen Figuren, als seien sie lebende Menschen, ärgerte sich über die ewig klagende Olga und nannte den Ingenieur Suslow ein Schwein. Mit Warwara und ihrer Schwärmerei für den Schriftsteller Schalimow konnte sie nicht viel anfangen. Wie konnte sie nur auf den hereinfallen, sagte sie empört, er ist wirklich ein schlechter Verführer. Was müsste denn ein guter Verführer machen?, fragte ich. Ehrlich müsste er sein, der Geliebten und vor allem sich selbst gegenüber, sagte Ana und schüttelte unwillig den Kopf. Am liebsten war ihr Marja Lwowna. Ich konnte ihren berühmten Monolog aus dem vierten Akt einigermaßen auswendig und musste ihn Ana mehrfach wiederholen. Wir sind Sommergäste in unserem Land, irgendwelche Zugereisten. Wir irren geschäftig umher, suchen nach einem bequemen Plätzchen im Leben, tun nichts und reden abscheulich viel. Ja, sagte Ana, wir alle müssen anders werden. Wir müssen es um unsretwillen, fuhr ich fort, damit wir nicht mehr diese verfluchte Einsamkeit fühlen. Ana schaute mich misstrauisch an und sagte, ich solle nicht auf falsche Gedanken kommen. Sie würden gut in das Stück passen, sagte ich. Gorki hat in einem Brief geschrieben, alle seine Frauenfiguren seien Männerhasserinnen und die Männer Halunken. Dann passen Sie auch gut in das Stück, sagte Ana. Ich schaute sie an, aber im flackernden Licht des Feuers konnte ich ihren Gesichtsausdruck nicht erkennen.

Ich fand nie heraus, wo Ana schlief. Wenn wir nachts zurück zum Haus gingen, jeder mit seiner Lampe, sagte sie, ich solle vorausgehen, sie komme gleich nach. Einmal wartete ich im Flur vor meinem Zimmer. Ich hatte die Lampe gelöscht und lauschte lange Zeit in die Dunkelheit, aber ich hörte keinen Ton, und schließlich ging ich ins Bett.

Halb im Traum stellte ich mir vor, wie Ana in mein Zimmer käme. Mitten in der Nacht erwachte ich und sah im schwachen Mondlicht ihre Silhouette. Sie zog sich aus, schlug die Decke zurück und setzte sich auf mich. Alles geschah völlig geräuschlos, nur durch die dünnen Scheiben war das entfernte Rauschen des Baches zu hören. Ana behandelte mich grob oder, besser gesagt, wie einen Gegenstand, den man zu einem bestimmten Zweck verwendet, aber der einem sonst gleichgültig ist. Als sie ihren Hunger gestillt hatte, ging sie, ohne dass wir ein Wort gewechselt hätten.

Am Morgen saß Ana wie immer schon am Frühstückstisch, als ich in den Speisesaal kam. Ohne viel zu überlegen, strich ich ihr, bevor ich mich hinsetzte, kurz mit der Hand über das Haar. Sie zuckte zusammen und duckte sich. Ich versuchte ein Gespräch zu beginnen, aber Ana gab keine Antwort und schaute mich nur finster an, als wisse sie, wovon ich in der Nacht geträumt hatte. Wie immer schlang sie ihr Essen hinunter und verließ den Tisch, sobald ihr Teller leer war.

Nach dem Frühstück blätterte ich in der Bibliothek in einigen Bildbänden, später ging ich in den Damensalon und spielte Billard. Ana war nirgends zu sehen, und sie kam auch nicht zum Mittagessen. Ich aß unten in der Küche und ging dann wieder in die Bibliothek und begann, einen der amerikanischen Krimis zu lesen. Am frühen Nachmittag hörte ich ein Auto vorfahren. Als ich aus dem Fenster schaute, sah ich einen alten Volvo in der Einfahrt stehen, aus dem zwei Männer stiegen. Einen Moment lang dachte ich daran zu verschwinden, aber dann blieb ich einfach sitzen und las weiter in meinem Buch. Vielleicht eine Stunde später, ich hatte den Krimi eben gelangweilt weggelegt, öffnete sich die Schwingtür, und die beiden Männer traten ein. Sie schauten mich entgeistert an, und einer fragte, ohne meinen Gruß zu erwidern, was ich hier machen würde. Ich lese, sagte ich. Und wie sind Sie hereingekommen?, fragte der Mann. Durch die Tür, sagte ich und stand auf, ich bin Gast in diesem Haus. Das Kurhaus ist seit letztem Herbst geschlossen, sagte der Mann. Der Besitzer ist in Konkurs gegangen. In einem Monat wird das Haus versteigert.

Jetzt erst stellte er sich vor, er hieß Lorenz und war Konkursbeamter der nächsten Gemeinde. Der andere war ein Kaufinteressent, ein Investor namens Schwab, der schon andere Hotels in der Gegend besaß. Ich erzählte ihnen von Ana und ging mit ihnen ins Foyer und fand in einer Schublade hinter der Rezeption den Meldeblock mit meiner Eintragung. Trotzdem blieb der Konkursbeamte misstrauisch. Ob ich mir denn nichts dabei gedacht hätte, fragte er. Ein Hotel, in dem es kein Wasser gibt und keinen Strom. Es sei wahr, das Telefon habe er nicht abgemeldet, er habe schließlich nicht wissen können, dass jemand sich im Gebäude einnisten würde. Ich gab keine Antwort, was hätte ich schon sagen können.

Und wo ist diese ominöse Frau?, fragte er. Ich sagte, um sieben werde sie hier sein, dann äßen wir immer zu Abend. Der Konkursbeamte schaute mich skeptisch an und sagte, er wäre dankbar, wenn ich meine Sachen zusammenräumen würde. Ich könne später mit ihnen hinunterfahren. Sie würden vielleicht noch eine oder eineinhalb Stunden brauchen. Ich sagte, ich hätte bis morgen bezahlt, aber er gab keine Antwort und sagte zum Investor, er werde ihm jetzt das Untergeschoss zeigen. Ich ging auf mein Zimmer, um den Rucksack zu packen.

Als ich fertig war, stieg ich zum ersten Mal, seit ich hier war, in die oberen Stockwerke. Sie sahen genau so aus wie das, in dem ich wohnte. Ich öffnete die Türen aller Zimmer, aber keines davon war bewohnt. Vom obersten Stockwerk aus führte eine schmale Treppe auf den Dachboden, der vollgestopft war mit alten Möbeln, Dekorationsmaterial, Pappkartons mit Briefumschlägen und Toilettenpapier. Ein Stapel Strohkränze lag neben einem alten Schild, auf dem zwischen gemalten Eiszapfen *Winterball* stand. Ich fand ein Dutzend Hornschlitten und große verstaubte Korbflaschen, aber keine Spur von Ana. Trotzdem hatte ich, seit ich das Haus durchsuchte, immer das Gefühl, sie wäre bei mir und käme gleich hinter einer Ecke hervor.

Nachdem ich das ganze Haus durchsucht und nichts gefunden hatte, setzte ich mich im Foyer auf einen der Sessel, ohne das weiße Tuch zu entfernen. Nach einer Weile kamen die zwei Männer aus dem Speisesaal. Herr Lorenz trug eine Papierrolle unter dem Arm. Er schaute auf die Uhr und machte ein ungeduldiges Gesicht. Sechs Uhr, sagte er zu seinem Begleiter, ich will Sie nicht länger aufhalten. Wenn Sie warten wollen, sagte Herr Schwab, ich habe es nicht eilig. Ich möchte selbst gerne wissen, was es mit dieser geheimnisvollen Frau auf sich hat. Er wandte sich an mich und sagte, ich wisse doch bestimmt, wo hier der Wein versteckt sei, ob ich nicht eine Flasche holen wolle. Das mache ich, sagte Lorenz schnell und verschwand in den Keller. Was halten Sie von diesem Ort?, fragte der Investor, kann man es hier aushalten? Er sei sich nicht sicher. Zwei Konkurse innerhalb weniger Jahre seien nicht gerade ein gutes Zeichen für ein Haus, aber vielleicht hätten es einfach die falschen Leute geführt.

Wir setzten uns in den Speisesaal und tranken die Flasche Veltliner, die Lorenz gebracht hatte. Um viertel nach sieben sagte Schwab, er glaube nicht, dass die Frau noch komme, vermutlich habe sie das Auto vor dem Hotel gesehen und Reißaus genommen. Wenn es sie überhaupt gibt, sagte Lorenz. Sie war da, sagte ich. Lorenz nickte und sagte, ich glaube Ihnen ja. Wir warteten noch eine Viertelstunde. Schließlich entschlossen wir uns zu gehen. Der Konkursbeamte verriegelte die Tür und sagte, er werde morgen die Polizei raufschicken, um nach dem Rechten zu sehen. Während wir auf der kurvigen Straße die Schlucht hinunterfuhren, dachte ich an Ana und fragte mich, wo sie jetzt wohl sein, was sie essen, wo sie die Nacht verbringen würde. Ich war sicher, dass nicht das Auto sie vertrieben hatte, sondern ich, meine gedankenlose Berührung an diesem Morgen.

Ich übernachtete in einer kleinen Pension, die mir der Konkursbeamte empfohlen hatte. Am Morgen fuhr ich nach Hause. Es blieb mir noch eine Woche, um meinen Text fertigzustellen, und ich arbeitete die nächsten Tage intensiv daran. Dabei musste ich immer wieder an Ana denken. Jetzt erst begriff ich, was sie gemeint hatte, als sie sagte, ich bekäme von ihr viel mehr als Strom und Wasser. Nachdem ich den Text abgeliefert hatte, rief ich den Konkursbeamten an. Er brauchte einen Moment, um sich an mich zu erinnern, dann sagte er, die Polizei sei im Hotel gewesen und habe alles durchsucht, aber außer den leeren Dosen und dem schmutzigen Geschirr keine Spur von einer Frau gefunden.

Der Lauf der Dinge

ICH SAGE NICHT, sie haben uns belogen, sagte Alice, aber sie haben uns nicht die Wahrheit gesagt. Das ist doch immer so, sagte Niklaus seufzend und legte einen Finger zwischen die Seiten des Reiseführers, in dem er geblättert hatte, es ist immer anders, als man es sich vorgestellt hat. Es ist immer anders, als die Leute im Reisebüro behaupten, sagte Alice, es ist immer schlechter. Meinetwegen, sagte Niklaus. Die Diskussion hatten sie schon mindestens fünfmal geführt, seit sie hier waren. Alice hatte sich das Ferienhaus größer vorgestellt, schöner eingerichtet und mit einem gepflegteren Garten. Sie hat sich ihr Leben anders vorgestellt, dachte Niklaus, das ist das Problem, nicht ein durchgesessenes Sofa oder ein schmutziger Backofen. Der Backofen starrt vor Schmutz, sagte Alice. Fünf Minuten bis zum Meer!, sagte sie mit einem höhnischen Lachen. Du benutzt den Backofen doch sowieso nie, sagte Niklaus. Und ob es fünf oder zehn Minuten sind zum Meer, was spielt das für eine Rolle, wir sind in den Ferien. Natürlich ging es nicht um fünf Minuten. Es ging darum, dass Alice sich betrogen vorkam, übervorteilt, und dass Niklaus sich wieder einmal nicht für sie einsetzte und alles einsteckte. Du lässt dir alles gefallen, sagte sie. Er sagte, wir könnten nach Siena fahren.

Ursprünglich war Siena eine etruskische Siedlung, sagte Niklaus. Unter den Römern hieß die Stadt Sena. Den Höhepunkt ihrer

Geschichte erlebte sie im dreizehnten Jahrhundert. Damals wurde die Universität gegründet und das Rathaus gebaut.

Sie waren auf der Flucht vor dem Strom der Touristen in enge Nebengassen ausgewichen und hatten sich verirrt. Niklaus hatte gezögert, den kleinen Stadtplan im Reiseführer zu konsultieren, obwohl sie ohnehin jeder als Touristen erkannte. Als er es endlich doch tat, hatten sie die Altstadt längst verlassen und standen an einer dichtbefahrenen Straße, die auf dem Plan nicht zu finden war. Das ganz normale Leben, sagte er, das ist doch auch mal interessant. Aber Alice hatte alles gesehen, was sie sehen wollte, den Palazzo Pubblico, das Kunstmuseum, den Campo und die Kathedrale. Das normale Leben konnte sie auch zu Hause haben. Jetzt taten ihr die Füße weh, und der Regen konnte jeden Moment wieder einsetzen. Du hast keine Ahnung, wo wir sind, nicht wahr? Ich glaube, sagte Niklaus und drehte den Plan auf den Kopf, wir müssten ungefähr hier sein. Alice winkte einem Taxi. Es fuhr, ohne abzubremsen, an ihnen vorbei.

Auf dem Weg zurück beklagte sich Alice über die Touristen, die die Altstadt verstopften, nur um ein paar hässliche Souvenirs zu kaufen. Sie hätten keine Ahnung von den Schätzen der Museen und der Schönheit der Architektur. Was man nicht weiß, erkennt man nicht, sagte sie. Du weißt ja nicht, was sie suchen, sagte Niklaus, irgendetwas werden sie davon haben, sonst würden sie nicht hierherreisen. Sie kommen, weil alle kommen, sagte Alice. Und wenn sie wieder zu Hause sind, erzählen sie, die Toiletten seien sauber gewesen oder schmutzig. Und das Essen preiswert oder teuer. Darauf reduziert sich ihr Leben, essen und ausscheiden. Sie lachte bitter. Du hast ja recht, sagte Niklaus. Er bereute es, den Ausflug vorgeschlagen zu haben.

Am nächsten Tag regnete es in Strömen. Alice und Niklaus lasen den ganzen Morgen. Als der Regen gegen Mittag aufhörte, gingen sie kurz an den Strand, aber der war voller lärmender Familien und Beachvolleyballspieler. Sie waren noch nicht lange da, als es wieder anfing zu regnen. Alice reichte Niklaus seinen Schirm und spannte ihren auf. Sie schauten den Badegästen zu, die hastig ihre Sachen zusammenräumten und lachend an ihnen vorbeirannten, um unter den Vordächern der Restaurants Schutz zu suchen. Geschieht ihnen recht, sagte Alice. Ihre Laune schien sich etwas gebessert zu haben.

Auf dem Weg zurück kauften sie im kleinen Lebensmittelladen an der Hauptstraße ein. Als sie wieder auf der Straße standen, machte Alice sich über die Leute lustig, die den Ladeninhaber in aller Selbstverständlichkeit auf Deutsch ansprachen und sich zu wundern schienen, dass er sie nicht verstand. Wenigstens die paar Worte könnten sie lernen, sagte sie, *pane* und *prosciutto* und Guten Tag und Danke.

Vor dem Nachbarhaus stand ein schwarzglänzender Offroader mit getönten Scheiben und einem Stuttgarter Kennzeichen. Der Laderaum war offen. Auf der Straße standen Koffer und Taschen, ein Kinderfahrrad und ein Dreirad. Ein Mann kam aus dem Haus auf sie zu. Alice grüßte auf Italienisch. Der Mann gab keine Antwort. Vielleicht hat er dich nicht gehört, sagte Niklaus, als sie durch den Garten zum Haus gingen. Alice zuckte mit den Schultern. Hoffentlich sind die Kinder auch so schweigsam.

Im Haus war es klamm, und es roch nach alten Möbeln und nach kaltem Zigarettenrauch. Es sollte verboten sein, in Ferienhäusern zu rauchen, sagte Alice. Wenn wenigstens der Kamin funktionieren würde, dann könnten wir ein Feuer machen. Sie holten die Steppdecken aus dem Schlafzimmer und verbrachten den Nachmittag lesend auf dem Sofa.

In den folgenden Tagen war kaum etwas von den neuen Nachbarn zu sehen. Das Wetter war gut, und wenn Alice und Niklaus auf der Terrasse vor dem Haus frühstückten, war der Geländewagen schon weg, und erst wenn sie abends vom Abendessen zurückkamen, stand er wieder da, und im Nachbarhaus war Licht. Die Frau und die Kinder hatten Alice und Niklaus noch nie gesehen. Vielleicht gibt es sie gar nicht, sagte Niklaus. Sie waren den ganzen Tag durch die Hügel im Landesinneren gefahren, auf der Suche nach Weingütern, und hatten ziemlich viel Wein eingekauft und Olivenöl. Als sie gegen fünf zurück zum Ferienhaus kamen, war der schwarze Wagen nicht da, aber im Garten des Nachbarhauses lag eine schöne junge Frau auf einem Liegestuhl. Sie trug einen knappen Bikini mit Blumenmuster und löste Sudokus. *Buona sera*, sagte Alice, aber die Frau reagierte ebenso wenig wie vor einigen Tagen ihr Mann. Nachdem Niklaus und Alice sich frischgemacht hatten, gingen sie ebenfalls in den Garten, um vor dem Abendessen noch ein wenig zu lesen. Kaum hatten sie sich hingesetzt, fuhr das Auto des Nachbarn vor, und der Mann und zwei kleine Kinder stiegen aus und gingen in den Garten. Niklaus sah, wie der Mann sich über die Frau im Liegestuhl beugte und ihr einen schnellen Kuss gab, dann verschwand er im Haus. Die Kinder begrüßten die Mutter nicht, sie waren schon streitend aus dem Wagen gestiegen und stritten sich weiter über eine Belanglosigkeit. Die Mutter schien nicht die Absicht zu haben, etwas gegen den Lärm zu unternehmen. Sie lag auf dem Liegestuhl und grübelte über ihren Rätseln. Einmal sagte sie mit gehässiger Stimme und in breitestem Schwäbisch, hört endlich auf, aber sie sah noch nicht einmal hoch dabei, und der Streit ging unvermindert weiter.

Alice ließ die Zeitung auf ihren Schoß sinken und hob den Kopf zum Himmel. Niklaus tat, als läse er. Nach einer Weile warf sie die Zeitung auf den Boden und verschwand im Haus. Niklaus wartete einen Moment, bevor er ihr folgte. Er fand sie im Wohnzimmer am Tisch sitzen und ins Leere starren. Er setzte sich ihr gegenüber und schaute sie an, aber sie senkte den Blick. Sie atmete heftig, und plötzlich fing sie an, wütend zu schluchzen. Niklaus ging um den Tisch herum und blieb hinter ihr stehen. Er wollte ihr die Hand auf die Schulter legen oder ihren Kopf streicheln, aber dann sagte er nur, stell dir vor, das wären unsere Kinder.

Alice hatte nie Kinder gewollt. Als Niklaus das herausgefunden hatte, war er erleichtert gewesen und hatte gemerkt, dass er nur aus Konvention davon ausgegangen war, irgendwann eine Familie zu haben. Wenn sie gelegentlich über das Thema sprachen, war es nur, um sich gegenseitig zu versichern, sie hätten die richtige Entscheidung getroffen. Vielleicht stimmt etwas nicht mit mir, sagte Alice dann mit selbstzufriedenem Gesicht, aber ich finde Kinder anstrengend und langweilig. Vielleicht fehlt mir ein Gen. Sie arbeiteten beide gerne und viel, Alice als Kundenberaterin in einer Bank, Niklaus als Ingenieur. Hätten sie Kinder gehabt, hätte einer von ihnen auf seine Karriere verzichten müssen, und dazu war keiner von ihnen bereit. Sie reisten in exotische Länder, hatten eine Trekking-Tour in Nepal gemacht und eine Kreuzfahrt in die Antarktis. Sie gingen oft ins Konzert oder ins Theater, und auch sonst waren sie viel unterwegs. Das alles wäre mit Kindern nicht möglich gewesen. Nur manchmal dachte Niklaus, dass eine Familie vielleicht nicht nur Unfreiheit bedeute, sondern auch Freiheit, dass er und Alice unabhängiger voneinander geworden wären, wenn erst ihre Liebe und später ihr Überdruss nicht so ausschließlich gewesen wären.

Alice war als Einzelkind aufgewachsen, Niklaus' Geschwister waren alle kinderlos geblieben, so hatten Alice und er fast nur Kontakt zu Erwachsenen. Waren Freunde von ihnen Eltern geworden, war der Kontakt meist bald abgebrochen. Kamen doch einmal Familien zu Besuch, waren Niklaus und Alice angespannt und ungeduldig und reagierten hilflos auf die Annäherungsversuche der Kinder. Dann schämte sich Niklaus. Er hatte es nie bedauert, keine Kinder zu haben, aber manchmal vermisste er es, nicht einmal den Wunsch verspürt zu haben.

Von nun an war die Familie aus Stuttgart oft im Garten. Die Hälfte der Zeit stritten sich die Kinder, wenn sie keinen Streit hatten, waren sie nicht weniger laut. Das Ältere war ein Mädchen von vielleicht sechs Jahren. Von Zeit zu Zeit stieß sie ohne ersichtlichen Grund schrille Schreie aus. Ihr Bruder war wohl halb so alt wie sie. Er konnte sich eine Viertelstunde lang damit vergnügen, mit irgendeinem Gegenstand auf einen anderen zu hauen. Er hörte erst auf, wenn der Vater ihn anschrie. Darauf keifte die Mutter ihren Mann an, und er gab mit lauter Stimme zurück. Ihr Dialekt machte die Sache nicht besser. Dann wieder sah Niklaus durch die Sträucher, die die beiden Grundstücke trennten, wie der Mann neben dem Liegestuhl der Frau im Gras saß und sie mit Sonnencrème einrieb. Sie hatte das Bikinioberteil ausgezogen, und er knetete an ihren Brüsten herum, ohne sich darum zu kümmern, ob jemand ihn sah. Irgendwann verschwanden die beiden, und eine Viertelstunde später hörte Niklaus, wie eins der Kinder an die Haustüre hämmerte und nach den Eltern schrie.

Alice hielt den Lärm nie länger als zehn Minuten aus. Nach einigen Tagen kehrte sie, wenn sie die Familie im Garten sah, gleich wieder um. Auch die Mahlzeiten nahmen sie, wenn sie nicht im Restaurant aßen, von nun an drinnen ein. Niklaus machte Vorschläge für Ausflüge, aber Alice lehnte alle ab. Sie war im Krieg und durfte ihr Territorium nicht verlassen. Warum sagst du nichts?, fragte sie. Niklaus machte ein ratloses Gesicht und breitete die

Arme aus. Was soll ich sagen? Wenn sie draußen Musik hören würden oder nachts Lärm machen, dann könnte ich etwas unternehmen. Aber ich kann ihnen das Reden nicht verbieten. Und Kinder machen nun mal Lärm. Schlechte Erziehung ist nicht strafbar. Sie sind vulgär, sagte Alice, und Niklaus nickte nachdenklich.

Wenn Niklaus alleine auf der Terrasse saß, ertappte er sich dabei, wie er immer wieder in den Nachbargarten hinüberschaute. Die fremde Frau lag den ganzen Tag auf dem Liegestuhl und löste ihre Rätsel. Sie hatte angefangen, sich oben ohne zu sonnen. Ihre Brüste waren klein und fest und erinnerten Niklaus an jene der Frauen auf Gauguins Bildern aus Polynesien. Er hatte das unstillbare Verlangen, hinüberzugehen und sie zu berühren.

Manchmal ging der Mann mit den Kindern an den Strand, und Niklaus schlenderte unruhig auf dem Grundstück herum und stellte sich vor, wie er mit der Frau ins Gespräch kommen würde. Er machte eine beiläufige Bemerkung, sie fragte, woher er komme. Ach, die Schweiz, da fahren wir immer nur durch. Dann fiel ihr ein, dass sie noch die Wäsche aufhängen musste. Sie zog das Bikinioberteil an, und er folgte ihr ins Haus, wo es kühl war und still. Sie schaute ihm lange in die Augen. Komm, sagte sie und nahm ihn bei der Hand.

Als Niklaus sich umdrehte, sah er Alice am Fenster stehen. Sie schien ihn zu beobachten. Er ging ins Haus. Alice hatte sich nicht gerührt, sie stand am Fenster und schaute hinaus, als wäre er noch immer da. Er legte ihr eine Hand auf die Schulter, sie wollte sie abschütteln, aber er ließ es nicht zu, drehte sie zu sich und küsste sie auf den Mund. Es dauerte eine Weile, bis Alice seinen Kuss erwiderte, und nach kurzer Zeit machte sie sich los und sagte mit einem spöttischen Lacher, die Wäsche müsste fertig sein. Niklaus folgte ihr in den Abstellraum neben der Küche, wo die Waschmaschine stand, und schaute zu, wie sie die Sachen aus der Maschine nahm und jedes Teil ausschüttelte. Er ging hinter ihr her in den Garten und half ihr, die nassen Kleider aufzuhängen. Die Unterwäsche sortierte sie aus und hängte sie drinnen über den kleinen Wäscheständer, wie sie es auch zu Hause tat. Ich habe das Gefühl, die Sachen werden hier nie ganz trocken, sagte sie. Ihre Stimme klang weicher als sonst. Das macht die hohe Luftfeuchtigkeit, sagte Niklaus. Und richtig sauber werden sie auch nicht, sagte Alice. Diesmal wehrte sie sich nicht, als Niklaus sie küsste.

Sie lagen schweigend nebeneinander. Alice hatte sich mit dem Leintuch zugedeckt, obwohl es heiß war. Sie schaute an die Decke. Ihr Gesichtsausdruck wechselte dauernd, es war wie ein Flackern verschiedenster Gefühle, Erstaunen, Spott, Zärtlichkeit, Trauer. Sie schien sich für keines entscheiden zu wollen. Niklaus steckte die Hand unter die Decke und streichelte ihre Brüste, die mit dem Alter voller geworden waren und weich wie Samt. Sie hatten seit Ewigkeiten nicht miteinander geschlafen, er konnte sich an das letzte Mal nicht erinnern. Wenn man denkt, sagte er und fuhr nicht fort. Alice drehte den Kopf kurz zu ihm, lächelte zärtlich und schaute wieder weg. Er wollte etwas sagen über das, was geschehen war, wollte die Nähe der letzten halben Stunde herüberretten in den Tag, der vor ihnen lag, aber schließlich fragte er nur, worauf Alice Lust habe. Wollen wir irgendwohin fahren? Sie sagte, sie habe Hunger, aber es war Niklaus, als hätte sie gesagt, es war schön mit dir. Wir sind immer noch ein Paar. Es ist gut. Wir könnten in der Stadt essen, sagte er. Nein, sagte Alice, ich brauche sofort etwas, mir ist schon ganz flau. Sie atmete tief und stand auf. Einen Moment lang blieb sie neben dem Bett stehen und schaute auf Niklaus herunter. Er mochte es, so vor ihr zu liegen, schlaff und nackt und ausgeliefert. Alice machte oft Bemerkungen über sein Gewicht, er wusste, dass sie schlanke Männer mochte, aber ihr Blick war wieder zärtlich. Ich stelle mich nur schnell unter die Dusche, sagte sie. Auch Niklaus stand auf. Von draußen hörte er Rufe. Er trat ans Fenster und sah die Familie aus Stuttgart, die sich offenbar auf den Weg zum Strand machte, beladen mit Taschen, aufblasbarem Spielzeug und einer Kühlbox. Alle vier trugen bunte Clogs und lächerliche Sonnenbrillen, die Mutter hatte ein kurzes Wickelkleid angezogen, der Vater Shorts und ein T-Shirt, auf dem in großer Schrift *Baywatch* stand.

Am Nachmittag machten Alice und Niklaus zum ersten Mal seit fast einer Woche wieder einen Ausflug. Sie fuhren ins Naturschutzgebiet, nicht weit vom Feriendorf entfernt. Als sie schon fast da waren, merkte Alice, dass sie den Feldstecher vergessen hatte, und sie kehrten noch einmal um.

Nur wenige der Parkplätze beim Besucherzentrum waren besetzt. Bei dieser Hitze waren alle am Strand, niemand außer ihnen dachte daran, Vögel zu beobachten. Niklaus und Alice gingen einen staubigen Kiesweg entlang, der zwischen Büschen und einem kleinen Rinnsal gegen den Wald führte. Niklaus fühlte sich müde vom Mittagessen, und er schwitzte, aber er war guter Stimmung und pfiff vor sich hin. Alice sagte nicht viel, nicht einmal über die Hitze beklagte sie sich. Nach einer Weile kamen sie in den Wald, in dem es kaum kühler war als auf dem freien Land. Niklaus hielt immer wieder an und schaute auf den Plan des Naturparks, den er im Ferienhaus gefunden hatte. Wenn wir immer in diese Richtung gehen, sollten wir in einer guten halben Stunde am Meer sein, sagte er.

Es dauerte fast eine Stunde, bis sie endlich an den Strand kamen. Alice machte nur ein paar ironische Bemerkungen über Niklaus' Orientierungssinn. Sie hatte gelesen, im Park gebe es Nachtigallen, aber sie hatten nur einen Mäusebussard gesehen und in einem Tümpel einige Graureiher und Blesshühner.

Im Sand lag viel Schwemmholz, dicke Äste, manchmal halbe Bäume, die glattgeschliffen waren von der Witterung und silbern gebleicht von der Sonne. Alice zog die Schuhe aus und ging barfuß weiter den Strand entlang. Willst du baden?, fragte Niklaus. Alice schaute ihn fragend an. Es kommt bestimmt niemand, sagte er.

Hastig zogen sie sich aus und rannten ins Wasser. Sie waren beide aufgeregt und schauten immer wieder zurück zum Ufer. Stell dir vor, jemand stiehlt unsere Kleider, sagte Niklaus. Dann müssen wir im Wald bleiben, sagte Alice, und Beeren sammeln und Wildschweine jagen. Und ich schleiche mich nachts auf die Bauernhöfe, sagte Niklaus, und stehle Eier und eine Flasche Wein.

Nach dem Baden legten sie sich in die Sonne, um zu trocknen, und danach wischten sie sich gegenseitig den Sand von den Körpern. Alice musste lachen, als sie sah, dass Niklaus eine Erektion bekam. Das nicht auch noch, sagte sie. Sie ließ ihre Hand einen Moment lang auf seinem Oberschenkel liegen, als denke sie nach, dann stand sie auf und zog sich an.

Es dämmerte, als sie wieder zum Besucherzentrum kamen, ihr Wagen war der letzte auf dem Parkplatz. Da sie keine Lust hatten zu kochen, beschlossen sie, in der Stadt zu essen. Sie waren erst gegen Mitternacht zurück. Im Nachbarhaus war noch Licht.

Am nächsten Tag frühstückten Alice und Niklaus draußen. Von nebenan war nichts zu hören. Sie lasen den ganzen Morgen über. Es blieb still. Der Geländewagen stand auf der Straße, also mussten die Nachbarn da sein, aber sie kamen nicht in den Garten, auch am Nachmittag nicht. Vielleicht hat jemand sich beschwert, sagte Alice, oder sie haben etwas Falsches gegessen und liegen alle mit

Bauchschmerzen im Bett. Die Ruhe schien ihr nicht recht geheuer, sie schaute immer wieder von ihrem Buch auf. Sei doch froh, sagte Niklaus. Ich habe ja nicht gesagt, sie müssen sich im Haus einsperren, sagte Alice, natürlich müssen Kinder sich austoben. Es ist alles eine Frage des Maßes. Einmal betrat ein Mann im Anzug das Grundstück und verschwand im Haus, kurz darauf ging er wieder. Später kam ein anderer Mann, aber auch er blieb nicht lange.

So müsste es immer sein, sagte Alice, als es auch am nächsten Tag ruhig blieb. Sie saßen draußen und spielten Scrabble. Alice hatte den Duden von zu Hause mitgenommen, damit sie bei allfälligen Unstimmigkeiten ein Wort hätten nachschlagen können, aber dazu kam es nicht. Sie schienen beide nicht recht konzentriert. Einmal sah Niklaus jemanden am Fenster des Nachbarhauses vorbeigehen, er konnte nicht erkennen, wer es war. Ich muss dauernd an sie denken, sagte Alice, der Lärm hat mich fast weniger gestört. Dem konnte man wenigstens ausweichen.

Am späten Nachmittag gingen sie an den Strand. Sie cremten sich gegenseitig den Rücken ein, und Niklaus war es, als würde Alice ihn anders berühren, seit sie miteinander geschlafen hatten, nicht zärtlicher, aber aufmerksamer. Auch er nahm sich mehr Zeit und merkte, wie Alice es genoss, als er mit den Fingerkuppen an ihrem Rückgrat und ihren Schulterblättern entlangfuhr. Jetzt sind es doch noch schöne Ferien geworden, sagte sie. Eine Woche schlechtes Wetter, eine Woche gutes Wetter, sagte Niklaus, ich glaube, wir können uns nicht beklagen. Brauchen wir noch etwas? Brot und Rohschinken, sagte Alice, Käse haben wir noch. Und etwas für morgen. Ich habe Lust, mal wieder selbst zu kochen. Hast du Geld dabei?

Der Ladeninhaber, der sie sonst immer überschwänglich begrüßt hatte, nickte ihnen nur zu und murmelte etwas. Was ist dem für eine Laus über die Leber gelaufen, sagte Alice und füllte den Einkaufskorb. Oliven?, fragte sie und hielt ein Glas mit schwarzen Oliven in die Höhe. Niklaus nickte und ging zum Weinregal, um die Preise zu studieren und sie mit jenen zu vergleichen, die sie bei den Winzern bezahlt hatten. Als er sich umdrehte, sah er Alice an der Fleisch- und Käsetheke stehen. Der Ladeninhaber redete auf sie ein. Niklaus trat vor das Geschäft und las die Schlagzeilen der deutschen Zeitungen im Ständer. Kurz darauf kam Alice mit verstörtem Gesicht aus dem Geschäft. Sie ging weiter, ohne sich nach ihm umzusehen. Mit ein paar schnellen Schritten holte er sie ein und fragte, was los sei. Sie blieb abrupt stehen. Der Junge ist tot, sagte sie, der Vater hat ihn überfahren. Er hat auf der Straße wenden wollen und das Kind dabei übersehen. Schweigend gingen sie zurück zum Ferienhaus. Niklaus räumte die Sachen ein, Alice stand an den Küchentisch gelehnt und schaute ihm zu. Was sollen wir tun?, fragte sie, als er fertig war. Wir können nichts tun, sagte Niklaus, wir wissen ja nicht mal, wie sie heißen. Wir könnten fragen, ob sie etwas brauchen, sagte Alice. Es muss passiert sein, als wir im Naturschutzgebiet waren. Der Ladeninhaber hat erzählt, der Schrei des Vaters sei in der ganzen Feriensiedlung zu hören gewesen. Ich bin froh, dass wir nicht hier waren, sagte Niklaus und kam sich feige vor. An diesem Abend aßen sie stehend in der Küche.

Als Niklaus erwachte, dämmerte es. Er schaute auf die Uhr, es war kurz nach fünf. Alice lag nicht neben ihm. Er stand auf und fand sie im Wohnzimmer. Sie hatte kein Licht gemacht und stand im Nachthemd am Fenster. Als er eintrat, drehte sie sich kurz zu ihm um und schaute dann wieder hinaus. Er trat hinter sie und legte ihr die Hände auf die Schultern. Eine Weile lang standen sie schweigend da, dann sagte Alice, sie gehen. Jetzt erst schaute auch Niklaus hinaus und sah, dass die Heckklappe des schwarzen Wagens geöffnet war. Schau, sagte Alice, und Niklaus sah den Mann aus Stuttgart durch den Garten gehen, in der Hand einen Koffer, der sehr schwer zu sein schien. Gemeinsam schauten sie zu, wie er noch ein paarmal hin- und herging. Zuletzt trug er das beschädigte Dreirad zum Wagen. Er fand keinen Platz dafür und nahm einen Teil der bereits verstauten Sachen noch einmal heraus, schaute ratlos alles an und räumte es wieder ein. Dann ging er zurück ins Haus.

Vielleicht habe ich deshalb nie Kinder gewollt, sagte Alice sehr leise. Aus Angst, sie zu verlieren. Wir werden uns auch irgendwann verlieren, sagte Niklaus. Das ist nicht dasselbe, sagte Alice, das ist der Lauf der Dinge.

Niklaus ging in die Küche, um Kaffee zu machen. Da hörte er, wie Alice ihn rief. Er ging zu ihr und legte den Arm um ihre schmalen Schultern. Jetzt!, flüsterte sie atemlos, als geschehe etwas lange Erwartetes, und zeigte aus dem Fenster. Der Mann war wieder aus dem Haus getreten, er stützte die Frau, die mit hängenden Schultern und gesenktem Kopf neben ihm ging und die Tochter an der Hand führte. Über ihren Sommerkleidern trug die Frau einen dicken Wollpullover. Der Mann führte sie zum Wagen und half ihr beim Einsteigen wie einer Behinderten oder einer alten Frau. Das kleine Mädchen war neben der hinteren Tür stehen geblieben, bis der Vater zu ihm kam, auch ihm half und es sorgfältig auf dem Kindersitz festschnallte. Schließlich stieg er selber ein. Durch die Scheibe war zu hören, wie der Motor startete, die Scheinwerfer flammten auf, und der Wagen rollte sehr langsam davon.

Aus der Küche drang das Zischen des Kaffeekochers, aber

Niklaus beachtete es nicht. Er streifte seine Pyjamahose ab und zog Alice an den Hüften gegen sich. Hastig hob er ihr Nachthemd hoch und griff mit einer Hand zwischen ihre Beine. Sie liebten sich im Stehen, heftiger als vor ein paar Tagen. Alice sagte kein Wort, er hörte kaum ihren Atem.

Das Mahl des Herrn

REINHOLD STAND AM FENSTER und schaute hinaus. Unten auf der Straße gingen ein paar Männer vorbei, und er trat instinktiv einen Schritt zurück. Wenn er ehrlich war, fürchtete er sich vor den Menschen hier, vor ihrer launischen Art und ihrer Verstocktheit. Ihre grobe Sprache stieß ihn ab, und ihr Lachen war ihm unheimlich. Sein Vorgänger war wie sie gewesen, ein ungeschlachter lauter Mensch, der am Sonnabend mit seiner Gemeinde trank und ihr am Sonntag ins Gewissen redete.

Als Reinhold die Stelle vor einem Jahr angetreten hatte, war er voller Tatendrang gewesen. Er hatte sich auf den Bodensee gefreut und hatte gedacht, die Menschen seien offener im Süden. Aber er hatte sich getäuscht. Und was er auch angefangen hatte, es war ihm misslungen. Alles Mögliche wurde ihm vorgeworfen, dass er beim Abendmahl Brot statt Oblaten verwendete, Traubensaft statt Wein, überhaupt dass er den Gottesdienst nicht so feiere, wie man es gewohnt sei. Es hieß, er kümmere sich zu wenig um die Alten, und dass er sich von den Konfirmanden duzen ließ, war auch nicht recht. Es waren lauter Kleinlichkeiten. Mit der Organistin hatte er es sich verdorben, weil seine Frau ein paarmal Gitarre gespielt hatte im Gottesdienst, mit dem Mesner, weil er die Abrechnungen etwas zu genau kontrollierte.

Reinhold zog die Gardinen zu und ging ins Wohnzimmer. Brigitte schaute fern. Er hatte aufgehört, ihr von seinen Problemen zu erzählen, sie hatte es selbst schwer genug, sich einzuleben, sich in der Rolle der Frau Pfarrer zurechtzufinden, die sie nie hatte spielen wollen. Er setzte sich neben sie aufs Sofa. Im Fernseher war ein kleiner Junge zu sehen, der behauptete, er könne die Buchstaben einer Buchstabensuppe nur mit dem Mund entziffern. Brigitte lachte. Ist er nicht süß? Reinhold sagte nichts, er wusste, woran sie dachte.

Er lag im Dunkeln und konnte nicht einschlafen. Aus dem Wohnzimmer hörte er den Fernseher. Er fragte sich, was er falsch gemacht hatte. Er hatte das Gespräch gesucht, hatte sich erklärt und teilweise nachgegeben. Aber das schien die Menschen hier nur noch mehr gegen ihn aufzubringen. Er hatte nicht mehr die Kraft zu kämpfen, hatte kaum noch die Kraft, seine Arbeit zu machen. Früher war der Sonntagsgottesdienst der Höhepunkt seiner Woche gewesen, jetzt graute ihm vor den verschlossenen Gesichtern, vor dem kalten Schweigen, mit dem die Gemeinde ihn empfing. Wenn er in der Bibel las, sprachen die Texte nicht mehr zu ihm, und wenn er auf der Kanzel stand, empfand er nichts als Gleichgültigkeit. Schon zweimal war der Gottesdienst ausgefallen, weil er mit Krämpfen im Bett lag.

Der Wecker klingelte um sieben, Brigitte musste vergessen haben, ihn für Sonntag zu stellen. Als Reinhold sich über sie beugte, um ihn auszuschalten, erwachte sie. Sie fragte, ob es ihm etwas ausmache, wenn sie heute nicht zum Gottesdienst kommen würde? Sie fühle sich nicht wohl.

Reinhold fröstelte, als er im Bad den Pyjama auszog. Aus den Augenwinkeln sah er die Spiegelung seines bleichen kraftlosen Körpers. Schnell wandte er sich ab und stellte sich unter die Dusche. Beim Kaffee ging er die Predigt noch einmal durch. Er würde über Römer 9 sprechen. Ja freilich, o Mensch, wer bist du, der du das Wort nimmst gegen Gott? Wird etwa das Geformte zu dem Former sagen: Warum hast du mich so gemacht?

Dann, viel zu früh, machte er sich auf den Weg. Draußen war es feucht und kalt. Seit Wochen lag dicker Nebel über der Gegend, und es hieß, bis zum Frühling werde das so bleiben. Niemand war unterwegs um diese Zeit, nur ein paar zerzauste Möwen stöberten in den überquellenden Mülleimern der kleinen Fußgängerzone. Die Kirche war noch abgeschlossen. Reinhold war froh, niemandem zu begegnen. Er ging durch das dunkle Kirchenschiff in die Sakristei. In der engen Kammer gab es einen Elektroofen, trotzdem war sie so kalt, dass sein Atem dampfte. Reinhold zog den Talar an und las das Gebet von Martin Luther, das einer seiner Vorgänger an der Tür des Kleiderschranks angebracht haben musste. Herr Gott, lieber Vater im Himmel, ich bin wohl unwürdig des Amtes und Dienstes, darin ich Deine Ehre verkündigen und der Gemeinde pflegen und warten soll. Aber Reinhold fühlte sich nicht einmal unwürdig. Er saß da und brütete vor sich hin, bis er irgendwann die Kirchentür zufallen hörte und kurz darauf ein paar schiefe Töne von der Orgel. Schon seit längerem kommunizierte er mit der Organistin nur noch per Mail, der Mesner tat seinen Dienst wortlos und ohne ihn anzuschauen. Reinholds Hände waren steif vor Kälte. Er begann hin- und herzugehen, um seinen Kreislauf wieder in Gang zu bringen. Sein Vorgänger hatte die Gemeindemitglieder jeweils an der Tür begrüßt, aber Reinhold brauchte diese Momente der Stille und betrat das Kirchenschiff erst während des Vorspiels. Auch das nahm man ihm übel.

Als er die Orgel hörte, räusperte er sich, zupfte an seinem Talar und trat aus der Sakristei. Mit gesenktem Blick und schnellen Schritten ging er zu seinem Stuhl unter der Kanzel und setzte sich so, dass die Gemeinde ihn im Profil sehen konnte. Als die Orgel verstummte, wartete er einen Moment, bis das letzte Echo erstorben war, dann stand er auf und trat hinter den Opfertisch, auf dem zwischen zwei brennenden Kerzen Brot und Traubensaft bereit-standen. Die Kirche war leer.

Es dauerte einen Moment, bis Reinhold es begriffen hatte. Niemand war zum Gottesdienst gekommen. Nur der Mesner stand neben dem Eingang am Mischpult, und oben auf der Empore saß die Organistin mit dem Rücken zu ihm. Er war sicher, dass sie ihn durch den kleinen Spiegel beobachtete, der an der Orgel angebracht war. Er atmete einmal tief ein und aus, dann sagte er, Friede sei mit euch. Wir erheben uns zum Gebet. Er zögerte, als würde er darauf warten, dass jemand aufstehen würde, dann sprach er das Gebet wie an jedem Sonntag. Amen, hörte er sich sagen, wir singen Lied Nummer 127, Strophen eins bis drei. Kaum hatte er den Satz beendet, fing die Organistin an zu spielen, ihr schmaler Rücken und ihr Kopf bewegten sich voller Emphase, aber ihr Spiel war ohne Gefühl und ohne Liebe. Der Mesner stand da und hielt das Gesangbuch mit beiden Händen fest, ohne es zu öffnen. Liebster Jesu, wir sind hier, dich und dein Wort anzuhören. Reinhold sang laut, seine Stimme klang brüchig. Wenn wenigstens Brigitte hier wäre, dachte er, aber vielleicht war es besser, dass sie seine endgültige Niederlage nicht miterlebte.

Nach der zweiten Strophe brach die Orgel plötzlich ab, und Reinhold sah, wie die Organistin aufstand und wegging. Jetzt waren nur noch seine Stimme zu hören und die Schritte der Organistin, die, hastig und ohne sich um den Lärm zu kümmern, die enge Treppe von der Empore herunterstieg. Sie blieb kurz beim Mesner stehen und flüsterte ihm etwas zu, dann schlüpfte sie in den Mantel, den sie über dem Arm getragen hatte, und verließ die Kirche. Der Mesner folgte ihr hinaus, und die Tür schlug mit einem lauten Knall zu.

Unser Bitten, Flehn und Singen lass, Herr Jesu, wohl gelingen. Die letzten Worte verhallten im leeren Raum. Reinhold wartete, bis es ganz still war, dann blätterte er in der großen Bibel bis zur Stelle dieses Sonntags und begann, den Brief an die Römer zu lesen. Ich sage die Wahrheit in Christus, ich lüge nicht. Er stockte, musste husten. Er nahm einen Schluck Traubensaft aus dem Abendmahlskelch und fuhr fort. Ich habe große Trauer und unaufhörliches Leid in meinem Herzen. Ich wollte nämlich, ich könnte selber ein Ausgeschlossener sein.

Er hatte über das Verhältnis zwischen Juden und Christen sprechen wollen, über die Entwicklung im Nahen Osten und über Streit und Versöhnung, aber jetzt kam es ihm vor, als müsste er wie der Junge gestern im Fernsehen jedes Wort, jeden Buchstaben mühsam entziffern. Nach der Lesung betete und sang er noch einmal. Dann rief er, so laut er konnte, wir sind alle eingeladen zum Mahl des Herrn. Und plötzlich war es ihm, als sähe er die Kirche voller Menschen, voll der Schatten jener, die hier seit Hunderten von Jahren das Abendmahl gefeiert hatten, die hier getauft und getraut und im Tod begleitet worden waren. Sie erhoben sich, kamen auf ihn zu, und er reichte ihnen das Brot und den Wein, ein nicht endender Zug von Menschen. In diesem Moment fiel helles Sonnenlicht durch die farbigen Fenster der Kirche, und der Raum verwandelte sich, es war eine Explosion von Schatten und Licht. Das Kirchgestühl knackte, und die Orgel hallte, es klang wie ein mächtiges Atmen, ein Erwachen nach langem Schlaf.

Reinhold fühlte, wie ihm das Blut in den Kopf schoss. Er nahm den Korb mit dem Brot und ging den Mittelgang entlang und aus der Kirche hinaus. Der Nebel hatte begonnen sich aufzulösen, an einigen Stellen war schon der blaue Himmel zu sehen und im Osten die Sonne, die die Welt erstrahlen ließ, als wäre sie neu gemacht. Auf dem Vorplatz standen einige Gemeindemitglieder in kleinen Gruppen zusammen. Sie schienen auf ihn gewartet zu haben, vielleicht hatte die Organistin oder der Mesner, die bei ihnen standen, sie alarmiert. Sogar Brigitte war da.

Reinhold ging auf sie zu und hob den Korb in die Höhe. Das Brot des Lebens, rief er. Die Menschen starrten ihn feindselig an und wichen vor ihm zurück. Dann hörte Reinhold ein Kreischen und sah, als er den Kopf hob, eine Möwe über sich, die stillzustehen schien in der Luft. Er nahm ein Stück Brot aus dem Korb und warf es in die Höhe, und mit einer winzigen Flügelbewegung kippte die Möwe vornüber und fing das Brot im Flug. So nah flog sie an seinem Kopf vorbei, dass er den Luftzug ihrer Flügel zu spüren meinte. Und plötzlich war er von einem Schwarm Möwen umgeben. Er warf mit dem Brot um sich, schließlich holte er aus und leerte den ganzen Korb mit einem Schwung. Wir sind alle eingeladen, rief er ausgelassen. Die Schreie der Vögel klangen wie irres Lachen, und auch Reinhold musste lachen, konnte nicht aufhören zu lachen, denn nach vielen dunklen Wochen sah er endlich das Licht.

Im Wald

Wenn er nämlich wahrhaft gelebt hat,
kann das nur in fernen Landen gewesen sein.

Henry D. Thoreau

DER JÄGER MUSS SEHR FRÜH am Morgen kommen. Wenn Anja erwacht, ist er immer schon da. Er ist so weit entfernt, dass sie ihn nur undeutlich sieht, und er bewegt sich kaum, trotzdem ist es ihr, als kennte sie ihn, als wäre sie ihm nah. Den ganzen Tag lang denkt sie an ihn. Wenn sie abends in ihrem Schlafsack liegt, stellt sie sich vor, wie er sich in der Nacht ihrem Lager nähert, sie beobachtet, während sie schläft. Sein Blick ist ruhig und freundlich. Er nimmt ihre Kleider in die Hand, riecht an ihnen, als würde er ihre Fährte aufnehmen wollen. Dann entfernt er sich leise, steigt auf den Hochsitz und wartet.

Noch bevor die Sonne Anja erreicht, wecken sie die Vögel, die laut durcheinanderschreien. Sie bleibt noch eine Weile liegen, schielt verstohlen zum Hochsitz hinüber und sieht den Jäger dort sitzen, und ihr Herz beginnt schneller zu schlagen. Sie lässt sich jetzt mehr Zeit am Morgen und riskiert, zu spät zur Schule zu kommen. Sie merkt, wie sie sich bewusster bewegt, und sie empfindet die Schönheit und die Frische ihres Körpers, als würde sie sich selbst beobachten und nicht er. Sie trägt nur Unterwäsche, aber sie hat es nicht eilig, sich anzuziehen. Sie streckt sich ausgiebig, kämmt sich das Haar, kauert sich nieder, um ihre Hände am

Tau zu netzen, und schaut sich um, als sähe sie den Wald zum ersten Mal. Sie summt ein Lied, fragt sich, ob der Jäger es hören könne. Es ist ein scheues Werben. Dabei weiß Anja, sie würde davonrennen, wenn er den Stand verlassen und sich ihr auch nur einen Schritt nähern würde.

Ich habe im Wald gelebt, drei Jahre lang, mehr sagte Anja zu diesem Thema auch später nicht. Es war kein Geheimnis, sogar die Kinder wussten es, aber im Gegensatz zu ihnen stellten die Erwachsenen Fragen, die Anja nicht beantworten wollte, nicht beantworten konnte. Schon der Schulpsychologe hatte diese Fragen gestellt, damals, nachdem sie entdeckt worden war. Warum? Die Antwort gaben andere für sie: Das Elternhaus zerrüttet, der Vater und die Mutter Alkoholiker und gewalttätig, beide oft tagelang nicht auffindbar. Nein, hatte Anja gesagt, mit meinen Eltern hat es nichts zu tun. Niemand verstand, dass sie nicht vor etwas weggelaufen war, sondern auf etwas zu.

Wenn sie vom Küchenfenster aus zum bewaldeten Hügel jenseits der Autobahn schaute, empfand sie nichts. Man nahm den Wald nur wahr, wenn man sich in ihm befand. Gerade das machte ihn ja so besonders, dass man ihn betreten konnte wie einen Raum und dass man ihn nur dann erfasste und von ihm erfasst wurde. Sie ging heute nicht mehr oft in den Wald, auch das verstanden viele nicht, die ihre Geschichte kannten und die sie für eine Art Waldwesen hielten. Sie sammelte keine Pilze, beobachtete keine Vögel oder andere Tiere, sie kannte die Namen der Bäume nicht besser als irgendwer. Und sie gehörte nicht zu den Leuten, die sich wegen jedes gefällten Baums ereiferten. Im Gegenteil, es war wie eine Erlösung zu sehen, wie die Menschen den Wald beherrschten, der ihr manchmal wie eine Krankheit vorkam, etwas Wucherndes, Unberechenbares. Nur das Geräusch der Motorsägen machte ihr bis heute Angst, weil es damals die Gefahr der Entdeckung bedeutet hatte. Die Wege der Holzfäller waren unberechenbarer als jene der Spaziergänger, der Jogger, selbst der Jäger, die ihre festen Ansitze hatten, an die sie so nah wie möglich mit dem Auto heranfuhren. Aber mit der Zeit merkte Anja, dass auch die Holzfäller nicht ohne Plan vorgingen und sich den Wald gebietsweise vornahmen. Ein- oder zweimal musste sie sich deswegen ein neues Lager einrichten, das war ärgerlich, aber nicht bedrohlich.

Das alles war zwanzig Jahre her, inzwischen hatte sie eine Ausbildung zur Buchhändlerin gemacht, hatte gearbeitet, geheiratet, zwei Kinder bekommen. Was ihr von damals geblieben war, waren Erinnerungen und eine Empfindlichkeit, eine Aufmerksamkeit, die Marco mit Nervosität verwechselte.

Immer hatte Anja versucht, jemanden einzuholen, ihre Eltern, ihre Schulkameraden, Traumfiguren, die sie nicht kannte und die ihr dennoch vertraut erschienen. Es war immer eine Flucht auf die Menschen zu, in der festen Gewissheit, sie nicht erreichen zu können. Anja wollte schneller gehen, aber es war, als wären ihre Glieder unendlich schwer, die Luft eine zähe Masse, die jede Bewegung zu einer Kraftanstrengung werden ließ. Sie versuchte sich zu befreien, dadurch wurden die unsichtbaren Fesseln nur noch enger. Dann erwachte sie, ihre Stirn war heiß, ihr Pyjama schweißnass. Das Geschrei hatte sie geweckt, es war zwei Uhr früh. Anja zog den Kopf unter die Decke, aber sie hörte die Schreie immer noch, hörte Dinge umfallen, das Knallen der Haustür. Oft war am Morgen niemand außer ihr in der Wohnung. Die Tür stand offen. Auf dem Boden lag, was in der Nacht zu Bruch gegangen war, ein Stillleben der Zerstörung.

Die Schule war der einzige sichere Ort. Am liebsten war Anja im Physiklabor im Untergeschoss, wo es immer etwas schummrig war und nach Metall roch, oder in der Bibliothek, zwischen den engstehenden Regalen voller vergangener Zeit. Wenn die Bibliothek zumachte, trieb sie sich auf dem Schulgelände herum, bis es dunkel wurde. Am schlimmsten waren nicht die Schläge oder die Schreie. Am schlimmsten war es, nach Hause zu kommen und niemand war da. Die Erwartung, das Wissen, sie würden irgendwann kommen in der Nacht.

Man darf nichts erwarten, nur so hält man durch. Geduld reicht nicht, weil nichts geschieht. Im Wald gibt es keine Zukunft und keine Vergangenheit, alles findet im Moment statt oder über Zeiträume, die nicht in Jahren gemessen werden können. Manchmal stellt Anja sich vor, wie es gewesen ist, als das ganze Land von Wald bedeckt war. Dann steigt sie auf den Aussichtsturm, schaut auf die Stadt hinunter und sieht nur Bäume. Sie sieht die Bäume in den Parks und in den Gärten und entlang der Straßen, Boten aus einer vergangenen, einer zukünftigen Zeit, und alles, was dazwischen ist, verliert seine Selbstverständlichkeit und seine Bedeutung. Selbst die Altstadt, die Häuser, die viele hundert Jahre alt sind, scheinen ihr nicht weniger provisorisch als ihr Verschlag aus Ästen und Planen.

Irgendwann wird das Eis wiederkommen und alles wegwischen, was die Menschen gebaut und geschaffen haben. Jahrtausendelang werden die Gletscher über dem Land liegen, kilometerdicke Eisströme, und wenn sie sich zurückziehen, wird die Landschaft neu geformt werden, Flüsse werden entstehen und Täler, die Moränen werden Hügelketten bilden, riesige Schuttberge, die bald von ersten Pionierpflanzen besiedelt werden. Auf dem Humus werden Bäume wachsen, ein schütterer Wald, dann ein dichterer. Tiere werden aus dem Süden über die Berge kommen, Insekten, Vögel, Rot- und Schwarzwild und mit ihnen die Jäger, Füchse und Wölfe, der Luchs und dann der erste Mensch. Und es wird sein, als sei nichts geschehen.

Sie joggten durch ein Wohnviertel, vorbei an kleinen Einfamilienhäusern. In den Gärten arbeiteten Menschen, Spaziergänger mit Hunden waren unterwegs, auf der Straße spielten Kinder. Der Sportlehrer war weit voraus, zusammen mit den Schnellsten. Etwas dahinter lief der Pulk der Klasse, gefolgt von drei, vier langsameren Mädchen, den Übergewichtigen und den Unmotivierten, denen alles egal war. Anja lief zuhinterst. Sie strengte sich an, wollte schneller laufen, aber ihre Beine fühlten sich an wie aus Blei.

Als sie den Waldrand erreichte, waren die anderen nicht mehr zu sehen. Nach ein paar hundert Metern auf einem schmalen Pfad gelangte sie auf eine ungeteerte Waldstraße, die in gerader Linie aufwärts führte. Weit vor sich sah sie die anderen, sie hörte aus der Entfernung ihre Schritte auf dem Kies, ihr Rufen und Lachen. Anja hielt an. Ihr Atem ging heftig, und sie hatte Seitenstechen. Ihr T-Shirt war verschwitzt, jetzt, wo sie stillstand, fröstelte sie. Sie beugte sich vornüber, atmete ein paarmal tief durch und ging dann langsam weiter. Die anderen verschwanden hinter einer Biegung, und es wurde still.

Etwas hat sich verändert. Es kommt Anja vor, als nähme sie den Wald zum ersten Mal bewusst wahr, als wendete der Wald sich ihr zu. Ihre Gedanken scheinen stillzustehen und mit ihnen die Zeit, und alles verbindet sich mit ihr, wird zu einem einzigen, wunderschönen Gefühl, das Licht, die Gerüche, die vereinzelten Geräusche, die die plötzliche Stille noch intensiver machen. Sie steht da und beobachtet das Spiel des Lichts, das durch die Baumkronen dringt. Sie berührt den Stamm einer Buche, ihre kühle, silberne Rinde. Später ruft sie sich diesen Moment immer wieder in Erinnerung, wenn sie versucht ist, aufzugeben und zurückzukehren in die Wohnung der Eltern. Und dann steht die Zeit wieder still, und alles wird gleichgültig, und sie hält die Nacht durch, die Woche, das Jahr.

Sie hatte erwartet, die Klasse würde denselben Weg zurücknehmen wie immer, aber niemand kam ihr entgegen, und als sie schließlich den Aussichtsturm erreichte, war keiner da. Sie stieg auf den Turm und schaute über den Wald und hinunter zur Stadt, wo schon die ersten Lichter brannten.

Am nächsten Tag fragte Michaela, wo Anja geblieben sei. Ich habe dem Lehrer gesagt, du hättest dich nicht wohlgefühlt und wärst nach Hause gegangen. Danke, sagte Anja. Sie war wirklich daheim gewesen. Ihre Eltern waren nicht da, und sie packte ein paar Sachen in einen Rucksack, Kleider und Bücher, Lebensmittel und den Schlafsack, und ging.

Es war ihre erste Nacht im Wald. Sie fürchtete sich nicht, im Gegenteil, sie fühlte sich frei wie lange nicht. Fast bis zum Morgengrauen saß sie am Feuer und dachte nach. Mit den Wochen und Monaten wurde das Nachdenken weniger, und sie lernte, einfach nur da zu sein, in einem Zustand aufmerksamer Gleichgültigkeit.

Schnee fällt von einem Ast, es ist das Gegenteil eines Geräusches, dieses Herunterfallen ohne Beschleunigung und dann eine Veränderung der Stille, des Raumes. Durch die Entlastung schwingt der Ast nach oben wie in Zeitlupe, und Schneekristalle rieseln zu Boden.

Die Rehe sinken tief ein im Schnee mit ihren dünnen Beinen. Ihre stakenden Bewegungen, ihr von der Anstrengung dampfender Atem, Anja beobachtet sie vom Aussichtsturm aus. Als es dämmert, sieht sie die Lichter der Stadt angehen. Jetzt sehnt sie sich nach einem Zuhause, nach einem Zimmer, einem warmen

Bett und einem Kühlschrank voller Lebensmittel. Es ist eine Sehnsucht, die sich nicht erfüllen kann. Sie weiß zu gut, was in den Häusern vorgeht.

Im Wald hat sie andere Träume, lebhaftere, in denen dennoch nichts geschieht. Sie geht in diesen Träumen durch das Gelände, schnell, aber ohne Eile. Vielleicht träumen Tiere so.

Es ist sehr still in der Nacht. Wenn Anja aufwacht, dann nur wegen der Kälte. Es gibt Nächte, in denen sie alle ihre Kleider übereinander trägt, und es ist noch immer nicht genug. Dann liegt sie lange Zeit wach, aber es ist, als könnte es nur Morgen werden, wenn sie wieder einschliefe. Stunden später reißt sie das leise Piepsen des Weckers aus dem Schlaf. Sie stellt ihn schnell ab. Obwohl sie weit weg von jeder Straße und jedem Weg ist, hat sie Angst, jemand könnte den falschen Ton hören und sie entdecken.

Anja hat die Kleider über Nacht in den Schlafsack genommen, damit sie am Morgen nicht ganz so kalt sind. Sie zieht sich im Dunkeln an, kriecht aus dem behelfsmäßigen Verschlag. Draußen streckt sie sich, putzt sich die Zähne, trinkt etwas Wasser und isst ein gekochtes Ei und zwei Scheiben von dem Toastbrot. Die Lebensmittel hat sie gestern geklaut. In einer Woche wird ihr Taschengeld überwiesen, der Vater hat einen Dauerauftrag eingerichtet, wenigstens das, aber das Geld reicht nie bis zum Monatsende. Vorsichtig wickelt sie die Eierschalen in ein Papiertaschentuch und verstaut sie in der Schultasche. Sie darf keine Spuren hinterlassen.

Eine Stunde vor Unterrichtsbeginn war Anja auf dem Schulgelände. Glücklicherweise war die Turnhalle schon offen. Im Duschraum der Mädchengarderobe war es kalt. Anja legte ihre Kleider in eine Ecke, ging quer durch den Raum, nackt wie ein Tier. Sie stellte das Wasser an und machte einen Sprung zurück, wartete, bis

Dampf aufstieg. Sie duschte lange, aber das heiße Wasser wärmte nur die Haut, die Kälte im Inneren würde erst im Lauf des Morgens langsam weichen.

Einmal wäre sie fast erwischt worden. Sie war eben dabei, sich wieder anzuziehen, als sie die Tür der Garderobe hörte, Schritte und die Tür des Duschraums. Reglos und mit angehaltenem Atem stand sie in der Ecke. Sie hörte ein Räuspern, und kurz darauf fiel die Tür ins Schloss. Erst nach einer Viertelstunde traute sie sich nach draußen.

Der Nachmittag war schulfrei. Michaela fragte, ob Anja Lust habe, zu ihr nach Hause zu kommen zum Essen. Sie wusste, dass die Freundin Probleme hatte mit den Eltern, und lud sie oft ein. Michaelas Eltern behandelten Anja wie ein krankes Kind, was sie manchmal genoss und manchmal kaum ertrug. Nach dem Essen saßen die Mädchen auf Michaelas Bett, hörten Musik und redeten, aber um drei sagte Anja, sie müsse los, sie habe noch etwas zu erledigen.

An solch klaren Tagen hielt sie es fast nicht aus in geschlossenen Räumen. Und um fünf fing es jetzt bereits an zu dämmern. Sie ging in das Lebensmittelgeschäft. Es waren nicht viele Kunden da, und sie musste aufpassen, nicht erwischt zu werden. Sie klaute drei Dosen Thunfisch in Olivenöl, eine Tube Mayonnaise und Schokoladenwaffeln. Sie kaufte eine Packung Kaugummi, um nicht aufzufallen. Es kam ihr vor, als würde die Kassiererin sie misstrauisch anschauen, aber vielleicht kam das nur vom schlechten Gewissen. Erst als sie wieder im Wald war, atmete sie auf.

Sie hat den Lagerplatz sorgfältig ausgewählt, eine kleine Mulde in einem flachen Abhang. So ist sie versteckt und kann doch, wenn sie ein paar Meter nach vorne geht oder kriecht, ein großes Stück des Waldes überblicken. Sie hat sich eine Feuerstelle gebaut mit ein paar Steinen. Nachts ist der Schein des Feuers in den Baumkronen zu sehen, ein kleiner Dom aus Licht, aber in der Nacht ist niemand sonst im Wald. Die Letzten, die kommen, sind die Jogger, die in Gruppen und im Winter mit Stirnlampen unterwegs sind. Es ist unglaublich, wie laut sie sind. Aber Lärm gibt keine Sicherheit, das hat Anja schnell gelernt. Man muss ganz leise sein, verschwinden im Wald, unsichtbar werden und unhörbar. Sie hat sich immer gewundert, dass kaum ein Spaziergänger die Wege verlässt, dass alle, ohne nachzudenken, den Pfaden folgen, die andere vor ihnen gegangen sind. Anja hat in den drei Jahren im Wald gelernt, dass man überall durchkommen kann.

Marco meinte, es gehe ihr nicht gut, weil sie nicht mit ihm ins Kino wollte und weil sie es nicht mochte, wenn er Leute nach Hause einlud. Seit sie hier draußen wohnten, traf Anja ihre Freundinnen und Freunde nicht mehr, zu den Eltern hatte sie schon längst den Kontakt abgebrochen, und auch seine Familie mochte sie nicht besuchen. Marco meinte, sie sei depressiv. Er verstand nicht, dass ihr das alles wie Zeitverschwendung vorkam, ungelebtes Leben, jede Minute, die sie nicht bei sich war.

Zehn Jahre lang hatten sie in der Stadt gewohnt und viel unternommen, waren in Konzerte gegangen und in Clubs und hatten sich mit Freunden getroffen. Anja arbeitete, und alles schien gut zu sein. Die Zeit im Wald war weit weg, und es war ihr, als könnte sie ein ganz normales Leben führen. Als sie schwanger wurde, merkte sie, wie sie sich zu verändern begann. Der Arzt sagte, das sei normal, das seien die Hormone, aber Anja spürte, wie etwas wieder an die Oberfläche kam, das die ganze Zeit da gewesen war. Ohne nachzudenken, hatte sie das getan, was von ihr erwartet wurde, hatte Marco und sich selbst getäuscht. Jetzt war es ihr, als würde sie erwachen, ihre Sinne wurden schärfer, und nichts war mehr selbstverständlich. Sie dachte wieder öfter an den Wald, daran, wie sie sich damals gefühlt hatte, jene seltsame Mischung aus Bewusstlosigkeit und höchster Präsenz. Sie fing an, sich zurückzuziehen.

Nach der Geburt suchten sie eine größere Wohnung. Anja hatte ihre Stellung aufgegeben, nach dem Mutterschutz ging sie einfach nicht mehr hin. Bei dem Gehalt, das Marco bekam, waren die meisten Wohnungen in der Stadt unerschwinglich. Nach einigem Suchen fanden sie eine Vierzimmerwohnung in einer Neubausiedlung am Rand eines Vororts. Die Wohnhäuser standen zwischen der Autobahn und dem Gewerbegebiet. Es wohnten fast nur junge Familien hier, es gab eine Schule und einen Kindergarten mitten in der Siedlung und direkte Busse in die Stadt. Marco arbeitete in der Nähe, er würde jeden Tag eine halbe Stunde Arbeitsweg sparen. Er fragte Anja, ob es ihr hier gefalle, ob sie ganz sicher sei. Anfangs verließ sie die Wohnung kaum. Dann, nach und nach, begann sie die Gegend zu erkunden und in Besitz zu nehmen.

Es ist ein Niemandsland, das sich dauernd verändert, immer wird irgendwo gebaut, und selbst die fertiggestellten Gebäude sehen aus wie Rohbauten. Neben dem Shoppingcenter und dem Media Markt wird ein Obi errichtet, es gibt zwei große Geschäfte für Haustierbedarf, eine Autowaschanlage und einen Erotic Megastore. Auf einer der letzten freien Flächen stehen Gebrauchtwagen zum Verkauf, aber auch für diese Parzelle gibt es schon Baupläne. Das Gebiet ist von Zufahrtsstraßen durchzogen. Auf den Grünstreifen wachsen junge Bäumchen, die an Pfählen festgemacht sind, als könnten sie fliehen. Die Straßen sind den ganzen Tag über stark befahren, um zwölf und nach Feierabend ist der Verkehr etwas dichter, in der Mittagszeit lässt er nach. Wenn Anja mit dem Kinderwagen auf ihre Streifzüge geht, trifft sie kaum andere Menschen, nur dann und wann einen Radfahrer, der auf einem Rennrad an ihr vorbeisaust.

Sie ist wieder schwanger, und das Gehen fällt ihr immer schwerer, aber noch wenige Tage vor der Geburt zieht sie los. Als sie sich erschöpft etwas ausruhen will, findet sie keine Sitzgelegenheit und setzt sich schließlich ins Gras an eine Böschung, neben sich den Kinderwagen. Der Verkehr staut sich vor einer Ampel, und die Autos stehen nur wenige Meter von ihr entfernt. Die Fahrer starren sie an, aber das ist Anja egal. Erst als einer das Fenster herunterlässt und fragt, ob sie Hilfe brauche, steht sie wortlos auf und geht.

Draußen war es kalt, und es regnete. Die Kinder waren weg, aber Anja hatte keine Energie, Hausarbeit zu machen, die Unordnung störte sie nicht, der Schmutz. Der Gedanke, die Wohnung aufzuräumen, einzurichten, zu schmücken, war ihr fremd. Ruhelos ging sie durch die Räume, setzte sich auf einen Sessel, blätterte in Zeitschriften. Am Mittag hatte sie keine Ahnung mehr, was sie den ganzen Vormittag über gemacht hatte. Sie aß mit den Kindern, was gerade da war. Sie kochte selten, manchmal schob sie eine Pizza in den Ofen, oder sie ging mit ihnen zu McDonald's.

Marco hatte sie genötigt, wegen ihrer Antriebslosigkeit zum Arzt zu gehen. Der hatte nur abgewinkt und ihr Vitamin B verschrieben. Vielleicht sind ja die anderen nicht normal, sagte sie am Abend zu Marco, die dauernd irgendetwas unternehmen. Aber Marco schüttelte nur den Kopf und schaute sie an, als wäre sie verrückt.

Am liebsten waren ihr die Tage, an denen die Kinder auch nachmittags weg waren, in der Schule oder bei Spielkameraden. Dann streunte sie in der Gegend herum oder ging, wenn das Wetter schlecht war, ins Einkaufszentrum oder in einen der Supermärkte. Sie hatte wieder angefangen, Sachen mitgehen zu lassen. Einmal wurde sie erwischt, das wäre ihr früher nie passiert. Ein Ladendetektiv hatte sie nach der Kasse angesprochen und sie gebeten, ihm zu folgen. Er war sehr höflich, ein junger Mann mit guten Manieren und einem sauber gestutzten Bart. Er führte sie in die Hinterräume des Geschäfts und bat sie, ihre Tasche auszuräumen. Es bereitete Anja ein seltsames Vergnügen, ihre Sachen vor ihm auszubreiten, den Schlüsselbund, an dem ein kleiner Fellseehund hing, Papiertaschentücher, die Geldbörse, Münzen und Büroklammern und irgendwelche Prospekte, die sie eingesteckt hatte. Als sie einen Spitzen-BH auf den Tisch legte, an dem noch das Preisschild hing, schaute sie dem jungen Mann kurz in die Augen, und er senkte den Blick. Dann schob er mit einer beiläufigen Bewegung die Sachen zur Seite, die nicht ihr gehörten, und sagte, sie könne den Rest wieder einpacken.

Es ging um einen kleinen Betrag, aber der Filialleiter veranstaltete ein Riesentheater und drohte ihr im Wiederholungsfall mit einem Ladenverbot für alle Filialen des Supermarktes. Er führte sich auf, als hätte sie ihn persönlich bestohlen, und schien Reue zu erwarten. Auf die Frage nach den Gründen zuckte Anja mit den Schultern. Ich habe es getan, mehr sagte sie nicht, mehr hatte sie nicht zu sagen. Die Bearbeitungsgebühr zahlte sie, ohne mit der Wimper zu zucken. Dem Ladendetektiv schien die Angelegenheit peinlich zu sein, aber Anja verspürte während der ganzen Verhandlung ein Hochgefühl. Trotzdem passte sie von nun an besser auf.

Sie sah den jungen Mann danach immer wieder. Jetzt, wo sie ihn kannte, wunderte sie sich, dass er ihr nicht früher aufgefallen war. Sie kreuzten sich in den Gängen, sie grüßten sich nicht, schauten sich nur kurz in die Augen. Anja war sicher, er erkannte sie, und das machte sie glücklich. Es war, als verbände sie ein dunkles Geheimnis. Manchmal, wenn Anja sich umdrehte, sah sie, wie er hinter ihr ging. Dann nahm sie absichtlich Dinge aus den Regalen und drehte sie hin und her, als würde sie sich überlegen, sie einzustecken. Wenn der Detektiv mittags im Selbstbedienungsrestaurant aß, setzte sie sich in seine Nähe. Dabei war es ihr wichtiger, dass er sie sehen konnte, als dass sie ihn sah. Es war ihr, als erhöhten sie seine Blicke.

Wenn Anja den Wald betritt, kommt es ihr vor, als hätte ihr Bewusstsein den Körper verlassen. Sie sieht sich selbst wie eine Fremde, ein junges Mädchen, das zwischen den Bäumen hindurchgeht. So träumt sie auch vom Wald, immer sieht sie sich von oben, aus einer Höhe von vielleicht fünf oder sechs Metern. Sie hat einmal gelesen, Sterbende sähen sich so, wenn die Seele den Körper verlassen habe.

Der Aussichtsturm ist das Zentrum eines komplexen Netzes von Orten. Es gibt Orte für gutes Wetter und solche für schlechtes, Orte, an denen sie schläft, und andere, an denen sie sich nur tagsüber aufhält. Wenn es regnet, sitzt sie oft in einem Unterstand für Waldarbeiter, oder sie klettert auf einen der Hochsitze an einer Lichtung. Die Hauptsache ist, immer in Bewegung zu bleiben.

Beim Unterstand trifft sie manchmal Erwin. Er ist schon mit ihr in die Primarschule gegangen, aber richtig kennengelernt haben sie sich erst im Wald. Erwin macht eine Lehre als Forstwirt. Er fragt Anja nie, weshalb sie hier ist und warum sie wissen will, wo im Wald in nächster Zeit gearbeitet wird. Manchmal pumpt er ihr Geld, obwohl er selbst nicht viel hat. Eine Zeitlang treffen sie sich fast jeden Tag. Nach der Arbeit kommt Erwin zum Unterstand. Erst hat sie befürchtet, er sei in sie verliebt. Aber er bringt ihr nur Bücher mit, über die er mit ihr reden will oder von denen er denkt, sie würden sie interessieren. *Der Papalagi*, *Die Kunst des Liebens*, Bücher von Friedrich Nietzsche, die er nicht versteht, und *Walden* von Thoreau. Erwin glaubt, sich zu kennen, dabei ist kaum ein Satz, den er sagt, von ihm selbst. Trotzdem ist Anja gern mit ihm zusammen. Er ist ein Vertrauter. Sie hat ihm ihr Geheimnis nicht verraten, aber er kennt den Wald.

Schon den ganzen Tag hat ein kräftiger Westwind geweht, gegen Abend ist er zu einem Sturm geworden. Die Baumkronen werden jede einzeln unsichtbar vom Wind erfasst und wie in Eile wieder losgelassen, Hunderte kleiner Bewegungen, die in ihrer Gesamtheit zu etwas Gewaltigem werden, einem Wogen und Rauschen. Schau, sagt Anja. Aber Erwin scheint das alles nicht wahrzunehmen. Er denkt an seine Bücher. Als er geht, sagt sie, sie müsse in die andere Richtung. Du musst immer in die andere Richtung, sagt er. Ja, sagt sie und lacht, das ist wahr.

Es ist die Zeit, in der sie oft Nasenbluten hat, fast jeden Tag. Dann beugt sie sich etwas nach vorn, damit ihre Kleider nicht schmutzig werden, und das Blut tröpfelt auf den Boden. Fasziniert betrachtet sie den dunklen Fleck, der sich auf dem Laubboden bildet. Sie fühlt sich sehr leicht, es ist, als würde sich etwas in ihrem Kopf klären. Manchmal fängt sie ein paar Tropfen mit der Hand auf und leckt sie ab.

Zwischen den Orten gibt es Wege, nicht die Waldstraßen und Spazierwege, die sie höchstens nachts benutzt oder bei sehr schlechtem Wetter. Es sind Wege, die nur sie kennt, die sie in Monaten und Jahren entdeckt hat und immer wieder gegangen ist, sichere Wege, die schwer einzusehen sind. Sie hat Verstecke, an denen sie ihre Kleider aufbewahrt, ihre Schulsachen, ein paar persönliche Dinge, kleine Lager mit Konservendosen, die sie gestohlen oder gekauft hat, wenn sie ausnahmsweise nicht pleite war, Sachen, die man auch kalt essen kann, wenn es regnet und kein Feuer in Gang kommt. Am Anfang sind ihr ein paarmal Dinge abhandengekommen, sie weiß nicht, wie, vielleicht waren es Tiere. Danach ist sie vorsichtiger geworden und geschickter. Im Winter häuft sie Laub auf die Verstecke, damit die Lebensmittel nicht gefrieren. Das ist die schwierigste Zeit, aber auch die schönste. Wenn Schnee liegt und sie den Wald tagelang fast für sich allein hat. Sie hat nur Angst, ihre Spuren könnten sie verraten.

So haben früher alle Menschen gelebt, sagte sie dem Schulpsychologen. Die anderen sind nicht normal, in ihren Häusern hinter ihren heruntergelassenen Rollläden. Er machte ein mitleidiges Gesicht, und sie dachte, im Wald würdest du keine Woche überleben. Da fragte man nicht nach dem Warum. Alles war nur das, was es war, Nahrung war Nahrung, Schlaf war Schlaf, Wärme war Wärme.

Der Psychologe schaute sie die ganze Zeit an. Beim Hinausgehen war er dicht hinter ihr. Er hatte ein kleines, glänzendes Auto, er wollte Anja mitnehmen, aber sie lehnte ab. Als er wegfuhr, sah sie den Kindersitz auf der Rückbank und am Heck einen Aufkleber in Form des Bodensees. Anja konnte nur Verachtung für ihn empfinden.

Sie hat nie herausgefunden, ob der Jäger sie verraten hat oder sie sich selbst. Vielleicht war es, weil ihre Aufmerksamkeit nachgelassen hatte. Es ging im Wald nicht um Kraft oder Geschicklichkeit, das Einzige, was zählte, war Aufmerksamkeit, Präsenz, ganz in der Gegenwart zu sein. Das hatten die Tiere den Menschen voraus, für die Erinnerung nur Erfahrung war und keine andere Welt, in der man sich verlieren konnte.

Es war kurz vor dem Abitur, Anja war inzwischen volljährig und konnte machen, was sie wollte. Trotzdem kam eines Morgens ein Polizist in die Klasse, um sie zu befragen. Er war freundlich, aber dass danach alle mit ihr sprachen wie mit einer Kranken, verletzte sie. Michaelas Eltern boten ihr an, vorübergehend bei ihnen zu wohnen. Sie lehnte ab und zog zurück zu ihren Eltern, die durch die Befragungen eingeschüchtert waren und sie behandelten wie eine Fremde. Nach ein paar Wochen konnte sie den Vater überzeugen, ihr ein Zimmer im Personalhaus des Krankenhauses zu bezahlen. Kaum war sie dort eingezogen, brach sie die Schule ab. Es war Frühling, und im Herbst waren die Abiturprüfungen. Anja war eine gute Schülerin, und alle redeten ihr zu, doch die paar Monate durchzuhalten, aber sie gab nicht nach.

Eine Lehrstelle zu finden war kein Problem. Anja hatte immer viel Zeit in der Buchhandlung verbracht, wenn es ihr schlechtging oder wenn es regnete. Die Buchhändlerin hatte gewusst, dass sie kein Geld hatte, und hatte ihr Leseexemplare geschenkt und sie hinterher gefragt, wie ihr die Bücher gefallen hätten. Anja hatte Botengänge für sie gemacht oder hatte den Laden gehütet, wenn sie kurz wegmusste, einkaufen oder zu einem Arzttermin. Die Buchhändlerin hatte sich gefreut, als Anja sie gefragt hatte, ob sie die Lehre bei ihr machen könne.

Während der Lehre wohnte Anja in einer Mansarde im selben Haus, in dem auch der Laden war. Außer mit den Kunden und der Chefin hatte sie kaum Kontakt mit Menschen. Nur Erwin kam dann und wann in den Laden, und jetzt empfahl sie ihm Bücher, Romane und Erzählungen, um ihn von seinen Grübeleien abzubringen. Irgendwann kam er nicht mehr. Erst hatte sie es gar nicht bemerkt, dann erfuhr sie von einem Kunden, der ebenfalls mit ihr zur Schule gegangen war, durch Erwins Schuld sei ein Waldarbeiter ums Leben gekommen. Erwin hatte einen Baum gefällt, der andere hatte nicht aufgepasst und war erschlagen worden. Der Kunde erzählte, es sei zu einer Untersuchung, aber nicht zur Anklage gekommen. Anja dachte daran, Erwin zu schreiben, aber sie wusste nicht, was, und irgendwann war es zu spät. Bald darauf erfuhr sie, er habe seinen Beruf aufgegeben und eine Ausbildung zum Psychiatriepfleger angefangen. Als sie ihm einige Monate später zufällig auf der Straße begegnete, war er Mitglied einer Freikirche geworden und wollte mit ihr über Gott sprechen. Sie wimmelte ihn ab. Zu Hause weinte sie um ihn.

Wir sind offen für ihren Hunger, immer wieder liest Anja das Plakat. Sie hat mit den Kindern bei McDonald's gegessen. Der Kleine hat erzählt, wie die Nachbarin ihm einen Apfel geschenkt hat. Das war vor Monaten, und er hat es ihr schon ein Dutzend Mal erzählt, aber ihn kümmert das nicht. Die einzige Bedeutung, die die Geschichte für ihn zu haben scheint, ist, dass er sich daran erinnert. Es ist Anja, als würde er sich von ihr durch seine Erinnerungen entfremden. Sie kann beobachten, wie eine Welt in ihm entsteht, zu der sie keinen Zugang hat. Nach dem Essen streiten sich die beiden Jungs wegen der Geschenke in ihren Happy Meals. Einer will das des anderen, aber der will nicht tauschen. Anja schickt sie los und trägt dem Großen auf, den Kleinen beim Kindergarten abzuliefern. Er mault und willigt erst ein, nachdem sie ihm ein Eis versprochen hat.

Als die Kinder weg sind, trinkt sie einen Kaffee, dann geht sie ins Einkaufszentrum. Es ist ihr Revier, sie kennt inzwischen jede Ecke. Wie eine Angestellte bewegt sie sich durch die Läden. Im Erdgeschoss gibt es einen Buchdiscounter, er gehört zu einer Kette, das Sortiment besteht aus Bestsellern und billig gemachten Sachbüchern zu populären Themen. Marco hat ihr vorgeschlagen, sich um eine Stelle zu bewerben, nur für ein paar Stunden in der Woche. Er scheint zu glauben, es würde ihr guttun. Aber Anja hat mit Büchern nichts mehr am Hut. Seit sie hier draußen wohnen, erscheint ihr das Lesen als Zeitverschwendung, erst recht das Fernsehen. Nur Musik hört sie noch dann und wann.

Sie mag das Provisorische der Gebäude im Gewerbegebiet, die nach wenigen Jahrzehnten abgerissen und durch neue ersetzt werden. Sie mag die aufgehäuften Waren, die seelenlosen, in Plastikfolie eingeschweißten Gegenstände. Stundenlang kann sie durch die Geschäfte gehen und die ausgestellten Dinge anfassen. Sie prüft den Stoff von Kleidern, riecht an ihnen, probiert sie an. In der Lebensmittelabteilung öffnet sie Verpackungen und stopft sich schnell etwas vom Inhalt in den Mund.

Die Kunden in den Geschäften wirken unvollständig, etwas scheint ihnen zu fehlen in dieser Umgebung, die keine ist. Anja nimmt sie nicht als Menschen wahr, auch nicht die Verkäuferinnen. Es ist ihr, als wäre sie unsichtbar. Wird sie doch einmal angesprochen, erschrickt sie und murmelt etwas, nein danke, ich schaue nur, und geht weiter.

Sie konzentriert sich auf ihre Schritte, bis diese nicht mehr selbstverständlich sind. Dann wird sie so empfindlich, dass sie die Ritzen zwischen den Steinplatten unter ihren Sohlen zu spüren meint. Wenn sie nach solchen Ausflügen nach Hause kommt, ist sie erschöpft und erträgt die Kinder kaum und schreit sie an wegen jeder Kleinigkeit.

Eine Zeitlang lebt Anja in einer Tannendickung, wo kaum Licht hinkommt. Nur das Moos auf dem Boden leuchtet in fluoreszierendem Grün. Seit Monaten ist sie unruhig, und dies ist der sicherste Ort. Wie ein krankes Tier hat sie sich zurückgezogen. Es fällt ihr jetzt schwer, jeden Tag zur Schule zu gehen, nur die Angst, entdeckt zu werden, lässt sie am Morgen aufstehen. Wenn Michaela fragt, ob sie nach der Schule zu ihr komme, schüttelt Anja den Kopf. Ganze Nachmittage liegt sie in ihrem Schlafsack unter einer alten Militärplane, die sie auf dem Flohmarkt gekauft hat. Der Boden unter ihr ist mit einer dicken Schicht von Tannennadeln bedeckt, aus der ein leises Knistern dringt. Es ist ein langer Winter gewesen, an einigen Stellen bleibt der Schnee bis spät im März liegen. Als er getaut ist, wagt Anja sich hinaus aus der Dickung. Sie richtet sich am Rand einer Lichtung ein, auf einem kleinen Stück sumpfiger Wiese mitten zwischen den Bäumen, das schwer zugänglich ist. Nur das Wild kommt hierher und manchmal ein Jäger. Eine Woche vor Ostern wird es endlich warm, und der Wald scheint sich von einem Tag zum anderen zu verwandeln.

Anja hört das Zwitschern der Vögel und aus der Ferne das leise Rauschen der Autobahn und schreiende Kinder, die durch das Unterholz brechen. Ein tieffliegendes Flugzeug nähert sich langsam, scheint eine Weile lang über ihr stillzustehen und entfernt sich. Der Wind frischt auf und lässt die letzten trockenen Blätter an den Bäumen rascheln, dass es klingt, als würde es regnen. Wenn Anja die Augen schließt, scheint der Raum sich zu erweitern, wenn sie sie öffnet, sind die Farben für einen Moment lang blass. Nur das Grün der Tannen ist kräftig und jenes des frischen Grases, das zwischen dem trockenen, vom Schnee zerdrückten hervorschaut. Alles ist lebendig hier, selbst im toten Holz wimmelt es von Lebewesen, von Pilzen und Käfern und Ameisen. Am entfernten Ende der Wiese gibt es einen Hochsitz, der knarrt im Wind.

Einmal, es ist schon wieder Herbst geworden, sitzt dort oben der Jäger. Anja ist aufgestanden, sie hat sich angezogen, hat sich die Zähne geputzt, als sie ihn plötzlich bemerkt. Vielleicht hat er ein Geräusch gemacht, oder sie hat gespürt, dass sie beobachtet wird. Er hat sein Gewehr nicht angelegt, trotzdem hat sie einen Moment lang Angst, er würde auf sie schießen. Dann weicht die Angst einem Gefühl von Sicherheit. Ruhig arbeitet sie weiter, verstaut ihre Sachen unter der Militärplane und schlägt sich ins Dickicht.

Der Mann kommt wieder. Eine Woche lang sitzt er jeden Morgen dort oben und beobachtet sie. Er muss wissen, dass sie ihn bemerkt hat, aber er gibt ihr kein Zeichen, und sei es ein Nicken oder ein kurzer Gruß mit der Hand. Sie genießt die Aufmerksamkeit, zugleich spürt sie, wie etwas kaputtgeht. Der Bann ist gebrochen. Eines Morgens ist der Jäger nicht da. Anja lebt noch eine Weile lang weiter wie zuvor, wartet darauf, dass er wiederkommt. Sie ist ungeduldig, fängt an, sich Gedanken zu machen. Zum ersten Mal langweilt sie sich im Wald, und das kalte Wetter setzt ihr zu. Sie spürt, dass sie nicht mehr lange durchhalten wird. Als sie wenig später entdeckt wird, ist sie fast erleichtert.

Ohne sich dessen recht bewusst zu sein, erwartet Anja den Jäger in der Buchhandlung. Obwohl sie sich nur aus der Entfernung gesehen haben, ist sie sich sicher, er wird sie, sie ihn erkennen. Plötzlich steht er da. Er trägt dunkelgrüne Hosen, eine Faserpelzjacke und einen komischen Hut. Das Gewehr hat er über die Schulter gehängt. Er sagt kein Wort, schaut sie nur an und lächelt. Das Lächeln ist liebevoll, aber gefährlich. Anja weicht zurück, versteckt sich hinter einem Bücherregal, wartet, bis er ihr folgt. Sie flieht vor ihm und lockt ihn immer tiefer hinein in die Dunkelheit der Regale, in Kellerräume voller Bücher, voller Kartons. Sie eilt durch ein Labyrinth von Gängen, die sie noch nie gesehen hat, von deren Existenz sie nichts geahnt hat. Der Jäger ist dicht hinter ihr. Er wird sie nicht entkommen lassen.

Anja lernte Marco kennen. Er kam von Zeit zu Zeit in den Laden, um Bücher zu bestellen über Regelungstechnik und Robotik. Sie kamen ins Gespräch, und irgendwann lud er sie zu einem Kaffee ein auf so hilflose Art, dass sie nicht nein sagen konnte. Er machte ihr den Hof, sie wusste längst, er würde sie irgendwann küssen, sie rechnete fest damit. Es brauchte ein paar Verabredungen, bis er es endlich wagte, danach ging alles schnell. Sie heirateten erst, als Anja schwanger wurde.

Kurz nach ihrem zehnten Hochzeitstag gestand Marco Anja eines Abends, er habe eine Freundin. Seit Wochen war er unruhig gewesen, leidend, und Anja war nicht wirklich überrascht. Die Gleichgültigkeit, mit der sie es aufnahm, machte ihn wütend. Sie nahm es ihm nicht übel, er musste seine Aufregung irgendwie loswerden und tat es, indem er ihr Vorwürfe machte, sie anschrie und sich gleich darauf entschuldigte und weinte und wieder schrie. Sei still, sagte sie nur, die Kinder.

Die Trennung verlief ohne Streit und böse Worte. Nur als Marco sie um Verzeihung bat, schüttelte Anja ungeduldig den Kopf. Sie behielt die Wohnung und die Kinder, Marco zog mit seiner neuen Freundin in der Stadt zusammen. Die Kinder verbrachten immer mehr Zeit mit ihrem Vater und verstanden sich mit seiner Freundin bald besser als mit Anja. Jedes Mal, wenn sie Marco die Kinder übergab, fragte er beiläufig, ob sie jemanden treffe. Er hoffte bestimmt, sie würde wieder heiraten, damit er ihr keine Alimente mehr bezahlen müsste. Anja hätte es ihm gegönnt, aber sie hatte kein Bedürfnis nach einem Mann oder nach Gesellschaft.

Einmal setzte sich der Ladendetektiv zu ihr an den Tisch. Es war, als bräche er ein stilles Abkommen, das zwischen ihnen bestanden hatte. Anja schüttelte irritiert den Kopf. Sie ließ ihren halbleeren Teller stehen und ging. Danach mied sie den Supermarkt eine Zeitlang.

Als Anja am Schulhaus vorbeikommt, sieht sie durch die großen Fenster in die Klassenzimmer, aber sie erkennt keines der Kinder. Sie geht durch das Gewerbegebiet. Der Himmel ist bewölkt.

Sie schaut sich die Auslage des Geschäfts für Haushaltsgeräte an, das direkt neben dem Erotikcenter liegt. Sie spürt die Blicke der Männer, die drüben ein- und ausgehen und sie zugleich anwidern und faszinieren. An der Fußgängerampel muss sie lange warten, obwohl sie auf den Knopf gedrückt hat. Lastwagen sind unterwegs, die neue Güter bringen, Autos, in denen die Musik so laut läuft, dass sie zu pulsieren scheinen. Hinter dem Zentrallager und den Werkgleisen ist ein kleiner Bach, an dem entlang ein Feldweg führt. Anja betrachtet die Wandmalerei auf der hohen Mauer, die das Gelände des Recyclingunternehmens umgibt, eine Urwaldszene. Manches ist nur angedeutet, grün und grau grundierte Flächen, ein hellblauer Himmel. Nur wenige Details sind ausgeführt, eine verfallene Tempelruine, ein paar riesige Bäume, ein Leopard, der aus der Wand heraus auf den Betrachter zuspringt. Der Maler scheint die Arbeit vor langer Zeit abgebrochen zu haben, an einigen Stellen ist das Bild von Graffiti verschmiert.

Der Weg endet an einem Bahngleis. Jenseits des Gleises liegt der Fußballplatz. Das Dröhnen der Mähmaschine weht herüber, und in der schwülen Luft liegt der Geruch von frischgeschnittenem Gras. Anja setzt sich auf die Wiese und schaut den Zügen nach, die vorüberfahren. Sie legt sich hin, schließt die Augen. Sie hat noch mehr als eine Stunde Zeit, bis sie die Kinder von der Schule abholen muss.

Sie steht vor einer Treppe, die steil nach oben führt. Sie rennt hinauf, kommt zu einer schweren, verbeulten Metalltür. Sie stemmt sich dagegen, die Tür schwingt auf, und sie steht in einem Hinterhof. Schnell, aber ohne Eile, geht sie weiter. Sie ist noch nie hier gewesen, trotzdem zögert sie keinen Moment, als würde sie den Weg kennen. Der Jäger ist dicht hinter ihr, sie schaut sich nicht um, aber sie spürt seine Präsenz, seine Nähe. Es ist früher

Morgen, kein Mensch ist auf der Straße. Erst jetzt fällt Anja auf, dass sie nichts hört, keinen Ton, es ist, als wäre sie taub. Der Weg führt durch ein Gewirr von Gassen. Irgendwann kommt Anja auf einen großen Platz. Sie geht bis in seine Mitte, bleibt stehen und schaut zurück. Da sieht sie den Jäger. Er ist aus einer der Gassen getreten und steht ebenfalls still. Langsam nimmt er das Gewehr von der Schulter, kniet nieder und legt an. Sein Gesicht ist starr vor Konzentration, sein Blick leer. Obwohl sie mindestens zwanzig Meter voneinander entfernt sind, sieht Anja den Finger am Abzug, der sich langsam krümmt, und dann das Mündungsfeuer und spürt im selben Moment einen heftigen, köstlichen Schmerz in der Brust und die Wärme ihres Blutes, als stiege sie in ein heißes Bad. Dann liegt sie am Boden, und der Jäger kniet an ihrer Seite. Er streicht ihr das Haar aus der Stirn. In seinen Augen sind Tränen. Er will etwas sagen, aber sie schüttelt nur lächelnd den Kopf. Es ist gut.

Eismond

ERST ALS ICH MEIN FAHRRAD ABSCHLOSS, wurde mir bewusst, dass etwas anders gewesen war als sonst. Zu Fuß ging ich zurück zum Eingang des Industriegeländes und sah die heruntergelassenen Blenden der Pförtnerloge. Ich hatte im Weihnachtsrummel vergessen, dass Biefer und Sandoz Ende des Jahres in Rente gehen würden. Vor einem Monat hatte jemand Geld gesammelt, um den beiden ein Abschiedsgeschenk zu machen. Ich hatte etwas gespendet, zwei Karten unterschrieben und dann nicht mehr daran gedacht. Jetzt tat es mir leid, mich nicht von ihnen verabschiedet zu haben.

Auf der Glastür des Pförtnerhauses klebte ein Plan des Geländes. Darunter war eine Liste von Telefonnummern für Notfälle, Feuerwehr, Polizei, Ambulanz und die Nummer der Verwaltung. In einer durchsichtigen Aktenhülle daneben steckte ein Brief des Verwalters. Er schrieb, er wünsche allen Mietern frohe Festtage und alles Gute für das neue Jahr. Der Brief war mit einer Clipart dekoriert, einem Tannenzweig und einer Kerze.

Früher hatten Hunderte von Menschen in der Fabrik gearbeitet, aber nachdem erst die Produktion und dann die Entwicklung ins Ausland verlagert worden waren, leerte sich das Gelände, bis nur noch die beiden Pförtner zurückblieben. Die Firma war in eine Holdinggesellschaft umgewandelt worden und bezog Büros in der Nähe des Bahnhofs. Die alten Backsteingebäude am Ufer des Sees standen eine Zeitlang leer und wurden dann Raum für

Raum vermietet. Im Laborgebäude arbeiteten jetzt Künstler, Architekten und Grafiker. Im Waaghaus hatte ein ehemaliger Fabrikarbeiter eine kleine Bar eröffnet, in der wir uns am Mittag trafen, um ein Sandwich zu essen oder um Kaffee zu trinken. In den Produktionshallen hatten ein Geigenbauer und ein Möbelschreiner ihre Werkstätten eingerichtet. Ein paar Start-ups hatten sich eingemietet, von denen niemand recht wusste, was sie machten. Manche Räume standen, kaum bezogen, schon wieder leer.

Die Lage des Geländes am See war spektakulär, und alle paar Monate war in der Zeitung von großartigen Projekten die Rede, von Luxuswohnungen, einem Spielcasino oder einem Einkaufszentrum. Aber nie fanden sich die nötigen Investoren. Wir hatten befristete Mietverträge, die regelmäßig verlängert wurden, wenn wieder ein Projekt sich zerschlagen hatte. Manchmal tauchte der Verwalter noch mit einer Gruppe von Herren in dunklen Anzügen auf. Wir sahen sie draußen herumstehen und mit großspurigen Handbewegungen ganze Gebäude abreißen und neue aufstellen. Der Pförtner, der gerade Dienst hatte, folgte der Gruppe in einiger Distanz über das Gelände und näherte sich nur, wenn eine Tür aufzuschließen war. Anfangs hatten diese Führungen jedes Mal zu wilden Mutmaßungen und Gerüchten geführt, aber inzwischen schien niemand mehr daran zu glauben, dass sich jemals etwas ändern würde.

Wenn ich am Morgen ins Büro kam, war immer schon einer der Pförtner da. Biefer saß meistens in der auf drei Seiten verglasten Loge, rauchte Pfeife und las Zeitung. Sandoz stand, auch bei der größten Kälte, draußen, die Hände in den Manteltaschen.

In der ersten Zeit hatten die beiden noch die Post verteilt, aber seit wir Briefkästen hatten, nahmen sie nur noch gelegentlich große Pakete in Empfang oder erklärten den Fahrradkurieren den Weg zu unseren Ateliers. Sie schrieben die Kennzeichen falsch geparkter Wagen auf, und manchmal sah man einen der beiden auf dem Gelände herumgehen, in einer Hand den riesigen Schlüsselbund, in der anderen einen Stock, mit dem er Abfälle aus den stillgelegten Gleisen kratzte. Meistens aber waren sie am großen Tor, das jetzt immer offen stand, und beobachteten stumm, wer das Gelände betrat und wer es verließ.

Man sah Biefer und Sandoz nie zusammen. Sie lösten sich um die Mittagszeit herum ab und schienen darauf zu achten, sich nicht zu begegnen. Am Anfang konnte ich sie nicht auseinanderhalten, obwohl sie unterschiedlicher nicht hätten sein können. Nur äußerlich waren sie sich ähnlich, beide waren klein und untersetzt und hatten spärliches Haar. Sie trugen blaue Kittel, Sandoz bei schlechtem Wetter einen schwarzen Mantel und einen Hut aus Kunstleder. Er stammte aus der französischen Schweiz und sprach, obwohl er schon seit mehr als dreißig Jahren hier arbeitete, mit starkem Akzent. Er war launisch, an manchen Tagen redete er ohne Unterbrechung, dann wieder sagte er kaum ein Wort und tat, wenn man ihn grüßte, als würde er einen nicht kennen. Biefer hingegen, der aus der Gegend kam, war fast übertrieben freundlich. Immer wenn ich ihn traf, erkundigte er sich nach meinen Kindern, die er ein- oder zweimal gesehen hatte. Wir sprachen über das Wetter, über Fußball und Lokalpolitik. Von sich selbst und seiner Familie sprach er selten. Seine Frau erwähnte er gelegentlich in einem Nebensatz, von seinen beiden Söhnen, die im Ausland lebten, erzählte er mir nur ein einziges Mal.

An einem kalten, nebligen Morgen vor vielleicht zwei Monaten hielt Biefer mich an. Ich hatte von weitem nur die dunkle Silhouette neben dem Pförtnerhaus gesehen und angenommen, es sei Sandoz. Erst als ich ganz nah war, erkannte ich Biefer. Ich winkte ihm zu, da hob er die Hand wie ein Polizist. Ich hielt mein Fahrrad neben ihm an, und er fragte, ob ich ihm bei einer Sache behilflich sein könne. Ich fragte, worum es gehe. Nicht hier, sagte er mit verschwörerischer Stimme und drehte sich um.

Ich war nie zuvor im Pförtnerhaus gewesen. Trotz der großen, etwas nach vorne geneigten Fenster wirkte der Raum gemütlich. Der kleine Ölofen verbreitete eine trockene Hitze, und es roch süßlich nach Pfeifenrauch. Biefer setzte sich an sein Pult und öffnete eine Schublade. Er zog eine abgegriffene Aktenmappe hervor und legte sie ungeöffnet vor sich hin. Dann stand er noch einmal auf und holte, ohne mich zu fragen, zwei Tassen dünnen Kaffee. Er reichte mir eine und zeigte auf einen Teller mit Gebäck, der vor ihm stand.

Honigkuchen, sagte er. Wenn man das mag.

Es gab nur einen Stuhl. Biefer hatte sich gesetzt, ich stand hinter ihm im Schatten und schaute auf seinen dicken Kopf hinunter, auf das strähnige graue Haar, zwischen dem die rosige Kopfhaut zu sehen war. Er stopfte sich eine Pfeife, aber er zündete sie nicht an. Er schien nicht recht zu wissen, wo er anfangen sollte. Mehrmals setzte er an, verhaspelte sich, hustete. Dazwischen winkte er immer wieder Leuten zu, die auf das Gelände fuhren. Er sagte, er sei ursprünglich Bäcker gewesen, aber dann habe er den Beruf wegen einer Mehlallergie aufgeben müssen. Er sei immer schon gerne gereist, Sport hingegen interessiere ihn nicht. Außer natürlich Fußball. Er sagte, er habe jung geheiratet. Das sei damals einfach üblich gewesen. Er bereue nichts. Das sagte er mehrmals. Er habe nichts zu bereuen.

Nachdem er noch eine Weile so weitergeredet hatte, begriff ich endlich, worum es ging. Ende des Jahres, wenn er in Rente ging, wollte Biefer nach Kanada auswandern und dort ein Bed & Breakfast eröffnen. Warum ausgerechnet nach Kanada?, fragte ich, aber Biefer ging nicht auf meine Frage ein. Er sprach vom Visumsantrag, den er schon vor Monaten gestellt hatte, von einem Punktesystem, in dem neben der Ausbildung und den Englisch- und Französischkenntnissen auch das Alter und das Vermögen eine Rolle spielten. Vor kurzem hatte er einen Brief von der kanadischen Botschaft in Paris bekommen, den er nicht verstand. Er sagte, er habe seit der Schule kein Französisch mehr gesprochen, und das sei fünfzig Jahre her. Seit einigen Monaten mache er einen Englischkurs, aber er sei wohl zu alt, um noch eine neue Sprache zu lernen. Er öffnete die hellbraune Aktenmappe, zog das oberste Blatt heraus und schloss die Mappe gleich wieder. Er reichte mir den Brief. In kompliziertem Juristenfranzösisch wurde der Gesuchsteller aufgefordert, zur Vervollständigung seines Dossiers eine aktuelle Liste seiner Vermögenswerte sowie die dazugehörigen Belege einzureichen, die alle vom selben Stichtag stammen müssten. Als ich Biefer erklärte, worum es ging, schien er erleichtert. Er bat mich, niemandem auch nur ein Wort von seinen Plänen zu sagen, am allerwenigsten Sandoz.

Ich hatte die Sache fast vergessen, als Biefer mich ein paar Wochen später wieder anhielt. Er machte ein geheimnisvolles Gesicht und winkte mir, ihm in die Pförtnerloge zu folgen. Es war kurz vor Weihnachten, auf dem Pult stand ein schütteres Gesteck aus Tannenzweigen, zwei silbrigen Christbaumkugeln und einer dicken Kerze, die nicht angezündet worden war. Daneben lag die hellbraune Aktenmappe. Biefer öffnete sie, zog ein Blatt heraus und reichte es mir strahlend. Sein Visumsantrag war genehmigt worden. Er dankte mir für meine Hilfe. Ich sagte, das sei nicht der Rede wert. Er zögerte, dann öffnete er die Aktenmappe noch einmal und ließ sie offen vor uns liegen. Zuoberst lag der rote Umschlag eines Fotolabors. Biefer zog einen Stapel Bilder heraus und legte sie vorsichtig nebeneinander auf den Tisch. Die Fotografien unterschieden sich kaum voneinander, auf allen war Wald zu sehen, niedrige Bäume und Buschwerk und manchmal im Vordergrund eine Schotterstraße. Biefers Hände schwebten über den Abzügen, er wirkte wie ein Wahrsager, der aus einem Spiel Karten die Zukunft zu lesen versucht. Das sei sein Land, sagte er endlich, in Nova Scotia. Er nahm Papiere aus der Aktenmappe und breitete sie vor uns aus, einen Kaufvertrag, einen Pass und ein Flugticket, Tourismusprospekte und Postkarten. Zuunterst in der Mappe lag die schlechte Kopie einer Katasterkarte, auf der ein unregelmäßig geformter See und einige Parzellen eingezeichnet waren. Eine der Parzellen war mit rotem Farbstift sorgfältig umrandet. In die Mitte des Grundstücks waren mit Bleistift zwei Rechtecke eingezeichnet, darunter sah ich die verschmierten Spuren ausradierter Entwürfe. Da werde er sein Haus bauen, sagte Biefer, ein Blockhaus mit zehn Gästezimmern und einem großen Aufenthaltsraum und im oberen Stockwerk seine Wohnung. Das kleine Rechteck sei die Garage.

Ich stand neben ihm und konnte sein Gesicht nicht sehen, während er mir von dem Projekt erzählte, aber seine Stimme klang begeistert und voller Energie. Das Grundstück habe er schon vor Jahren gekauft, sagte er, zehntausend Quadratmeter für dreißigtausend kanadische Dollar. Er habe zwar keinen direkten Seezugang, dafür liege das Grundstück an der Hauptstraße, was gut sei für das Geschäft. Ende Januar fliege er nach Halifax. Von da seien es zwei Stunden mit dem Auto. Er sei vor einem Jahr schon gewesen. Die Gegend sei wunderschön, etwas abgelegen zwar, aber mit großem Potential. Ein Paradies für Jäger und Angler.

Ich konnte mir Biefer nicht in den kanadischen Wäldern vorstellen. Er war bleich, sein Gesicht war aufgeschwemmt, und er wirkte nicht sehr gesund. Aber er schwärmte weiter von seinem Grundstück und von Nova Scotia. Die Gegend liege auf dem gleichen Breitengrad wie Genua, sagte er, im Sommer könne es über dreißig Grad warm werden. Der Winter sei allerdings kalt und schneereich. Baugenehmigungen seien leicht zu kriegen, sagte er, und das Benzin koste nur die Hälfte von dem, was man bei uns bezahle.

Ich fragte ihn, weshalb er mitten im Winter auswandern wolle, ob es ihm bei uns nicht kalt genug sei. Er sagte, so bleibe ihm genug Zeit, alles für die Touristensaison im Sommer vorzubereiten. Erst müsse ja der Wald gerodet werden und dann das Haus gebaut. Es sei viel zu tun. Er sagte, nach den Feiertagen komme die Umzugsfirma. Sein ganzer Hausrat werde in einen Container geladen und verschifft. Bis das Haus gebaut sei, müsse er die Sachen einlagern. Ich fragte ihn, wo er bis zur Abreise wohnen werde. Er schaute mich an, als hätte er daran noch gar nicht gedacht. Und Ihre Frau?, fragte ich. Was hält die von Ihren Plänen? Er sagte, das seien keine Pläne, das sei beschlossene Sache. Bevor ich ging, bat er mich noch einmal, niemandem etwas zu erzählen.

Als ich aus dem Pförtnerhaus trat, sah ich Jana, eine junge Künstlerin, die auf demselben Stockwerk wie ich ihr Atelier hatte. Sie fuhr mit dem Fahrrad auf mich zu, bremste im letzten Moment und kam nur wenige Zentimeter vor mir zum Stehen. Sie grinste mich an und fragte, ob ich jetzt den Pförtner mache. Warum nicht, sagte ich. Das wäre nicht der schlechteste Job. Nicht anstrengend. Und du hast ein festes Einkommen. Ein bisschen werde ich die beiden schon vermissen, sagte sie. Vor allem Albert.

Sie war von ihrem Fahrrad gestiegen und ging neben mir her zum Eingang des Laborgebäudes. Sie sagte, sie sei eine der Ersten auf dem Gelände gewesen. Damals habe noch nichts funktioniert, die Heizung sei dauernd ausgefallen und manchmal auch der Strom. Da habe sie oft mit den beiden Pförtnern zu tun gehabt. Albert habe ihr viel geholfen. Er sei ein unglaublich netter Mensch.

Das leere Pförtnerhaus hatte etwas Deprimierendes. Ich vermisste weder Biefer noch Sandoz, aber ich war immer froh gewesen, dass jemand da war, wenn ich am Morgen ins Büro kam, jemand, der das Tor aufschloss und Licht machte, jemand, der den Tag begann. Jetzt wirkte das Gelände ausgestorben, die Fassaden der alten Gebäude schienen noch abweisender als sonst, und in keinem der Fenster war Licht. Früher oder später würde das alles abgerissen werden, wir waren nur Gäste hier, unsere Tage waren gezählt, auch wenn wir uns benahmen, als wären wir die neuen Herren.

Der Geigenbauer parkte seinen Wagen. Ich wartete auf ihn vor dem Eingang, und wir plauderten ein wenig. Er fragte, ob ich mich wohlfühle hier, und ich sagte, das sei nur eine Zwischenstation für mich, irgendwann würde ich den Ort wohl verlassen. Er sagte, er werde bleiben, solange es gehe. So ein günstiges Atelier finde er nie wieder. Während wir noch redeten, kamen Jana und ein Journalist dazu, der erst vor wenigen Wochen im Stockwerk unter uns eingezogen war. Wir sprachen über Biefer und Sandoz. Der Journalist sagte, er habe die beiden nie auseinanderhalten können. Ich fragte, was wir ihnen eigentlich zum Abschied geschenkt hätten. Niemand wusste es.

Ich hatte mich zum Mittagessen mit einem Kunden verabredet. Es ging um den Bau einer Doppelgarage, mein erster richtiger Auftrag seit Monaten. Wir aßen in einem Restaurant im Zentrum. Als ich um zwei zurück aufs Gelände kam, fing der Nebel erst an sich aufzulösen. Ich ging hinunter zum Ufer des Sees und schaute hinaus auf das Wasser, das glatt und ganz klar war. Ich war plötzlich ziemlich sicher, ich würde nie wegkommen und bis ans Ende meiner Tage hierbleiben müssen und Garagen bauen und kleine Einfamilienhäuser, wenn ich Glück hätte, einen Kindergarten oder ein Mehrfamilienhaus. Wir alle würden hierbleiben, der

Geigenbauer, der Journalist, Jana und die anderen. Biefer war der Einzige, der es schaffen würde wegzukommen.

Jana saß allein in der Bar im Waaghaus und las Zeitung. Ich holte mir einen Kaffee und setzte mich zu ihr an den Tisch. Sie blätterte ein paar Seiten zurück, faltete die Zeitung in der Mitte und reichte sie mir über den Tisch.

Hast du das gesehen?, fragte sie und zeigte auf eine Todesanzeige.

Gertrud Biefer, las ich laut, nach langer schwerer Krankheit, die sie mit viel Geduld ertragen hat, ist unsere liebe Gemahlin, Mutter und Großmutter am 27. Dezember von uns gegangen. Die Beisetzung fand im engsten Familienkreis statt.

Das muss Alberts Frau sein, sagte Jana. Da steht sein Name. Und die zwei darunter, das sind bestimmt seine Söhne.

Sie sagte, es sei verrückt. Jetzt, wo er endlich Zeit gehabt hätte, das Leben zu genießen. Er habe oft von den Reisen erzählt, die er nach der Pensionierung machen wollte.

Er hat geplant, nach Kanada auszuwandern, sagte ich, aber erzähl es nicht weiter. Jana sagte, das könne sie sich nicht vorstellen, wo seine Frau so krank gewesen sei.

Ich bin sicher, sagte ich. Ich habe ihm mit den Papieren geholfen. Er hat mir den Brief der Botschaft gezeigt und Bilder von seinem Grundstück in Nova Scotia.

Jana sagte noch einmal, das könne sie sich nicht vorstellen. Ich sagte, sie solle ihn anrufen, wenn sie mir nicht glaube, aber sie sagte, es gehe uns eigentlich nichts an. Weißt du, wo er wohnt? Jana schüttelte den Kopf. Sie sagte, sie werde im Telefonbuch nachschauen und ihm eine Beileidskarte schicken.

Am nächsten Morgen war das Wetter so unfreundlich, dass ich zu Fuß ins Büro ging. Der Nebel war dicht wie fast jeden Morgen in dieser Jahreszeit, aber schon von weitem sah ich Licht im Pförtnerhaus. Die Blenden waren hochgezogen, und an der Theke saß Albert Biefer in seinem blauen Kittel. Er sah aus wie immer, nur rauchte er nicht, und er las auch nicht Zeitung. Ich winkte ihm. Er schaute geradeaus, als hätte er mich nicht bemerkt. Ich klopfte an die Scheibe, aber er reagierte noch immer nicht. Er hatte die Augen zusammengekniffen, und seine Mundwinkel waren hochgezogen. Es sah aus, als würde er grinsen oder gleich anfangen zu weinen. Ich winkte noch einmal. Als er wieder nicht reagierte, ging ich. Vielleicht eine Stunde später klopfte es an der Tür meines Büros. Jana stand draußen. Sie fragte, ob ich Albert gesehen habe.

Ich habe an die Scheibe geklopft, sagte ich. Es war, als sähe er mich nicht.

Jana meinte, wir sollten jemanden verständigen, einen Arzt oder die Polizei oder wenigstens die Verwaltung. Ich sagte, ich fände es besser abzuwarten. Er hat seine Frau verloren. Ich kann verstehen, dass er nicht zu Hause herumsitzen will.

Am Mittag im Waaghaus war Biefer das einzige Gesprächsthema. Alle hatten ihn gesehen und diskutierten, was zu tun sei. Der Raum war verraucht, nur wenn jemand kam oder ging, drang ein Schwall kalter Winterluft herein. Der Mann, der die Bar führte, hatte die Musik leiser gestellt und diskutierte mit. Er kannte Biefer am längsten von allen. Er sagte, er habe versucht, die Tür zum Pförtnerhaus zu öffnen, aber sie sei abgeschlossen. Im Notfall werde man sie aufbrechen müssen. Ich sagte nichts von Biefers Auswanderungsplänen, und als Jana etwas sagen wollte, machte ich ihr ein Zeichen und schüttelte den Kopf. Plötzlich rief jemand, da ist er, und zeigte aus dem Fenster. Draußen ging Biefer vorbei, mit schlurfenden Schritten, den Blick geradeaus. Er trug nur den dünnen Kittel, sein Gesicht war weiß vor Kälte. Einen Moment lang war es still, dann sagte der Journalist, jemand solle hinausgehen und versuchen, mit ihm zu sprechen. Wer kennt ihn am besten? Wir schauten uns gegenseitig an. Schließlich sagte Jana, sie werde es versuchen.

Wir standen am Fenster und schauten zu, wie sie neben Biefer herging und auf ihn einredete. Er sagte nichts, schaute geradeaus und ging einfach weiter. Nach einer Weile kam Jana zurück. Sie sagte, es habe keinen Sinn. Albert scheine sie gar nicht bemerkt zu haben. Der Journalist meinte, wir könnten nicht viel machen. Biefer sei ein freier Mensch. Niemand könne ihn zwingen, mit uns zu reden. Man könne allenfalls die Verwaltung verständigen. Aber alle waren sich einig, das sei keine gute Idee. Wir beschlossen abzuwarten. Etwas kleinlaut gingen wir zurück an die Arbeit.

Von nun an war Biefer jeden Tag da. Er saß die meiste Zeit an seinem angestammten Platz und ging nur manchmal über das Gelände. Jana versuchte noch ein paarmal, mit ihm zu reden. Schließlich gab sie es auf. Sie erzählte mir, die Beileidskarte sei von der Post zurückgeschickt worden mit dem Vermerk, der Empfänger sei ohne Adressangabe weggezogen. Wir verabredeten uns für einen der nächsten Abende beim Geigenbauer, von dessen Atelier aus das Pförtnerhaus am besten einzusehen war. Wir wollten Biefer abpassen und sehen, wohin er ging.

Der Geigenbauer öffnete eine Flasche Wein und trank mit uns ein Glas. Um sieben gab er uns den Schlüssel und sagte, er gehe nach Hause. Jana und ich setzten uns ans Fenster, tranken den Wein und schauten zum Pförtnerhaus hinüber. Wir hatten das Licht gelöscht, um besser sehen zu können und um nicht entdeckt zu werden. Obwohl wir uns schon eine ganze Weile kannten, hatten wir nie mehr als ein paar Worte miteinander gewechselt. Jetzt fing Jana an zu erzählen von ihrer Kindheit im Bergdorf und wie sie mit sechzehn weggegangen sei, um die Matura zu machen. Seither habe sie kaum noch Kontakt mit ihrer Familie. Sie fahre höchstens einmal im Jahr in ihr Dorf. Ihre Eltern könnten nichts anfangen mit ihrer Kunst, und dass sie mit einer Frau zusammenlebe, habe sie ihnen gar nie erzählt. Sie könne sich vorstellen, wie sie reagieren würden. Ich fragte, was für Kunst sie eigentlich mache. Sie sagte, das sei schwer zu erklären, aber ich könne sie gerne einmal im Atelier besuchen, dann zeige sie mir die Sachen. Wir waren schon ein bisschen betrunken. Jana lachte und sagte, wir sollten Albert zu einem Glas Wein einladen. Dann schwiegen wir und schauten aus dem Fenster. Der Mond war aufgegangen, er war fast voll und hell wie der Schnee. Sein Licht überstrahlte jenes der Scheinwerfer, die den verlassenen Platz beleuchteten. Im Schnee war ein verwirrendes Muster von Fuß- und Autospuren zu sehen. Drüben, im Fenster des Pförtnerhauses, brannte noch immer die kleine Lampe.

Hast du seinen Blick gesehen?, fragte Jana. Es sah aus, als wäre er mit seinen Gedanken weit weg. Ich frage mich, warum er ausgerechnet nach Kanada will, sagte ich. Hauptsache, man hat ein Ziel, sagte Jana.

Um elf stand Biefer auf und löschte das Licht. Dann geschah nichts mehr. Wir warteten eine Weile, aber als er nicht herauskam, gingen wir endlich nach Hause.

Der Januar war ungewöhnlich kalt in diesem Jahr. Am Ufer des Sees hatte sich Eis gebildet, das die Wellen zerbrach. Der Wind schob die Schollen übereinander zu wirren Landschaften von bezaubernder Schönheit. Der Schnee, der kurz nach Weihnachten gefallen war, blieb liegen und wurde kompakt und immer schmutziger. An manchen Stellen auf dem Gelände hatte er sich in eine dicke Eisschicht verwandelt. Wenn Biefer das Pförtnerhaus überhaupt noch verließ, ging er sehr langsam und fast ohne die Füße vom Boden zu heben.

Dann, eines Tages gegen Ende des Monats, war er verschwunden. Als ich am Morgen ins Büro kam, war kein Licht im Pförtnerhaus, und die Blenden waren heruntergezogen. Die Tür war nicht abgeschlossen. Ich öffnete sie vorsichtig und ging hinein. Es roch immer noch nach Pfeifenrauch, aber der Ofen war kalt. Ich brauchte einige Zeit, bis ich den Lichtschalter fand. Auch die Tür zum Hinterzimmer war nicht verschlossen. Der Raum war winzig. Auf dem Boden lag eine dünne Schaumstoffmatratze, sonst wies nichts darauf hin, dass jemand hier übernachtet hatte. Ich ging wieder nach vorne, zündete den Ölofen an und setzte mich ans Pult. Ich wartete, ich wusste nicht, worauf. Wenn ein Auto auf das Gelände fuhr, hob ich instinktiv die Hand und grüßte. Langsam wurde es wärmer. Es dämmerte, aber der Himmel war immer noch grau und undurchdringlich. Gegen zehn kam Jana. Ich winkte ihr, und sie stellte das Fahrrad ab und kam zu mir herein.

Ist er weg?, fragte sie.

Ich habe auf dich gewartet, sagte ich.

Sie stand hinter mir, wie ich vor einem Monat hinter Albert Biefer gestanden hatte. Sie legte mir eine Hand auf die Schulter. Ich drehte mich zu ihr um, und sie nickte mir zu. Erst jetzt, als hätte ich auf einen Zeugen gewartet, öffnete ich die Schublade. Ich war nicht erstaunt, die hellbraune Aktenmappe darin zu finden.

Siebenschläfer

DER MAI WAR DER SONNENÄRMSTE seit Messbeginn gewesen, seit hundertfünfzig Jahren, und der Juni fing nicht besser an. In der Scheune stand seit zehn Tagen ein Satz Salatsetzlinge, den Alfons wegen des dauernden Regens nicht hatte pflanzen können, und in drei Tagen kam schon der nächste. Das Kürbisfeld hätte er dringend jäten müssen, aber der Boden war so nass, dass der Traktor nur Schaden angerichtet hätte. Obwohl Alfons die Beete mit einem Vlies geschützt hatte, hatte die Bohnenfliege den größten Teil der Bohnen zerstört, und jetzt war es zu kalt, um neue zu stecken. Auch die Karotten würde er noch einmal aussäen müssen.

Als er um Mitternacht die Papiere mit einem Seufzer beiseitelegte, regnete es draußen. Als er am Morgen um sechs aufstand, regnete es noch immer. Nach dem Frühstück zog er Gummistiefel an und ging in den Obstgarten. Ratlos stand er unter den Apfelbäumen. Die Früchte waren schon so groß wie Walnüsse, aber die Bäume trugen schlecht, während der Blüte war es kalt gewesen, die Bienen hatten nur an wenigen Tagen ausfliegen können. Er ging zu den Bienenstöcken, hob den Deckel von einer der Holzkisten und betrachtete das Gewimmel. Die Bienen waren die einzigen Tiere auf seinem Hof, er hatte keinen Hund und keine Katze, nichts.

Er ging zum oberen Feld, wo er letztes Jahr einen zweiten Folientunnel aufgestellt hatte. Die Tomatenstauden waren grau vom Steinmehl, mit dem er sie bestäubt hatte, aber wenn es weiter so feucht bliebe, würde er Kupfer spritzen müssen, sonst ginge alles verloren. Die Paprikastauden waren mindestens zwei Wochen im Verzug, nur die Gurken wuchsen einigermaßen nach Plan. Er arbeitete eine Weile mit der Pendelhacke, obwohl er den Tunnel schon vor ein paar Tagen gejätet hatte. Wenigstens musste er so nicht untätig in der Stube hocken und daran denken, wie seine Kulturen zugrunde gingen.

Er fragte sich jetzt schon, wie er im November den Pachtzins zusammenkriegen sollte, die zwanzigtausend für das Land und die Betriebsgebäude. Er war froh, wenn er jeden Monat die Miete für das Haus bezahlen konnte. Den Betriebskredit hatte er mit dem Kauf der Setzlinge und einer neuen Walzensämaschine ausgeschöpft, die Bank würde ihm kaum ein höheres Limit gewähren. Im schlimmsten Fall würde er den Vater um Geld bitten müssen oder Kurt, seinen Bruder, der mit dem Vater zusammen den elterlichen Betrieb führte. Alfons konnte sich gut erinnern, wie die beiden reagiert hatten, als er ihnen gesagt hatte, er habe einen Hof auf dem Seerücken gefunden. Jemand, der Gemüse anbaute, war für sie kein Bauer. Ein Bauer hielt Tiere, produzierte Milch, ging im Sommer auf die Alp.

Alfons hatte Kühe nie gemocht. Als Kind hatte er Angst gehabt vor den riesigen, torkelnden Tieren, später störte ihn der Mist, den er hatte wegmachen müssen, der Gestank, der alles zu durchdringen schien. Sogar die Milch roch nach Kuhmist, die Butter und der Käse. Auch mit den anderen Tieren auf dem elterlichen Hof hatte er nicht viel anfangen können, mit den Hühnern, den Kaninchen, mit den Schweinen. Nicht einmal den Hund mochte er, den kleinen, aggressiven Appenzeller, der seine Abneigung zu spüren und zu erwidern schien. Alle drei Geschwister mussten im Stall mit anpacken, aber sogar Verena, seine Schwester, molk besser als er. Wann immer er etwas freie Zeit gehabt hatte, war er im Gemüsegarten der Mutter zu finden gewesen, wo er mit Hingabe arbeitete. Er liebte den Geruch der Erde, das würzige Aroma der Tomatenstauden und der Minze, das zarte, immer wieder andere des Komposts. Er schaffte es, Gemüsesorten zu ziehen, die sonst im rauen Voralpenklima nicht gediehen, Paprika und Auberginen, mit denen die Mutter nichts anzufangen wusste.

Nach dem Ende der Schulzeit half er dem Vater noch ein Jahr, bis Kurt die Lehre abgeschlossen hatte. Es war von Anfang an klar gewesen, dass der Bruder den Betrieb übernehmen würde. Die Eltern zuckten nur mit den Schultern, als Alfons sagte, er habe eine Lehrstelle bei einem Gemüseproduzenten am Bodensee gefunden.

Der Lehrbetrieb lag an einem leicht abfallenden Nordosthang. Alfons liebte die sanften Hügelzüge und den weiten Blick. Bei der Arbeit konnte er die riesige Wasserfläche sehen, die sich unter ihm ausbreitete und die bei jedem Wetter anders aussah. Wenn es klar war, konnte er bis nach Langenargen am deutschen Ufer sehen, aber am liebsten waren ihm die Tage, an denen Dunst lag über dem See und er kein Ende zu haben schien. So stellte sich Alfons das Meer vor, eine unendliche Weite, hinter der eine andere Welt begann, ein anderes Leben. Er hatte sich in dieser Landschaft vom ersten Tag an heimischer gefühlt als zu Hause.

Während der Lehre wohnte er im oberen Stockwerk des Verwaltungsgebäudes, ein schmuckloser Zweckbau, wo es ein paar einfache Zimmer gab. Die Toilette und die Dusche teilte er sich mit zwei kroatischen Arbeitern, mit denen er sich nicht schlecht verstand, aber außer bei der Arbeit keinen Kontakt hatte. Auch während der Blockkurse in der Landwirtschaftlichen Schule fand er keinen Anschluss. Er war von Anfang an der Außenseiter der Klasse gewesen. Die meisten seiner Schulkameraden stammten aus der Gegend, kamen von großen Betrieben, hatten Autos oder Motorräder und kleideten sich wie die Jugendlichen aus der Stadt. Sie machten sich über Alfons' Kleidung lustig und über seinen Dialekt, bis er nur noch das Nötigste sagte. Die Lehrer mochten ihn, er war ein guter Schüler, und auch in der praktischen Arbeit war er einer der Besten.

Nach der Lehre hatte Alfons noch eine Zeitlang in seinem Lehrbetrieb weitergearbeitet. Er wohnte immer noch im kleinen Zimmer über den Büros, obwohl er sich jetzt etwas Besseres hätte leisten können. Aber er brauchte keine Wohnung, er sparte, um sich seinen Traum zu erfüllen, einen eigenen Betrieb, auf dem er seine Ideen umsetzen könnte.

Vielleicht hatte er den Hof zu früh übernommen. Er war erst dreiundzwanzig, als er sich auf das Inserat meldete. Der Betrieb lag ebenfalls auf dem Seerücken, an der vom See abgewandten Seite, etwas außerhalb eines kleinen Dorfes. Ein Stück Wald gehörte dazu und zwölf Hektar Ackerland, gerade genug für einen allein. Er gehörte einem reichen Bauern aus dem Kanton Zürich, der ihn für seinen Sohn gekauft hatte, aber der hatte einen anderen Beruf gewählt, und so war der Hof frei geworden. Alfons fragte sich, weshalb ausgerechnet er als einer von den zwanzig Bewerbern die Pacht bekam. Vielleicht sah der Bauer in ihm den Sohn, den jungen Mann, der Träume hatte und sein Glück versuchte. Alfons' Vater half mit der Anzahlung. Sie unterschrieben den Vertrag im Wirtshaus und stießen mit einem Glas Wein darauf an. Jetzt brauchst du nur noch eine Frau, die dir den Betrieb zusammenhält, sagte der Zürcher. Alfons nickte vage und murmelte etwas.

Auch seine Eltern lagen ihm dauernd in den Ohren damit. Hast du eine Freundin? Wie sind die Thurgauerinnen? Gibt es bald Nachwuchs? Was machst du denn die ganze Zeit?, fragte sein Bruder. Du kannst doch nicht immer zu Hause hocken. So wird das nie was. Aber Alfons rechnete nicht in Wochen, Monaten oder Jahren. Er rechnete in Tagen, und jeden Tag sagte er sich, heute nicht, ich bin müde, ich muss noch die Zahlungen machen, die Sämaschine vorbereiten, nach den Bienen schauen. So waren fast unmerklich drei Jahre vergangen, ohne dass er etwas unternommen hatte, eine Frau zu finden.

Kurt hatte ein Mädchen geheiratet, mit dem er zur Schule gegangen war, Verena lebte seit Jahren in einer festen Beziehung, und es war eine Frage der Zeit, bis auch sie heiraten würde. Nur Alfons war allein. Er war Mitglied des Schützenvereins, aber der nahm keine Frauen auf. Im Turnverein wurde ihm zu viel getrunken und zu wenig geturnt, und in den Chor mochte er nicht gehen, obwohl er gerne sang. Einmal hatte er eine Veranstaltung der Landjugend besucht, aber dort hatten sich alle schon gekannt, und er hatte sich nicht wohlgefühlt. Manchmal ging er abends ins Wirtshaus, die Kellnerin gefiel ihm, aber er hätte nicht gewusst, wie er ihr das hätte sagen sollen unter den Augen des ganzen Dorfes. Und so wie sie aussah, wollte sie bestimmt nicht Bäuerin werden. Die meisten Abende verbrachte er zu Hause und rechnete. Er führte eine genaue Buchhaltung über jede Kultur, berechnete die Erträge, verglich sie mit jenen der Vorjahre und mit den Kennzahlen des Verbandes. Jeden Morgen und jeden Abend notierte er die Temperatur, den Luftdruck und die Luftfeuchtigkeit. Er erstellte Diagramme und beobachtete die Entwicklung des Wetters. Auch über seine Ausgaben führte er genau Buch, über den Heizöl-, den Wasser- und den Stromverbrauch. Was auch immer sich in Zahlen fassen ließ, schrieb er auf.

Gegen Mittag hörte der Regen auf, und aus dem trüben Grau formte sich eine dichte Decke kleiner Wolken. Alfons holte die

Salatsetzlinge in der Scheune und warf sie auf den Kompost. Es kam ihm vor, als würde er bares Geld wegwerfen, aber er hatte keine Wahl, es war sinnlos, mehr zu produzieren, als der Markt verlangte. In den Nachrichten sagten sie, das Wetter werde besser. Bis die Felder abgetrocknet sein würden und er mit dem Traktor hineinfahren könnte, würde es mindestens zwei oder drei Tage dauern.

Während er das Geschirr spülte, hörte er von draußen Motorenlärm. Er trocknete die Hände ab und schaute aus dem Fenster. Ein großer Lastwagen stand auf der Wiese des Nachbarn jenseits der Straße, und ein paar junge Männer rollten die Plane hoch. Dann verteilten sie sich, als suchten sie nach etwas.

Alfons trat vor das Haus und ging ein paar Schritte näher, dann erkannte er einen der Männer, Klemens, den Sohn des Zimmermanns, und ihm fiel ein, dass das die Leute vom Open Air sein mussten. Die Idee war im Winter entstanden und wochenlang das Gesprächsthema im Dorf gewesen. Die Landjugend wollte ein Open Air organisieren, ein Festival mit lokalen Bands, einer Wirtschaft und Spielen für die Kinder. Im Januar war Klemens vorbeigekommen. Er hatte sich als Präsident des Organisationskomitees vorgestellt und hatte Alfons gesagt, das Festival finde auf der Wiese unterhalb seines Hauses statt, ob sie Strom und Wasser von ihm beziehen könnten. Natürlich würden Zähler installiert, und alles würde korrekt abgerechnet. Es war Alfons nicht viel anderes übriggeblieben, als Ja zu sagen. Dann hatte er nichts mehr von den Organisatoren gehört und die Sache vergessen.

Er hatte sich gewundert, als sein Nachbar vor ein paar Tagen einen Teil der Wiese gemäht hatte, obwohl das Gras noch nicht hoch war. Dort stand jetzt der Lastwagen, und die Männer fingen an, Holz abzuladen. Alfons ging hinunter und fragte sie, wann das Open Air stattfinden würde. In zehn Tagen, sagte Klemens, am letzten Juniwochenende. Der Sonntag ist der Siebenschläfertag, sagte Alfons. Klemens fragte, was das bedeute, und Alfons erklärte es ihm. Er hatte die Geschichte im Bauernkalender gelesen. Am Siebenschläfertag waren nach einer alten Legende sieben Christen gefunden worden, die während der Römerzeit in einer Höhle eingemauert worden waren und zweihundert Jahre lang schlafend überlebt hatten. Der Tag kündigte nach einer Bauernregel das Wetter für die nächsten sieben Wochen an. Dann können wir ja nur hoffen, es wird bis dahin besser, sagte Klemens und wandte sich ab, um weiterzuarbeiten.

Alfons hackte den ganzen Nachmittag Unkraut auf dem Selleriefeld. Als er um sechs zurück zum Haus kam, war der Lastwagen verschwunden, aber im Gras lagen Stapel von Brettern und Balken. Die jungen Männer waren dabei, am unteren Ende der Wiese ein großes weißes Zelt aufzustellen. Sie arbeiteten, bis es dunkel wurde, dann machten sie ein Feuer und tranken Bier. Sie hatten einen CD-Spieler dabei, und Alfons hörte durch das geschlossene Fenster die entfernte Musik und das Lachen und Rufen der Männer. Erst nach Mitternacht wurde es still.

Am nächsten Tag kam ein Arbeiter von den Technischen Betrieben und legte improvisierte Strom- und Wasserleitungen von Alfons' Keller über die Straße bis hinunter zur Wiese. Alfons kannte ihn vom Schützenverein. Er bot ihm eine Tasse Kaffee an, und sie redeten ein wenig über das Open Air. Der Arbeiter sagte, er finde es gut, dass die jungen Leute etwas auf die Beine stellen würden, statt Drogen zu nehmen und Unsinn zu machen. Obwohl Alfons jünger war als manche der Organisatoren, sprach der Arbeiter zu ihm wie zu einem der Alten.

Die Männer mussten Urlaub genommen haben, sie kamen von jetzt an jeden Tag und arbeiteten vom frühen Morgen bis spät am

Abend. Sie zimmerten eine Bühne, umzäunten das Gelände und stellten ein zweites Zelt auf. Ein Toilettenwagen wurde gebracht, Kühlschränke und Waschtröge wurden installiert. Einmal stand ein Lieferwagen mit schwarzer Plane hinter der Bühne, und ein paar Männer in schwarzen T-Shirts montierten Scheinwerfer und Lautsprecher. Als Alfons nach dem Mittagessen auf dem Feld oben am Waldrand arbeitete, hörte er die Stimme eines Mannes. One, two, zählte sie immer wieder, ein schrilles Pfeifen war zu hören, dann wieder one, two, one, two, den ganzen Nachmittag lang.

Manchmal kam jemand vom Gelände herauf und bat Alfons um ein Werkzeug, um Heftpflaster oder eine Schubkarre, was gerade fehlte. Er holte das Gewünschte und sagte, es sei schon recht. Oskar, der Nachbar, erschien fast jeden Tag einmal auf der Wiese, um nach dem Rechten zu schauen. Er parkte seinen Subaru im Gras und schaute den Arbeitern zu, scherzte mit ihnen und packte mit an, wenn es nötig war.

Das Wetter war die ganze Woche über kühl, aber sonnig. Alfons konnte endlich die Bohnen stecken und mit den Maschinen auf die Felder. Am Abend war er müde, er las nur schnell die Wetterdaten ab und legte sich früh schlafen. Dann hörte er die Musik und die Stimmen der Männer, die nach der Arbeit ums Feuer saßen. Der Lärm störte ihn nicht, im Gegenteil, er hatte zum ersten Mal das Gefühl, Teil des Dorfes zu sein.

Am Freitagmorgen fing es wieder an zu regnen. Alfons arbeitete den ganzen Tag im Tunnel, nur mittags ging er kurz ins Haus, um zu essen. Er sah drei Männer und eine Frau, die aus einem weißen Minibus Instrumente ausluden und zur Bühne trugen. Als er am Abend von der Arbeit kam, waren am unteren Ende der Wiese schon ein paar kleine Zelte aufgestellt worden, und auf dem Gelände standen die ersten Besucher herum, die meisten trugen Regencapes, einige hatten Regenschirme aufgespannt. Vom improvisierten Parkplatz etwas näher am Dorf kamen kleinere und größere Gruppen von Leuten herauf. Im großen Esszelt brannte Licht, obwohl es noch nicht dunkel war. Die Tische waren zur Hälfte besetzt. Alfons überlegte kurz, ob er hinuntergehen solle, aber er war schon den ganzen Tag draußen gewesen und kochte lieber selbst etwas und aß im Haus.

Die Musik begann kurz nach sechs. Alfons hörte die Abendnachrichten, als sie plötzlich da war, so laut, als stünden die Musiker in seiner Stube. Er schaute aus dem Fenster. Vor der Bühne hatte sich trotz des Regens eine Menschenmenge gebildet. Was auf der Bühne vorging, konnte er von hier aus nicht sehen. Er setzte sich ans Fenster, öffnete es einen Spaltbreit und hörte eine Weile lang zu. Obwohl die Musik sehr laut war, war das Rauschen des Regens deutlich zu hören. Während der Umbaupause war es etwas stiller, und Alfons setzte sich an den Schreibtisch und stellte ein paar Berechnungen an, aber sobald die zweite Gruppe anfing zu spielen, konnte er sich nicht mehr konzentrieren, und er nahm wieder seinen Platz am Fenster ein. Inzwischen waren noch mehr Leute eingetroffen, die Wiese war ziemlich voll. Fünfhundert Personen, schätzte Alfons und multiplizierte die Zahl mit dem Eintrittspreis. Die Festwirtschaft würde einiges abwerfen, vielleicht auch die T-Shirts mit dem Logo des Open Airs. Er hatte keine Ahnung, was die Bands für ihren Auftritt bekamen, was die Anlage kostete. Das Baumaterial hatte vermutlich Klemens' Vater zur Verfügung gestellt, aber wenn man all die Arbeit berücksichtigte, die die Männer geleistet hatten, schaute am Ende bestimmt nichts heraus.

Es gab noch einmal eine Umbaupause, und eine dritte Band fing an zu spielen, noch lauter als die zwei vorigen. Inzwischen war es dunkel, und von der Bühne flackerte buntes Licht. Ganz vorne tanzten ein paar Leute. Das Publikum weiter hinten bewegte sich langsamer, wankte hin und her, als versuche es, auf bewegtem Untergrund das Gleichgewicht zu halten. Ganz hinten kamen und gingen die Zuhörer. Einige saßen trotz des Regens im Gras.

Alfons lag schon im Bett, als die Musik um Punkt eins verstummte. Ein langgezogener Gitarrenakkord war zu hören, ein letztes Aufbäumen des Schlagzeugs und dann etwas Applaus, der bald völliger Stille wich. Alfons stand noch einmal auf und schaute aus dem Fenster seines Schlafzimmers. Unter dem Dach der Bühne brannten jetzt zwei helle Strahler und leuchteten ins Publikum. Die Menge löste sich auf, die Besucher zogen zu den Zelten und zum Parkplatz. Ein leichter Dunst schien von den Leuten aufzusteigen, und Alfons musste an die Kühe seines Vaters denken, wenn sie dampfend auf der Wiese standen im Regen oder im Nebel.

Vor dem Toilettenwagen bildeten sich zwei Schlangen, und auf dem Zeltplatz waren die umherschweifenden Strahlen von Taschenlampen zu sehen. Auf der Straße stand ein Lieferwagen mit laufendem Motor und brennenden Scheinwerfern. Alfons sah die Band in den Wagen steigen und davonfahren. Er war froh, ein warmes Bett zu haben und nicht da draußen übernachten zu müssen.

Obwohl er so spät eingeschlafen war und es Samstag war, stand er um sechs Uhr auf. Er frühstückte, las die Daten der Wetterstation ab und spazierte dann zum Festivalgelände hinunter. Es regnete nicht mehr, aber der Himmel war bewölkt, es konnte jederzeit wieder anfangen. Der Eingang war unbewacht. Die Wiese hatte sich in einen Morast verwandelt, in der Nähe der Bühne war vom Gras kaum noch etwas zu sehen. Überall lagen Abfälle, leere Flaschen und Zigarettenschachteln. Alle schienen noch zu schlafen, nur im Esszelt waren zwei junge Frauen an der Arbeit. Sie begrüßten Alfons, und er fragte, ob es schon Kaffee gebe. In fünf Minuten, sagte die Jüngere der beiden, und die Brötchen sollten auch gleich da sein. Bist du nicht die Freundin von Klemens?, fragte Alfons und gab ihr die Hand. Jasmin, sagte sie. Ihr Vater hatte die Landmaschinenwerkstatt im Dorf, von ihm hatte Alfons die Sämaschine gekauft.

Hat dich die Musik nicht gestört gestern Nacht?, fragte Jasmin. Alfons zuckte mit den Schultern. Wenn ihr so weitermacht, kann Oskar hier am Montag Kartoffeln pflanzen. Sie lachte. Wie viele Leute waren das gestern?, fragte er, fünfhundert? Ich weiß es nicht genau, wir haben im Vorverkauf sechshundert Festivalpässe verkauft, aber ein Teil der Leute kommt wohl erst heute. Oder gar nicht, wenn das Wetter nicht besser wird. Habt ihr kein Stroh für die Wiese? Oskar hat versprochen, er bringt welches, sagte Jasmin, hoffentlich schafft er es, bevor die Leute aufstehen.

Klemens kam über die Wiese, in den Händen vier Papiertüten. Er grüßte Alfons und stellte die Tüten mit den Brötchen auf die Theke. Dann zog er ein weißes Plastikarmband aus der Tasche und reichte es ihm. Das wollte ich dir noch geben, falls du mal runterkommen willst. Aber du hast ja einen Logenplatz da oben. Oder hörst du lieber Volksmusik? Ich höre gar keine Musik, sagte Alfons und kam sich plötzlich wieder wie ein Außenseiter vor. Appenzeller Volksmusik, sagte Klemens lachend. Die andere Frau brachte eine Pumpkanne und füllte vier Plastiktassen mit Kaffee. Sie reichte Alfons eine davon und sagte, ich bin Lydia. Er bedankte sich. Das Gespräch stockte, alle tranken ihren Kaffee, jeder schaute in eine andere Richtung. Schließlich fragte Alfons Lydia, ob sie auch im Dorf wohne. Die Frage war ihm peinlich vor den beiden anderen. Klemens fasste sich an die Stirn und sagte, der Kopf tue ihm weh, er habe es gestern wohl etwas übertrieben. Er setzte sich auf eine der Festbänke. Jasmin trat zu ihm und streichelte seinen Kopf.

Ich bin Lehrerin, sagte Lydia, und als Alfons sie verständnislos anschaute, ich wohne in Weinfelden, aber ich arbeite hier. Ich bin die neue Lehrerin. Herr Tobler ist pensioniert?, fragte Alfons. Lydia nickte. Du führst den Hof da oben? Ja, sagte er, ich bin auch nicht von hier. Sie lachte und sagte, das hört man. Ich baue Gemüse an, sagte er, Biogemüse. Ich kaufe nur Biogemüse, sagte sie, fast nur. Wenn du bei der Landwirtschaftlichen Genossenschaft einkaufst, hast du bestimmt schon Sachen von mir gegessen, sagte Alfons. Lydia lächelte. Er wusste nicht, was er noch sagen sollte. Schließlich fragte er, was er schuldig sei. Das geht aufs Haus, sagte sie, und er bedankte sich noch einmal und ging.

Alfons kaufte ein, er bezahlte Rechnungen, schaute im Tunnel und bei den Bienenstöcken nach dem Rechten. Immer wieder musste er an Lydia denken. Sie war keine Schönheit, sie war klein und rundlich, ihr Haar war sehr kurz geschnitten, und sie hatte ziemlich viel Akne im Gesicht. Aber sie hatte eine nette Art und eine schöne, warme Stimme.

Am Mittag ging er wieder hinunter. Der Himmel war immer noch bewölkt, es war schwülwarm. Er zeigte dem Burschen am Eingang sein weißes Plastikarmband. Der bestand darauf, dass er es anziehe, und es gab eine lange Diskussion. Schließlich gab Alfons nach. Auf der Bühne spielte eine Band eine Mischung aus Rock und Volksmusik. Die Musik war viel weniger laut als gestern Abend, und Alfons stand eine Weile im verstreuten Publikum. Dann ging er zum Esszelt und holte sich eine Portion Makkaroni mit Tomatensauce. Er schaute sich nach Lydia um, aber sie war nicht da. Nach dem Essen ging er wieder hinauf zum Hof.

Am Nachmittag werkelte er an den Maschinen herum, als er plötzlich Lydias Stimme hörte. Ist jemand da? Alfons richtete sich auf und sah sie im Tor der Scheune stehen. Hier bin ich, sagte er und ging auf sie zu. Seine Hände waren ölverschmiert, und er machte ein entschuldigendes Gesicht. Lydia ergriff seinen Unterarm, schüttelte ihn und sagte, hallo, ich wollte nur mal vorbeischauen. Kann ich mich mit einem Kaffee revanchieren? Gern, sagte sie, ob er auch etwas anderes habe?

Alfons schrubbte sich die Hände im Trog, dann führte er Lydia ins Haus und schenkte zwei Gläser von seinem selbstgepressten Apfelsaft ein. Musst du nicht mehr arbeiten?, fragte er. Ich war in der Frühschicht, sagte sie. Stimmt. Alfons nickte. Alle wollten in die Spätschicht, sagte sie und lächelte. Aber ich bin gewohnt, früh aufzustehen. Ich stehe auch früh auf, sagte er. Ich dachte, nur die Milchbauern müssen früh raus. Mein Vater hat Kühe. Wenn man sich mal dran gewöhnt hat, kann man gar nicht mehr anders. Er schenkte nach, und sie tranken schweigend den Apfelsaft. Soll ich dir den Hof zeigen? Gern, sagte Lydia und stand auf.

Alfons war überrascht, wie viel Lydia wusste. Bei den Bienen fragte sie, ob er auch Probleme habe, sie habe gelesen, viele Bienenvölker seien krank. Ich habe Glück gehabt, sagte er, ich habe nur ein Volk verloren, und das war nicht wegen einer Krankheit. Die Königin muss alt gewesen sein. Sie haben noch eine nachgeschafft im Herbst, aber es war zu spät. Vermutlich gab es keine Drohnen mehr, um sie zu begatten. Im Frühling war der Stock leer. Ein paar einzelne Bienen schwirrten um ihre Köpfe, Lydia duckte sich, und Alfons verscheuchte die Tiere mit einer Handbewegung. Danke, sagte sie und lächelte.

Er wunderte sich, wie viel er zu erzählen hatte, während er sie herumführte. Er zeigte ihr den Obstgarten und die Gemüsefelder, sprach von biologischen Düngemitteln und von der Schädlingsbekämpfung. Die Bauern in der Ebene können ihre Felder mit Grundwasser bewässern, oder sie pumpen es aus der Thur, sagte er, aber ich habe kein Wasser hier oben. Nur das vom Hydranten, das ist zu teuer.

Die Musik war die ganze Zeit leise zu hören gewesen, ein Liedermacher sang für die Kinder, ein Komiker trat auf, und später spielte eine Gruppe mittelalterliche Weisen. Dazwischen gab es lange Umbaupausen, in denen Musik von CDs lief. Es fing wieder an zu regnen. Lydia fragte, ob Alfons mit essen komme. Wir können uns ja ins Zelt setzen.

Als sie nach einem Platz an einem der Tische Ausschau hielten, wurde die Musik plötzlich wieder laut, und die Leute standen auf und strömten zur Bühne. Während des Essens wechselten Alfons und Lydia nur wenige Worte, sie mussten schreien, damit sie sich verstanden. Es ist erstaunlich, schrie Lydia, im Dorf unten hört man fast nichts von der Musik. Kennst du diese Gruppe?, schrie Alfons zurück. Sie schüttelte den Kopf und schob ihm ein Programm zu, das auf dem Tisch lag. Er kannte keine einzige der Bands. Sie zeigte mit dem Finger auf einen Namen, beugte sich über den Tisch und sagte ganz nah an seinem Ohr, die hier will ich hören. Er las den Namen der Gruppe, Galgevögel, und zuckte mit den Schultern. Nie gehört.

Als sie fertiggegessen hatten, wollte auch Lydia zur Bühne, und Alfons folgte ihr. Sie schlängelten sich durch das Publikum, das noch nicht sehr dicht stand, bis ganz nach vorne. Er blieb immer hinter ihr. Die Band spielte irgendetwas Südamerikanisches, und Lydia fing an zu tanzen. Erst wiegte sie nur die Schultern und drehte den Kopf hin und her, als würde sie jemanden suchen, dann fing sie an, die Hände zu verdrehen, die Arme, sie machte kreisende Bewegungen mit dem Becken wie eine Bauchtänzerin.

Lydia war eine der wenigen, die tanzten, aber das schien sie nicht zu stören. Ihre Bewegungen hatten etwas Fließendes, sie wirkten natürlich und unangestrengt. Es war, als würde sie die anderen anstecken, nach einer Weile tanzten alle um Alfons herum, nur er stand da und fühlte sich immer unwohler. Er war froh, als die Band ihr letztes Stück gespielt hatte und unter Applaus die Bühne verließ. Lydia drehte sich zu ihm um und nahm ihn an der Hand und zog ihn aus dem Gewühl. Ihr Gesicht und ihr Haar glänzten vom Regen und von der Anstrengung. Da, wo das Publikum weniger dicht stand, ließ sie seine Hand los, und sie gingen nebeneinander zum Esszelt. Ich habe Durst, sagte sie und wischte sich mit der Hand den Schweiß von der Stirn. Es war immer noch warm.

Kaum fing die nächste Gruppe zu spielen an, wollte Lydia wieder nach vorn. Sie zeigte auf Alfons' Stiefel und sagte, kein Wunder, so kannst du natürlich nicht tanzen. Ihre Füße steckten in von Dreck verklebten Flip-Flops. Er zögerte kurz, dann zog er die Stiefel und die Socken aus, stellte sie neben die Theke und folgte ihr. Er schaute sich unsicher um, aber alle waren mit sich selbst beschäftigt, niemanden schien seine Anwesenheit zu stören. Lydia fing sofort wieder an zu tanzen. Das Gedränge vor der Bühne war jetzt dichter, und Alfons wurde immer wieder von Leuten angestoßen. Schließlich fing er selbst an, sich zu bewegen, erst nur um auszuweichen, dann in einer Art Tanz, einem Hin- und Hertorkeln im Rhythmus der Musik. Vielleicht war es das Bier, das ihn lockerer machte, vielleicht die einbrechende Dunkelheit. Es war ihm egal, als er in der Nähe Klemens und Jasmin sah, die ebenfalls tanzten, und er schloss die Augen und hob das Gesicht zum Himmel und spürte die feinen Regentropfen und den Morast, in dem seine nackten Füße versanken.

Während der nächsten Umbaupause blieben sie vor der Bühne stehen, ohne viel zu reden. Dann kam die Gruppe, die Lydia hatte hören wollen, vier Männer um die fünfzig. Sie sind seit zehn Jahren nicht mehr zusammen aufgetreten, sagte Lydia, der eine ist beim Fernsehen, der da. Es war keine Tanzmusik, aber viele im Publikum schienen die Lieder zu kennen, sangen mit und tanzten, so gut es eben ging. Alfons stand dicht hinter Lydia. Während einer Ballade lehnte sie sich an ihn, und er legte seine Hände um ihre Taille und spürte ihre Bewegungen. *Blib no do*, sangen die Männer, *chasch mi doch so nöd verlo*. Als Alfons sich umschaute, sah er Jasmin, die ihn anlächelte und ihm zunickte, und er lächelte auch.

Sie blieben bis zum Ende. Dann gingen sie zum Festzelt und tranken ein Bier. Überall standen Leute herum und diskutierten und lachten. Alfons fand seine Stiefel wieder, er trug sie in der Hand und verließ mit Lydia das Festivalgelände. Am Eingang stand niemand mehr, und er riss sich das weiße Plastikarmband ab. Er schaute auf den Boden, der voller Müll war, dann steckte er das Armband in die Tasche. Du bist nicht mit dem Zelt hier?, fragte er, als sie oben an der Straße angekommen waren. Vom Parkplatz weiter unten war das Knallen von Autotüren zu hören und Motorenlärm, der sich entfernte und dann ganz erstarb. Nein, sagte Lydia. Ich habe es mir überlegt, aber als die Wetterprognose so schlecht war, hatte ich keine Lust. Und jetzt musst du noch nach Hause fahren? Geht das? Das letzte Bier hätte ich vielleicht nicht trinken sollen, sagte Lydia und lächelte ihn an. Sie schwiegen beide. Also dann, sagte sie endlich und legte eine Hand auf seinen Oberarm, da schaffte er endlich auszusprechen, woran er schon den ganzen Abend gedacht hatte. Wenn du willst, kannst du bei mir übernachten. Ich habe Platz genug. Lydia sagte sofort ja und hängte sich bei ihm ein, und sie gingen zusammen hoch zum Haus.

Vor dem Haus wuschen sie sich die Füße im Brunnentrog.

Lydia hielt sich an Alfons fest. Ich bin ein bisschen betrunken, sagte sie, gut, dass ich nicht mehr fahren muss. Morgen ist der Siebenschläfertag, sagte er. Wenn es da regnet, dann regnet es sieben Wochen lang. Sind die Siebenschläfer nicht längst wach?, fragte Lydia. Es ist nur eine Bauernregel, sagte Alfons, aber sie stimmt in zwei Dritteln der Fälle. Es hat irgendetwas mit dem Jetstream zu tun. Dann wollen wir hoffen, morgen wird ein schöner Tag, sagte sie und drückte seinen Arm.

Alfons stand vor dem Schrank in seinem Schlafzimmer und nahm frische Bettwäsche heraus und ein Handtuch. Als er sich umdrehte, stand Lydia dicht hinter ihm. Mach dir wegen mir keine Mühe, sagte sie und nahm ihm die Sachen aus der Hand. Ich brauche kein eigenes Bett. Er wusste nicht recht, was sie damit sagen wollte. Er zwängte sich an ihr vorbei und führte sie ins Gästezimmer, das fast nie benutzt worden war und das ihm als Büro diente. Ich hoffe, der Computer stört dich nicht. Er fing an, das Bett zu beziehen. Lydia half ihm dabei und lächelte ihm wieder zu.

Alfons zeigte ihr das Bad und fragte, ob sie eine Zahnbürste brauche oder sonst etwas. Hättest du ein T-Shirt für mich?, fragte sie, meine Sachen sind total verschwitzt. Während sie duschte, setzte er sich an den Computer und rief seine Mails ab. Er erwartete keine Nachrichten, aber der Gedanke, in Lydias Zimmer zu sein, beglückte ihn. Plötzlich stand sie hinter ihm, legte ihm eine Hand auf die Schulter und bat ihn noch einmal um ein T-Shirt. Sie hatte sich ins Handtuch gewickelt. Alfons führte sie in sein Schlafzimmer und öffnete den Schrank und sagte, such dir etwas aus. Sie kramte in seinen Sachen, zog T-Shirts heraus, hielt sie vor sich hin und schnitt alberne Grimassen. Sogar eine seiner sauber gefalteten Boxershorts nahm sie heraus und machte eine Bemerkung. Alfons nahm sie ihr aus der Hand, faltete sie zusammen und legte sie zurück in den Schrank. Schließlich entschied sich Lydia für ein weißes T-Shirt, auf dem *Der Schreiner – Ihr Macher* stand. Sie drehte sich um und ließ das Handtuch fallen, so dass sie ganz nackt vor ihm stand. Er betrachtete ihren Rücken und ihre Schultern, auf denen ein paar Wassertropfen zu sehen waren. Er hatte schon die Hand gehoben, um sie wegzuwischen, als Lydia sich das T-Shirt über den Kopf zog und sich gleichzeitig umdrehte. Für einen Moment sah er ihre Brüste, die kleiner waren, als er sie sich vorgestellt hatte. Er musste daran denken, wie Kurt ihm das Melken beigebracht hatte. Er hatte ihm gezeigt, wie er das Euter vor dem Anschließen der Melkmaschine massieren musste. Nicht so zimperlich, hatte er gesagt, stell dir vor, es sind die Brüste einer Frau. Zehn oder zwölf Jahre alt war Alfons damals gewesen, der Ratschlag hatte ihm nicht viel geholfen, im Gegenteil. Willst du nicht auch duschen?, fragte Lydia. Ja, klar, sagte er, obwohl er normalerweise am Morgen duschte.

Auf dem Boden des Badezimmers lagen Lydias Kleider. Alfons hob sie hoch und strich mit der Hand über den feinen, etwas feuchten Stoff. Dann faltete er sie zusammen und legte sie auf den Deckel der Toilette. Nach dem Duschen zog er seinen Pyjama an und trat aus dem Bad. Lydia stand im Flur, als habe sie auf ihn gewartet, in der Hand eine Flasche Bier. Ich habe mich selbst bedient, sagte sie und hielt ihm die Flasche hin. Er nahm einen großen Schluck und reichte sie ihr zurück. Hast du nichts zum Rauchen hier?, fragte sie. Ich rauche nicht, sagte er, tut mir leid. Du bist doch Gemüsebauer, sagte Lydia und lachte. Ob er nicht von dem Bauern gehört habe, der mitten in seinem Maisfeld eine Hanfplantage eingerichtet habe. Die Polizei habe die Pflanzung dank Luftbildern entdeckt. Das sei ganz in der Nähe gewesen. Ich nehme keine Drogen, sagte Alfons. Er wünschte sich plötzlich, er hätte Lydia nicht zu sich nach Hause eingeladen. Ich auch nicht, sagte sie verstimmt. Sie trank die Flasche mit ein paar Schlucken leer, reichte sie Alfons und sagte, sie werde doch zu Hause übernachten, sie sei gar nicht müde und um diese Zeit seien bestimmt keine Polizeistreifen mehr unterwegs. Sie zog das T-Shirt aus, warf es auf den Boden und ging ins Bad. Er folgte ihr und schaute zu, wie sie sich anzog. Erst als sie fertig war und ihn anschaute, sah er, dass ihre Augen feucht waren. Da trat er auf sie zu und wischte mit dem Daumen die Tränen weg und küsste sie, erst auf die Stirn, dann auf den Mund. Geh nicht, flüsterte er, geh noch nicht.

Der letzte Romantiker

DIE GANZE LEKTION ÜBER war Michael nicht richtig konzentriert gewesen. Sara hatte sich gesagt, es sei wegen der Hitze oder der bevorstehenden Sommerferien. Als er zum fünften Mal denselben Fehler machte, unterdrückte sie ihren Ärger und sagte, das hat keinen Sinn, du bist wohl schon mit dem Kopf am Strand. Da drehte er sich zu ihr und schaute sie mit großen Augen an, es sah aus, als finge er gleich an zu weinen. Das kommt schon, sagte Sara, legte ihm die Hand auf die Schulter und stand auf. Michael senkte den Blick und murmelte, er werde nach den Sommerferien nicht mehr in den Klavierunterricht kommen. Deswegen musst du doch nicht gleich aufgeben, sagte Sara, es ist noch kein Meister vom Himmel gefallen. Das ist nicht der Grund, sagte Michael. Seine Eltern hätten gesagt, er könne nicht schwimmen und Klavier spielen, sonst komme die Schule zu kurz. Er stand mit hängenden Schultern neben dem Klavier. Es tut mir leid. Wegen einer Stunde pro Woche?, sagte Sara. Wie oft gehst du zum Schwimmtraining? Vier-, fünfmal, sagte Michael, aber das Üben. Sara lachte spöttisch. Du übst doch kaum, gib es zu. Eben, sagte Michael. Vielleicht ist Clementi einfach nicht das Richtige für dich. Willst du lieber etwas Modernes spielen? Etwas Rockiges? Michael senkte den Kopf, und sie standen sich einen Moment lang stumm gegenüber, dann packte der Junge seine Noten ein und streckte der Klavierlehrerin die Hand hin. Auf Wiedersehen, Frau Wenger, und schöne Ferien. Ich rufe deine Eltern an, sagte Sara.

Es war die letzte Unterrichtsstunde an diesem Nachmittag. Sara begleitete Michael nicht wie sonst hinaus in den Flur. Sie setzte sich an das Klavier und wartete, bis sie die Wohnungstür hinter ihm zufallen hörte. Dann fing sie an zu spielen, den ersten Satz von Rachmaninows *Zweitem Klavierkonzert*, an dem sie schon seit zwei Jahren arbeitete. Die acht Akkorde am Anfang waren wie Schläge, je lauter und wuchtiger sie wurden, desto mehr verflog Saras Wut, es war, als würde sie in der Musik aufgehen, sich in Musik verwandeln. Dann fielen die Streicher ein und trugen sie davon. Sie sah sich auf der Bühne des Konzertsaals im Stadthaus sitzen, mit geschlossenen Augen, und die Musik floss durch sie hindurch ins Publikum, das mit höchster Konzentration zuhörte. Mitten im Takt brach sie ab. Sie saß heftig atmend da, ohne an etwas zu denken. Nachdem sie sich beruhigt hatte, ging sie in den Flur und rief bei Michael zu Hause an. Niemand nahm ab.

Das ist doch nicht dein erster Schüler, der aufgibt, sagte Victor und faltete die Noten zusammen. Aber mein Bester, sagte Sara. Er hat Talent. Wenn er lieber Sport treibt, sagte Victor. Klavier spielen ist nicht cool. Das Wort klang seltsam aus dem Mund eines Sechzigjährigen. Er möchte schon, sagte Sara, aber seine Eltern verbieten es ihm. Ich versuche es noch einmal. Sie wählte die Nummer wohl schon zum zehnten Mal seit diesem Nachmittag. Als Michaels Vater abnahm, wusste sie erst gar nicht, was sie sagen sollte. Er hörte ihr geduldig zu, dann sagte er mit freundlicher Stimme, es tue ihm leid, aber Michael müsse sich auf ein Hobby konzentrieren. Sie können ihn nicht einfach so aus dem Unterricht nehmen, sagte Sara heftig, das nächste Semester müssen Sie auf jeden Fall bezahlen. Der Vater sagte, er habe mit der Verwaltung der Musikschule gesprochen, alles sei geregelt. Musik ist kein Hobby, sagte Sara. Sie wich Victors Blick aus, der den Kopf schüttelte und beschwichtigend die Hände hob und senkte. Schwimmen kann jeder Idiot. Frau Wenger, unterbrach sie Michaels Vater, wir sind Ihnen dankbar für alles, was Sie für Michael getan haben, aber die Sache ist entschieden.

Sara ließ das Telefon sinken und schaute Victor entgeistert an. Er hat einfach aufgehängt. Komm, sagte Victor, trink ein Glas Wein. Er ging voraus in die Küche, nahm eine offene Flasche Weißwein aus dem Kühlschrank und zwei Gläser, als wäre er hier zu Hause. Schwimmen!, sagte Sara und schüttelte verständnislos den Kopf. Die rasieren sich den ganzen Körper. Victor lächelte und nahm einen Schluck Wein. Die Kinder bestimmt nicht. Der wird noch von mir hören, sagte Sara, das lasse ich mir nicht gefallen. Wohl um sie abzulenken, fragte Victor, ob sie mit dem Rachmaninow vorankomme. Ich arbeite daran, sagte sie, aber er ist sauschwer. Hast du beim Musikkollegium angefragt? Sie schüttelte den Kopf. Die wollen bekannte Namen, jemand wie ich hat da keine Chance. Versuch es doch wenigstens, sagte Victor, wir haben kürzlich die Sponsoringverträge erneuert, da habe ich deinen Namen fallenlassen. Und?, fragte Sara. Der Chefdirigent hat gesagt, du sollest dich bei ihm melden. Du musst ihn von mir grüßen. Victor trat zu ihr und legte ihr eine Hand auf die Schulter. Sie mochte diese kleinen freundschaftlichen Berührungen und strich kurz über den Ärmel seines Jacketts. Wann fliegst du? Übermorgen, sagte er, die Hand immer noch auf ihrer Schulter. Ich bin todmüde, sagte Sara. Pass auf dich auf. Victor trank sein Glas im Stehen aus und wünschte ihr schöne Ferien. Sara sagte nichts mehr. Zum Abschied küssten sie sich auf die Wangen.

Die Luft im Klavierzimmer war abgestanden, die gelben Vorhänge waren halb zugezogen, und es war schummrig. Sara goss den Philodendron, der sich an der Zimmerdecke entlangzog, und besprühte die Blätter mit einem Blattglanzspray. Sie hatte die Pflanze vor Jahren von einer Schülerin übernommen, die mit ihren Eltern nach Amerika ausgewandert war. Philodendren reinigten die Luft, hatte die Schülerin behauptet, sie nähmen Formaldehyd auf und andere Raumgifte. Die formlose Pflanze mit ihren Luftwurzeln, die sinnlos ins Leere hingen, kam Sara vor wie ein Sinnbild ihres Lebens, langsam wuchernd bildete sie ein Blatt nach dem anderen, ohne die Aussicht, diesem Raum jemals zu entkommen.

Am Nachmittag telefonierte sie mit der Verwaltung der Musikschule und verlangte, mit dem Schulleiter zu sprechen. Sie schilderte ihm die Situation und beklagte sich darüber, dass man Michael einfach so gehen lasse. Der Schulleiter sagte, er kenne den Fall nicht, aber wenn der Junge nicht motiviert sei, habe es keinen Sinn, ihn zum Unterricht zu zwingen. Sie haben doch genug Schüler, sagte er. Darum geht es nicht. Michael hat Talent, es wäre eine Schande, wenn er jetzt aufhören würde. Regen Sie sich nicht auf, sagte der Schulleiter. Wir haben absolut keine Handhabe, das wissen Sie doch selbst.

Sara rief Michaels Klassenlehrer an. Der fertigte sie noch kürzer ab als der Musikschulleiter. Als sie fragte, wie Michaels Leistungen seien, sagte der Lehrer, er sei nicht berechtigt, ihr darüber Auskunft zu erteilen, sie solle sich an die Eltern wenden. Was ein Schüler in seiner Freizeit mache, sei ihm egal, Hauptsache er mache es mit Begeisterung.

Wütend blätterte Sara im Telefonbuch, als wäre darin jemand zu finden, der ihr helfen könnte.

Alle ihre Freunde schienen die Stadt verlassen zu haben, und so war Sara die nächsten Wochen über meistens daheim und übte den Rachmaninow oder las. Sie hatte keine Lust, alleine auszugehen, außerdem war es ihr zu heiß. Einmal kam eine Postkarte von

Michael. Er hatte ihr noch nie zuvor geschrieben, und sie verstand es als einen Hilferuf, obwohl nur ein paar belanglose Sätze auf der Karte standen. Sie entwarf Briefe an seine Eltern, wütende, sachliche, flehende, die sie alle verwarf. Im Internet fand sie die Trainingszeiten von Michaels Club. Am Nachmittag ging sie ins Schwimmbad. Sie war seit Ewigkeiten nicht mehr da gewesen. In der Schule hatte sie mehr schlecht als recht schwimmen gelernt. Ein paarmal war sie während der Zeit am Konservatorium mit ihren Kommilitonen am See gewesen, aber sie hatte nicht verstanden, was der Reiz daran war, sich halbnackt in der Öffentlichkeit zu zeigen. Und das Wasser war ihr ohnehin immer zu kalt.

Sie betrachtete sich im Spiegel in der Garderobe. Ihr einteiliger Badeanzug war hoffnungslos aus der Mode, der Stoff war ganz spröde geworden, die Farben waren ausgeblichen. Sie wickelte sich das Badetuch um die Taille, um nicht ganz so ausgestellt zu sein. Dann trat sie mit unsicheren Schritten hinaus in die blendende Sonne. Das große Becken war voller Menschen, aber es waren keine Bahnen abgetrennt. Sara wandte sich an den Bademeister, der am Beckenrand stand. Der Schwimmclub trainiere in der Halle, sagte er, ohne sie anzuschauen, und blies in seine Trillerpfeife, um einige Kinder zurechtzuweisen.

Im Hallenbad war es noch wärmer als draußen und stiller. Der Chlorgeruch erinnerte Sara an ihre Schulzeit, an ihren Sportlehrer, der sich lustig gemacht hatte über die wasserscheuen Kinder. Sie hatte den Schwimmunterricht so sehr gehasst, dass sie davor jedes Mal Bauchschmerzen bekam. Aber irgendwann hatte die Mutter sie durchschaut und sie trotzdem hingeschickt. Das Becken war leer bis auf zwei Bahnen, auf denen ein halbes Dutzend Kinder hin- und herschwammen. Ein Mann in kurzen Hosen und T-Shirt schrieb mit Kreide ein paar Zahlen und Buchstaben auf eine Schiefertafel, es schien eine Art Code zu sein. Sara ging zu ihm hin und fragte ihn, ob er der Trainer von Michael Bernold sei. Ja, sagte er und streckte ihr die Hand hin. Er ist in den Ferien. Ich bin … ich war seine Klavierlehrerin, sagte Sara und schüttelte dem Mann die Hand. Sie kam sich nackt vor und schaute kurz an sich herab. Im Neonlicht der Halle wirkte ihre Haut grünlich, und in ihrem Ausschnitt entdeckte sie einen entzündeten Pickel. Er spielt Klavier?, fragte der Trainer. Er ist talentiert, sagte Sara, aber er hat aufgehört, weil er zu viel Zeit für das Schwimmtraining braucht. Zu viel, wiederholte der Trainer ausdruckslos. Das ist meine Meinung, sagte Sara. Ich hasse das Wort Talent, sagte der Trainer. Am Ende hat der Erfolg, der am meisten trainiert. Das habe ich ihm auch immer gesagt. Sara lächelte. Was verstehen Sie unter Erfolg? Einen Moment bitte, sagte der Trainer. Er ging zur Tafel, wischte die Zahlen und Buchstaben weg und schrieb neue darauf. Die Kinder, die am Ende der Bahn gewartet hatten, schwammen wieder los. Es sah aus, als würden sie an Seilen durch das Wasser gezogen, so schnell kamen sie vorwärts und so unangestrengt wirkten ihre Bewegungen. Der Trainer trat wieder zu Sara und zeigte auf ein Mädchen, das an ihnen vorbeischwamm. Lea zum Beispiel hat ein tolles Wassergefühl. Schauen Sie, wie sie sich bewegt. Aber wenn sie drei, vier Tage nicht trainiert, ist das weg, und ich kann wieder von vorne anfangen. Was verstehen Sie unter Erfolg?, fragte Sara noch einmal. Hauptsache, sie haben Spaß, sagte der Trainer. Michael hat den Winner-Instinkt. Er trainiert hart. Wenn er weniger trainieren würde, hätte er wieder Zeit für das Klavierspielen, sagte Sara. Können Sie nicht mit ihm reden? Der Trainer lächelte unkonzentriert und schüttelte den Kopf. Nein. Ich muss jetzt arbeiten. Sara blieb noch einen Moment stehen und schaute den schwimmenden Kindern zu. Dann ging sie um das Becken herum, legte das Handtuch ab und stieg die Treppe hinunter, bis ihr das Wasser bis zum Bauch reichte. Sie blickte zum Trainer hinüber, aber der beachtete sie nicht.

Sara war froh, als das Wetter endlich umschlug und es kühler wurde. Jeden Tag nahm sie sich vor, den Chefdirigenten anzurufen und sich mit ihm zu verabreden, aber dann schob sie es hinaus, sagte sich, er sei ohnehin in den Ferien oder sie müsse diese oder jene Stelle noch besser beherrschen. Victor schrieb regelmäßig Mails aus Madeira, an die er Bilder anhängte von roten Felsenklippen und exotischen Pflanzen. Er schien sich zu langweilen in seinem luxuriösen Hotel. Manchen Mails merkte Sara an, dass er sie betrunken geschrieben hatte, sie waren voller Tippfehler. Sie antwortete kurz, es sei nichts los, das Wetter sei schlecht, sie übe viel. Nach zwei Wochen veränderte sich etwas im Ton von Victors Mails, er schrieb immer noch regelmäßig, aber es klang jetzt, als tue er es nur noch aus Pflichtgefühl. Vielleicht hat er eine Bekanntschaft gemacht, dachte Sara. Der Gedanke brachte sie auf. Seltsamerweise war sie auf seine Frau nie eifersüchtig gewesen, und auch nach seiner Scheidung hatte sie nie mehr von ihm gewollt als die wöchentlichen Treffen, die Gespräche und seine Freundschaft. Aber es tat ihr weh, sich vorzustellen, dass er eine Geliebte haben könnte, eine Frau, die mehr Rechte hätte als sie.

In der zweitletzten Sommerferienwoche rief Sara endlich die Geschäftsstelle des Musikkollegiums an. Sie schilderte dem Mann am Telefon ihr Anliegen. Er versuchte sie abzuwimmeln, sagte, sie würden ausschließlich mit Agenturen zusammenarbeiten, mit international bekannten Künstlern. Ich könnte ja mal nach einer Probe vorbeikommen und dem Dirigenten etwas vorspielen, sagte sie. Zehn Minuten, das ist doch nicht zu viel verlangt. Er ist sehr beschäftigt, sagte der Mann am Telefon. Schließlich blieb Sara nichts anderes übrig, als ihre Beziehungen spielen zu lassen und Victors Namen zu erwähnen. Der Mann am Telefon schwieg einen Moment, dann sagte er mit beleidigter Stimme, er werde mit dem Chefdirigenten sprechen und sich dann wieder melden.

Die nächsten Tage übte Sara noch mehr als sonst. Manchmal wiederholte sie eine Stunde lang die immer gleichen Takte, bis ihr die Finger wehtaten. Am Donnerstag rief der Mann vom Musikkollegium an. Sie verstand seinen Namen wieder nicht und traute sich nicht nachzufragen. Er war kurz angebunden und sagte, sie könne dem Chefdirigenten morgen nach der Probe vorspielen, um halb eins, sie solle pünktlich sein.

An diesem Nachmittag spielte sie das ganze Konzert in einem Stück durch. Zum ersten Mal bemerkte sie, dass ihrem Spiel jeder Glanz und jeder Ausdruck fehlte. Sie brauchte ihre ganze Kraft und Konzentration, um die technischen Schwierigkeiten zu meistern, und noch nicht einmal das gelang ihr. Sie machte Fehler, viele Fehler. Wie verblendet sie die ganzen Jahre gewesen war. Schon damals am Konservatorium hatte sie das Konzertdiplom nicht machen können, weil sie nicht gut genug gewesen war, und seither war sie nicht besser geworden. Vielleicht hatte der Schwimmtrainer recht und das Talent spielte keine Rolle, aber ihr fehlte auch die Begeisterung, die Energie, das, was er den Winner-Instinkt genannt hatte.

Am liebsten wäre Sara gar nicht zum Vorspielen gegangen, aber das konnte sie Victor nicht antun. Und vielleicht war sie ja zu selbstkritisch. Auch das gehörte zu einer guten Künstlerin, dass sie nie zufrieden war mit dem, was sie erreicht hatte. Am Abend trank sie ein paar Gläser Wein und war plötzlich wieder ganz zuversichtlich.

Sara war viel zu früh beim Stadthaus. Der Hintereingang war abgeschlossen, und sie wartete vor der Tür. Obwohl es ein kühler Tag war, trug sie einen Rock. Sie hatte lange überlegt, was sie anziehen sollte, sogar das bonbonfarbene Kleid, das sie an der Hochzeit ihrer Schwester getragen hatte, hatte sie kurz aus dem Schrank gezogen. Schließlich hatte sie sich für einen knielangen Wickelrock mit Schottenmuster und eine cremefarbene Bluse entschieden. Sie fröstelte und knetete ihre Hände, die langsam klamm wurden. Endlich öffnete sich die Tür, und schwatzende, lachende Musiker strömten heraus, einige mit Instrumentenkästen. Sara erkannte eine Oboistin, die mit ihr das Konservatorium besucht hatte, aber die Frau erwiderte ihren Gruß nicht. Sara trat in den Empfangsraum, wo noch einige Musiker herumstanden und sie musterten.

Sie erkannte den Dirigenten sofort, obwohl er eine Strickjacke trug und ausgebeulte Cordhosen. Er trat sehr selbstsicher auf sie zu und streckte ihr die Hand hin, ohne seinen Namen zu nennen. Sara war erstaunt, wie jung er aussah, bestimmt war er jünger als sie. Er führte sie ins Solistenzimmer, einen kleinen Raum, in dem außer einem Flügel und einem Notenständer nur ein Tischchen und eine scheußliche schwarzweiße Designerliege standen, die sie an den Behandlungsstuhl ihres Gynäkologen erinnerte. Die Jalousien waren geschlossen, zwei Leuchtstoffröhren verbreiteten ein kühles, diffuses Licht.

Der Dirigent setzte sich auf die Liege und streckte die Beine aus, seine Haltung hatte etwas Obszönes. Während Sara die Noten aus ihrer Mappe zog und den Klavierschemel zurechtrückte, fragte er, auf was für einem Instrument sie zu Hause spiele. Ich habe nur ein Klavier, gab Sara zu. Lieber ein gutes Klavier als ein schlechter Flügel, sagte der Dirigent, waren Sie kürzlich im Konzert? Sara dachte nach. Die *Ceremony of Carols* von Britten hatte sie gehört, aber das war Jahre her. Ich komme nicht so oft ins Konzert, wie ich möchte, sagte sie, ich unterrichte auch an manchen Abenden. Der Dirigent runzelte die Stirn und fragte, was ihre Verbindung zu Victor sei. Er nimmt Klavierstunden bei mir, sagte sie, schon seit Jahren. Wir sind befreundet. Ich muss Ihnen nicht sagen, wie dankbar wir sind, dass seine Firma uns so großzügig unterstützt, sagte der Dirigent, aber das darf meine Entscheidung natürlich nicht beeinflussen. Also, lassen Sie mal hören. Er schaute auf die Uhr.

Es lief besser, als ich erwartet hatte, sagte Sara. Und was hat er gesagt?, fragte Victor. Die Telefonverbindung war schlecht, seine Worte klangen abgehackt und wurden immer wieder unterbrochen von kurzen Momenten der Stille. Er werde sich bei mir melden, sagte Sara, und dann noch einmal deutlicher, er wird sich bei mir melden. Ich verstehe dich ganz schlecht, sagte Victor, aber wir sehen uns ja in einer Woche. Bis dann.

Sara hatte es nicht fertiggebracht, Victor die Wahrheit zu sagen. Dass der Dirigent sie schon nach wenigen Minuten mit den Worten unterbrochen hatte, das habe keinen Sinn. Er war zu ihr ans Klavier getreten, hatte ihre Noten genommen und hineingeschaut, als wollte er sehen, was sie da gespielt hatte. Dann reichte er ihr das Heft und hielt ihr einen kleinen Vortrag über Rachmaninow, den letzten Romantiker, wie er ihn nannte. Seine Freundlichkeit und seine Geduld waren vielleicht die größte Beleidigung, er sprach mit ihr wie mit einem Kind, das getröstet werden muss. Er sagte, sie habe sich da ein sehr schwieriges Stück ausgesucht, für das ihre Fähigkeiten einfach nicht ausreichten. Sie solle es doch einmal mit einfacheren Sachen probieren. Und was Auftritte angehe, so könne er sich durchaus vorstellen, dass sie in einem Alters- oder einem Pflegeheim ein dankbares Publikum finde. Allerdings nicht mit dem Rachmaninow, sagte er lachend, sonst kriegen die alten Leutchen einen Herzinfarkt. Sara lächelte und ließ sich vom Dirigenten zur Tür begleiten und sich alles Gute wünschen.

Zu Hause saß sie bestimmt eine Stunde am Klavier und wurde immer wieder von Weinkrämpfen geschüttelt, bis ihr die Kehle wehtat. Sie trank in der Küche einen Schluck Wasser vom Hahn. Die Noten warf sie auf das Altpapier.

Zehn Tage später kam Victor wieder in die Stunde. Sara sagte, es wird nichts mit dem Auftritt. Er schien zu spüren, dass sie nicht darüber reden wollte, und fing an, von seinen Ferien zu erzählen. Nach der Stunde setzten sie sich in die Küche, und Victor zeigte ihr die Fotos von Madeira. Sie mussten die Köpfe nahe zusammenstecken, um auf dem kleinen Display der Digitalkamera etwas zu erkennen. Victor hatte seinen Arm beiläufig um Saras Schulter gelegt. Und, hattest du einen Ferienflirt?, fragte sie. Er rückte von ihr ab, sah sie erstaunt an und fragte, wie sie darauf komme. Also hattest du einen. Schau, sagte er, ich habe mein Leben, und du hast deins. Wir sind Freunde, aber das heißt nicht, dass ich dir alles erzählen muss. Sara spürte, wie ihr Tränen die Wangen herunterliefen. Du bist dumm, sagte sie, du bist so schrecklich dumm. Victor streichelte ihre Schultern und redete beschwichtigend auf sie ein, aber sie stand auf und sagte mit kalter Stimme, er solle gehen. Such dir eine andere, die du ausnutzen kannst. Er versuchte sie umzustimmen, aber dabei machte er die Sache nur schlimmer.

Nachdem er gegangen war, saß Sara noch eine Weile lang am Klavier. Unentschlossen drückte sie ein paar Tasten, aber die Töne schienen ihr falsch, und keine Melodie wollte sich bilden. Schließlich rückte sie den Klavierschemel zur Wand, stieg darauf und begann sorgfältig die Bastschnüre zu lösen, mit denen sie die

Ranken des Philodendron festgebunden hatte. Es dauerte lange, bis sie alle Befestigungen gelöst hatte und die Pflanze in einem Haufen neben dem Klavier lag. Als sie sie mit der Gartenschere in kleine Stücke schnitt, kam es ihr vor, als würde sie ein empfindungsfähiges Wesen töten, aber nachdem sie das Grün in Mülltüten gesteckt und diese an die Straße gestellt hatte, war sie trotzdem erleichtert.

Der Koffer

KAUM HAT HERMANN DIE LISTE auf das ungemachte Bett gelegt, nimmt er sie wieder in die Hand. Er hat schon vergessen, was er eben gelesen hat. Toilettenartikel. Er geht ins Bad, sammelt Rosmaries Sachen zusammen, die Olivenölseife, die sie letztes Jahr in Südfrankreich gekauft hat, ihre Haarbürste, Zahnbürste und Zahnpasta, das Deodorant. Er weiß nicht, welches der vielen Shampoos sie benutzt, und packt aufs Geratewohl eines ein. Was noch? Eine Nagelschere. Den Nagellack stellt er nach kurzem Zögern zurück. Er geht ins Schlafzimmer, holt den kleinen Lederkoffer vom Schrank und legt den Waschbeutel hinein. Dann schaut er wieder auf die Liste. Genügend Unterwäsche. Er steht vor dem geöffneten Schrank und kramt in Rosmaries Unterwäsche, weiße Knäuel, die ihn an die Blüten der Pfingstrosen im Garten erinnern. Er hat das Gefühl, etwas Unrechtes zu tun. Was heißt genügend? Er weiß nicht, wie lange Rosmarie im Krankenhaus bleiben muss, er ist froh, wenn sie überhaupt zurückkommt. Pyjama oder Nachthemd. Er geht durch die Wohnung auf der Suche nach ihren Hausschuhen. Dann fällt ihm ein, dass er die Hausschuhe gesehen hat, als Rosmarie auf der Bahre lag und die Sanitäter sie hinaustrugen. Sie hingen an ihren Füßen wie an Haken. Er hatte einen Moment lang daran gedacht, ihr Schuhe anzuziehen. Nicht einmal die Post hätte sie in Hausschuhen geholt. Feste Turnschuhe, falls Physiotherapie vorgesehen ist. Er weiß nicht, was die Ärzte mit Rosmarie vorhaben. Nur schon bei der Vorstellung, sie könnte Turnschuhe tragen, muss er lächeln. Vorläufig ist an solche Therapien nicht zu denken. Die Ärzte haben sie in ein künstliches Koma versetzt und ihren Körper auf dreiunddreißig Grad hinuntergekühlt. Sie haben sie kalt gemacht, daran muss er seit gestern immer denken.

Er schaut auf die Uhr. Jetzt wird sie operiert. Ein erweitertes Blutgefäß im Gehirn, hat einer der Ärzte ihm nach stundenlangen Untersuchungen gesagt und ihm den Eingriff erklärt. Dann hat er ihm eine Broschüre des Krankenhauses in die Hand gedrückt und ihn nach Hause geschickt. Ruhen Sie sich aus. In der Broschüre ist ein Grußwort des Chefarztes, eine Karte des Geländes, ein Zugfahrplan und sonst noch einiges an Informationen. Ganz hinten hat Hermann die Liste gefunden. Bitte bringen Sie am Eintrittstag Folgendes mit.

Niemand hat ihm sagen können, wie es weitergeht, niemand scheint es zu wissen. Hermann schaut auf die Liste. Hilfen wie Brille oder Hörgerät inkl. Batterien. Rosmarie braucht keine Hilfe. Wenn jemand Hilfe braucht, dann er. Seit Jahrzehnten hat er keinen Koffer gepackt. Sogar seine Militärsachen hat Rosmarie immer eingepackt, als er noch Dienst leisten musste, und das ist dreißig Jahre her. Wenn er in der Truppenunterkunft seinen Spind einräumte, fand er jedes Mal eine Tafel Schokolade zwischen der Wäsche. Er geht in die Küche, aber er findet keine Schokolade. Seit er unter Diabetes leidet, versteckt Rosmarie die Süßigkeiten. Lesestoff, Briefpapier, Schreibsachen. Auf dem Nachttisch liegen drei Bücher aus der Bibliothek. Er liest die Titel und die Namen der Autoren, die ihm nichts sagen. Er selbst ist kein Leser. Auf den Büchern liegt Rosmaries Lesebrille. Er packt alles ein. Weil er das Etui der Lesebrille nicht findet, wickelt er sie in ein Taschentuch und steckt sie in den Waschbeutel. Der Koffer ist nur halb voll. Hermann legt eine Strickjacke dazu und ein paar Zeitschriften, die er im Wohnzimmer gefunden hat, und schließt den Koffer sorgfältig.

Im Café gegenüber dem Eingang sitzen Patienten mit ihren Angehörigen. Manche tragen Bademäntel, an die Tische gelehnt stehen Stöcke, einer zieht ein Infusionsgestell auf kleinen Rädern hinter sich her. Seit Jahren ist Hermann nicht im Krankenhaus gewesen, aber an den Geruch kann er sich sofort wieder erinnern. Hinter dem Café gibt es einen kleinen Kiosk. Er kauft eine Tafel Schokolade, obwohl er weiß, dass Rosmarie sich nicht viel daraus macht. Es ist das Einzige, was er tun kann, ein Liebesbeweis. Blumen sind ihm zu demonstrativ. Blumen schenkt man, wenn ein Kind geboren wird und alle es wissen sollen. Er kann sich an Sträuße erinnern im Krankenhausflur. Wie Trophäen sahen sie aus in ihren Vasen. Die Schokolade wird Rosmarie in ihrem Nachttisch aufbewahren. Sie wird an ihn denken wie an etwas Verborgenes, hier, wo alles sonst öffentlich ist, ausgestellt im hellen Licht der Leuchtstoffröhren. Hermann öffnet den Koffer ein wenig, um die Schokolade zwischen Rosmaries Wäsche gleiten zu lassen, dabei springt der Deckel auf, und alles fällt auf den polierten Steinboden. Er kniet nieder, rafft die Sachen zusammen und stopft sie so schnell wie möglich wieder in den Koffer. Er blickt sich um, als täte er etwas Verbotenes. Der Mann mit der Infusion schaut mit ausdruckslosem Gesicht zu ihm herüber. Die Kleider, die Hermann mit viel Mühe zusammengelegt hat, sind zerknittert.

Der Portier erklärt ihm den Weg zur Intensivstation. Die Stationen hier sind mit unterschiedlichen Farben markiert, das soll die Orientierung erleichtern. Die Intensivstation ist blau, Gelb steht für die Klinik für Kinder und Jugendliche, die Urologie und die Frauenklinik sind grün, die Chirurgie ist violett. Hermann versucht, einen Sinn in den Farben zu erkennen, aber es gelingt ihm nicht. Nur das Rot der Kardiologie leuchtet ihm ein.

Er steht an Rosmaries Bett. Ihr Kopf ist verbunden und ihr Körper an Maschinen angeschlossen, sie wird künstlich beatmet, hat eine Magensonde und einen Blasenkatheter. Medikamente werden ihr über Schläuche direkt ins Blut verabreicht. Ihre Arme und Beine werden gekühlt, um die Körpertemperatur tief zu halten. Sie ist nackt bis auf eine Art weiße Schürze, die an den Seiten offen ist und die sie kaum zu bedecken vermag. Ihr Gesicht hat einen seltsam schlaffen Ausdruck. Hermann steht neben dem Bett und starrt sie an, er mag ihr nicht einmal die Hand auf die Stirn legen, so fremd kommt sie ihm vor. Einzig ihre Hände mit den lackierten Fingernägeln sind ihm vertraut. Manchmal hört er vom Flur einen Alarm. Es klingt, als schlüge eine Pendeluhr die Stunde.

Der Arzt sagt, er müsse noch einmal operieren, einen Bypass legen. Er macht ein ernstes Gesicht, aber er sagt auch, Rosmarie habe Glück gehabt. Wäre sie eine halbe Stunde später eingeliefert worden. Er spricht den Satz nicht zu Ende. Hermann kann sich den Rest denken. Wir hoffen das Beste, sagt der Arzt. Haben Sie noch Fragen? Nein. Hermann schüttelt den Kopf. Es ist ihm, als hätte das alles nichts mit ihm und Rosmarie zu tun. Der Arzt verabschiedet sich mit einem Kopfnicken und einem Blick, der wohl aufmunternd sein soll. Die Schwester sagt, Frau Lehmann brauche nichts, es sei ihr lieber, wenn er den Koffer wieder mitnehme, dann könne auch nichts wegkommen. Er solle die Sachen bringen, wenn seine Frau die Intensivstation verlassen könne. Sie gibt ihm einen Fragebogen zu den Vorlieben und Gewohnheiten der Patientin. Seine Antworten würden helfen, sie besser zu betreuen, sagt sie, reicht ihm einen Stift und führt ihn ins Wartezimmer. Er liest die Fragen durch. Gehört die Patientin einer Religion an? Wie praktiziert sie diese? Mag die Patientin Musik? Und wenn ja, welche? Welche Geräusche mag die Patientin, welche machen ihr Angst? Welche Gerüche sind der Patientin angenehm? Er denkt an die Seife aus Olivenöl. Und welche mag sie nicht? Was ist ihre Lieblingsfarbe? Hat sie Einschlafrituale? An welchen Körperstellen empfindet sie Berührungen als angenehm?

Er geht durch die Flure, vorbei am Empfang und am Café und hinaus in den kalten Winternachmittag. Die Haltestelle liegt zwischen dem Krankenhaus und dem See. Hermann sieht einen Zug abfahren. Der nächste wird erst in einer halben Stunde kommen. Er könnte zu Fuß nach Hause gehen, in einer Stunde müsste es zu machen sein, aber er hat die Fahrkarte schon gelöst, und er ist müde, die letzte Nacht hat er kaum geschlafen. Er drückt den Knopf *Halt auf Verlangen* und setzt sich auf die schmale Bank. Den Koffer hat er neben sich auf den Boden gestellt. Er betrachtet den See. Etwa hundert Meter vom Ufer entfernt wechselt die Farbe des Wassers plötzlich von einem hellen Blau zu einem dunklen Grün. Auf dem Uferweg gehen ein paar Wanderer vorbei. Sie bleiben bei einem Wegweiser stehen und schauen zurück. Als der Zug endlich kommt, ist Hermann durchgefroren.

Er ist nicht oft in der Bibliothek gewesen. Nur manchmal hat er Rosmarie begleitet, oder er hat ihre Bücher zurückgebracht, wenn er ohnehin in die Stadt hinuntermusste. Trotzdem begrüßt ihn die Bibliothekarin mit Namen. Sie nimmt die Bücher in Empfang und fragt, ob sie Rosmarie gefallen hätten. Hermann ist erstaunt, dass sie seine Frau beim Vornamen nennt. Ja, sagt er, ich glaube schon. Ich habe das neue Buch von Donna Leon für sie beiseitegelegt, sagt die Bibliothekarin und nimmt es von einem kleinen Gestell auf Rollen, das neben ihrem Schreibtisch steht. Ich habe ihr versprochen, sie kriege es als Erste. Sie stempelt ein Datum auf einen Zettel, der hinten im Buch klebt. Dann erst

scheint sie Hermanns Koffer zu bemerken und fragt, ob er weg-
fahre? Ja, sagt er, er hat keine Lust, Fragen zu beantworten. Die
Bibliothekarin sagt, sie könne das Buch auch hierbehalten, wenn
er es nicht mitnehmen wolle. Ich bin nicht lange weg, sagt er und
nimmt ihr den Roman mit einer schnellen Bewegung aus der
Hand. *Wie durch ein dunkles Glas.* Die Bibliothekarin sagt etwas
vom Unruhestand, sie lacht. Hermann bedankt sich und geht.

Draußen hat es zu dämmern begonnen. Er dreht sich noch einmal um, und als er sieht, wie die Bibliothekarin ihm durch die
Glastür nachschaut, geht er in Richtung Bahnhof davon. Unterwegs trifft er einen seiner Nachbarn. Die Familie ist erst vor zwei
Jahren eingezogen, der Mann arbeitet bei einer Versicherung, die
Frau ist zu Hause und kümmert sich um die beiden Kinder. Hermann sieht sie manchmal im Garten. Sie hat ihm Komplimente
für die Pfingstrosen gemacht und ihn ein paarmal um Rat gefragt.
Sie hat gesagt, sie hätten vorher in einer Mietwohnung gelebt, sie
kenne sich mit Pflanzen nicht aus. Das Wichtigste ist, für jede
Pflanze den richtigen Standort zu finden, hat er gesagt. Sie muss
sich wohlfühlen, dann wächst sie fast von selbst.

Geht es in den Urlaub?, fragt der Nachbar. Hermann murmelt
etwas, und der Mann wünscht ihm, ohne anzuhalten, schöne Ferien. Gleichfalls, sagt Hermann, ohne nachzudenken. Die Nachbarn scheinen die Ambulanz gestern Nacht nicht bemerkt zu
haben.

Er hat den erstbesten Zug genommen. Als der Schaffner kommt,
fragt Hermann, wohin der Zug fahre, und löst eine Karte bis zur
Endstation. Die meiste Zeit schaut er aus dem Fenster in die Dunkelheit. Der Zug füllt sich langsam und leert sich nach Zürich
wieder, die Namen der Haltestellen klingen immer weniger vertraut. Eine ältere Frau, ungefähr in Rosmaries Alter, sitzt im Ab-

teil schräg gegenüber und beobachtet ihn so unverfroren, dass er schließlich den Platz wechselt. Nach drei Stunden sagt die Stimme aus den Lautsprechern, der Zug habe die Endstation erreicht, *Gare Terminus*. Die Ansage ist zweisprachig wie die Stadt, in der Hermann nun steht. Er kann sich nicht erinnern, schon einmal hier gewesen zu sein, aber er kann es auch nicht ausschließen. Er geht ziellos umher. Die Geschäfte haben geschlossen, und es sind nicht viele Leute unterwegs. Irgendwann gerät er auf eine schmale Straße, die an einem Kanal entlangführt. Er kommt zu einem Park und dann an einen See. Eine langgezogene Mole führt weit hinaus. Hermann geht auf dem mit Holzplanken belegten, elegant geschwungenen Steg, der von kleinen Lampen beleuchtet wird, bis zu einer dreieckigen betonierten Plattform weit draußen im See. Lange steht er dort, den Koffer neben sich, wie ein Reisender an einer Bushaltestelle. Es ist ihm, als würde in dem alten Koffer alles stecken, was von Rosmarie übrig geblieben ist. Die Sachen scheinen mehr mit ihr zu tun zu haben als der kalte Körper, den er vor ein paar Stunden im Krankenhaus gesehen hat, ausgestellt auf einem Metallbett und reduziert auf seine Vitalfunktionen. Behutsam nimmt er den Koffer und geht an der Mole zurück. Erst jetzt sieht er, auf der dem Hafen abgewandten Seite, eine Sandbank, auf der eine kleine Tanne liegt, vermutlich ein Christbaum, den jemand nach den Feiertagen in den Kanal geworfen hat und der hier gestrandet ist. Er geht durch den Park und den Kanal entlang zurück in die Innenstadt.

Der Nachtportier schaut Hermann komisch an, als er ein Doppelzimmer verlangt und gleich bezahlt, aber er stellt keine Fragen, nur ob der Herr einen Parkplatz brauche und ob er morgen früh geweckt werden wolle. Frühstück gibt es von sieben bis halb zehn im sechsten Stock. Über den Dächern der Stadt, fügt er unnötigerweise hinzu.

Hermann sitzt auf dem Bett in seinem Zimmer. Er hat nicht einmal die Schuhe ausgezogen, er ekelt sich vor dem durchgetretenen Teppichboden und dem Bettüberwurf, auf dem schon wer weiß wer gesessen hat. Das Zimmer ist klein und nur mit einer Sparlampe beleuchtet, deren mattes Licht nicht ausreicht, die Dunkelheit zu vertreiben. Es zieht, die Metallfenster schließen nicht richtig. Hermann hätte sich ein besseres Hotel leisten können, aber es schien ihm unangebracht. Ganz aus der Nähe sind Kirchenglocken zu hören. Er zählt die Schläge bis zehn. Dann schlagen die Glocken elf. Er muss eingenickt sein. Erst jetzt fällt ihm ein, dass niemand weiß, wo er ist. Er hat seine Medikamente nicht dabei, und gegessen hat er seit dem Mittag nicht mehr. Wenigstens hat er den Meldeschein beim Portier ausgefüllt. Sollte ihm etwas passieren, würde man wissen, wer er ist. Er überlegt, ob er im Krankenhaus anrufen sollte, um sich nach Rosmaries Zustand zu erkundigen, aber er tut es nicht. Vermutlich würde man ihm am Telefon ohnehin keine Auskunft erteilen. Er zieht die Schuhe aus, aber nicht die Socken. Die Kleider hängt er über einen Stuhl. Dann legt er sich ins Bett. Der Koffer liegt neben ihm, da, wo sonst Rosmaries Platz ist. Das Licht lässt er brennen.

Als Hermann am Morgen erwacht, ist es draußen noch dunkel. Bevor er aufsteht, öffnet er den Koffer und nimmt die Gegenstände heraus, einen nach dem anderen, betrachtet sie lange. Er zieht Rosmaries Strickjacke an, isst die Tafel Schokolade, liest den Klappentext des Buches. Ist ein Familienzwist zwischen dem Fabrikbesitzer und seinem Schwiegersohn schuld? Oder musste der Nachtwächter der Glasmanufaktur dafür büßen, dass er ein fanatischer Leser ist? Hermann blättert weiter und findet ein Motto aus Don Giovanni:

Welch' ungewohntes Angstgefühl
Fesselt und lähmt die Sinne mir,
Gewittersturm umbrauset mich
Und wilde Feuersglut.

Im Buch wimmelt es von kursiv gedruckten italienischen Wörtern, *maestro*, *canna*, *servente*, *l'uomo di notte*. Hermann kann sich nicht vorstellen, was Rosmarie mit diesem Unsinn anfangen könnte. Er legt das Buch zurück und nimmt die Unterwäsche aus dem Koffer, zählt sie, wie man Tage zählt, mit dem kurzen Zögern der Erinnerung.

An diesem Morgen wäscht er sich das Haar mit Rosmaries Shampoo, er benutzt ihre Olivenölseife und putzt sich mit ihrer Zahnbürste die Zähne. Er frühstückt nicht, ihm ist ein wenig übel von der Schokolade. Er hat starken Durst und trinkt drei Gläser Leitungswasser.

Im Zug stellt er den Koffer neben sich auf den Sitz. In Olten steigen viele Leute zu. Ein junger Mann fragt Hermann, ob der Platz neben ihm frei sei. Ja, sagt er und nimmt den Koffer auf die Knie. Soll ich ihn in die Gepäckablage tun?, fragt der junge Mann. Nein, sagt Hermann schroffer, als er es beabsichtigt hat. Er hält den Koffer während der ganzen Fahrt fest, als würde ihn ihm jemand wegnehmen wollen. Als er zur Toilette muss, nimmt er ihn mit.

Es ist das Krankenhaus, in dem Hermann geboren wurde, in dem seine Kinder geboren wurden. Damals gab es nur das alte Gebäude. Der langgezogene Backsteinbau daneben muss aus den siebziger oder den frühen achtziger Jahren stammen. Hermann geht am Portier vorbei, er glaubt, sich an den Weg in die Intensivstation zu erinnern, dann verläuft er sich doch und muss eine

Krankenschwester um Hilfe bitten. Sie fragt, ob ihm nicht wohl sei, und bringt ihn, obwohl er den Kopf schüttelt, zur Station. Dort kann man ihm nichts sagen. Der Arzt sei in einer Besprechung, er werde gleich bei ihm sein. Ob Herr Lehmann seine Frau sehen wolle? Er bittet um ein Glas Wasser, möchte sich erst einmal setzen. Eine Schwester reicht ihm den Fragebogen, den er gestern nicht ausgefüllt hat. Es ist wichtig.

Hermann sitzt im Wartezimmer und blättert in einer Broschüre zur Früherkennung von Herzinfarkten, dann in Frauenzeitschriften. Franz Beckenbauer betet für die schwerkranke Monica Lierhaus, eine Sportschau-Moderatorin, von der Hermann noch nie gehört hat. Er interessiert sich nicht für Sport, trotzdem liest er den Artikel. Die Frau hatte ein Blutgerinnsel im Gehirn, wurde operiert, es gab Komplikationen, sie wurde in ein künstliches Koma versetzt. Ihr Leben hängt am seidenen Faden, endet der Artikel, die engsten Vertrauten von Monica machen sich auf das Schlimmste gefasst. Warum gerade sie?, steht unter dem Bild einer schönen jungen Frau mit rotbraunen Haaren. Hermann spürt, wie ihm die Tränen kommen. Er räuspert sich und reißt die Seite aus der Zeitschrift, faltet sie und steckt sie ein. Dann geht er mit dem Koffer in Rosmaries Zimmer. Er schaut sich um, niemand ist zu sehen. Er versteckt den Koffer hinter dem Gestell mit den medizinischen Geräten und verlässt, ohne Rosmarie noch einmal anzusehen, den Raum.

Sweet Dreams

DER KORKENZIEHER WAR EINEM MÄDCHEN nachgebildet, das ein Kleid trug, wie Lara sie von den Kindheitsbildern ihrer Mutter kannte, ein kurzes, pastellgrünes Sommerkleid mit Glockenfalten. Nur der rote Kragen schien nicht recht zu passen, er müsste weiß sein aus besticktem Tüll. Lara sah die Fotos vor sich, von großen Familienfesten in einem Garten in Norditalien, Bilder voller unbekannter Menschen, an manche Namen erinnerte sich selbst die Mutter nicht. Das war ein Nachbar, wie hieß der doch gleich. Und das sind die Kinder von Alberto, dem Cousin meiner Mutter, Graziella, Alfina, den Namen des Kleinen weiß ich nicht mehr. Antonio? Tonino? Die Farben waren ausgeblichen und dadurch greller geworden. Es war, als wäre die Sonne in den Bildern gefangen, eine Kindheitssonne, hell und unerbittlich. Die Familie hatte sich danach verloren oder auseinandergelebt. Wenn Lara mit ihren Eltern nach Italien gefahren war, hatte es keine Feste mehr gegeben, nur Besuche in abgedunkelten Wohnungen bei alten Menschen, die seltsam rochen und trockene Kekse auftrugen und große Plastikflaschen ungekühlter Fanta.

Der Griff, mit dem man die Schraube in den Korken drehte, bildete den Kopf des Mädchens. Sie hatte einen Pagenkopf und ein maskenhaft lächelndes Gesicht. Lara schaute auf das Preisschild. Sie hatten schon einen Korkenzieher und tranken ohnehin fast nie Wein. Sie zögerte lange, die Verkäuferin schaute schon zu ihr herüber, da gab sie sich einen Ruck und ging zur Kasse. Ist es ein Geschenk?, fragte die Verkäuferin, machte das Preisschild ab und klebte es sich auf den Handrücken. Nein, Lara schüttelte den Kopf, ich nehme ihn gleich so mit. Sie schaute auf die Uhr. Der Bus fuhr erst in einer halben Stunde.

Lara arbeitete bei der Raiffeisenkasse und hatte früher Feierabend als Simon, aber sie zog es vor, auf ihn zu warten und mit ihm nach Hause zu fahren. Normalerweise saß sie im Unterstand, rauchte eine Zigarette und blätterte in einer Gratiszeitung. Plötzlich merkte sie, wie jemand vor ihr stand. Sie schaute hoch und sah Simon lächelnd vor sich stehen. Sie stand auf und küsste ihn auf den Mund, und er machte eine Bemerkung über ihr Laster, manchmal scherzhaft, manchmal ernst. Aber in den letzten Tagen war es so kalt gewesen, dass sie auf ihre geliebte Feierabendzigarette verzichtet hatte und sofort in den Bus gestiegen war, der meistens schon dastand, wenn sie zum Bahnhof kam. Simon war Verkäufer in einem HiFi-Geschäft. Nachdem der Laden geschlossen hatte, musste er aufräumen, und wenn der Chef nicht da war, die Kasse machen. Die Busfahrer kannten ihn und warteten, wenn sie ihn an der Ecke auftauchen sahen. Ich musste noch die Kasse machen, sagte er atemlos, ließ sich auf den Sitz fallen und küsste Lara auf den Mund. Hast du wieder geraucht? Sie hatte sich ganz hinten hingesetzt, die Nische mit den drei Sitzen nebeneinander war ihr Platz. Hier war nicht viel Licht, und der Lärm des Motors verschluckte ihr Geflüster.

Lara hatte den Mantel nicht ausgezogen, aber sie spürte Simons Schulter an ihrer. Er erzählte von seinem Tag, von schwierigen Kunden und neuen Geräten und von einem Streit mit dem Chef.

Lara liebte diese Fahrten mit ihm, besonders im Winter, wenn es draußen schon dunkel war, eine halbe Stunde über den Seerücken durch kleine Dörfer, vorbei an Wiesen mit alten Apfelbäumen und über Ackerland. Im Radio lief eine Countrysendung. Das war *Sweet Dreams*, sagte die Moderatorin, von Reba McEntire, der die heutige Sendung gewidmet ist. Lara küsste Simon und legte ihren Kopf auf seine Schulter.

Seit etwas mehr als vier Monaten wohnten sie zusammen in der kleinen Dreizimmerwohnung über dem Restaurant Bahnhof nicht weit vom See. Es war nicht ihre Traumwohnung, aber Simon hatte im Dorf seiner Kindheit bleiben wollen, und obwohl im Ort nicht viel los war, war es schwierig gewesen, etwas zu finden. Das Gebäude war alt und in schlechtem Zustand, im Treppenhaus herrschte eine schreckliche Unordnung, eine alte Kühltruhe stand im Weg, Stapel mit weißen Plastikstühlen aus der Gartenwirtschaft, leere Pappkartons und anderer Krempel. Im ersten Stock gab es ein paar Hotelzimmer, die selten belegt waren, im zweiten lagen die kleine Wohnung und zwei Studios. Eines stand leer, im anderen wohnte Danica, eine junge Serbin, die im Restaurant servierte. Als Lara und Simon sich die Wohnung angeschaut hatten, hatte Lara sich nicht vorstellen können, hier einzuziehen. Aber nachdem sie ein paar andere Objekte besichtigt hatten, die alle viel teurer gewesen waren, kamen sie doch auf dieses zurück. Bevor sie einzogen, strichen sie alle Räume neu, die Vermieterin bezahlte ihnen das Material und ließ ihnen freie Hand. Abendelang diskutierten sie über mögliche Farben, um am Schluss alles weiß zu streichen. Mit dem neuen Anstrich wurden die Räume gleich viel wohnlicher. Lara war glücklich. Es war Zeit gewesen, von zu Hause wegzukommen, obwohl sie sich mit ihren Eltern gut vertrug. Sie hatte Lust, ihr Leben endlich selbst zu gestalten, Dinge zu kaufen, sich einzurichten.

Lara war einundzwanzig, Simon drei Jahre älter. Mit seiner ersten Freundin war er nicht zusammengezogen. Das war nichts Ernsthaftes, sagte er, wenn Lara ihn ausfragen wollte. Er hatte bis jetzt bei seinen Eltern gelebt und musste sich erst daran gewöhnen, dass die Wäsche sich nicht selber wusch und dass der Kühlschrank nicht automatisch voll war. Aber auch ihm schien es Spaß zu machen, wenn sie am Wochenende zusammen einkauften und überlegten, was sie heute kochen würden, was morgen und was übermorgen. Brauchen wir noch Milch? Der Kaffee ist bald alle. Wir haben keine Mülltüten mehr. Diese Sätze hatten einen eigentümlichen Reiz, und der volle Einkaufswagen war wie ein Vorbote des erfüllten Lebens, das ihnen bevorstand. Wenn Simon ihn neben Lara durch die Tiefgarage des Einkaufszentrums schob, empfand sie einen seltsamen Stolz und eine tiefe Befriedigung, erwachsen zu sein und unabhängig.

Sie hatten ein paarmal zu IKEA fahren müssen, hatten eine Matratze gekauft und einen Lattenrost und allen möglichen Kleinkram für die Küche und das Bad, Lampen und Tischtücher und Geschirr. Von Simons Eltern hatten sie einen alten Tisch und vier Stühle bekommen. Statt eines Schranks benutzten sie ein billiges Regal, für das Lara einen Vorhang aus rotem Stoff genäht hatte. Sie liebte diese kleinen Arbeiten, nähte Kissenbezüge, montierte im Bad eine wassersparende Brause, hängte Poster auf. Simon schaute ihr zu und freute sich mit ihr. Nur das Elektrische überließ sie ihm.

Jede Woche kamen neue Sachen hinzu, eine gebrauchte Kaffeemaschine, die Lara bei Ebay ersteigert hatte, ein Schuhschrank, ein ganzer Stapel großer gelber Badetücher, die im Angebot gewesen waren. Simon mischte sich kaum ein, nur manchmal fragte er, brauchen wir das wirklich? Oder, wie viel hat das gekostet? Schlechte Qualität lohnt sich nicht, sagte Lara, die Badetücher halten ewig. Ewig ist lang, sagte Simon.

Er hatte nicht viel mitgebracht in den gemeinsamen Haushalt, der kleine gemietete Lieferwagen, mit dem sie erst zu seinen, dann zu ihren Eltern gefahren waren, war kaum zu einem Viertel gefüllt gewesen mit den paar Kartons mit Kleidern, CDs und alten Schulbüchern. Am meisten Platz hatte die Stereoanlage eingenommen und die riesigen Boxen und der Computer. Einen Fernseher hatten sie auf Abzahlung gekauft, ein Ausstellungsmodell, Simons Chef hatte ihnen einen guten Preis gemacht.

Wie gefällt dir der?, fragte Lara und zog den Korkenzieher aus der Tüte, die neben ihr auf dem freien Sitz lag. Simon nahm ihn in die Hand und spielte damit herum, ohne etwas zu sagen. Er runzelte die Stirn, zog an der Schraube, und das Mädchen hob die Arme. Eine Balletttänzerin, sagte er. Nein, sagte Lara, ein kleines Mädchen. Haben wir noch Wein? Die Flasche von deinen Eltern, sagte Simon. Er spielte immer noch mit dem Gerät, zog mehrmals hintereinander schnell an der Schraube und ließ das Mädchen mit den Armen winken, als würde sie jubeln oder um Hilfe rufen. War der teuer? Die haben wir doch getrunken, als Hanni und Martin da waren, sagte Lara.

Das Restaurant, über dem die Wohnung lag, war eine ziemliche Spelunke. Lara und Simon kehrten nie dort ein, obwohl die Wirtin ihre Vermieterin war. Wenn sie ausgingen, dann in das Speiselokal, hundert Meter die Straße hinauf, wo es Cordon bleu mit verschiedenen Füllungen gab. Das Dancing unten am See, in dem sie sich kennengelernt hatten, besuchten sie nur noch selten. Während der Woche gingen sie früh schlafen, wenn sie am Wochenende Lust hatten zu tanzen, fuhren sie in die Stadt, wo es bessere Clubs gab und wo nicht jeder sie kannte.

Der Bus hielt vor dem Bahnhofsgebäude an, und der Fahrer wünschte über die Lautsprecheranlage allen einen schönen Abend und stellte den Motor ab. Die Passagiere stiegen aus, redeten noch ein paar Worte und gingen dann weg. Lara kannte die meisten flüchtig, nur einen Mann hatte sie noch nie gesehen. Er hatte sich während der Fahrt ein paarmal zu ihnen umgedreht und sie beobachtet. Als der Fahrer die Station angesagt hatte, war er sofort aufgestanden und zur Tür gegangen, obwohl es die Endstation war. Während der Bus die letzten Kurven nahm, stand der Mann direkt vor Lara. Er hielt sich fest und drückte noch einmal auf den Halteknopf. Er musste um die vierzig sein und passte mit seinem langen dunklen Mantel nicht recht in die Gegend. Sie fragte sich, was er hier wollte. Während sie ihn musterte, trafen sich ihre Blicke. Der Mann wirkte ruhig, fast gleichgültig, aber in seinen Augen sah Lara eine Aufmerksamkeit und eine Art Hunger, die ihr unangenehm waren und sie zugleich herausforderten. Sie wandte sich Simon zu, küsste ihn und sagte, kommst du morgen mit mir auf den Markt in der Mittagspause? Sie merkte, dass ihre Stimme künstlich klang und lauter war als sonst, aber sie hatte irgendetwas sagen müssen. Der Mann mit dem dunklen Mantel stieg als Erster aus. Lara sah, wie er zurück zur Hauptstraße ging. Nach ein paar Schritten schaute er sich kurz um, als würde er sehen wollen, ob sie ihm folgen würde, und ihre Blicke trafen sich noch einmal. Kennst du den?, fragte Simon. Lara schüttelte den Kopf. Das Gesicht kommt mir irgendwie bekannt vor.

Als Lara die Haustür hinter sich abschloss, las sie wie jeden Abend das handgeschriebene Schild, das dort hing. Bitte kein Brot wegwerfen. Neben der Tür stand ein alter Karton, der bis oben mit trockenem Brot gefüllt war. Lara fragte sich, was die Wirtin damit vorhatte. Aus der Gaststube waren Musik und lautes Gelächter zu hören. Wenn am Freitagabend Volksmusikgruppen spielten, drang der Lärm bis hinauf in die Wohnung. Noch schlimmer waren der Toilettengeruch im Flur und der Zigarettenrauch, der durch das Treppenhaus hochstieg. Simon hatte sich schon ein paarmal beschwert, aber die Wirtin hatte nur gesagt, wenn der Geruch sie störe, müssten sie halt häufiger lüften.

Hast du Hunger?, fragte Lara. Ich würde gern ein heißes Bad nehmen vor dem Essen, ich bin total durchgefroren. Die halbe Stunde im Bus hatte nicht gereicht, um sich aufzuwärmen. Ich habe frische Ravioli gekauft, die brauchen nur drei Minuten. Ich habe noch keinen Hunger, sagte Simon, ich war spät in der Mittagspause. Sie standen nebeneinander in der Küche, und Lara verstaute die Einkäufe. Sie hielt den Korkenzieher in die Höhe. Magst du die Farbe? Grün, sagte Simon, und Lara dachte wieder an die verblichenen Farben der italienischen Fotografien. Vierundfünfzig Franken hat er gekostet, sagte sie. Findest du das zu viel? Simon zuckte mit den Achseln. Du könntest doch unten im Restaurant eine Flasche Wein holen, während ich bade, sagte Lara, dann weihen wir den Korkenzieher ein.

Sie ging ins Bad, ließ Wasser in die Wanne ein und zog sich aus. Der Spiegel beschlug vom Dampf, und der Geruch von Fichtennadeln verbreitete sich im Raum. Als sie das Wasser abstellte, schien es auf einmal sehr still in der Wohnung. Dann hörte sie Schritte und Simons Stimme durch die angelehnte Tür. Er sagte, er gehe jetzt hinunter, um den Wein zu holen. Ich dachte, du bist schon weg, sagte Lara und steckte den Kopf durch den Türspalt, und er küsste sie auf den Mund und versuchte, die Tür aufzustoßen, aber sie hielt sie zu. Sie küssten sich noch einmal. Bis gleich, sagte Lara. Es war seltsam, sie schämte sich noch immer ein wenig vor ihm. Wenn sie ins Bett gingen, zog sie sich im Bad um und schlüpfte dann im Nachthemd zu ihm unter die Decke. Ungeduldig wartete sie darauf, dass er zu ihr herüberkam, aber sie hätte nie von sich aus den Anfang gemacht.

Bevor sie zusammengezogen waren, war alles ziemlich kompliziert gewesen. Sie hatte Simon ihren Eltern schon bald vorgestellt, und die hatten ihn gemocht, aber er hatte nie bei ihr übernachtet. Lara hätte sich geschämt, in ihrem Kinderzimmer mit ihm zu schlafen, sie hätte Angst gehabt, ihre Eltern könnten hereinkommen oder etwas hören, obwohl sie beide nicht laut waren im Bett. Wenn sie miteinander geschlafen hatten, dann bei Simon. Lara war immer angespannt gewesen und beim kleinsten Geräusch erschrocken. Im Sommer hatten sie es ein paarmal im Wald gemacht, aber das war unbequem, und auch dort war Lara nervös gewesen. Sie hatte sich noch nicht an die neue Freiheit gewöhnt. Wenn sie sich jetzt liebten, hatte sie immer noch Angst, jemand könne sie hören oder sehen. Manchmal, wenn Simon auf ihr lag, zog sie die Bettdecke über seinen Kopf. Wenn er die Decke abstreifen wollte, hielt sie sie fest und sagte, mir ist kalt.

Sie lag im warmen Wasser und dachte nach, was in der Wohnung noch zu machen sei, was noch fehle. Einen Nachttisch hätte sie gerne gehabt, aber es hatte keinen Sinn, einen zu kaufen, solange sie kein Bettgestell hatten. Sie hatten in einem Möbelgeschäft ein Bett im Kolonialstil gesehen, eine Art Himmelbett aus Pappelholz und mit weißen Tüllvorhängen. Ein Traum, hatte die Beraterin gesagt, die zu ihnen getreten war und sie erwartungsvoll anschaute. Zu dem Bett gab es passende Nachttische und sogar einen Kleiderschrank. Aber im Moment reichte das Geld dafür nicht aus, und Lara war ohnehin nicht sicher, ob Simon die Möbel mochte, ob sie ihm nicht zu kitschig waren. Als sie die Betten bei IKEA angeschaut hatten, hatte er bei jedem Modell nur gefragt, ist das auch stabil? Hält das? Vermutlich hatte er es gar nicht so gemeint, aber Lara hatte sich trotzdem geschämt vor dem Verkäufer. Wir müssen ja nicht gleich alles kaufen, hatte sie gesagt. Jetzt lag der Lattenrost auf dem Parkettboden.

Nach zwanzig Minuten stieg sie aus der Badewanne und zog den Stöpsel heraus. Sie trocknete sich mit einem der gelben Badetücher ab. Eigentlich mochte sie die Farbe nicht, dieses gebrochene Gelb, das ein bisschen wie Senf aussah. Aber die Qualität war gut, obwohl sie die Tücher inzwischen schon ein paarmal gewaschen hatte, sahen sie noch immer aus wie neu. Lara musste daran denken, was Simon gesagt hatte: ewig ist lang. Vermutlich würden die Badetücher länger halten als ihre Beziehung, dachte sie und erschrak. Sie liebte Simon, und er liebte sie, aber wer konnte ihr garantieren, dass er sie auch in fünf oder in zehn Jahren noch lieben würde. Sie hatte zugleich sehr klare und sehr vage Vorstellungen von ihrer Zukunft. Kinder wollte sie und ein Haus, sie wollte weiter arbeiten, Teilzeit, wenn die Kinder da sein würden. In ein paar Jahren würde sie die Prokura bekommen, vielleicht irgendwann die Leitung der Filiale. Aber das alles schien sehr weit entfernt, ein anderes Leben. Manchmal fragte sie sich, ob Simon ihre Träume teile. Sie wurde misstrauisch, wenn er sagte, wir schauen mal, es kommt, wie es kommt, wir sind ja noch jung. Überhaupt war er ihr oft so fremd wie diese Wohnung, die nur ganz allmählich zu ihrem Zuhause wurde. Sie wusste nie genau, was er wollte, er sprach wenig über sich selbst, nur wenn er zusammen mit Freunden war, schien er ganz natürlich und gelöst.

Sie wickelte sich in das Badetuch, wusch sich die Haare im Waschbecken und trocknete sie ab. Plötzlich hatte sie Sehnsucht nach Simon, sie wollte ihn umarmen, mit ihm im Bett liegen und sich an ihn schmiegen. Sie ging in die Küche, aber dort war er nicht. Simon, rief sie und ging ins Wohnzimmer und dann ins Schlafzimmer. Simon? Er musste noch unten im Restaurant sein, bestimmt kam er gleich wieder hoch. Sie setzte sich an den Esstisch und blätterte in der Gratiszeitung, die sie im Bus eingesteckt hatte. Eine Ex-Miss wollte den Kilimandscharo besteigen, um

Geld für ein Kinderkrankenhaus zu sammeln, Prinz William hatte sich für einen Porträtfotografen ein Toupet aufgesetzt, mindestens behauptete das die Zeitung, ein Amerikaner war hingerichtet worden für einen Mord, den er vor fünfundzwanzig Jahren begangen hatte. Unter der Überschrift *Grausiger Fund am Seeufer* wurde von einem Mann berichtet, der auf der Suche nach Forellen eine männliche Leiche entdeckt hatte, die in der Nähe des Ufers im Wasser lag. Die Polizei, die den Mann geborgen hatte, wurde zitiert, er sei seit zwei Monaten vermisst worden, vermutlich handle es sich um einen Selbstmord, aber ein Unfall sei nicht auszuschließen. Das Wasser sei vier Grad kalt, wer hineinfalle, überlebe nur wenige Minuten.

Ein Wassertropfen fiel aus Laras Haar auf das Bild des Kleinboothafens, wo die Leiche gefunden worden war. Schaudernd schob sie die Zeitung weg. Sie musste daran denken, wie der Mann wenige hundert Meter von hier entfernt im Wasser gelegen hatte, während sie und Simon sich einrichteten, zu Abend aßen, sich liebten. Ihr war kalt im Badetuch. Es gab in der Wohnung nur einen Gasofen, und die Fenster waren undicht. Lara ging in die Küche und setzte Wasser auf für die Ravioli. Sie nahm zwei Teller aus dem Schrank und zwei Gabeln aus dem Abtropfgitter und versuchte, einen Fleck auf der Kombination wegzuwischen, aber er ging nicht raus. Die Kücheneinrichtung stammte aus den siebziger Jahren, man konnte sie putzen, soviel man wollte, sie schien nie ganz sauber zu werden. Lara ging ins Bad, fönte ihr Haar und zog sich an.

Vorsichtig schlich sie die knarrende Treppe hinunter. Sie hatte das Flurlicht nicht angemacht, als dürfte niemand sie sehen. Es war keine Musik mehr zu hören, und auch der Lärm der Stimmen hatte nachgelassen. Als sie fast unten war, ging die Tür zur Gaststube auf, und im Gegenlicht war die Silhouette eines riesigen Mannes zu sehen. Im selben Moment ging das Licht an. Der Mann hatte ein stark gerötetes Gesicht, er zog die Tür hinter sich zu und ging grußlos an ihr vorbei zu den Toiletten, als hätte er sie gar nicht bemerkt. Die Stimme der Wirtin war laut und deutlich zu hören. Er hat ihn erst gar nicht erkannt, sagte sie, weil er auf dem Bauch lag. Im Sommer wäre er wohl rascher hochgekommen. Lara schob die Tür zur Gaststube auf und trat ein.

An den Tischen und an der Bar saß ein halbes Dutzend Männer. Lara erschrak, weil alle zu ihr hinschauten, dann erst merkte sie, dass die Männer sich der Wirtin zugewandt hatten, die hinter der Theke stand. Sie redete jetzt von etwas anderem. Diesen Schweinehund sollte man auch vergiften, sagte sie, dann weiß er, wie sich das anfühlt. Die armen Hunde. Lara hatte die Schlagzeile der Boulevardzeitung gelesen: Tierhasser schlägt wieder zu. Sie entdeckte Simon, der auf einer der Bänke an der Wand stand, den Kopf verborgen hinter einem riesigen Fernseher, der an der Decke hing. Dicht hinter ihm stand Danica, die Kellnerin, und schaute zu ihm hoch. Obwohl sie seit Monaten direkt nebeneinanderwohnten, war Lara ihr erst ein paarmal im Treppenhaus begegnet. Manchmal hörte sie spätnachts ihre Schritte auf der Treppe, aber aus dem Studio selbst hatte sie noch nie ein Geräusch vernommen. Danica war als Jugendliche mit ihren Eltern aus Serbien in die Schweiz gekommen, das hatte sie erzählt, als Lara und Simon sie das erste Mal getroffen hatten. Sie habe keine Lehrstelle gefunden, obwohl sie eine gute Schülerin gewesen sei. Findest du sie hübsch, hatte Lara Simon nachher gefragt. Ich interessiere mich nicht für andere Frauen, hatte er gesagt. Aber du musst doch sagen können, ob du sie hübsch findest? Ich weiß nicht, sagte er. Sie hat einen Schlafzimmerblick, sagte Lara, und Simon lachte und küsste sie.

Simon schien irgendetwas am Fernseher zu machen. Nach einer Weile sprang er von der Bank und sagte etwas zu Danica. Sie lächelte und schaltete den Fernseher ein, und gemeinsam sahen sie auf den Bildschirm, auf dem das verrieselte Bild eines Skirennfahrers zu sehen war. Simon drehte sich um und sah Lara und trat zu ihr. Ein Wackelkontakt, sagte er, und als sie ihn verständnislos anblickte, der Fernseher spukt. Er wandte sich an die Wirtin und sagte, das Antennenkabel sei abgeknickt, er könne ihr morgen ein neues mitbringen. Das ist praktisch, wenn man die Handwerker im Haus hat, sagte die Wirtin, was trinkt ihr? Ein Glas Rotwein? Ich wollte eine Flasche Wein kaufen, sagte Simon. Die Wirtin sagte, das geht aufs Haus. Und die junge Dame? Simon warf Lara einen Blick zu, dann sagte er, ich nehme lieber ein Bier, und zu Lara, hast du Hunger? Setzt euch, sagte die Wirtin, tauchte ein Glas in das trübe Spülwasser und zapfte ein großes Bier. Es war kein Tisch mehr frei, und Simon setzte sich zu einem alten Mann, der schon ziemlich betrunken zu sein schien. Lara schob sich neben ihn auf die Bank. Sie hat mich gebeten, mir den Fernseher anzusehen, sagte er, wie um sich zu entschuldigen. Ein Wackelkontakt. Ich habe schon gedacht, du kommst nicht mehr, sagte Lara. Ihre Stimme klang vorwurfsvoll, was ihr nicht recht war. Sie wollte Simon nicht einengen, das hatte sie sich geschworen. Und er hatte ja nur helfen wollen. Sie bereute, heruntergekommen zu sein. Wäre sie oben geblieben, hätte er das Angebot der Wirtin bestimmt nicht angenommen und wäre gleich wieder hochgekommen. Danica trat an den Tisch und brachte Simons Bier und ein Glas Wein für Lara. Die Wirtin und die Männer diskutierten immer noch über die vergifteten Hunde und darüber, was man mit dem Täter machen sollte, wenn man ihn erwischen würde. Der Betrunkene sagte leise, er würde auch ein paar Hunde kennen, die man vergiften solle. Lara war nicht sicher, ob er es zu ihnen gesagt hatte, und gab keine Antwort. Sie fasste sich mit den Händen ins Haar, das immer noch ein wenig feucht war.

Ohne ersichtlichen Grund fing der Betrunkene an, von einer Kreuzfahrt zu erzählen, die er vor bald zwanzig Jahren auf dem Schwarzen Meer gemacht hatte. Langweilig sei es gewesen, auf so einem Schiff sei ja nicht viel los. Auf der Krim bin ich gewesen, in Sewastopol, da haben die Russen U-Boote und Schiffe. Das war ein Erlebnis, das hat sich gelohnt. Simon schien nicht zuzuhören, er trank sein Bier und schaute hoch zum Fernseher, wo ein anderer Skirennfahrer zu sehen war. Aus dem Lautsprecher drangen der Lärm von Kuhglocken und die rhythmischen Anfeuerungsrufe des Publikums. Lara hatte keine klare Vorstellung davon, wo das Schwarze Meer lag.

Danica trat mit der Weinflasche an den Tisch und hatte schon nachgeschenkt, bevor Lara nein danke sagen konnte. Sie hielt die Hand über das nun volle Glas. Seit Mittag hatte sie nichts gegessen, und sie spürte, wie der Alkohol ihr in den Kopf stieg. Und du nimmst noch ein Bier?, fragte Danica. Simon schaute wieder kurz zu Lara, als müsste er sie um Erlaubnis bitten. Dann sagte er, ja, gerne, und erhob sich halb. Darf ich schnell? Ich bin gleich zurück. Lara ließ ihn hinaus. Kaum hatte sie sich wieder gesetzt, fragte der Betrunkene, ob sie von hier sei, er habe sie noch nie gesehen. Sie fühlte sich unwohl in der Kneipe, bedroht von der lauten Wirtin und den betrunkenen Männern, die zu ihr herüberschielten. Ich bin in Kreuzlingen aufgewachsen, sagte sie. Der Mann streckte ihr die Hand hin und sagte, er heiße Manfred. Sie gab ihm die Hand und sagte, Lara. Doktor Schiwago, sagte er. Das war ein schöner Film. Mit Omar Sharif und ... wie hieß die Frau? Julie Christie, sagte Lara. In der Straßenbahn. Der Betrunkene lächelte. In Kreuzlingen habe ich eine Schwester. Warst du schon mal in Russland? Nein, sagte Lara. Sie wollte noch etwas sagen, solange sie redete, konnte ihr nichts geschehen, aber ihr fiel nichts ein. Wo liegt noch mal das Schwarze Meer?, fragte sie schließlich. Man fährt vom Mittelmeer aus an Istanbul vorbei durch den Bosporus, dann kommt man ins Schwarze Meer, sagte Manfred. Im Süden ist die Türkei, im Norden Bulgarien, Rumänien, die Ukraine und Russland. Waren Sie da überall?, fragte Lara. Ich habe diese Kreuzfahrt gemacht, sagte Manfred, da habe ich meine Frau kennengelernt. Eine Ukrainerin. Sie hat auf dem Schiff gearbeitet. Aber das ging nicht lange gut. Danica kam an den Tisch und fragte, ob sie noch einen Wunsch hätten. Beide schüttelten den Kopf. Als sie wieder gegangen war, flüsterte Manfred, die Frauen aus dem Osten, und legte einen Finger auf die Lippen. Lara war froh, als Simon endlich wiederkam. Sie hatte gedacht, er gehe zur Toilette, aber er hielt ein schmutzig weißes Kabel in der Hand. Er redete kurz mit der Wirtin und stieg noch einmal auf die Bank und ersetzte das alte Kabel. Einen Moment lang war auf dem Bildschirm nur ein graues Geflimmer zu sehen, dann war das Bild plötzlich klar, und der Ton schien Lara noch lauter als vorher. Simon drückte auf der Fernbedienung ein paar Programme durch, wohl um zu sehen, ob der Empfang auf allen Kanälen gut war. Für einen kurzen Moment tauchten auf dem Bildschirm zwei Männer auf, die sich gegenübersaßen. Lara war fast sicher, dass einer von beiden der Mann mit dem dunklen Mantel aus dem Bus war. Aber das Bild verschwand sofort wieder, eine Frau war zu sehen, die sich mit einem jungen Mädchen stritt, ein paar Soldaten, die durch einen Wald schlichen, und dann wieder das Skirennen. Simon kam zurück an den Tisch. Mir ist eingefallen, dass ich noch ein Koaxkabel hatte, sagte er und lächelte zufrieden. Wollen wir gehen?, fragte Lara und stand auf.

Die Wirtin wollte kein Geld für die Flasche Wein. Die sei für das Kabel, sagte sie und gab Lara und Simon die Hand, die weich war und etwas feucht vom Spülwasser. Macht keine Dummheiten, rief einer der Männer ihnen nach, als sie die Gaststube verließen, und die anderen lachten.

Das Wasser sprudelte heftig, die Hälfte war schon verdampft und hatte am Rand des Topfes weiße Kalkspuren hinterlassen. Lara drehte schnell das Gas ab. Du darfst den Herd nie brennen lassen, wenn du aus der Wohnung gehst, sagte Simon. Als ob Lara das nicht gewusst hätte. Ich kann doch nichts dafür, sagte sie, ich habe gedacht, du kommst gleich wieder rauf. Ihr war zum Weinen zumute. Ich habe es nicht böse gemeint, sagte Simon und küsste sie. Es ist ja nichts passiert. Lara wandte sich ab und nahm den Korkenzieher. Simon schaute aufmerksam zu, wie sie die Plastikkapsel vom Hals der Weinflasche entfernte. Es kostete Lara einiges an Überwindung, den Daumen auf das Gesicht des Mädchens zu drücken, um genug Kraft aufzubringen und die Schraube in den Korken zu drehen. Sie schaute Simon in die Augen, er sollte nur sehen, wie wütend sie war. Es tut mir leid, sagte er, ich bin schuld, ich weiß. Sie stellte die Flasche hin und sagte, wie zur Versöhnung, jetzt du. Simon machte ein wichtiges Gesicht, als würde er eine große Überraschung erwarten, und drückte die Arme des Mädchens langsam hinunter. Der Korken sprang mit einem hellen Plopp aus dem Flaschenhals. Simon schaute Lara grinsend an. Sie schlang ihre Arme um seinen Hals und fing an, ihn zu küssen, küsste ihn immer wieder und versuchte dabei, die Knöpfe seines Hemds aufzumachen. Simon legte den Korkenzieher, ohne hinzuschauen, beiseite, und Mund an Mund zogen sie sich gegenseitig aus und ließen die Kleider auf den Boden fallen. Simon fiel fast hin, als er aus seiner engen Jeans schlüpfte, er konnte sich gerade noch an Lara festhalten, die an den Häkchen ihres Büstenhalters herumzerrte. Als sie ganz nackt waren, legte Lara sich auf die Kokosmatte, die sie bei IKEA gekauft hatten, und Simon kniete sich zwischen ihre Beine. Er versuchte, in sie einzudringen, aber es gelang ihm nicht. Wollen wir nicht ins Bett gehen?, fragte er. Warte, sagte Lara und verschwand im Wohnzimmer und kam mit einem der Sofakissen zurück. Sie legte sich wieder hin und schob sich das Kissen unter das Becken. Die Matte war rau, und Lara spürte, wie ihr Rücken zerkratzt wurde, aber das war ihr egal. Sie wusste erst, dass Simon gekommen war, als er sich neben sie auf den Boden rollen ließ. Sie war immer noch erregt und küsste und streichelte ihn, bis auch er wieder Lust bekam. Dann setzte sie sich auf ihn. Simon schien nicht mehr richtig bei der Sache zu sein, aber das war ihr egal. Sie ritt auf ihm, bis sie das Brennen in den Knien nicht mehr wahrnahm und spürte, wie ihr das Blut ins Gesicht schoss. Sie schloss die Augen und bewegte sich immer kräftiger, es war ihr, als fände alles nur in ihrem Kopf statt, als verbänden sich alle ihre Wahrnehmungen zu einem einzigen intensiven Gefühl. Dann hörte sie sich einen spitzen Schrei ausstoßen und ließ sich heftig atmend auf Simon sinken, den Kopf neben seinem, sie wagte nicht, ihm in die Augen zu schauen. Eine Weile lang lag sie so auf ihm, dann wurde ihr Atem ruhiger, und sie begann ihren Körper wieder zu spüren, den Schmerz in den Knien und die Kälte am Rücken. Sie setzte sich auf. Simon schaute sie erstaunt an und fragte lächelnd, bist du gekommen? Sie legte ihm einen Finger auf den Mund. Ihr Gesicht wurde ganz ernst, und sie sagte, wenn du mich irgendwann nicht mehr liebst, versprich, es mir zu sagen. Aber ich liebe dich, sagte Simon. Ich meine nur, sagte Lara, man weiß nie, was kommt. Jetzt muss ich etwas anziehen, sonst erkälte ich mich.

Im Bad sah sie, dass das Muster der Kokosmatte sich in die Haut ihres Rückens eingeprägt hatte und ihre Knie aufgeschürft waren und ganz rot. Sie hatte duschen wollen, aber jetzt zog sie nur einen frischen Slip an und warf den Bademantel über. Als sie in die Küche kam, hatte Simon sich angezogen, hatte frisches Wasser aufgesetzt und den Tisch gedeckt. Er schenkte zwei Gläser Wein ein und reichte ihr eines, und sie prosteten sich zu. Auf uns. Der Wein schmeckte scheußlich.

Lara setzte sich nicht wie sonst Simon gegenüber, sondern neben ihn und fasste ihn während des Essens immer wieder an, berührte seinen Arm oder streichelte seinen Nacken oder seinen Rücken. Nach dem Essen blieben sie lange sitzen und redeten. Lara war aufgekratzt, sie sprach mehr und schneller als sonst. Ich glaube, ich bin ein bisschen betrunken, sagte sie. Dann muss ich mich in Acht nehmen, sagte Simon und lächelte. Gehen wir ins Bett?

Simon ging ins Bad und kam im Pyjama zurück. Lara hatte keine Lust, sich die Zähne zu putzen. Sie zog nur den Bademantel aus und schlüpfte zu Simon ins Bett. Er lag auf dem Rücken, und sie schmiegte sich an ihn und schob die Hand in sein Pyjamaoberteil und streichelte seine Brust. Bist du müde?, fragte sie. Ja, sagte Simon und drehte sich zur Seite, und kurz darauf wurde sein Atem ruhig und regelmäßig. Lara war überhaupt nicht müde. Nachdem sie eine Weile wach gelegen hatte, stand sie auf und machte sich in der Küche eine Tasse Tee. Dann ging sie ins Wohnzimmer und schaltete den Fernseher ein. Sie zappte durch die Programme. Auf den meisten liefen irgendwelche Filme oder Talkshows. Bei einem Sender mit Sexspots hielt Lara an und schaute sich die Frauen an, die sich die Brüste massierten und stöhnten, ruf mich an, ruf mich an. Auf einmal war sie nicht angewidert von den Spots, sie empfand im Gegenteil eine Art Sympathie für die Frauen, eine Solidarität, die sie selbst erstaunte. Sie schaltete um und sah plötzlich den Mann aus dem Bus. Es war der lokale Kanal, auf dem die Sendungen stündlich wiederholt wurden. Das Studio war in der Altstadt, nicht weit entfernt. Lara kannte den Moderator vom Sehen, er war früher Lehrer gewesen, Simon war zu ihm in die Schule gegangen.

Sie musste eine Weile zuhören, bis sie begriff, dass der Studiogast ein Schriftsteller war. Seinen Namen hatte sie noch nie gehört. Die Fragen des Moderators waren oft länger als die kurzen sachlichen Antworten des Gastes. Wieder fiel Lara sein aufmerksamer Blick auf, der sie im Bus irritiert hatte. Auf die Frage, woher er die Ideen für seine Geschichten nehme, sagte er, die lägen auf der Straße. Gerade heute auf der Fahrt hierher sei ihm im Bus ein Pärchen aufgefallen, zwei ganz normale junge Menschen, die nebeneinandergesessen und auf eine rührend ernsthafte Weise miteinander gesprochen hätten. Sie haben mich an meine Jugend erinnert, an eine Frau, die ich heiraten, mit der ich Kinder haben wollte. Irgendwie ist es dann anders gekommen. Aber ich bin mir nie mehr so sicher gewesen wie damals, als ich noch keine Ahnung hatte vom Leben.

Er habe sich vorgestellt, die jungen Leute wären eben erst zusammengezogen, würden gemeinsam ihre Wohnung einrichten und Dinge kaufen und vielleicht manchmal mit leisem Staunen an die Jahre denken, die vor ihnen lägen, und sich fragen, ob ihre Beziehung halten werde. Es ist der glückliche, aber auch ein bisschen beängstigende Moment des Aufbruchs, der mich interessiert, sagte der Autor, vielleicht mache ich eine Geschichte daraus. Und wie geht diese Geschichte aus?, fragte der Moderator. Der Schriftsteller zuckte mit den Schultern. Das werde ich wissen, wenn ich sie zu Ende geschrieben habe.

Er sagte, junge Paare sähen oft aus wie ganz alte, vielleicht weil beide mit der Ungewissheit umgehen müssten. Der Moderator fragte, ob es denn nicht heikel sei, sich für seine Geschichten lebende Vorbilder zu nehmen. Der Schriftsteller schüttelte den

Kopf. Es gehe ja nicht darum, diese zwei Menschen darzustellen. Sie hätten ihn auf eine Idee gebracht, aber mit den Figuren seiner Geschichte würden sie nichts zu tun haben. In Wirklichkeit waren sie gar kein Paar, sagte er. Jedenfalls sind sie an unterschiedlichen Stationen ausgestiegen und haben sich beim Abschied nur auf die Wangen geküsst.

Lara hörte den letzten Zug einfahren, Viertel vor eins. Sie trat ans Fenster und sah den Zug dastehen, ohne dass jemand ein- oder ausstieg. Nach einer Weile setzte er sich lautlos in Bewegung. Der Autor war bestimmt längst nach Hause gefahren, während er im Fernsehen weitersprach. Einen Monat lang würde das Gespräch mit ihm in einer Endlosschleife immer und immer wieder gezeigt, bis auch er nur noch eine Fiktion sein würde wie Lara und Simon selbst.

Coney Island

DAS PAPPSTREICHHOLZ ABREISSEN, das Briefchen umdrehen, ohne hinzuschauen. Der Daumen erinnert sich. Er hat den unteren Rand des Umschlags erkannt und sich dann auf den Kopf des Streichholzes gelegt und ihn auf die Reibfläche gepresst. Ein Reißen, und sofort schnellt der Daumen zurück, gibt den Kopf des Streichholzes frei, der aufflammt. Das Feuer, geborgen in der anderen Hand, zur Spitze der Zigarette führen. Ein erster kurzer Zug, ohne zu inhalieren. Die Flamme des Streichholzes wächst im Luftzug und fällt gleich darauf in sich zusammen, wird dunkler, sie hat auf den faserigen Karton übergegriffen. Dann erlischt sie im Wind.

Auf einem Granitblock sitzen. Die Beine angezogen, die Arme auf den Knien in der Waage liegend. In der rechten Hand, zwischen Zeige- und Mittelfinger, die Zigarette. Die linke Hand liegt auf der rechten, hält sich an ihr fest. Der Griff löst sich. Die Hand bewegt sich zum Knie, wo sie schwebend stehen bleibt. Die Fingerspitzen berühren das Knie mehr, als dass sie darauf ruhen. Die Hand mit der Zigarette hat sich dem Mund genähert und sich dabei um einen Viertelkreis gedreht. Sobald die Zigarette von den Lippen gehalten wird, lassen die Finger sie los. Die Hand verharrt, wo sie ist, der Kopf dreht sich weg. Durch eine winzige Verschiebung des Unterkiefers nach vorn hebt sich die Zigarette beim Ziehen etwas an. Der Kopf dreht sich zurück, die Finger schließen sich, ergreifen die Zigarette, die sich erst von der Unter-, dann von der Oberlippe löst. Der Arm fällt langsam zurück. Die Hände verschränken sich wieder. Rauch strömt aus dem Mund, und während der Daumen der rechten Hand sich auf den Filter der Zigarette legt, sie etwas gegen sich zieht und dann loslässt und die Zigarette zwischen den Fingern zurückfedert und die lose Asche sich vom glühenden Tabak löst und fällt, schiebt sich die Unterlippe halb über die obere und wischt die Empfindung weg, die dort noch von der Berührung der Zigarette geblieben ist.

Die Asche ist auf den Felsblock gefallen, einige Flocken haben sich gelöst, und rollt über den Fels, getrieben vom Wind und gelenkt von der Unebenheit des Steins, und fällt über die Kante und aus dem Blick. Der Wind, der vom Land her weht, ist stärker geworden. Die wenigen Menschen, die am Strand entlanggehen, kommen alle auf mich zu, als hätten wir uns hier verabredet, und ändern die Richtung erst, wenn sie mich beinah erreicht haben, kaum merklich, und gehen an mir vorbei. Das Geräusch der flachen Wellen hebt langsam an und ebbt ab. Aus der Ferne ist eine Sirene zu hören. Ein Mann lässt einen Drachen steigen, ein anderer geht mit einem Metallsuchgerät über den Strand. Er geht langsam hin und her, nach einem System, das nur er versteht. Es ist zwanzig vor drei am einundzwanzigsten Oktober zweitausendundzwei.

Der Granitblock gehört zu einem der Wellenbrecher, die alle paar hundert Meter ins Meer hinausgeworfen sind. Eine spanischsprechende Familie hat sich in meiner Nähe niedergelassen, ein Mann, eine Frau, zwei kleine Mädchen. Sie lachen, reden, füttern die Möwen, die aufgeregt lärmen vor Gier und mit zerbrechenden Bewegungen um die Brotbrocken kämpfen.

Unten am Meer haben zwei junge Frauen sich gegenseitig fotografiert. Dann sind sie näher gekommen. Eine ist an mir vorübergegangen, die andere hat gefragt, ob sie ein Bild machen dürfe.

Ihre Begleiterin ist stehen geblieben und hat sich halb umge-wandt. Sie hat die Augen aufgerissen und die Mundwinkel nach unten gezogen vor Ungeduld oder Schrecken. Ihr Gesicht sieht aus wie das einer Toten.

Die Fotografin stellt sich breitbeinig auf. Die Kamera verdeckt ihr Gesicht. Sie sucht nicht lang nach dem richtigen Ausschnitt, drückt gleich ab und noch einmal. Ich habe gefragt, ob ich lächeln soll? Sie hat den Kopf geschüttelt. Nein, hat sie gesagt. Einfach so bleiben. Das ist perfekt.

Der Waldboden-Effekt

IN DER AGENTUR GAB ES JETZT, vor den Sommerferien, nicht viel
zu tun. Nach der Arbeit ging Nicole oft im See schwimmen. Sie
hatte sich vor einem Monat von ihrem Freund getrennt, nachdem
sie gemerkt hatte, dass sie nicht sein einziges Projekt war. Seither
war sie offiziell in der Trauerphase. Dabei ging es ihr ganz gut, sie
hatte wieder mehr Zeit, sich mit Freundinnen zu treffen, und
musste sich im Kino keine Actionfilme mehr anschauen. Zumindest für den Moment konnte sie sehr gut ohne Mann auskommen. Kurz gesagt, es hätte die schönste Zeit des Jahres sein können. Aber jedes Mal, wenn alles perfekt zu sein schien, kam der
Chef auf Ideen. Einmal hatte er, zur Teambildung, wie er sich aus-
drückte, die ganze Belegschaft dazu verdonnert, eine Woche lang
beim Bau eines Wanderweges zu helfen, ein andermal hatten sie
vier Tage in einem Kloster gesessen, um ihre Mitte zu finden, wo-
bei Nicole eher ihre Grenzen kennengelernt hatte. Jetzt hatte er
wieder etwas Neues ausgeheckt. In der Umgebung der Nachbarstadt fand ein Orientierungslauf statt. Schon als Georg mit einem
seltsamen Leuchten in den Augen davon erzählt hatte, hatte Nicole das Schlimmste geahnt. In der nächsten Sitzung meinte er, es
wäre doch toll, wenn sie alle zusammen am Lauf teilnehmen würden. Gerade in Zeiten der Krise sei es wichtig, sich neu zu orientieren und so weiter. Nicole stöhnte, sie wusste, dass die Entscheidung gefallen war, noch bevor jemand sich dazu geäußert hatte.
Ihre sportlicheren Kollegen waren begeistert oder taten wenigs-

tens so. »Wir bilden Zweierteams«, sagte Georg, »wer die beste Zeit schafft, kriegt einen Preis.«

Sofort taten sich die anderen zusammen, und ehe Nicole sich versah, waren nur sie und Jürg, der Polygraph, übrig. »Soll ich euch als Team aufschreiben?«, fragte Georg. Jürg gähnte und machte eine Handbewegung, die alles bedeuten konnte. Nicole fing an zu stottern, aber es half nichts. Eigentlich mochte sie Jürg. Er tat dem Büro gut mit seiner direkten Art und seinen sarkastischen Sprüchen. Seine schlecht sitzenden Jeans und seine Adiletten bildeten ein schönes Gegengewicht zu den Designerkleidern der anderen. Aber er war definitiv der Letzte, mit dem sie an einem Orientierungslauf teilnehmen wollte. Im Lauf des Tages rutschte er auf seinem Stuhl immer weiter nach unten, bis er gegen Abend fast am Schreibtisch lag. Er erhob sich nur alle ein oder zwei Stunden und schlurfte zum Kaffeeautomaten oder zur Toilette. Selbst zu Sitzungen kam er immer als Letzter, und jedes Mal musste ihn jemand bitten, die Tür hinter sich zuzumachen.

Der Orientierungslauf war das Hauptthema in den nächsten Wochen. Es bildete sich eine Gruppe besonders Eifriger, die nach der Arbeit joggen gingen. Am Anschlagbrett hing eine Karte des Gebiets, in dem der Lauf stattfinden sollte. »Es ist der größte Wald im Kanton«, sagte Georg und erklärte Brigitte den Unterschied zwischen einem Kahlschlag, einem halboffenen Gebiet und einem rauen, halboffenen Gebiet. Nicoles einzige Vorbereitung bestand darin, sich im Sportgeschäft neu einzukleiden und ein Paar Joggingschuhe zu kaufen, die nach Aussage des Verkäufers ein aktives Laufgefühl mit einem weichen Waldboden-Effekt erzeugten. »Und du läufst mit den Adiletten?«, fragte sie Jürg. Sie hatte ihn dabei erwischt, wie er während der Arbeitszeit »Call of Duty« spielte. Sein Avatar, ein schwerbewaffneter, bärtiger Soldat, schoss sich eben seinen Weg durch den Dschungel frei. Jürg behauptete, er trainiere seinen Orientierungssinn, das sei seine Art der Vorbereitung.

Als der Termin näher rückte, wurde Nicole dann doch vom Ehrgeiz gepackt. »Wir könnten uns den Wald wenigstens einmal anschauen«, sagte sie zu Jürg. Er war nicht begeistert von der Idee, trotzdem verabredeten sie sich, am Freitag nach der Arbeit einen Ausflug zu machen.

Am Freitag kamen sie später als geplant von der Arbeit los. Um halb sieben fuhren sie in der völlig überfüllten S-Bahn in die Nachbarstadt. Im Zug fing Jürg an, von seinem Handy zu schwärmen. Er lästerte über die iPhone-Besitzer, die glaubten, es sei kreativ, ein völlig überteuertes Gerät zu kaufen und sich von einem Medienkonzern versklaven zu lassen. »Ich habe ein iPhone«, sagte Nicole. »Ich weiß«, sagte Jürg und grinste.

»Ich ziehe mich schnell um«, sagte Nicole, als sie angekommen waren. Jürg schaute sie verdattert an. Als sie kurz darauf in ihren neuen Joggingkleidern und den Laufschuhen aus der Bahnhofstoilette trat, kam sie sich etwas seltsam vor. Die Hose fand sie plötzlich zu körperbetont, und sie bedauerte, den Sport-BH nicht gekauft zu haben, den die Verkäuferin ihr empfohlen hatte. Sie verstauten ihre Taschen in einem Schließfach und erwischten gerade noch den Bus. Erst nach ein paar Stationen merkten sie, dass sie in die falsche Richtung fuhren. Es war schon acht, als sie das Schulhaus, in dem das Wettkampfzentrum sein würde, endlich gefunden hatten. Die Betongebäude aus den achtziger Jahren sahen aus wie Festungsbauten. Auf dem Pausenhof, um den herum sie angeordnet waren, saßen ein paar Halbwüchsige und musterten Jürg und Nicole misstrauisch. Jürg wippte unruhig auf den Zehenspitzen, und sein Gesicht verzog sich. Plötzlich sagte er: »Ich muss weg von hier.« Ohne auf Nicole zu warten, lief er über die große Spielwiese davon. Sie folgte ihm und fragte, was los sei. »Schlechte Erinnerungen«, sagte er.

Von Westen zogen dunkle Wolken auf. Die Luft war schwül und drückend warm. Vor ihnen lag ein riesiges Gebiet mit Schrebergärten. Der Wald dahinter wirkte finster und bedrohlich. »In der Schweiz sind sogar die Slums gepflegt«, sagte Jürg, während sie zwischen den Gärten hindurchgingen. Er schien sich etwas beruhigt zu haben. Nach einer Weile fing er an, von seiner Schulzeit zu erzählen. Er war schlecht gewesen im Sport und hatte traumatische Erlebnisse gehabt. »Mein Turnlehrer war ein Sadist«, sagte er. »Das sind sie doch alle«, sagte Nicole. »Aber für Mädchen ist Sport weniger wichtig«, sagte Jürg. »Mir wird jedes Mal übel, wenn ich ein Schulgelände betrete.«

Sie mussten ein Stück weit am Waldrand entlanggehen, bis sie einen Weg hinein fanden. Das Gelände war ziemlich steil, und schon nach hundert Metern waren sie außer Atem. Sie setzten sich auf den Boden und schauten zwei Eichhörnchen zu, die sich einen Baum hinauf- und herunterjagten. Als sie sich etwas erholt hatten, gingen sie weiter und kamen auf ein asphaltiertes Waldsträßchen. Mitten auf der Fahrbahn saß eine riesige Krähe. Erst als sie ihr ganz nah waren, hüpfte sie ein wenig zur Seite, ohne die Eindringlinge aus den Augen zu lassen. Auf der Straße lag ein zerquetschter Frosch.

»Wohin gehen wir überhaupt?«, fragte Jürg. »Ich habe gedacht, wir schauen uns einfach ein wenig um«, sagte Nicole und trabte auf der Stelle. »Eigentlich müssten wir quer durch den Wald gehen«, sagte Jürg. »Ich nehme nicht an, dass man bei Orientierungsläufen den Wegen folgt.« Nicole zog die Karte vom Anschlagbrett aus ihrer Bauchtasche, starrte minutenlang darauf und sagte schließlich: »Wir müssten hier sein.« Dann schüttelte sie den Kopf, drehte die Karte um hundertachtzig Grad und sagte. »Ich habe keine Ahnung, wo wir sind.« Jürg zuckte mit den Schultern und sagte: »Komm, wir gehen einfach geradeaus und schauen, wo wir hinkommen.«

Das Gehen im Gelände war mühsam, obwohl es hier flacher war. Wo die Bäume weniger dicht standen, war der Boden mit Brombeerranken überwuchert, in denen sich ihre Beine verfingen. Überall lag totes Holz, das krachend unter ihren Füßen zerbrach. Einmal schreckte dicht vor ihnen ein Reh auf und verschwand blitzschnell im Unterholz. Das Vogelgezwitscher war verstummt. Nur aus den Baumwipfeln war in regelmäßigen Abständen ein gellendes Lachen zu hören. Es war Nicole, als verhöhne sie der unsichtbare Vogel. Ungewöhnlich schnell war es dunkel geworden. Als sie auf eine Lichtung traten, sahen sie, dass der Himmel dicht bewölkt war. Windböen fuhren in die Bäume. Kurz darauf ertönte der erste Donner. »Ich glaube, wir sollten umkehren«, sagte Jürg.

Obwohl sie geglaubt hatten, immer in dieselbe Richtung gegangen zu sein, wussten sie schon nach wenigen hundert Metern nicht mehr, wo sie waren. »Hier war doch vorhin keine Schlucht«, sagte Nicole. Sie rutschten den steilen Abhang hinunter zu einem kleinen Bächlein. Der Boden war sumpfig, und ihre Schuhe versanken im Schlamm. Es dauerte eine Weile, bis sie einen Weg aus der Schlucht gefunden hatten. Sie mussten sich an Wurzeln festhalten und sich gegenseitig an den Händen hochziehen. Als sie endlich oben waren, brach das Gewitter los. Es donnerte und blitzte, und das Rauschen des Regens war so laut, dass es alle anderen Geräusche verschluckte. Das Blätterdach hielt nicht lange dicht. »Unter welche Bäume darf man sich nicht stellen, wenn es blitzt?«, fragte Jürg. »Keine Ahnung«, sagte Nicole. »Ich glaube, man sollte bei einem Gewitter ohnehin nicht im Wald sein.«

Jürg zog sein Handy heraus und schaltete das GPS ein, aber als das Gerät ihre Position endlich gefunden hatte, sahen sie auf der Anzeige nur eine grüne Fläche, die von vielen kleinen Wegen wie von einem Netz überzogen war. Jürg wandte sich ab und tippte auf dem Handy herum. Nicole fragte, was er mache. Er sagte, er rufe nur schnell seine Mails ab.

»Spinnst du?«, sagte sie, »wir müssen schleunigst hier raus.« Widerwillig steckte er das Gerät ein, und sie gingen weiter durch den Wald. Der Regen fiel immer noch heftig, sie waren inzwischen völlig durchnässt. Nicole sagte, ihr sei kalt. Plötzlich hörte sie einen Schrei und dann lautes Fluchen. Als sie sich umdrehte, sah sie, dass Jürg am Boden lag. Er rappelte sich auf und stöhnte: »Ich bin gestolpert. Ich glaube, ich habe mir den Fuß verstaucht.« Nicole sagte, er solle sich auf sie stützen. Er war schwerer, als sie gedacht hatte, und sie kamen nur noch langsam voran. Nach einer Weile entdeckten sie zwischen den Bäumen eine grüne Plane, als sie näher kamen, sahen sie, dass sie das Dach einer Hütte aus Ästen und Zweigen bildete. Beim Eingang war ein Schild. Jürg zog sein Handy hervor und las im Schein des Displays: Waldkindergarten. Darunter stand, die Besucher würden gebeten, nichts zu beschädigen und ihre Abfälle mitzunehmen. Sie krochen hinein und setzten sich auf eine roh gezimmerte Bank.

»Hast du Streichhölzer dabei?«, fragte Nicole. »Du bist doch die Raucherin«, sagte Jürg. »Ich habe aufgehört«, sagte Nicole. »Und etwas zu essen?« Jürg schüttelte den Kopf. Eine Weile saßen sie schweigend nebeneinander. Dann sagte Jürg, er habe eine Idee. »Hast du Parfüm dabei oder ein Deo?« Nicole roch verstohlen an ihren Achselhöhlen. »Irgendetwas mit Alkohol«, sagte er. Sie zog ein kleines Fläschchen Parfum aus ihrer Bauchtasche und reichte es ihm. »Man weiß ja nie …« Er tränkte ein Papiertaschentuch damit. »Weißt du, was das kostet?«, sagte sie. Er legte das Taschentuch auf die Feuerstelle und darüber ein wenig trockenes Reisig, das er auf dem Boden gefunden hatte. Dann nahm er den Akku aus seinem Handy und schloss ihn mit einer Büroklammer kurz. Nach einer Weile schaffte er es tatsächlich, mit den Funken das alkoholgetränkte Taschentuch anzuzünden. »Mit einem iPhone wäre das nicht gegangen«, sagte er, »da lässt sich der Akku nicht rausnehmen.«

Sie hatten die nassen Kleider zum Trocknen aufgehängt und sich in zwei schmutzige Militärplanen gehüllt, die sie in der Hütte gefunden hatten. Jetzt saßen sie dicht nebeneinander am Feuer. »Ich habe Hunger«, sagte Nicole. »Du könntest Hilfe holen«, sagte Jürg. »Bist du verrückt?«, sagte sie. »Meinst du, ich gehe ganz allein durch den dunklen Wald?« – »Wenn du immer geradeaus gehst …«, sagte er, »ich kann dich ohnehin nicht beschützen.« – »Hier gibt es bestimmt jede Menge Pflanzen, die man essen kann«, sagte Nicole. »Und ganz viele giftige«, sagte Jürg und warf mehr Holz aufs Feuer. »Wenigstens haben wir es warm.« Plötzlich sprang Nicole hoch, riss ihre Laufhose von der Leine und trampelte darauf herum. Dann hob sie die Hose hoch und betrachtete sie im flackernden Licht. Die Flammen hatten zwei große Löcher herausgesengt, eins am Hintern, eins am Oberschenkel. Jürg prustete los. Erst glaubte sie, er lache, dann merkte sie, dass er weinte. »Was ist denn mit dir los?«, fragte sie. Er schluchzte: »Ich habe Angst.« – »Komm«, sagte Nicole, öffnete ihre Plane und zog Jürg zu sich heran.

Die ganze Nacht saßen sie Schulter an Schulter und redeten. Als es dämmerte, ließ der Regen etwas nach. Sie ließen das Feuer ausgehen, zogen sich an und brachen auf. Ihre Kleider starrten vor Dreck. Jürgs Fußgelenk war dick geschwollen. Er musste seinen Arm um Nicoles Schulter legen, und sie stützte ihn, so gut sie konnte. Sie waren weniger weit vom Waldrand entfernt, als Nicole gedacht hatte.

Der Bus zum Bahnhof war voll besetzt. Seltsamerweise schämte sich Nicole mit ihren schmutzigen Kleidern und der durchlöcherten Jogginghose nicht, obwohl sie sonst schon ein verschmierter Lippenstift aus der Ruhe bringen konnte. Die Passagiere schienen sie nicht zu beachten, nur wenn der Bus eine Kurve machte und Nicole oder Jürg einen Schritt in ihre Richtung machten, um das Gleichgewicht zu halten, wichen sie erschrocken zurück.

Nicole zog sich gleich bei den Schließfächern um. Sie wollte Jürg nicht allein lassen. Im Zug zurück nach Zürich schauten sie sich nur an, ohne ein Wort zu reden. Am Hauptbahnhof nahmen sie ein Taxi zum Unikrankenhaus. Der diensthabende Arzt röntgte Jürgs Fuß. Dann mussten sie eine Weile warten. Schließlich kam der Arzt und sagte, es sei nur eine Verstauchung. Er gab Jürg eine Salbe und Krücken. »Wollen wir zu mir nach Hause?«, fragte Nicole. »Da kannst du duschen.«

Sie verbrachten das Wochenende zusammen. Wie Bruder und Schwester schliefen sie im selben Bett. Nicole kochte für Jürg mit dem wenigen, was da war. Er revanchierte sich, indem er die Sender ihres Fernsehers programmierte und alle Geräte auf Sommerzeit umstellte, was sie bisher versäumt hatte. Sie sprachen nur ganz wenig, es war, als hätten sie in jener Nacht im Wald alles gesagt, was zu sagen war. Am Sonntagnachmittag spazierten sie durch das Viertel. Jürgs Fuß tat schon weniger weh, und mit den Krücken kam er recht gut voran. In einem kleinen Park setzten sie sich auf eine Bank. Nicole nahm Jürgs Hand in ihre und sagte: »Das mit dem Orientierungslauf war doch keine so schlechte Idee vom Chef.« Sie saßen noch lange auf der Bank und schauten den spielenden Kindern zu. Erst als die Sonne hinter den Häusern verschwand und es kühler wurde, brachen sie auf.

Das Rolandslied

ALS ICH DIE KNEIPE VERLIESS, war der Nebel so dicht, dass er jedes Geräusch zu schlucken schien. Um die Straßenlampen herum hatten sich orangefarbene Höfe gebildet, dazwischen war undurchdringliche Finsternis. Ich hatte ein paar Gläser Wein zu viel getrunken und dabei die Zeit vergessen. Ich glaubte, mich an den Weg zum Bahnhof zu erinnern, und rannte los. Plötzlich stand ich am Ufer des Sees und musste umkehren. Die Station lag etwas außerhalb des Dorfes. Als ich sie endlich erreichte, fuhr der letzte Zug eben los. Kein Mensch war zu sehen. Auf dem Fahrplan las ich, dass der nächste Zug erst in fünf Stunden fahren würde. Ich setzte mich auf eine Bank, um zu verschnaufen. Eine Weile lang saß ich da, ohne mich zu irgendetwas entschließen zu können. Endlich ging ich um das kleine Bahnhofsgebäude herum, aber es gab keinen Warteraum, und selbst die Toiletten waren verriegelt. Im ehemaligen Schalterraum standen ein Kaffee- und ein Süßigkeitenautomat, in einem Nebenraum war ein Friseursalon untergebracht. An der Glastür hing ein von Hand geschriebenes Schild: »Salon Astrid – Eröffnung demnächst«. Dann gingen die Straßenlampen aus, und ich stand in völliger Dunkelheit. Nur aus dem Gebäude kam ein Schimmer Licht. Erst glaubte ich, es stamme von den Automaten, aber als ich genauer hinschaute, sah ich, dass es unter der Türritze des Salons hervordrang. Ohne viel nachzudenken, klopfte ich an die Scheibe. Als nichts geschah, tastete ich mich an den Wänden des Gebäudes entlang und hämmerte mit der Faust an die Fensterläden. Ich machte einen solchen Lärm, dass ich die leise Stimme fast überhört hätte. »Mach nicht so einen Krach«, wisperte eine Frauenstimme. »Weißt du, wie spät es ist?« Die Stimme klang nicht ärgerlich, ich hatte im Gegenteil das Gefühl, ein unterdrücktes Lachen zu hören. »Komm zur Tür!«

Ich sah nicht, wer mich hereinließ, hörte nur, wie sich die Tür hinter mir schloss und wie eine Hand nach meiner griff. Ich wurde durch den stockdunklen Schalterraum in den Salon geführt, wo ein paar Kerzen brannten. Im warmen Licht sah ich zwei Frisierstühle, große Spiegel und ein Regal voller Flaschen und Fläschchen. Die Rückwand zierte eine Fototapete, auf der ein Palmenstrand zu sehen war. Auf dem Boden davor lag eine schmale Schaumstoffmatratze. Die Rollläden waren heruntergelassen, und es war sehr warm.

»Weißt du, wie spät es ist?«, fragte die junge Frau noch einmal und schüttelte lächelnd den Kopf. Sie war größer als ich und sehr schlank, ihr langes Haar reichte ihr bis zum Hintern. Sie trug nur ein dünnes Nachthemd und gestrickte Socken. Ich erzählte ihr, dass ich den letzten Zug verpasst hätte. »Ach so«, sagte sie. Ihre Stimme wurde sachlich. »Und jetzt willst du bei mir übernachten?« Ich wusste nicht recht, was ich antworten sollte, ich hatte nicht damit gerechnet, dass überhaupt jemand öffnen würde. »Es ist kalt draußen«, sagte ich nur und schaute mich um. »Du bist Astrid?« Jetzt lächelte die junge Frau wieder und nickte. »Und wie heißt du?« »Roland«, sagte ich und zog meine Jacke aus. Sie blickte kurz zur Matratze hinunter und sagte: »Die ist etwas zu schmal für uns zwei. Aber wenn du willst, kannst du auf einem Frisierstuhl schlafen.« Sie nahm eine der Flaschen vom Regal. Ich hatte angenommen, sie enthielten Shampoos und Pflegeprodukte, aber als ich näher trat, sah ich, dass etliche Schnaps- und Likörflaschen dabei waren. Astrid schenkte zwei Gläser Cognac ein und reichte mir eines. Sie prostete mir zu und zeigte auf einen der Stühle. Als ich mich gesetzt hatte, drehte sie mich gegen den Spiegel und trat ein paarmal auf das Pedal, bis meine Füße den Boden nicht mehr berührten. »Willst du etwas lesen?«, fragte sie und reichte mir ein Heft von einem Stapel vor dem Spiegel. »Haare schneiden leicht gemacht«. Ich blätterte es durch und amüsierte mich über Dieter Bohlens geföhntes Haar und Kim Wildes Vokuhila, über Irokesenschnitte und Popperfrisuren. Das Heft musste aus den achtziger Jahren stammen. »Such dir eine aus«, sagte Astrid lächelnd, setzte sich auf den anderen Stuhl und nippte an ihrem Cognac.

Sie fing an mich auszufragen, wollte wissen, was mein Beruf sei und was ich hier machte. Wenn mein Glas leer war, stand sie auf und schenkte nach, obwohl ich abwehrte. Ich wurde immer betrunkener, das Reden fiel mir zunehmend schwer, und mein Gesicht im Spiegel kam mir vor wie das eines anderen. Irgendwie waren wir auf meinen Namen gekommen. Astrid erwähnte das Rolandslied, ein altfranzösisches Heldenepos, und fragte, ob ich meinen Olifanten dabeihätte. Ich schaute sie fragend an. »Das ist das Horn, mit dem Roland in der Schlacht gegen die Heiden Hilfe herbeigerufen hat«, sagte sie. Ich schüttelte den Kopf. »Dann bin ich beruhigt«, sagte sie. Sie war hinter meinen Stuhl getreten, und ich sah im Spiegel, wie sie mir zublinzelte. »Du bist eine seltsame Friseurin«, sagte ich. Sie hob fragend die Augenbrauen, und ich sagte: »Friseurinnen heißen nicht Astrid.« Sie lachte laut auf und fing an, meine Schultern und dann meinen Kopf zu massieren. Ich schloss die Augen. »Entspann dich«, sagte sie und begann mir ihre Geschichte zu erzählen.

Astrid stammte aus Norddeutschland. Sie studierte seit ein paar Monaten Romanistik in Konstanz. Wochenlang hatte sie vergeblich nach einer Unterkunft gesucht, bis sie die Anzeige für den Friseursalon im Bahnhof gesehen hatte. Die Miete war nicht hoch, und mit ihrem Roller war sie in einer Viertelstunde an der Uni. »Das Problem ist, dass man hier nicht wohnen darf«, sagte sie. Sie habe sich als Friseurin ausgegeben und das Schild an die Tür gehängt, aber allmählich würden die Leute im Dorf misstrauisch. »Ich habe mich mit ein paar Männern von hier angefreundet«, sagte sie. »Das hat auch nicht viel geholfen, im Gegenteil.« Ihr Lachen klang tief und hatte etwas Theatralisches. »Dann musst du eben Haare schneiden lernen«, sagte ich, »so schwierig kann das nicht sein.«

In diesem Moment kippte mein Stuhl nach hinten, und bevor ich recht wusste, wie mir geschah, spürte ich im Genick den kalten Rand des Waschbeckens und gleich darauf warmes Wasser, das durch meine Haare rann. Ich öffnete die Augen. Der Raum schien sich im Kreis zu drehen. Ich versuchte mich aufzurichten, aber Astrid drückte sanft auf meine Schulter und hielt mich fest. »Das habe ich auch vor«, sagte sie. »Ist das Wasser nicht zu heiß?« Sie shamponierte mein Haar, und ich schloss die Augen wieder.

An das, was dann geschah, erinnere ich mich nur vage. Die meiste Zeit döste ich, wenn ich kurz zu mir kam, hörte ich das Klappern der Schere oder das monotone Surren des Trimmers. Manchmal spürte ich die flüchtige Berührung ihres Körpers. Astrid sprach leise wie zu sich selbst. Sie erzählte von Rolands Heldentaten, von den Schlachten, die er bestanden hatte, und wie er verraten worden war, in einen Hinterhalt geriet und schließlich im Pfeilhagel starb und ins Paradies geleitet wurde.

Ich erwachte in völliger Dunkelheit. Mein Rücken und mein Kopf taten weh, und mir war schwindlig vom Alkohol. Ich tastete mich durch den Raum zum Fenster und zog den Rollladen ein wenig hoch. Draußen lag immer noch dichter Nebel, aber es war hell, und milchiges Licht drang in den Raum. Astrid lag auf der Matratze und schien tief zu schlafen. Neben ihr lag das aufgeschlagene Lehrbuch. Auf der Fotografie war ein junger Mann mit einer militärischen Frisur zu sehen. Darunter stand: »Bei einem Flattop sind der Kreativität keine Grenzen gesetzt. Anfänger können hier mit der Modellierschere gute Ergebnisse erzielen.«

Um den Frisierstuhl herum lagen dicke Haarbüschel. Es dauerte einen Moment, bis ich begriff, was geschehen war. Ungläubig tastete ich nach meinem Haar, nach dem, was davon übrig geblieben war. Ich vermied es, in den Spiegel zu schauen. Im Vorraum holte ich mir einen Kaffee und einen Schokoriegel aus dem Automaten, aber ich wagte mich mit meiner neuen Frisur nicht ins Freie und ging zurück in den Salon. Aus dem Fenster sah ich Dieter Bohlen auf dem Bahnsteig stehen. Nach und nach kamen andere Männer, einige trugen Wollmützen, die anderen hatten genau jene Frisuren, die ich gestern im Lehrbuch gesehen hatte, einen Irokesenschnitt, einen stufigen Langhaarschnitt mit Pony, Vokuhilas, Bobs und Tollen. Nicht einmal das Kapitel »Färben wie die Profis« schien Astrid ausgelassen zu haben. Ein Mann hatte einen dicken Verband über einem Ohr. »Das ist ein Coupe Hardy«, sagte Astrid. Ich hatte nicht gehört, dass sie hinter mich getreten war. »Den schneidet man nur mit dem Messer.«

Sie fuhr mir mit der Hand durchs Haar und trat ganz dicht hinter mich. Durch das dünne Nachthemd spürte ich ihren vom Schlaf warmen Körper. Und plötzlich kümmerte es mich nicht mehr, wie ich aussah, denn es kam mir vor, als sei sie der Engel aus dem Rolandslied, der den gefallenen Helden ins Paradies begleitet.

Elins Äpfel

ÄPFEL, KARTOFFELN, KÜRBISE. Ich kam vom Mittagessen mit einem Kunden, als ich das Schild am Straßenrand sah. Dass es mir auffiel, hatte weniger mit dem Schreibfehler zu tun als damit, dass die weiße Kunststofftafel mitten im Industriegebiet stand. Ich hatte keine Eile und parkte den Wagen am Straßenrand.

Es war ein wunderbarer Herbstnachmittag, kalt, aber sonnig. Die Luft war ganz klar, von den Hügeln in der Ferne leuchtete das bunte Laub der Wälder. Unvermittelt musste ich an meine Kindheit denken, an die endlosen Tage, an denen ich bei der Apfelernte hatte helfen müssen, an den Geruch des Fallobsts und des modernden Laubs. In der Stadt hatten die Jahreszeiten kaum Gerüche, vielleicht hatte ich deshalb in den letzten Jahren immer öfter das Gefühl gehabt, die Zeit laufe mir davon.

Erst als ich über die Straße ging, sah ich zwischen zwei großen Lagerhallen die kleine, windschiefe Hütte stehen. Sie war notdürftig aus allen möglichen Brettern, Hartfaserplatten und anderen Materialien zusammengezimmert. Fenster gab es keine, nur ein paar Rahmen aus Dachlatten, die mit milchig-trüber Plastikfolie bespannt waren. Wenige hundert Meter über mir dröhnte ein startender Jet vorbei. Ich schaute ihm nach, bis er aus meinem Blickfeld verschwunden war.

Es war niemand zu sehen, aber aus einem Ofenrohr, das aus dem Wellblechdach ragte, stieg Rauch auf. Ich klopfte, wartete, klopfte noch einmal und öffnete schliesslich die Tür. Der Raum war voller Dampf, am entfernten Ende stand eine junge Frau an einem alten Holzherd. Sie trug einen Kopfhörer und hantierte an einer großen Pfanne. Vermutlich hatte sie die Veränderung des Lichts bemerkt, jedenfalls drehte sie sich zu mir um und schaute mich erschrocken an. Erst als ich zu reden begann, nahm sie den Kopfhörer ab. Für einen kurzen Moment hörte ich klassische Musik, ein großes Orchester, dann hatte sie den MP3-Player aus der Tasche gezogen und ausgeschaltet. »Der Fluglärm«, sagte sie und zeigte mit dem Finger nach oben, von wo eben wieder ein startender Jet zu hören war.

Der Raum war fast leer. Neben dem eisernen Kochherd gab es eine Matratze, die auf alten Paletten lag. Daneben stand auf einer Holzkiste ein Kerzenständer. Der Tisch und die drei Stühle schienen vom Sperrmüll zu stammen. An der Decke brannte eine Petroleumlampe.

Die junge Frau schaute mich erwartungsvoll an, und ich fragte: »Sie verkaufen Äpfel?« »Sie sind meine erste Kundin«, sagte sie und lächelte, »kommen Sie mit.« Sie ging voraus durch eine niedrige Tür neben dem Herd, die mit einem alten Jutesack verhängt war. Als ich ihr folgte, sah ich in der Pfanne ein halbes Dutzend Einmachgläser in brodelndem Wasser stehen. Wieder musste ich an meine Kindheit denken, daran, wie ich meiner Mutter im Herbst beim Einkochen geholfen hatte. Stundenlang hatten wir zusammen Birnen geschält und Schnitze gemacht und Zwetschgen entsteint.

Hinter dem Durchgang war ein zweiter, kleinerer Raum. Auf dem gestampften Erdboden standen Lattenkisten mit Äpfeln und Kartoffeln und Zwiebeln, an den Wänden entlang auf Regalen Hunderte von Einmachgläsern. »Ein seltsamer Ort, um Gemüse anzubauen«, sagte ich. Die junge Frau drehte sich um und sagte mit finsterem Gesicht: »Vor fünfzig Jahren gab es hier nichts als

Bauernland.« »Das müssen Sie mir nicht erzählen«, sagte ich, »mein Vater war Bauer.«

Ich las die Etiketten auf den Einmachgläsern. Neben verschiedenen Obstsorten gab es Rotkohl und Rote Bete in Essig, Pilze, Tomatensauce und sogar fertige Suppen. »Sie haben vorgesorgt«, sagte ich, »damit stehen Sie den Winter durch.« Sie stand vor einer der Apfelkisten und schaute auf die Früchte hinunter, als sähe sie sie zum ersten Mal. »Wie viele wollen Sie?«

Sie hatte keine Tüte, und so nahmen wir beide so viele Äpfel in die Hände, wie wir tragen konnten, und brachten sie hinaus zum Auto. Als ich in meiner Tasche nach dem Schlüssel fischte, fiel einer zu Boden und rollte davon. Wir legten die Früchte in den Kofferraum, dann hob die junge Frau den heruntergefallenen Apfel auf, wischte ihn sorgfältig mit dem Ärmel ihres Pullovers ab und reichte ihn mir. Ich fragte, was ich schuldig sei. Sie schaute mich an mit einem hilflosen Blick und sagte: »Ich heiße Elin.« Sie streckte mir die Hand hin. »Daniela«, sagte ich und folgte ihr zurück in die Hütte. Sie setzte sich auf einen der Stühle und sagte mit fragender Stimme: »Zehn Franken?« »Das ist ein bisschen viel für ein Kilo Äpfel«, sagte ich, »fünf?« Sie sprang auf und schrie: »Ich brauche Ihr Geld nicht, lassen Sie mich doch in Ruhe!« Ich legte einen Zehnfrankenschein auf den Tisch und sagte: »Kürbisse schreibt man übrigens mit zwei s.«

Ich hatte viel zu tun in der nächsten Zeit. Als ich vielleicht einen Monat später die Gemüseschublade des Kühlschranks öffnete, lagen dort immer noch Elins Äpfel, verschrumpelt und weich geworden. Ich hatte ein schlechtes Gewissen, sie in den Müll zu werfen.

Am Wochenende fuhr ich noch einmal hinaus ins Industriegebiet. Ich brauchte eine Weile, um den Ort zu finden, das Schild stand nicht mehr an der Straße. Es war ein nebliger, kalter Tag, mein Atem dampfte, und ich war froh, meine Daunenjacke angezogen zu haben. Wieder antwortete niemand auf mein Klopfen. Ich stieß die Tür auf und rief: »Hallo?« Es kam keine Antwort, und ich trat in den schummrigen Raum, in dem es kaum wärmer war als draußen. Am Tisch blieb ich stehen und schaute mich um. Ich erschrak, als ich im Gewühl von Decken und Kissen auf dem Bett Elins Kopf entdeckte. Sie schien tief zu schlafen. Ich weiß nicht, was in mich fuhr, aber ich setzte mich auf den Rand der Matratze und strich ihr mit der Hand über das Haar. Das Mädchen rührte sich nicht. Ihr Gesicht war starr und von einer wächsernen Bleichheit, hätte ich nicht ihren schwachen Atem gespürt, ich hätte geglaubt, sie sei tot.

Ich ging in den Vorratsraum und von dort durch eine zweite Tür nach draussen. Vor mir lag ein Garten, der von einer hohen Hecke aus wilden Rosen umgeben war. Am entfernten Ende standen drei Apfelbäume, deren Laub schon gelb war. Neben dem Komposthaufen blühten Malven und Winterastern. Die meisten Beete waren abgeerntet. Auf einem lag das faulige Kraut einer Zucchinipflanze, daneben ein paar dürre, umgeknickte Maishalme, und um hohe Stangen wanden sich schwarz gewordene Bohnenranken. An einem Holzgitter hing eine Pflanze, deren verdorrte Blätter dünn und weiß wie Papier geworden waren. Auf dem Boden darunter lag eine halbverfaulte Gurke. Vom hintersten Beet leuchteten drei große, orangefarbene Kürbisse. Über allem lag der Geruch von feuchter Erde und Verwesung.

Der Garten strahlte eine große Ruhe aus, und ich stand lange darin und dachte wieder an meine Kindheit, nicht so sehr an einzelne Erlebnisse als an die Zeitlosigkeit, die ich damals empfunden hatte, die Gefangenschaft in der Zeit, die zugleich Geborgenheit bedeutete und nach der ich mich manchmal sehnte in meinem

atemlosen Leben. Alle paar Minuten startete über mir ein Flugzeug, aber nicht einmal der Lärm konnte die seltsam friedvolle
Stimmung stören.

Elin lag immer noch im Bett und schlief, als ich zurück in die
Hütte trat. Ich wollte ihr eine Nachricht hinterlassen, ein Zeichen, dass ich da gewesen war, aber mir fiel nichts ein, was ich ihr
hätte geben können. Schließlich holte ich zwei Hände voll Äpfel
aus dem Vorratsraum, legte einen Schein auf den Tisch und
schrieb auf eine meiner Visitenkarten einen kurzen Gruß.

Ich musste viel an Elin denken in den folgenden Wochen. Besonders als es kälter geworden war und es tagelang regnete, sah ich sie
vor mir in ihrer kleinen, ungeheizten Hütte sitzen und langsam
ihre Vorräte verzehren und auf den Frühling warten. Ich hörte das
Prasseln des Regens auf dem Wellblechdach, das Donnern der
startenden Jets und den Lärm der Lastwagen auf der nassen Straße.
Und manchmal war es mir, als spürte ich die klamme Kälte der
Hütte, und ich musste einen Pullover anziehen, obwohl es in unseren Büros eher zu warm als zu kalt war. Dann fragte mein Chef,
ob ich krank sei, ich wirke erschöpft in letzter Zeit. »Du arbeitest
zu viel«, sagte er. »Das sagst ausgerechnet du mir«, sagte ich und
ging auf den Balkon, um eine Zigarette zu rauchen. Draußen fror
ich noch mehr, und ich musste wieder an Elin denken, die mir
vorkam wie der einsamste Mensch der Welt. Dabei hatte sie nicht
unglücklich gewirkt, sondern sehr ruhig, als sei sie ganz mit sich
und ihrer Umgebung im Einklang. Ich fragte mich, wie sie die
Leere der langen Tage ausfüllte. Sie schien keine Bücher zu be-
sitzen, keinen Fernseher, kein Telefon, nichts, was sie mit der Au-
ßenwelt verbunden hätte. Schon als Kind hatte ich die Sonntag-
nachmittage kaum ertragen. Noch heute fürchtete ich sie und
nahm an den Wochenenden wenn immer möglich Arbeit mit

nach Hause oder fuhr sogar ins Büro, um meiner stillen Wohnung zu entkommen.

Unsere Büros lagen in der Nähe des Rotlichtviertels, wo sich alle möglichen dubiosen Gestalten herumtrieben. Unten auf der Straße stritten sich zwei Männer, sie schrien sich an in einer unverständlichen Sprache. Kurz darauf hörte ich das Heulen einer Polizeisirene, das sich näherte, und ich ging wieder hinein und arbeitete weiter. Auf dem Nachhauseweg machte ich den kleinen Umweg und fuhr durch das Industriegebiet und an Elins Hütte vorbei. Ich fuhr nur im Schritttempo, aber ich sah weder Rauch noch Licht, nichts, was darauf hingedeutet hätte, dass sie da wäre.

Von nun an fuhr ich jeden Abend bei Elin vorbei, aber nie war eine Spur von ihr zu sehen. Nach einem anstrengenden und frustrierenden Tag Anfang Februar parkte ich den Wagen auf der gegenüberliegenden Straßenseite und beobachtete die Hütte wohl eine Stunde lang. Am Morgen war etwas Schnee gefallen, der erste in diesem Winter. Auf der Straße war er längst geschmolzen, nur an den Rändern lagen noch die schmutzigen Haufen Matsch, die der Pflug zurückgelassen hatte. Aber auf dem Dach von Elins Hütte lag der Schnee weiß und unberührt, wie er gefallen war. Langsam wurde es dunkel, und plötzlich sah es aus, als leuchte er von innen heraus und verwandle diesen verlorenen Ort.

Ich dachte an mein Leben. Seit Ewigkeiten hatte ich keinen Tag mehr untätig verbracht. Ich hatte so viel gearbeitet in den letzten Jahren, dass es mir im Rückblick erschien, als hätte ich gar nicht gelebt, als hätte ich die ganze Zeit auf etwas gewartet, das nie kommen würde. Ich stieg aus, rannte über die Straße und riss die Tür der Hütte auf, ohne zu klopfen. Niemand war da.

Ich weiß nicht, weshalb ich geblieben bin. Vielleicht habe ich zuerst wirklich auf Elin gewartet. Ich bin in den Garten gegangen, der vom diffusen Licht erleuchtet war, das hier überall ist, ohne dass man weiß, woher es kommt. Die Beete waren leergeräumt und lagen wie Gräber nebeneinander, von den Blumen war nur noch dürres Kraut übrig. Die mehrjährigen Stauden und Sträucher wurden vom schweren Schnee niedergedrückt. Ich schüttelte ihn sachte von den Ästen, damit sie nicht brächen. Immer wieder starteten Flugzeuge über mir. Die leuchtenden Kolosse waren von Wolken aus Dampf umgeben und hatten eine unwirkliche Schönheit. Ich ging in den Vorratsraum und zählte die Einmachgläser und rechnete im Kopf nach, wie lange man davon leben könnte. Dann ging ich in den anderen Raum, zündete die Petroleumlampe an und setzte mich an den Tisch. Ich hatte die Jacke im Auto gelassen, und mir war kalt. Kurz dachte ich daran, im Ofen ein Feuer zu machen, aber ich kannte mich nicht aus mit Öfen und hatte Angst, etwas falsch zu machen und womöglich die Hütte in Brand zu stecken. Ich nahm eine der alten Armeewolldecken vom Bett und wickelte mich darin ein. Irgendwann legte ich mich hin. Als ich hungrig war, öffnete ich ein Einmachglas mit Apfelmus. Dann legte ich mich wieder ins Bett und schlief trotz des Lärms der Flugzeuge bald ein.

Am Morgen wusch ich mich am Wasserhahn, den ich an der Außenwand der Halle nebenan entdeckt hatte. Zuhinterst im Garten fand ich in einem Bretterverschlag ein Plumpsklo. Der Geruch nach Urin und Kot war betäubend, aber der Ort war sauber, und es gab sogar Toilettenpapier. Zum Frühstück aß ich eingemachte Zwetschgen.

Es wurde hell, und ich dachte kurz daran, zu meinem Auto zu gehen, um meine Jacke und das Handy zu holen, aber es war mir unmöglich, es kam mir vor, als würde ich dadurch den Zauber dieses Ortes brechen und den ersten Schritt zurück in mein Leben machen. Also hängte ich mir wieder die Wolldecke um die Schultern und ging in den Garten und beobachtete die Vögel, die Körner aus den verdorrten Sonnenblumen pickten.

Ich frage mich, wie lange es dauern wird, bis sie mich hier finden. Wenn ich nicht ins Büro komme, wird mein Chef versuchen, mich anzurufen. Vielleicht wird er jemanden bei mir zu Hause vorbeischicken. Nach ein paar Tagen werden sie mich als vermisst melden, und es wird nicht lange dauern, bis die Polizei das Auto entdeckt. Sie werden die Umgebung absuchen, es ist nur eine Frage der Zeit, bis sie hier auftauchen. Aber das alles kümmert mich nicht. Ich bin ein freier Mensch, ich laufe nicht mehr davon. Ich warte.

Ich werde versuchen, ein Feuer zu machen im Ofen, um Suppe aufzuwärmen. Vielleicht kann ich die paar Stellen im Dach ausbessern, an denen das Wasser hereintropft. Wenn der Schnee ganz geschmolzen ist, werde ich im Garten arbeiten. Es gibt viel zu tun. In der Holzkiste neben dem Bett gibt es Saatgut und Steckzwiebeln, und die Kartoffeln im Vorratsraum haben lange Triebe gebildet.

Ich glaube nicht, dass Elin zurückkommen wird, aber das spielt keine Rolle. Sie war bestimmt nicht die Erste hier. Sie hat jemanden abgelöst, so wie ich sie und wie jemand mich ablösen wird. Die Hauptsache ist, dass dieser Ort nicht aufgegeben wird, dass jemand hier ist und sich um den Garten kümmert.

Quellennachweis

Feuer • in: Der Beobachter, Heft 9, 1994.
Grace • in: Das Magazin, Heft 28, 1996.
Esperanza • in: Jahresbericht Bibliomedia 2002/2003.
Eine Geschichte ohne Bedeutung • unveröffentlicht.

Blitzeis • Arche Verlag, Zürich 1999; Fischer Taschenbuch Verlag
Frankfurt am Main 2011.

Ein Märchen • unveröffentlicht.
Ihr Gesicht • in: Ihr Gesicht/Son Visage mit Bildern von Jean
Crotti und Jean-Luc Manz, Edition Nyffeler & Wallimann,
Verlag Martin Wallimann, Alpnach Dorf 2004.
Friedrich Nietzsche • in: Reto Sorg, Yeboaa Ofosu (Hg.),
Natürlich die Schweizer!, Aufbau Taschenbuch Verlag, Berlin
2002.

In fremden Gärten • Arche Verlag, Zürich 2003; Fischer
Taschenbuch Verlag, Frankfurt am Main 2013.

Dämmerung • in: Klara Obermüller (Hg.), Es schneit in meinem
Kopf, Nagel & Kimche, Zürich 2006.

Wir fliegen • S. Fischer Verlag, Frankfurt am Main 2008; Fischer
Taschenbuch Verlag, Frankfurt am Main 2009.

Seerücken • S. Fischer Verlag, Frankfurt am Main 2011; Fischer Taschenbuch Verlag, Frankfurt am Main 2012.

Der Waldboden-Effekt • in: Weißgrund, Projektkommunikation, 2012.

Das Rolandslied • in: SBB Geschäfts- und Nachhaltigkeitsbericht 2011/2012.

Elins Äpfel • in: Weißgrund, Projektkommunikation, 2010.